禁色

禁色

三島由紀夫

高詹燦 譯

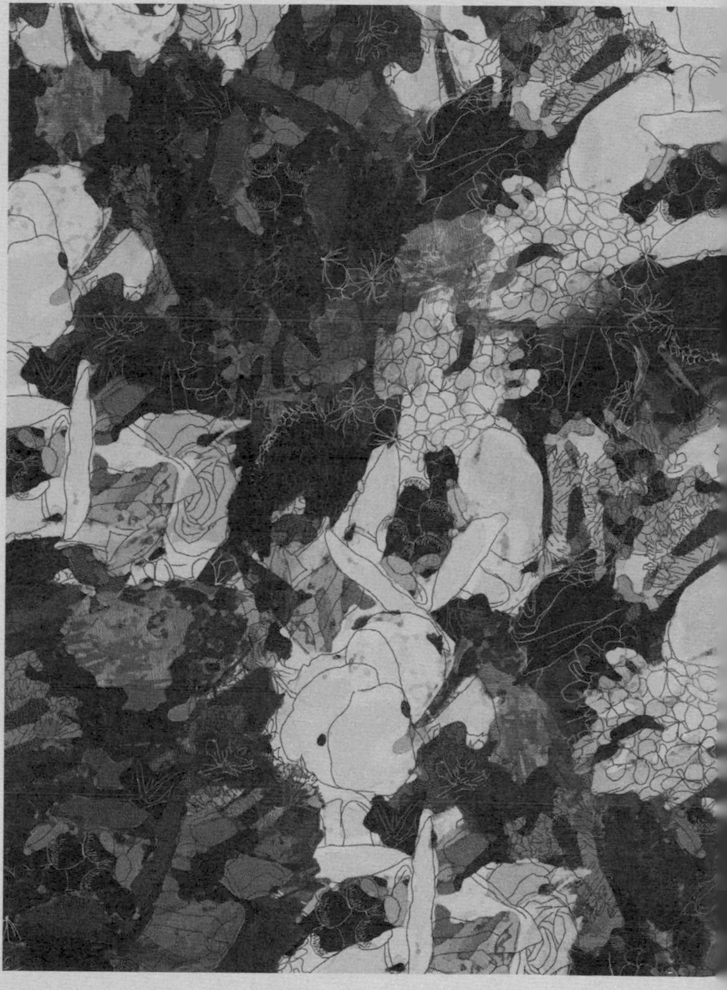

目錄
contents

第一章　開端

康子每次來家裡玩，就多一分熟悉，見俊輔躺在庭院的藤椅上休息，她甚至會大方地坐在他膝上。這令俊輔不勝欣喜。

如今適逢夏天，上午俊輔一律謝絕訪客。只要興致一來，他便會在這段時間工作。如果提不起勁工作，他會寫寫信，將木椅搬往庭院的樹陰下，躺在上頭看書，或是將看一半的書蓋在膝上，什麼也不做。有時會搖鈴噹喚女傭端茶來，當前一晚因為某些小事而沒睡好時，他會將蓋在膝蓋上的毛毯拉至胸前，小寐片刻。雖然今年已六十五歲，但他卻沒半項稱得上嗜好的娛樂。他並非奉行禁欲主義。俊輔只是對自身以及他人的客觀關係欠缺一份認識，而這正是構成嗜好的條件。他對客觀性的極度欠缺，以及對所有外界與內心層面的一種笨拙、近乎痙攣的關係，不斷為他步入老年後的作品帶來新鮮感和清新感，同時，他的作品也要求他做出犧牲。也就是說，像那透過人物個性的衝突而引發的戲劇性事件、戲謔性的描寫；對塑造個性的追求、環境與人物之間的對立等，這些小說的要素，都會被他的作品要求犧牲，以作為供品。因此，有兩、三位極為吝嗇的評論家，此刻正猶豫著是否該坦然的稱呼他文豪。

毛毯在藤椅上長長地延展開來，裹著俊輔的腿，而康子就坐在她腿上。感覺可真沉。俊輔本想說幾句調情的話，但仍選擇了沉默。氣勢十足的蟬聲加深了現場的凝重。

俊輔的右膝不時神經痛發作。在發作前，會預先感覺到深處隱隱作疼。年邁而脆弱的髕骨，不確定能否長久承受少女溫熱肉體的重量。此刻俊輔忍受著微微增強的疼痛，臉上表情泛起了一種狡猾的快感。

俊輔終於開口：

「康子，我膝蓋很痛呢。我現在要把腳移到一旁，妳先坐到那裡去。」

康子一時間露出一本正經的眼神，擔憂地望向俊輔。俊輔笑了起來。康子給了他一個白眼。

老作家明白她的含意。他起身，從康子身後環抱她的肩膀。手托向她下巴，讓她抬起臉，與他接吻。他像在履行義務般，草草結束。接著右膝感到一陣劇痛，於是他躺回原位。當他再度抬頭環視四周時，已尋不著康子的身影。

之後整整一個星期，康子都沒和他聯繫。俊輔外出散步，順便造訪康子家。原來她和兩、三名同校的朋友一起到鄰近伊豆半島南端的某個海濱溫泉地旅行。俊輔記下旅館的名稱，回到家後，馬上著手準備行囊。剛好這時他有一份寫稿的工作，一再受到催稿。俊輔正好拿它當藉口，在這盛夏時節，展開一時興起的單身之旅。

他怕暑氣酷熱，於是選了一大早的火車班次，但他的白麻西裝背後已滿身是汗。他喝了一口保溫瓶裡的熱茶，像竹子般乾癟枯瘦的手插在口袋裡。之後，他拿起前來送行的大出版社員工交到他手上的全集樣書，仔細閱讀。

這次的檜俊輔全集，是他的第三次出全集。他第一套全集，是他四十五歲那年編纂。「還記得那時候……」俊輔心想。「世人認為那樣的作品是安定、完美，而且就某種層面來看，是能看見未來的成熟化身，但我對這樣的作品累積漠不關心，一味地沉溺於這樣的愚蠢行為中毫無意義。愚蠢行為和我的作品無緣，與我的精神、我的思想，也毫無瓜葛。我的作品絕不是愚蠢行為。所以，我也不以思想來為自己的愚蠢行為作辯護，並對此感到自豪。為了讓思想變得純淨，我將足以形成思想的精神，趕出自己所演出的愚蠢行為之外。話雖如此，肉欲並非唯一的動機。我的愚蠢行為與我的精神及肉體毫不相干，它帶有無比強烈的抽象性，而它威嚇我的手段，只能用毫無人道來形容。現在也一樣。在我六十六歲的此時，依舊如此……」

他臉上泛著苦笑，專注地望著他印在樣本封面上的人像照。

那是一個老頭的獨照，感想就只有一個「醜」字。不過，要找出像世人所說的「內在美」這種可疑的優點，倒也不難。寬闊的額頭、瘦削的窮酸雙頰、展現出貪婪的闊唇、堅毅的下巴，這一切所構成的面相，清楚留下了長期投入精神工作的痕跡。但與其說那是精神所構築成的面容，還不如說是被精神蛀蝕的一張臉孔。這張臉帶有過多的精神性，以及精神性的過度展現。就像公然談論下體的嘴臉顯得醜陋一樣，俊輔的醜陋，好比精神衰弱，連遮蔽自己下體的力量都沒有，令人不忍直視。

受近代知識分子所毒害，將人性的興趣轉換成對個性的興趣，從美的觀念中完美抹除普遍性，以這種連強盜都自嘆不如的暴行，斷絕倫理道德與美的一切總和。雖然這些厲害角色們誇俊輔的模樣俊秀，但那也只是他們一廂情願。

不管怎樣，他那又老又醜的模樣，都與那如此亮麗的封面內頁，和十幾位名人所寫的廣告文句，形成了怪異的對比。這些精神界的高手們，只要是必要的場合，不管多遠他們都會出現，按照指示高歌。一群禿頭的鸚鵡，眾人齊聲歌頌俊輔作品中難以形容的不安之美。舉例來說，有位名氣響亮的評論家，同時也是知名的「檜文學」研究者，他將檜俊輔多達二十卷的全部作品概括如下：

「他那宛如驟雨般朝我們心靈傾注的眾多作品，是以真情寫成，因懷疑而得以流傳。檜俊輔自己說過，如果我沒有懷疑的才能，當作品一完成就會被撕毀，這屍橫遍野的模樣也就不會暴露在眾人面前了。

「檜俊輔的作品，有無法預測、不安、不祥、不幸、不倫、不軌——描寫了各種負面的美。書寫某個時代時，一定以其頹廢的時期當背景，某個戀情成為題材時，一定會將著力點擺在其失望和倦怠的姿態上。總是以健康、旺盛的姿態來描寫的，就只有在人們心中肆虐的孤獨，如同在熱帶都市裡肆虐的傳染病。人們強烈的憎恨、嫉妒、怨恨，各種熱情的面相，似乎都與他無關。儘管如此，熱情的死屍仍保有一縷溫熱，與生前燃燒自我的狀態相比，反而道出了更多生命根本的價值。

「在無感的情況下，會顯現敏銳的感覺震顫；在偷情時，會產生瀕臨危機的倫理道德；在鬆懈時，內心會產生豪邁的動搖。為了探尋這種反論的結果，他是構思出了多麼巧妙的文體啊！此種集《新古今和歌集》風格、洛可可風格[1]於一，將真正文意隱藏在文字下的『人工性』文體，既非思想的衣裳，也非主題假面，就只是為了當衣裳的文體；這當中具有與所

1　洛可可風格起源於十八世紀的法國，最初是為了反對宮廷的繁文縟節藝術而興起，後被定義為徒有華麗外表，內容空虛的裝飾樣式。

謂『赤裸的文體』完全相反的要素，類似於出現在帕德嫩神廟山形牆上的命運女神像、帕奧紐斯[2]雕刻的勝利女神像，身上纏繞的漂亮衣服縐褶。流動的縐褶、飛翔的縐褶，這不光是配合肉體的動作，完全依附在動作之下的流線集合體，而是自行流動，自己就是能在空中飛翔的縐褶。」

看著看著，俊輔嘴角泛起焦躁的微笑，低語道：

「他根本完全不懂。沒一項說得準。這簡直就是誇大其詞，淨說好聽的追悼文。虧我還和他認識了二十多年，太可惜了。」

他將目光移向二等車廂寬闊的窗外景致，可以望見大海，漁船揚帆往外海駛去。就像意識到自己暴露在眾多目光下似的，那尚未蓄滿風的白帆，垂掛在帆桅下，展現出慵懶的媚態。此時，帆桅下方有個東西發出一道強光。火車突然掠過一整排被夏日上午豔陽照得無比閃亮的赤松林，駛進隧道。

「那瞬間發出的閃光，也許是鏡子的反射。」俊輔暗忖。「漁船上的或許是位女漁夫。該不會她當時正在化妝吧？在她那曬得不輸男人的手中，鏡子就像出賣了她的祕密，朝恰巧路過的列車乘客送秋波。」

這充滿詩意的幻想，轉移到女漁夫的容貌上。這時，那張臉變成了康子的臉。老藝術家滿是淫汗的清瘦身軀打了個哆嗦。

那不就是康子嗎？

※

「人們強烈的憎恨、嫉妒、怨恨，各種熱情的面相，似乎都與他無關。」

藝術家被迫虛情假意的過程，與社會人士被迫這麼做的過程，可說是正好形成強烈對比。藝術家為了展現而虛偽，社會人士則是為了掩飾而虛偽。

鬼扯！鬼扯！鬼扯！鬼扯！

不容許如此質樸恬淡的告白所帶來的另一種結果，是謀求社會科學與藝術一致的某個流派，也開始質問檜俊輔的這種虛無思想；但就像歌舞雜耍表演的舞女翻動裙襬露大腿一樣，要在作品的結局展現「光明的未來」，好讓人認定其思想的存在，像這種裝模作樣的蠢事，俊輔當然完全不予理會。話雖如此，俊輔在生活和藝術方面的想法，原本就存在著某個勢必會招來思想不孕症的要素。

---

2 Paeonius，古希臘曼德的雕刻家之一。

我們稱之為思想的東西，不是發生在事前，而是發生在事後。首先會有一個因偶然和衝動而犯下的行為，接著它會以辯護人的身分登場。辯護人會賜予這種行為意義和理論，然後將偶然換成必然，將衝動換成個人意志。思想雖然不會治癒因撞向電線桿而受傷的盲人，但至少擁有將受傷的原因怪罪到電線桿上的力量，而不是怪罪他的眼盲。每一個行為都毫無遺漏地加上事後理論後，理論就有了體系，而他——行為的主體，不過只是所有行為的一種偶然性。他擁有思想。他將紙屑丟在大路上。他是憑藉自己的思想而將紙屑丟往大路上。就這樣，思想的主人相信可以仗著自己的力量無限擴展，就此成為思想牢籠的囚犯。

俊輔嚴格地將愚蠢行為與思想區隔開來。結果他的愚蠢行為成了無法彌補的罪行。愚蠢行為的亡靈不斷被拒於作品門外，每晚都前來威嚇，擾他安眠。他三次婚姻都以失敗收場，從他的作品中卻完全看不出半點蛛絲馬跡。青年時代的俊輔，生活中挫折連連，誤判和失敗接連發生。

與憎恨無關？鬼扯！與嫉妒無關？鬼扯！

不同於他作品中所散發出的美好達觀之心，俊輔的生活其實一直都滿是憎恨、嫉妒。三次的婚姻挫敗，以及十幾場戀愛的難堪結局……對女人斬不斷的憎恨，一直折磨著這位老作家，但他卻從未用這種憎恨來點綴他的作品，這是何等謙虛，何等傲慢的行徑啊。

在他眾多作品中登場的女人，男性讀者就不用說了，就連女性讀者也覺得其聖潔到令人為之焦急。某位好事的比較文學論者，拿這些女主角與愛倫坡筆下的超自然女主角比較。也就是與麗姬亞、貝瑞妮絲、莫瑞拉、阿弗洛迪特侯爵夫人等人比較。倒不如說，她們擁有大理石的肉體。那容易厭倦的戀情，猶如午後的光線在雕刻上多處投射的短暫陰影。俊輔害怕對自己作品中的女主角們賦予感性。

有位憨直的評論家說俊輔是一位永遠的女權主義者，這玩笑也開得太大了。

他的第一任妻子是個小偷。在短短兩年的婚姻生活中，她巧妙地偷走一件冬天外套、三雙鞋、兩件內搭西服、一臺蔡司相機，通通拿去變賣，以此打發時間。離開這個家時，還把珠寶縫進襯領和腰帶襯墊裡一併帶走，因為俊輔家是大財主。

第二任妻子是個瘋子。她是強迫症的俘虜，總認為丈夫會趁她沉睡時殺了她，就此失眠，歇斯底里的症狀日益嚴重。某天俊輔從外頭返家，聞到一股異味。只見妻子擋在門口，不讓丈夫進屋。

「讓我進去。怎麼有股怪味？」

「現在不行。我正在做一件很有意思的事。」

「什麼事？」

「你之所以三番兩頭往外跑，是去偷腥對吧？我去把你女人身上穿的衣服剝了下來，現在正放火燒呢。真痛快。」

他硬是擠進屋裡，才看見了波斯地毯上散落著燒得火紅的煤炭，煙霧瀰漫。妻子再次來到火爐旁，以嫻淑冷靜的態度，一手按著衣袖，一手用小鏟子撈起燒得熾熱的煤炭往地毯上撒。俊輔連忙加以阻止。妻子以驚人的力量反抗。就像被捕獲的猛禽竭盡全力想振翅飛離般，極力反抗。繃緊全身的肌肉。

他的第三任妻子生前一直都與他保有婚姻關係。這個淫蕩的女人讓俊輔嘗盡各種為人夫的苦惱。俊輔至今仍鮮明地記得令他感到苦惱的第一個早上。

俊輔往往在雲雨過後，工作起來特別順利。所以晚上九點左右，她會先和妻子上床。接著留妻子在寢室，他自行走上二樓的書房，工作到清晨三、四點，然後在書房的小床上入睡。他嚴守這樣的例行功課，從前一晚一直到上午十點這段時間，俊輔不會和妻子碰面。

那是某個夏日深夜發生的事，他突然控制不住高漲的情欲，想讓熟睡的妻子大吃一驚。但他對工作的強韌意志力克制了這股惡作劇的念頭。那天早上，他為了鞭策自己，一直認真工作到將近早上五點，直到睡意全消。此刻妻子肯定還在夢鄉。他躡腳走下樓，打開寢室房門，妻子不在房內。

這時，俊輔覺得這是理所當然的情勢發展。這大概就是他反省的結果。俊輔自我反省，他之所以一直都如此偏執的謹守例行功課，就只是因為他早預料到這樣的結果，害怕它會成真。

但他心中的慌亂很快便平靜下來。妻子肯定是像往常一樣，在睡衣外披上黑天鵝絨睡袍，上廁所去了。他等了半晌，但不見妻子回來。

漸感不安的俊輔走在走廊上，朝一樓廁所所在的方向而去。這時，在廚房的窗戶下，她看見披著黑色睡袍的妻子，手肘靠在料理桌上靜止不動。天尚未明。她那朦朧的黑色身影，看不出是坐在椅子上，還是跪著。俊輔藏身在遮蔽走廊的厚實綢緞帷幕後窺望。

就在這時，與廚房門間隔七、八公尺遠的後院木門發出一陣嘎吱聲。接著有人以口哨吹著歌曲。正好是牛奶配送員到來的時刻。

四面八方的庭院，孤獨的狗兒齊聲吠叫。牛奶配送員穿著運動鞋。從後院木門到廚房的這一段石板路，因昨晚的一場雨而溼透，從他藍色POLO衫露出的手臂碰觸到濡溼的八角金盤葉子，以及石板地滲入腳底的寒氣，都令他因體力勞動而發燙的身軀變得無比快活，一路輕盈地走來。口哨聲之所以如此清越，想必是因為他年輕的嘴脣帶有清晨的爽朗氣息吧。

妻子起身，打開廚房門。拂曉的幽暗中立著一道黑暗的人影，隱約可以看見他微笑時露出的白牙和那身藍色POLO衫。晨風吹來，微微搖動帷幕下襬沉重的捻線。

「辛苦了。」

妻子說道。她接過兩瓶牛奶，隱隱發出瓶身的碰撞聲，以及瓶身與白金戒指的摩擦聲。

「太太，打個賞吧。」

年輕人厚著臉皮，以撒嬌的口吻說道。

「今天不行。」妻子說。

「改天也行。明天白天可以嗎？」

「明天也不行。」

「什麼嘛。十天才一次，我看妳是有其他外遇對象吧？」

「別這麼大聲說。」

「那後天呢？」

「後天是吧……」妻子就像要把易碎的瓷器輕輕放進層架上一樣，裝模作樣的吐出「後天」一詞。「如果是後天傍晚，我先生會出席一場座談會，那個時間可以。」

「五點方便嗎？」

「五點可以。」

妻子將一度關上的門再次打開。年輕人沒有要離去的意思。他用手指在柱子上敲兩、三下。

「今天不行嗎？」

「說什麼呢。我先生在二樓。說話這麼不識相的人，我不喜歡。」

「那至少給個吻吧。」

「我不要在這種地方。要是被人看見可就完了。」

「就只是親個小嘴嘛。」

「你這小鬼真囉嗦。只能親一下喔。」

年輕人反手把門帶上，站向廚房門口。妻子則是直接穿著上頭帶有兔毛的寢室拖鞋，走下廚房門口。

兩個人就這麼站著，像玫瑰與支架一樣相擁。妻子那黑色天鵝絨睡袍，從背部到腰部一帶屢屢傳來波浪般的起伏動作。男子的手已解開睡袍衣帶。妻子搖頭抗拒。兩人展開一場無言的爭執。之前一直都背對著俊輔的是妻子，但現在改為男子背對他。妻子正面睡袍敞開的模樣，正好面向著他。睡袍底下不蔽一物。年輕人在狹窄的廚房門口跪下。

妻子的裸體佇立在拂曉中，俊輔有生以來從沒見過如此白皙之物。與其說那白皙之物佇立在此，還不如說是在此漂蕩。妻子以盲人般的手勢，摸索著年輕人的頭髮。

此時妻子的眼睛時而明亮，時而昏暗，忽而圓睜，忽而半合，她到底在看著什麼呢？是擺在層架上的琺瑯鍋？冰箱？碗櫃？黎明時分映照在窗戶上的樹木？掛在屋柱上的日曆？就像在展開一天的生活前，仍處在沉睡中的軍營般，廚房那熟悉的寂靜，在妻子眼中肯定什麼也沒停留。她那雙眼睛肯定看見了，清楚地看見成為這帷幕一部分的某個東西。而且她就像已察覺到似的，對正在窺望她的俊輔，連瞧也不瞧一眼。

「那是經過嚴格訓練，絕不望向丈夫的眼神。」

俊輔心裡發毛地暗忖。他原本想衝進現場的念頭，此時已經消除。他是個除了沉默之外，不懂任何復仇方法的男人。

不久，年輕人推門離去。庭院已開始泛著白光。俊輔躡腳走上二樓。

十足紳士作風的這位作家，透過每天用法文寫長達數頁的日記，從中找到唯一排解私生活鬱悶的方法（他不曾出國留學，但他會法語。於斯曼（Joris Karl Huysmans）的《伽藍》（*La Cathédrale*）、《彼岸》（*Là-bas*）、《上路》（*En route*）這三部作品、羅登巴克（Georges Rodenbach）的《死寂之城布魯日》（*Bruges-la-Morte*）等，都是經他之手改譯為日文），要是在他死後公開這本日記，也許會得到不輸他作品的評價。他作品中欠缺的所有要素，都鮮活存在於日記的每一頁中，但倘若直接轉移到作品中，又會違背俊輔憎恨真實呈現的態度。他堅信不論是天賦的哪個部分，只要自然流露便是虛假。儘管如此，他作品缺乏客觀性的原因，仍在於他的創作態度，既主觀又固執。因過於憎恨真實地呈現，而採取過度的反面態度，猶如從裸體的肉身打模出雕像般，這就是他的作品。

一回到書房，俊輔馬上埋首於日記中。專注在拂曉那場偷情的痛苦描述中。他的字跡無比潦草，就像刻意讓人無法辨識，連他自己重看也無法看懂。和堆疊在書架上，累積數十年的日記一樣，今年的日記同樣每一頁都寫滿對女人的詛咒。如此惡毒的詛咒之所以沒能奏效，簡單來說，是因為下詛咒的人不是女人，而是男人。

與其說這是日記，不如說是以斷簡殘篇和訓示居多的手札，要從中引用如下的局部篇章並不難。左邊即是他青年時代某天所寫的日記。

「女人除了生孩子之外，什麼也生不出來。男人除了生孩子外，什麼都生得出來。創造、生殖、繁殖，全都是男性的能力，而女人的受孕不過只是育兒的一部分。這是自古流傳的真理（附帶一提，俊輔沒有孩子，有一半是基於個人理念）。

「女人的嫉妒是對創造能力的一種嫉妒。生下男孩的女人，在養孩子時，會對男性的創造能力展開甜蜜的復仇，從中嘗到喜悅的滋味。女人從妨礙創造中嘗到生存的意義。奢侈和消費的欲望是破壞的欲望。到處都是女性的本能獲勝。起初資本主義是男性的原理，是生產的原理。接著女性的原理腐蝕了資本主義。資本主義開始轉變為奢侈的消費原理，不久，拜海倫[3]之賜，引發了戰爭。而在遙遠的將來，共產主義應該也會徹底被女人消滅吧。

「女人存在於各處，像黑夜般君臨天下。其習性之卑劣，幾乎到了崇高的境界。女性會將所有價值全都拖進感性的泥沼中。女性完全不懂主義為何。對於『某某主義性的……』一詞，她們姑且還能懂，但是對『某某主義』則一竅不通。不光只有主義。由於欠缺獨創性，她們甚至不懂氣氛，就只懂得氣味。她們像豬一樣嗅聞。香水是男人基於對女人嗅覺的教化，才做出的發明。拜此之賜，男人才得以免受女人嗅聞。

「女人擁有的性魅力、媚態的本能、所有性方面的勾引才能，再再證明了女人的無用。有用的人不需要媚態。男人勢必會被女人吸引，這是多大的損失啊。這是加諸在男人精神上的莫大汙辱呀。女人沒有精神這種東西，就只有感性。所謂崇高的感性，根本就是貽笑大方的矛盾，簡直就是出人頭地的真田蟲[4]。母性不時會展現出令人吃驚的崇高，這其實也和精神毫無關聯，不過單純只是生物學的一種現象罷了。從動物身上也可看到母性這種犧牲自我的愛，兩者在本質上毫無差異。因為真正應當作精神特徵來看待的，就只有用來區分人類與其他哺乳動物的本質性差異。」

本質性的差異……或許該稱之為人類固有的虛構能力這項特徵……夾在日記裡的一張俊輔二十五歲時的照片，他容貌中所暗藏的，也是這種特徵。雖然長得醜，但年輕時俊輔容貌的醜陋，算是一種人工造成的醜陋。那是每天都努力相信自己是醜鬼的人所呈現的醜陋。

他那年所寫的日記，有一部分隨處可見荒唐的塗鴉，枉費他以法文來寫內文。以簡單的線條畫成的女人私處，上頭大剌剌的畫了兩、三個大叉。他詛咒女人的陰部。

俊輔再怎麼不濟，也不會因為沒一個女人嫁她，不得已選擇小偷和瘋子當老婆。世上有不少「重精神層面」的女人，很仰慕這位有為青年。但是重精神層面的女性，是女人化成的妖怪，不是真正的女人。令俊輔遭受愛情背叛的女人，對於他唯一的優點，同時也是唯一之美的精神性，始終不願理解；她們全是這種女人。而這才是真正的女人，貨真價實的女人。俊輔過去只愛美女，只愛對自己的美感到滿足、不認為有必要透過精神性來彌補些什麼，那

---

3 Helen，希臘神話中的宙斯之女，號稱「世上最美的女人」，她和特洛伊王子帕里斯私奔，引發了特洛伊戰爭。

4 絛蟲的日本名。《今昔物語集》中提到，有名女子肚裡懷了絛蟲與人成婚，產下一子。後來長大成了信濃守。

5 Valeria Messalina，羅馬皇帝克勞狄一世的妻子。為淫蕩、冷酷的代名詞。

種如麥瑟琳娜[5]的女人。

俊輔心中憶起三年前喪命的第三任妻子那美麗的容顏。五十歲的妻子，與不到她一半年紀的年輕情夫殉情。俊輔明白她自殺的原因。因為她害怕和俊輔一起共渡醜陋的老年生活。殉情的屍體被浪潮沖上犬吠岬。怒濤將兩人的屍體擱向高處的岩石。要從高處運下屍體，難度頗高。漁夫們在腰間繫上繩索，從浪頭激起水花白霧的這座岩石移往另一座岩石。要將兩人的屍體分開，同樣不容易。兩人的肉體融解在一起，皮膚就像溼透的和紙般，幾乎是一起共有。妻子硬被拉開的屍體，按照俊輔的意思，在火葬前送往東京，隆重舉辦了一場喪禮。儀式結束，出棺的時刻到來，棺木搬進一間摒除旁人的房間，這位年邁的丈夫在此與棺木告別。在百合和石竹等鮮花底下，掩埋著那張無比腫脹的遺容，那已呈半透明的髮際處，看得見透明泛青的一排髮根。俊輔仔細端詳這張極度醜陋的容貌，一點都不感到害怕。接著，他從中感受到那張臉所懷有的惡意。如今已不會再讓丈夫感到痛苦，那張臉也就沒必要再保持美麗了，所以才會變醜，不就只有這樣嗎？

他將自己珍藏已久，出自河內[6]之手的年輕女子面具，戴在妻子的遺容上。由於他使勁按向她臉上，所以這位溺死者的臉就像熟透的水果般，在面具底下被壓爛。俊輔的這個行徑沒讓任何人知道，一個小時後，在烈焰的包覆下，燒得不留任何痕跡。

俊輔在悲恨交雜的追憶下，度過服喪期。一開始為他帶來痛苦的原因，是夏天的那個拂曉，每想起此事，這記憶中的新鮮苦楚便令他不得不相信，妻子仍活在四周。多到連十指都不夠數的情敵，他們那厚顏無恥的年輕，令人憎恨的美貌……之前俊輔因太過嫉妒，當抄起手杖朝其中一名青年一陣狂打，結果妻子說要和他離婚。他向妻子道歉，做了一套西服送那名青年。這名青年日後在華北戰死時，俊輔心中狂喜，寫下令他歡悅良久的日記，接著像被附身似的，獨自前往街頭。街上滿是為出征的軍人熱鬧送別的人群。一名士兵正接受美麗未婚妻的送行，俊輔加入圍繞在他身旁的親友中，開心揮舞著紙國旗，正好被一名攝影師撞見。拍下俊輔揮舞國旗的照片，大大的刊登在報紙上。又有誰真的知道呢？這位行徑怪異的作家所揮舞的國旗，其實是在祝福接下來將前去赴死的士兵，前往那名可恨青年的喪命之所，一處值得祝福的土地。

※

從I車站到康子所在的海岸，約一個半小時的車程，檜俊輔坐在巴士內細數這些陰沉紛

6　江戶初期的知名能面雕刻家。

亂的記憶。

「就這樣，戰爭結束了。」他心想。「戰後第二年的初秋，妻子殉情而死。各大報都謹守禮節，對外報導說她是死於心臟病。只有極少部分的朋友知道這個祕密。服喪結束後，我立刻愛上某前伯爵夫人。我這一生第十幾次的戀情，看起來似乎會開花結果。但在重要時刻，她的丈夫突然現身，向我勒索三萬日圓。因為這位前伯爵的副業，就是設計仙人跳。」巴士嚴重搖晃，令他不由得苦笑。這仙人跳的小插曲委實滑稽。但這可笑的記憶，卻突然令他深深被不安攫獲。

「我已不能像年輕時那樣強烈地憎恨女人了嗎？」

他想著自從今年五月在箱根認識後，便不時上門找俊輔的這名芳齡十九的女客人。這位老作家枯瘦的胸膛為之起伏。

五月中，俊輔在中強羅的一家旅館寫稿時，同樣在旅館下榻的一名少女，透過女服務生請他簽名。後來俊輔在旅館庭園邊偶遇這名帶著他的著作前來向他問候的少女。那天的黃昏特別美，俊輔出外散步，走上石階返回，正巧遇見康子。

「妳就是康子？」俊輔問。

「是的，敝姓瀨川。請多指教。」

康子穿著一件顯得有點孩子氣的石竹色衣服。她手腳修長，甚至覺得有點過長。那雙腿的膚色就像緊實的河魚肉一樣，白皙而又微微透黃。從她的短裙下襬可窺知一二。俊輔猜她約十七、八歲的年紀。就只有眉宇間不時會流露出老成的表情，看了之後，又會覺得她像是二十歲或二十一歲的年紀。少女穿著木屐，可以清楚看見她潔淨的腳跟。她的腳跟樸質小巧，而且結實，就像鳥腳一樣。

「妳住哪間房？」

「裡頭的別房。」

「難怪很少見到妳。妳一個人嗎？」

「是的，今天就我一個人。」

她得了輕微的肋膜炎，到這裡休養。令俊輔感到高興的是，康子是個只會把小說當一般「故事」來看的少女。隨行照料的老女傭因另外有事，暫時回東京一、兩天。

他直接把康子帶回自己房間，原本只要當場簽名還她即可，但俊輔卻吩咐她明天來拿，收下那本書，就此坐在庭園前的一張難看的長椅上。兩人在那裡天南地北的聊，不過一位少言寡語的老先生和一位端莊有禮的少女，畢竟沒什麼能深入的話題。俊輔問她什麼時候來的，家人如何，病養好了嗎，少女大多以無言的微笑代替回答。

因為這個緣故，感覺庭園很快便薄暮輕掩。正前方的明星岳與右邊的楯山那柔和的山林景致，隨著天色漸暗，以一股步步近逼的力量朝觀看者的心中迫近而來。小田原的大海沒入這片山巒間。薄暮時分的天色與狹窄的海景間，那模糊不明的分界線上，有個看起來像星辰之物，從它規律閃爍的情況得知，這是一座燈塔。女服務生前來通知他們可以用餐了，兩人才就此別過。

隔天早上，康子和老女傭一起帶著東京送來的糕點，到俊輔的房間拜訪，帶回兩本已簽完名的書。由於都是那名老女傭一個人說個沒完，所以俊輔和康子才得以保持愉快的沉默。待康子離去後，俊輔突然心血來潮，出外散步良久。他喘著氣，以急躁的步履爬坡。我哪兒都去得了、我還不覺得累、我也可以走這麼長的路，他心裡抱持這樣的念頭。接著，他來到一處草地的樹陰下，像昏倒般直接躺臥其上，正巧從一旁的草叢中飛出一隻大綠雉。俊輔大吃一驚，接著，從極度的疲勞中湧現一股浮躁的快活，令他滿心雀躍。

俊輔心想，好久沒這種心情了，不知道已經有幾年沒這樣了。

俊輔忘了，會產生「這種心情」，有一半是自己刻意造成，而且為了捏造出「這種心情」，才會特地展開這場既不自然，又折磨人的散步。或許連這樣的忘卻，都是他上了年紀或是刻意之舉所帶來的結果。

※

這條前往康子所在處的公路，多次行經海邊。從斷崖上可以俯瞰夏天時大海所綻放的火焰。那看不見的透明之火，燒灼著海面，海面的浮泛之物，類似沉靜的痛苦，以及精心雕鏤的貴金屬所具有的痛苦。

離正午還有一段時間。空蕩蕩的公車內，僅有的兩、三名乘客全是當地人，他們打開竹葉，分享彼此帶來的配菜，吃著手中的飯糰。俊輔幾乎感覺不到肚子餓。邊想事情邊用餐，使他有時會忘了剛剛才吃過飯，並對莫名其妙的飽食感大為訝異。他的內臟和精神一樣，把日常生活全都晾在一旁。

終點K町市公所的前兩個公車站牌，是「K公園前」。沒人在這裡下車。公路穿越從山腹到海濱綿延約十萬公畝的廣大公園，將它分成以山為中心的部分，以及以海為中心的部分。在因為風吹而沙沙作響的濃密樹叢間，俊輔瞥見空無一人，無比幽靜的遊樂園、斷斷續續呈現出遠方一道藍色琺瑯線的海天一色、沉靜不動的影子落向灼熱沙地上的幾座鞦韆。盛夏時節的上午時分，一片闃靜的廣大公園，莫名地吸引俊輔。

公車來到錯綜複雜的小鎮一隅。鎮公所門可羅雀，從敞開的窗戶可見圓桌上什麼也沒有，漆面發出白色的亮光。幾名旅館的人員前來迎接，向他行禮問候。行李託管後，俊輔在他們的引領下，緩緩步上神社旁的石階。陣陣海風徐來，幾乎感覺不到暑氣。蟬鳴聲猶如會發出炎熱聲響的毛織品，從頭頂上垂放而下，令人備感煩悶。來到石階半途，俊輔摘下帽子歇口氣。腳下的小港口內，停著一艘小小的綠色蒸汽船，就像猛然想起似的，發出蒸汽的爆裂聲，隨即又沉寂下來。緊接著，這座曲線無比單純的沉靜海灣，馬上盈滿無數憂愁的振翅聲，怎麼趕也趕不走，就像不管再怎麼驅趕，最後還是又飛回來的蒼蠅般。

「這景致真美。」

俊輔像要轉移腦中的想法般，如此說道。這其實算不上多美的景致。

「老師，旅館往外望的景致更棒喔。」

「是嗎。」

這位老作家之所以看起來為人沉穩，是因為他的懶惰，他沒有開口揶揄或挖苦的熱情。對他來說，要展現輕鬆的態度，是很困難的事。

在旅館最頂樓的房間落腳後，俊輔終於向女服務生說出他這一路上多次想若無其事的提出，卻又難以開口的提問。

「瀨川家的千金小姐在這兒嗎？」

「是的，她在。」

老作家內心紛亂，拖了許久才繼續下一個提問。

「她和朋友一起來嗎？」

「是的，四、五天前住進菊之間。」

「她現在人在房裡嗎？我是她父親的朋友。」

「剛才外出，到K公園去了。」

「跟朋友一起嗎？」

「是的，跟朋友一起。」

女服務生沒說「跟朋友們一起」是什麼意思。在這種情況下，俊輔不懂得神色自若地問一句「有幾個朋友」、「是男性朋友還是女性朋友」，心中滿是疑惑。該不會她的朋友是男性，而且就只有一個人吧？這理所當然的疑惑，過去為何都不曾在他心中投下暗影呢？愚蠢行為保有一定的秩序，在達到愚蠢行為的結果前，該有的聰明觀察不可少，要一面壓抑，一面進行嗎？

他被迫接受旅館方面殷勤的接待，這與其說是勸邀，不如說近乎命令，在完成入浴和午餐的這段時間，老作家始終無法保持靜心。好不容易得以獨處的俊輔，因情緒太過激昂，坐立不安。最後痛苦驅策著他，促使他做出怎麼也稱不上紳士作風的行徑。他悄悄潛入菊之間。房內整理得很整齊。他打開隔壁小房間的衣櫃查看時，看到男性的白褲和毛綢白襯衫。與康子那別有提洛（Tirol）風格貼花繡的白麻連身洋裝掛在一起。他轉眼望向梳妝臺，看見男性用的髮臘和髮油，與香粉、口紅、面霜擺在一塊。俊輔走出房外。回到房間後搖響服務鈴。命前來的女服務生替他僱車。他在更換西裝時，汽車已到來。他搭車前往K公園。

俊輔吩咐司機在原地等候，就此穿過那一樣幽靜的公園大門。那是以天然岩石組成拱橋的一座嶄新大門。從這一帶看不見大海。覆滿暗沉綠葉的樹林，那沉重的樹梢在海風的吹拂下沙沙作響，宛如遠方的海潮聲。

老作家朝他們兩人每天前去游泳的沙灘而去。來到遊樂園。接著來到一座小動物園內的一隅，一隻狸貓縮著身子睡覺，柵欄的影子清楚的落在牠背上。在放養的柵欄內，兩株茂盛的楓樹靠在一起，在兩樹間形成的開叉處，一隻黑兔縮著身子打盹，在此躲避暑氣。順著雜草叢生的石階而下，茂密的樹叢前方是遼闊的大海。風兒撼動眼力所及的遠方樹梢，然後轉眼來到俊輔的額頭前，宛如一隻肉眼瞧不見的小動物，沿著樹梢飛快奔來。而當一陣大風掠過時，又會覺得它猶如一隻肉眼瞧不見的巨獸，正同你嬉鬧。在這一切之上，不知畏懼為何物的陽光灑滿大地，不知畏懼為何物的蟬聲盈滿四方。

該走哪條路下去，才會到達那座沙灘呢？

下方遠處可以望見一片松林，雜草叢生的石階看起來似乎是一路蜿蜒的朝那個方向而去。俊輔沐浴著林間灑落的陽光，在草葉強烈的反光照射下，這才感到全身冒汗。石階迂迴蜿蜒。他終於抵達斷崖下宛如一座狹窄走廊般的沙灘一角。

但那裡一樣不見人影。老作家筋疲力竭，在一塊岩石上坐下。

引導他一路來到這裡的，是怒火。響亮的名聲、宗教上的尊崇、忙碌的雜務、複雜的應酬交際，他在這些有毒的要素包圍下過日子，但他的生活一概不需要逃避。最好的逃避方法，就是盡可能接近對手。檜俊輔擁有出奇廣泛的交友圈，他就像知名演員以演技讓數千名觀眾覺得他彷彿是自己所親近的人一樣，他也以無視於遠近法的精妙技術面對朋友。不論何種讚嘆和辱罵，都傷不了這位知名演員一根汗毛。因為他根本聽不進耳裡。此刻，他預料自己會受傷，並對此感到戰慄，俊輔唯有在強烈希望自己被傷害時才需要一流的逃避方法。也就是說，他需要清楚地承受這樣的傷害。

但這片水面搖曳，近得有點詭異的廣大汪洋，感覺會為俊輔帶來療癒。大海多次狡猾迅捷地穿過岩縫湧來，將他浸泡，流入他體內，轉眼間將他體內染成藍色，接著又從他體內退去。

這時，藍色的海水中央出現一道水脈，揚起像白色浪花般纖細的飛沫，它筆直地朝前方陸岸逼近。來到淺灘時，游泳者站在即將崩垮的波浪中。瞬間，他的身體被飛沫遮掩，然後又若無其事地現身。以強韌的雙腳蹬著海水，緩緩走來。

那是一位美得驚人的青年。與其說是像希臘古典時代的雕像，還不如說是像伯羅奔尼撒（Peloponnisos）派的青銅雕塑家所創作的「阿波羅」，洋溢著一種令人心癢難耐的溫柔之美，他的肉體具有氣質出眾的頸項、平順的肩膀、起伏和緩且寬闊的胸膛、優雅而渾圓的手臂、窄細潔淨而又結實的身軀、像寶劍般雄偉緊實的雙腳。站在水邊的這名青年，似乎左手肘撞向了岩石的邊角，為了確認有無傷勢，他微微扭身，右手和臉都朝向左手手肘。從他腳下溜走的餘波帶來的光線反射，照亮他低垂的側臉，看起來就像臉上泛著喜色。聰慧的細眉、憂愁的雙眼、略顯豐厚的稚嫩雙唇，這些都出自他那世所罕見的側臉所精心設計。而那高挺的鼻梁，與他那緊實的臉頰，一同為青年的長相帶來高雅的氣質，以及除了飢餓外，仍舊什麼都不懂，一種純潔的野性印象。而這又與他陰沉冷漠的眼神、白亮的皓齒、隨意擺動的手臂所呈現的慵懶、充滿活力的動作等一同產生作用，更加突顯出這匹年輕俊美的狼所帶有的習性。沒錯，他那是狼的美貌。

話雖如此，他肩膀柔美的渾圓、胸膛展露無遺的潔淨、嘴唇呈現的豔麗……這些部分帶有難以形容的甜美，著實不可思議。瓦爾特・佩特[7]評論十三世紀的淒美故事《阿米和阿米勒之友情》（*The Friendship of Amis and Amile*）是「文藝復興早期的天真」，而日後這「早期的天真」就此成為強大、神祕、強韌的發展徵兆，遠超乎想像。而此刻，感覺有個相似之物，在這名青年微妙的肉體線條中散發出陣陣香氣。

檜俊輔原本憎恨這世上所有的俊美青年，但這名青年的美硬是讓他陷入沉默。一是因為他會馬上將幸福和美連在一起思考，有這樣的壞習慣，所以會讓他的憎恨保持沉默的，不是青年那無瑕的美，而是他認為這名青年會擁有完美無瑕的幸福。

青年朝俊輔瞄了一眼，接著他毫不在意的躲在岩石後方。他很快便又走出，已穿上白襯衫和樸素的藏青色嗶嘰褲。他吹著口哨，走上俊輔剛才走來的石階。俊輔也隨後走上同一座石階。青年轉頭再次瞄了這位老作家一眼。可能是迎面承受盛夏烈陽，睫毛留下陰影的緣故，他的眼瞳無比灰暗，剛才他打赤膊時，是那般光輝耀眼，而現在卻已全無幸福的影子，這令俊輔大感訝異。

7 Walter Horatio Pater，英國作家、文藝批評家。

青年轉彎繞進小徑，頓時失去了蹤影。一身疲憊的老作家來到小徑的入口時，已沒有餘力走進裡頭探尋青年的行蹤。但是在小徑深處的草地一帶，傳來剛才那名青年開朗活潑的聲音。

「妳還在睡啊？真受不了妳。妳睡覺的這段時間，我都到外海來回游一趟了。好了，快起來吧。我們也該回去了。」

一名少女從樹叢下站起身，高高的舉起她柔細的手臂，伸了個懶腰，看起來出奇的近。她身上那件孩子氣的藍色洋裝，背後的兩、三顆鈕釦鬆開，俊輔看見青年正在幫她扣上。由於少女隨意地躺在草地上睡覺，裙襬沾染了花粉和泥土，她把手繞到身後想要拍除時，露出了側臉。是康子。

俊輔全身的力氣洩去，跌坐在石階上。他取出香菸抽了起來。此刻讚美、嫉妒、挫敗混淆在一起，能嘗到這種怪異的感覺，對這位吃醋老手而言並非什麼新鮮事，但眼前的這種情況，俊輔內心在意的反而不是康子，而是那名世所罕見的俊美青年。

完美的青年、無瑕的外在之美具體的呈現，這位醜陋的作家青年時代的夢想就只專注在這件事情上，他在人們面前隱瞞這個夢想，不僅如此，連他自己也加以咒罵。精神的青春、精神性的青年時代，這是一種毒素般的觀念，眼睜睜地讓青年喪失「青年應有的樣子」。俊輔的青年時代，就是在「想當個青年」的強烈願望下度過。多麼愚蠢啊。青年時代會以各種願望和絕望來折磨我們，但他並不認為這種痛苦只是青年特有的苦惱。俊輔的青年時代始終都抱持這種想法。對於自己的觀念、思想，及所謂「文學中青春」的一切，他都不容許擁有任何持續性、普遍性、一般性、令人不舒服的模糊性，亦即所謂浪漫主義的永恆性。另一方面，他的愚蠢行為是愚不可及的一時嘗試。將自己的痛苦，看作像青年一樣，是完美無瑕、無比正當的痛苦，這份能力帶給他的幸福，是當時他內心唯一的希望寄託。這是將自己的喜悅看作是正當喜悅的一種能力。也就是人生所不可或缺的能力。

「這次我可以放心地認輸了。」俊輔心想。「那位青年正是所有美的主人，住在人生的光明面下，絕不會被藝術這類的毒素所汙染，天生就是位愛女人，受女人所愛的男人。如此一來，我就能安心地收手。不如我自己主動讓出吧。雖然我這一生長期與美對抗，但也差不多是時候該和美展開最後的握手言和了。也許上天就是為此才將他們兩人送到我面前。」

這對戀人沿著這條一次無法兩人一起通行的小徑，彼此緊貼，一前一後地走來，先發現俊輔的人是康子。老作家與康子就此打照面。他雖然眼神痛苦，但嘴角卻掛著笑意。康子則是臉色發白，垂眼望向地面。低著頭問道：

「您來這裡工作嗎？」

「沒錯，從今天開始。」

青年一臉詫異的望著俊輔。康子向俊輔介紹。

「這位是我朋友，叫阿悠。」

「我姓南，名叫悠一。」

青年聽到俊輔的名字後，並未露出多驚訝的神情。

「難道是之前就常聽康子提到我的事嗎？」俊輔心想。「所以才會都不顯一絲驚訝吧。如果是對我出版過三次的全集連看都不看一眼，所以才不知道我的名字，這樣我還會比較高興……」

三人沿著幽靜的公園石階拾級而上，針對這處觀光地嚴重荒廢的模樣，聊些無關緊要的話題。俊輔十分寬容，雖然他無法像個老手一樣展現風趣滑稽的一面，但還是顯得滿面春風。三人就此搭上他僱的車返回旅館。

他們還一起共進晚餐。這是悠一的提議。用完餐後，便各自回房。過了一會兒，悠一那穿著浴衣的高大身軀出現在俊輔房門前。

「我可以進去嗎？您是不是在工作？」

他在隔門外喚道。

「請進。」

「小康洗澡特別久，實在很無聊。」

他以此當藉口。但是那對灰暗的眼瞳，比白天時更增添了幾分愁色，俊輔憑藉作家的直覺，已猜出他有話想說。

兩人閒扯了一會後，青年益發顯露出急著想說出心裡話的神情。最後他終於開口道：

「您要在這裡住一陣子嗎？」

「照預定是這樣沒錯。」

「如果可以，我想搭今晚十點的船，或是明天一早的公車回去。其實我今晚就想離開這裡。」

俊輔大為吃驚地問道：

「那康子小姐怎麼辦？」

「我要談的就是這個。小康可以請您代為照顧嗎？其實我是希望老師您能和小康結婚。」

「你是有什麼誤會，才如此顧忌吧。」

「不，如果今晚也要在這裡過夜，我實在受不了。」

「為什麼這麼說？」

青年以率真而又冰冷的口吻說道：

「如果是老師您，應該能理解，我無法愛女人。您可以明白嗎？雖然我的身體可以愛女人，但我的情感是精神層面的東西，我有生以來，從沒想過要得到女人。女人站在我面前，我從不會感受到欲望。但我卻欺騙自己，騙那些什麼都不知道的女人。」

俊輔的眼中閃著複雜之色。他的本性無法對這種問題產生感情的共鳴。俊輔的本性傾向，大致還算正常。於是他問：

「那麼，你愛的是什麼？」

「你問我嗎？」青年的兩頰泛起羞慚的潮紅。「我只愛男人。」

「你向康子小姐坦言過這件事嗎？」

「沒有。」

「絕不能坦言此事。不管發生什麼事，都不能坦白這麼說。因為有些事可以告訴女人，有些事說了，只會有害無益。對於這個問題，我沒有足夠的知識，不過，這件事別坦白告訴女人，會比較有利。要是遇上像康子小姐這樣喜歡你的少女，反正日後早晚要結婚，乾脆就結婚吧。請把結婚生活看作是更微不足道、更隨便的小事吧。正因為很隨便，才能心無芥蒂地以神聖來稱呼它。」

俊輔像惡魔一樣歡欣不已。他畢竟是位出過三次全集的藝術家，他定睛望著青年，以符合自己身分，忌諱讓世人聽見的低聲細語說道：

「這麼說來，這兩、三晚，你們之間什麼也沒發生？」

「是的。」

「很好。女人就應該這樣教育。」俊輔朗聲大笑，就算是他的朋友們也沒人見過他這樣大笑。

「以我多年的經驗來說，絕不能教會女人快樂。快樂這種東西，是男人悲劇性的發明，光這樣就夠了。」

俊輔的眼中泛起近乎忘我的慈愛之色。

「你們日後一定會過著我心中理想的夫妻生活。」他補上這麼一句，但他並未用「幸福」一詞。不過這場婚姻會對女人帶來完美的不幸，這對俊輔來說，光想就覺得是一件無比美妙的事。他認為只要借助悠一的力量，就能將上百名純潔的女人送往尼姑庵。這位老作家有生以來第一次發現自己內心最根本的熱情。

第二章　鏡子的契約

「我做不到。」悠一絕望地說道，他渾圓的雙眼淚光閃動。若是能接受這樣的忠告，又有誰會刻意在俊輔這樣的外人面前做出如此羞人的告白呢。俊輔要他結婚的建議，聽在他耳裡，只覺得很殘酷。

在道出祕密後，後悔已開始萌芽，不過剛才想要坦白一切的衝動狂亂與此無關。三個晚上什麼事也沒發生，這痛苦令悠一情緒爆發。康子絕不會挑逗他。要是被她挑逗，悠一就打算實話告訴她。但在這滿是浪潮聲的黑暗中，風兒不時吹動搖晃的黃綠色蚊帳內，她身旁的少女一直靜靜望著天花板，屏氣斂息，再也沒有什麼會比這樣的睡姿更加撕裂悠一的心。經過一番可怕的疲勞後，兩人就此入睡。要是一直這樣痛苦地醒著，他擔心在有生之年恐怕都再也無法入睡。

敞開的窗戶、星空、蒸汽船那微弱的汽笛聲……有好長一段時間，康子和悠一直都醒著，連翻身也沒有。不動也不說話。因為他們覺得，只要彼此有一句交談，稍有一個小動作，就會引發無法預測的事態。坦白說，他們兩人都在等同樣的行為、同樣的事態，簡單來說，是同一件事，他們早已等得厭煩。康子因羞恥而戰慄，而悠一則是以勝過她數百倍的強度感到羞慚，冀求一死。身旁的少女微微冒汗，烏黑的雙瞳圓睜，手抵胸前，一動也不動地躺著，這對悠一而言，與死無異。如果少女往他靠近一寸，那真的就是死。他憎恨自己，當初在康子的邀約下，怎麼會就這樣厚著臉皮來到這裡。

現在還死得成，他不只一次這麼想。只要馬上起身，跑下那座石階，衝向臨海的斷崖就行了。

一想到死，剎那便覺得一切都有可能。他沉醉於可能中。這為他帶來一股快意。他做作地打了個哈欠，以此蒙混，並大聲說一句：「啊——真睏。」然後咻一聲，轉身背對康子，弓起身子裝睡。過了一會兒，傳來康子輕細嬌嫩的咳嗽聲，所以他知道康子還沒睡。現在他已有勇氣開口問了。

「妳睡不著嗎？」

「不是。」康子以流水般的低沉聲音應道。就這樣，兩人雖然都假裝睡著，欺瞞彼此，但不知不覺間自己真的被蒙騙，就此進入夢鄉。他做了一個幸福的夢，夢見上帝同意天使殺了他，因而大哭一場。他的哭聲和眼淚都沒在現實中洩露。悠一感覺到自己仍保有滿滿的虛榮心，就此鬆了口氣。

在青春期的這七年間，悠一對肉欲極度憎惡。他潔身自好，熱中於數學、運動、幾何學、微積分、跳高、游泳。如此希臘式的生活，並非刻意的選擇，不過數學在某種程度下令他的腦袋保持透明，而比賽也在某種程度下使他的精力抽象化。話雖如此，在田徑社的教室裡，當學弟脫去滿是溼汗的襯衫時，四周飄蕩著年輕人的肉香，還是使他大為苦惱。悠一再度衝出屋外，俯臥在日暮時分的操場草地上，把臉埋進堅硬的夏草中，就此靜靜等候心中的情欲平息。棒球社成員練習時，揮棒發出的冰冷擊球聲，與失去色彩的黃昏天空形成回響，從球場遠遠傳來。悠一感覺有個東西從他裸露的肩膀崩落，是一條浴巾，雪白的粗線火焰般刺進他的皮膚。

「你怎麼了？會感冒喔。」

悠一抬起臉，只見剛才那位學弟已穿上制服，因帽簷而顯得陰暗的笑臉，正低下頭望向他。

悠一冷漠地起身，向他說了聲謝謝。悠一將浴巾披在肩上，正準備回教室時，他感覺到學弟的目光緊盯著他的肩膀。但他沒回頭。透過純潔且奇妙的邏輯，悠一察覺出這名少年對他懷有愛意，他心裡下定決心，絕不能愛上這名少年。

我明明無法愛上女人，卻滿心期望愛上女人。倘若我就此愛上他，他雖是男人，卻也會變成女人。那不就變成了言語難以形容的醜惡，看了無感的人嗎？愛會讓對方變成一個完全不想去愛的對象嗎？

悠一所透露出的這些訊息是，他仍未轉化為現實的青澀欲望，正逐漸在侵蝕現實。他總有一天會遇見現實吧？在他應該遇見現實的場所，只要他的欲望搶先一步侵蝕現實，現實就永遠只會虛假地改變其樣貌，採取欲望所下令的形態。他絕不會遇見他想要的對象，他的未來想必只會遇見他自身的欲望。俊輔認為，就連那三個晚上什麼也沒做的痛苦告白，聽起來也像是這名青年的欲望齒輪在空虛地旋轉。

不過，這不正是藝術的典範、藝術所創造的現實雛型嗎？悠一為了將他的欲望轉化為現實，他的欲望或現實得有一方必須先死不可。他知道這兩者一派輕鬆地並存在這世上，但藝術必須刻意破壞存在的規矩。因為藝術本身非存在不可。

說來可恥，檜俊輔所有作品的第一步，都放棄了對現實復仇的圖謀。所以他的作品並非現實。他的欲望輕易地接觸現實，正因為感到可怕，只能緊咬嘴脣，退守在他的作品中。他這種不斷出現的愚蠢行為，往返於欲望與現實間，扮演著一個不老實的信差角色。他那無與倫比的華麗文體，簡單來說，不過只是現實的一種巧思，是現實將其欲望侵蝕殆盡後，留下像蟲蛀痕跡般的奇特花紋。若是更肆無忌憚地說，他的藝術，以及他出過三次的全集，全都不存在。因為他從未破壞過存在的規矩。

這位老作家已失去投入創造的臂力，他對縝密的塑造形象這工作早已厭倦，對他過去的作品加上絕美的注釋，成為他現在唯一的工作，這時眼前出現一位像悠一這樣的青年，是何等的諷刺啊！

悠一擁有所有青年具備的資格，這正是這名老作家所欠缺的，他同時也擁有這位老作家一直在假設的形態下所期望的最高幸福，也就是不愛女人。如果俊輔擁有這種矛盾的理想形態，以及他期盼的青年資格，那麼，他愛女人這件事應該就不會產生那樣的不幸連鎖吧。俊輔這輩子只會從中感覺到不幸，這樣的觀念拼湊而成的存在，以及他青春的夢想與年老的悔恨交混而成的存在，就是眼前的悠一。如果俊輔是像悠一這樣的年輕人，愛女人會是何等幸福的事呢？假設俊輔像悠一這樣，對女人起不了愛意，或者是說，他一直都不愛女人的話，他這輩子不知會有多幸福！就這樣，悠一化身為俊輔的觀念，以及他的藝術作品。

據說所有文體都是從形容詞的部分開始老化。換言之，形容詞是肉體，是青春。俊輔甚至認為，悠一就是形容詞的化身。

這名老作家就像是一位偵訊犯人的刑警，臉上泛起淺笑，手肘抵在桌上，立起浴衣下的單膝，聆聽悠一的告白。聽完後，他不為所動，就只是一再重複地說道：

「不會有事的，你就結婚吧。」

「可是，我怎麼有辦法和自己提不起欲望的人結婚呢。」

「別開玩笑了。人們全都是木頭，就算對象是冰箱，一樣有辦法結婚。因為結婚這種事，是人類的發明，這項工作在人類能力所及的範疇下，所以根本不需要欲望。至少在這個世紀裡，人們都因為欲望而忘了行動，就把對方看作薪材，看作坐墊，看作是掛在肉鋪屋簷下的牛肉塊；你一定能興起虛偽的欲望，討對方歡心。不過就像我剛才說的，教會女人快樂，是百害而無一利。重要的是，萬萬不可認同對方的精神，我方也絕不能留下一點點精神的殘渣。你聽好了，你只能將對方看作是物質。這是我多年來痛苦的經驗談，就像要泡澡時得先取下手錶一樣，面對女人時，如果不卸下自己的精神，就會馬上生銹，再也不管用了。我之前就是因為沒這麼做，而失去了許多手錶，搞得自己一輩子都被逼著製作手錶。我蒐集了二十個生銹的手錶，所以這次才出了全集。你看過了嗎？」

「不，還沒。」青年臉頰泛紅。「不過，我明白老師您說的。我也常在想，為什麼我從來不會對女人產生欲望。每次想到我對女人精神層面的愛是一種虛偽時，我就會認為這樣的精神是種欺騙。就連現在我也常想，為什麼我和大家不一樣，為什麼我的朋友們不會像我這樣，有肉欲和精神相互悖離的情形呢？」

「大家都一樣。只要是人，就全都一樣。」老作家提高音量。「不過，不會這麼想是青年的特權。」

「但只有我和人不一樣。」

「這樣也沒關係。我還想仰賴你這樣的確信重返青春呢。」

這名狡猾的老人說。

另一方面，悠一也有悠一的想法，對於他祕密的本性，他一直受這樣的醜陋所折磨的本性，俊輔不僅感興趣，甚至感到憧憬，這令他感到困惑。但面對有生以來第一次坦言自己祕密的對象，此刻他即將出賣自己的一切祕密，悠一從中感受到背叛自己的喜悅，就像一名受可惡主人苛刻使喚的菜苗小販，遇到了好顧客，就此賤價把他所有的菜苗全賣了一樣，感覺到背叛的喜悅。

悠一簡短地說明自己與康子的關係。

他的父親與康子的父親是結織多年的好友。悠一的父親在大學就讀工科，後來以技術人員出身的幹部身分，擔任菊井財團子公司的社長，之後過世。那是昭和十九年（一九四四年）夏天的事。而康子的父親是經濟學系畢業，在某家百貨公司任職，目前擔任專務董事。根據這兩位父親當年的約定，悠一在二十二歲那年的新年，和康子訂了婚。他的冷漠令康子絕望。康子時常到俊輔家玩，當時她邀悠一一同出遊，都沒能成功。而今年夏天，好不容易才和悠一單獨到K町展開這趟旅行。

康子暗忖，他可能是另有意中人，對此感到煩惱。這是未婚妻理應會有的疑惑，但悠一就只能愛康子一人。

他目前就讀某私立大學。家中就只有罹患慢性腎臟炎的母親和一名女傭，是個普通健全的落魄家庭，而他拘謹的孝心，是母親煩惱的根源。就他母親所知，對這名俊美青年有意思的，除了他的未婚妻外，還有不少女人，但他從未做出任何逾矩的行為，她認為這是出於悠一對她病軀的一份體貼，以及經濟上的顧慮。

「我可沒打算將你養成這種窮酸個性啊。」這位個性直爽的母親如此說道。「要是你爹還在世的話，不知道會多感嘆。因為你爹從大學時代起，可是沒日沒夜的在女人堆裡打滾。拜此之賜，他上了年紀後，才會變得那麼沉穩，幫了我一個大忙。像你這樣，年輕時就這麼古板的人，反而會擔心你上了年紀後讓康子吃苦。虧你爹傳給你這張花花公子的俊俏臉蛋，但沒想到會是這樣。娘就只是想早日抱孫，如果你不喜歡康子，就早點解除婚約，或是自己挑一個你喜歡的人，帶回來見我吧。在決定好人選前的見異思遷，一、二十個人都不成問題，只要別給我做糊塗事就好。不過，娘這個病，也不知道什麼時候會要我的命，所以你可要早點成婚啊。男人做事就得正大光明。如果是擔心零花不夠，那你多慮了，不管再瘦再窮，好歹還是有些積蓄，包你不愁吃。這個月給你的零用錢會比平時多出一倍，學校的書就別買了。」

悠一用這筆錢學跳舞。他的舞技日益純熟。但這種極度藝術性的舞蹈，與現今這種只能當作是調情用的準備運動、有其實用性的舞蹈相比，更帶有一種過於流暢的機械性孤寂。他那微微低頭的姿態，在觀看者眼裡，可以感覺到他美貌底下不斷受壓抑的行動能量所散發的氣息。他參加舞蹈比賽，一舉拿下季軍。

季軍的獎金兩千日圓，他想替母親將這筆錢存進她聲稱還有七十萬圓存款的銀行帳戶裡，結果發現存款餘額與他的想像有極大落差。自從母親出現蛋白尿的症狀，不時臥病在床之後，母親就將管理存摺的工作交給那位個性悠哉的老女傭阿清。每次母親問她餘額還剩多少，這位規矩的女傭都會刻意拿出算盤，將存摺的上排和下排加總，詳細報告。也就是說，自從換了新的存摺後，不管過了多久，原本一直都還有七十萬日元。但悠一查看後發現，現在只剩三十五萬。每個月的證券收入約二萬左右，但最近經濟不景氣，不能仰賴證券。為了籌措生活費、他的學費、母親的療養費，以及萬一病重時得支出的住院費，得盡快賣掉這棟還不算小的屋子。

然而，這個發現令悠一大喜。以前他動不動就會想到結婚的義務，現在拜此之賜，只要搬進一棟勉強可供他們三人居住的小房子，就能躲過婚姻了。他自己攬下管理家中財務的工作。還替自己辯解，說這份俗氣的工作，正好可以實際運用他在學校所學的經濟學，就此埋首於家庭收支簿中，他的母親看兒子這樣，感到悲從中來。事實上，悠一的這種做法，可以看出是針對他母親先前那率直的慫恿，而刻意這麼做，讓她無從叨念，有種強迫接受的意味，所以有時母親會不經意地說道：「從學生時代就對家庭收支簿感興趣，真是個怪人。」悠一聽了，表情嚴重扭曲。母親見自己這句滿是怨懟的話語，產生出足以令兒子大為激動的反應，對此大為滿意，但她不知道自己這句話到底是哪一部分傷了兒子。怒火讓悠一從平時那備受拘束的嗜好中解放開來。他感覺到母親肆無忌憚地闖進兒子浪漫幻想中的時刻已經到來。這個幻想對他來說，同樣也是不抱任何期望的，因為他感覺得出，母親的希望，就像是在侮辱他的絕望。於是他說：

「說什麼結婚，太不切實際了。眼下得先把房子賣掉。」儘管兒子早已發現家中經濟上的窮困窘境，但出於一份善良的體貼，他一直隱瞞沒說。

「開什麼玩笑，明明就還有七十萬的存款。」

「已經少了三十五萬。」

「是你計算錯了吧。還是你私吞了這筆錢？」

腎臟病漸漸將蛋白質滲入她的理性中。悠一引以為傲的證詞，反而驅使她熱中地投入可愛的陰謀中。她指望著康子的陪嫁金，以及等悠一畢業後要安排他到康子父親的百貨公司上班的承諾；一方面催促兒子結婚，一方面跟他說，就算會有點吃緊，也還是要保住這個家。想和兒子媳婦一同住這個家，是她多年的心願。原本心地善良的悠一就是猜出她的心思，才會陷入趕著要結婚的困境中。而現在，自信的念頭站在他這邊。就算他和康子結婚（當他百般不願地做出這個假設時，他強烈感受到自己的不幸），他們想靠她的陪嫁金來化解家中經濟危機的陰謀，應該很快就會穿幫。到時候康子會認為他是出於卑鄙的算計才和她結婚，而不是出於真情。這名不容許自己有些許卑鄙念頭的純潔青年，原本是基於盡孝的單純動機，才會想和對方成婚，但是就愛情來說，這反而是更不純潔的動機。

「該怎麼做，才能符合你的期待呢？」老作家說。「我們一起來想想吧。婚姻生活毫無意義，這點我可以向你保證。因此，你不必有任何責任，也不必感到內心歉疚，一樣可以結婚。為了你有病在身的母親，還是愈早結婚愈好。不過，關於錢……」

「啊，我告訴您這件事，沒那個意思。」

「但我聽起來卻覺得有這個意思。你害怕這場婚姻的目的只是為了陪嫁金，因為你沒自信可以對妻子投注足夠的愛情，以掩蓋那鄙俗的外貌。你期望日後有一天能背叛不是你自己情願走入的婚姻生活。大體來說，一般青年都深信，心中的算計可以透過愛來補償。愈是精於算計的男人，心裡愈會倚賴自己的純粹。你的不安，想必就是來自於那無處依託的模糊態度吧。那筆陪嫁金，就先把它存起來，作為日後離婚的贍養費吧。這種錢用不著心存感謝。聽你剛才所言，只要有四十五萬日圓，就能保住你現在的家，也能迎娶妻子入門，恕我冒昧說一句，如果是這點小事，就包在我身上吧。你只要瞞著別讓令堂知道就行了。」

悠一面向的前方，正好是一座漆黑的梳妝臺。可能是有人從圓形的鏡面前面走過時，衣服下襬撥動了它，鏡子以略微上仰的角度，完整映出悠一的臉。悠一在說話時，感覺到自己的臉不時緊盯著自己。

俊輔急著接話道：

「你也知道的，我不是個行事古怪的有錢人，會隨便拿四五十萬圓送給路上遇到的張三李四。我之所以願意這樣幫你，有兩個很簡單的理由。」他因為感到難為情而顯得躊躇。「一是因為你是個世所罕見的俊美青年。我年輕時很希望能像你一樣。二是因為你不愛女人。我現在也很希望能像你一樣。但天性使然，無可奈何。我從你身上看到了啟示。拜託你。我希望你過的是和我的青春完全相反的日子。講明白一點，我要你當我兒子，替我復仇。你是獨生子，無法當我的養子。但我希望你當我精神上（啊，這是不能說的禁語！）的兒子。代替我，為我過去陷入迷途所犯下的種種愚蠢行為弔唁。為此，要我花再多錢我也願意。原本我就不是為了養老才存錢。不過，為了我，我希望你別將你的祕密告訴任何人。我會要你和其他女人見面。如果有哪個女人在見了你之後，沒對你萌生愛意，我倒是很想見識見識。不管怎樣，你對女人都不會有欲望。擁有欲望的男人會有什麼舉動，我會一一教你。並教你明白男人的冰冷，如何在擁有欲望的同時，又能將女人整得死去活來。我要你照我的指示行事。你擔心會被人看出你心中沒有欲望？這事包在我身上。為了不讓人看穿你的祕密，我會使出各種妙招。為了防範你從夫婦生活中找到安身立命之道，我會讓你實地去涉獵同志之愛。雖然不是以此為目的，但我還是會幫你找機會。不過，這件事絕不能洩露給女人知道。舞臺和後臺絕不能混淆。我會引領你走向女人的世界。引領你前往我一直在裡頭扮演丑角，以香水和脂粉塗抹而成的舞臺背景前。你將扮演一概不碰任何女人的唐璜。從以前到現在，不管是再偏僻的劇場，唐璜這個角色也不會演床戲。用不著擔心。關於舞臺後的機關，我可是經驗老道呢。」

這位年邁的藝術家，幾乎已完全說出心裡話。他說出了一部尚未著手寫的作品企劃。不過，他還是掩飾了真情的羞赧。以五十萬日圓舉辦的這場幾近瘋狂的慈善義舉，是對他人生最後的戀情，驅策一名懶得外出的老翁在盛夏時節來到伊豆半島南端的戀情，再一次因為自己悲慘的愚蠢行為而落寞收場的可悲戀情。而這第十幾次的痴傻又抒情的戀情，最後獻上他虔誠的供養。他意外地愛上康子，是康子讓他犯下這樣的錯誤，令他嘗受這種屈辱，為了報復，康子無論如何也得成為這個人的妻子，愛上這位沒有愛情的丈夫。她和悠一結婚，是俘虜俊輔意志的一種凶殘邏輯。他們非結婚不可。不過話說回來，這位不幸的作家，明明都已過了花甲之年，卻還是無法從自己內心找出監視自己意志的力量。為了根絕日後有可能再犯的愚蠢行為，他花了大把鈔票，並看作是為了美而捨棄的錢財，還有比這更不切實際的自我陶醉嗎？這麼一來，藉由他們兩人的婚姻，間接給康子帶來了罪過，而這罪過也令他感受到良心譴責的快意痛苦，這不就是俊輔所期待的嗎？過去俊輔雖然過得不幸，卻從未站在犯罪的這一方。

在這段時間裡，悠一的注意力，全被燈下鏡子裡的自己，那俊美青年的容貌所吸引。那哀愁的雙眼，在俊秀的眉毛下圓睜，靜靜注視著他。

南悠一從那樣的美當中嘗到一股神祕。這青年的臉龐，充滿青春的精氣，像雕像般帶有陽剛之氣的深邃，像青銅般具有不幸而又美麗的質量——這就是他。過去悠一對於意識自己的美感到嫌棄；對於他喜歡的少年們，那宛如不斷拒他於門外的遙遠之美，令他感到絕望。

悠一遵從一般男性的慣習，禁止去感受自己的美。但隨著眼前這名老人那熱情的誇讚往他耳中傾注，這藝術的毒、這句話的有效毒性，化解了他長久以來的禁錮。他現在允許感受自己的美了，悠一第一次看清楚如此美麗的自己，從那小小的圓鏡中，出現一名陌生而絕美的青年臉孔，那帶有男子氣概的雙脣，露出一排皓齒，不自主地笑了。

悠一不明白俊輔那發酵和腐敗交雜而成的復仇狂熱。儘管如此，這怪異且性急的提議，正逼他做出答覆。

「你的答覆為何？要和我締結契約嗎？要接受我的贊助嗎？」

「我還不知道。我有預感，即將會發生連我自己也弄不明白的事。」

俊美的青年就像仍未從夢中醒來般，如此說道。

「現在無法馬上做決定也無妨。如果你有意接受我的提案，請用電報通知我。我會馬上履行剛才的承諾，請讓我在你們的婚宴上獻祝賀詞。並請按照我的指示行事。這樣可以吧？非但不會給你添麻煩，還會為你送上『花心丈夫』的美名。」

「如果我結婚的話……」

「如果是這樣，一定會需要我。」

這名自信滿滿的老人如此回應。

「阿悠在這兒嗎？」

康子在隔門外如此問道。

「請進。」

俊輔說。康子打開隔門，與不經意轉頭的悠一四目交接。康子看到年輕人那迷人的美麗微笑。意識改變了悠一的微笑。這名青年從未像此刻這般，洋溢著光芒四射的美。康子宛如感到刺眼般，頻頻眨眼。接著她就跟那些感動的女人一樣，不自主地感受到了「幸福的預感」。

康子已在浴室洗過頭，他想悠一應該是到俊輔房間找他聊天去了，不方便就麼一頭溼髮前去找他。她靠在窗邊，晾乾秀髮。傍晚時分從O島的港口出發，行經K鎮，明天天明時分抵達月島碼頭的定期渡輪，已駛進港口。她梳著頭，望著燈光灑落水面，緩緩駛進港內的渡輪。K鎮鮮少聽見歌聲。因此，每次船隻入港，甲板的擴音器朝夏日晴空播放的流行歌曲，總會清楚地傳來。碼頭上擠滿了旅館嚮導的燈籠。接著進行靠岸作業，發出尖銳的哨子聲，劃破夜空，像鳥兒不安的鳴叫般，傳進她耳中。

康子感覺到洗好的頭髮急速變乾的冰涼感。緊貼在鬢角處的幾根後方的頭髮，感覺猶如冰冷的草葉在碰觸她，不像是她身體的一部分，甚至害怕伸手觸摸自己的頭髮。在這種頭髮逐漸變乾的觸感下，帶有一種死亡的爽快。

「阿悠他在煩惱些什麼，我完全不懂。」康子心想。「如果他坦白說出的煩惱，是他必須死，那就一起死吧，沒什麼大不了的。我之所以會想刻意邀阿悠到這裡來，顯然已下定這樣的決心。」

過了一會兒，她開始一面梳頭，一面因浮現腦中的眾多念頭而迷惘。該不會悠一現在人不在俊輔的房裡，而是在某個她不知道的地方吧？這不祥的念頭突然將她緊緊攫獲。康子站起身，快步奔過走廊。當她出聲叫喚，打開隔門時，恰巧看見那美麗的微笑。她從中感覺到幸福的預感，也是很自然的事。

「你們正在聊天嗎？」

康子問。老作家感覺得到，康子那微微偏頭的媚態，顯然不是朝他而來，於是他把臉轉開。他想像康子七十歲的模樣。

房裡瀰漫著尷尬的氣氛。這時，就像一般人常做的那樣，悠一低頭看錶，已經九點了。壁龕的桌上電話響起，三人就像被匕首刺中般，不約而同轉頭望向電話，卻沒人主動接聽。

最後俊輔拿起話筒，接著旋即朝悠一使了個眼色，是悠一的家人從東京的家中打來的長途電話。康子怕他走出房間到帳房接電話後，就只剩她和俊輔兩人獨處，於是也跟著離開。

稍頃，兩人一同返回。悠一的眼神顯得慌亂，沒開口問，他自己就急著說道：

「家母疑似罹患腎萎縮。她心臟不好，而且常覺得渴。不管要不要讓她住院，他們都叫我馬上趕回去。」激昂的情緒令他說出平時一概不會說的事。

「而且聽說家母整天嘴上都叨念著：『真想看到悠一娶媳婦之後再死。』病人實在跟小孩子沒兩樣。」

說著說著，他感覺到自己已決心要步入婚姻。這點俊輔也感受到了。俊輔的眼中泛起陰沉的喜悅。

「總之，我得趕快回去才行。」

「現在就走的話，可以趕上十點的船班。我也跟你一起回去。」

康子如此說道，衝回房間打包行李。她的步履帶有一絲歡悅。

「母愛可真偉大。」因為長得醜，始終沒能獲得親生母親疼愛的俊輔，在心中暗忖。「我看她是用自己腎臟的力量來解救兒子的危機吧？悠一想趁今晚趕回去的心願，不就實現了嗎？」

俊輔如此思索，而他眼前的悠一則是陷入沉思。看到他那低垂的細眉、英姿凜凜，形成流線陰影的睫毛，俊輔微感戰慄。今晚真是個奇怪的夜，老作家暗自在心裡嘀咕。這時要是再做無謂的叮囑，反而會刺激為母親掛念擔憂的青年，還是算了吧。沒問題的，這個年輕人應該會照我的意思去做。

十點出帆離港的時間勉強趕上。頭等艙已經客滿，所以兩人分配到的是八人同住的二等和室房。俊輔聽了，輕拍悠一肩膀，向他調侃道：「這下可以保證你一夜好眠了。」兩人上船後，旋即收起船梯。碼頭上有兩、三名只穿著白色內衣，手裡拎著油燈的男子，淨對甲板上的女人開著低俗的玩笑。女子以尖細的聲音回擊。康子和悠一被他們的交談震懾，含著微笑，任由渡輪逐漸離俊輔遠去。就這樣，渡輪與碼頭間，像浮油一樣金光閃亮，靜默無聲的寬廣水面，距離變得愈來愈開闊。而那靜肅的水面，猶如有生命的物體，眼看它逐漸擴展開來。

老作家的右膝在夜晚的海風吹襲下，隱隱作痛。曾經有一段歲月，神經痛發作的痛苦是他唯一的熱情。以前他憎恨那些歲月。現在稍微沒那麼憎恨了。右膝那陰險的疼痛，不時會成為他不為人知的熱情藏匿處。他提著旅館掌櫃提供的燈籠，返回旅館。

一週後，俊輔返回東京，馬上便接到悠一同意兩人約定的電報。

第三章　孝子成婚

婚禮日期訂在九月下旬的吉日。婚禮的兩、三天前，悠一心想，等結婚後恐怕就沒機會單獨用餐了，雖然他平時也都不會單獨出外用餐，但此刻他抱持要完成這項遺憾的決心來到街上，在小巷裡的一家西式料理店二樓享用晚餐。這位擁有五十萬日圓的小富豪，有資格小小奢侈一下。

現在時間五點，離用餐時間還有點早，店裡沒什麼客人，服務生們一臉睏樣。

他俯視日落前仍瀰漫著暑氣的街道人潮。街道有一半都還很明亮，前方一家舶來品店，陽光射進它的遮陽簾所形成的暗影下，直達櫥窗深處。陽光就像一隻行竊的手，朝一個像是腰帶夾的翡翠綠步步近逼。面對這樣的寧靜，那櫥窗深處的一點綠仍若無其事地閃耀光芒，頻頻射向等候料理端上桌的悠一眼中。這名孤獨的青年感到口渴，頻頻喝水。因為他覺得不安。

男同志大多也會結婚，為人父，這樣的案例所在多有，但悠一並不知道。悠一也不知道，他們雖然不是出於本意，但其實都運用自己特異的本能，來為婚姻生活謀求福祉。他們光是一個妻子，就已飽嘗女人這種教人吃不消的大餐，吃得肚皮發脹，幾欲作嘔，可說是絕不可能再去招惹其他女人。世人口中的那些愛妻人士當中，這類的人可不少。如果有了孩子，他們的角色與其說是父親，還不如說是母親。因丈夫的花心而受盡折磨的女人，她們的第二春只要找這類的男人就對了。這種男人的婚姻生活是一種幸福、穩定、不具刺激性，而且本質相當可怕的自我冒瀆。這種丈夫最後的依靠，就是以冷笑來面對日常的生活起居、人性的一切、人性的生活細節，亦即這種自信的念頭。對女人來說，有如此殘酷的丈夫，恐怕連做夢都想不到。

要理解箇中精妙，應該需要相當的年齡和經驗。此外，要忍受這樣的生活，應該也需要相當的調教。悠一今年二十二歲。不僅如此，他那瘋狂的庇護者，儘管年紀都一大把了，卻仍舊只熱中於觀念。至少悠一先前在他面前展現凜然之氣時的悲劇意志，現在已不復見。他覺得一切都無所謂了。

因為納悶料理怎麼遲遲不端上桌，悠一不經意的轉頭望向牆壁的方向。這時，他感覺到一直有一道視線緊盯著他的側臉。方才像飛蛾一樣，悄悄停在悠一臉頰上的那道視線，在他轉頭看的瞬間振翅飛離。牆邊站著一名身材修長、膚色白淨的服務生，約十九、二十歲的年紀。

他胸前兩排帥氣的金鈕釦，排成弓形。繞到背後的手指，做出像在輕敲牆壁的動作，那立正站好的姿勢看起來有點難為情，這都證明了他不還不夠老練。他那一頭黑髮散發亮麗的光澤。略顯慵懶的下半身所展現的優雅，與他那小巧的臉蛋中，宛如人偶般的嘴唇所呈現的天真相得益彰。他腰部的線條顯現出少年腿部純潔的流暢線條。悠一真實地感受到自己情欲高漲。

在店內的叫喚下，服務生離去。

悠一抽了根菸。就像一名接到召集令的男子，一直擔心在入伍前的這段時間要如何盡情享樂，結果卻什麼也沒做一樣，打從一開始，快樂就需要無限期的前提和對倦怠的恐懼。就像過去有幾十次就這麼眼睜睜錯失機會一樣，悠一有預感，這次的情欲也同樣會消失無蹤。他將落在磨得晶亮的餐刀上的菸灰吹走，菸灰落向插在桌上的一朵玫瑰上。

湯送上桌。剛才那名服務生，他垂放著餐巾的左臂，捧著銀製容器走來。當他將掀開蓋子的容器遞向悠一的盤子上時，在那騰騰熱氣的鼓舞下，悠一抬起頭，正面望向那名服務生。在出奇近的距離下，悠一微微一笑。服務生也露出他白亮的虎牙，在這短暫的瞬間，回應了這名青年的微笑。接著服務生離去，悠一默默的低下頭，望向那裝滿湯的深盤。

這看起來像別有含意，也像毫無意義的小插曲，鮮明的留在他腦中。因為這段插曲日後將帶有清楚明瞭的含意。

婚宴在東京會館的別館舉行。按照傳統規矩，新郎新娘一同站在金屏風前。單身的俊輔當然不適合擔任介紹人。他是以貴賓的身分出席。老作家在休息室吞雲吐霧時，一對穿著晨禮服和傳統和服的男女走進休息室。不過這名身穿傳統和服的女子，她那氣質出眾的舉止與略顯冰冷的美豔瘦臉，休息室裡在場的夫人無人能及。她以不帶半點笑意的清澈眼眸，冷冷地環視四周。

她就是先前與曾是伯爵的丈夫一同設下仙人跳，從俊輔身上騙走三萬日圓的女子。仔細一看，她那佯裝冷漠的一瞥，就像在找尋新的獵物。他那體格健壯的丈夫也一樣，手上沒戴山羊皮白手套，而是改為拿在手中，貼在妻子身旁，流露出的不是像花花公子般充滿自信的電眼，而是充滿渴望，靜下不來的視線，且四處游移。這對夫婦呈現的樣貌，宛如搭著降落傘落下蠻荒之地的探險家。驕傲、恐懼，以及這種滑稽的混合體，從戰前的貴族身上是完全看不到的。

鏑木前伯爵發現俊輔，朝他伸出手。他下巴內收，像個壞蛋似的，一隻白皙的手把玩著外衣的鈕釦，微微偏著頭，滿面笑容地說了一句：「一切順心啊。」自從有財產稅以來，一直被這群假紳士濫用的這句問候語，人們刻意避開不用，是出於中產階級那無聊的固執。有壞事替他那高貴的厚臉皮做保證，所以聽到他說這句「一切順心」，眾人都覺得很自然。簡言之，假紳士拜慈善之賜，把自己弄得不成人樣，貴族拜壞事之賜，勉強保有個人樣。

不過，從鏑木的模樣，可以感受到一股難以名狀的厭惡。就像怎麼擦也擦不掉的衣服汙點、刻印、難以形容的一種不舒服的柔弱和厚顏無恥的混合體，像硬擠出來的可怕聲音，以及完全計畫好的自然態度……

俊輔受怒火驅策。因為他想起鏑木那像女人又像紳士的勒索手法。現在他已沒義務接受鏑木這樣的親暱問候。

老作家動作僵硬地點了個頭。他馬上便發現這樣的回禮太孩子氣，而刻意修正。他從長椅站起身。鏑木的黑漆皮鞋上套著鞋罩。一見俊輔站起身，他以跳舞般的步履，在擦拭晶亮的地板上輕盈的後退兩步。緊接著，他開始和其他認識的夫人展開久違不見的寒暄。站起身的俊輔頓時不知該何去何從。鏑木夫人直直地走來，領著俊輔來到窗邊。大體來說，她是個不說客套話的女人。她走起路來，和服下襬規律的擺動猶如波浪，顯得朝氣蓬勃。

室內的燈光如實地映照在玻璃窗上，在此薄暮時分，鏑木夫人就站在那玻璃窗前，她至今仍保有剔透玉膚，一絲皺紋也沒有，令俊輔大為驚訝，不過這位夫人的才能，就是能瞬間選出適合自己的照明角度和亮度。她同樣也絕口不談過去的話題。這對夫婦很懂得利用心理學，只要不表現出羞慚的模樣，對方自己就會感到羞慚。

「看您精神矍鑠，真替您高興。在這個場合裡，外子看起來遠比您還要老得多呢。」

「我也想早點變老啊。」六十六歲的老作家說。「現在還是常會因年輕衝動而犯錯。」

「真是個壞老頭。您現在還有性致？」

「那妳呢？」

「真沒禮貌，人家才正要開始呢。像今天這位新郎，和這位像孩子似的小姐舉辦這場婚禮，簡直就像在扮家家酒，要是在這之前可以先到我這裡接受兩、三個月的調教就好了。」

「我們這位新郎官扮相如何啊？」

老藝術家那因為泛黃的血管而變得渾濁的雙眼，若無其事地拋出這提問，同時小心翼翼地觀察這個女人的表情。只要能看出她臉上些微的動搖，眼中閃過一絲光芒，他就會一把揪住，絕不錯失良機，然後加以放大、擴張，使其燃起火苗，造就出難以抗拒的熱情，他有自信能夠辦到。小說家大多如此，在對付別人的熱情時，總有用不完的高明手段。

「我是今天第一次見到他。雖然早有耳聞，不過確實是位比傳聞還要俊美的青年。這樣的青年，才二十二歲就和沒見過世面，看起來很無趣的千金小姐結婚，上哪兒找這麼枯燥乏味的羅曼史啊。看他們這樣，讓人忍不住怒火中燒呢。」

「其他客人有什麼評論嗎？」

「談的全是這位新郎的事。康子小姐的同學們大吃其醋，開口沒好話，不過，除了說一句『我最討厭那種類型的男人了』這種話，也無從挑剔了。另外，那位新郎迷人的微笑，該怎麼說好呢。感覺彷彿能從他的微笑中嗅出青春的氣息呢。」

「妳就直接在致詞時和大家分享這段話如何？也許會有意外的效果喔。因為這樁婚姻並不是現今流行的戀愛結婚。」

「可是，他們對外可不是這麼說的。」

「那是騙人的。說起來，這是精神更崇高的婚姻。這是孝子的結婚。」

俊輔眼神望向休息室角落的一張扶手椅。上頭坐著悠一的母親。她略顯浮腫的臉，塗了厚厚的香粉，令人看不出這位年近半百，最近過得很快樂的女人實際的年齡。她努力想笑，但是那浮腫的臉頰牽制著她的笑容。那僵硬、沉重的笑臉，不斷沉積在她的臉頰兩側。儘管如此，她此時仍置身在人生最後的幸福時刻中。俊輔心想，幸福就是這般醜陋。這時，母親手上戴著樣式老舊的鑽石戒指，手指做出摩娑腰間的動作。可能是在表示她想小解吧。一名身穿紫色縐綢和服，在一旁服侍的中年女子，探頭悄聲詢問她有何需要。母親在她的攙扶下站起身，周到的朝賓客們一一點頭致意，穿過人群，走向廁所所在的走廊。

就近看她那浮腫的臉龐，俊輔想起他第三任妻子的遺容，渾身戰慄。

「在現今這個時代，這可是蔚為美談呢。」

鏑木夫人以冰冷的口吻說道。

「改天安排妳和悠一老弟見個面吧？」

「人家剛新婚，這有點強人所難吧。」

「哪兒的話，等蜜月旅行回來後就行。」

「你能保證嗎？我倒很想和那位新郎官好好聊聊。」

「妳對結婚沒有偏見嗎？」

「反正是別人結婚。就算是我自己結婚，我也認為那是別人結婚。我向來不管這種事。」

這名冷漠的女子應道。

婚禮主辦人告訴眾人，宴席已準備妥當。近百名賓客移駕大廳，緩緩形成漩渦。俊輔坐向主桌的貴賓座位。悠一那俊美的雙眸，打從婚禮開始就不斷閃動不安之色，這位老作家無法從座位的角度看清楚，深感遺憾。而看在旁人眼中，應該會覺得新郎那陰暗的眼瞳，也堪稱是今晚的絕美景致之一。

宴席進行順利。宴席途中，新郎新娘依慣例在眾人的掌聲下離席。擔任介紹人的那對夫妻，忙著招呼這對顯得很稚嫩的新婚夫妻。悠一在換上旅行穿的服裝時，領帶總是沒打好，一再重打。

介紹人和悠一站在已等在門口的車輛前，等候仍未換好裝的康子前來。擔任介紹人的這位前大臣掏出香菸請悠一抽。這位年輕的新郎朝抽不慣的香菸點火，環視街道。

要在接送的車內等候康子，這樣的氣候並不合適，而且他微感醉意。兩人倚著這輛晶亮的新車，一旁呼嘯而過的車輛頭燈形成的反射，不斷從車身上流逝，兩人之間只偶有寥寥數語。介紹人對他說，你娘的事不用擔心，你不在的這段時間，我會負責照顧好她。聽這位父親的老友道出此等關懷的話語，悠一備感欣喜。他的內心冷若寒冰，同時充滿感傷。

這時，對面大樓冒出一名骨瘦如柴的外國人。身穿蛋黃色的西裝，打著花俏的領結。人行道旁停著一輛新型的福特，似乎是他的車，男子以鑰匙插進車門。他身後一名日本少年快步走來，來到石階半途突然停步，環視四周。他穿著一件剪裁修長的格紋雙排扣西裝。領帶是晚上一樣色彩鮮明的檸檬黃。在大樓的前燈照耀下，髮油晶亮無比，猶如淋過水一般。悠一看了大為驚訝。是之前那位服務生。

外國人催促少年快走。少年踩著輕快熟練的步履，坐進前座。接著外國人坐向左側的駕駛座，發出響亮的關門聲。車子旋即以流暢的速度揚長而去。

「怎麼了？你臉色不太好看呢。」介紹人說。

「嗯，因為抽不慣菸，才抽了一小口，就覺得不太舒服。」

「這怎麼行。把菸還我，我沒收。」

介紹人將點著的香菸放進香菸外形的鍍銀容器內，啪的一聲合上蓋子。悠一再度被那個聲音嚇了一跳。這時，康子已換上整套的旅行裝扮，戴著白色的鑲邊手套，在眾人的圍繞送行下出現在門口。

兩人坐車前往東京車站，坐上七點半開往沼津的火車，一路直達熱海。康子那神情恍惚，一臉沉醉幸福中的模樣，令悠一備感不安。他善良的心，理應隨時都有足夠的空間以容納她的愛，但此時他狹窄的內心，已不適合容納這種感動的流體。他的心猶如被有稜有角的觀念塞滿的倉庫，裡頭一片漆黑。康子把看膩的娛樂雜誌遞給他。目錄裡的某一行，以粗體印出「嫉妒」這兩個字，他因此得以給自己陰沉的內心動搖標上一個像樣的名目。他心裡的不愉快，似乎來自於嫉妒。

對誰？

他腦中率先浮現的，是剛才那名少年服務生。在蜜月旅行搭乘的火車裡，將新娘晾在一旁，卻對路上遇見的少年產生嫉妒心，當他感覺到這樣的自己，頓時感到可怕起來。自己宛如一個沒有固定形狀，也沒呈現人形的生物。

悠一把頭靠向椅靠，遠遠望著康子那低垂的臉。難道就不能把她想像成男孩嗎？那眉毛呢？眼睛呢？鼻子呢？嘴脣呢？他像一連好幾張設計圖都沒畫好的畫家一樣，暗啐連連。最後他閉上眼，想將康子想像成男人。但這種不道德的想像力，卻把眼前這位美麗的少女，變得比女人更不可愛，化為更加無法以真心去愛的醜陋影像。

第四章　黃昏時分目睹遠處火災的功效

十月初的某個黃昏，悠一用完晚餐後，獨自窩在書房。他環視四周。一間有學生風格的簡樸書房。單身者的思考，猶如看不見的雕像般，純潔的佇立著。整棟屋子就只有這個房間還保持單身。唯有在這裡，不幸的青年才得以輕鬆的呼吸。

墨水瓶、剪刀、小刀、字典，這些東西在檯燈的亮光下熠熠生輝，他深愛這樣的時刻。物象本孤獨。身處在這些物品的包圍下，他隱約覺得世人口中和樂團圓的和平景象，或許就像這樣吧。如同剪刀之於墨水瓶一樣，備有彼此孤立的存在理由，以因應尚未成形的行為，什麼也沒說，默默守護著彼此。這是和樂團圓聽不見的透明笑聲。是和樂團圓連帶保證的唯一資格……

「資格」一詞浮現後，他立刻感到心痛。現在南家外表呈現的和平，感覺就像是對他的責難。所幸沒演變成腎萎縮。免去住院之苦的母親，每天展露的歡顏，和康子終日宛如臉上蒙著一層霧的微笑，這樣的安息……大家都已進入夢鄉，只有他還醒著。和持續沉睡的家人一起生活，令他感到發毛。甚至想拍拍眾人的肩膀，將他們叫醒。但要是真這麼做的話，母親、康子、阿清應該都會醒來。然後從那一刻起，他們都會憎恨悠一。只有自己一個人保持清醒，是何等的背信行徑啊。可是，夜間值勤的人就是藉由背信來守護眾人。藉由背叛睡眠來守護睡眠。啊，就是為了讓真相持續擺在沉睡者這邊，才有這種人性的警告。悠一感覺到夜間值勤者的震怒。從這個人性的角色中感覺到憤怒。

考季尚未到來。大致看一下筆記就行了。經濟學史、財政學、統計學，他這類的筆記上寫滿了工整好看的小字。朋友們都對他筆記的準確性感到吃驚，但這樣的準確性猶如機械。清晨的秋日照進教室內，在發出沙沙聲的數百支筆的動作中，悠一手中的筆尤為突顯出機械的動作。那毫無感情的筆記幾乎就像速記，這是因為他只將思考當作自我克制的機械性手段，就此得到的回報。

今天是他婚後第一次上學。學校是個很適合的避風港。回到家後，俊輔來電。電話那頭，老作家以沙啞又開朗的嗓音高聲道：

「嗨，好久不見。最近過得可好？之前一直有所顧忌，沒打電話給你。明晚要不要到我家吃頓晚餐啊？雖然想叫你們夫妻連袂出席，但因為想問你後來的情況，所以還是你一個人來吧。最好別跟你太太說你要來找我。剛才是你太太接的電話，她說大後天星期天要和你一同來向我問候，到時候你只要裝出像是婚後第一次來的模樣即可。明天你就五點來吧。因為我想讓你見個人。」

一想到這通電話，悠一便感覺目前正在看的筆記上彷彿有一隻纏人的大飛蛾在上頭來回滾動。他合上筆記，嘴裡嘀咕。「又是女人。」光是說出這句話，便覺得疲憊不堪。

悠一像孩子般害怕黑夜。至少今晚應該可以從義務觀念中解放。今晚，他要獨自悠哉的躺在床上，好好享受這一夜安息，這是他一直到昨天為止都不斷善盡義務所得到的獎賞。在純潔、不顯一絲零亂的床單上醒來吧。這樣才是最棒的獎賞。但說來諷刺，他的情欲窺探著今晚的他，不許他享受這樣的安息。情欲猶如岸邊的水，在舔舐他黑暗內心的周邊後，旋即退去，然後又悄悄靠近。

他經歷過多次不帶半點情欲的怪異行為，多次冷若寒冰的感官遊戲。悠一的初夜，極力模仿情欲。他巧妙的模仿，瞞過了這位沒經驗的買主。也就是說，他的模仿相當成功。

俊輔仔細教導悠一避孕的步驟，但悠一害怕這些步驟會妨礙他用心構築的幻影，所以沒照做。理性明明要他避免讓妻子懷孕，但如果眼前的行為失敗，將會是莫大的屈辱，相較於這樣的恐懼，他頓時覺得未來的事反倒無關緊要了。第二個晚上，基於某種迷信，他認為初夜之所以會成功，是因為他沒遵照那個步驟去做，他害怕要是遵照步驟去做，或許就會搞砸，所以和初夜一樣，重複那盲目的行為。說起來，第二夜算是忠於成功模仿的雙重模仿。

他始終以冰冷的心度過一次又一次的冒險，每次想起那些夜晚，悠一就全身戰慄。在熱海的飯店，新郎新娘被同樣的恐懼所震懾，不可思議的初夜。康子在浴室的那段時間，他心神不定的來到陽臺。半夜時，飯店養的狗猛吠。眼底下燈火通明的車站前燈光處，有一舞廳，那裡的音樂聽得無比清楚。定睛細瞧，可望見窗內的黑色人影隨著音樂擺動，音樂一停，也跟著停止動作。每次一停，悠一就感覺到自己心跳加速。俊輔說過的話，他當成護身符一樣默念。

「就把對方看作薪材，看作坐墊，看作是掛在肉鋪屋簷下的牛肉塊。」

悠一粗魯地一把扯下領帶，像抽鞭子一樣，打向陽臺的鐵欄干上。因為他需要強勁有力的行為。

當他們熄燈時，他仰賴想像力的馳騁。模仿是最具獨創性的行為。在展開模仿的這段時間，悠一感覺自己並未以任何對象當範本。本能會讓人對平庸的獨創感到陶醉，但違背本能，備感痛苦的獨創意識，卻無法讓他迷醉。「會做這種事的人，可說是前無古人後無來者，就我一個。我完全都得靠自己去思考創造。每一個時刻都在屏息等候我下達獨創的命令。看！我的意志再次戰勝本能的悲涼景象。看女人的歡愉，從那荒涼的景致刮起布滿塵埃的旋風。」

……不管怎樣，悠一的床上非得有另一個美麗的雄性才行。他的鏡子必須介於他和女人之中。倘若不借助這項助力，成功無望。他閉著眼睛和女人上床。當時悠一想像的是自己的肉體。

暗房內的兩人逐漸變成了四人。因為實際存在的悠一和變身成少年的康子間的交合，與想像自己能愛上女人，虛構的悠一和實際存在的康子間的交合，雙方必須同時進行。從這樣的雙重錯覺中，不時會迸發出夢幻的歡喜。它很快就會轉化為無盡的倦怠。悠一眼中多次出現幻影，看見母校放學後，寬闊的操場沒半個人影的空白景象。他投身於陶醉中。拜此瞬間的自殺之賜，這行為結束了。但從明天開始，自殺將成為他的慣習。

不自然的疲勞和嘔吐，奪走兩人隔天的旅程。兩人走下那朝大海傾斜，坡度甚陡的小鎮。悠一感覺自己在所有人面前扮演幸福。

兩人來到岸壁，用每三分鐘五圓的架設望遠鏡遠眺。海天一色。位於右方海岬頂端的錦浦公園涼亭，可以清楚看見它在上午的陽光照耀下閃閃生輝。有兩個人的身影從涼亭旁掠過，融入芒草叢的亮光中。又有另一對人影走進涼亭，緊緊相依。那兩道人影合為一體。將望遠鏡轉向左方，可以望見好幾對人影順著迂迴的石板地緩坡往上走。可以清楚望見在石板地上留下身影的每一對人影。悠一看自己腳下也有同樣的影子，略感鬆了口氣。

「大家都和我們一樣呢。」

康子如此說道。她把臉從望遠鏡上移開，倚著堤防，任憑海風吹拂她微感暈眩的額頭。但這時，望著妻子的肯定態度，心中感到嫉妒的悠一選擇沉默。

……悠一從不愉快的沉思中醒來，望向窗戶。高臺的窗戶，可以遠遠望見下方的路面電車車道和臨時建築的後方，工廠地帶煙囪林立的地平線。晴天時，地平線因為煙霧瀰漫，看起來彷彿提高了一、兩寸。而入夜後，不知是因為值夜班，還是反射些許霓虹的緣故，那一帶的天空底端時常帶有淡淡的一抹胭紅。

但今晚的紅不一樣。天空底端明顯是醉了。月兒尚未升上夜空，所以在淡淡的星光下，這份醉意特別鮮明。不僅如此，這遠處的紅，是一面翻飛的旗子。那杏色的渾濁帶有一絲不安，看起來宛如一面不可思議的旗幟，隨風振奮飄揚。

悠一明白那是失火。

經這麼一提才發現，火的四周蒙上一層白煙。

俊美青年的雙眼因情欲而溼潤。他的肉體慵懶的相互擠壓。不知為何，他感覺自己不能再靜靜待在這裡。他從椅子上站起。得快點衝出這裡才行。得趕緊滅火。他來到門口，朝學生服外披上藏青色的大衣，繫上腰帶。他對康子說，我突然想到一些有需要的參考書，我出去找一下。

他走下坡道，站在路面電車車道上等電車，一旁的臨時建築逸洩出微弱燈光。他沒有明確的目的地，只想著要往市中心去。不久，光線刺眼的都市電車從街角的彎道處搖搖晃晃的現身。裡頭沒有空位，十二、三名沒位子坐的乘客，有的倚著窗邊，有的抓緊吊環，分站在電車內。簡單來說，車內相當擁擠。悠一倚著窗邊，讓夜風吹拂他火熱的臉頰。從這裡看不到地平線遠方的火災。那真的是火災嗎？或者是更凶惡、更不吉利的火光？

悠一隔壁的車窗沒站人。下一站走進兩名男子，靠向那面車窗。他們只看得到悠一的背。悠一若無其事的以眼角餘光窺望這兩人。

一個人身穿舊西裝修改而成的灰外套，年近四十，十足的商人模樣。他耳後有個小傷疤。就只有頭髮梳得滿頭油光，看起來油裡油氣。不過他那張土色的長臉，覆滿稀疏的長長鬍鬚，宛如雜草般。另一人身穿褐色西裝，個頭矮小，看起來像上班族。長相令人聯想起老鼠。不過他膚色白皙，倒不如說，到近乎蒼白的程度。那醬紫色的仿玳瑁眼鏡，更加突顯他臉色的蒼白。此人看不出年紀。兩人低聲交談，那聲音帶有難以言喻的親近感，以及像在享受什麼祕密般，伸舌舐脣的感覺。他們的對話毫不客氣地傳進悠一耳中。

「待會兒去哪兒？」

西裝男問。

「最近很缺男人。因為想要男人，每到這個時刻就四處閒晃。」

模樣像商人的男子說。

「今天去H公園嗎？」

「這樣說不好聽。請改說PARK。」

「嘿嘿，真是失禮了。會有條件好的嗎？」

「偶爾會有。現在這時間正好。要是再晚點，就全都是老外。」

「好久沒去了。我也想去開開眼。不過今天不行。」

「如果是你和我的話，那些生意人不會賞我們白眼。要是長得再年輕貌美一點的話，他們就會認為是來搶生意的。」

車輪發出的嘎吱聲打斷了對話。悠一因好奇而內心激蕩。但第一次發現同類的這種醜陋，重重傷了他的自尊心。他們的醜陋，與他長期以來偏離正道的懊惱，竟是如此貼合。「相較之下……」悠一想。「檜先生臉上有經驗的年輪。至少他的醜陋有男人的味道。」

電車抵達前往市中心的換乘站。穿外套的男子與同伴告別，下車來到月臺。悠一跟著他走出電車。與其說是出於好奇心，不如說是對自己的一份義務感驅策他這麼做。

眼前的十字路是相當熱鬧的一處街角。他盡可能與外套男保持距離等電車。他站在店門口候車的那家水果店，在耀眼的燈光下，堆滿秋天多樣的水果。有葡萄，那上頭撒了灰粉的紫色，與一旁的富有柿那猶如秋天陽光般的光澤互相輝映。有梨子及蘋果，和提早上市的青皮橘子；但成堆的水果就如屍體一樣冰冷。

外套男轉頭望向他，兩人四目交接，悠一若無其事地別開目光。對方那宛如蒼蠅般執拗的視線，始終緊纏著悠一。「我大概命中註定得和這個男人上床吧。難道我已沒有選擇的餘地了嗎？」悠一心驚膽戰地暗忖。這戰慄中帶有一股不潔的甘甜，就像發餿似的。

見電車來了，悠一迅速上車。剛才在聽他們談話時，對方大概沒看到他的臉吧。不能讓對方以為他是同類。但外套男的眼中燃起情欲之火。在擁擠的電車內，男子踮起腳尖，窺望悠一的側臉。完整的側臉，像狼一樣年輕精悍的側臉，理想的側臉……但悠一卻以藏青色的風衣背對他，仰望一則畫有楓葉圖案的廣告。上頭寫著「享受秋天，請來N溫泉」，廣告全都像這樣，「溫泉」、「飯店」、「輕鬆入住」、「歡迎休息」、「備有浪漫的房間」、「最棒的設備」、「最便宜的費用」……有一則廣告上頭畫著映在牆上的裸女影子，以及菸灰缸裡升起冉冉輕煙的香菸，文案寫著：「請在本飯店留下秋夜美好回憶。」這些廣告都令悠一感到痛苦。因為他被迫體認到一個道理——這社會終究還是以異性戀為原則，在那窮極無聊，永遠的多數決原理下運作。

電車很快來到市中心，在早已過了下班時間的大樓窗戶間呼嘯而過。路上行人稀少，行道樹一片昏暗。可以望見公園那悄靜無聲，黑壓壓的一片樹叢。來到公園前的停靠站，悠一率先下車，幸好有許多人下車，那名男子墊後。悠一和在其他乘客一起走過路面電車車道，走進公園對面街角上的小書店。他拿起雜誌，假裝翻閱，不時窺望公園。那名男子在面向人行道的公園廁所前徘徊，顯然是在找悠一。

半晌過後，見男子走進廁所後，悠一步出書店，橫越無數汽車排成的車流，快步走過路面電車車道。廁所前是一片樹陰，光線昏暗。但在這一帶可以感覺到躡手躡腳的擁擠人群、低調的熱鬧，彷彿某種看不見的聚會在暗中進行的氣氛。如果這是一般的宴會，就算門窗緊閉，還是會微微傳來逸洩出的音樂聲、餐具的碰撞聲、酒瓶的拔栓聲，可從中得知這裡在舉辦宴會。但眼前是飄散髒臭的廁所，且悠一的四周不見人影。

他走進廁所陰溼昏暗的燈光下，這圈子裡的人都稱這裡是「事務所」（這種事務所在東京有四、五個知名場所），事務性的默契，取代文件的眼色、取代打字的小動作、取代電話的交換暗號，全都是這處昏暗且沉默的事務所平時的樣貌，它們一一映入悠一眼中。話雖如此，他倒也不是看到了什麼。這裡有將近十名男子在場，以這個時間來說，這樣的人數未免也太多了點，他們悄悄互使眼色。

他們一同望向悠一的臉。剎那間，許多眼睛綻放光芒，許多眼睛帶著嫉妒。俊美青年彷彿被這些眼睛大卸八塊般，因恐懼而渾身顫抖，為之怯縮。但男子們的動作有固定的秩序。在互相牽制的力量拉扯下，他們的動作似乎減去了不少速度。動作活像是糾纏在一起的海藻，在水中慢慢鬆解開來。

悠一從廁所旁的出口逃進公園裡茂密的八角金盤樹叢中。這時，他發現眼前的步道到處都閃動著菸頭的火光。

在白天太陽下山前，手挽著手緩緩漫步在這條公園後方小徑的情侶們，一定做夢也沒想到，在幾個小時後，同樣一條小徑竟會變成截然不同的用途。這可說是公園改變了它的樣貌。白天被覆蓋著的怪異的半邊臉，到了晚上就此顯現。就像莎翁的戲劇終場所呈現的，人們宴客的場所，到了夜半時分轉讓給妖魔們宴客。白天時，辦公室裡的情侶們坐在這裡聊天的美麗舞臺，入夜後成為人們口中的「華麗舞臺」，而參加遠足的小學生們為了怕跟不上隊伍，踩著不合他們的步伐，一路往上跳的這座昏暗石階，則是化名為「男人的花道」，至於公園後方這條長長的樹陰小路，則是改名為「一見道路」。這些全是夜晚時的稱呼。由於無法可管，所以一直都採放任態度的轄區員警，也很清楚這些稱呼。不論是在倫敦還是巴黎，公園之所以會用在這類的用途上，當然是基於實際的方便考量，但這種象徵著多數決原理的公共場所，竟然顧及了少數人的利益，當真是既諷刺，又恩澤深重的怪現象。H公園自從大正時期以其中某個區塊作為練兵場開始，便是這個族群著名的聚集場所。

悠一站在連他自己也不知道的「一見道路」的一隅。沿著這條路逆向而行。同類們站在樹叢間，或是像水族館裡的魚一樣邁著溫吞的步伐。

渴望、選擇、追求、欣求、嘆息、夢想、彷徨，因習慣這項毒品而變得更強烈的情欲，這些因美學相關的罪業惡疾而變得醜陋的成群肉欲，彼此仗著陰暗路燈的亮光，靜靜交換悲傷的凝視視線，四處彷徨。在黑夜有幾雙圓睜的飢渴眼睛，一面流動，一面相互凝視。在小徑的轉彎處相互摩擦的手臂、碰撞的肩膀、隔著肩膀窺望的眼睛、令樹梢彎撓的夜風、緩緩來去，然後又在同樣的地方擦身而過時，銳利投射而來的端詳目光……草叢間斑駁的亮光，分不清是從樹叢間透射而下的月光還是燈火，處處傳來蟲鳴。蟲鳴聲與在黑暗中四處閃爍的菸頭火光，加深了這情欲令人無法呼吸的沉默。公園裡裡外外，不時會有疾駛而過的汽車，大燈令樹影為之搖晃。佇立在樹陰下，之前一直沒看見的男人影子，瞬間大大地浮現。「他們全都是我的同類。」悠一邊走邊想。「雖然階級、職業、年齡、美醜各有不同，但全都是靠同一種情欲，也就是靠性器相互連繫在一起的同伴。竟然有這樣的繫繩！這些男人現在沒必要睡在一起。因為打從出生起，我們就都睡在一起了。為了互相憎恨、互相嫉妒、互相輕蔑，還有互相取暖，彼此需要些許的愛。從那兒走過的男人，是邁著怎樣的步伐？他全身展現出勁道，交互縮起雙肩，晃動他的大屁股，搖頭晃腦，那步伐讓人聯想到蛇。那是感覺比親子、兄弟、妻子都還要親近的同類！」

——絕望是一種安息。俊美青年的憂鬱略微減輕。因為他從眾多的同類中，沒能找出勝過他的美貌。「話說回來，剛才的外套男怎麼了？剛才他不知道是否還在廁所裡，我因為匆匆逃離，沒看清楚。站在那樹陰下的人不是他嗎？」

那近乎迷信的恐懼，只要見到那個男人，最後就非得和他上床不可的迷信恐懼，感覺又回來了。為了給自己打氣，他點了根菸。這時，一名青年朝他走來，手上的菸沒點火。他可能是刻意熄掉菸頭的火，只見他遞出菸說道：

「不好意思，借個火。」

是個二十四、五歲，身穿一件剪裁別致的的灰色雙排扣西裝的青年。形狀好看的費多拉帽、別富情趣的領帶……悠一默默遞出菸。青年探出他那五官工整的長臉。當悠一看清楚他的臉時，為之戰慄。青年那青筋浮凸的手、眼尾深邃的皺紋，顯見他其實是個年過四十的男士。眉毛以眉筆仔細修過，化妝油粉像一張薄薄的面具，掩蓋了他衰老的肌膚。他那特長的睫毛，似乎也不是與生俱來。

老青年抬起一雙圓眼，想和悠一說些什麼，但悠一轉身背對他，邁步離去。基於對對方的一份體恤，他盡可能放慢腳步，不讓自己顯得像是在逃跑，這時，一群像是一直尾隨而來的男子也跟著轉身。不光四、五個人，他們各自分開，若無其事的走著。悠一清楚地看出，其中一人就是那名外套男，他不自覺地加快腳步，那些無言的讚美者忽而在前，忽而在後，為了一窺這位俊美青年的側臉，緊緊跟隨。

來到那處石階時，不熟當地環境，也不知其夜間名稱的悠一，以為只要走上石階，就能找到逃離的出口。月明如水，照向石階上方。當他正要登上頂點，碰巧有個人影吹著口哨往下走。是名身穿白色毛衣，身材修長的少年。悠一看見他的臉。是餐廳的那位服務生。

「啊，這位小哥。」

他不自主的朝悠一伸出手，如此說道。不規則排列的石頭令少年一陣踉蹌。悠一伸手撐住他那柔軟而又結實的身軀。這場戲劇性的相遇，令他大為感動。

「你記得我嗎？」少年問。

「記得啊。」悠一說。婚禮當天看到那幕痛苦的情景，他將當時的記憶往肚裡吞。兩人此時手握著手。悠一感覺到少年戴在小指上的戒指突尖處。這令他突然憶起學生時代，朝他裸露的肩膀拋來的那條浴巾，上頭的毛線銳利的觸感。兩人牽著手奔向公園外。悠一的胸中無比激蕩。不知不覺間，他已拉著雙手盤胸的少年，奔過不時有情侶行走的幽靜人行道。

「為什麼要跑這麼快？」

少年氣喘吁吁地問道。悠一紅著臉停下腳步。

「沒什麼好怕的。小哥，你還沒習慣對吧。」少年再次說道。

接著，兩人在一家了解這種特殊情況的飯店裡，共度了三小時，這對悠一而言，感覺猶如火熱的瀑布。他卸去所有人工的羈絆，沉醉於靈魂完全赤裸的三小時。肉體完全赤裸的歡愉會是怎樣呢？當靈魂脫去沉重的外衣，完全赤裸的瞬間，悠一在感官的歡愉之外，又再加上清澈透明的激情，幾乎沒有肉體的容身之地。

但如果正確判定這時的情況，與其說是悠一買下了少年，倒不如說是少年買下了悠一。或者該說是精明的賣家買下了笨拙的買家。服務生熟練的技巧，讓悠一展現出狂熱的動作。從窗簾透射進來的霓虹反光，看起來猶如失火一般。在火焰的反光下，浮現出一對盾牌，那是悠一充滿男人味的胸膛。正巧夜裡遇上意外的寒氣，刺激了他的過敏體質，他胸前多處浮現蕁麻疹的紅色斑點。少年發出一聲讚嘆，一一親吻那些斑點。

少年服務生坐在床邊，一面穿內褲，一面問道：

「下次什麼時候能再見？」

明天悠一和俊輔有約。

「就後天吧。最好別去公園。」

「也對。我們已經沒必要去那兒了。今晚我遇見了自己從小就憧憬的人。我從沒見過像小哥你這麼美的人。簡直就像天神一樣。我求求你，可千萬不要拋棄我喔。」

少年用他柔軟的頸項磨蹭悠一的肩膀。悠一以指尖撫弄他的頸項，合上眼。我應該很快就會拋棄這位最早遇見的對象，悠一享受著這份心中的預感。

「後天九點，我一忙完店裡的工作，就馬上過去。這附近有家咖啡廳，店裡聚集的全是這類的人。就像俱樂部一樣，但也有什麼也不知情的普通人，就這樣走進店內喝咖啡。所以就算你去也不會有問題。我這就畫張地圖給你。」

他從長褲口袋裡取出記事本，舔著鉛筆筆尖，畫出一張拙劣的地圖。悠一看見少年的脖子上有一個小小的毛漩。

「好了。一看就明白對吧。啊，忘了告訴你我的名字，我叫阿英。小哥你呢？」

「我叫阿悠。」

「好名字。」

這客套話讓悠一聽了有點反感。他見少年表現得遠比他來得平靜，感到很吃驚。

兩人在街角揮別。悠一剛好趕上紅電車8，返回家中。母親和康子都沒問他去哪兒。悠一躺向康子身旁的墊被上，第一次感到能夠安息。他已經擺脫某個東西的糾纏。在帶有奇怪惡意的歡愉驅策下，他將自己比擬成一名結束愉快的假日，又回歸每天工作中的娼妓。

但這種嬉鬧的比喻，含有更深的含意，遠超出他自己隨意的想像。它道出像康子這種質樸、柔弱的妻子，日後會對丈夫帶來意想不到的影響，這就是最初的滲透，甚至應該說是一種滲透的預感。

「和躺在我身旁的那名少年相比」，悠一想。「現在我躺在康子身旁，是多麼廉價啊。不是康子獻身給我，而是我獻身給康子，而且還無酬。我是個『無酬的娼妓』。」

這種自甘墮落的想法，並未像以前一樣折磨著他，反而還令他感到開心。因為疲勞，他很快便進入夢鄉。就像一名懶惰的娼妓。

第五章　救渡的第一步

隔天來到俊輔家的悠一，流露滿足幸福的笑臉，這率先讓俊輔感到不安，接著則是讓請來和悠一見面的女客感到不安。因為他們原本都預料，悠一身上會出現最適合這名青年的不幸紋路。應該說這兩人都猜錯了。這名青年的美貌是很普通的美，沒有與他不相稱的紋路，鏑木夫人憑藉女人評鑑男人的敏銳一瞥，馬上便看出這點。夫人心想：「就連幸福也很適合這名青年。」能將幸福穿在身上的青年，就像能穿上黑西裝的青年一樣，應該說是現今這個時代很重要的人物。

悠一針對之前夫人出席他婚宴的事，向他答謝。這自然的舉止顯得很愉悅，而只要對象是年輕男子，不管是誰都能表現得很親暱的夫人，馬上狀甚親暱地出言調侃。她提出忠告，他的笑臉就像是額頭上懸掛一塊寫著「新婚」的牌子，要是出門時沒將那牌子取下，會看不見前方，恐怕將就此撞上電車或汽車。悠一沒提出任何反駁，就只是保持率真的笑臉來回

8　路面電車的末班車。

應，老作家見狀，一時間懷疑起自己的眼睛。俊輔那困惑的神情，顯現出男人的愚蠢，明知自己受了欺騙，卻還想顧及體面。悠一第一次對這名誇張的老先生感到有點鄙夷。不僅如此，他暗自想像一名騙得五十萬日圓的犯人內心的喜悅，樂在其中。就這樣，這場三人的飯局，因為略微亂了套，反而呈現出意想不到的活力。

檜俊輔有個多年的崇拜者，是位廚藝高超的廚師。這位廚師的厲害之處，在於他能做出與俊輔他父親蒐集的陶器相得益彰的佳餚。俊輔生來就無特別嗜好，所以對盤子、料理也沒特別的好惡，但礙於對方的懇請，每次要招待賓客時，還是習慣借重他的廚藝。這位廚師是京都一家布莊的次男，入木津聿齋門下習得懷石料理，為了今晚的宴席，他準備了以下這幾道菜餚。在懷石料理中稱作「八寸」的整套前菜，分別是松葉松露、百合根炒山椒芽、岐阜的熟識送來的峰屋柿、大德寺的納豆，以及蟹肉更紗燒[9]。端上雞肉播湯和芥末紅味噌湯後，以上頭有牡丹圖案，外形高雅的宋代彩繪陶盤，裝盛鯿魚做成的生魚薄片。燒烤方面有醬燒落鮎[10]，涼拌配菜有初茸拌毛豆和赤貝白拌[11]，燉煮有鯛魚豆腐搭醃蕨菜、壺盤料理是燙茜草。用完餐後，端上桌的是森八的小不倒翁，這是外面以櫻紙包覆，白色、桃紅色相間的小人偶點心。但這些珍饈佳餚，並未對悠一年輕的舌頭帶來任何感動。他只想吃歐姆蛋。

「悠一，請你吃這頓飯，委屈你了。」

俊輔見悠一提不起食欲，如此說道。他問悠一愛吃什麼，悠一如實說出心中的想法。「想吃歐姆蛋」，這句毫不造作的回答，觸動了鏑木夫人的心。

悠一被自己的快活所騙，不知不覺間忘了自己不愛女人這件事。固定觀念的實現，往往會治癒這樣的固定觀念。被治癒是觀念，絕不是形成觀念的原因。但這種虛假的治癒，首次允許他沉醉於這樣的假設中。

「假設我說的全是假話……」俊美青年以愉悅的開朗心情如此思索。「……其實我是真心愛著康子，只是由於為錢發愁，而對這位好心的小說家說了謊，那我現在所處的立場會是多麼輕鬆自在啊。我那宛如舒適別墅般的幸福，其實是建造在惡意的墓地之上，對此我應該會得意洋洋，引以為傲才對。我還會將餐廳地板下埋著枯骨的事，告訴日後誕生的孩子們。」

悠一對於告白免不了的過度誠實，感到羞愧。因為昨晚那三小時，已改變了他誠實的本質。

9　更紗燒是將顏色鮮豔的材料搭配在一起，煎成像更紗（花布）一樣美的一種料理。
10　產完卵後，順河而下的香魚。
11　原文為「白和え」，是指豆腐、白芝麻、白味噌磨碎調味後，再加上蔬菜做成。

俊輔替夫人的杯裡倒酒。

酒滿出杯子，灑向她那件漆絲短外罩。

悠一迅速從上衣口袋裡掏出手巾擦拭。手巾瞬間發出閃耀光芒，那耀眼的白，為現場帶來一股潔淨的緊張感。

俊輔心想，為何自己蒼老的雙手會顫抖呢？當時緊盯著悠一側臉瞧的夫人，喚醒了他的嫉妒。明知不能因為這愚蠢的私情而誤事，非得先葬送自己的情感不可，但悠一那意想不到的爽朗態度，再度令這位老作家感到迷惘。他再次反省自己。難道我發現這名青年的美，並覺得感動，這全都不是真的，我只是愛上他的不幸……？

夫人就不一樣了，悠一這份細膩的用心，令她深受感動。她向來都認為大部分男人的殷勤，都是對她別有用心，但連她都不得不承認，唯有悠一的殷勤出於純粹的真心。

說到悠一，他對自己突然掏出手巾的輕率判斷感到尷尬。他認為自己太過輕率。這也是因為再次從迷醉中清醒的他，關心的是自己的言行被視為獻媚，這正是他所害怕的。他愛反省的毛病，很快便與總是陷入不幸中的自己達成和解。他的眼眸變得和平時一樣灰暗。俊輔見狀，就像看到他熟悉的事物般，一股欣悅之情令他感到安心。不僅如此，他甚至覺得剛才青年所展現的開朗，全是謹守俊輔的意思所做的巧妙偽裝，他此時看悠一的眼神，帶有一絲感謝和體恤。

話說回來，這種種的誤會，都是因為鏑木夫人比受邀的時間早一個小時來到檜家所造成。俊輔為了聽悠一報告而特別保留的這一小時的時間，她以不當一回事的慣有作風，就只是簡單地說一句「因為閒來無事，就不自覺地提早來了」，便若無其事地闖入。

兩、三天後，夫人給俊輔捎了封信。底下這行字，令收信者不自主地嘴角輕揚。

「總之，那名青年帶有優雅的氣質。」

這似乎出身上流的女人對「野性」所給予的尊敬不太一樣。俊輔心想，是悠一顯得很柔弱嗎？絕非如此。這麼說來，夫人想用優雅一詞來表達的，是抗議悠一給女人留下「殷勤而又冷漠」的印象。

事實上，當悠一離開女人身邊，與俊輔兩人獨處時，感覺得出他的放鬆。長期以來，看在俊輔眼中，他是個年輕而又緊張的崇拜者，這才是俊輔看慣的模樣，此時的他令俊輔感到高興。俊輔反而認為這樣才稱得上是優雅。

鏑木夫人和悠一離去的時間到來時，俊輔說他之前有本書要借悠一，請悠一和他一起去書房找，悠一一時間露出困惑的神情，俊輔朝他使了個眼色。這是在不失禮的情況下，將青年帶離那名女客的權宜之計。因為鏑木夫人向來都不讀書。

荷花玉蘭那宛如鎧甲般堅硬的葉子覆滿窗外，這七坪大的書庫位在二樓書房的隔壁，老作家之前就是在書房寫下充斥著憎惡的日記與滿是寬容的文學作品。他鮮少讓人進入書庫。俊美青年在他的引導下，不經意的走進塵埃、金箔、皮革、黴菌的氣味中，俊輔看到他唯一稱得上蒐藏品的東西，那數萬本威儀十足的藏書，露出羞紅之色。面對生命，面對那耀眼的肉體藝術品，許多書籍對自己空虛的外貌感到羞愧。他特製的全集，三面燙金的光輝仍在，而裁切整齊的上等好紙上頭的金箔，幾乎可映照出人臉。當青年拿起全集中的一本時，由於他年輕的容貌落在那厚厚一疊頁面上，感覺彷彿作品中的屍臭就此得到了淨化。

「日本中世時期，有一種現象相當於歐洲中世時期的聖母崇拜，你知道嗎？」俊輔搭話道。他知道悠一一定會回答不知道，所以不待他回答，自己就接著往下說。「就是幼兒崇拜。這個時代幼兒坐在宴會中的上座，率先接受主君敬酒。這本有趣的藏書，我有它的抄本。」俊輔從手邊的書架上拿起一本簿薄的日式裝訂抄本，向悠一出示。「這是叡山文庫裡的書，我請人代為抄寫。」

悠一看不懂封面上所寫的「兒灌頂」三個字，向老作家詢問。

「這本書分為兒灌頂的部分以及弘兒聖教祕傳的部分，弘兒聖教祕傳的標題下寫有『惠心[12]述』三個字，這當然是胡謅的。連時代都不一樣。我想讓你看的，反而是弘兒聖教祕傳中一段描述愛撫的奇妙儀式（多精妙的術語啊！被動受愛的少年陽具，稱作『法性之花』，而主動行愛的男性陽具，稱作『無明之火』），而希望你能理解的，則是兒灌頂這種思想。」

他以年邁而又急躁的手指動作翻頁，念出書上的一行文字。

「……汝身乃深位薩埵，往昔之如來。來此界度一切眾生。」

「所謂的汝，」俊輔解說道。「其稱呼的對象是幼兒。『汝從今爾後，於本名下加上丸字，以某丸稱之』，在歷經這種命名儀式後，會誦念這段神祕的讚美詞和訓誡的固定詞句，這是規矩。對了……」俊輔的笑容帶有一絲調侃。「……你救渡的第一步如何啊？應該會成功吧。」

悠一一時間沒弄明白他這話的意思。

「傳聞那個女人一見到中意的男人，便會在一個星期內得手。這是千真萬確的事。實際的例子多得數不清。有趣的是，就算是他看不上眼的男人，但只要敢追求她，在一個星期內，一定會有快要得手的感覺。但在最後的關鍵時刻，她會設下可怕的陷阱。我就上過她的當。為了不讓你對她抱持的一丁點幻想就此破滅，我就不說了。你就先等一個星期吧。一個

12　源信是平安時代中期天臺宗的僧人，人們尊稱他為惠心僧都。

星期後，那個女人的危險就會找上你。你要巧妙躲開（當然了，我也會幫你），然後再拖延一個星期。放長線釣大魚，讓女人感到焦急的方法多的是。再多延一個星期。你將會在那個女人之上，擁有可怕的權力。也就是說，你將會代替我救渡那女人。」

「但她是有夫之婦吧？」悠一天真無邪地問。

「她自己也這麼說。四處跟人說自己是有夫之婦。明明沒有離婚的打算，卻又不停地搞外遇。那女人的怪癖，到底是搞外遇，還是老跟在那種丈夫身旁，這問題旁人總是看不清。」

悠一因這句語帶諷刺的話笑了，俊輔向他調侃道：「看你今天一直都笑得很開心嘛。」這位疑心病重的老人，語帶刺探地說。「該不會是結婚一切順利，就此喜歡上女人了吧。」悠一就此道出前因後果，俊輔聽了大為驚嘆。

兩人往下來到一樓的和式房，只見鏑木夫人正百無聊賴的坐著吞雲吐霧。她手指間夾著香菸，正在沉思。她的另一隻手覆在拿菸的那隻手上，腦中想著剛才看到的那雙年輕的大手。他聊到運動，談及游泳和跳高。全都是孤獨的運動。如果用孤獨不合適的話，那就換個說法，全都是自己一個人能做的運動。為何這名青年會選擇這種運動呢？既然這樣，那舞蹈呢？……鏑木夫人突然感到嫉妒。因為她想到了康子。於是她刻意將悠一的幻想封閉在她的孤獨中。

「他確實很像一匹離群索居的狼。不過，他不像是個叛逆青年，一定是因為他內心的能量不適合反抗或叛逆吧。他適合什麼呢？應該是適合某種強烈、深邃、巨大，而且黑暗的無意義之事。他那爽朗、透明的笑容底下，沉積著一塊憂鬱的黃金，就像壓著鉛錘一般。他那木訥、厚實、像農家的椅子般給人安定感的手掌（真想坐坐看）……猶如兩把細劍的雙眉……藏青色的雙排扣西裝，穿起來格外好看。他扭轉身軀，以及感應到危險而豎耳細聽時，呈現出狼一般柔韌而銳利的動作……那稚嫩的酒醉模樣。他手覆在杯口上，頭微微偏向一旁，低頭裝醉，以此表示他已不能再喝了，這時他那烏黑光亮的頭髮就近在眼前。我感覺到自己殘暴的心，很想伸手一把揪住那頭黑髮。想以他的髮油讓我的手變得油膩。我差點就真的伸手了……」

見他們兩人下樓，她習慣性地投以慵懶的視線。桌上就只有裝著葡萄的大盤子，以及喝去一半的咖啡杯。像「你們可真慢」，或是「請送我回家吧」這類的話，她基於自負，一概不會這麼說，就只是默默迎接兩人的到來。

悠一目睹這名被傳聞侵蝕的女人真正的孤獨之姿。不知為何，他覺得夫人很像他。夫人以俐落的動作朝菸灰缸擰熄香菸，往手提包裡的鏡子瞄了一眼，霍然起身。悠一跟在她後頭。

夫人的做法令悠一吃驚。她完全沒跟悠一說話，自己攔了輛車，擅自叫司機開往銀座，將悠一帶往某家酒店，讓他和女服務生們玩，時間一到，又擅自起身，坐車送悠一到他家附近。

在酒店裡，她刻意在遠處靜靜觀察被一大群女人包圍的悠一。悠一不習慣這種場合，也不習慣穿這身西裝，所以不時會將藏進西裝袖口內的白襯衫袖口拉出來，圖一時的快活。鏑木夫人看得相當開心。

椅子間狹窄的空間下，夫人和悠一第一次共舞。走唱的樂師們在酒店一隅的棕櫚樹演奏。在椅子間穿梭的舞蹈，在醉漢們沒完沒了的大笑聲以及香菸的煙霧間穿梭的舞蹈……夫人的手指輕觸悠一的頸項。那理過髮的髮根處，如同夏草般新鮮、堅硬，摩娑著夫人的手指。她抬起眼。悠一的目光望向不知名的方向，夫人大為感動。只要女人沒跪下，就不會朝這個女人看一眼，如此高傲的雙眼，正是她長期以來遍尋不著的眼睛。

但之後過了一個星期，夫人音訊全無。雖然兩、三天後曾收到那封「優雅」的感謝函，但俊輔從悠一口中聽聞這意料之外的情形時，頓顯慌亂。不過到了第八天，悠一收到夫人寄來的厚厚一疊信。

第六章　女人的不如意

鏑木夫人望著身旁的丈夫。

十年來從未同床過的丈夫。沒人知道他都在忙些什麼。夫人自己也不想知道。

鏑木家的收入，是很自然的從丈夫的懶惰和他所做的壞事中衍生而來。丈夫是賽馬協會的理事，是天然記念物保護委員會的委員，是以海鰻製造提袋皮革的東洋海產股份有限公司的會長，是某西式裁縫學校的掛名校長。他同時還暗中買美金炒作。一旦缺零花，就挑選像俊輔這種無害的好好先生下手，以紳士的手法，壞事做絕。不過話說回來，這就像運動一樣。不僅如此，這位前伯爵還曾經向和他妻子有外遇關係的一名外國人索討高額的遮羞費。對方就像是個害怕醜聞外流的買主般，不等他開口要錢，馬上就給了二十萬日圓。

維繫這對夫妻的愛情，是夫婦之愛的模範，也就是一種共犯的愛情。對夫人而言，對丈夫的肉欲憎恨早已是過去的事了。如今肉欲褪色，已化為透明的憎恨，就只是連結他們這對共犯，難以解開的衣帶。壞事不斷讓兩人陷入孤獨，所以他們必須像空氣一樣，長久保持同居。儘管如此，兩人心底還是都渴望能離開彼此，但之所以遲遲無法分離，是因為兩人都想離婚。原本離婚要能成立，就只限於其中一方不想離婚的情況。

鏑木前伯爵向來都紅光滿面。那過度保養的臉面和鬍鬚，反而給人一種人工化的不潔印象。那一臉睏樣的雙眼皮眼睛，總是不安分地轉個不停。臉頰不時會像風吹過水面般，一陣痙攣，所以他習慣以白皙的手捏起他那滑順的臉頰。他和熟識會以冰冷、陰沉的語氣交談。而和沒什麼交情的人談話時，則會擺出一副高不可攀的態度。

鏑木夫人又看了丈夫一眼。這是個壞習慣。她這絕不是在看丈夫的臉。每次她在思考、覺得百無聊賴、感到厭惡時，就像病人會望向自己枯瘦的手一樣，她會不經意地望向自己的丈夫。不過，某個不長眼的傢伙看到這一幕，便四處跟人說她至今仍為她丈夫感到痴迷，說得煞有其事。

這裡是工業俱樂部大舞廳旁的的休息室。每月慣例舉行的慈善舞會，吸引了約五百名會員。鏑木夫人效仿這虛假的奢華，在她雪紡絲絨質地的晚禮服胸前掛上一串仿珍珠項鍊。

夫人已事先邀請悠一夫婦前來參加這場舞會。放有兩張票的厚厚一疊信紙中，有十幾張是白紙，悠一是以什麼表情看那疊白紙呢？其實夫人一度寫下熱情的情書，後來放火燒了，改換成同樣張數的白紙，只是悠一不知道罷了。

鏑木夫人是個強悍的女人。她從不相信女人也會遇上不如意的事。

就像薩特（Donatien Alphonse François de Sade）侯爵的小說《茱麗葉》中的女主角接受的預言一樣：「悖德的懈怠，馬上會引領她走向不幸」，夫人自從和悠一度過那什麼也沒發生的一晚後，她不禁覺得自己懈怠了。事後她甚至感到氣憤。和那麼無聊的青年共度了幾小時的時間，根本就是浪費。不光這樣，她還將自己內心懈怠的原因和他扯上關聯，並認定是因為悠一欠缺魅力。這樣的想法姑且為她帶來了自由，但她知道，這世上不論怎樣的男人，看在她眼裡都已不再有魅力，並對此感到驚嘆。

人一旦墜入愛河，就會深刻明白，我們人是多麼地毫無防備，並對過去在不懂這個道理的情況下竟然能過日常生活，感到戰慄。偶爾也會有人因為愛情而變得中規中矩，這也是這個緣故。

以世人一般的慣例來看，鏑木夫人已算是為人母的年紀，她從悠一心中感覺到一種阻礙母親與兒子相愛的禁忌。每當夫人想起悠一時，就會心想：「世上的母親回想自己已故的兒子，應該也是如此吧。」以這樣的心態去想悠一。這些徵兆，不就表示夫人的直覺從這位俊美青年那桀驁不馴的眼中看出某種不可能，並開始愛上這種不可能嗎？

夫人向來以沒夢過男人自豪，但她卻夢見了悠一，夢見悠一在說話時，嘴唇就像在咕噥心中不滿似的呈現出的青澀模樣。這場夢讓她有種不幸的預感。她第一次覺得有必要保護自己。

根據傳聞，不管對象是怎樣的男人，夫人都會在一週內和對方上床，而這次之所以破例對悠一施恩，並沒有特別的原因和算計。夫人想忘了他，不想和他見面。她當作是一種玩樂，寫下長長的書信，但並不打算寄出。她邊笑邊寫。寫下半開玩笑的求愛語句。而在回頭看這些書信時，她感到雙手發顫。她害怕回頭看，就此點燃火柴，一把火燒了。火燒得出奇的快，她急忙打開窗，拋向大雨不斷的庭院。

燃燒的信紙落向屋簷下的乾土和雨水積成的水灘交界處。信紙仍持續燒了一會兒。她感覺這段時間無比漫長。夫人不經意的撥動頭髮。仔細一看，有個白色之物附在手指上。火粉的細灰就像後悔似的，染上她的髮。

下雨了嗎？鏑木夫人抬眼而望。在樂師交換的這段時間，樂聲停止，所以在地板上走動的許多腳步聲像雨聲般傳來。從通往敞開陽臺的入口處，就只能看到星空與高樓大廈透射出零星燈光的窗戶所構成的都會夜景，顯得無比平庸。明明已納入這麼多夜氣，但是因跳舞和醉意而酒酣耳熱的眾多婦女，她們裸露的白皙肩膀，仍以不為所動的模樣流暢地穿梭來去。

「你是南對吧。南他們夫妻倆來嘍。」

鏑木先生如此說道。夫人望見站在人潮擁擠的入口門檻邊，正往休息室內環視的悠一和康子。

「是我請他們來的。」

夫人說。康子率先撥開人群，朝鏑木夫人的桌子走近。夫人前往相迎，內心很平靜。之前康子不在，她見到悠一時，對不在場的康子感到嫉妒，但此刻見悠一站在康子身旁，內心卻得到了平靜，這是怎麼回事呢？

她幾乎不看悠一，就將康子帶往自己身旁的椅子，直誇康子這身華麗的服裝好看。

康子以便宜的價格從父親百貨公司的採購部門買下這國外進口的布料，為了這場秋天的晚會，老早就開始訂作服裝。她這身晚禮服用的是象牙白的塔夫綢。那充分活用塔夫綢剛硬冰冷的質感所做成的寬闊下襬，上頭的木紋在光線底下看起來像是不斷流動一般，圓睜著那對呈現沉靜的銀色，細長且了無生氣的眼睛。配色是別在胸前的嘉德麗雅蘭。在淡紫色的花瓣包圍下，淡黃、淡紅、紫色的脣瓣，呈現出與蘭科植物特有的媚態和嬌羞，令人迷惑的詭辯樣貌。以金鍊子串起印度產的小堅果做成的項鍊、外形寬鬆，連手肘也一併遮掩的薰衣草色手套、胸前的蘭花，全都像雨後的空氣般，飄蕩著清爽的香水氣味。

悠一見夫人完全沒看他，大感驚訝。他向伯爵問安。伯爵雖是日本人，但眼瞳顏色稍淡，像在閱兵似地望了悠一一眼，朝他點了個頭。

樂聲響起。這張桌子的椅子不夠坐。因為其他桌的年輕人將空出的椅子拿走了。勢必有人得站著。悠一當然是站著，喝了一口鏑木推薦他喝的高球（High Ball）雞尾酒。兩個女人則是互斟白可可香甜酒（Crème de Cacao）。

音樂從昏暗的舞廳滿溢而出，像濃霧般瀰漫著走廊和休息室，讓人們難以聽清楚彼此的談話。四人陷入短暫的沉默。鏑木夫人突然站起身。

「就你一個人站著嗎，這怎麼好意思呢。我們大家來跳舞吧。」

鏑木伯爵慵懶地搖了搖頭。妻子竟然會說這種話，令他感到驚訝。因為過去就算來到舞廳，他們夫妻也不曾共舞。

夫人的邀約顯然是對著丈夫說，但悠一見她丈夫拒絕得這麼理所當然，心裡也已看出幾分，夫人不可能完全沒料到丈夫會拒絕。基於禮貌，他不是應該馬上邀夫人共舞才對嗎？顯然夫人想和他共舞。

他不知所措地望向康子。這種情況下，康子做出符合禮儀，但又有點孩子氣的判斷。

「不好意思，那就我們兩人跳吧。」

康子以眼神朝鏑木夫人致意，手提包擱向椅子，站起身。這時，悠一不經意的雙手抓住夫人起身後的椅背。而夫人再次坐下時，後背微微壓向他的手指。在這短暫的瞬間，悠一的手指夾在夫人裸露的後背與椅背中間。

康子沒看到這一幕。兩人撥開人群，前往跳舞。

「鏑木夫人最近變了呢。以前她可沒這麼文靜。」

康子如此說道。悠一沒答腔。

他知道就像之前在酒吧的時候一樣，夫人如同一名警衛，坐在遠處，面無表情靜靜注視著他。

為了避免胸前的蘭花損毀，康子相當小心，所以兩人保持距離共舞。康子對此感到抱歉，悠一則是很感謝有這朵蘭花。但他想像自己以胸膛將那昂貴的花朵壓扁時所帶來的男性喜悅，這股熱情使他心中一沉。沒有熱情的行為，就算是再微不足道的浪費，也必須在人們眼中看起來像吝嗇或禮節偽裝下的自我節制。毫無熱情地壓扁這朵花，不管照哪一種道德標準來看，都不會是正道……當他如此思忖時，想將兩人胸前燦放的這一大朵鮮花壓扁的掃興企圖，就此成為他勢在必行的義務。

跳舞的人群愈靠中央愈是擁擠。許多情侶為了給彼此適當的藉口，好緊挨彼此身軀，使得這裡變得愈來愈擁擠。悠一在使出追步向前時，好似游泳選手以胸部切開水面般，以胸膛切向康子的那朵花。康子的身體神經質的做出反應，因為她疼惜這朵蘭花。比起讓丈夫緊擁懷中共舞，保護蘭花不受摧殘更為重要，這是女人很理所當然的心思，這令悠一大感輕鬆。既然對方是這樣的心思，悠一自然也有他的想法，他要是能成功扮演一名任性又熱情的丈夫就好了。由於這時剛好轉為快節奏的音樂，這名青年腦中滿是不幸的狂亂念頭，他像發作似的，緊緊一把抱住妻子。康子根本來不及抵抗。蘭花就此被摧殘，扭曲變形，模樣淒慘。

但是就各種方面來說，悠一的一時興起帶來了好結果。稍頃，康子開始感受到幸福，這是不用說也知道的事。她溫柔地注視著丈夫。不僅如此，她就像一名展示勛章的士兵，向人炫耀那朵壓扁的蘭花，踩著少年的輕快步履，急著回到原本的桌位。希望有人可以出言向她調侃：「哦，才跳第一圈，妳的嘉德麗雅蘭就毀啦。」

回到桌位後，鏑木夫婦的四周圍了四五名熟人，談笑風生。伯爵在一旁打哈欠，默默喝著酒。不同於康子的心思，鏑木夫人眼尖，一下就看到了她胸前壓扁的蘭花，但她什麼也沒說。

她抽著女人常抽的偏長香菸，打量著康子胸前那朵頭兒低垂，被壓得扁扁的蘭花。與夫人跳舞時，悠一立刻以率真的口吻，語帶操心的詢問：

「謝謝您的贈票。因為上面什麼也沒寫，所以我和內人一起來了。這樣沒失禮吧？」

鏑木夫人轉移提問。

「說什麼內人，真教人驚訝。你現在還不適合這麼說。何不直接說『康子』呢？」

這是一個好機會，可以在悠一面前直呼康子的名字，夫人並沒有錯過，這是偶然嗎？

夫人有了新的發現，悠一不僅舞技高超，而且舞步極為輕盈、率真。他那青年的高傲，每一個瞬間夫人都覺得俊美，這難道只是夫人自己看到的幻影嗎？還是說，他的率真與傲慢同為一體？

「世上大部分的男人都是以內在來吸引女人。」她暗忖。「但這名青年卻是以空白誘人。他是在哪兒學會這種祕招？」

接著悠一詢問她為何來信全是白紙，不過他那不帶半點懷疑的天真提問，讓夫人想起自己使出故弄玄虛的技巧，寄出空白信紙一事，感到難為情。

「也沒什麼，因為我文筆不好……當時我確實有很多話想跟你說，份量大概有十二、三張信紙之多吧。」

悠一感覺被她以輕描淡寫的回答化解了。

悠一在乎的，反而是第八天信才寄到這件事。俊輔說的一個星期期限，令他聯想到考試的及格和落榜。第七天什麼事都沒發生，這大大傷了他的自尊心。在俊輔的鼓動下獲得的自信，感覺就此被推翻。他確實不愛對方，但如此希望對方能愛上他，還是生平第一次有這種心情。那天，他甚至懷疑自己是不是愛上了鏑木夫人。

空白信紙令他訝異。鏑木夫人不知為何，害怕在康子不在場的情況下見悠一（這也是在假設悠一深愛康子的情況下，會讓她覺得不舒服），而放在信封裡的兩張票，更是令悠一訝異。他打電話給俊輔後，這位好奇心已高到近乎獻身的人，雖然不會跳舞，卻也答應會前往那場舞會。

俊輔還沒來嗎？

兩人回到座位後，服務生已將空出的幾張椅子送來，俊輔四周聚集了將近十名男女。俊輔朝悠一莞爾一笑。那是朋友間的微笑。

鏑木夫人一見俊輔，大為吃驚，而認識俊輔的人非但吃驚，還馬上就討論起來。這是俊輔第一次在這每月慣例舉行的舞會中露面。究竟是誰有這能等耐，讓這位老作家來到和他這麼不相稱的場合呢？但這種臆測應該說是外行人的想法。因為對不相稱的場合特別敏感的才能，是小說家必備的才能，但過去俊輔一直都避免將這種才能帶進生活中。

康子喝不慣洋酒，她帶著幾分醉意，天真無邪地揭發悠一的小祕密。

「阿悠最近開始重打扮了。他買了梳子，總是放在口袋裡隨身攜帶。不知道他一天會梳幾次頭。我擔心他很快就會禿頭呢。」

眾人都誇康子這份感化丈夫的用心，但原本若無其事笑著聆聽的悠一，突然額頭蒙上一層暗影。就連買梳子這件事，也是在無意識下一開始養成的習性。在大學中聽課覺得無聊時，他多次無意識的拿起梳子梳頭。此時康子在眾人面前提到這件事，他這才意識到自己在口袋裡藏了梳子的變化。就像狗會從別人家帶骨頭回來一樣，他發現身上帶梳子這種微不足道的習性，正是他從那個世界帶回家裡的第一件事。

話雖如此，新婚燕爾，康子將丈夫的所有變化全都與自己產生連結，會這麼想也是理所當然。有一種遊戲，將一幅畫中的數十個點連在一起，結果會突然浮現出另一種圖像，一改原本那幅畫的意境，不過，若只是剛好試著將一開始的幾個點連成線條，則只會形成毫無意義的三角形或四角形。不能因此就說康子愚蠢。

俊輔沒能看出悠一心中的茫然，悄聲對他說道：

「怎麼了？瞧你一副為愛苦惱的模樣。」

悠一站起身來到走廊，俊輔也若無其事的跟著離開。俊輔道：

「鏑木夫人那水汪汪的眼神，你注意到了嗎？沒想到那個女人也變得有精神性了，真教人吃驚。她會和精神產生連結，可能是她有生以來第一次吧。而這也是因為在愛情神奇的補充作用下，完全不具有精神的你，展現了一種反作用力。我現在也逐漸明白，你認為自己在精神上可以愛上女人，但這是違心之言。人變不出這麼厲害的魔術。你不論是肉體上還是精神上，都無法愛上女人。就像自然之美駕馭人類一樣，你也要用同樣的做法，以完全不具任何精神的態勢來駕馭女人。」

俊輔還沒發現，他在非出於本意的情況下，將悠一看作是自己精神的傀儡。不過，是在他一流的藝術讚美下。「因為人們最喜歡的，就是自己應付不來的事物。女人也是。瞧瞧今天鏑木夫人的神情，就像因為愛情而忘了自身肉體的魅力般。一直到昨天為止，這件事比起任何男人都來得重要，她怎樣也不會忘記。」

「可是一個星期的時間早過了。」

「那是破例的恩惠。是我第一次見識的例外。首先，她無法掩飾自己的愛意。她之前擺在椅子上的那個帶有佐賀錦孔雀刺繡的宴會手提包，在和你一同返回座位後，改為擱在桌上，你看到了嗎？她是小心翼翼檢查過桌面後才擱下的。但她卻若無其事地將手提包擱向桌上的一灘啤酒中。如果你以為她是個會在舞會中情緒激昂的女人，那你可就錯了。」

俊輔遞了根菸給悠一，並接著道：

「看來，得再花上一段時間才能收服她。你目前暫時安全，就算她邀你，不管去哪兒也都安全。首先，你是有婦之夫，而且才新婚燕爾，這就是基本的安全保障。但讓你保持安全，可不是我的本意。你先等著，我介紹另一位給你認識。」

俊輔環視四周。他在找尋十多年前和康子後來的情況一樣，將俊輔拒於門外，改和別人結婚的穗高恭子。

悠一忽然用他人的眼神來觀察俊輔。俊輔的模樣看起來，就像在這年輕而又華麗的世界中央站著一名死人，不知在找尋些什麼。

俊輔的臉頰沉澱著生銹的鉛色。他的眼眸失去清澈，泛黑的嘴唇露出過度整齊的白亮，猶如廢墟中殘留的白牆般，顯得異樣鮮明。但悠一的感想同時也是俊輔的感想。俊輔很了解自己。因為他看到悠一時，已下定決心，要一面活在現實生活中，一面走入棺木。他投入創作時，之所以世界顯得如此透明，人事顯得這般清晰，不為別的，就只是因為在這些瞬間，他已如同死人。俊輔的各種愚蠢行為，不過只是死人多次想在實際生活中復活所得到的粗糙回報。就像在作品中的展現一樣，既然他將精神寄宿在悠一的肉體中，他就已下定決心，要從那陰鬱的嫉妒和怨恨中痊癒。他想要完美的復活。簡言之，只要能以死人的身分在這世上重生即可。

以死人的眼光來看待時，這世界是多麼透明地顯現它的結構啊！能多麼準確無誤地透視他人的戀情！在這種不存偏見的自在中，世界會變成多麼渺小的玻璃機械啊！

……但這名又老又醜的死人心中，有時會有一股對加諸在自己身上的束縛感到不滿足的意念在蠢蠢欲動。事實上，當他聽聞悠一在那一個星期的時間裡什麼事也沒發生時，他因挫敗而感到恐懼，因猜測失準而慌亂，但就另一面來看，他也微微感到某種快意。這與剛才他從鏑木夫人的表情中看出那無從掩飾的愛意時，一陣向他心頭襲來，令他感到難受的痛苦，是出於同樣的本質。

俊輔看見恭子。他正準備朝恭子走去時，剛好某出版社的社長夫婦攔住俊輔，很鄭重地向他問候。

在餘興節目抽獎禮品堆積如山的桌子旁，有名身穿旗袍的美女，站著和一名滿頭白髮的外國紳士聊得口沫橫飛，無比熱絡，她就是恭子。每當她一笑，嘴唇就會像波紋一樣，輕柔地在她的皓齒四周時而擴張，時而收縮。

那身旗袍採用的是在白底上浮現龍紋的色丁布料。衣襟的扣環和鈕釦是金色，在拖地的裙子下襬處時隱時現的舞鞋，也是純金色。翡翠耳環搖晃著那一點綠意。

俊輔想靠近她，結果又被一名穿晚禮服的中年女子攔住。她頻頻與俊輔聊藝術性的話題，但俊輔以近乎無禮的輕蔑態度回應，擺脫她的糾纏，俊輔望著她離去的背影，只見她宛如磨刀石般呈現不健康膚色的平坦裸背，有一排撲滿香粉，顏色泛灰的肩胛骨。俊輔心想，藝術這種東西為什麼要給這樣的醜陋藉口呢，而且還是公然獲准的藉口。

悠一一臉不安地走近。俊輔見恭子仍和那名外國人站著交談，便朝她的方向使了個眼色，悄聲對悠一說。

「就是那女人。是一位漂亮、輕快、華麗的貞潔女子，但我聽別人說，她最近和丈夫處不好，是和另外一群人一同前來。我會向她介紹，說你也是自己前來，沒帶妻子同行，所以你先做好心理準備。你得和她連跳五首曲子，不能多也不能少。跳完後道別時，你要告訴她，其實我妻子也來了，但如果坦白這麼說，恐怕就無法和您共舞，所以我才說了謊，對您很抱歉。要盡可能滿懷柔情地說。女人會原諒你，而且你給人的印象會充滿神祕。接下來你要說幾句恭維她的話也行，但最有效的恭維，就是對她說「妳的笑容真美」。她剛從女校畢業時，每次只要一笑就會露出牙齦，模樣滑稽，但之後她經過十幾年的訓練，練就出不管再怎麼大笑，也不會露出牙齦的本事。你也可以誇讚她的翡翠耳環。她最擅長襯托出自己脖子的白皙玉膚。還有，帶點情色的恭維最好別說。她喜歡乾乾淨淨的男人。之所以這麼說，是因為她胸部小。妳現在看到的那對美胸，是她精心打造而成。一定是塞了海綿墊。畢竟瞞過別人的眼睛，也算是美好事物的一種禮儀。」

那名外國人開始和另一群外國人聊了起來，所以俊輔來到恭子身旁，介紹悠一和她認識。

「這位青年姓南。之前他一直拜託我介紹妳讓他認識，但一直苦無機會。他目前還是學生，不過已經有老婆了，真是可憐啊。」

「哎呀，真的嗎？這麼年輕？最近大家可都真早婚呢。」

俊輔對恭子說，南在結婚前就一直拜託我介紹，他至今仍在埋怨我，他是在結婚前一個星期，於秋季的第一場派對中第一次見到妳。

「這麼說來……」恭子欲言又止的這段時間，悠一頻頻窺望俊輔的側臉。因為他今天第一次參加這場舞會。「……這麼說來，他才新婚三週對吧。那天的派對很熱呢。」

「然後他第一次見到了妳。」俊輔以專斷的口吻說道。「就此興起很孩子氣的野心。在結婚前，他要想辦法和那個人連跳五曲。喂，是這樣沒錯吧？用不著臉紅。如果能做到這點，他就能毫無遺憾地結婚了。但結果他一直沒能完成心願，就這樣和未婚妻結婚了。現在他還是無法完全死心斷念，老在責怪我。誰教我之前不小心說溜嘴，說我認識妳呢。今天他為了這個心願，刻意沒帶妻子，自己一個人前來。妳可以幫他完成這個心願嗎？只要連跳五首曲子，他就滿足了。」

「小事一樁。」恭子以豁達的口吻允諾，不顯一絲陰暗的情感。「不過，希望不是你認錯人喔。」

「好了，悠一，你就跳吧。」

俊輔一面注意休息室的情況，一面催促。兩人走進舞廳昏黃的光線中。

在休息室一隅的桌位旁，俊輔被朋友一家人叫住，從他椅子所擺放的位置，可以清楚看見隔了三四桌遠的鏑木夫妻所坐的桌位。他正好看見鏑木夫人在一名外國人的護送下，從舞廳返回桌位，她以眼神向康子致意，坐向她對面的椅子上，這兩個不幸的女人所呈現出的這幅畫，遠看帶有幾分故事的風情。康子的胸前已沒有那朵嘉德麗雅蘭。一身黑衣的女人，與一身象牙白的女人，百無聊賴的互望，相對無語，就像一對牌。

從窗外看見他人的不幸，比在窗內看更美。因為不幸鮮少會越過窗框，朝我們撲來。音樂的專制支配著聚集此地的人們，它的秩序運作這一切。音樂以類似極度疲勞的情感，毫不鬆懈地驅策著人們。在音樂的流淌中，有一種連音樂也無法侵犯的真空之窗，俊輔就是透過那扇窗在觀察康子和鏑木夫人。

俊輔此時所在的桌位，十七、八歲的少年少女聊著電影。之前待過特工隊的大兒子穿著一件帥氣的西裝，和自己的未婚妻聊到汽車引擎和飛機引擎有什麼不同。那位母親則是和朋友聊到有位很天才的寡婦，以舊毛毯另外染色，做成漂亮的購物袋，還對外接受人們訂貨。她這位朋友是前財閥的夫人，戰時失去了獨生子，目前熱中鑽研心靈學。而這家的主人一直纏著俊輔要他喝啤酒，一再說道：

「如何？要不要把我們這家人寫成小說呢？如果能鉅細靡遺地如實描寫，自然是最好。你也知道，從內人開始，我們一家都是怪人。」

俊輔面露微笑，望著這說話一再循環的一家人。很遺憾，這位一家之主引以為傲的事，並非如他所想。這樣的一家人俯拾皆是。因為從彼此身上看不出半點奇特之處，不得已只好全家都沉迷於偵探小說，以療癒健康的飢餓。

但老作家有他該去的地方。是時候該回去鏑木夫婦的桌位了。要是離席太久，會被懷疑是悠一的共犯。

他走近桌子，剛好康子和鏑木夫人受其他男士的邀舞而站起身。俊輔坐向獨自一人的鏑木身旁。

鏑木問他剛才去哪兒，默默地向俊輔敬了一杯高球，說道：

「南去哪兒了？」

「不清楚，剛才好像在走廊上看到他。」

「是嗎。」

鏑木在桌上雙手交握，靜靜望著自己豎起的兩根食指。

「喏，你看一下。不會抖得很厲害吧？」

鏑木目光望向自己的手，如此說道。

俊輔沒回答，低頭看錶。他預估，跳完五首曲子需要二十多分鐘。連同剛才在走廊上的時間也算在內，大約三十分鐘，這對才剛新婚不久，且第一次和丈夫一起參加舞會的年輕女人來說，要忍受這麼長的時間可不容易。

一曲舞畢，鏑木夫人和康子返回桌位。兩人臉色都略顯蒼白。她們都因為方才看到的景象，而被迫做出不悅的判斷，而且彼此都不說，所以變得愈來愈少言寡語。

康子腦中想著剛才那名身穿旗袍，兩度和丈夫親暱共舞的女子。康子在跳舞時朝丈夫笑，但悠一可能是沒發現，並未以笑臉回她。

先前在訂婚那段時期，「康一會不會有其他女人」這個猜疑不斷折磨著康子，但婚後這些猜疑全都暫時冰銷瓦解。倒不如說，這樣才是明智之舉。她以重新獲得的邏輯之力，自己化解這些猜疑。

康子百無聊賴地脫下自己薰衣草色的手套，復又戴上。當她戴上手套時，很自然地轉為若有所思的眼神。

沒錯。她以新獲得的邏輯之力解開了疑問。以前康子從悠一在K町的憂鬱神情中，感受到一股不安和不祥的預感，但婚後回想過往，她把一切全怪罪到自己身上，這份少女的自負在一旁推波助瀾，使她認定悠一之所以苦惱得無法成眠，都是因為她沒主動許身於他的緣故。只要這麼想，那令悠一痛苦難當，什麼事也沒發生的三個晚上，頓時成了他深愛康子的第一個證明。當時悠一肯定在和心中的欲望對抗。

自尊心非比尋常的這名青年，肯定是因為怕被拒絕，才一直按兵不動。對於那全身僵直，宛如石頭般默不作聲的青澀少女，悠一接連三晚都沒下手，再也沒有什麼比這更能證明悠一的純潔了，康子很明白這點。以前她曾有過幼稚的猜疑，擔心訂婚時代的悠一有其他女人，而如今她覺得自己有權利去嘲笑、輕蔑這樣的念頭，並且樂在其中。

回娘家是很幸福的一件事。悠一看在康子的父母眼中，愈來愈像是個保守的好青年，這位適合接待女客人的有為青年，日後在父親的百貨公司裡保證大有前途。因為他孝順、純潔，而且讓人無可挑剔的是，看得出他重視名聲的性情。

婚禮後第一次上學那天，悠一第一次晚歸，據他解釋，是一些壞朋友要他請客。不用經驗豐富的婆婆教導，康子早已聽聞，新婚的丈夫與朋友間的往來就是這麼回事。

康子再度脫下薰衣草色的手套，突然一陣不安向她襲來。她眼前是同樣流露焦躁眼神的鏑木夫人，這樣就像在看鏡中的自己一樣，所以她害怕望向夫人。康子的不安不就是受夫人那來路不明的憂鬱所感染嗎？她對夫人有種莫名的親近感，莫非就是這個緣故？不久，兩人各自受邀，起身跳舞。

康子看見悠一仍繼續和同一名穿旗袍的女子跳舞。這回她沒朝悠一笑，而是轉移目光。鏑木夫人也看到同樣的畫面。夫人不認識那名女子。從她配戴的仿珍珠項鍊上也可見一斑，夫人喜好嘲笑的精神，對「慈善」這種表裡不一的名義感到厭惡，以前從未參加過這裡的舞會，所以自然也就沒機會認識擔任幹事的恭子。

悠一已跳完先前說好的五首曲子。

恭子帶他回到自己那群朋友的桌位，向大家介紹他。之前說妻子沒來，其實是謊言，悠一不知什麼時候向恭子坦白此事才恰當，遲遲拿不定主意，所以他那坐立難安的模樣，實在教人看不下去，正好有名剛才來過鏑木夫婦桌位，與悠一同校的活潑青年，朝他們這邊走來，他一看到悠一，便說了以下這句話，替他做出了結。

「喲，竟然把妻子晾在一旁，真是個小壞蛋。康子小姐從剛才起，就一直孤零零一個人坐在對面的桌位旁呢。」

悠一望向恭子，恭子也望向悠一，接著馬上轉移目光。

「您快去吧，她這樣太可憐了。」恭子說。她的勸告既不失理性，也合乎禮儀，悠一因極度羞慚而滿臉通紅。以廉恥心取代熱情，是常有的事。俊美青年在連自己都感到驚訝的勇氣下站起身，靠向恭子身旁。他把恭子帶往牆邊說道：「我有話跟妳說。」恭子眼中滿是冷冷的怒意，但要是悠一發現自己的激烈動作訴說熱情的質量有多高，應該就能明白這位美女為何不是依照自己的意思，而是像被附身一樣從椅子上站起，乖乖跟著他走。悠一那天生的昏暗雙眸，加深了幾分真情的印象，以無從挑剔的憂心憔悴神情說道：

「對您撒了謊，真的很抱歉。但我也是出於無奈。因為我心想，如果實話實說，您想必就不會和我連跳五首曲子了。」

這名青年心中那貨真價實的純潔，令恭子為之瞠目。她興起女人那近乎犧牲自我的寬恕之心，噙著淚水，很快便饒恕了悠一，但望著他急忙趕回妻子桌位的背影，這名感性的女子連他外衣背後細微的縐褶也牢牢記在心中。

在原來的桌位旁，悠一看到很開朗的與男士們談笑風生的鏑木夫人、出於無奈，只能在一旁附和，一臉愁容的康子，以及正準備要離去的俊輔。俊輔勢必得避開在這幫人面前和恭子見面的窘境。於是老作家一見悠一返回，便急著告辭。

悠一見現場氣氛尷尬，主動說要送俊輔到樓梯處。

俊輔聽聞恭子的情況後，露出爽朗的笑容。他輕拍悠一的肩膀道：

「今晚就別再和男孩玩樂了。因為今晚你必須履行丈夫的義務，好討妻子歡心。這幾天，我會安排讓恭子和你在某個地方偶遇。到時候我會再跟你聯絡。」

老作家充滿活力地與他握手。他獨自走過鋪著紅地毯的樓梯，往樓下的中央玄關而去，途中不經意地手插口袋，結果卻傷到了手指。是外型古樸的蛋白石領帶夾所造成。剛才來舞會前為了載悠一夫婦，而刻意繞往南家一趟，結果他們夫妻倆早已出門，悠一的母親邀請這位名氣響亮的客人到客廳坐，並送他亡夫的遺物，聊表心意。

俊輔欣然收下這不合時宜的贈禮，他想像得出，事後她會以何種母親的口吻對悠一提到這件事。

「只要送上那樣的好東西，你就能抬頭挺胸的和他往來了。」

老作家望著手指。在他那乾枯的手指上，有一滴血像寶石般凝結其上。很久沒從自己的肉體中看到這樣的顏色了。雖然是深受腎臟病所苦的這樣一名老婦，但只要她是女人，在命運的安排下，總有一天也會讓俊輔遭遇這種刺傷之痛，這令他大感驚訝。

第七章　登場

在這家店裡，他們一概沒問南悠一的住處和身分，就直接叫他「阿悠」。這是「阿英」畫下拙劣的地圖，與他約見面的店家。

位於有樂町一隅，外觀平庸的這家咖啡廳「雷東[13]」，在戰後開店，不知不覺間就成了這圈子的人們專屬的俱樂部，但不知情的客人也會攜伴前來喝咖啡，然後不知情地離去。

店主是祖父那一代異國聯姻的混血兒，一位四十歲的俊俏熟男。大家都習慣叫這位生意高手「雷帝」。悠一也是從第三次光顧這家店後，跟著叫他雷帝。悠一是看阿英都這麼叫，跟著有樣學樣。

雷帝在銀座這一帶，已是工作二十多年的老面孔。戰前他在西銀座有一家店，名叫「藍調」，店裡除了年輕女孩外，還有兩、三名外型俊秀的年輕男服務生，男同志從那時候就常到雷帝的店光顧。這圈子的人能嗅出同類的氣味，在這方面具有動物的天賦，就像螞蟻會聚向砂糖一樣，只要是有助於醞釀這種氣氛的場所，他們絕不會錯過。

說來很難以置信，雷帝一直到終戰前，都不知道有這種祕密社會的存在。他有妻兒，他認為對其他對象懷有愛情，不過只是個人的一種古怪毛病。他原本只是依照個人嗜好，在店裡安排幾名美少年，但終戰後不久，雷東在有樂町開張後，店裡的五六名男服務生姑且都算長相俊秀，所以店裡馬上在這個圈子裡打響名氣，最後甚至成了一種俱樂部。

雷帝知道此事後，擬定商業策略。他看出這個圈子裡的人們為了替彼此的孤獨取暖，只要來過這家店一次，就再也離不開這家店。他將客人分成兩種。一種是年輕有魅力，只要有他們來光顧，就能幫助店裡生意興隆，充滿磁力的客人；另一種是高傲且富有，到店裡揮霍完就離去，被店裡的磁力吸引的客人。雷帝為了介紹前者和後者認識，忙得不可開交，有位名義上是店裡客人的青年，受店內的一名上賓邀約去賓館，後來卻從賓館的大門前逃回店裡，這名青年算是店裡的老顧客，但雷帝卻連珠炮似的對他說了以下這一串話，當時悠一剛好親眼撞見，大為驚訝。

「你竟然把我雷帝的臉都丟光了。哼，好啊，既然這樣，我絕對不會再介紹好對象讓你認識了。」

雷帝每天早上都會花兩個小時打扮。「別人一直盯著我的臉瞧，真不知道如何是好」，

13 Redon，法國象徵主義畫家。

像這種男同志特有，顯得很無辜的吹噓毛病，雷帝同樣也有，他總以為只要有哪個人看他一眼，就是對他有意思的男同志，但幼稚園的學生要是在街上看到他，應該也都會驚訝的轉頭多看一眼。這名四十歲的男人穿著像馬戲團一樣的西裝，而他引以為傲的考爾門八字鬍[14]，在刮得太匆忙的日子，往往會顯得左右粗細和走向不一。

這些人通常都在太陽下山後聚集。店裡的擴音器不斷播放舞曲唱片。這是很用心的安排，以避免私密的話題傳入一般客人耳中。雷帝總是都坐鎮在店內最裡頭的座位上，如果遇上出手闊綽的店內常客，他就會馬上起身，走到櫃臺看帳單，親自以店主身分畢恭畢敬的一一報告「結帳的品項」。而採取這種「宮中禮法」侍候的情況下，結帳金額會比帳單多出一倍，這點客人自己要先做好心理準備。

每次有人打開店門走進，客人們就會一同望向對方。進門的男人瞬間會籠罩在眾人的視線投射下。自己過去所追求的理想對象，或許會突然從這扇朝夜街打開的玻璃門展現其真實的樣貌，有誰能保證這種事不會發生呢？但是就大部分情況來說，視線的投射馬上會褪色收起，徒留不滿。一開始的短暫瞬間，便已結束了評鑑。在完全不知情的情況下走進的年輕客人，如果沒有唱片的噪音，而聽到每一桌的竊竊私語，對他品頭論足的話語，想必會嚇破膽吧。這些人向來都會說：「什麼嘛，不怎麼樣」、「像這種貨色，外面到處都有」、「鼻子小，那話兒想必也小」、「那屌斗實在看不順眼」、「領帶倒是還有點品味」、「不過總歸一句，他沒半點性魅力」……

每天晚上，這裡的觀眾席都面向那空虛的夜街舞臺，心想，總有一天一定能看到奇蹟出現。就算說這充滿了宗教性，也沒多大差別，在現今這個時代，比起那些隨隨便便的教堂，在這男色俱樂部的香菸雲霧中，更能以簡樸、直接的形式感受到這種等候奇蹟出現的虔誠氣氛。而在玻璃門外的廣大世界，是他們觀念中的社會，是遵照他們的秩序所想像的大都會。就像條條大路通羅馬一樣，有無數條看不見的道路，會連接像星星一樣存在於夜空中的每一位美少年，通往這個俱樂部。

據艾利斯[15]的說法，女人會因為男性的力量而眩惑，但對於男性的美卻沒有定論，甚至應該說是近乎盲目的無感，就這點來說，與正常男性對男性之美的鑑賞力做比較，可說是沒多大差別。對於男性固有的美，就只有男同志才會特別敏銳，希臘雕刻的男性美大系第一次在美學上被確立，需要等候男同志溫克爾曼[16]的出現。儘管一開始是正常的少年，但如果一

14 羅納・考爾門（Ronald Charles Colman），一位曾獲奧斯卡最佳男主角獎的英國演員。
15 Henry Havelock Ellis，一位英國醫生、性心理學家，和研究人類性行為的社會改革者。
16 Johann Joachim Winckelmann，德國考古學家與藝術史學家。

味地接受男同志熱烈的讚美（女人無法給予男人這般肉體性的讚美），就會變身成夢幻的納西瑟斯[17]。他會將自己成為讚美對象的美擴展開來，樹立一般男性在美學上的理想，成為獨當一面的男同志。先天的男同志則與其相反，從幼年時代就懷抱理想。他的理想是肉欲與觀念未分化的真正天使，類似透過亞歷山大式的教化，完成宗教式官能性的東方神學理想。

與阿英約在這裡見面的悠一，在晚上九點店裡最熱鬧的時刻，繫著紅紫色的領帶，立起藏青色的風衣衣領，走進店內的瞬間，那正是一種奇蹟的展現。就在那一刻，他已在毫不知情的情況下確立了他的霸權。悠一的登場日後一直是雷東的客人茶餘飯後的話題。

那天晚上，阿英提早離店，一衝進雷東，便對店裡的年輕夥伴們說：

「我前天晚上在公園裡邂逅了一名男子，驚為天人。那晚我們去了賓館，我從沒未見過這麼俊的人。他就快來了。他叫阿悠。」

「長什麼樣子？」

有個叫「綠洲君」的男子，自認是絕無僅有的美少年，以雞蛋裡挑骨頭的口吻說道。他原本是舞廳綠洲的服務生。穿著一件外國人幫他訂作的草綠色雙排扣西裝。

「長怎樣是吧，五官深邃，很有男子氣概。目光銳利，牙齒白亮整齊，側臉看起來很精悍。而且體格不錯。一定是位運動員。」

「阿英，你可別砸太多錢在對方身上，而變得窮困潦倒啊。那段時間裡，你們搞了幾次？」

「三次。」

「這也太驚人吧，那麼短的時間就搞了三次，真沒聽說過。小心日後進療養院啊。」

「誰教他那麼厲害。他的床上功夫實在了得。」

他雙手合十，把臉貼往手背，擺出媚態。擴音器正好播出康加鼓的音樂，他猛然站起身，跳了一段猥褻的舞蹈。

「咦，阿英被人吃掉啦？」在一旁豎耳聆聽的雷帝說道。「你說那個人會來？是個怎樣的人呢？」

「真死相。色老頭動作就是快。」

「如果是個小美人，我就請他喝杯琴酒。」雷帝吹著口哨，撂下豪語。

「想靠一杯琴酒就把他釣到手啊。利率可真討人厭。」阿君說。

利率一詞，是這個圈子的黑話。意思是為錢賣身，有時也會轉為用在吝嗇的含意上。率

---

17 Narcissus，希臘神話中一位愛上自己水中倒影的俊美少年。

指的是或然率。

這個時候，時機也差不多成熟了，店內擠滿了彼此認識的男同志。如果這時有一般的客人走進，也會認為店內沒半個女客只是純屬偶然，不會發現任何異樣的徵兆。當中也有老人、有伊朗的買家，此外還有兩、三名外國人。有中年男子、一對狀甚親密，年紀相當的青年。這對青年在抽菸時，都是自己先吸一口，然後再換人抽。

倒也不是完全看不出徵兆。男同志臉上有一種難以抹除的寂寥。他們的眼神中，同時具有媚態和冰冷的審查視線。也就是說，對異性投射的媚態眼神，與對同性投射的審查眼神，女性會分開使用，但男同志則是同時往對手傾注。

阿君和阿英被請去伊朗人的桌位。這是對方跟雷帝咬耳朵通知的結果。

「喏，特別包廂喔。」雷帝推著兩人的後背。阿君鬧起了彆扭嘀咕：「哼，我最受不了外國人了。」但坐向桌位後，他又以平時的語調向阿英問：「這個男人會說日語嗎？」

「看起來不像。」

「這可難說喔。因為有過之前的例子。」

這時，兩人來到外國人面前，高喊乾杯，並柔聲合唱：「哈囉，達令，你這個呆頭鵝。哈囉，達令，你這個色老頭。」外國人也笑著說道：「色小鬼和色老頭，看起來很聊得來喔。」

阿英心神不寧。眼睛多次不經意的瞄向可以看見夜晚街道的透明玻璃門。那張精悍、憂鬱、世所罕見，宛如雕刻在合金上的俊美側臉，少年覺得好像在他過去蒐集的外國錢幣上見過。他懷疑對方是不是活在故事裡的人物。

這時，一股年輕的力量推開了玻璃門。被截斷的夜氣清爽地流進店內。眾人不約而同抬起目光，注視著大門。

第八章　感性的密林

一般性的美，贏了賭局的第一把。

悠一游過那充滿肉欲的眾多視線。就像女人從眾多男人當中穿越時所感覺到的，那視線彷彿在短短一瞬間便將人身上衣物全部剝光，一件不剩。之前俊輔也曾在海邊的飛沫中目睹過，那起伏和緩而寬闊的胸膛、突然變窄，顯得潔淨又結實的腰身、修長而堅實的雙腳、像年輕的裸體雕像般，純潔得無與倫比的肩膀，如果另外加上青年那細長且英姿勃發的眉、陰鬱的雙眸、貨真價實的年少紅唇、潔白整齊的齒列，由這些要素構成的這顆俊美的頭，那麼，肉眼看得見的部分和看不見的部分形成應有的調和之美，會讓人覺得就像黃金分割的比例般，難以撼動。完美的頭就該連接完美的裸體，美麗的片段會對美麗的復原圖帶來預感……就連雷東店內這些向來囉嗦的評論家們也都鴉雀無聲。基於對身旁的同伴，或是對一旁服侍的店內少年的一分顧慮，他們這才沒脫口說出心中難以形容的讚美之情。但這些人的目光，將過去愛撫過的眾多年輕人當中最美的幻影，全拉往眼前描繪出的悠一裸體像旁。眼前飄蕩著青年們的幻影，那外形不定的裸體、肉體的溫熱、肉體散發的香氣、聲音，以及親吻。而且他們看到的幻影一擺在悠一的裸體像旁，馬上消失無蹤，只留下羞慚。因為他們的美尚未跳脫出個性的範疇，但悠一的美卻是蹂躪了個性後，發出耀眼光芒。

他倚向深處陰暗的牆壁，盤起雙臂默默坐下。他感覺到有多道視線的重量，就此垂眼。就這樣，又為他的美貌增添了聯隊旗手般的稚嫩風情。

阿英一臉歉疚地離開外國人的桌位，來到悠一身旁，挨向他肩膀廝磨。悠一要他坐下。兩人迎面而坐後，視線不知該往哪兒擺。服務生送來糕點。悠一毫不做作，張開大口吃起了一大塊草莓蛋糕。草莓和奶油在他潔白的齒列下被輾碎。少年望著眼前這一幕，彷彿自己的身體被吸入其中一般，嘗到一股快感。

「阿英，該給老闆介紹一下吧。」雷帝說。不得已，少年向雷帝介紹悠一。

「請多指教。今後也請常來光顧喔。這裡都是好人。」店主柔聲道。

隔了一會兒，阿英起身上洗手間，剛好這時一名打扮入時的中年客人來到店內的櫃臺結帳。他臉上帶有一股難以言喻的孩子氣，就像是個被幽禁的孩了。尤其是眼皮的浮腫，以及臉頰一帶帶有濃濃的乳臭味。悠一心想，他可能是水腫吧。這名中年客人佯裝喝醉，但他望向悠一的雙眼帶有鮮明的欲望，這令他拙劣的演技穿幫。他想伸手扶牆壁，手卻落向悠一肩上。

「啊，真對不起。」

客人說完後，馬上把手移開。但這句話和他移開手的動作，卻有短暫瞬間的搖擺不定，或者該說是一種摸索。這句話和動作之間略嫌不舒服的落差，像個疙瘩般殘留在俊美青年的肩上。那位客人再轉過頭來，像一隻跑遠的狐狸般，邊離開邊回頭偷瞄悠一的臉。

待少年從洗手間返回後，他如實告訴阿英這件事，阿英吃驚地說道：

「咦？已經開始啦？動作可真快。阿悠，你已經被那個男人盯上了。」

悠一的想法不同，他很訝異，這家看起來有模有樣的店家，竟然和那座公園一個樣，有如此迅速的步驟。

這時，有個膚色微黑，臉上帶著酒窩，個頭矮小的青年，與一名長相俊秀的外國人勾著手走進店內。青年是最近打響名氣的芭蕾舞者，那名外國人是他的老師，是位法國人。他們在終戰後認識彼此。青年會有今日的名聲，全有賴於這位老師。這名一頭金髮，個性開朗的法國人，這幾年一直都和小他二十歲的朋友同居，但聽說他只要一喝醉，就會表演他古怪的拿手絕活。也就是爬上屋頂生蛋。這隻金髮母雞吩咐徒弟在屋簷下拿著竹簍接蛋，然後將請來的客人帶到月光明亮的庭院裡，他擺出雞的動作，沿著梯子爬上屋頂。他亮出屁股，做出振翅的動作，發出怪叫聲。緊接著，一顆蛋掉進竹簍中。他再度振翅，發出怪叫。第二顆蛋落下。最後有四顆蛋落下，客人有的捧腹大笑，有的拍手叫好，宴會最後，來到門口送客的這位主人，他忘記產下的第五顆蛋從褲腳掉出，落向石階打破了蛋，客人全瞧見了。這隻雞的直腸能藏五顆蛋。如果沒有特殊的經歷，無法展現如此驚人的技藝。

悠一聽完此事，哈哈大笑。笑完後，他就像受責備似的，陷入沉默。接著他問少年：

「那位外國人和芭蕾舞者在一起多久了？」

「聽說合算有四年了。」

「四年。」

悠一試著在自己與桌子對面的少年之間擺上四年的歲月。他有很明確的預感，這四年的時間，和前天晚上同樣的歡愉絕不會一再上演，這該如何說明呢？

男人的肉體就像明亮的原野起伏，一望無際。不像女人的肉體，每次散步都會發現新的泉水，感到驚異，也沒有愈往深處探尋，愈能發現漂亮結晶的礦坑。男人是單純的外表，純粹而且看得見的美麗展現。一切的愛與情欲，全賭注在最初的強烈好奇心上，之後的愛情如果不是埋沒在精神中，就是輕輕地滑向其他肉體。明明只有一次的經驗，但悠一很快便從心中感覺到他有做出以下這種類推的權利。

「如果只有在初夜能看見我完美的真愛展現，那麼，那一再上演的拙劣模仿，只會背叛我和對方。不能用對方的誠實來評估我的誠實。應該是倒過來才對。可能是我的誠實會讓我一再更換的對象與我之間的初夜無限的連續下去。而說到我不變的愛，那是與無數個初夜的喜悅共通的經線，是不管對誰都一樣，類似極度的侮蔑，僅只一次的愛。」

俊美青年把對康子的人工之愛，拿來和這種愛做比較。不論哪一種愛都催促著他，令他無法放鬆。孤獨向他襲來。

見悠一沉默無語，阿英心不在焉的望向對桌與他年紀相近的一對青年。他們緊挨著彼此，看起來似乎一直都對彼此間相繫的情誼感到不可靠。他們肩碰肩，手牽手，勉強與這樣的不安相抗。就像有預感明天就會喪命的戰友之間的友情，就是繫緊他們情誼的繫繩。其中一方似乎再也無法忍受，吻向對方的脖子。接著兩人匆忙步出店外。後頸剛剃過髮的髮根處靠在一起，給人一股清爽感。

一身格子圖案的雙排扣西裝，搭配檸檬色領帶的阿英，目送那兩人離去，嘴巴微張。他的眉、眼皮、像人偶般的唇，悠一全都吻過一回，毫無遺漏。他看到了。「看」這種行為是何等殘酷。少年肉體的各一個角落，甚至是他背後的一顆小黑痣，對悠一而言，都不算是什麼未知的領域。如此單純美麗的房屋結構，只進去過一次，他便牢牢記住了。那裡有花瓶，有書架，在那間屋子徹底腐朽之前，花瓶和書架都會擺在原處不動，這是可以確定的事。

少年看見他冰冷的眼神，他在桌下一直緊握悠一的手，悠一在殘酷的心情驅策下，甩開他的手。這份殘酷，他自己多少也意識到了。因為被迫與妻子行房後，心中懷著一份歉疚的薄情，不知如何排解的悠一，他從以前就憧憬那帥氣的薄情，認為那是愛人者所具有的權力。少年就此眼眶泛淚。

「阿悠，你現在是什麼心情，我明白。」他說。「你對我已經膩了吧。」

悠一急忙否認，但阿英就像要發揮他那段數遠比年長的朋友還來得高的經驗般，以老成的斷定口吻接著說道：

「不，打從你剛才走進門開始，我就明白了。但這也是沒辦法的事。這圈子裡的人，也不知道為什麼，幾乎都只能跨出一步。我也習慣了，所以我會死心的……不過，唯獨阿悠你，我希望你一輩子都能當我的哥哥，因為我是你第一個對象，我可以一輩子引以為傲，這樣就夠了……不過，你可別忘了我喔。」

這柔情萬千的哀訴，令悠一大為動心。

他眼中也泛著淚光。他在桌下再次找尋少年的手，溫柔地握住。

這時，大門打開，走進三名外國人。悠一記得其中一人的長相。是他婚宴時，從對面大樓走出的那名身材清瘦的外國人。雖然換了西裝，但一樣繫著水珠圖案的蝴蝶領結。他以老鷹般的眼神環視店內。他似乎微帶醉意。雙手拍了幾聲清響，連聲呼叫。

「阿英！阿英！」

那愉悅、豐沛的聲音傳向牆壁。少年低下頭，不讓他看見。接著他職業性的暗啐一聲，模樣老成。

「呿！明明告訴過他，我今晚不會到這兒來。」

雷帝翻動他天藍色的外衣下襬，整個人靠向桌面上，以強迫般的低沉嗓音對阿英說道：

「阿英，快去吧。那位老爺不是來了嗎。」

現場的氣氛陰沉。

雷帝的聲音中暗藏著帶有強迫意謂的哀訴，更加突顯那陰沉的氣氛。悠一為剛才自己的眼淚感到羞愧。少年朝雷帝瞄了一眼，以粗魯的動作站起身。

所謂決定性的瞬間，有時對於內心的傷痛能發揮醫藥般的功效。悠一對於自己能看著阿英，而不覺得有任何痛苦，他感到驕傲。少年與悠一的視線笨拙的交會。在這別離的時刻，至少也要修正一下現場的氣氛吧，於是兩人的視線試著重新對焦，但一切都是徒勞。少年站起身。悠一的目光移往不知名的方向時，發現一名年輕人美麗的雙眸，正朝他送秋波。悠一的心毫無任何牽掛，像蝴蝶般飄然飛向那對眸子。

年輕人倚著另一側的牆壁。下半身穿著工作褲，上半身穿著藏青色的燈芯絨外衣。繫著粗網眼樣式的胭脂色領帶。年紀約莫比悠一小一、兩歲。流線的眉形和豐沛的髮浪起伏，為他的長相增添了故事風格的韻味。他那像撲克牌老J般的憂鬱雙眸，朝悠一眨眼，使了個眼色。

「那是什麼人？」

「哦，他是小滋。是中野那邊一位乾貨店老闆的兒子。長得很俊對吧。我叫他過來認識一下吧。」

雷帝說。接著雷帝比了個動作，那位庶民王子旋即輕快地從椅子上站起身。眼尖的他正好看見悠一掏出菸來，馬上以嫻熟的動作點燃火柴，以手掌護著火，朝悠一走來，那因火光而變得透明的手掌，明亮猶如瑪瑙。但是那雙質樸的大手，讓人聯想到是遺傳自他父親從事勞力的基因。

※

店裡客人的立場轉變，著實微妙。從第二天起，大家都叫悠一「阿悠」。雷帝待他不像客人，反倒像重要的摯友。因為從悠一現身店裡的隔天起，雷東突然來客數大增，大家就像說好似的，談的都是關於店裡的那張新面孔。

到了第三天，又發生一起事件，令悠一聲名大噪。因為小滋剃了光頭來到店裡。悠一昨晚和他同床，他一時高興，就毫不留戀的把那頭烏黑豐沛的頭髮剪了，當作是對悠一的愛情誓言。

這許許多多引人關注的傳言，迅速傳向這個圈子。就祕密社團的特性來說，消息向來不會外傳，不過一旦進入這個圈子內，面對那驚人的消息傳播力，就連閨房祕聞也藏不了。因為他們平時圍繞的話題中，露骨地報告自己的閨房消息就占了當中的九成。

悠一隨著自己的見聞增長而感到驚訝，沒想這個圈子竟是這麼龐大。

這個圈子在白天的社會中，可說是穿著隱身衣。舉凡友情、同伴之愛、博愛、師徒之愛、生意夥伴、助手、管理人、工讀生、老大和小弟、兄弟姐妹、表兄弟、伯父和姪子、祕書、提皮包的下屬、司機……這種類繁多的職務和地位，例如社長、演員、歌手、作家、畫家、音樂家、架子十足的大學教授、公司員工、學生，全都穿上男人世界裡的各種隱身衣。

他們祈求至高無上的幸福世界到來，在受詛咒的共同利害關係下緊緊繫在一起，夢想著一個單純的公理。也就是夢想著男人愛男人的公理，推翻男人愛女人的這個老舊公理的日子到來。能與他們卓絕的耐性匹敵的，就只有猶太人了。對一個受辱的觀念抱持異常的執著，就程度來說，這個族群也和猶太人很相似。這個族群的情感，在戰時創造出狂熱的英雄主義，在戰後則抱持著頹廢代表者低調的驕傲，趁著混亂，在龜裂的土地上培育灰暗而渺小的紫羅蘭花叢。

然而，在這個全是男人的世界裡，投射了某個女人巨大的黑影。大部分人都對這個看不見的女人黑影感到害怕，有人向她的影子挑戰，有人選擇死心，有人抵抗後落敗，有人則是打從一開始就逢迎討好。悠一原本相信自己是例外。接著祈求自己是例外。最後他努力讓自己是個例外。至少努力讓那影子奇怪的影響只發生在一些微不足道的小事上。例如頻頻看鏡子、忍不住轉頭望向自己映照在街角玻璃窗上身影的小習慣，只要到劇場去，就會在中場休息時間若有其事的在走廊上來回走動的小怪癖……這些當然也是正常青年常有的習性。

某天，悠一在劇場的走廊上看到一名在這圈子裡頗有名氣，但已經娶妻的歌手。他顯現出十足的男人樣貌和舉止，工作繁忙之餘，仍在自己家中的擂臺上投入拳擊的練習，所以他除了柔美的歌聲外，還具備了令女孩們為之尖叫的迷人條件。此時他被四五名看似富家千金的女子熱情的包圍，剛好一旁有位與他年紀相仿的紳士向他問候，似乎是同校的朋友，歌手粗魯地拉住他，與他握手（看起來猶如要挑釁打架似的），他大動作地揮動右手，拍著對方的肩膀，讓人覺得不舒服。那名模樣嚴謹，身材清瘦的紳士略顯踉蹌。富家千金們互望一眼，姿態高雅的忍住了笑。

這幕情景令一旁全程觀看的悠一感到內心一陣刺痛。以前他在公園見過，以全身的動作展現媚態，交互縮著肩膀，甩動自己豐臀，以這種姿態行走的同類，恰巧與此形成強烈對照的事物。就像因為完全相反，反而更加突顯一樣，那原本隱藏的相似形態逐漸浮現的事物。從悠一心中也能看出的某個令他不悅的事物。他感覺自己似乎已觸碰到它們。如果是唯心論者，應該會稱之為宿命吧。歌手對女人們展現空虛的媚態，賭上生活的一切，傾注他的所有努力，緊繃到連末梢神經都不剩半點縫隙，那如此賣命，使人為之動容落淚的「男性」演技，帶有令人不忍卒睹的艱辛。

之後，「阿悠」不斷被盯上。也就是被要求交往。

幾天後，他的名聲已迅速傳開，甚至有位浪漫的中年商人，千里迢迢從青森慕名來到東京。某個外國人還透過雷帝，說要送悠兩、三套西裝、外套、鞋子，還有手錶。為了一夜溫存，這樣的提議未免也太過火了。悠一沒答應。某個男人見悠一身旁的椅子剛好有空位，便假裝喝醉，一屁股坐下，將帽簷壓低。他張開手肘，擺在扶手上。多次別有含意的以手肘輕戳悠一的側腹。

悠一多次都得特別繞路才有辦法回家。因為總有人會暗中跟蹤。

但他們只知道他還是一名學生，至於他的身分、經歷、已經娶妻的事、家世背景、住址，都還沒有人知道。因此，這位俊美青年的存在，很快便充滿了一股神祕氣息。

某天，一名常出入雷東，專門幫人看手相的男同志（其實是個穿著一件窮酸的筒袖外套的老頭），執起他的手掌左看右瞧說道：

「你根本就像天平。像宮本武藏的二刀流。我看你是讓某個女人暗自流淚，然後若無其事地跑來這兒吧？」

悠一感到一陣戰慄襲身。因為他親眼目睹了自己的神祕中所帶有的輕浮和膚淺。他的神祕就只是欠缺一個生活的框架。

……這也是理所當然。以雷東為核心的這個世界，就只有宛如熱帶地區般的生活，也就是如同遭流放的殖民地官員般的生活。簡言之，這世界就只過著感性的生活，過一天是一天，只有感性且暴力的秩序。（如果這就是這族群的政治命運，那又有誰能抵抗呢！）

在那裡，具有異常黏著力的植物叢生，也就是一處感性的密林。

在這密林中迷失道路的男子，被瘴癘之氣侵蝕，最後成了一個醜陋的感性妖怪。沒人笑得出來。雖有程度的差異，但在男色的世界裡，面對那把人拖進感性的泥沼中，不容分說的神奇力量，沒有哪個男人有辦法抗拒。例如嘗試緊抓著繁忙的事業、知識的探索、藝術、男性世界各種精神的上層構造，以此作為抵抗的方法，但沒人有辦法抗抵那一路淹至屋內地板的感性氾濫，也沒人有辦法忘記自己是在哪兒和這泥沼的水連在一起。沒人可以徹底的與同類那濡溼的親近感劃清界線。儘管一再嘗試跳脫，但最後還是得回歸那濡溼的握手，那緊黏不放的眼神。就本質來說，這些沒能力擁有家庭的男人們，就只能從說出「你也是我的同類」這句話的昏暗眼眸中，看出些許像是家庭燈火的溫熱。

某天，悠一在結束一早就開始上的課程後，趁著下午的課還沒開始前的這段空檔，來到大學的噴水池旁散步。幾何圖形的步道，在草地上縱橫交錯。噴水池的後方是感覺落寞的秋意樹林，隨著風向日漸改變，噴水朝下風處垂落，淋溼了草地。而飄浮在空中的扇形水柱，不時會像骨架散開似的擴散開來。在陰天裡，講堂內一整排的馬賽克牆壁，不時會傳來老舊都內電車行經的回聲。

就像嚴格的親疏之分，對這名青年不斷感受到的孤獨增添了一份公眾性的含意一樣，他在大學裡除了和少數幾名書呆子互借筆記外，一概不會想結交朋友。在這些死板板的朋友間，悠一家中的美嬌娘令他們羨慕不已，還很認真地討論起他有了妻子，是否就能改掉花心的毛病。這當中的討論，有一半一語中的，就是大家似乎都認為悠一是個花花公子。

因此，當這位俊美青年突然聽到有人叫一聲「阿悠」時，他就像被人叫出真名的通緝犯一樣，瞬間心跳加速。

叫喚他的，是一名學生，在和煦的陽光照耀下，坐在步道旁一張爬滿藤蔓的石椅上。這名學生原本低頭望著攤開在膝蓋上，內容浩瀚的電工學原文書，在他開口叫喚前，完全沒進入悠一的視線中。

悠一停下腳步後，感到後悔。他應該對這樣的叫喚置若罔聞才對。那名學生又叫了一聲「阿悠」，站起身來。他雙手仔細拍打長褲上的塵埃。是個有一張圓臉，看起來開朗充滿朝氣的年輕人。他長褲上的摺線，就像每晚都放在墊被下壓平，把長褲劃開立起來似的，摺線直挺挺的立起。當他拉起長褲，重新套緊腰帶時，悠一瞄到那白得刺眼的白襯衫，從外衣裡露出粗大的縐痕。

「你在叫我嗎？」不得已，悠一只好如此問道。

「是的，我叫鈴木，在雷東見過你。」

悠一重新省視那張臉。還是想不起來。

「你應該是忘了吧。因為對你送秋波的人太多了。連和老爺一塊來的人，也都偷偷朝你送秋波呢。不過我可還沒對你送過秋波喔。」

「找我有什麼事？」

「怎麼這麼說話呢，真不像你。太不識趣了。要不要陪我玩？」

「玩？」

「不懂我的意思嗎？」

這兩名青年的身體逐漸挨近。

「可現在是大白天。」

「有很多地方，大白天一樣可以大大方方地去。」

「如果是男人和女人的話。」

「才不是呢。我帶你去。」

「可是……我現在身上沒錢。」

「我有。只要能和阿悠一塊兒玩，就是我的榮幸。」

悠一蹺了那天下午的課。這名年紀比他小的學生，也不知是哪兒賺來的錢，他直接叫了一輛計程車。車子駛進青山高樹町一帶，一處大火肆虐過的荒涼住宅街。來到一戶姓草香的人家，鈴木命計程車在此停車，從燒得只剩下石牆的門內，可以窺見全新的臨時木造建築屋頂。緊閉的大門是以舊木材打造而成，還附上通行用的小門。按下門鈴後，鈴木無來由地解開衣襟的鈕釦，轉頭望向悠一莞爾一笑。

稍頃，一個踩著小碎步的木屐聲朝門口接近。接著，一個分不清是男是女的聲音問道：「是哪位？」那名學生回應說：「是我，鈴人，請開門。」通行的小門開啟，一名身穿鮮紅夾克的中年男子迎接他們兩人。

庭院裡的景致奇特。以遊廊和主屋做區隔的別房，能沿著踏腳石前往，但庭園的樹木幾乎一株不留，而且泉水乾涸，宛如荒野的一景，四處秋草叢生。草叢間露出燒毀的地基。這兩名學生走進那四張榻榻米大的別房，裡頭仍散發著木頭清新的香氣。

「要幫兩位燒洗澡水嗎？」

「不用了。」學生一本正經地說道。

「要上酒嗎？」

「不用。」

「那麼……」男子別有含意的嫣然一笑。「我來位兩位鋪床吧。年輕人總是都急著上床辦事。」

兩人在他鋪好床之前，都在隔壁一間兩張榻榻米大的小房間等候。兩人都沒說話。學生請悠一抽菸，悠一應了聲好。接著鈴木嘴裡叼著兩根菸點燃火，遞了一根給悠一，微微一笑。悠一覺得，從這名學生那異常的沉著態度中，反而能窺見一絲天真無邪的孩子氣。

傳來像遠雷的聲響。因為白天時，隔壁房間的防雨門全都關得密不透風。

兩人受邀走進房間後，發現枕邊的座燈已點亮，中年男子在隔門外招呼一聲「兩位請慢慢享用」，便就此遠去，腳步聲傳向了遊廊。受微弱陽光照射的遊廊木板發出的嘎吱聲，是白天時才有的聲音。

學生解開胸前的鈕釦，手肘撐在棉被上吞雲吐霧。待腳步聲遠去後，他突然像一頭年輕的獵犬般，一躍而起。他比悠一略微矮些。他撲向茫然而立的悠一，親吻他的頸項。兩個學生就這樣站著接吻達五、六分鐘之久。悠一手伸進鈴木解開鈕釦的前胸。心跳明顯變得又急又快。兩人鬆開彼此，轉身背對，動作粗魯地脫去衣服。

……兩個赤裸的年輕人緊緊相擁，宛如身處在深夜時分，不時聽見都營電車傳向地板的隆隆聲響，以及不該在這時出現的雞鳴聲。

但從防雨門的縫隙射進一道落日餘輝，塵埃飛舞於光芒中，凝固於木紋中心處的樹脂，透過陽光顯現出鮮紅的血色。那一道纖細的光束，射向壁龕的花盆裡盈滿的濁水表面。悠一把臉埋進學生的黑髮中。沒抹髮油的頭髮散發出護髮水的芳香，令人聞之暢快。學生把臉埋進悠一胸中。他合著眼，在昏黃的光線下，眼角的淚痕亮光閃動。

猶疑夢中之際，悠一聽到消防車的警笛聲。遠方的警笛又接著響起。旋即又有三輛車朝某處駛去。

「又有火災。」他追循著腦中模糊的思考。

「和第一次去公園那天一樣。大都市總會有某個地方發生火災。而且總會有某個地方有罪惡存在。神明了解要以火燒盡罪惡有所困難，就此死心。祂可能是將罪惡與火等量分配。拜此之賜，罪惡絕不會被火燒除，但無辜卻背負著被火燒傷的可能性。所以保險公司才會生意如此興隆。為了讓我的罪惡變得純粹，且絕不會被火燒毀，我的無辜必先穿過大火，不是嗎？對於康子那完全的無辜……以前我不是曾為了康子而祈求能重生嗎？那現在呢？」

下午四點，兩個學生在澀谷車站握手道別。彼此都沒有半點征服對方的感覺。

一回到家，康子便說：

「難得你這麼早回家。今晚會一直待在家裡吧？」

悠一回答會。不過這天晚上，他陪著妻子一起出門看電影。電影院內座位窄小，原本倚在他肩上的康子突然把臉移開，像一隻豎耳細聽的狗兒一樣，露出聰慧的眼神。

「好香的氣味。你抹了護髮水對吧。」

悠一本想否認，但接著猛然驚覺，急忙承認。康子似乎不認為那是丈夫身上的氣味……話雖如此，偏偏這又不是女人的氣味。

第九章　嫉妒

「當真是挖到寶了。」俊輔在日記上如此寫道。「沒想到竟然能找到這麼合適的活人偶！悠一真的很美。如果光是這樣倒也沒什麼。而且他對道德倫理根本無感。將所有青年都搞得滿是佛家思想，名叫內省的這種常備藥，他沒帶在身上，對自己的行動也不抱持任何責任感。那名青年所具有的倫理，簡言之，就是「無為」。因此，要是他開始做些什麼，那他根本就不需要道德倫理。這名青年會像放射性物質一樣損耗。我長期以來苦苦探尋的，就是他。悠一根本不相信所謂近代的苦惱。」

俊輔參加完慈善舞會後過了幾天，已備好各個步驟，要讓恭子和悠一偶遇。他從悠一那裡聽聞雷東的事。他主動提議傍晚時分在那裡碰面。

檜俊輔那天下午很不情願地出席演講。因為拗不過出版全集的那家出版社的慫恿。入秋後第一次感覺到寒意的下午，所以這位老作家穿著一件背後加了鋪棉的西裝，顯得無比陰鬱，令演講的承辦人望而生畏。俊輔戴著喀什米爾羊毛手套站上講臺。這麼做並非有什麼特別原因。只不過有一名年輕而又狂妄的承辦人員，見俊輔忘了脫手套就要上臺，特地出言提醒，俊輔便刻意戴著手套上臺，向他挑釁。

坐滿會場的聽眾約有兩千人之多，俊輔卻很瞧不起聽眾，因為講演的聽眾帶有一種和近代攝影技術一樣的迷濛。緊盯可乘之機、攻其不備的做法，對「自然」的尊重、對質地的尊崇、對日常性的過度評價、愛談軼聞的嗜好——只相信由這些沒用材料所拼湊而成的人，會此呈現出一種迷濛。攝影師提出「放鬆一點」、「說說話」、「笑一個」這類的要求，聽眾也提出同樣的要求，執著於真正的面貌和真心話。一再反覆推敲的文章裡所暗藏的真心話，會顯現在日常匆忙的生活間不經意的言行上，像這種近代心理學的偵探嗜好，俊輔向來都很鄙視。

面對無數充滿好奇的視線，他展現出大家熟悉的臉孔。個性的層級比美麗還要高，站在對此毫無半點懷疑的知性大眾面前，俊輔絲毫不感自卑。他一副意興闌珊的模樣，將草稿的皺紋拉平，並在上頭擺上刻花玻璃瓶，用它來代替鎮紙。水滲進紙中，草稿上的墨字流下美麗的藍染。他茫然想到大海。這時，不知為何，他感覺悠一、恭子、鏑木夫人，彷彿就偷偷藏身在眼前這黑壓壓一片的兩千名聽眾中。俊輔之所以愛他們，也是因為他們是絕不會來聽演講的人種。「真正的美，會讓人為之沉默。」老作家有氣無力地說出開場白。「在這個信仰尚未崩毀的時代，批評也有它自己的職場。批評就是極盡所能的模仿美（俊輔以喀什米爾羊毛手套做出模寫的手勢，朝空中輕撫了一下）。也就是說，批評和美一樣，是以讓人沉默作為最後目的。與其說這是它的目的，不如說它毫無目的。不仰賴美而招來沉默，這成了批評的方法。因此，邏輯的力量成為能仰賴的對象。作為批評方法的邏輯，必須像美一樣，以不容分說的力量強制要求對手沉默。就批評的結果來看，這種沉默的效果必須足以讓人產生錯覺，認為美確實就存在其中。亦即必須塑造一個代替美的空間。這樣批評才能有助於創造。」

老藝術家環視場內，發現有三名很沒禮貌的青年正打著哈欠。他心想，那打著哈欠，充滿年輕活力的嘴巴，或許才吞得下我說的話，加以吸收了解。

「然而，美會讓人沉默的這種信仰，曾幾何時，已成了過去。美已無法使人沉默，就算美從宴會中央路過，人們也不會因此停止交談。去過京都的人，應該都看過龍安寺的石庭，但那庭園絕不是什麼艱深難題。它就只是美。讓人們為之沉默的庭園。但滑稽的是，前往欣賞此庭園的現代人，光是沉默還不滿足。由於非得說點什麼才行，所以他們皺著眉頭，就像要硬擠出俳句來似的。美要求人們變得饒舌。來到美的面前，會感受到一種急忙要陳述感想的義務。感覺到必須趕緊為美估價。如果不估價會有危險。美就像爆裂物一樣，變成所有艱澀難懂的事物。甚至應該說，以沉默擁有美的能力，以及這種要求捨身的崇高能力，已就此喪失。

批評的時代就此展開。批評不再追求美的模仿，而是以估價當作它的職責。批評開始往創作的反方向添加力道。昔日批評曾是美的追隨者，而現在則是美的股票經紀人。成了美的執行官。換言之，隨著美讓人沉默的信仰逐漸衰退，批評勢必得代替美來行使可悲的代位主權。就連美也無法使人沉默，批評自然就更不用提了。就這樣，對現今的饒舌又再加上饒舌，幾欲令人耳聾的悲慘時代就此展開。美在各個地方令人聒噪不休。最後，因為這樣的饒舌，使得美產生人工性（雖然這種表達方式有點奇怪）的增生。美開始大量生產。而批評面對那無數個從和它本質一樣的地方誕生的仿冒之美，也開始口無遮攔的痛罵……」

……然後，在演講結束後，與悠一約見面的俊輔，在日暮時分走進雷東時，店內的客人只朝這名神色匆匆走進店裡的孤獨老人瞄了一眼，便把臉轉開。和悠一登場時一樣，眾人盡皆沉默，但並非只有美能使人沉默，不感興趣一樣也會。不過這並非被迫的沉默。

這位老先生狀甚熟稔的與坐在店內椅子上和年輕人談天的悠一打招呼，帶他到遠一點的桌位坐下後，眾人眼中皆露出非比尋常的關切之色。

說了幾句話後，悠一暫時離席，接著又回到俊輔面前，對他說道：

「大家看了，都以為我是老師您的男伴。因為他們問到，所以我也就承認了。因為這麼一來，老師要到這家店就容易多了。而且我也認為，小說家對這家店一定很感興趣。」

俊輔大感驚訝，但他索性將錯就錯，也不去責怪悠一那輕率的決定。

「如果你是我的男伴，那我該擺出怎樣的態度呢？」

「這個嘛……你只要別話說，擺出幸福的樣子，這樣就行了。」

「要我擺出幸福的樣子是吧。」

這未免太奇怪了。死人俊輔竟然要演出幸福！老作家家被迫面對這種跑錯場的窘境，就連導演也意想不到，反過來被迫施展這種演技，這令他大感困惑。他反而想板起臉孔。但這真的很難。俊輔覺得滑稽，馬上放棄這樣的即興表演。這時他並未發現，自己已在不知不覺間流露出幸福的表情。

這種內心的輕鬆，找不到適當的語句可以說明，所以俊輔心想，這應該是他平時職業上的好奇心使然。已喪失創作力量的老作家，對於自己虛假的熱情感到羞愧。這十年來，這樣的衝動多次像潮水一樣朝他湧來，但每次一進入拿筆寫作的階段，就連一行也寫不出來，所以他詛咒這種宛如空頭支票般的靈感。年輕時，那緊緊圍繞他的一舉一動，近乎病態的藝術衝動，如今就只是在不會有結果的好奇心飢渴下，留下痕跡。

「悠一多美啊！」老作家遠遠望著再度離席的悠一，如此暗忖。「在那四、五名美少年當中，只有他特別顯眼。美這種東西，彷彿只要伸手一摸，就會燙傷。因為他而燙傷的男同志想必不少吧……不過，他因為一時衝動而走進這個異樣的世界。這個動機與美無比契合。說到我，我一樣只是為了看他，才來到這裡。當間諜會覺得多麼不自在，我明白。間諜不能仗著欲望行動。單純只是因為這樣的原因，不管他有什麼愛國的行為，就本質來看，都一樣卑劣。」

圍在悠一身旁的三名少年，就像關係親密的雛妓在互相展示半襟[18]一樣，他們從西裝的胸前掏出新的領帶互比。電唱機一樣播放著喧鬧的舞曲。男子們比其他世界的人更加親密，更加頻繁的互碰彼此的手和肩膀，除此之外，眼前的景象沒半點特別之處。

什麼都不知情的老作家如此思索。

「看來，男色這種東西，基礎是建立在純潔的快樂之上。男色畫那種令人目眩的古怪扭曲，肯定是在表現純潔的苦惱。一定是男人之間無法行魚水之歡，在這樣的絕望驅使下，才會演出那種愛的姿態，引人同情。」

這時，一幕略帶緊張的情景在他面前展開。

18 日本和服底下會多穿一件襯衣，而襯衣上會縫上像領巾的「半襟」，以防止襯衣被脖子的汗垢弄髒。

悠一被請去兩名外國人的桌位。與俊輔這個桌位之間，正好隔著一個有淡水魚在裡頭悠游的魚缸，以此充當屏風。魚缸裡裝設了綠色電燈，使裡頭的水藻變得透明。一名禿頭的外國人，側臉因為亮光而映照出水面的波紋。另一名外國人年輕許多，似乎是位祕書。那位年長的外國人完全不會講日語，所以祕書逐句向悠一口譯。

那名年長的外國人說著一口字正腔圓的波士頓式英語，祕書則是操著一口流利的日語，還有悠一簡短的回答，俊輔全都聽得一清二楚。

首先，那名年長的外國人向悠一敬了一杯啤酒，並頻頻誇讚他的年輕和美貌。這種美麗辭句的翻譯難得一聞。俊輔豎耳細聽。逐漸明白他們之間談話的梗概。

年長的外國人是位貿易商。他尋求年輕俊美的日本青年當朋友。而物色人選，則是祕書的工作。祕書向這位老闆介紹過幾名年輕人，但他都看不上眼。其實這家店他已來過好幾次。但今晚第一次看到如此理想的青年。對方提議道：「如果你覺得排斥，暫時維持精神上的交往也可以，可以和我交往嗎？」

俊輔發現原文和譯文之間存在著奇怪的落差。主語和賓語故意模糊化，這絕對不算是不忠於原文，但這樣的口譯卻是拐著彎說，帶有諂媚討好的味道。那位年輕祕書有一張像德國人的精悍面貌。從他的薄唇說出的日語，就像尖銳的口哨般清晰而冰冷。俊輔望向腳下，大吃一驚。因為年輕祕書的兩腿靜靜夾住悠一的左腳腳踝。那若無其事的調情，年長的外國人似乎完全沒察覺。

老作家終於明白整件事的前因後果。口譯所談的事不假，但祕書卻搶先老闆一步，想博得悠一的歡心。

這時有一種難以言喻的沉重情感朝俊輔襲來，該怎麼稱呼它呢？俊輔望見悠一低下頭，睫毛形成的暗影。看到她那長長的睫毛，俊輔心想，他的睡臉一定很美，這時悠一的睫毛馬上眨了起來，朝俊輔投以含笑的一瞥。俊輔渾身為之戰慄。那來路不明的憂鬱為之倍增，再度向他襲來。

「該不會是嫉妒吧。」他如此自問。「這種胸悶的感覺，以及像炭火悶燃的情感是怎麼回事？」

他想起多年前的那個破曉時分，當他看到淫蕩的妻子在廚房門口向他展現紅杏出牆的場面時，深深折磨他的那份情感。在這份感情中，就只有我的醜陋是唯一的依靠，值得與全世界的思想交換，是唯一的心愛玩物。

這是嫉妒。這個死人因羞恥和憤怒而臉泛潮紅。他以尖銳的聲音大喊一聲「結帳」，就此站起身。

「喲，那個老頭燃起了嫉妒之火呢。」阿君朝小滋咬耳朵道。「阿悠也真怪。不知道他和那個老頭在一起多少年了。」

「老頭肯定是追著阿悠來到這家店。」阿滋懷著敵意附和道。「真是個厚臉皮的老頭。下次他敢再來，我就用掃把轟他出去。」

「不過，看這老頭的樣子，似乎有機會起向他賣身呢。」

「不知道他做什麼生意。好像有那麼點小錢。」

「八成是町內會裡的大人物吧。」

來到門口的俊輔，感覺到悠一起身默默跟在他身後的氣息。來到路上後，俊輔伸了個懶腰，雙手輪流敲打著肩膀。

「肩膀痠痛嗎？」

悠一以不受影響的爽朗聲音問道，所以這名老人感覺自己的內心彷彿已被他看穿。

「你日後也會變成這樣。羞恥漸漸滲進你心底。年輕人的羞恥會把肌膚染紅。而我們則是以自己的皮肉，甚至是骨頭感到羞恥。我的骨頭覺得很難為情。因為別人當我是這圈子的人。」

兩人在熙來攘往的人潮中並肩走了一段路。

「老師，您討厭年輕對吧。」

悠一突然如此說道。俊輔沒想到他會這麼說。

「為什麼這樣問？」他詫異的反問。「如果討厭的話，我為何要驅策這把老骨頭到這種地方來呢。」

「可是老師您的確討厭年輕。」

悠一很肯定地說道。

「我討厭的是不美的年輕吧。年輕就是美，這是一點意思也沒有的俏皮話。我的年輕只有一個醜字可言。那不是你所能想像的。我一直想要人生重來，就這麼度過了青年時代。」

「我也是。」悠一低著頭說道。

「你不能說這種說。要是你這麼說，那可就犯了禁忌。絕不能說這種話，是你選擇的宿命……對了，你突然跑到外頭來，對剛才那位外國人很失禮。」

「不，我無所謂。」

俊美青年一臉恬淡的應道。

七點將近。戰後很早便關店的街道，人潮在這個時刻達到顛峰。由於日暮時分霧靄濃重，遠方店面看起來猶如一幅銅版畫。黃昏時分的街道氣味，敏感地搔癢著鼻孔。

這是一整年當中，最能細膩地感受出氣味的季節。果實、法蘭絨、新書、晚報、廚房、咖啡、鞋油、汽油、醃漬物的氣味，混雜在一起，浮現出街道的各種營生所呈現的一種半透明朦朧畫面。高架鐵路的車聲蓋過兩人的談話聲。

「那裡有一家鞋店。」老作家指著明亮的櫥窗說道。「是一家很奢華的鞋店，叫作桐屋。恭子在那家店訂製的舞鞋，今天傍晚前會作好。恭子七點會來取鞋。你就在那個時候到店裡出入，挑選男鞋。恭子是個很守時的女人。等她到來後，你要故作驚訝的跟她喊聲嗨。然後邀她一起喝杯茶。再來就等到那兒之後，你自己看著辦吧。」

「那老師您呢？」

「我會在對面的一家小店喝茶。」

老作家說。這名老人對青春抱持一種奇怪且小氣的偏見，這令悠一感到納悶。從中可以猜出他的青春有多麼貧瘠。俊輔在調查恭子什麼時刻前來時，那年輕時卑微的醜陋，想必又在他臉上重現，但悠一無法把此事當作與自己無關。那是他被迫接受的另一面。而且因為他受到鏡子異常的感化，他已具備特殊的習性，不管在什麼情況下，都不忘將自己的美納入考量。

第十章　謊言的偶然與真實的偶然

那一整天，穗高恭子滿腦子想的都是她那雙青竹綠的舞鞋。對她而言，這世上也沒其他更重要的事了。任誰看到恭子，都會感覺到一種所謂「輕鬆的宿命」。就像跳進鹹水湖裡的人，會在不知不覺中浮出水面，就此獲救一樣，恭子所展現的爽朗態度，類似不管怎麼做也無法降至自己情感底部的一種焦躁感。她的開朗明明不是出自真心，卻又能帶有一股風情，也是這個緣故。

恭子常會看起來顯得熱情忘我，但人們似乎能從她背後看得出來，是她丈夫那冷靜的手勢，燃起她虛假的熱情。就像一隻訓練有素的狗，或是習慣的力量使然的一種智慧集結，這樣的印象使她與生俱來的美看起來就像用心栽培成的植物之美。

恭子的丈夫對於毫無半點真情的她，早已厭倦。為了燃起妻子的熱情，他用盡各種愛撫的技術，甚至為了讓妻子認真起來，明明不想外遇，卻還是刻意這麼做。恭子常為此落淚。但她的淚水是驟雨。一旦開始談起正經事，恭子就像被人搔癢似的，笑個不停。話雖如此，她並沒有因為以女人味作為代價，而獲得過多的機智或詼諧。

恭子一早躺在床上，腦中會浮現十多個美妙的念頭，而到了傍晚，如果還能記得一、兩個，就算很不錯了。更換客廳掛軸的念頭，就這樣延宕了十天。這也是因為，那偶然留存在記憶中的念頭，在它凝聚成一種擔憂之前，除了等候之外，別無他法。

她雙眼皮的眼睛，有一邊形成了三眼皮。她丈夫見了，覺得可怕。因為那一瞬間，他清楚地明白，妻子什麼也沒想。

……這天，恭子在她從娘家帶來的老女傭陪同下，到附近的市街採買，下午因為丈夫的兩位堂姐妹前來，她負責接待。這對堂姐妹彈奏鋼琴，恭子當時根本沒聽，等她們彈完後，便拍手叫好，拚命說恭維話。接著她們聊到，銀座的哪家洋菓子店便宜又好吃、她用美金買的這支手錶，在銀座的某家店標出三倍高的價錢。談到準備過冬用的布料，還有最近流行的小說。還提出煞有其事的論點，說小說之所以比洋裝的布料便宜，是因為無法穿著在路上走，所以這也是理所當然的事。這段時間裡，恭子腦子想的都是舞鞋的事。她那恍惚的模樣，那對堂姐妹也感覺到了，就此誤以為她戀愛了。但恭子除了對舞鞋的愛之外，是否能陷入更深的熱戀，此事令人存疑。

因為這個緣故，恭子違背俊輔的期待，早已將前些日子在舞會上極力向她展現風情的俊美青年忘得一乾二淨。

一走進鞋店便與悠一打照面的恭子，一心只急著要看鞋，所以對這樣的不期而遇並未多驚訝，就只是客套地問候一聲。悠一對於自己那別有所圖的卑鄙立場感到不寒而慄。他本想離去。但這次憤怒讓他無法就此離開。他恨這個女人。俊輔的熱情此時已附身在他身上，證據就是悠一忘了憎恨俊輔。這位青年從店內望著櫥窗，虛張聲勢的吹著口哨。口哨聲嘹亮，但透著不吉利。他的目光移向那個正在試穿新鞋的女人背影，就此燃起陰沉的鬥志。「很好！我一定要讓這個女人墜入不幸的深淵。」

幸好這雙青竹綠的舞鞋作得很合恭子的意。店員把舞鞋包好。恭子心中的狂熱這才得以退去。

她轉過頭來，面帶微笑。這才注意到這名俊美青年。

今晚恭子的幸福，感覺就像看到一張無從挑剔的菜單。於是她滿心雀躍，主動開口邀一名和自己不熟的男人一起喝茶，這不是恭子的作風。但她卻來到悠一身旁，很輕鬆地開口道：

「要不要一起喝杯茶？」

悠一率直地點了點頭。很多店晚上七點一過就打烊了。俊輔所在的這家店依舊燈火明亮。正要從店門前路過的恭子，準備往店裡走，悠一急忙阻止。兩人又路過兩家已取下暖簾的店面後，找到一家似乎很晚才會打烊的店家，就此走進店內。

朝角落的一張桌位坐下後，恭子粗魯地脫下蕾絲手套。她兩眼泛紅，仔細打量著悠一說道：

「夫人近來可好？」

「嗯。」

「今天你又一個人嗎？」

「嗯。」

「我明白了。你是和夫人約在店裡碰面吧。在那之前，我陪你打發時間，這樣可以吧？」

「我真的是自己一個人。剛才有事去了學長的事務所一趟。」

「這樣啊。」恭子解除警戒的口吻。「從那之後，一直都沒機會碰面呢。」

恭子逐漸憶起。當時這名青年的身體，像野獸般充滿威嚴，一路將女人的身軀逼向幽暗的牆邊。青年那祈求她寬恕的灼熱眼神，反而看起來顯得野心勃勃。略長的鬢髮、肉感的雙頰、像是剛說出心中的不滿，旋即又住口不提，充滿年輕模樣的稚嫩雙唇……再過一會兒，對於他的準確記憶應該就會憶起。這時她想出一個小詭計。把菸灰缸拉往自己身旁。這麼一來，當年輕人要丟菸蒂時，他的頭就會像一頭年輕公牛那樣，在她面前晃動。恭子嗅聞他髮蠟的氣味。那是無比年輕，令人胸口隱隱作疼的氣味。就是這個氣味！自從舞會那天起，她在夢裡不只一次聞過這個氣味。

某天恭子醒來後，夢裡的氣味仍執拗的緊黏在她身邊。某天她到市中心購物，丈夫到外務省上班，過了約一個小時後，她坐上公車，上頭擠滿了較晚上班的人們。她聞到強烈的髮蠟氣味，令她心中一陣小鹿亂撞。但當她望向車上那名青年的側臉時，發現雖然對方散發的氣味與夢中聞到的髮蠟一樣，那張側臉卻長得一點都不像，令她頗感失望。她不知道那是哪一牌的髮蠟。在擁擠的電車和店內，不知從何處傳來那氣味，令她感到一股無來由的哀傷。

……沒錯，就是這個氣味。恭子用另一種眼神打量著悠一。因為她從這青年身上看出青年打算支配她的危險權力，以及像權杖般光彩奪目的權力。

不過，這位個性輕浮的女人，只對男人這種理所當然具有的權力感到滑稽。不管長得再醜的男人，還是長得再美的男人，全都有一樣的東西，那就是欲望，說起來正當性十足，卻又愚不可及。舉例來說，那些粗俗的情色小說，沒有哪個男人不看的，在少年時期快結束時，這種小說的主題就已在他們腦中植下根深蒂固的觀念，沒有任何一個男人例外。換句話說，這是名為「從男人眼中看出欲望時，就是女人最沉醉於自我幸福中的時刻」，一種依循慣例的主題。

「這名青年的年輕，是多普遍的年輕啊。」對自己的年輕仍十足感到自豪的恭子，如此思忖。「這種年輕俯拾皆是。他自己知道，他現在正是最適合將欲望與誠實混在一起的年紀。」

此時悠一的雙眼泛起一股略顯疲憊的熱情光澤，正好與恭子的誤解吻合。不過，他的雙眼仍未忘卻那與生俱來的灰暗，所以一看到他，就會感覺像聽見水流飛快的流過暗渠所發出的激昂水聲。

「之後你去哪兒跳舞？」

「不，我沒跳。」

「夫人討厭跳舞嗎？」

「她喜歡跳舞。」

多吵的雜音啊！這家店其實很安靜。但低沉的唱片樂音、腳步聲、碗盤碰撞聲、客人不時發出的笑聲、電話鈴響，全都混雜在一起，誇張地傳來，教人備感焦躁。雜音就像懷有惡意般，朝兩人不時停頓的對話中打進木釘。恭子感覺自己就像和悠一在水中交談。

自己想更進一步接近的心，卻感覺到對方心的心無比遙遠。向來個性爽朗的恭子，開始意識到這名看似想得她的青年與她之間的距離。她心想，我的話已傳進他心裡了嗎？甚至覺得這張桌子會不會太大了？恭子在不知不覺間，將自己的情感誇張化。

「你的表情就像在說，只要跳過一次舞，就已經不需要我了。」

悠一露出痛苦的表情。這種隨機應變，以及幾乎讓人感覺不出斧鑿痕跡的演技，已成了他的第二天性，關於這點，大多是他無言的老師——鏡子的力量所造成。鏡子針對他美貌的各種角度或陰影所呈現的多種情感表情，來陶冶他的心性。最後美透過意識，從悠一身上獨立出來，變得可以自由自在的驅使。

或許就是這個緣故，悠一在婚前從康子身上感受到的那種不自在的感覺，如今在女人面前已不會再有。倒不如說，最近他面對女人，反而更能自由的沉醉在肉欲的滋味中。那是透明而抽象的肉欲，過去跳高、游泳深深吸引他時的一種肉欲。他的最大敵人是欲望，如今他擁有不被欲望束縛的自由，他感覺自己的存在猶如一臺精巧且萬能的機械。

恭子為了用和自己認識的朋友有關的傳聞來撐場面，舉了幾個人的名字。悠一一個人也不認識。恭子覺得這幾乎是奇蹟。在恭子的觀念中，羅曼史只會發生在與她有往來的那些人之間，而這些組合也可以事先預料得到。換言之，她只相信套招好的羅曼史。最後終於出現一個悠一知道的名字。

「清浦家的小玲你知道嗎？她三、四年前過世了。」

「我知道，她是我表姐。」

「這麼說來，你就是你親戚們口中的那位阿悠嘍？」

悠一為之一驚。但依舊神色自若的微微一笑。

「沒錯。」

「原來你就阿悠啊。」

恭子肆無忌憚的盯著他瞧，令悠一感到尷尬。恭子的說明如下。玲子與恭子同屆，而且是她獨一無二的摯友。玲子死前，將日記託由恭子保管。那是死前幾天在病床上寫下的日記。這名久病多年的可憐女人，活在這世上唯一令她覺得有意義的事，就是能見到她年輕的表弟來看他。

她愛上這位只是一時興起的來訪者。她祈求能與表弟接吻，但想到這樣會害他染病，她害怕不已，就此作罷。玲子的丈夫讓妻子染上他的宿疾後，自己先一步撒手人寰。玲子試著想要告白，但最後沒能如願。有時是咳嗽的症狀發作，有時是她自我克制，奪走了告白的機會。她從這位年僅十八的年輕表弟身上，發現所有生命的光輝、與死亡和疾病完全相反的事物，就像從病房裡望見庭院裡沐浴在陽光下的青翠小樹般。她從表弟身上看到健康、爽朗的笑容、整齊漂亮的皓齒、沒半點悲哀和苦惱的天真、耀眼的青春光芒。她擔心自己愛的告白，會在表弟的眉宇間留下同情，如果他也萌生愛芽，或許會在他臉上刻畫下悲哀和苦惱。她反而希望只能從表弟那精悍的側臉看到近乎漠不關心的一時興起以及年輕，然後就這樣死去。她每天的日記開頭，都是以「阿悠」這樣的稱呼開頭。表弟某天帶來了一顆小蘋果，她朝上頭刻下表弟名字的開頭字母，藏在枕頭底下。玲子還向悠一要照片。他一臉靦腆地拒絕了。

對恭子而言，「阿悠」這名字之所以比「悠一」更親近，就是這個原因。不僅如此，玲子死後，恭子的幻想培育出的這個稱呼，她從以前就很仰慕。

聆聽的悠一手裡把玩著鍍銀的湯匙，心中暗自吃驚。因為他現在才知道，大他十多歲，臥病在床的表姐竟然暗戀著他。不僅如此，表姐對他的素描畫與他相去甚遠，這也令他大為驚訝。當時他正為無處宣洩的異樣肉欲給壓得喘不過氣來。他甚至很羨慕表姐那即將到來的死亡。

「當時的我應該沒有要欺瞞玲子的意思。」悠一心想。「不過，我也不想完全顯現自己的內心，所以才那麼做，如此而已。而且玲子誤以為我是個單純的開朗少年，而我也沒注意到玲子的愛。每個人都以對別人的誤會，當作是唯一的生存意義……」也就是說，被些許驕傲美德感染的這名青年，很希望能將他對恭子展示的虛假媚態，想作是外在本身的誠實。

恭子就像上了年紀的女人常有的舉動一樣，微微仰身望向悠一。她已墜入情網。恭子那輕浮的心動，歸咎起來，或許是來自於她對自己感情的某種謙虛的不信任感，所以此刻看到玲子生前熱情的證人就站在眼前，她這才對自己的感情抱持一份確信。

不僅如此，恭子還失算了。她以為悠一從以前就一直在接近她，所以她只要再往前跨出半步，就能得到悠一。

「希望下次找個地方慢慢聊。我可以打電話給你嗎？」

可是悠一每天在家的時間都不固定。他告訴恭子，他會主動打電話。但恭子也總是整天不在家。這麼一來，得現在就說好下次幽會的時間，恭子對這樣的發展感到竊喜。

恭子打開記事本。拿起一支以絲繩繫在記事本上，筆尖削得尖細的鉛筆。她有許多既定行程。為了悠一，她把最難空出的時間空了出來，恭子暗自感到滿意。她以筆尖輕敲上頭的某個日期，那天她原本得和丈夫一起出席外相官邸的某位外國名人的宴會。為了下次和悠一見面，應該加上某個祕密又冒險的要素。

悠一一口答應。這女人愈來愈會撒嬌，最後甚至提出希望今晚能送她回家的要求。見青年面有難色，恭子這才說，我只是想見你那為難的神情，才刻意這麼說的。接著她以遠眺山脊般的眼神，靜靜凝望悠一的肩膀。因為想要他主動和自己搭話，而沉默了一會兒，接著又獨自說了起來，備感孤獨。最後恭子終於不再畏懼以卑屈的口吻同悠一說話。

「尊夫人可真幸福。你一定是個愛護妻子的好丈夫。」

語畢，她像筋疲力竭似的滑坐在椅子上。那模樣讓人聯想到被獵捕到的死雉雞。

恭子突然感到心急。今晚應該有客人在家裡等她，看來是無法和對方見面了。她站起身，想打電話回家知會一聲。

電話馬上就接通了。聲音聽起來很遠。女傭的聲音聽不清楚。之所以對話會受妨礙，似乎是電話裡有雨聲。她望向眼前那面大玻璃窗，下雨了。不巧她正好沒帶雨具。她就此變得果敢起來。

恭子正準備回到原位時，她看到有名中年女子把椅子拉向悠一身旁，正同他交談。恭子移開椅子，與兩人保持距離坐下。悠一向她介紹這名中年女子。

「這位是鏑木夫人。」

女人之間一眼就能看出對方的敵意。這項偶然完全不在俊輔的算計內，鏑木夫人打從剛才起，就一直在不遠處的某個角落靜靜盯著他們兩人瞧。

「我比約好的時間提早了一點前來。想說在你們談完之前，不要打擾你們。抱歉。」

鏑木夫人說。在此瞬間，就像她那年輕過頭的妝容反而突顯他的老態般，夫人扯這種年輕女孩才會說的謊，反而突顯出自己的年齡。恭子見他暴露此等年齡的醜態，就此鬆了口氣。內心的餘裕讓她看穿夫人的謊言。她用一隻眼睛朝悠一使了個笑意。

像鏑木夫人這樣的厲害人物，竟然會沒發現這名比自己年輕十歲的女人暗地裡使出輕蔑的眼色，這全是因為現場的嫉妒令她失去自身的驕傲。恭子如此說道：

「一不小心就說個沒完，真是抱歉。我要告辭了。阿悠，你不幫我叫輛計程車嗎，外頭下雨了呢。」

「下雨了？」

第一次聽恭子用第二人稱叫他「阿悠」，悠一大吃一驚，就像下雨是件大事似的，露出驚訝的表情。

走出門口，馬上有輛計程車前來攬客，於是他朝店內比了個手勢。恭子朝夫人問候一聲，就此站起身。悠一目送她離去，在雨中朝她揮手。她什麼也沒說，就這麼走了。

悠一回到鏑木夫人面前，默默地坐下。濡溼的頭髮像海草般緊貼在他的額頭上。這時，青年看見恭子的東西忘在一旁的椅子上，趕緊拖起它準備往外走，展現出無比激動的態度。他忘了恭子是搭車離開。這反射性的熱情，令鏑木夫人深感絕望。

「忘了東西嗎？」

她強顏歡笑說道。

「嗯，她的鞋子。」

兩人都認為不過只是一雙鞋罷了。但其實恭子忘了拿的東西，是她在遇見悠一之前，今天一整天的生活中唯一關心的事。

「你可以現在就追上前去。還趕得及喔。」

鏑木夫人面帶苦笑地說道，明顯一聽就知道是在挖苦人。

悠一沉默不語。夫人也跟著沉默，但落敗的暗影在她的沉默中鮮明的擴散開來。她說這話時，聲音顯得很激動，幾乎都快哭了。

「你生氣了嗎？對不起。會說那種話，都是因為我個性不好。」

夫人雖然嘴巴上這麼說，卻言行不一，從自己的戀情所描繪出的無數個不吉利的預感中，緊抱著其中一個，不肯放手。也就是說，她有預感，悠一明天一定會把恭子忘記帶走的東西送還給她，還會向恭子說明鏑木夫人所說的謊言。

「不，我沒生氣。」

悠一露出雨過天青般的爽朗笑臉。這笑臉為鏑木夫人帶來多大的力量，遠非悠一所能想像。在這名青年宛若向日葵般的笑臉誘惑下，夫人旋即達到幸福之巔。

「我想送你個東西，當作是賠罪。要不要離開這兒？」

「說什麼賠罪，不用啦。而且現在正下著雨……」

那是一場陣雨。因為現在是晚上，遠看不知道雨已停，不過剛好有幾名喝醉的男子來到外頭，在門口喊道「哦，雨停了，雨停了」。到這裡躲雨的客人，為了讓自己置身在放晴的夜氣中，再度匆匆離去。在夫人的催促下，悠一拎起恭子忘了拿的包裹，跟在她身後。雨後的風透著寒意。他立起深藏青色的風衣衣領。

此時夫人誇張的將今天能與悠一相遇想作是偶然促成的幸福。從那天以來，她都與嫉妒相抗。原本夫人有不輸男人的堅定情感，這支持著她的決心，讓她在今天之前都不主動向悠一邀約。她獨自外出，獨自看電影，獨自用餐，獨自喝茶，覺得自己一個人似乎反而能從自己的情感中得到自由。

話雖如此，鏑木夫人卻還是感覺到悠一那不管去到哪兒都緊追不放，高傲又帶有侮蔑的視線。視線對她說道：「跪下！快點在我面前跪下！」……某天，她獨自去劇場看戲。中場休息時，她在洗手間的鏡子前呈現出悲慘的面容。女人們的臉全都擠在鏡子前，爭先恐後的往前探出臉頰，探出嘴脣，探出額頭，探出眉毛。為了抹腮紅、塗口紅、畫眉線、梳整鬢毛，確認今天早上辛苦捲好的頭髮是否又恢復原狀。某個女人呲牙裂嘴，毫不知恥。某個女人被自己的香粉嗆得臉都歪了。如果將鏡子的畫面畫成一幅畫，肯定能從畫面中傳來女人遭虐殺的死前慘叫。鏑木夫人在這些同性間的激烈競爭中，看見就只有她那張臉顯得蒼白、冰冷，而且僵硬。「跪下！跪下！」她的驕傲正在淌血。

但此刻夫人沉醉於屈服的甜美中（可笑的是，她甚至覺得這樣的甜美是她狡詐的智慧所賜），她在被雨淋溼的汽車前後穿越，走過街道。行道樹泛黃的寬闊落葉，因雨水而緊貼著樹幹，像蛾一樣拍打著翅膀。因為起風了。夫人就像之前在檜俊輔家第一次與悠一見面的那晚一樣沉默不語，來到某家裁縫店。店員們向夫人展現恭敬的態度。夫人要他們拿出冬天的布料，貼向悠一肩膀。因為這麼做的時候，她可以仔細欣賞悠一。

「真不可思議，不管什麼花樣，你穿都好看。」

夫人陸續將布料抵向他胸前，如此說道。悠一想像自己看在店員們眼中，一定像傻瓜一樣，頓時感到鬱悶起來。挑好其中一塊布料後，夫人請店員量尺寸。老練的老闆見青年這身理想的身材尺寸，大為驚訝。

悠一想起俊輔的事，靜不下心。那個老人肯定還耐著性子在那家店等候。話雖如此，今晚讓俊輔與鏑木夫人見面，是一大失策。而且也不知道接下來夫人會開口說要去哪兒。悠一漸漸覺得自己不需要俊輔的協助，就像一個小學生，在百般不願的情況下強迫面對課業，後來卻開始產生興趣一樣，對這種以女人為對象的不人道遊戲，他開始沉溺於這樣的樂趣中。換言之，俊輔用來關住這名青年的木馬，亦即模仿「自然」暴力的可怕機器，已開始運作。看到那兩個女人之間愈燒愈旺的火勢，這火勢將會是更加強盛，還是慢慢減弱，成了與他的自尊息息相關的重要問題。藉由替他做衣服，而沉醉於微不足道的「賜予的喜悅」，他望著女人的這種神情，覺得就像猴子一樣。坦白說，不管是怎樣的美女，只要身為女人，看在這名青年眼中都只覺得像猴子。

鏑木夫人因笑而落敗，因沉默而落敗，因說話而落敗，因送禮而落敗，因不時偷瞄他側臉而落敗，因佯裝開朗而落敗，因顯露憂鬱之色而落敗。再過不久，這位絕不落淚的女人，肯定也會因淚水而落敗……當悠一粗魯的穿上外衣時，從內側口袋掉出梳子。夫人迅速俯身將它拾起，動作比悠一和店員都來得快。撿起後，她對自己的卑屈感到驚訝。

「謝謝您。」

「好大的梳子。感覺很好用。」

鏑木夫人在物歸原主之前，拿它朝自己頭髮梳了兩、三次。受梳子拉扯的頭髮，令她的眼睛微微抽搐，眼角發出潤澤的亮光。

與夫人一同前往酒館道別後，悠一趕往俊輔等候的店面，結果店門已關。有樂町的雷東會一直營業到末班車發車。來到雷東一看，俊輔果然在裡頭等候。悠一向他說明詳細經過。俊輔聽了朗聲大笑。

「你就把鞋子帶回家，在對方主動詢問前，都裝不知道，這樣就行了。恭子明天應該會打電話到你家。你與恭子是約在十月二十九日幽會對吧。還有一週的時間。在那之前，你們再次找個地方見面，把鞋子還她，然後為今晚的事解釋和道歉。恭子是個聰明的女人，她肯定早就看穿鏑木夫人的謊言。到時候……」

俊輔停頓一會兒。從名片夾裡取出名片，寫上簡單的介紹。他的筆跡微帶顫抖。悠一從他那蒼老的手聯想到母親那蒼白浮腫的手。讓這名青年對不得已的婚姻、惡行、虛偽、騙術，燃起一股熱情，驅策他走上這條路的，正是這雙手。與死亡近在咫尺，與死亡達成密約的這雙手。悠一懷疑，附身在他身上的力量，莫非就是冥府的力量？

「在京橋N大樓三樓……」作家遞名片給他，如此說道。「有一家店專賣進口的精美女用手巾。只要帶著這張名片前去，他們就會賣給日本人。你要在那裡買半打同花樣的手巾。明白了嗎？你就送其中兩條手巾給恭子，當作是賠罪的謝禮。剩下的四條，等下次和鏑木夫人見面時再送給她。像這次這麼碰巧的偶然機會，不是那麼常有，所以我會安排機會，讓恭子、鏑人夫人，還有你三人在某個地方碰面。到時候手巾一定能發揮作用。另外，我家中有亡妻生前配戴的瑪瑙耳環，下次拿來送你。至於耳環的用途，之後我再告訴你。你看著好了。那兩個女人會相信對方和你有關係，你不光只和她往來。也送一條手巾給你妻子吧。再過不久，你的妻子也會相信你的外遇對象是那兩個女人。若真是這樣就太好了。你的真實生活將會大獲自由。」

這圈子在暗處下的熱鬧場面，此時在雷東正要邁入高潮。店內深處的椅子上，一些年輕人正無邊無際地聊著低俗的話題，談笑風生，但如果聊到女人的話題，聽者就都會皺起眉頭，把臉轉開。隔了一天，雷帝與他年輕的戀人約好晚上十一點在此見面，他等得不耐煩，一直強忍著哈欠，頻頻往門口張望。俊輔看了也跟著打起了哈欠。他的哈欠明顯與雷帝不同。他的哈欠倒不如說是他的一種老毛病。當他嘴巴合上時，假牙會撞在一起。他對於自己的肉體會發出如此陰沉的物質性聲響，覺得很可怕。感覺就像有某個物質從體內逐步侵犯他的肉體，發出不吉利的聲響。肉體原本就是物質，假牙相互碰撞的聲響正是肉體的本質所帶來的明確啟示。

「就連我的肉體也和我形同陌路。」俊輔心想。「更別說我的精神了。」

他偷瞄悠一那美麗的側臉。

「不過，我的精神形態卻是這麼美。」

※

悠一晚歸的日子太過頻繁，康子一再對丈夫做各種懷疑的想像，已感到筋疲力竭。最後她決定相信丈夫，一旦做出決定後，反而毫無顧忌地感到痛苦。

康子眼中的悠一，個性帶有難以言喻的謎團，倒不如說，與他那開朗的半邊臉有所連結的謎團，不是那麼容易理解。某天早上，他看著報上的漫畫，朗聲大笑。當康子走近觀看時，悠一開始跟她說明，為什麼這其實不怎麼好笑的漫畫他會覺得好笑，但當他說到「前天啊……」，卻突然噤口不語。他差點一不小心將雷東的話題帶到家裡的餐桌上了。

年輕的丈夫動不動就顯得悶悶不樂，一臉痛苦。康子想分擔他的痛苦，但緊接著悠一卻告訴她，自己是因為吃太多糕點而胃痛。

丈夫的雙眼似乎一直憧憬著什麼，康子差點就誤信了他詩人的本能。他對於世上一般的傳聞或醜聞，有很嚴重的潔癖。儘管岳父岳母對他評價頗高，但還是覺得他似乎抱持奇怪的社會偏見。擁有思想的男人，看在女人眼裡，原本就會顯得神祕。因為女人就算死，也無法說出「我最愛吃日本錦蛇」這樣的話來。

有一次發生這麼一件事。

悠一到學校去，不在家。婆婆在午睡，阿清出外採買。下午兩點左右，康子在外廊上編織。為了替寒冬做準備，她為悠一編織毛線外套。

玄關門鈴響。康子站起身，來到混凝土地面，解開門鎖。來者是一位拎著波士頓包的學生。以前沒見過。這名學生和善的一笑，行了一禮，反手將敞開的大門關上，開口說道：

「我和您先生就讀同一所學校，我在外打工。我們有不錯的肥皂，要不要買一些？」

「肥皂目前還夠用。」

「別這麼說嘛，您先看看。您看過之後，包準想買。」

學生轉過身去，也沒徵求同意便直接坐向入門臺階處。他背後及腰部的黑色嗶嘰布都因老舊磨光而發亮。他打開波士頓包，取出樣品。是包裝花俏的肥皂。

康子又說了一次不需要，要等丈夫回來之後才知道要不要買。學生無意義的露出輕浮的笑意。遞出肥皂樣品讓康子嗅聞。康子接過來想要聞。這時，學生握住他的手。康子在叫喊前，先挺起身瞪視對方的雙眼。對方就只是笑，不顯一絲怯意。當康子想放聲叫時，嘴巴被對方摀住。康子極力抵抗。

悠一剛好這時返家。因為學校停課。他正準備按響玄關門鈴時，感覺到非比尋常的氣息。他已習慣外頭光線的雙眼，一時間看不清楚在昏暗光線下扭動交錯的身影。他看見一點白光。那是極力抵抗，想以全身的力量逃脫，開心迎接悠一返家的康子，那雙瞪大的眼睛。康子就此獲得力量，將對方反推回去。那名學生也馬上起身鬆開她，望著悠一。他正準備從悠一身旁溜走時，被一把抓住手臂。悠一握住他的手臂，將他拖往前庭。馬上一拳打向他下巴。學生仰身倒向杜鵑花叢裡。悠一接著朝他雙頰一陣胡打蠻毆……

這對康子而言，是一起值得紀念的事件。這晚悠一待在家中，他的身心都守護著康子。此時康子就算百分之百的相信他的愛，也不足為奇。悠一之所以保護康子，是出於愛妻之情。悠一之所以守護安寧的秩序，是出於對家庭的愛。

這臂力強健的可靠丈夫，在母親面前也沒誇耀他立下的功勞。又有誰會知道，關於他不惜動用蠻力的私密原因，當中有不可靠人的苦衷。其原因有二。一是那名學生長相俊美。二是（對悠一來說，想必再也沒有比這更難以啟齒的原因了）悠一被迫得痛苦的正視那名學生想要女人的事實。

……十月，康子月事沒來。

第十一章　家常便飯

十一月十日，悠一從大學返家時，與妻子約在郊外電車的某個車站碰頭。因為要直接去目的地，所以他今天穿著西裝上學。

兩人在悠一母親的主治醫生介紹下，要去某位名氣響亮的婦產科醫生家拜訪。這位年近半百的婦產科主任，一週有四天會到大學的醫院看診，星期四、五兩天放假在家。所以家中也有設備完善的診療室。

其實悠一多次猶豫該不該陪同妻子前往。丈母娘照理也應該要陪同前往才對。但康子向他撒嬌，希望他能陪同。他沒有刻意拒絕的理由。

汽車停在這位醫學博士閑靜的洋房前。悠一和康子在設有暖爐的昏暗大廳裡等候看診。今天早上降霜，這天特別冷。暖爐已經升火，鋪在地上的白熊毛皮，靠近火的部位微微散發一股氣味。桌上的七寶燒大花瓶，插著幾欲滿出的黃菊。房裡相當昏暗，所以暗綠色的七寶燒表面細膩的映照出暖爐的火光。

大廳的椅子上坐著四名先到的客人。是帶著傭人隨行的中年婦人，以及由母親陪同的少婦。中年婦人那頭彷如剛上過美容院的秀髮下，有一張因為濃妝而面無表情的臉龐。被封閉在香粉下的臉，彷彿只要一笑，肌膚就會出現裂痕。那對小眼躲在香粉的厚牆底下窺望。不論是那螺鈿漆絲和服、腰帶，外褂、大大的鑽石戒指，還是飄散在四周的香水味，都像是在奢華的概念下所刻意營造成的裝扮。婦人將一本《生活》雜誌攤在膝蓋上。上頭細小的文字說明處，她刻意把臉湊近，動起嘴巴念。不時會以像是要拂去蜘蛛網般的動作，輕拂什麼也沒有的後腦頭髮，這已成了她的習慣。陪同的女傭坐在後方的小椅子上，每當女主人同她說話，就以無比認真的眼神回答「是」。

另外兩個人，不時以略帶不屑的目光偷瞄他們兩人。女兒身穿紫色的大型箭羽圖案和服，母親則是身穿瀑布條紋圖案的縐緬和服。看不出是已婚還是未婚的年輕女子，多次露出她白皙柔嫩的手肘，抬起那宛如小狐狸般的拳頭，望向她朝向手臂外側的一只小金錶。

康子對這一切視而不見，置若罔聞。雙眼凝望著暖爐的瓦斯火焰，但她並非真的在看眼前的火焰。從數天前開始，她突然感到頭痛、噁心、微燒、暈眩、心悸，這是她目前唯一關心的事。她潛藏在這種強烈症狀底下的神情，猶如鼻子埋在飼料盒裡的小白兔，看起來一臉認真，而且天真無邪。

前面兩組客人看完診，輪到康子了，她央求悠一陪她進診療室。兩人走過瀰漫著消毒藥水氣味的走廊。外頭滲進的寒風在走廊上迷路打轉，令康子打了個寒顫。

「請進。」診療室裡傳出教授平靜的聲音。

醫生的模樣就像一幅肖像畫，坐在椅子上面對他們。他那長期浸泡消毒藥水，看起來泛白乾燥、骨瘦嶙峋，感覺很抽象的手，比向他們兩人該坐的位置。悠一報上介紹者的名字，向醫生問候。

桌上擺滿了像牙醫器具的發光物品，那是子宮搔刮用的鉗子。但走進診療室內，首先映入眼簾的，是獨特殘酷外形的診療臺。它呈現出很不自然的畸形模樣。偏高的躺臺下半身部分揚起，斜斜的往左右兩側高起的兩端，裝設了皮製拖鞋。

悠一心想，剛才那顯得莫名正經的中年女子和年輕女子，就躺在這機器上擺出特技表演般的姿勢給醫生看。這怪異的躺臺，或許就是呈現出「宿命」的形狀。因為在這種形態面前，鑽石戒指、香水、螺鈿漆絲和服、紫色箭羽圖案，全都沒有意義，不具任何抵抗的力量。悠一試著將那鐵製的躺臺所帶有的冰冷猥褻，套在應該很快就會被安置在上頭的康子身上，感到全身發毛。他覺得自己就像這個躺臺。康子坐下時，刻意將目光從診療臺上移開。

康子在報告症狀時，悠一不時在一旁插嘴。醫生朝他使了個眼色。他留下康子一人，步出診療室，回到大廳。大廳裡空無一人。他坐向扶手躺椅，無法靜下心。改坐扶手椅，還是一樣無法靜心。他忍不住會想像康子躺在診療臺上的模樣。

悠一手肘撐向爐架上。他從衣服內側口袋取出今天早上才寄達，而且在學校已看過的兩封信，重新又看了一遍。一封是恭子的信，另一封是鏑木夫人的信。內容大致相同的兩封信，剛好在同一個早上寄達。

從那之後，悠一分別和恭子見過三次面，和鏑木夫人見過兩次面。最近一次則是同時見面。因為在俊輔的背後操控下，又製造了一次機會，以悠一為中心，讓恭子和鏑木夫人碰面。

悠一先回頭看恭子的信。字裡行間滿溢憤怒的口吻。字體中帶有男人般的強硬。

「您這是在嘲弄我。」恭子寫道。「比起想作是你欺騙了我，這麼想反而還比較好受。當您還我舞鞋時，還送了我兩條很罕見的手巾。我無比欣喜，輪流清洗這兩條手巾，總是放在手提包裡使用。但前幾天再度見到鏑木夫人時，她也用同樣的手巾。我們兩人很快便注意到這件事，但我們都刻意不說。因為女人對於同性的持有物特別眼尖。而且手巾一次買就是一打或半打。您是送她四條，送我二條是嗎？還是同樣送她兩條，另外又送某人兩條呢？

「不過，手巾的事我倒是沒想太多。接下來我要告訴您的，是最難啟齒的事，自從上次和您以及鏑木夫人不期而遇（自從之前買鞋那天遇見後，這是第二次又遇見鏑木夫人。還真是奇怪的偶然），有件事令我痛苦得食不下嚥。

「之前我拋下外務省的宴會不去，特地與您見面時，在河豚料理店的包廂裡，您為了替我點菸而準備從口袋裡取出打火機時，一邊的瑪瑙耳環掉在榻榻米上。我當時馬上脫口問道：『哎呀，這是尊夫人的耳環嗎？』您隨口應了聲「嗯」，就此將它收好。我對於自己一有發現就馬上說出口的輕率行為深感後悔。為什麼呢，因為我自己明白，我說那話的口吻，明顯暗藏著嫉妒。

「正因為這樣，當我第二次見到鏑木夫人，看到她耳朵上掛著那個瑪瑙耳環時，您不知道我有多驚訝。從那之後，我不管別人怎麼看，就此閉口不語，讓您感到為難。在我下定決心寫這封信給您之前，我一直很苦惱。如果是手套或粉餅盒倒還好，但有一邊的耳環放在您的口袋裡，讓人覺得此事不單純。我的個性不會在意那些無聊的小事，這甚至讓我贏得人們的稱頌，但這次我不懂自己為何內心會如此受折磨。請快點治癒我這孩子氣的猜疑吧。就算稱不上愛情，但只要您對我懷有一份友情，想必就不會對女人受這種不該有的猜疑折磨的痛苦視而不見，所以我才寫下這封信。當您收到這封信時，可以打通電話給我嗎？在接到您的電話之前，我每天都會以頭痛當藉口，待在家中。」

鏑木夫人的來信則是寫道：

「之前的手巾惡作劇可真低俗。我馬上心算了一下。我四條，恭子女士四條，如果是一打的話，應該還會有另外四條。是送給尊夫人嗎？我希望這麼想，但你行事難料，無從得知。「不過，恭子女士因為手巾的事，整個人變得垂頭喪氣，真教人同情。恭子女士算是個好人。她原本認為阿悠所愛的人，全世界就只有她一個，看來她這個夢想破滅了。

「謝謝你上次送我那麼昂貴的禮物。雖然樣式有點老，不過那瑪瑙確實好。託你的福，大家都誇我的耳環好看，連同我的耳形也受到誇讚。如果你那是當作我送你西裝的回禮，那你未免也太老派了。像你這樣的人，只要一味地收禮就行了，這樣女人反而會覺得開心。

「新西裝再兩、三天就可以做好了吧。你穿上新西裝那天，也讓我看看吧。還要讓我幫你挑領帶喔。

「補充一點，打從那天起，我無來由的對恭子女士有了一份自信。這是為什麼呢？或許會造成你的困擾，不過我對這盤棋有一種勝券在握的預感。」

「只要比照看這兩封信，馬上就會明白。」悠一在心中自言自語道。「看起來沒自信的恭子，其實有自信，而看起來深具自信的夫人，反而沒自信。恭子不隱藏心中的疑惑，但夫人則明顯看得出她隱藏心中心的疑惑。就像檜先生所言，恭子已開始確信夫人和我之間有特殊的關係，而夫人也開始確信恭子和我之間關係非比尋常。無法讓我只碰觸她們的身體，令她們深感痛苦。」

這名像大理石般的青年所觸摸過的唯一女體，此時正被一名年近半百的男人，用他那乾燥、充滿消毒水氣味、無比冷靜的兩根手指戳進她體內，就像在移植花草時，園丁插進土中的手指。他另一隻乾燥的手掌，則是由外面測量內部的質量。像鵝蛋般大的生命之根，碰觸了溫暖的土壤內部。接著，醫生像是拿起一把柔細花圃用的鏟子般，從護士手中接過鴨嘴器。診察結束。醫生一邊洗手，一邊轉頭朝向患者，基於天職，露出充滿人性的微笑說道：

「恭喜妳。」

康子一臉訝異，沒答話，於是這名婦產科主任命護士喚悠一進來。悠一走進後，醫生又說了一次。

「恭喜啊。夫人懷孕兩個月了。看來是剛結婚沒多久就受孕。母體健康，一切正常。請兩位放心。接下來就算會沒有食欲，也還是勉強多吃點。要是都不吃飯，容易便祕，而便祕會造成毒素囤積，那可不好。還有，每天都打一針吧。在葡萄糖裡加入維他命B_1的營養針。孕吐的各種症狀都毋須擔心。要多多靜養。」接著他朝悠一使了個眼色，補上一句：「做那檔子事也一概沒影響。」

「總之，恭喜兩位了。」醫生仔細來回看著他們兩人說道。「你們這對夫妻堪稱是優生學的典範啊。優生學是唯一能對人類未來帶來希望的學問。真期待能看到你們兩位的寶寶。」

康子這才平靜下來。那是某種神祕的平靜。悠一的舉止就像一般的新手丈夫一樣，一臉納悶的望著妻子的腹部。這時，異樣的幻想令他渾身戰慄。感覺妻子的腹部抱著一面鏡子，悠一的臉一直從鏡中靜靜抬頭仰望著自己。

那不是鏡子。只是窗邊的夕陽剛好照向她珠珍白的裙子上，將那裡照亮罷了。悠一的這種恐懼，與將傳染病傳給妻子的丈夫所感受到的恐懼很類似。

「恭喜兩位了。」回家後，他多次反覆聽到這句祝賀，就像幻聽一樣。之前已反覆過無數次，今後想必也會一再反覆的那句祝賀，那空洞的聲響聽起來猶如連禱時不斷重複的陰沉字句。他耳中聽到的不是祝賀，而是無數詛咒的低語。

明明沒欲望，卻有了孩子。因欲望而生的私生子，會展現出某種反抗之美，但在沒欲望的情況下所生的孩子，不知道會有多麼不吉利的五官。就算是人工受精，那精子也是渴望女人的男人精子。優生學，把欲望置之度外的社會改良思想，就像貼滿磁磚的浴室般明亮的思想，悠一憎恨婦產科主任那一頭顯得經驗老道的漂亮白髮。悠一對社會抱持著率直且健全的觀念，這觀念就是以他特殊的欲望在這個社會不抱持現實感來作為唯一的支撐。

這對幸福的夫妻避開在夕陽下逐漸轉強的風勢，立起外套的衣領，相倚而行。康子的手伸進悠一的臂彎中，交纏的手臂隔著一層又一層的布料，傳遞彼此的溫熱。此刻阻隔在兩顆心之間的究竟是什麼？心不具有肉體，所以無法伸出手臂交纏。康子和悠一都害怕彼此內心發出難以名狀的哭訴。康子基於女人的輕率，率先冒犯了彼此間的一大禁忌。

「老公，我可以為此高興嗎？」

悠一不敢正視說這句話的妻子。要是他能不看康子，以快活的聲音大喊一聲「說什麼傻話呢，恭喜妳」那就好了。但這時剛好有個逐漸靠近的影子，令他陷入沉默。

郊外的住宅街行人甚少。碎石頗多的白色路面上，屋頂凹凹凸凸的影子，一路連向朝遠處斜向而去的黑白平交道。迎面走來一名身穿毛衣，牽著一隻狐狸犬的少年。他那膚色白淨的半邊臉在夕陽餘暉的照耀下，染成了透亮的暗紅色。逐漸靠近後才發現，他那半邊臉覆滿了紫紅色的燙傷疤痕。少年垂著眼擦身而過，悠一的聯想多次連向他每次情欲高漲時總會出現的遠方火災的火光之色，以及消防車的警笛聲。他進而想起優生學這句不吉利的話。好不容易才擠出以下這句話來。

「妳大可為此高興。恭喜妳。」

自己年輕丈夫的這句祝賀中，帶有一絲無可奈何，這令康子感到絕望。

※

悠一的行為遭到掩埋。就像偉大的慈善家所做的行為一樣，遭到掩埋。不過，暗中行善的慈善家，那自我滿足的一抹淺笑，並未在這名俊美青年的嘴角浮現。

他的年輕，因為沒有任何公開的社會行為而感到痛苦。毋需任何努力就成了善良風俗的化身，世上還有比這更無趣的事嗎？毋需任何努力，就成為道德典範，這令他難以忍受，所以就像他憎恨道德一樣，他學習憎恨女人的方法。以前他見相愛的年輕男女，會率真的投以羨慕的眼光，但如今則是投以黑暗的嫉妒眼光，幾欲將人射穿。有時他對於自己如此被迫保持沉默，感到驚訝。對於夜間社會的行為，雖然他就像一尊靜止不動的美麗雕像，保持大理石般的沉默，但「美」對悠一產生義務般的作用。換言之，他就像是個不折不扣的雕像般，被固定格式所束縛。

康子懷孕的事，馬上便因為康子娘家充滿喜悅的來訪以及聚餐，而使得南家的生活變得熱鬧非凡。那天晚上，悠一仍是一副很想外出的神情，一直靜不下心，母親看了很是擔心。「你還有什麼不滿的呢？」母親問。「有個這麼漂亮，性情又好的妻子，又有了第一胎，明明就是一場可喜可賀的宴席啊。」悠一很爽朗的回答說他沒感到任何不滿，所以這位好脾氣的母親覺得兒子是在挖苦她。「他到底是怎麼了？婚前都不太出外遊玩，我一度還替他擔心，但婚後反而四處玩。不，這不是妳的錯。一定是他結識的壞朋友變多了。因為他的朋友們都不曾來過我們家。」因為對康子的娘家有所顧慮，她向來都在康子面前對心愛的兒子半是責怪，半是辯護。

不用說也知道，兒子的幸福，占去這位個性直爽的母親大半的心思。在思考別人的幸福時，我們往往會在不知不覺間將自己希望達成的幸福，以另一種形態寄託在別人身上；比起思考自己的幸福，這樣反而更能讓人變得自私自利。母親原本認為，剛新婚不久的悠一會過那種放浪的生活，一定是康子自己有錯，而現在傳來懷孕的喜訊，她心中的疑惑就此煙消霧散。「今後悠一一定會安定下來。」她也對康子這麼說。「他一定會慢慢成為一位好父親。」

她腎臟的病情稍有好轉，但近來諸事煩心，又讓她興起想死的念頭。但是像這種時候，偏偏不會如她所願生病。基於為人母理所當然的自私心態，真正折磨她的，不是康子的不幸，而是兒子的不幸。顯而易見的，兒子是基於孝心才結婚，對悠一來說，會是出於無奈才結婚嗎？這份猜疑成了最令這位母親煩惱和悔恨的種子。

還沒在家中破局前，我得先出面擺平此事。抱持這個念頭的母親溫柔地向媳婦曉以大義，要她別將悠一不檢點的行徑告訴娘家的爸媽，另一方面，她也不露聲色的向悠一質問。

「如果你有什麼不可告人的擔心事，或是感情糾紛，可以說給我一個人聽。放心，我不會跟康子說的。因為我有預感，要是繼續再這樣放任不管，恐怕會發生可怕的事情來。」

早在康子懷孕前，母親就說了這番話，看在悠一眼中，母親簡直就像巫女。家庭之中一定會孕育著某個不幸的因子。在航道上一路吹動帆船前進的順風，就本質來說，與帶領帆船走向毀滅的暴風沒什麼不同。家庭和家人是在和順風一樣被中和的不幸推動下，一路前進，所以許多描繪家人的名畫上，都會像落款一樣，毫無遺漏的在角落裡寫下暗藏的不幸。就這層意涵來說，每當悠一處在樂天的心情下，就會覺得自己一家或許也稱得上是健全的家庭。

南家的財產管理一樣是由悠一負責。母親作夢也沒想到俊輔會做出捐贈五十萬日圓的行為，所以她始終為了陪嫁金的事，而覺得在瀨川家抬不起頭來，但她哪裡知道，那約莫三十萬日圓的陪嫁金，幾乎一毛也沒動過。說來也真令人難以置信，悠一在理財方面頗有天分。他有位高中學長擔任銀行員，悠一以俊輔給的二十萬日圓交由他對外放貸，每個月賺進一萬兩千日圓的利息。現在這種投資還不算是危險投資。

剛好這時康子有位學校的朋友，去年初為人母，傳來她的孩子因罹患小兒痲痺而病逝的消息。悠一聽聞這噩耗時，那開心的模樣，令準備前往弔唁的康子步履沉重。丈夫的眼睛雖美，卻隱隱透著黑暗的揶揄，感覺就像在說「看吧」。

人們的不幸，有某種程度算是我們的幸福。在熾熱的愛情時時刻刻改變的情況下，這個公式雖然會採取最純粹的形式，但康子那充滿抒情的腦袋忍不住懷疑，能給丈夫內心帶來慰藉的，該不會就只有不幸吧。悠一對幸福的看法，帶有一種極度自暴自棄的味道。他不相信永遠的幸福，甚至心裡覺得可怕。只要一見到會長久持續的東西，就心懷恐懼。

某天，夫妻倆到康子父親的百貨公司採買，康子在四樓的嬰兒車專櫃前佇足良久。悠一興趣缺缺的催她快走。為了催促她，他握住康子的手肘，從她手肘微微傳來一股固執的抗力。他這才發現妻子抬頭仰望他的眼神微泛慍色，但他裝沒看見。在回程的公車上，康子頻頻逗弄鄰座靠向她的小嬰兒。這名流著骯髒的口水，一臉窮酸樣的嬰兒，長得又一點都不可愛。

「孩子真是可愛。」

那位母親下車後，康子就像在展現媚態似的偏著頭，對悠一如此說道。

「妳太性急了。孩子要等到夏天才會出生呢。」

康子再度沉默，這次浮泛眼中的是淚水。看到如此急著展現母愛的行徑，就算不是像悠一這樣的丈夫，出言調侃幾句也是理所當然吧。更何況康子的感情流露中欠缺一分自然，不僅如此，甚至還略嫌誇張。坦白說，她這種誇張的表現，帶有幾分責怪的意味。

某晚，康子說她頭疼欲裂，躺在床上休息，於是悠一也沒外出。康子覺得噁心、心悸，所以在醫生趕到前，阿清用浸泡冷水的溼毛巾貼在她胸口為她降溫。悠一的母親這時改當起安慰兒子的角色，對他說道：

「用不著擔心。當初我生你時，孕吐可嚴重了。而且可能我本性就愛吃那些不能吃的東西吧。一打開葡萄酒瓶，我突然很想吃那個長得像香菇的軟木塞，真傷腦筋。」待醫生診治完離去，已將近晚上十點，康子的寢室裡只剩她和悠一、兩人。她泛青的臉頰恢復了血色，這令她顯得比平時多一分新鮮感，她慵懶的擺在棉被上的白皙手臂，在遮光的燈影下顯得無比豔麗。

「真難受。但一想到這全是為了孩子好，這些苦頓時就顯得微不足道了。」

妻子如此說道，抬手伸向悠一額頭，撥弄他垂落的頭髮。悠一任憑她撫弄。這時突然冒出意想不到的殘酷和溫柔，他的嘴唇緊貼著仍舊微燒的康子嘴唇。用任何女人聽了，都不得不坦白一切的悲切口吻問道：

「妳真的想要孩子嗎？說來聽聽吧，母愛對妳來說還太早。妳想說什麼，說來聽聽吧。」

康子疼痛疲累的雙眼，就像等候已久般，就此撲簌淚流。在進行某種帶有詭計的情感告白時，女人展現出放縱陶醉的眼淚，最能打動人心。

「因為我心裡想，如果有孩子的話……」康子斷斷續續地說道。「如果有孩子的話，你就不會拋棄我了。」

就是這個時候，悠一開始考慮墮胎。

※

對於檜俊輔的重返年輕，以及一反過往的華麗穿著，世人皆為之瞠目。話說回來，俊輔晚期的作品顯得很清新。與其說這是優秀的藝術家晚年展現的清新樣貌，倒不如說這就像他一直到晚年都還不成熟的多年沉痾，是一種腐敗的清新。嚴格來說，他不可能重返年輕，如果有，那代表著他的死亡，在生活方面完全不具任何塑造力的他，對於這種塑造力的結晶，亦即美的品味，他一點都不具備，可能是就此顯現在外吧，近來他的服裝明顯受年輕走向的流行影響。從作品創造上的美學與生活上的品味中看出一致性，是我國的通例。俊輔呈現出這種強烈落差，其實是受雷東的風俗影響，但是看在完全不知情的世人眼中，甚至會懷疑這名老藝術家是不是變得不太正常。

不僅如此，俊輔的生活添加了幾許神出鬼沒，難以形容的色彩，過去他那與輕鬆灑脫相去甚遠的言行，可以看出虛假的輕鬆，甚至是近乎輕浮的態度。人們喜歡從他的輕浮中去看出重返年輕所帶來的人工性痛苦。他的全集相當暢銷，與他的精神狀態有關的古怪傳聞刺激了銷路。

不管是聰明的批評家，還是洞察力過人的朋友，都看不出俊輔此種變化背後的真正原因。原因很單純。因為俊輔抱持了「思想」。

打從他在夏日海邊見到那名青年從浪花中現身的那天起，這名老作家有生以來第一次心中有了「思想」。名為青春，深深折磨他的這股雜亂的力量、將所有集中和秩序化為不可能，最怠惰的活力、不借助力量給創造，只對消耗和自我破壞有助益的龐大無力感、充滿活力的虛弱、過剩的疾病，對於這一切，他想給予自身所無法擁有的力量和強韌。要治癒這有生命的疾病，賜予鋼鐵般死亡的健康。這是俊輔長期對藝術作品所抱持的夢想，是理想的具體呈現。

他認為藝術作品有其存在的雙重性。就像挖掘出的古代蓮花種子開花一樣，堪稱擁有恆久生命的作品，會在所有時代、所有國家的心中復甦。當人們接觸古代的作品時，不論是空間藝術，還是時間藝術，當我們成為作品的空間或時間中的囚犯時，這段時間我們的生命至少也會停止或放棄其他現今的部分生命。我們會活在另一個生命中。但為了活在這另一個生命中所花費的內在時間，已經過秤量，得到解決。這就是我們稱之為格式的東西。不管一部作品帶來的驚奇有多強，會怎樣改變往後人生的看法，我們都還是會在無意識中透過格式來感到驚訝，爾後的變化不過也只是透過格式產生的影響罷了。但人生經驗或人生的影響，往往都欠缺格式。藝術作品就是讓它套用格式，就像要提供已作好的人生成衣一樣，這種自然派的想法，俊輔不願苟同。格式是藝術與生俱來的宿命。來自作品的內在經驗和人生經驗，會隨著它有無格式而分屬不同的次元，勢必得這樣看待不可。但在人生經驗中，與作品的內在經驗最相近的事物，就只有一個。那就是死所帶來的感動。我們無法經歷死亡，卻常經歷這樣的感動。經歷死的想念、家人的死、心愛之人的死。換言之，死是生的唯一格式。

藝術作品的感動以所以能讓我們強烈意識到生命，不就因為那是死亡的感動嗎？俊輔那東方人的夢想，動不動就往死亡傾靠。在東方，死充滿了生氣，比生還要強上數倍。俊輔所想的藝術作品，是一種精緻的死，是讓人在擁有生命的情況下接觸先天之物的唯一力量。

內面的存在是生，客觀的存在是死，或是虛無，此種存在的雙重性，會使藝術作品無限接近自然之美。根據他心中的確信，藝術作品和自然一樣，絕不能擁有「精神」。更遑論思想了！要藉由精神的不存在來證明精神，以思想的不存在來證明思想，以生的不存在來證明生。這正是藝術作品的反論式使命。甚至是美的使命，美的特性。

那麼，創造的作用就只是模仿自然的創造力嗎？對於這個疑問，俊輔已備好辛辣的回答。

自然是自己誕生，不是人為創造。創造是用來讓人懷疑是自然誕生的一種。因為創造是自然的方法。這就是他的答案。

沒錯，俊輔化身成了方法。他對悠一的期望，是將這名俊美青年自然的青春，重新鍛鍊成藝術品，將青春的所有弱點都改變成像死亡一樣的強大之物，他將周遭一切力量全部轉變成像自然力一樣的破壞力，不含任何人性的無機質之力。

悠一的存在如同尚在製作中的作品般，晝夜都在老作家的心中縈繞。近來，如果某天沒接到電話，沒聽到那年輕爽朗的聲音，他甚至會覺得一整天心情陰鬱，怏怏不樂。悠一那像黃金般沉穩、明亮的聲音，好像從雲縫間射下的一道光箭，傾注在他這老邁靈魂的荒蕪之地上，使他那只有雜草和石頭的荒涼氛圍變得明亮，變成一處安居之所。

在他常用來與悠一聯絡的雷東，俊輔依舊佯裝是「圈內人」。他透過這裡的行話，已精通使用特殊眼色的含意。某次發生一段意想不到的小小羅曼史，令他頗為開心。一名長相陰沉的年輕人，向他這位醜陋老人表達愛意。年輕人那特殊的異常傾向，讓他只對六十歲以上的男人動情。

俊輔已開始會帶著這圈子裡的少年們到各地的咖啡廳或歐美餐館露面。俊輔發現，從少年到成人這段微妙的年齡推移，就像黃昏的天空會隨不同時刻產生色調變化一樣。變為成人，即是美的日落。十八歲到二十五歲這段期間，被愛者的美會微妙地改變樣貌。晚霞最早出現的徵兆，亦即雲像果實一樣嬌嫩鮮豔的時刻，這象徵著十八歲到二十歲的少年臉頰的顏色、柔軟又富彈性的頸項、剃光的後頸呈現的新鮮青皮、像少女般的嘴脣。不久，晚霞達到巔峰，雲朵燃起各種樣貌，天空浮現歡喜狂亂的表情時，則是意味著二十歲到二十三歲這段青春熾盛的年齡。這時，眼神會略顯威猛，兩頰變得緊繃，嘴形逐漸展現男人的意志，同時從臉頰燃燒剩下的羞赧之色、眉毛流線形的溫柔中，可以看出少年那瞬間的脆弱之美。最後完全燒盡的雲帶有嚴肅的樣貌，在落日甩動殘存的火髮，開始傾沉的時刻，眼睛仍棲宿著純潔的光芒，臉頰會顯現男人悲劇性意志的嚴峻之色，呈現出二十四、五歲青年的美。

俊輔很誠實，他認同圍繞在自己身邊的少年們不同的美，但他們沒有一個人能勾起他的肉欲。老作家心想，被自己不愛的女人們包圍的悠一，難道就是這種心情？不過，雖然這絕不是肉欲，但唯有在想起悠一時，這個老人會感到滿心雀躍。明明悠一不在場，他卻提到悠一的名字。這時，少年們的眼中會浮現出回憶裡的悲喜。俊輔詢問後得知，他們都和悠一發生過關係，但最多也不過就兩、三次，然後就被他甩了。

悠一來電，問他明天來訪是否方便。剛好俊輔最近正因為入冬而神經痛發作，隱隱作疼，拜這通電話之賜，馬上不藥而癒。

隔天是風和日麗的好天氣，俊輔在客廳寬廣外廊的向陽處閱讀《恰爾德・哈羅爾德遊記》[19]。拜倫總是能將俊輔逗笑。不久，來了四五個人。女傭向他通報悠一的到來。俊輔沉著一張臉，就像一名承接了棘手案件的律師般，找了個藉口向客人說明。在場的人們沒人想像得到，被帶往二樓書房的這名「重要」客人，其實身分只是個大學生，而且還是個沒有任何才能的青年。

書房裡有一張凸窗用的長椅，上頭擺了一排琉球染連續圖案的靠枕，一共五個。圍繞三面窗戶的層架上雜亂地擺放著古陶器蒐藏，某個隔間裡擺放了古樸的漂亮陶俑。這項蒐藏之所以看不出任何秩序和系列，是因為這些全是別人贈送。

悠一穿著鏑木夫人贈送的新衣，來到這面凸窗，從窗戶透射進屋裡的陽光，猶如初冬的泉水般透涼，照得悠一那頭烏黑的鬈髮閃閃發亮。他發現屋裡沒有當季的鮮花。到處都沒有生命的氣息。就只有黑大理石製的時鐘陰沉地運送著時間。俊美青年身旁的桌面上有一本老舊的皮革封面原文書，他伸手拿起。這是麥克米倫出版的沃爾特・佩特（Walter Horatio

---

19 *Childe Harold's Pilgrimage*，拜倫的長篇敘事詩。

Pater）全集，當中《Miscellaneous Studies》裡頭的一篇〈Apollo in Picardy〉，上頭有多處俊輔畫的橫線。一旁堆著一疊老舊的上下集《往生要集》[20]和大開本的《奧伯利・比亞茲萊》[21]畫集。

當俊輔在凸窗前看見悠一站起身迎接他的身影時，這位老藝術家幾乎為之戰慄。他覺得自己的內心此刻確實愛上這名俊美青年。在雷東的演出時，不知何時俊輔已欺騙了自己（就像悠一被自己的演出所騙，屢屢覺得自己愛上女人一樣），讓他產生不該有的錯覺嗎？

他微感刺眼，眨了眨眼睛。在悠一的身旁坐下後馬上開口說話，給人一種唐突感。他說，一直到昨天為止，他都還覺得神經痛，但可能是氣候的緣故，今天突然不痛了，就像他的右膝掛著一個氣壓計似的，下雪的日子，一早便感應得出。

青年不知該如何接話，這時老作家誇起他身上的西裝。聽聞贈送者的名字後，他說道：

「哼，那女人以前從我這裡勒索了三萬圓。現在你要她替你做這套西裝，那就算和我扯平了。下次你就賞她個吻，當作是獎勵吧。」

他這種不忘唾棄人生的習慣性口吻，對於悠一長期以來對人生抱持的恐懼，向來都是很管用的良藥。

「你今天找我有什麼事？」

「是關於康子。」

「如果是懷孕的事，我已經聽說了。」

「嗯，就是這件事……」青年欲言又止。「我想找您商量。」

「你想墮胎是嗎？」這一語擊中要害的提問，令悠一為之瞠目。「為什麼這麼想？我問過精神科醫生，醫生說，像你這種傾向，目前還不知道是否屬於遺傳性。你不必那麼害怕。」

悠一默不作聲。他想墮胎的真正理由，他自己也還沒搞懂。如果妻子真的想要孩子，可能就不會想到要墮胎吧。他知道妻子真正想要的是其他事，這份恐懼才是他真正的動機，這點不會有錯。悠一想讓自己從這樣的恐懼中解脫。為此，他想先讓妻子解脫。懷胎、生產，是一種束縛。會讓人打消解脫的念頭……青年語帶憤怒地說道：

「不是這樣。不是因為這個原因。」

「不然是為什麼？」俊輔冷靜的提問，猶如醫生。

「為了康子的幸福，我認為這麼做比較好。」

---

20 一套佛教書，書中蒐羅了與往生極樂有關的重要文章。

21 Aubrey Beardsley，十九世紀末英國插畫藝術家之一，受過日本藝術的影響，也是唯美主義運動的先驅。

「說什麼呢。」老作家仰頭大笑。「說什麼康子的幸福？女人的幸福？你明明就不愛女人，有資格去考慮女人的幸福嗎？」

「所以我才認為非墮胎不可。這麼一來，我們兩人的牽絆才會消失。如果康子想離婚，隨時都能離開。這樣對她來說，才是真正的幸福。」

「你的這份情感是為她著想嗎？是慈悲心嗎？還是只為自己著想？是怯懦嗎？真教人不解，沒想到會從你口中聽到這麼平庸的話。」

老人說得激昂，模樣甚是難看。他的手比平時抖得更凶，不安地搓揉著雙手。幾乎沒半點脂肪的手，在搓揉時發出的聲音，就像沾滿塵埃相互摩擦一般。他顯得很急躁，還隨手粗魯地翻動手邊的《往來要素》，將它合上。

「我說過的話，你都忘了。我對你說過，不可以將女人看作是物質，絕不能認同女人的精神。我就是這樣才失敗的。我萬萬沒想到，不愛女人的你會和我一樣跌跤。你應該是已做好這樣的心理準備才結婚的。說什麼女人的幸福，開什麼玩笑。你動情啦？別開玩笑了。你對木頭動情幹什麼？你不就是將對方想作是木頭，才有辦法結婚嗎？阿悠，你聽好了！」這位精神上的父親一臉認真地凝視美麗的兒子。他那蒼老的雙眸已半褪色，當他想用力看清某樣東西時，會在眼角刻畫出難以形容的悲慘皺紋。「你不可以害怕人生。你得堅信，你的未來絕不會有痛苦和不幸。不背負任何責任和義務，這才是美的道德。美對於自己不可測的力量所造成的影響，根本無暇一一負起責任。美也沒閒暇思考幸福。更別說是思考別人的幸福……不過，正因為這樣，美有力量讓那些為此受苦而想尋死的人變得幸福。」

「我已逐漸明白老師您反對墮胎的原因了。如果是這種解決方式，您認為康子受的痛苦還不夠對吧。為了將她逼入就算想分手也分不成的地步，有孩子會比較好對吧。但我認為，康子現在所受的苦已經夠多了。康子是我的妻子。那五十萬日圓，我會全數歸還。」

「你又自相矛盾了。你說康子是你的妻子，卻又說要想辦法讓她可以輕易和你分手，這又是怎麼回事？你害怕未來。想要逃避。你害怕一輩子都在康子身旁看她受苦。」

「可是，我的痛苦又該如何處理？其實我很痛苦。我一點都不幸福。」

「你認為是罪過的事，以及你因此受苦，受懊悔所苛責的事，那到底是什麼？阿悠，你要明辨是非。你是無辜的。你並不是因為欲望而展開行動。罪過是欲望的調味料。你只是嘗到調味料的味道，而露出一副酸溜溜的表情。你其實是想和康子分手，做自己想做的事吧。」

「我想要自由。坦白說，連我自己也不明白，為什麼會完全照老師您說的話去做。想到自己會不會是個沒有自我意志的人，就覺得很落寞。」

這平庸且天真無邪的獨白，終於爆裂開來，化為真切地吶喊。青年說道：

「我想要成為一個真實存在的人。」

俊輔仔細聆聽。感覺就像在聽自己的藝術作品第一次發出悲嘆之聲。悠一陰沉的補上一句。

「我已經厭倦保有祕密了。」

……俊輔的作品這時第一次開口說話。青年那激昂的美妙聲音聽在俊輔耳中，感覺就像是一位鐘錶工匠以他充滿疲憊的嘀咕聲打造出的名鐘所發出的音律。接著，悠一那孩子氣的不滿，令俊輔為之莞爾。那已不是他作品的聲音。

「就算別人說我美，我也一點都不開心。要是大家說阿悠是個有趣又可愛的人，我反而還比較高興。」

「不過……」俊輔的口氣微微轉為平和。你們這個種族好像天生背負著無法成為現實人物的命運。不過，只要和藝術有關，你們這個種族就會成為勇敢與現實對抗的敵人。這圈子裡的人似乎天生就肩負著「表現」的天職。我就是有這種感覺。表現這種行為，是跨坐在現實身上，給它致命的一擊，讓它就此斷氣的行為。只要能這麼做，表現往往會成為現實的遺產繼承人。現實這傢伙遇上不為所動的事物時，會反過來被推動，而被它所支配的事物，也會反過來支配它。舉例來說，推動現實，支配現實，最明確的現實負責人，那就是「民眾」。不過一旦要表現時，又成了難以推動的事物。它絕對難以撼動。其負責人正是「藝術家」。只有表現能對現實賦予現實感，現實感不存在於現實中，只存在於表現中。現實與表現相比，遠為抽象許多。現實世界裡，人類、男人、女人、情人、家庭等等，全都混居在一起。表現的世界則正好相反，人性、男人味、女人味、堪稱是情人的一對情人、有家該有的樣子的家庭等等，它代表了這一切。表現揪出現實的核心，但它不會受現實牽絆。表現像蜻蜓般在水面上映出身影，貼近水面飛掠而過，在不知不覺間於水面上產卵。它的幼蟲為了日後遨翔天際，在水中成長，精通水中的祕密，蔑視水裡的世界。這正是你們這個種族的使命。你以前曾經向我傾訴多數決原理所帶來的苦惱對吧。現在我不相信你有這種苦惱。相愛的男女之間，會有獨創之物。現代社會，本能在戀愛的動機中所占有的部分愈來愈少。慣習和模仿甚至會滲入最初的衝動中。你猜是怎樣的模仿？是膚淺的藝術模仿。許多年輕男女雖然愚蠢，但他們深信藝術所描繪的愛情中存在著真正的愛情，他們的愛情不過只是拙劣的模仿罷了。前一陣子我欣賞過這圈子裡的一名男性舞者所表演的浪漫芭蕾。他以巧妙的纖細手法呈現出男人熱戀時的情緒，他所扮演的愛人角色可說是無人能出其右。但他所愛的，並非眼前那位美麗的女芭蕾舞者。而是一名微不足道的小角色，只在舞臺上短暫露面的一名少年學徒。他的演出之所以會讓觀眾看得如痴如醉，完全因為那是種人工的展現。因為他對與他對戲的漂亮女芭蕾舞者不抱持一絲欲望。正因為這樣，對臺下毫不知情的年輕男女而言，他所演出的愛情堪稱是這世上的愛情典範。」

俊輔就是這般能言善道，拜他之賜，年輕的悠一總是在重要的人生問題上虛耗時間，出門時覺得重要的事，回家後便覺得無關緊要，就像這樣，問題總是被模糊化。

康子盼望能有孩子。母親也巴望著能抱孫。康子娘家那邊自然就更不用說了。而俊輔也期望是這種結果！不管悠一再怎麼認為墮胎是為了康子的幸福著想的重要行為，要說服她接受都是個大難題。不管孕吐再怎麼嚴重，她還是愈來愈堅強，堅持到底。

不論是敵人還是我方，都滿心雀躍地朝不幸奔去，那熱鬧的腳步令悠一感到頭暈目眩。而誇張的是，他將自己比擬成能看見未來的不幸預言家，就此備感憂鬱。那天晚上，他到雷東獨自喝悶酒。當他思考著自己的孤獨，將它誇大化時，他興起殘忍的念頭，和毫無魅力可言的少年一起過夜。他佯裝是喝醉，拿起威士忌朝尚未脫外衣的少年後頸倒下，酒一路流向背後，而少年也當這是在開玩笑，一本正經地強作歡笑，卑屈地打量著悠一的神情。少年的這個表情，令悠一更加憂鬱。少年的襪子破了一個大洞，這也成了增添他憂鬱的種子。

他喝得爛醉如泥，完全沒碰對方，就這麼睡著了。半夜他被自己的大喊驚醒。因為他在夢中殺了俊輔。隔著恐懼和黑暗，悠一望向自己緊握冷汗的手掌。

第十二章　Gay Party

幾經苦惱，悠一的優柔寡斷最後還是讓他一路撐到耶誕節這天，已錯過墮胎的時機。在某個同樣受憂鬱折磨的日子，他第一次吻了鏑木夫人，這一吻讓她一下子年輕了十歲。夫人問他耶誕節會在哪兒過。「耶誕夜還是得好好陪伴老婆才行。」「哦，我家那口子可是從來沒和我一起過耶誕節呢。今年我們夫妻倆還是會各自出外玩樂吧。」接了一吻後，悠一見夫人懂得分寸，反而對她感到欽佩。如果是一般女人，馬上會迫不及待的擺出情人的姿態，但夫人的愛情從這一刻起，反而很重分寸拿捏，已跳脫她平時的脫序。想到夫人是以不為人知的另一面真實的自己在愛他，悠一覺得這樣反而可怕。

耶誕節悠一另有行程安排。因為在大磯的山手有某戶人家舉辦了一場Gay Party。Gay是美國俚語，意思是男同志。

位於大磯的那戶人家，因為政府課徵財產稅，如果不賣掉豪宅便沒錢維持，杰基動用他以前的人脈租下這座豪宅。屋主的家人自從原本擔任製紙公司社長的屋主過世後，便在東京租了一間小房子，儉樸度日，原本的豪宅足足是現今房子的三倍大，庭院更是大上十倍，每每回老家查看時，裡頭總是高朋滿座，熱鬧非凡，令他們深感不可思議。在大磯車站即將發車時，晚上會看到這棟豪宅的客廳燈光，某位從鄉下來到東京的客人說，看到原本的宅院亮起輝煌的燈火，真教人懷念。屋主的遺孀也驚訝地說，那奢華的生活真教人想不透，有一次她順道回老家查看，發現裡頭正忙著張羅宴客呢。簡言之，站在寬廣的草皮庭院可以望見大磯這片大海的這座豪宅，完全不知道裡頭在做些什麼。

杰基青年代時的確很亮眼，之後名聲足以和他匹敵的年輕人，大概也就只有悠一了，可比擬是他的接班人。但如今時代不同了。杰基（雖是這樣的稱呼，但他可是如假包換的日本人）仗著他的美貌，展開就連當時三井、三菱的高級幹部也望塵莫及的奢華歐洲環遊之旅。他與那名英國金主交往幾年後分手。回到日本後，杰基暫時住在關西。當時他的金主是位印度富豪，但有三名蘆屋社交圈的貴婦總圍在這名討厭女人的青年身邊。這名舉止悠哉、輕鬆的俊美青年，就像悠一對康子那樣，輪流對這三名贊助者履行義務。當那位印度人染上肺病，杰基便冷漠地對待這位多愁善感的大漢。他這位年輕的愛人，今天同樣在樓下聚集了眾多同類，淫亂狂歡，而這段時間，那名印度人則是在二樓的陽光房裡，躺在藤製躺椅上，一條毛毯蓋至胸前，邊看聖經邊暗自哭泣。

戰時，杰基是法國大使館參事官的祕書。後來被誤以為是間諜。因為他私生活充滿神祕，被誤會是從事公眾行動。戰後，杰基馬上取得大磯的豪宅，供熟識的外國人在此居住，發揮他經營的長才。他現在還是很俊美。就像女人沒鬍子一樣，從他身上也看不到年齡。再加上Gay這個圈子裡對陽具的崇拜（這是他們唯一崇尚的宗教），人們對於杰基用之不盡的生命力，從不吝惜給予讚嘆和尊敬。

那天傍晚，悠一人在雷東。他略感疲憊。比平時更顯蒼白的臉頰，反而為他線條鮮明的臉頰增添了引人憐惜的味道。阿英對他說：「阿悠，你今天眼睛特別水亮好看呢。」他心想，這樣大概就像成天望著大海，眼睛看到疲累的大副吧。

原本悠一就隱瞞他有妻子的事。這個祕密成了眾人爭風吃醋的原因，但他望著窗外歲末的熱鬧街景，思考著最近感到不安的日常生活。就像當初新婚時一樣，悠一又開始害怕黑夜到來。懷孕的康子開始緊黏著他，要求毫不間斷的愛、像看護一樣縝密的愛。結果令悠一又興起以前曾有的念頭，覺得自己像是個無酬的娼妓。

「我很廉價，是個獻身的玩具。」他喜歡這樣貶低自己。「如果康子如此廉價就買到男人的意志，那麼，她忍受少許的不幸也是應該的。不過，我就像是個狡詐的女傭，根本就不忠於我自己嘛。」

事實上，比起躺在喜愛的少年身旁的肉體，悠一躺在妻子身旁的肉體遠為廉價得多，但這種價值的倒錯，在不知不覺間將這對看在人們眼中是天造地設的年輕夫婦，導向某種極度冰冷的賣笑關係，以及無酬的賣淫關係。那瞞過人們眼睛，沉靜且緩慢的病毒，不斷侵蝕著悠一，又有誰能保證，當他在這個扮家家酒似的小圈子外，在這宛如男女人偶般的夫妻關係圈子之外，就不會繼續受到侵蝕？

舉例來說，之前他都在Gay的圈子裡忠於自己的理想。只會和年紀比他小，而且是他看上的少年上床。這樣的忠誠當然和他與康子間的閨房關係不忠有關，是一種反撲。原本悠一認為他忠於自己，以這樣的態度認識這個社會。但另一方面，他的懦弱和俊輔那不可思議的意志，強迫悠一對自己不忠。俊輔聲稱那是美，甚至說是藝術的宿命。

悠一的長相，外國人見了，十之八九都會動情。討厭外國人的他一律拒絕。有個外國人為此大發雷霆，打破雷東二樓窗戶的一塊玻璃；有人則是罹患憂鬱症，無來由地扯傷與自己同居的少年手腕。那些鎖定外國人賣身的傢伙，因為這個緣故而極為敬重悠一。像他這種絕不會搶他們糧倉，而又對此充滿不屑的人，他們懷有一種受虐的敬意和親近之情。這是為什麼呢？因為我們天天都夢想著能對自己的糧倉展開一場無害的復仇。

話雖如此，悠一基於他天生的溫柔個性，一直努力在能不使人傷心的情況下拒絕對方。悠一望著這些他不感興趣，但對方對他興趣濃厚的可憐人時，他覺得自己的眼神就像望著自己可憐的妻子。憐憫和同情的動機，允許他夾帶輕蔑之情向人獻身，而這樣的獻身中，反而令他萌生一種悠哉爽朗的風騷。就像造訪孤兒院的老婦人，那母性的溫柔中，也能窺見年邁而安心的一絲風騷。

……一輛高級名車在街上的擁擠人潮中穿梭而來，停在雷東門前。緊接著又停了另一輛。綠洲君做了一個自豪的芭蕾轉圈，以他拿手的可愛媚眼迎接走進店內的三名外國人。要前去參加杰基派對的這群人，包含外國人在內，連同悠一共十人。

那三名外國人看悠一的眼神，帶有微微的期待和焦慮。今晚在杰基家，究竟誰能和他同床共枕呢？

這十人分乘兩輛車。雷帝從車窗裡將禮物遞交給杰基。那是以柊樹葉當裝飾的一瓶香檳。

※

到大磯車程不到兩小時。兩輛車一前一後駛過京濱第二國道，接著駛進舊東海道馬路，朝大船而去。少年們喧鬧歡笑。一名古靈精怪的少年，膝蓋上抱著一個空波士頓包，準備回程時用它來裝錢。悠一並未坐在外國人身旁。坐前座的一名年輕的金髮男子，貪婪地緊盯著後視鏡瞧，因為這樣可以看清楚悠一的臉。

星光斑斕。青瓷色的冬日夜空，星星不停閃耀，猶如無數片結凍的雪花，高掛天空卻不降下。車內因為有散熱器，所以相當暖和。悠一從曾經和他發生過關係的一名話多的少年口中，得知坐在前座的金髮男子當初剛來到日本時，也不知道是從哪兒學來的，每當他高潮時，總會高喊著「天國！天國！」，令他的玩伴忍不住失笑。這麼一個小故事，逗得悠一哈哈大笑，剛好對方與悠一四目交接，男子的藍眼珠朝他送了個秋波，薄唇湊向鏡面吻了一下。悠一為之一驚。因為鏡面上留下的模糊脣形，呈現了胭脂的鮮紅。

抵達時已是九點。迴車道上已停了三輛高級名車。在音樂流洩的窗戶內，有匆忙的人影在走動。寒風刺骨，所以少年們一下車，馬上縮起他們剛理過髮，仍泛著青皮的後頸。

杰基來到門口親自迎接新到的客人。他拿起悠一遞出的冬日玫瑰花束就往臉上磨蹭，戴著貓眼石戒指的右手用力的和外國人握手。他已經喝醉了。而在場的每個人，連同白天在自家店裡賣醬菜的少年在內，都互道著「Merry Christmas」。剎那間，少年們感覺宛如置身國外，而且這圈子裡的少年，很多都曾經陪著愛人出國。報上以「跨越國境的俠義心腸，獻給家政夫留學生」的標題報導的美談，大多都是這種情形。

緊鄰大門的客廳約二十張榻榻米大，除了擺在中央的耶誕樹上布置的蠟燭形燈泡外，再也沒其他亮光。架設在樹上的擴音器，長時間播放著唱片舞曲。客廳裡已有約莫二十名客人在跳舞。

其實這天晚上在伯利恆，一名純潔無瑕的嬰兒，從沒有原罪的母胎中誕生。在此地跳舞的男人們，像「義人」約瑟一樣慶祝聖誕。也就是說，對於今晚誕生的嬰兒，他們慶祝自己不必負責。

男人們的舞蹈、這不尋常的玩笑、跳著舞的這些臉龐，皆透露出一絲反抗；他們不是被迫這麼做，而是單純基於開玩笑才這麼做。他們跳舞，臉上掛著微笑。宰殺靈魂的微笑。在街上跳舞親暱共舞的男女，可以看出他們流露出衝動的自由，但男人手勾著手共舞的模樣，卻有一種受衝動逼迫的陰暗束縛感。為什麼男人之間非得虛情假意地做出相愛的模樣不可呢？因為這種愛如果不在衝動之外再添加幾分宿命的苦澀，恐怕就無法成立……舞曲改為快節奏的倫巴。他們的舞步變得激情、淫蕩。是音樂迫使他們變成這樣，為了擺出這副模樣，有一對甚至熱切起來，不停地旋轉，直到倒下為止。

事先到來的阿英，在一名矮胖的外國人臂彎裡，朝悠一使了個眼色。這名少年半笑半蹙眉。因為他那肥胖的舞伴，邊跳舞邊輕咬少年耳朵，而且不斷用他那以眉筆畫出的鬍子，把少年的臉頰都抹黑了。

在這裡，悠一看到他一開始描繪的觀念所達到的歸結。甚至應該說，他看到那觀念完全實現，化為實體。阿英依舊脣紅齒白，那髒汙的臉頰有種說不出的可愛，但他的美已看不出絲毫的抽象性。他的細腰在毛茸茸的手臂下扭動著。悠一看了無感，移開視線。

圍著屋內暖爐的長椅和長沙發上，躺著酩酊大醉和互相愛撫的肉塊，發出慵懶的低語和竊笑聲。乍看像是一大塊昏暗的珊瑚。其實不然，那是一群男人，少說也有七、八個，他們身體的某處相互碰觸，串連在一起。有兩人搭著肩，背部任由其他男人愛撫，下一個人則是將自己的腿擺在鄰人的腿上，而且自己的左手放在左側男子的胸前。那就像暮靄般，瀰漫著低沉、甘甜的愛撫和低語。腳下的地毯上坐著一名模樣嚴謹的紳士，從袖口露出帶有純金袖扣的折袖，面對坐在長沙發上任由三名男子撫摸的少年，把臉貼向少年脫去襪子的一隻腳，不住親吻。親吻到腳掌時，少年突然嬌聲尖叫，覺得癢，整個人挺身往後仰，這變動馬上影響了眾人。但其他人沒半點動靜，如同住在海底的野獸般，就只是默默蟄伏。

杰基來到一旁，向悠一敬了一杯雞尾酒。

「能辦這麼熱鬧的派對，你不知道我有多開心。」這位忙碌的主人，連用詞遣句都刻意顯得年輕。「阿悠，今晚來了個人，他說一定要會會你。他算是我的老朋友，所以你對他可別太怠慢喔。他的化名是『波普』。」在說這話時，杰基望向大門口，兩眼一亮。「喏，他來了。」

一名裝模作樣的紳士在昏暗的門口現身。就只有他把玩著外衣鈕釦的那隻手看起來特別白。他就像轉緊發條後才有動作般，踩著很人工的步伐朝悠一走近。從一對跳舞的搭檔身旁路過時，他板起臉孔，微微把臉避開。

「這位人稱波普先生，這位是阿悠。」

波普回應杰基的介紹，向悠一遞出白色的手。

「一切順心啊。」

悠一緊盯著那張被不舒服的光澤包覆的臉龐。此人正是鏑木伯爵。

第十三章　慇懃

波普是鏑木信孝奇特的暱稱，以前他喜愛亞歷山大．波普（Alexander Pope）的詩，因此開玩笑拿它為自己命名，而一些不知道緣由的人，漸漸也就習慣這樣稱呼他。信孝與杰基是老朋友。兩人十多年前在神戶的東方酒店邂逅，之後曾兩、三次一起過夜。

悠一如今已經驗老道，在派對上遇見意想不到的人，已算是很普遍的事，他早已見怪不怪。因為這個圈子會將外面社會的秩序解體，拆解外面社會用的英文字母排列，重新做奇怪的排列組合（例如像CXMQA這樣），以這種魔術師般的能力當作拿手絕活。

但唯獨這位鏑木前伯爵的變身，令悠一感到意外，所以面對波普向他伸出的手，他遲遲沒回握，不過信孝比他更吃驚。他像醉漢般，以緊盯不放的視線，緊緊瞪視著這名俊美青年，並開口道：

「原來是你！原來是你！」

他接著轉頭對杰基說。

「讓我多年的直覺失準，他算是頭一人。首先，他年紀輕輕就有老婆，我和他的第一次邂逅，就是在他的婚禮上。沒想到悠一就是大名鼎鼎的阿悠啊！」

「你說阿悠有老婆？」杰基像外國人似的，做出誇張的驚訝表情。「這我到是第一次聽說。」

悠一的一項祕密，就這樣輕易洩露了出去。過不了十天，他有老婆的事將會傳遍這個圈子。他所居住的這兩個世界，將會逐一侵犯彼此的祕密，那穩健的速度令他畏懼。

悠一現在擺脫這種恐懼的唯一方法，就是努力試著將鏑木前伯爵看作是波普。

那靜不下來，充滿渴望的視線，總是被尋求美麗同類的探究欲附身。就像衣服上怎麼也擦不掉的汙點般，信孝的樣貌飄散一股讓人覺得不舒服的氣氛，還有那難以形容，令人不悅的柔弱和厚臉皮所產生的混淆，以及像是硬擠出來的可怕聲音、彷彿經過仔細計畫過的自然態度，這全是同類的刻印和假面下的努力結果。殘留在悠一記憶中的所有片斷印象，就這樣馬上取得一定的脈絡，成為一種確定的典範。這個圈子特有的兩種作用，分別是解體和收斂，而後者完全發揮了功用。鏑木信孝就像一名通緝犯靠手術變臉，總是在面對外人的那張臉皮下，巧妙地隱藏著一張不想讓人知道的肖像畫。尤其貴族更是善於掩飾。掩飾惡行的興趣，必先於從事惡行的興趣，信孝可說是從中看出貴族的幸福。

信孝推著悠一的背。杰基帶兩人來到一張空出的長椅。

五名少年身穿白色的服務生服裝，穿梭於人群中，端送洋酒和點心盤。這五人都是杰基的男寵。說來也真不可思議。這五人都和杰基有幾分相似，因此看起來活像是五兄弟。一人繼承了杰基的眼睛，一人繼承了鼻子，一人繼承了嘴脣，一人繼承了背影，一個人繼承了額頭。將這幾個部位組合起來，便會浮現杰基年輕時無人能及的俊美畫像。

那幅畫像擺在爐架上，有別人贈送的花朵、柊樹葉、一對圖繪蠟燭在一旁侍候，四邊是漂亮的黃金畫框，略顯暗沉的顏料使得帶有感官刺激的橄欖色裸體畫更顯突出。杰基十九歲那年春天，寵愛他的英國人以他當模特兒畫下這幅年輕的酒神巴克斯像，右手高舉著香檳酒杯，臉上帶著調皮的淺笑。額頭上掛著常春藤，赤裸的頸項上頹廢地繫著一條綠色領帶。他的左手放在他所坐的桌上，就像一支船槳要用力壓抑覆蓋他腰部的桌布激起的白浪般，因為支撐著他宛如黃金船身般的微醺身軀而變得彎撓。

這時，唱片的音樂轉為森巴，跳舞的人群紛紛退向牆邊，燈光打向覆蓋在樓梯口上，呈葡萄酒色的天鵝絨帷幕上。帷幕一陣強烈搖晃，接著馬上走出一名扮成西班牙舞女的半裸少年。是個十八、九歲，有著妖豔的纖細身軀和細腰的少年。他以猩紅色的頭巾藏住頭髮，以金線縫成的猩紅色胸罩遮住胸部，全力舞動。冷冽的肉欲感，與女人肉體那陰沉的優柔不決截然不同，是由簡潔的線條和充滿亮光的柔韌所構成，能緊緊揪住觀看者的心。少年邊跳舞，邊往後仰頭，當他把臉轉正時，順勢朝悠一送了個清楚明白的秋波。悠一對他眨了一眼，兩人就此達成默契。

信孝可沒漏看悠一所使的眼色。自從剛才得知悠一就是阿悠後，他整個心都被悠一占滿了。因為顧及體面，不會在銀座這一帶的店家露面的波普，最近常聽到「阿悠」的名號，他猜想，此人在這圈子裡常見的美少年當中，應該只算是有點姿色罷了。

半基於好奇心下，他請杰基介紹他認識。沒想到此人就是悠一。

鏑木信孝是個誘惑的天才。他活到四十三歲這把歲數，與他上過床的少年近千人之多。吸引他的是什麼東西呢？美並不會吸引他、讓他興起漁色的念頭。俘虜他的，反而是恐懼及戰慄。此道帶來的快樂，始終都伴隨著一種甜美又不太對勁的感覺。西鶴寫得好，「男子相伴當玩物，恰似狼臥落花間」，別有一番風情。信孝總在尋求新的戰慄。倒不如說，唯有新的事物給他戰慄。他不記得自己曾經對美展開仔細的比較或是品鑑。他絕不會拿眼前愛人的容貌，與昔日愛人的容貌做比較。就像一道光線，感情會照亮某個時間和空間。這時信孝感覺到，在我們既定的生命延續之外，有個新鮮的裂縫，就像引誘自殺者往下跳的斷崖一樣，引誘他靠近，難以抗拒。

「這小子很危險。」他在心裡嘀咕。「以前我看悠一，都只當她是個疼愛妻子的年輕丈夫，是隻目不斜視，一味在這人世的黎明大道上奔馳的年輕跑馬，所以看了他的美貌，我一樣能保持平心靜氣，沒想過要魯莽地將這匹跑馬引進我這條小路來，但剛才突然在這條小路上發現悠一，使我內心大受震撼。那是危險的閃電。我還記得。以前看到第一次走進這條小路的年輕人時，同樣的閃電也曾照亮我心。我是真心愛上對方。快要愛上時，憑預感就能明白。從那之後，二十年的時光過去，今天是第一次我再度感受到同樣強度的閃電。與之相比，我可以很肯定地說，從之前那一千人身上感受到的閃電，簡直就像仙女棒。最初的怦然心動、最初的戰慄，這決定了勝負。總之，我得趕緊和這個青年上床不可。」

話雖如此，擅長一面觀察，一面愛著對方的信孝，他的視線帶有透視的力量，他的話語中暗藏著讀心術。從他看見悠一的那一刻起，信孝便已看出這名擁有不凡美貌的年輕人，正受到精神的毒素侵犯。

「唉，這名青年已無力應付自己的美。他的弱點就是美貌。因為意識到美的力量，所以他背後有樹葉的痕跡殘留[22]。就得看準這項弱點。」

22《尼伯龍根之歌》裡提到，齊格菲在沐浴龍血後幾乎刀槍不入，可惜在沐浴龍血時一片樹葉飄落肩胛處，因此這一龍血未沐及之處便成為他全身唯一的要害。

信孝起身離席，前去見人在陽臺醒酒的杰基。這段空檔時間，剛才與他同車的金髮外國人，以及另一名年近半百的外國人，爭相邀悠一共舞。

信孝招了招手，杰基馬上走進屋內。外頭冰冷的空氣襲向信孝的後頸。

「有什麼事要談嗎？」

「嗯。」

杰基陪這位老友來到可以眺望大海的隔間夾層酒吧。窗邊的牆壁設有檯燈，杰基從銀座某家酒吧帶回來的一名認真老實的服務生，正捲起衣袖，擔任酒保。可以望見左方遠處海岬閃爍的燈塔。庭院枯樹的樹梢環抱著星空和海景。窗戶在寒氣與熱氣的夾擊下，擦拭之後又變成一片朦朧。兩人半開玩笑的點了女人喝的雞尾酒——天使之吻。

「如何？很不錯吧？」

「長得很漂亮。當真是從沒見過。」

「外國人也都很驚豔呢。到現在還沒有哪個外國人得手過。他好像特別討厭外國人。看他那樣，應該曾經和一、二十個人上過床。全是年紀比他小的少年。」

「難以征服才更顯魅力啊。因為最近年輕人大多只認鈔票不認人。」

「你就去試試吧。總之，這圈子裡的高手全都覺得棘手，頻頻叫苦呢。這正是波普你一顯身手的好機會。」

「我想先打聽一件事。」前伯爵將拿手右手上的酒杯改置於左手掌中，仔細端詳著，如此說道。他在看某樣東西時，總是擺出彷彿有人在看他的模樣。換言之，他總是一人分飾演員和觀眾兩角。

「……該怎麼說好呢，不知道他會不會委身於自己看不上眼的人。也就是說……他是否完全委身於自己的美。面對他的對象，只要有那麼一丁點的愛或欲望，就不會純粹只委身於自身的美。照你說的來看，他雖然有如此俊美的容貌，卻還沒有這方面的經驗是吧。」

「就我所聽說，如果是有老婆的人，都是基於義務而和老婆上床。」

信孝垂眼望向地面，暗自探尋從老友這句話中得到的暗示。他在沉思時也不忘裝模作樣，彷彿有人盯著他思考的帥氣姿態欣賞一般。開朗的杰基建議他姑且一試，為了賭信孝能否在明天早上十點前攻陷成功，他乘著醉意，以戴在小指上的華麗戒指當賭注，至於波普則是拿鏑木家珍藏的一個室町時期的蒔繪[23]硯盒。那浮雕蒔繪豔麗無雙，杰基自從當初去過鏑木家後，便垂涎許久。

23 在漆器上以金、銀、色粉等材料繪製而成的花紋裝飾，為日本的傳統工藝技術。

兩人從隔間夾層下樓來到客廳。不知從什麼時候起，悠一已和剛才那名扮演舞女的少年一起共舞。少年已換上西裝，喉頭處繫了一個可愛的蝴蝶領結。信孝知道自己的年紀。男同志的地獄，和女人的地獄是同一處地方，也就是「蒼老」。他心知肚明，就算向神明祈求，那名俊美青年愛上他的奇蹟也不會發生。想到這點，他便覺得自己的熱情與打從一開始便知道這是白費力氣的理想主義者的熱情無限接近。有誰深愛理想，就會期望受理想所愛。

舞曲播放到一半，悠一和少年突然停止跳舞。兩人隱身在葡萄酒色的帷幕後。波普嘆氣道：

「唉！他們上三樓去了。」

樓上有隨時可供使用的三四個小房間，分別擺放了床鋪和躺椅，就像不經意放置的家具般。

「才一、兩個人，你就睜隻眼閉隻眼吧，波普。他那麼年輕，沒關係的。」

杰基安慰道。他望向角落的裝飾層架，心裡想，日後從信孝手中得到硯盒該擺哪兒好。信孝在等待。一個小時後，悠一現身，但還是遲遲沒有機會。夜已深，人們也都跳累了，但就像輪番燃起的炭火般，總是有幾組人馬交替上場跳舞。牆邊的小椅子上，坐著杰基的一名男寵，正在打瞌睡，露出天真的睡臉。一名外國人朝杰基使了個眼色。這位寬容的主人，笑著頷首。外國人輕輕抱起那名睡著的少年，將他搬往隔間夾層門後帷幕的躺椅。那名裝睡的少年，嘴脣微張，躲在長睫毛下的眼瞳，因好奇而戰慄，靜靜窺望那名搬運者健壯的胸膛。當他看到對方從襯衫縫隙處露出的金色胸毛，頓時覺得自己像是被一隻大蜜蜂抱在臂彎中。

信孝還在等待機會。聚集在這裡的人，大多是他的舊識，所以一夜情的話題不會少。但信孝想要的是悠一。所有甜美或是淫亂的想像，都折磨著他。但波普深具自信，他完全不會讓腦中紛亂的情感顯現在臉上。

悠一的視線剛好停在某個新來的客人身上。凌晨兩點多時，那名少年和四、五名外國人一起從橫濱前來。從他雙色大衣的衣領處露出紅黑雙色條紋的圍巾。他咧嘴而笑，露出強健潔白的齒列。他理了個平頭，搭配他飽滿深邃的五官相當好看。抽菸時，那動作生疏的手指，戴著一個純金戒指，上頭刻著無比醒目的英文字母。

感覺這名野性的少年似乎帶有一種和悠一肉欲的慵懶優雅很搭配的氣息。倘若將悠一當作是雕刻的傑作，那麼，這名少年就帶有一種雕刻失敗品的味道。而且就像仿造品的相似一樣，他與悠一也有幾分雷同。納西瑟斯因為那非比尋常的自豪，有時反而會愛上有瑕疵的鏡子。有瑕疵的鏡子至少不會嫉妒。

新來的這一行人與原先的客人尋歡作樂。悠一和那名少年同坐。兩雙年輕的眼睛互望。

他們已達成共識。

但就在兩人手牽手準備離席時，一名外國人向悠一邀舞。悠一沒拒絕。鏑木信孝沒錯過這個機會，他來到少年身旁，邀他共舞。邊跳邊說道：

「你忘記我了嗎，小亮。」

「怎麼可能忘了呢，波普先生。」

「你之前聽我說的話，都沒讓你吃虧，還記得嗎？」

「波普先生的豪氣大方，我一直都很佩服。你的氣度令眾人著迷。」

「恭維話就免了。今天如何啊？」

「對象是你的話，我沒意見。」

「不過我現在就要。」

「現在就要啊……」

少年眉頭深鎖。

「可是我……」

「價錢比之前高一倍也行喔。」

「嗯，可是不必急著現在也行吧？離天亮還有一些時間。」

「不管怎樣，我現在就要，不然就不找你了。」

「可是，我已先和人約好了。」

「雖然是約好，但一毛也賺不到吧？」

「就算是我，看到令我迷戀的對象，也還是會有情願投注自己全部財產的氣概。」

「投注自己全部財產，也太豪氣了吧。好，那我出三倍的價錢，再補上一千，湊一萬圓吧。你事後再貢獻給他，不是很好嗎。」

「一萬圓？」少年的眼眸微微游移。

「我給你的回憶有那麼棒嗎？」

「沒話說。」

少年大聲說道，虛張聲勢。

「我看你是喝醉了吧。波普先生，你開出的條件未免也太好了吧。」

「是你把自己估得太廉價了。真可憐，你要更有自信一點。喏，給你四千圓當訂金。剩下的六千圓事後再付。」

在鬥牛舞曲的強烈節奏下，少年感到心煩，同時暗自盤算。如果有這四千圓，就算之後出了什麼差錯，剩下的六千圓飛了，這也是個穩賺不賠的生意。不過若將悠一的事往後延，又該怎麼從眼前的處境脫身呢？

悠一此時人在牆邊抽菸，等候少年跳完這支舞。他一隻手的手指頻頻敲打著牆壁。信孝斜眼望見這一幕，這名鮮嫩欲滴的青年美得令他瞠目，他有股衝動，很想這就朝青年撲去。一曲舞罷。亮介走近悠一，想找個藉口解釋，但悠一沒注意到他的心思，直接把菸一扔，便轉身先走。亮介跟著他走，信孝跟在亮介身後。走上樓梯時，悠一溫柔的伸手搭在少年肩上，這令少年更加難以開口。來到二樓的小房間前，悠一打開門，這時信孝一個箭步向前，握住少年的手。悠一詫異的轉頭而望。信孝和少年都沉默不語，所以悠一的眉眼間蒙上一股年輕的怒氣。

「您這是做什麼？」

「我和他已經約好了。」

「不是我先嗎？」

「他有義務到我這邊來。」

悠一偏著頭，硬擠出一絲笑容。

「別跟我開玩笑好嗎。」

「如果你認為這是笑話，那你問這孩子。看他要先去誰那邊。」

悠一伸手搭在少年肩上。那肩膀在顫抖。為了掩飾此時的尷尬，少年的眼中帶有像是敵意的神色，注視著悠一，以生硬的甜美口吻說道：

「待會兒再陪你，應該可以吧？」

悠一想打那名少年，信孝加以阻擋。

「好了，別動粗。我慢慢說給你聽。」

信孝摟著悠一的肩，走進小房間。小亮也跟著要走進時，信孝在他面前砰的一聲把門關上。傳來少年的叫罵聲。信孝迅速反手把門扣搭上。他讓悠一坐向窗邊的長沙發，請他抽菸，也朝自己掏出的菸點火。那名少年還不死心，仍在外頭敲門。接著傳來踢門聲，然後便靜了下來。可能他已明白是怎麼回事。

小房間忠於這裡的氣氛。牆上掛著一幅鉛版印刷的畫，畫中人物是睡在牧草和鮮花中，全身沐浴著月光的恩底彌翁[24]。一直開著沒關的電暖爐、桌上的千邑白蘭地、刻花玻璃水瓶、電唱機，平時使用這個房間的外國人只在舉辦派對的晚上會開放給客人使用。

24 Endymion，古希臘神話裡一位俊美的牧羊人。由於與月神相戀而遭宙斯懲罰。

信孝打開那臺會依序播放十張唱片的電唱機開關。神色平靜的斟了兩杯干邑白蘭地。悠一突然起身想走出房外。波普以深情款款的眼神注視著眼前的青年，攔住了他。他的眼神具有非比尋常的力量。悠一被一股莫名的好奇心束縛，就此坐下。

「你放心。我其實並非想要那個孩子。我給了他一筆錢，讓他接受後，這才得以阻攔你們兩人的好事。我若不這麼做，就沒辦法和你慢慢聊了。那種為了錢，什麼都肯做的孩子，你大可不必這麼心急。」

坦白說，打從剛才悠一想打那名少年的時候起，他的欲望就已迅速消退。但在信孝面前，他不想承認。他活像是一名被俘虜的年輕間諜，保持緘默。

「我有話想跟你說……」波普接著道。「但其實不是什麼嚴肅的話題。就只是想好好跟你聊聊。你肯聽我說嗎？我啊，想起了在你婚禮當天第一次見到你的事。」

鏑木信孝接下來的長篇獨白，如果如實寫下，想必會令讀者們看了大倒胃口。不僅如此，一旁還伴隨著正反十二面的唱片舞曲伴奏。信孝深知自己這番話能發揮準確效果。在動手愛撫之前，已先展開言語的愛撫。他讓自己變得虛無，化身成映照悠一的一面鏡子。將自己的老邁、欲望、細膩、智謀，全隱藏在鏡子背後。

在信孝幾乎不問悠一是否贊同，沒完沒了地展開獨白的這段時間，還不時以溫柔愛撫般的口吻插上幾句「聽膩了嗎？」、「如果覺得無聊，跟我說一聲，我就不說了」、「不想聽這個話題嗎？」，悠一一直靜靜聆聽。起初那像是柔弱的懇求，百般討好，第二次是絕望式的強迫接受，第三次則是充滿自信，悠一還沒開口問，他便確定悠一會露出面帶微笑的否定表情。

悠一並不覺得無聊。他絕不會無聊。因為信孝的獨白談的全是悠一的事。

「你的眉毛，那是多麼威武、爽朗的眉毛啊。要我說的話，你的眉毛就像……該怎麼說好呢，它呈現出年輕、潔淨的決心。（當他不知該如何比喻時，會靜靜望著悠一的眉，沉默片刻。這是催眠師的技巧）……不過，你的眉毛和深邃憂鬱的雙眸，搭配得極為巧妙。眼睛顯示出你的命運。眉毛顯示你的決心。而存在於這兩者之間的，是戰爭。所有青年都得一一上場奮戰的戰爭。也就是說，你的眉和眼，是名為青春的戰場中，最漂亮的年輕士官所擁有的眉和眼。而與這對眉眼最搭配的帽子，恐怕就只有希臘的頭盔了。你的美不知道在我夢中出現過幾回。不知道有多少次想向你搭話。但每次見到你，我就變得像少年一樣，話語哽在喉頭，說不出口。我可以很確定地說，你是我過去三十年來見過的俊美青年當中，最美的一個。沒有任何一個青年可以和你相比。這樣的你，怎麼會愛上小亮這種人呢？你仔細看看鏡子。你從別人身上發現的美，全都是來自於你的誤解和無知。你自以為從他人身上發現的美，你身上早已完備，讓你無從發現。你會『愛上』別人，是你太不了解自己。因為你天生就已達到完美的境界。」

信孝的臉逐漸來到悠一的臉蛋旁。他那誇張的話語，就像美妙的讒言，一再討好悠一的耳朵。也就是說，這種半阿諛的話語一再討好耳朵的諂媚方式，實在無與倫比。

「你不需要名字這種東西。」前伯爵斬釘截鐵地說道。「有名字的美不值一提。像仰賴悠一、太郎、次郎這種名字才從腦中喚醒的幻影，我才不會受騙上當呢。你人生中所扮演的角色，不需要名字。因為你就是典範。你會站上舞臺。你的角色名稱是『年輕人』。沒有任何一位演員能勝任這個角色。大家都是仰賴特色、性格、名字。頂多只能扮演年輕人一郎、年輕人傑恩、年輕人約翰這一類。但你的存在卻是活潑的年輕人其特質的總稱。你出現在所有國家的神話、歷史、社會、時代精神中，是肉眼看得見的『年輕人』代表。你是體現者。如果沒有你，所有年輕人的青春都將看不見，只能就此埋沒。你的眉毛可以照著畫出數千萬名年輕人的眉形。你的脣是數千萬名年輕人脣形素描的結晶。還有你的胸、你的手臂……」信孝隔著冬季服裝衣袖，輕輕揉著青年的兩隻手臂。「……你的腿、你的手掌。」他更進一步以肩膀抵向悠一的肩，定睛凝望青年的側臉。一隻手伸長，熄去桌燈。

「請你別動。算我拜託你，暫時維持這樣別動，多美啊！夜晚就快結束。天空逐漸泛起白光。你另一側的臉頰應該會感覺到破曉時分光線朦朧的徵兆吧。但你這一側的臉頰仍是黑夜。你完美的側臉，就浮泛在黎明與黑夜的交界。我求你了，請靜止別動。」

信孝感覺到，在黑夜與白晝交界的純潔時間下，巧妙的雕刻出俊美青年的側臉。這瞬間的雕刻，化為永恆。那側臉為時間帶來永遠的形態，讓某個時間無瑕的美就此深深扎根，而他自己也就此永垂不朽。

窗戶的帷幕突然被拉起。玻璃窗映照出漂白的風景。這小房間位於可以欣賞大海，完全不受阻擋的位置。燈塔就像覺得睏似的，頻頻眨眼。海上白濁的亮光，支撐著拂曉時分天空堆積的巍峨雲層。庭院的冬樹，仿如是夜晚的潮水遺留的漂流物，交纏著茫然恍惚的枝椏，並排而立。

悠一突然覺得睏。分不清是醉意還是睡意。信孝的話語描繪出的影像，從鏡中穿出，慢慢與悠一重疊。倚在長椅椅背上的悠一，他的頭與影像的頭髮重疊。感官與感官重複，感官就只是一再產生感官刺激。這種夢幻的合體感，不是那麼輕易就能說明。精神在精神之中打盹，不借助任何感官之力，悠一的精神與一半已經重疊在一的另一個悠一的精神交合在一起。悠一的額頭碰觸悠一的額頭，美麗的眉觸碰美麗的眉。青年因快要進入夢鄉而微張的脣，與他自己想像中的美麗嘴脣緊貼在一起……

清晨最初的一道亮光，從雲間逸洩而下。信孝鬆開他原本貼在悠一臉頰上的雙手。他的外衣早已脫在一旁的椅子上。空著的雙手急忙將吊帶解開，雙手再次貼向悠一臉頰，他那一本正經的嘴唇再次貼上悠一的唇。

——上午十點，杰基百般不願地將自己珍藏的貓眼石戒指讓給了信孝。

第十四章　自力更生

新的一年開始。悠一已虛歲二十三。康子二十。

南家的新年都是自己家人一起慶祝。原本應該是可喜可賀的新年。一是因為康子懷孕，二是悠一的母親意外的康泰，迎接新的一年到來。但這個新年總顯得陰沉又生疏。這明顯是悠一撒下的種。

他一再外宿，更糟的是他愈來愈疏於盡丈夫的義務，有時這會令康子反省，懷疑是自己黏得太緊，將她折磨得死去活來。聽朋友們或親戚家的傳聞得知，最近有很多太太，只要丈夫敢在外頭過夜，她們馬上就回娘家。悠一那天生的善良心腸，早已不知忘在哪兒了，他多次在沒告知的情況下徹夜未歸，母親的忠告和康子的哀求他都置若罔聞。他愈來愈寡言，難得見他露齒一笑。

但悠一的這種據傲態度，絕不能想像成拜倫式的孤獨。他的孤獨不是思想使然，說到他的倨傲，那是生活上的必要之物。就像一位無能為力的船長，就只能板著臉，沉默不語，望著自己坐的船遇難沉沒。不過沉船的速度既確實又有秩序，所以有時就連悠一這位始作俑者也覺得，這一切的責任不在他身上，單純只是出於一種自毀作用。

新年一過，當悠一突然說他要到一家來路不明的公司擔任會長祕書時，母親和康子原本都沒特別正視這件事，但等到某天他說會長夫婦要到家裡拜訪時，母親大為慌張。悠一基於惡作劇心態，刻意沒說出會長的名字，等到當天母親來到門口迎接，見來者不是別人，正是鏑木夫婦時，這才又大吃一驚。

這天上午降下小雪，下午天色灰濛，冷徹肌骨。前伯爵坐在客廳的煤氣爐前，一副像是要和煤氣爐談判的模樣，一本正經的盤腿而坐，伸手朝爐前烤火。伯爵夫人滿面春風。過去從不曾見過這對夫妻感情如此融洽。兩人每次談到好笑的話題，就會相視而笑。

康子本想前往客廳向他們問候，來到走廊半途，聽到夫人響亮的笑聲。基於理所當然的直覺，康子馬上察覺，夫人也是迷戀悠一的女人之一，但憑藉只有孕婦才會如此自然擁的可怕洞察力，她一眼就看出，讓悠一如此疲於奔命的女人，既不是鏑木夫人，也不是恭子。肯定有個看不見的第三個女人。每次想像悠一一味隱瞞的那個女人的容貌，康子在感到嫉妒前，反而先感受到一股神祕的恐懼。這使得康子此刻即使聽到夫人尖銳的笑聲，也一點都不覺得嫉妒，對於自己這樣的平靜心情，康子感到不可思議。

當康子厭倦這樣的痛苦後，不知不覺間習慣了這樣的苦痛，成了一直靜靜豎耳細聽的聰明小動物。考量到悠一日後應該會需要娘家父親的提拔，她受的這些苦，對娘家完全不敢透露半句，她這種不像現代女性的堅忍個性，連悠一的母親也大為感佩。雖然她是以傳統貞節烈女的典範，套在這年紀尚輕的媳婦所展現的堅韌上，才會這般由衷感佩，但康子則是在不知不覺間，愛上悠一那隱藏在他的倨傲下，不為人知的憂鬱。想必很多人會感到懷疑，一個年僅二十歲的少婦，真能擁有如此寬大的胸懷嗎？但隨著日子漸增，她開始確定丈夫心裡感到不幸，而她沒有療癒不幸的能力，不僅對此感到歉疚，甚至對他有種罪惡感。她認為丈夫的放蕩不是為了享樂，那是他來路不明的痛苦展現，而這種充滿母愛的想法，帶有一種佯裝大人樣的感傷所導致的失算。悠一的痛苦，就像快樂沒被賜予一個適合的名稱一樣，與道德上的苛求相當類似，是充滿孩子氣的幻想，但他心想，如果自己是個很一般的青年，和女人搞外遇，或許就會馬上開心地向妻子娓娓道出一切。

「有某個不清楚的東西，一直折磨著他。」康子心想。「他該不會是想搞革命吧？如果他愛上了某個對象而背叛我的話，應該不會始終臉上浮現如此濃重的憂鬱。阿悠一定是誰也不愛。身為他的妻子，我很本能地了解這點。」

康子的想法猜對一半。悠一無法愛上那些少年。

一家人在客廳裡熱絡地聊天，但鏑木大婦過度展現他們的親密，不知不覺間也影響了悠一夫婦，悠一和康子開朗的談笑風生，宛如生活中不帶半點陰影的一對好夫妻。

悠一一時誤喝了康子喝到一半的綠茶。由於大家聊得正起勁，沒人注意到這個錯誤。事實上，悠一自己也渾然未覺，喝下了綠茶。只有康子發現，往他大腿輕輕一按。她默默指著悠一擺在桌上的茶杯，嫣然一笑。悠一這才像個年輕小夥子似的，搔著頭做出回應。

兩人演出的默劇，在眼尖的鏑木夫人面前無所遁形。夫人今日展現爽朗的態度，這是因為悠一將成為丈夫的祕書，令她高興又期待，而且這些日子來，為了實現這項計劃，丈夫也都很配合，她對丈夫多了一分感謝和溫柔。如果悠一當上祕書，夫人不就能很常見到他了嗎。丈夫會接受夫人這項提議，肯定有他的打算，但她無從得知。

夫人見到悠一和康子在她面前展現如此和樂融洽的模樣，正因為是外人難以瞧見的小動作，反而令夫人想到自己那很難有結果的戀情。兩人都年輕又漂亮，就連悠一和恭子之前的問題，照現在這對年輕夫婦那如膠似漆的模樣看來，只會覺得那是悠一從事的一項小小的動運項目罷了。這麼一來，比恭子更沒資格被愛的她，又該如何定位，她提不出直視這個問題的勇氣。

夫人之所以和丈夫顯得這般親密，其實與她抱持的另一項期待有關。夫人想引起悠一的嫉妒。雖然這個念頭含有充滿幻想的要素，但為了之前與恭子共處所受的苦，她想帶某個年輕男子同行，來讓悠一瞧瞧，好還以顏色，可是夫人的這份愛，深怕會傷及悠一的自尊。

夫人從丈夫肩上看見白色的絲屑，伸手將它拿起。信孝回頭問「怎麼了」。知道後，他心裡一驚。妻子原本不是會做這種事的女人。

信孝在那家以海鰻製造提袋，名為「東洋海產」的公司裡，雇用以前家中的管家當祕書。他倚重的這名老人，至今仍不叫他會長，而是稱呼他老爺，不過他在兩個月前因腦溢血過世了。信孝一直在找人接替。某天，妻子若無其事的提到悠一的名字，信孝也不置可否地回答道：「祕書這個閒差，就算打工也能勝任，這樣也未嘗不可。」妻子在測試丈夫這句回答的真偽，投以若無其事的眼神，信孝就此看穿她對此事的關心。

萬萬沒想到，這招在一個月後，成了用來巧妙偽裝信孝內心想法的布局。新年剛過，他主動想出以悠一當祕書的主意，當他把妻子拉進這個計劃中時，始終都擺出很尊重她看法的口吻，並不忘誇讚悠一的理財才幹。

「那名青年在那方面挺有一套的。」信孝說。「之前經人介紹的大友銀行的桑原，聽說是他同校的學長。東洋海產與桑原，是私自借貸的關係，桑原對悠一也讚譽有加呢。說他年紀輕輕，就獨力經手複雜的財產管理，很不簡單。」

「既然這樣，不是很適合當祕書嗎。」夫人說。「如果他不願意，我們就去探望南家的老夫人，說很久沒來向她問候了，順便一起請她讓兒子擔任公司的祕書。」

信孝多年來都像蝴蝶般輕盈的四處拈花惹草，但現在他已忘了自己愛尋歡的習性，自從那晚參加了杰基那場派對後，沒有悠一他就活不下去。悠一之後兩度答應過他的要求，但他始終都沒愛上信孝。就只有信孝對他的愛與日俱增。悠一不愛外宿，所以兩人都到郊外的賓館，避人耳目。信孝重門面的作風，令悠一頗為吃驚。他為了迎接悠一的到來，自己一個人連訂了兩晚的房間，悠一只是剛好「有事商談」而來訪，很晚才離去，之後他獨自一人明明沒事，卻還是留下來過夜。悠一離開後，一股無處宣洩的熱情襲向這名中年貴族。他穿著睡袍，在空間狹小的室內來回踱步，最後直接躺臥在地毯上。發狂似的，小小聲叫喊著悠一的名字，不下百遍。他喝著悠一喝剩的葡萄酒，將悠一抽過的菸蒂重新點燃。為此，他會拿著點心請求悠一咬一半，然後將留下齒痕的剩下一半留在盤子裡。

鏑木信孝對悠一的母親說：「這工作有助於悠一學習社會經驗，望您成全。」母親則是希望兒子最近不檢點的生活，可以因此得到解救，變得正經一些。但他的身分畢竟還是學生。而且畢業後的工作也已經確定了。

「你瀨川家的岳父有一家百貨公司。」母親注視著悠一，以說給信孝聽的口吻說道。「你岳父一心希望你能好好用功。如果你要接受這項提議，得先找你岳父商量才行。」

他回望母親那隨著年紀增長而衰老的眼瞳。這位老太太對未來深信不疑！有可能明天突然就撒手人寰的一位老太太……悠一心想，對未來不抱持任何信任的，反而是年輕人，但老人往往順著惰性而相信未來，但年輕人就只是欠缺年齡的惰性。

悠一揚起他漂亮的眉，剛強有力，卻又帶點孩子氣的提出抗議。

「不用那麼做。我又不是入贅的女婿。」

康子聽到這番話，朝悠一的側臉瞄了一眼。康子心想，悠一對她如此冷淡，莫非就是他自尊受創使然？這時輪到她該說句話了。

「我會跟我爸說一聲。你就去做你想做的事吧。」

「如果能在不影響課業的程度下幫忙，我想試試看。」悠一說出他事先就已和信孝討論過的同意說詞，母親則是拜託信孝好好教導悠一。由於她的請託說得太過講究，連一旁的人聽了都覺得怪。想必她心想，如果是信孝的話，一定會好好教育我這位寶貝的浪蕩子吧。

事情大致都已談妥，鏑木信孝邀大家一起用餐。母親加以婉拒，但信孝說會派車送她回來，拗不過他的請求，母親也動了心，起身準備換裝外出。傍晚時再度飄起了雪，所以她偷偷在法蘭絨的肚圍裡塞了懷爐，保護她的腎。

五個人就這麼坐上信孝雇來的車前往銀座，來到銀座西八丁目的一家料理店。吃完飯後，信孝邀大家去舞廳，就連悠一的母親也因為想見識可怕的東西，而沒拒絕去舞廳的邀約。她想看脫衣舞表演，但今晚的舞廳餘興節目看不到這項表演。

悠一的母親很客氣地誇讚舞者那裸露大片肌膚的服裝。「真漂亮，穿起來很好看。那斜向的藍色圖案真是好得沒話說。」

悠一全身感受到一種平凡的自由，言語難以形容，已許久沒有這種感覺。他發現自己已忘了俊輔的存在。他拿定主意，這次祕書的事，以及他和信孝的關係，絕不能傳進俊輔耳中，這小小的決心讓悠一變得開朗，就連剛好和他共舞的鏑木夫人也開口問道：「是什麼讓你這般開心？」這名年輕人語帶嬌媚，一本正經地回望女人的雙眼說道：

「妳不知道嗎？」

剎那間，鏑木夫人感受到幾欲無法喘息的幸福。

第十五章　無事可做的星期天

離春日尚遠的某個星期天，悠一前一晚和鏑木信孝一同過夜，上午十一點，兩人在神田車站的驗票口道別。

前一晚，悠一和信孝起了一場小口角。信孝完全沒問悠一的意見，便訂下飯店房間，悠一大為生氣，直接進行退訂。信孝百般討好，最後陪著他來到神田車站一帶的某家賓館，臨時在此投宿。因為他們忌諱在熟悉的約會場所過夜。

這一夜當真悲慘。由於沒空房，所以被帶往一間十張榻榻米大，擺設單調的房間，原本是供宴會使用。房裡沒有暖爐設備，冷得如同寺院的正殿一般。在水泥建築中，一間荒廢、冷徹肌骨的和室房。兩人將餘火微弱得猶如螢火，上頭插滿菸蒂的火盆擺在正中央，身上披著外套，就像刻意不看彼此那尷尬的神色般，一臉茫然地望著女服務生一雙肥腿忙進忙出，只見她肆無忌憚地鋪著床，雙腳踩得塵埃飛揚。

「你們這是在尋我開心是吧。別老這樣盯著我。」

這名髮色微微泛紅，看起來腦筋不大好的女服務生說道。

這家賓館名叫「觀光飯店」。投宿的客人只要打開窗戶，便能看見背對這裡的隔壁舞廳後臺休息室和廁所的窗戶。整晚將這扇窗染得時紅時藍的霓虹燈、從窗戶縫隙潛入，將房間吹得猶如寒宮的夜風，及破損的壁紙。隔壁房間喝醉的兩女一男發出的淫聲蕩語清楚地傳來，一直持續到凌晨三點，晨光很早便從沒設防雨門的玻璃窗來訪。連垃圾桶也沒有。紙屑非得丟進門楣上方才行。看來大家都有同樣的想法，門楣上方堆滿了垃圾。

一早天色灰濛，似乎會降雪。從早上十點起，便傳來練彈吉他的冰冷音色。在寒意的驅趕下，悠一一步出賓館，便快步前行。信孝氣喘吁吁地緊追在後。

「會長，」當青年如此稱呼信孝時，他的心情是輕視，而非親暱。「我今天打算回家。如果不回去一趟，感覺不太妙。」

「可是，你之前不是說今天一整天都要陪我嗎？」

悠一露出喝醉般的美麗眼神，冷漠地說道：

「要是一直都這麼恣意妄為，肯定不會長久，我們彼此都一樣。」

波普晚上與悠一共度時，他總是百看不厭地望著愛人的睡姿，整晚不睡。而這天早上，他一樣臉色難看。而且還略顯浮腫。他那張暗沉發青的臉，很不情願地點了點頭。

計程車載著信孝離去後，悠一獨自被留在塵埃密布的人群中。如果要回家，只要走進驗票口即可。但青年撕碎剛買的車票。他往回走，走進車站後方，一整排餐飲店林立的區域裡。酒館全都掛上「今日公休」的牌子，一片靜悄悄。悠一走向其中一家很不起眼的店，敲響店門。裡頭傳來應門聲。悠一說了一聲「是我」，對方應道「哦，是阿悠啊」，毛玻璃的拉門就此開啟。

空間狹窄的店內，有四、五個男人弓著背圍坐在煤氣爐旁，他們全都轉頭叫喚悠一。但他們的眼中不顯一絲新鮮的驚奇之色。他們早已是悠一的熟識。

店主年約四十，是個瘦得像鐵絲的男人。脖子上圍著棋盤圖案的圍巾，披在身上的外套底下露出睡褲。三名愛說話的年輕人是店主的男寵。分別穿著華麗的滑雪用毛衣。店內客人是一名身穿寬袖大衣的老人。

「噢，好冷。今天怎麼那麼冷啊。明明太陽那麼大。」

眾人一面說，一面望向柔和的陽光正斜斜照向的毛玻璃拉門處。

「阿悠，你去滑雪了嗎？」

一名年輕人問。

「不，我沒去。」

悠一從走進店裡的那一瞬間起，便感覺到這四、五人都是因為今天這個星期天無處可去，所以才會聚在這裡。男同志的星期天著實可悲。他們感覺得到，這一整天不屬於他們領地的白天世界，在宣揚它的主權。

不論是去劇場、去咖啡廳、去動物園、去遊樂園、到街上散步，還是跑到郊外，到處都有多數決原理在昂首闊步，向人炫耀。老夫妻、中年夫妻、年輕夫妻、情侶、一家人、孩子、孩子、孩子、孩子、孩子，還有該死的娃娃車所組成的隊伍，邊行進邊歡呼地遊行著。若是悠一真的想模仿他們，和康子一起在街上散步，一樣可以輕鬆辦到。但蒼天有眼，就在他頭頂閃耀的藍天之上，一切虛假之物必將被識破。

悠一想：

「如果我真的想做我自己，那麼，在天氣晴朗的星期天，除了將自己關在這座毛玻璃監獄外，別無他法。」

聚在這裡的六名同類，已經對彼此感到厭膩。他們只能小心提防，不讓彼此死寂的目光交會，並緊抓著十年如一日的話題。像美國電影中男演員的八卦、某個權貴是他們同類的傳聞、炫耀著自己的情史、白天時說的鹹溼黃色笑話等，這就是他們談的話題。

悠一並不想待這裡，但他更不想去其他任何地方。我們的人生常會恣意地轉動船舵，駛向會變得更好的方向，但是那剎那的滿足，卻因為「會變得更好」這樣的想法，而汙辱了自己心中那不可能的熾烈希望，摻雜了一絲喜悅。所以剛才也可說悠一是為了來到這裡，才刻意用開信孝。

如果回到家，康子宛如羔羊般的眼睛應該會靜靜注視著他。眼神就只會散發出「我愛你，我愛你」這樣的感覺。她的孕吐在一月底時就停了，只剩乳房的敏感疼痛還在。康子想，這容易感到疼痛的紫色敏感乳頭，與昆蟲用來保持外界聯繫的觸角似乎有些相似。這乳房敏感的疼痛，有可能嗅出方圓百里的大小動靜，悠一對它懷有一種神祕的恐懼。

最近當康子快步下樓時，那微微的震動會馬上傳向乳房，感到一種鈍痛的沉澱。碰觸貼身睡衣也痛。某天晚上，悠一想抱她，康子卻喊疼，將他一把推開。這意想不到的拒絕，其實康子自己也嚇了一跳，只能說是本能唆使她展開微妙的復仇。

悠一忌憚康子的心情，慢慢變得複雜，可說是形成了一種反效果。如果將妻子當女人來看，她遠比鏑木夫人、恭子還要年輕，也更有魅力，這點毋庸置疑。如果採客觀的角度思考，悠一的外遇實在不合理。每當他看到康子那自信十足的模樣，心裡感到不安時，就不時會故意以拙劣的方式暗示他和其他女人有往來，但每次康子聽了，嘴角總會露出大人的成熟微笑，就像覺得他這樣說很可笑似的，那沉穩的態度重創了悠一的自尊心。因為悠一一直懷疑康子比誰都清楚他無法愛上女人，這樣的恐懼和自卑，在這種情況下只會對他造成威嚇。

說來也真難以置信，他就此想出一套殘酷又任性的理論。倘若康子親眼目睹自己丈夫不愛女人的事實，那就是打從一開始就被欺騙，無法挽救。但唯獨不愛自己妻子的丈夫，這世上多的是，在這種情況下，現在不受自己丈夫所愛的事實，對妻子而言是一種反證，證明以前丈夫曾愛過她的事實。重要的是，要讓康子知道，這世上他就只不愛康子一人。而這才是對康子的愛。為此，悠一現在必須更加浪蕩，不和妻子同床這件事，必須更不畏懼，堂堂正正地去執行。

但悠一愛過康子這件事，是毋庸置疑的。年輕的妻子在他身旁入睡，往往是丈夫睡著之後的事，但偶爾在比較疲累的日子，當康子先發出沉睡的呼息聲時，悠一這才得以鬆口氣，凝望她美麗的睡臉。這時他才會覺得自己擁有這樣的美麗之物，一股喜悅滲入心中，同時感到百思不解，為何這種完全不想去傷害她，如此與眾不同的擁有，會不受世界所允許呢。

「你在想什麼，阿悠。」

店主的其中一名男寵如此問道。悠一與這三名男寵都發生過關係。

「大概是在想昨晚的豔事吧。」

老人在一旁插嘴。接著目光轉向拉門。

「我的老相好可真慢。畢竟我們現在都已不是會想要讓彼此感到焦急的年紀了。」

大家聽了都笑了，但悠一卻是心底一寒。這名六十多歲，身穿寬袖大衣的老翁，在等候同樣六十多歲的情人。

悠一不想待這兒。如果回家，康子應該會很開心迎接他吧。要是打電話給恭子，不論再遠，她應該也會飛奔而至。如果去鏑木家，夫人臉上應該會漲滿喜色，到令她感到難受的程度。如果他留住信孝的話，為了今天一整天討悠一歡心，就算要他在銀座的市中心倒立，他也願意。如果打電話給俊輔的話（對了，悠一有一陣子沒和這個老人見面了），電話那頭老邁的聲音應該會很興奮吧。但悠一卻認為，讓自己與這一切阻絕開來，是一種道德上的義務。

所謂的「要當自己」，就只是這樣嗎？「為所當為」聽起來很美好，但就只是這樣嗎？就算說自己虛假，但虛假的我難道就不是我嗎？哪裡有誠實的根據？難道是在悠一為了自己外在的美，為了人們眼中的自己，而將自己所有一切拋卻的那個瞬間嗎？還是在不管面對什麼都一樣孤獨，不管面對什麼都無處依託的瞬間？他愛那些少年的瞬間，近乎後者。沒錯，我就像大海，悠一想。但海的正確深度指的是什麼時候的深度呢？是他的自我達到落潮極致的那場 Gay Party 的拂曉時分嗎？還是像現在這種慵懶的漲潮時，什麼也不求，什麼都覺得多餘的時刻？

他又想和俊輔見面了。他與信孝的事，如果瞞著沒讓那位好好先生知道，感覺好像少了點什麼，他想現在就去，厚著臉皮向他撒個謊。

※

這天，俊輔花了一整個上午在看書。他看了《草根集》和《徹書記物語》。這些書的作者是正徹，中世的一位傳奇高僧，據說是藤原定家投胎轉世。

他基於自己任性的評價，從中世的眾多文學以及聞名於世的作品中挑選出兩、三位歌人，及兩、三部作品，對此特別偏愛。像永福門院的深邃庭園一樣，歌詠人去樓空的寫景歌，以及《御伽草子》中一篇叫「硯割」的故事裡，一位替名叫中太三郎的家臣頂罪，就此遭父親斬首的奇特悟道故事，以前都造就了這位老作家的詩心。

《徹書記物語》第二十三條裡寫道：「倘若有人問起，吉野山位處何國境內，只要想到『賞花往吉野，賞楓上立田』這句話，隨口吟詠而出，然後再補上一句『不知是在伊勢國，抑或日向國』，這樣就行了。即便記住是哪個國境，也無多大意義，就算沒刻意熟記，也會自然記在腦中，知道吉野就在大和。」

「文字上所記載的青春就像這樣。」老作家心想。「賞花往吉野，賞楓上立田，除此之外，還有青春的定義嗎？藝術家度過青春之後的後半生，全都用在詢問春青的意義為何。他尋訪青春的故鄉，這又換來了什麼呢？他的認知已打破花和吉野之間肉欲的調和，吉野失去其普遍性的含意，就只成為地圖上的一點（或是逝去的過往中的一個時期），大和之國吉野。」

當他沉溺於這種無意義的思緒中時，俊輔不知不覺間想起了悠一，這毋須懷疑。正徹有一首單純的美麗和歌。

浮舟彼岸來，人群聚此岸，千頭與萬緒，全繫一艘船。

讀到這首和歌時，老作家以不可思議的雀躍之情，想像在岸邊候船的群眾，他們的心思全都純淨的往那艘逐漸駛近的船隻匯聚的瞬間。

這個星期預定會有四、五名訪客。老作家知道自己與年齡不相稱的和善態度中，其實摻雜了許多輕蔑，為了確認這點，他才接納這些訪客，不過他這麼做，二來也是為了確認在這種感情的形態下還有多少倖存的年輕。全集又再版了。負責校訂的崇拜者們，常前來這裡討論。這又能成就什麼？他的作品全都錯得離譜，這小小的誤植訂正，又能起什麼作用？

俊輔想出門旅行。這樣的星期天一再累積，痛苦難耐。悠一久無音訊，令這位老作家備感淒涼。他考慮要隻身前往京都旅行。

這種抒情式的悲涼，因悠一的毫無訊而令他創作中斷，這挫折所帶來的悲傷、這種未完成的呻吟，自從他四十多年前所經歷的習作時代以來，便不曾出現，早已被俊輔遺忘。這種呻吟是青春最笨拙的部分，是最無趣、最讓人覺得不舒服的部分，現在又再度復活，一點都不像是突然中斷的某種宿命的未完成、充滿屈辱。理應受人嘲笑的未完成、像坦達羅斯[25]一樣，每次只要一伸手，果實就會連同樹枝被風往上吹，果實永遠進不了他口中，飢渴永遠無法得到療癒的未完成。就在這樣的時代下，某天（這也已經是三十多年前的事了）俊輔心中的藝術家就此誕生。他那未完成的病已自行離去。取而代之的，是完美一再威脅著他。完美成了他的宿疾。那是不會留下傷害的一種病。沒任何患處的病。沒病菌、不會發燒、不會心跳加快、不會頭痛、不會痙攣的一種病。這種病與死很類似。

他知道要治好這個病，除了死之外別無他法。他的創造會比他的肉體早一步先死。創造力的自然死亡來訪，他感到心情沉重，同時也覺得心情開朗。沒寫作之後，他的額頭突然多了幾道藝術的皺紋，而他的神經痛在他膝蓋上引發浪漫的疼痛，他的胃有時會嘗到藝術的胃痛。而他的髮，也開始轉變為藝術家的白髮。

自從遇見悠一後，他夢想的作品理應滿是從完美的宿疾中痊癒的完美，以及從生命的疾病中痊癒的死亡健康。那應該是從所有事物中痊癒才對。從青春、衰老、藝術、生活、年齡、處世智慧、瘋狂中痊癒。以頹廢克服頹廢，以創作上的死亡克服死亡，以完美克服完美，老作家將這一切夢想都寄託在悠一身上。

……這時，突然有種青春的怪病復甦，那未完成以及難看的挫折，在創作到一半時突然襲向俊輔。

這是怎麼回事？老作家猶豫該不該為它命名。為它命名的可怕，令他猶豫。其實這不正是戀愛的特質嗎？

悠一的面貌日夜都在俊輔心頭縈繞，揮之不去。他苦惱、憎恨，在心中以極盡粗鄙的言語咒罵這個不老實的青年，只有在這段時間，他對於自己很明確的瞧不起這樣的小鬼感到安心。過去他誇讚悠一完全不具精神性，而此時他用同一張嘴，貶損他的不具精神性。對於悠一的乳臭未乾、美男子矯揉造作的得意樣、任性妄為、教人覺得噁心的自戀、近乎病態的誠實、陰情不定的純情可愛、他的淚水，這種種個性上的不可取之處，他全都一一細數，加以嘲笑一番，但想到這每一樣都是俊輔青春時所欠缺的，又令他陷入黯然的嫉妒中。

25 Tantalus，希臘神話中的人物，為宙斯之子。他站在淹沒頸部的水池裡，口渴想喝水時，水就退去，肚子餓想吃果子時，就摘不到果子，永遠忍受饑渴的折磨。

悠一這名青年的人品，他一度曾掌握過，但現已無從捉摸。他想到自己對這名俊美青年根本就一無所知。沒錯，一無所知！話說回來，他不愛女人的證據何在？他愛少年的證據何在？俊輔從未在現場見證過，不是嗎？但現在談這個又有何用？悠一應該不是個現實的人物吧。如果是現實人物，應該會用他那無意義的姿態變換來瞞過我們的雙眼吧。若非如此，他要如何瞞過藝術家的眼睛呢？

話雖如此，悠一還是一樣慢慢地（尤其是最近都音訊全無，更助長了這種情形）想要當他自己，亦即成為「現實的存在」，至少看在俊輔眼裡是如此。如今他在俊輔面前展現出一個不明確、不老實，而且擁有現實肉體的美麗姿態。深夜時分，每每想到悠一在這個大都會的某個角落擁在懷中的，不知是康子、恭子、鏑木夫人，還是某個不知名的少年時，俊輔就難以入眠。隔天他會前往雷東。但悠一沒現身。在雷東與悠一巧遇，並非俊輔想要的結果。到時候可能會看到這名早已掙脫他牽絆的青年，態度生疏地朝他點頭致意，這正是俊輔所害怕的。

今天是星期天，這日子特別難捱。他從書房的窗戶望著降雪的庭園裡，枯萎的草地上猶如起毛邊的雪景。枯草的顏色帶有明亮的暖意，所以給人一股錯覺，以為有柔和的陽光照進此地。他定睛凝視。果然沒陽光。俊輔合上《徹書記物語》，將它擺好。他到底要的是什麼？陽光嗎？降雪嗎？他不住搓著皺紋密布的手，就像很冷似的。他又低頭望向草地。這時，那落寞的庭園表面，果真有微弱的陽光緩緩滲進。

他來到庭園。一隻倖存的灰蝶在草地上踉蹌而行。俊輔踩著庭園木屐將牠踩扁。當他坐向庭院角落的長椅時，他取下單腳的庭園木屐，望向鞋底。鱗粉混在雪霜中，閃閃發亮。俊輔的心情舒暢多了。

幽暗的外廊上出現一道人影。

「老爺，圍巾、圍巾！」

老女傭毫無顧忌地大喊著，手臂上掛著一條灰色圍巾，不住晃動。她穿上庭園木屐正準備下到庭園來。這時，她聽到昏暗的屋內響起電話鈴聲，急忙轉身朝電話奔去。俊輔也聽到那斷斷續續，聲音渾濁的電話鈴聲，感覺就像幻聽。他的心跳加快。雖然多次都是與事實不符的幻覺，但這該不會真的是悠一打來的電話吧？

※

他們約在雷東見面。從神田車站前往有樂街，走下電車的悠一，輕盈地在星期天的人潮中穿梭。所到之處，皆是同行的男女。這些男人當中，都沒有像悠一這樣的美男子。女人個個都偷看悠一，無一例外。一些不檢點的女人甚至還轉頭張望。此刻，女人們的內心已忘了身旁愛人的存在。在悠一察覺此事的瞬間，他沉醉於討厭女人的抽象幸福中。

白天的雷東，店裡的客人與世上一般的咖啡廳沒什麼兩樣。青年朝他坐慣的深處座位坐下，取下圍巾，脫下外套。手伸向煤氣爐取暖。

「阿悠，好久沒來了。今天和誰約見面？」雷帝問。

「和爺爺見面。」悠一回答。俊輔還沒來，對面椅子上坐著一位長得像狐狸的女人，手上戴著略嫌髒的鹿皮手套，十指交叉，與男人親暱交談。

悠一確實等得有點不耐煩。就像對講臺設下惡作劇機關的國中生，心急地等著老師走進教室上課。

十分鐘後，俊輔到來。他穿了一件黑色天鵝絨衣領的切斯特（Chesterfield）大衣，手中拎著一個大型的皮革行李箱。他默默來到悠一面前坐下。老人的眼睛就像要將他包起來似的，緊盯著俊美青年，炯炯生輝。悠一看得出，他臉上泛著一種難以言喻的愚蠢。應該是這樣沒錯。俊輔那學不乖的個性，又在計畫要展開愚蠢行為了。

咖啡的熱氣允許兩人保持沉默。

咖啡的熱氣漸漸打破了兩人的沉默。兩人笨拙地開口說話，剛好撞在一起。在這種情況下，反而是俊輔像是名個性內向的青年。

悠一說道：

「久未向您問候。因為就快期末考了，很多事要忙。家中的事也一團亂，而且……」

「無妨、無妨。」

俊輔馬上原諒了他的一切。

好一陣子不見，悠一有很大的改變。他的話語中暗藏著一個又一個成人的祕密。以前他在俊輔面前完全呈現自己的多道傷口，毫無顧忌，但現在已用消毒過的繃帶緊緊包紮。悠一看起來就像是個沒任何煩惱的青年。

「你要怎麼說謊都行。這個青年似乎已從告白的年紀畢業了。不過，年齡的誠實都浮現在額頭上。相信只要用謊言來代替告白就能搞定一切，就像他現在的年紀一樣誠實。」

俊輔如此暗忖。接連問道：

「鏑木夫人現在怎樣？」

「我現在就在她跟前。」悠一心想，反正他當祕書的事一定已傳進俊輔耳中，索性不再隱瞞。「如果不把我拉到身邊，她就活不下去。她最後說服了她先生，提拔我當她先生的祕書。這麼一來，隔不到三天就能見一次見面。」

「那女人的決心也變強了。她原本不是會使這種小手段的女人。」

悠一神經質地大聲提出反對意見。

「不過她現在會了。」

「你在替她辯解是吧。你該不會也愛上她了吧？」

俊輔完全看走了眼，這令悠一差點忍俊不禁。

但兩人已沒其他話題可聊。就像原本一直想著見面後要說的話，但見面之後馬上忘了的情侶一樣。俊輔主動提出性急的提議。

「今晚我要去京都。」

「是嗎？」悠一興趣缺缺地朝他的行李箱瞥了一眼。

「如何？要和我一塊兒去嗎？」

「今晚嗎？」

俊美青年瞪大眼睛。

「從你打電話來的時候起，我便下定決心，今晚就出發。喏，我訂了兩張今晚的二等臥鋪車票，連你的分也一併買了。」

「可是我……」

「打電話跟家裡說一聲不就行了嗎？我幫你跟她們解釋吧。下榻處是車站前的洛陽飯店。最好也跟鏑木夫人通報一聲，讓她去搞定伯爵。我相信她有這個能耐。今晚出發前這段時間，我希望你能陪我。我帶你去你想去的地方。」

「可是我有工作要處理……」

「工作偶爾也可暫時擺一旁。」

「可是考試……」

「考試用的書，我會買給你。在兩、三天的旅行中看完一本，這樣就夠了。可以吧，阿悠？你的臉色有點疲憊。旅行是最佳良藥。我們去京都好好放鬆一下吧。」

面對如此不可思議的強制要求，悠一再次無力抗拒。考慮半晌後，他就此答應。其實像這樣匆匆踏上旅程，正是他內心所追求的事物，只是他自己不知道罷了。就算不是這樣，這種無技可施的星期天，應該也暗中在驅策他出發踏上某個旅程。

俊輔很俐落地打了兩通拒絕行程的電話。這股熱情讓他成了一個能力比平時高出許多的人。離夜班車的發車時間還有八小時。俊輔一邊想著他讓對方空等的那些客人，一邊照悠一的意思，到電影院、舞廳、餐館打發時間。悠一完全無視於這位老邁的守護者，而俊輔自己也沉浸在幸福中。

兩人度過那平庸無奇的都會享樂，邁著微醺的腳步，走在街上。悠一拎著俊輔的手提包，俊輔則是興奮地直喘氣，像年輕人一樣大步行走。兩人各自都沉醉於今晚不用回家的自由中。

「今天不管怎樣，我都不想回家。」悠一說。

「年輕時就是會出現這樣的日子。覺得每個人看起來都像過著老鼠般的生活。然後自己說什麼也不想成為其中的一隻老鼠。」

「遇上這樣的日子該怎麼辦才好？」

「總之，要像老鼠一樣啃咬著時間。這樣就能咬出一個小洞，就算不能逃出去，至少也能探出鼻子。」

兩人攔了一輛新車，命令司機開往車站。

第十六章　旅行的前後

抵達京都的當天下午，俊輔雇車帶著悠一到醍醐寺，接著從山科盆地的冬田中路過，從車窗外可以清楚看見附近監獄的囚犯們進行道路施工的模樣，猶如翻動中世紀時期內容黑暗的物語畫軸般，甚至有兩、三名囚犯覺得稀奇，伸長脖子想往車內窺望。他們那一身深藏青色的工作服，讓人聯想到北方大海的顏色。

「真教人同情。」

完全醉心於人生享樂中的年輕人，如此說道。

「我完全沒感覺。」這位喜歡諷刺的老人如此說道。「到我這樣的年紀後，就不會想像自己日後或許也會變成這樣，而感到恐懼。這就是老年人的幸福。不僅如此，名聲這種東西還會產生奇怪的作用。有無數個見面不相識的人，一副有恩於我的表情，向我湧來。換言之，人們期待我有無數種的感情，我就此陷入這種窘境中。倘若我不具備其中一種感情，他們就會說我『不是人』。對不幸施予同情，對貧困施予慈善，對幸運施予祝福，對戀愛施予理解，也就是說，我這感情的銀行，勢必得備妥無數現金，以供世間流通的紙鈔兌換用。否則銀行將失去信用。現在我的信用已十分低落，所以可以安心了。」

車子穿過醍醐寺的山門，停在三寶院門前，庭院呈四方形，四周那名氣響亮的枝垂櫻，皆被悉心修剪過，他們領教了。走進架著大屏風的玄關，屏風上寫著大大的「鸞鳳」二字，接著被領進朝庭園挺出，日照充足的泉殿椅子前，這時剛才的感覺又加深了幾分。這庭園充滿了經過控制、抽象化、重新構成、精密計算，徹底人工化的冬天，根本不給真正的冬天有介入的餘地。每一顆石頭所呈現的氣息，都感覺得到端正秀麗的冬天形態。

中央島以姿態優雅的松樹裝飾，庭院東南方的小瀑布凍成了冰。覆蓋南側的人造深山，幾乎都是常綠樹，正因為這個緣故，即便是在這個季節，庭園的景致仍一路連向無邊的叢林，給人的這種印象特別強烈。

在此等候管長[26]現身的這段時間，悠一久違多時，再次重獲殊榮，聆聽俊輔為他解說。據俊輔所言，京都眾多寺院的庭園，可說是日本人基於對藝術的看法，做出了最清楚明確的宣言。之所以這說，是因為不管看庭院的結構、看最具代表性的桂離宮賞月臺的景觀，還是看賞花亭那模仿深山幽谷的後山，在這些極度的人工對自然的巧妙模仿中，存有想要背叛自然的企圖。在自然與藝術作品之間，存在著看似極為親密，卻又不為人知的背叛心。藝術作品對自然的謀反，與獻身的女人精神上的不忠很類似。柔弱且深沉的不老實，大多會採取媚態的模樣，佯裝成依靠著自然，努力想要如實模仿自然的姿態。但想要尋求自然的近似值，這種精神應該是最人工了。精神隱身於自然物質、石頭，或是林泉中。這時候不管是再堅硬的物質，也都會從內部遭受精神的侵蝕。物質就是這樣遭受精神百般凌辱，石頭和林泉，其原本物質扮演的角色慘遭去勢，就此在形塑庭園的某個沒有目的的柔軟精神底下，成為它永遠的奴隸，被幽禁的自然。這些古老而名氣響亮的庭園，是對名為「藝術作品」，肉眼看不見的虛假女體產生肉欲，與它緊緊繫在一起，而忘了自己原本殺伐使命的男人，在我們面前可以看見那無窮盡的憂鬱連結，以及充滿倦怠的婚姻生活。

這時管長現身，與俊輔久別重逢，寒暄一番後，帶著兩人來到另一個房間，在俊輔的懇請下，出示這座密教寺院珍藏的一本傳統繪本。老作家想讓悠一開開眼。

就像書本底頁寫著元亨元年的日期一樣，在灑滿一地冬陽的榻榻米上攤開的這本書，是後醍醐帝[27]時代的珍藏本。書名為《稚兒草子》，俊輔戴上眼鏡，流暢地念出悠一讀不來的。

「仁和寺開山之時，有位高僧。修習三密行法多年，展現靈驗之功，但仍舊性好此道，

---

26 日本宗教團體的最高指導者。

27 日本第九十六代天皇，在位時間為一三一八－一三三六。

難以捨棄。在服侍之眾童男中，尤為鍾愛其中一人相伴。人無分貴賤，盛年終有過時，高僧行事漸感力不從心，內心甚感焦急，猶如忍冬藤爬白牆，勢如疾箭越高山。此童未能如願，夜夜等候，喚來乳母之子中太，與其燕好……」

繼這段直白露骨的文字後出現的，是一幅男色畫，上頭滿溢幼稚的肉欲感，看了令人莞爾，悠一以好奇的眼光仔細觀看上頭的每一張畫，俊輔心思不在他身上，而是從「中太」這名配角的名字聯想到「硯割」中那位同名的家臣。那位惹人憐惜的少主，挺身替家臣頂罪，一直到他死都三緘其口，未說出真相，這樣的心性，從《御伽草子》中簡潔單純的描述中，也能想像出他們之間曾達成的約定。照這樣來看，「中太」就是這種角色慣用的固定名稱，光聽到這個名字，那個時代的人們就會發出會心的微笑，不是嗎？

這種老學究才會有的疑問，在回程的車上始終在俊輔腦中盤旋，但在飯店大廳意外遇上鏑木夫婦時，他那悠閒的想法馬上便被拋到九霄雲外去了。

「大吃一驚嗎？」

身穿水鼬皮短外套的夫人如此說道，伸手要和他握手。信孝以出奇沉穩的姿態，從她身後的椅子站起身。在那短暫的瞬間，每個人的動作都顯得很生硬。就只有悠一一個人嘗到自由的滋味，因為這時候這名俊美青年一派輕鬆的確信自己擁有異於常人的力量。

至於俊輔，一時間摸不透這對夫妻的心思。他在茫然發愣時，總是露出一本正經的嚴肅表情。但憑藉小說家職業上的洞察力，他從這對夫妻給他的第一印象中，導引出以下的感想。

「我這還是第一次見這對夫妻表現得如此感情融洽。感覺就像是親密的展開某種圖謀。」

事實上，鏑木夫婦最近確實感情融洽。也許是因為悠一，他們覺得自己在利用對方，對此心生歉疚，或是因為心存感謝，夫人對丈夫，或是丈夫對夫人，都比以前來得溫柔許多。這對夫妻變得志趣相投，如此泰然自若的夫妻，有天晚上圍坐在暖桌旁看報章雜誌時，天花板發出聲響，他們不約而同，敏銳地抬起臉來，剛好四目交接，兩人就此笑了起來。

「妳最近有點神經過敏呢。」

「你自己才是呢。」

說完後，兩人都壓抑不住內心莫名的悸動。

另一個難以置信的變化，是夫人成了一位居家型女人。當悠一為了和公司聯絡而到鏑木家來，為了請悠一吃她親手作的糕餅，送他自己親手編織的襪子，夫人必須待在家中。

對信孝而言，夫人開始動手編織，可說是最好笑的事了，所以他抱持看好戲的心，特地買來許多舶來品的毛線。明知夫人一定是用這些毛線替悠一織毛線外衣，但他還是刻意佯裝成好脾氣的丈夫，抬起雙手幫妻子繞毛線圈。此時信孝感受到的滿足之冰冷，無與倫比。

雖然鏑木夫人如此明白的展露自己的戀情，但當她發現自己從這樣的戀情中什麼也沒得到時，她覺得滿心舒暢。以他們的夫妻關係來看，這樣應該很不自然，不過，對於自己遲來的戀情，並不會傷害她在丈夫面前保有的面子。

起初夫人那牢不可破的安心之色，令信孝覺得可怕。甚至擔心悠一和夫人會不會就此成為一對。但他旋即明白，這樣的擔心不過是迷信罷了。夫人難得向丈夫隱瞞其戀愛的心（不過只是因為這是真正的戀愛之心，所以夫人才本能地加以隱瞞），她這樣的做法，與因為自己可悲的特質，而只能一味隱瞞自己戀愛之心的信孝相比，其心思猶如姐妹般相似。這樣的結果，造成信孝時常想和夫人一起聊悠一的傳聞，落入那危險的誘惑中，不過，每當夫人過度誇讚悠一的美貌時，反而會激起信孝對悠一日常生活中的種種不安，所以這時候他會像世上那些嫉妒妻子情人的一般丈夫一樣，對悠一損上幾句。

一聽說悠一突然要出外旅行，這對感情融洽的夫妻變得更加團結一心。

「我們追他們兩人到京都去吧。」

信孝率先說道。說來也奇怪，夫人也知道信孝八成會這麼說。兩人天一亮，馬上啟程。

信孝夫婦就這樣在洛陽飯店大廳遇見俊輔和悠一。

悠一見信孝眼中浮現某種卑屈之色。在這個第一印象下，信孝的訓斥完全不具權威性。

「你到底把祕書這工作當什麼？因為祕書鬧失蹤，會長偕同夫人一起尋人，這樣的公司上哪兒找？以後要注意。」

——信孝突然目光一轉，望向俊輔，但他臉上只泛起不具殺傷力的社交性微笑，補上一句。「檜老師可真會引誘人呢。」

鏑木夫人和俊輔輪番替悠一說話，但悠一卻完全沒有要道歉的意思，就只是冷冷地望著信孝，信孝既生氣又不安，遲遲無法接話。

已經到了晚餐時間。信孝想到外頭用餐，但大家都已疲憊，提不起勁走向冷澈肌骨的市街，所以直接在六樓的食堂圍著一張桌子而坐。

鏑木夫人穿著一件男人風格的格子圖案套裝，相當好看，再加上舟車勞頓，顯得特別豔麗。她臉色不太好。肌膚透著像山梔子花的白。幸福的感覺像微醺，也像微病。信孝明白妻子那抒情的神色是來自這個緣故。

悠一不可能感覺不到，這三名大人只要事情和悠一有關，就算偏離基本常識，也不覺得奇怪，這是他們具有的傾向，在這方面，他們很投入其中，無視於悠一的存在。例如俊輔，他竟然擅自帶著這名在公司任職的青年出外旅行。而鏑木夫婦也是，竟然就追著他們來到京都，還視此為理所當然。他們全都將自己展開行動的藉口強加在對方身上。例如信孝，他準備了一個為自己開脫的說詞，說自己只是因為妻子說她想來，所以就跟著來了，但他們各自來到這裡的藉口，如果回過頭冷靜來看，便會顯現出難以形容的不自然感。而現在坐在餐桌旁也是，感覺這四人在一起撐起一張隨時都會破損的蜘蛛網。

四人都喝了君度[28]，略感醉意。悠一見信孝一味地推銷自己的寬容大度，感到很不是滋味。信孝多次在俊輔面前吹噓自己有多疼老婆，會讓悠一當祕書是妻子的緣故，展開這趟旅行也是為了妻子，那孩子氣的虛榮心，令悠一覺得作嘔。

但看在俊輔眼中，這愚蠢的告白是有可能發生的事。這對相敬如冰的夫婦，確實有可能以妻子的外遇為誘餌，來助自己重返青春。

鏑木夫人昨天因為悠一來了一通電話，而喜上眉梢。她相信悠一突然興起到京都旅行的念頭，可能是為了逃離信孝，而不是逃離她身邊。

「我怎麼也摸不透這名青年的心思。正因為這樣，才一直覺得新鮮。不管什麼時候看到他，心裡都會由衷覺得，多美的雙眸，多麼青春洋溢的微笑啊。」

夫人在不同的土地上見到悠一，再度感受到一股全新的魅力，她詩情的靈魂深受此小小的靈感所打動。說來也真不可思議，和丈夫一起望著悠一，是她的心靈支柱。最近和悠一一起面對面交談，已感覺不到喜悅。像這種時候，她只會感到不安和急躁。

不久前仍是外國貿易商專用的這家飯店，暖爐設備周全，他們一行人坐在窗邊談天，還可以俯瞰京都站前明亮熱鬧的景象。夫人見悠一的菸盒空了，便從手提袋裡取出一包菸，默默放進青年口袋裡，她這動作，俊輔為了裝作沒看見，費了好大一番勁。但信孝注意到了妻子的一舉一動，而他就像想要展現自己已經認可似的，開口說道：

「老婆，偷偷賄賂祕書，是得不到好處的。」

信孝的重面子，令俊輔暗自笑到肚子疼。

「漫無目的的旅行真不錯呢。」夫人說。「明天我們大家一起去哪裡玩吧。」

俊輔一直盯著夫人瞧。她是很美，但毫無魅力可言。

以前愛過她，而遭信孝勒索的俊輔，愛上這個女人完全不具精神性的特質，但現在的夫人已不同以往，她完全忘了自己的美。老作家緊盯夫人抽菸的姿態。她朝香菸點火，抽了兩、三口後，擺在菸灰缸上。然後就此忘了那根抽到一半的香菸，又重新點了一根。這兩根菸都是悠一拿出打火機替她點上的。

「這個女人的行徑，活像是醜陋的老小姐。」俊輔如此暗忖，他已成功復仇。

28　一款法國出品的橙味甜酒，是多款著名雞尾酒的配方。

這天晚上，舟車勞頓的一行人理應很快就上床睡覺，但湊巧發生一起小事件，令他們睡意全消。事情的開端是懷疑俊輔和悠一之間關係的信孝，對於今晚的房間分配，提議俊輔和信孝睡同一間房，夫人和悠一睡同一間房。

在提出這個不正經的提案時，信孝那厚臉皮的模樣，令俊輔想起他過去所投入的流派。那是借助素行不端的的貴族所具備的天真無邪，以及對他人漠不關心的力量，在從事不顧道義的行徑時，所展現的宮廷流派。鏑木家出身高等華族。

「好久沒聽您說話了，真開心。」信孝說。「今晚就這樣入睡，似乎太可惜了。尤其是老師您，應該很習慣熬夜吧。酒吧似乎很早就關門了，乾脆把酒送進房間裡，再喝它幾杯如何？」接著他轉頭望向夫人說道：「我看妳和南都很睏的樣子。不必顧忌我，先去睡吧。南就睡我房間沒關係，我還要去老師房間陪他聊一會兒。也許會直接留在老師的房間過夜，你們就安心地睡吧。」

悠一當然拒絕，俊輔也大為吃驚。青年向俊輔使眼色，詢求俊輔的協助。眼尖的信孝看到了這一幕，醋勁大發。

至於鏑木夫人，她早已習慣接受丈夫這樣的安排。但眼前的情況，卻有另一個問題存在。對方是他心愛的悠一。她差點就大發雷霆，訓斥丈夫的無禮言行，但眼看平時的心願可望成真，她無法戰勝這樣的誘惑，出言拒絕。不想讓悠一瞧不起的念頭折磨著她。過去一路引導她走來的力量，就是這股崇高的情感，但現在捨棄它的機會第一次來訪，如果不捨棄的話，她覺得自己無法獨力創造出這樣的機會。這內心交戰只過了短短數秒的時間，不過下定決心時，那非出於本意，卻又竊喜的心情，就像多年的漫長戰役終於結束一樣。她面朝自己所愛的青年，娼妓般地露出溫柔笑靨。

悠一從未見過鏑木夫人展現出如此柔情、充滿母性的光輝。他聽見夫人說道：

「好啊。老先生們就開心的聊天吧。睡不飽的日子，我眼袋會冒皺紋。至於皺紋已經長到不能再多的兩位，看是要熬夜還是怎樣，都請自便。」

她轉頭對悠一說：

「阿悠，你不想睡嗎？」

「想。」

悠一突然裝出很睏的模樣。他那兩頰泛紅的拙劣演技，令鏑木夫人看得如痴如醉。

這些對話在自然得有點詭異的情況下展開，所以就連俊輔也沒有加以修正的餘地。不過俊輔不懂信孝的心思。剛才他的口吻就像夫人和悠一早已有一腿似的，而且信孝還認同他們的關係，這令俊輔怎麼也想不透。

由於俊輔也猜不透悠一的心思，所以一時之間發揮不出他的機智。他坐在酒吧的扶手躺椅上，尋思著該和信孝聊哪些無關緊要的話題。接著他說道：

「鏑木兄，中太這名字的含意，你應該不知道吧？」

說完後，他發現那本珍藏書的特性，就此噤口不語。這個話題會拖累悠一。

「你說的中太是什麼？」信孝心不在焉地說道。「是人名嗎？」喝得超出自己酒量的信孝，已感到酩酊。「中太？中太？哦，那是我的雅號啊。」

這樣的隨口回答產生的意外效果，令俊輔為之瞠目。

四個人最後終於起身離席，搭電梯往下來到三樓。電梯在夜晚的飯店裡緩緩下降。

這兩間客房當中隔了三間房。悠一和夫人一起走進裡頭的三一五號房。兩人都沒作聲。夫人起身鎖門。

悠一脫去外衣後，更加不知所措。接著他像在柵欄繞圈的動物般，在房內來回踱步。將空無一物的抽屜一個個打開來看。夫人問他要不要洗澡。悠一回答「妳先洗」。

夫人泡澡這段時間，有人敲門，悠一起身開門，俊輔就此走進。

「我來借浴缸泡澡。那個房間的浴室故障。」

「請用。」

俊輔抓住悠一手腕，低聲問道。

「你到底有沒有這個意思？」

「我討厭得不得了。」

夫人那性感的聲音從浴室裡朝天花板回響，聽起來清亮又空洞。

「阿悠，要不要一起洗？」

「咦？」

「我門沒鎖喔。」

俊輔將悠一推向一旁，轉開浴室的門把。他穿過更衣間，微微打開裡面的門。蒸氣中，鏑木夫人的臉色無比蒼白。

「這不像你這年紀該做的事吧。」

夫人輕拍洗澡水的水面，如此說道。

「以前你丈夫也是這樣闖進我們的寢室。」

俊輔道。

第十七章 心隨意走

鏑木夫人完全不為所動。她從浴缸裡的泡沫中霍然起身。

她凝睇著俊輔，眼睛連眨也不眨一下。

「想進來的話，就來吧。」

完全沒半點羞恥暗影的胴體，把眼前這名老人看得連路邊的石子都還不如。那對溼透的乳房，極為冷漠地散發光輝。隨著年紀增長而變得更加豐滿圓潤的肉體之美，一時間奪走了俊輔的目光，但緊接著形勢逆轉，他想到此時自己正遭受無言的羞辱，頓時失去繼續直視的勇氣。到最後，全身不蔽一物的女人顯得處之泰然，但望著裸體的老人卻因為感到恥辱而滿面通紅。這一刻，老作家感覺似乎能明白悠一痛苦的本質。

「看來，我連報仇的力量都不剩了。我已經沒能力報仇了。」

俊輔在經歷那眩目的對峙後，默默關上浴室門。悠一打從一開始就沒走進。俊輔獨自待在關了燈的狹窄更衣室裡。他閉上眼，看見明亮的幻覺。明亮的水聲點綴著幻覺。一直這樣站著也難受，但回到悠一身邊又感到難為情，於是嘴裡嘀咕著莫名其妙的牢騷，就此蹲下。

夫人遲遲沒有走出浴室的動靜。

不久，傳來從浴缸起身的聲音。聲音形成迴響。浴室門被粗魯開啟，一隻濡溼的手打開更衣室的燈。俊輔原本像狗一樣趴在地上，這時猛然站起身，夫人見到他，不顯一絲驚訝地說道：

「你還在那兒啊。」

鏑木夫人穿上貼身睡衣，俊輔則像個男僕般在一旁幫忙。

兩人回到房內時，青年靜靜的對著窗戶吞雲吐霧，望著街上的夜景。他轉頭說道：

「老師已經洗好澡了嗎？」

「嗯，對。」夫人主動代他回答。

「動作真快。」

「換你洗吧。」夫人冷冷地說道。「我們到對面房間去。」

悠一一走進浴室裡，夫人便催促俊輔到信孝在裡頭等候的房間去。俊輔在走廊上對她說：

「沒必要連對悠一也這麼冷淡吧？」

「反正你們都是一丘之貉。」

這種孩子氣的猜疑，讓俊輔心情舒暢不少。她萬萬不會想到，俊輔是來解救悠一的。

伯爵在等候俊輔回來的這段時間，獨自玩占卜撲克牌，以此打發時間。見夫人走進，他一樣不為所動地說道：

「嗨，妳來啦。」

接著三人玩起了撲克。玩得索然無趣。泡完澡的悠一返回房內。年輕人剛泡完澡的肌膚，美豔不可方物，兩頰像少年一樣紅潤。他朝夫人莞爾一笑，夫人受他的純潔微笑所誘，也不自主的嘴角失守。但她不忘站起身催促丈夫。

「接下來換你去洗了。我們還是去對面的房間睡吧。檜先生和阿悠睡這裡。」

也許是從這句宣言中看出不容分說的氣勢，信孝沒違抗。這兩組人互道晚安。夫人走了兩、三步後又折返，就像為剛才的冷漠感到後悔般，溫柔的與悠一握手。因為她心想，今晚將這名青年拒於門外，這樣的懲罰就已足夠。——就這樣，最後就屬俊輔最倒楣。也就是說，只有他沒能泡澡。

俊輔和悠一各自上床熄燈。

「剛才謝謝您。」

黑暗中，悠一以半開玩笑的口吻說道。俊輔感到心滿意足，就此翻了個身。突然間，青年時代的友情以及高中時代的宿舍生活，都在這名老頭的腦海中浮現。當時俊輔寫過抒情詩！除了寫抒情詩外，當時的他沒犯過什麼過失。

他在黑暗中傳來的蒼老聲音，會帶有一絲詠嘆的味道，也是理所當然。

「阿悠，我已經沒有報仇的力量了。能向那女人報仇的，就只有你。」

黑暗中傳來一個年輕而又精力充沛的聲音，如此回答道：

「可是她突然變得很冷漠。」

「放心，她看你的眼神，擺明著與她的冷淡背道而馳。這反而是個好機會。只要你神情慌亂，很孩子氣的替自己解釋，向她撒嬌，她就會比之前更加迷戀你。你不妨這樣對她說：『那個老頭一開始先介紹我和妳認識，但等我們開始親近後，他卻又醋勁大發，老是在我耳邊嘮叨。剛才的浴室事件也是，其實只是那個老頭在吃醋罷了。』只要你這麼說，包准管用。」

「我會這麼說的。」

他的聲音顯得無比順從，俊輔感覺昨天久違見面時，顯得妄自尊大的悠一，說話語氣又變回以前的悠一了。俊輔趁勢問道：

「妳知道恭子的近況嗎？」

「不知道。」

「懶鬼。你就是這麼需要別人關照你。恭子馬上又有了新戀人。聽說她逢人便說，她早忘了阿悠這號人物。為了和那個男人一起，她甚至向丈夫提出離婚的要求。」

俊輔為了查看效果如何，刻意保持沉默。看來效果顯著。俊美青年的自尊心深深挨了一箭。鮮血流淌。

但接下來悠一的喃喃低語，卻一點都不像是年輕人的性情會說的真心話。

「那也好，如果她這樣能得到幸福的話。」

與此同時，這名忠於自己的青年，忍不住想起之前在鞋店頭遇見恭子時，對自己立下的勇敢誓言。

「很好！我一定要讓這個女人墜入不幸的深淵。」

這名反向而行的騎士應該為了讓女人不幸而獻身，但他疏於執行任務，對此感到懊悔。另一項令他感到害怕的，算是一種迷信，因為每當女人對他冷漠，悠一就忍不住胡思亂想，懷疑是否已被對方看出他討厭女人的天性。

俊輔聽出悠一的口吻中帶有某種冰冷的激動，就此感到安心。他不露聲色地說道：

「不過依我看，那不過是因為忘不了你，而展現出的焦躁罷了。有幾個可以讓我深信不疑的理由。你回東京後，不妨打通電話給恭子。結果一定不會讓你心情沮喪。」

悠一沒回答，但俊輔覺得，他肯定一回到東京就會打電話給恭子。

兩人沉默不語。悠一裝睡。俊輔不知該如何形容此刻心滿意足的心情，所以他又翻了個身。這一身老骨頭嘎吱作響，彈簧床也嘎吱作響。房裡暖度適中，這世上什麼也不缺了。俊輔之前悶悶不樂時，曾想過要「向悠一坦言我的愛意」，現在覺得這是多瘋狂的念頭啊。他們兩人之間已經足夠，不需要再更多了。

有人在外頭敲門。待對方敲了兩、三下後，俊輔才朗聲應道：

「誰啊？」

「鏑木。」

「請進。」

俊輔和悠一都點亮了床頭燈。身穿白襯衫和深褐色長褲的信孝走進。他刻意以快活的口吻說道：

「打擾兩位安眠，真是抱歉。我菸盒忘了拿。」

俊輔坐起身，告訴他房內燈光開關的位置，信孝就此按下。這個沒特別裝飾的飯店房間，有兩張床、床頭櫃、梳妝臺、兩、三張椅子、和室桌、書桌、衣櫃，算是很抽象的房間構造，此時全部浮現在明亮的燈光下。信孝就像一名魔術師，踩著走臺步般的步履，從房內橫越而過。他拿起桌上的玳瑁菸盒，打開盒蓋，檢視裡頭的香菸，接著走向鏡子前，捏起下眼皮，檢視眼睛是否充血。

「哎呀，真是抱歉，兩位晚安。」

他熄燈步出房外。「那個香菸盒剛才就放在桌上嗎？」俊輔問。

「不清楚，我沒發現。」悠一說。

※

從京都返回的悠一，每每想到恭子，心裡就直冒疙瘩。這名自信滿滿的年輕人，遵照俊輔所想的行事步驟撥打電話。恭子原本還在鬧脾氣，對約見面的時間百般挑剔。但是當悠一準備掛電話時，她才急忙說出約見面的地點和時間。

由於考試日子近了，悠一一直在苦讀經濟學。但和去年考試的時候相比，現在他怎麼也無法專注念書，這令他頗感訝異。以前熱中微積分時，那種清晰而陶醉的喜悅已不復存。已學會一半以身體接觸現實，一半鄙視現實的這名青年，在俊輔的影響下，他變得喜歡從思想中找藉口，從生活中看出所有會侵蝕生命的習慣，及其所具有的魔力。自從認識俊輔後，悠一目睹成人世界的悲慘，就只能用「意外」來形容。地位、名譽、金錢，是男人世界的招牌，而一次擁有這三者的男人們，當然不想失去這一切，但很難想像他們有時是何等的鄙視這一切。俊輔就像是在進行踏繪[29]一樣，與其說輕鬆自在，不如說是殘忍地歡笑，一面咳嗽，一面踐踏自己的名聲。這起初令悠一大感驚駭。成人竟會為自己所獲得的事物而苦惱。但事實上，世上的成功，有九成都是付出青春的代價才得以獲得。青春和成功古典的調和，僅只殘存於奧運的世界中，但那確實是基於巧妙的禁欲原理，亦即生理性的禁欲和社會性的禁欲原理，才勉強得以倖存。

在約定這天，悠一晚十五分鐘來到恭子等候他的店家，而恭子早已站在店門前的柏油路上焦急等候。她突然一把抓住悠一的手臂，對他說「你真會欺負人」。對悠一而言，這種平庸無奇的媚態，只有一句掃興可以形容。

那天是早春冷冽的好天氣，從街道的喧鬧聲中也能感受出那股透明感，空氣的質地宛如水晶。悠一藏青色的外套底下，穿著學生制服，立領和圍領露在圍巾外頭。恭子與悠一並肩

29 江戶時代，幕府發表了「踏繪」命令，命令所有基督徒每年都要踐踏基督教聖像以示背棄基督教，拒絕者會被當作基督徒逮捕處罰。踏繪是踐踏畫有耶穌或聖母瑪利亞的圖畫。

而行時，以她的高度可以看見那高高的立領，以及連向後腦杓的那一道白色圍領，她從中感覺到了早春的氣息。她深綠色的外套，有緊束的腰身，立領旁鮭魚紅的圍巾像波浪般起伏，緊貼她頸項的部分沾有些許膚色的香粉。她的櫻桃小嘴透著些許寒意，可愛迷人。

如此輕鬆自在的女人，對悠一這些日子的杳無音訊，沒半句責怪，就像母親該責罵時卻默不作聲，令悠一感覺少了點什麼，就此被束縛。與上次幽會已隔了好一段時日，但這段時間完全無任何中斷感，這似乎證明恭子的熱情打從一開始就一直走在安全軌道上，這令悠一很不是滋味。但是像恭子這種女人，愈是展現出輕鬆的外在，愈是有助於掩飾自己的內心及自我克制，所以會被她輕鬆自在的外表所騙的，向來只有她自己。

來到一處街角，看到路旁停著一輛新型的雷諾汽車，一名在駕駛座上抽菸的男子慵懶地從車內敞開車門。正當悠一躊躇時，恭子催他上車，自己則坐向悠一身旁。她很快地介紹道：

「這位是我堂弟小啟，這位是並木先生。」

姓並木的男子年約三十，從駕駛座上轉頭致意。悠一忽然被指派了堂弟的角色，而且連名字都改了，但恭子臨機應變的本事，已不是第一次展現。悠一憑直覺得知，並木就是恭子傳聞中的男友，不過眼前這種情況，他反倒覺得輕鬆，差點就忘了嫉妒。

悠一沒問要去哪裡，於是恭子手一移，以她戴手套的手悄悄握住悠一皮手套底下的手指。嘴巴湊向他耳畔說：

「生什麼氣嘛？今天我要去橫濱買洋裝布料，回程時吃頓飯再回去。你沒理由生氣吧。我沒坐前座，並木先生不高興，看得出來吧。我打算要和並木先生分手。和你同去是我對他的示威運動。」

「也是對我的示威運動吧？」

「死相，該胡思亂想的人是我吧。祕書的工作很忙碌吧。」

這種故意做樣子給人看的打情罵俏，就沒必要贅述了。要到橫濱，得在京濱國道開上三十分鐘的車程，這段時間恭子不斷和悠一輕聲細語，並木和後座的兩人沒半句交談。也就是說，悠一扮演了威風的情敵角色。

恭子的輕鬆態度，今天再次居中阻撓，讓她看起來像個不會墜入情網的女人。她聊的盡是無關緊要的事，重要的事則避而不談。這種輕薄態度的好處，就是她今天感受到的無比幸福，不會讓悠一看出。然而世人都將這種純真女人無意識下的隱瞞，誤認為是一種刻意的手腕。對恭子而言，輕佻急躁就像熱病，只有從她的高燒胡言中才能聽出真話。都會的風騷女子中，有許多是因為羞恥超出了極限，才成了風騷女子的。恭子原本也是這樣的人。在她沒和悠一見面之前，恭子退回她原本的浮華輕佻。她的輕浮無極限，她的生活無規矩可言。朋友們習慣以看熱鬧的態度來看待恭子的日常生活，不過這次她那輕浮的模樣，就像一個腳掌在燒燙的鐵板上焦灼，跳個不停的人一樣。其輕佻有幾分雷同，但沒人能嗅出這樣的氣氛。恭子什麼也沒想。不管是何種小說，她都不曾從頭看到結局，往往都只看前三分之一，然後直接跳到最後一頁。說起話來感覺有點散漫，時常一坐下就蹺起腿來，而她的小腿總是晃個不停，似乎覺得很無聊。偶爾寫信，墨水總會沾上她的手指或衣服。

恭子不懂什麼是「愛戀之心」，所以誤將它當成是無聊。沒見到悠一的這些日子，她很訝異最近日子怎麼會這麼無聊。就像墨水會沾上手指或衣服上一樣，無聊也會自己沾上來，一點都不看場合。

車子駛過鶴見，從冷凍公司的黃色倉庫間望見大海，恭子像個孩子般大聲叫道：「是海耶。」一臨港線樣式老舊的蒸氣火車拖著貨物，從倉庫中間橫越，遮蔽了大海的景致。兩個男人面對恭子的歡呼，完全沒答腔，這股黑色的沉默冒出濃煙，從旁飛馳而過。港口早春的天空，被朦朧的煤煙以及林立的船桅所汙染。

此刻一同坐在雷諾汽車裡的兩名男子都同樣愛她，恭子對此深信不疑。但這該不會只是她的幻想吧？

悠一認為，自己將女人的熱情看得像石頭一樣，這樣的立場本身不會帶有任何能量，因此，既然無法讓愛他的女人幸福，那就讓她們變得不幸，這是他所能給的一分體驗，同時也是精神上的贈禮。他是如此熱中於此種反向思考，使得他將不知該朝誰發洩的復仇熱情，朝向眼前的恭子，且感覺不到一絲道德上的良心苛責。道德是什麼？舉例來說，若對方是位富翁，貧民朝富翁家的窗戶丟石頭的這種行徑，可以說是不道德嗎？道德是將理由普遍化，藉此消滅理由，是某種具有創造性的作用，不是嗎？舉例來說，現今孝順仍舊具有道德性，但它的理由已被消滅，所以它顯得更具道德性。

三人來到橫濱南京街的一隅，在一家女性布料店前下車。在這家店可以便宜買到舶來品，所以恭子特地來這裡挑選春天的布料。她陸續將看中意的布料擺在肩上比對，來到鏡前細看。就這樣回到並木和悠一面前問：「如何，好看嗎？」兩名青年隨口說了幾句意見，接著看到恭子肩上披著紅色布料走出時，他們調侃道：「妳這樣穿，想必很受牛的歡迎。」

恭子看了二十塊布料，卻沒半塊看得上眼，所以什麼也沒買，就此步出店門，走上附近一北京料理店「萬華樓」二樓，三人很早便吃起了晚飯。聊到一半，恭子想拿悠一面前的一個盤子，不自覺地脫口說道：

「阿悠，不好意思，請幫我拿那個……」

悠一反射性的瞄了一眼並木此刻的神情。

這名打扮亮眼的青年，嘴角微微上揚，他那微黑的臉龐浮現一個成熟的冷笑，但他來回打量過恭子和悠一後，就此巧妙地轉移話題，聊到大學時代曾與悠一就讀的大學展開一場校際足球比賽。顯然他一開始就看出恭子的謊言，而且他很輕易地原諒了他們兩人。恭子那緊張的神情，變得很可笑。不僅如此，剛才她一時失言，說出「阿悠，不好意思，請幫我拿那個」這句話時，帶有一種刻意的緊繃，這說明了她是故意失言，正因為這樣，此時她那被晾在一旁的認真表情，幾乎可用悲慘來形容。

「對方一點都不愛恭子。」悠一心想。不愛女人的他一旦察覺到了這個事實，便因為自己的計謀似乎不用派上用場而略感遺憾。也因為察覺了並木的想法，悠一更覺得自己要使恭子變得不幸的這種念頭，本來就是理所當然。

在可以環視港口的崖邊舞廳（Cliff Side Dance Hall）」跳完舞後，三人回到車上，坐向原來的位子，駛上京濱國道，朝東京而去。這時恭子又講出很不識趣的話來。

「你可別為今天的事生氣喔。並木只是普通朋友。」

悠一沒答話。恭子以為悠一仍不相信她，不禁悲從中來。

第十八章　觀者的不幸

悠一考試結束。日曆上已來到春天。初春的強風揚起漫天塵埃，一整天市街都像包覆在黃色的霧靄中，悠一前一天奉信孝之命，於下午放學返家的路上順道繞一趟鏑木家。

要去鏑木家，只需在悠一大學不遠處的一站下車，因此對悠一來說算是順路。鏑木夫人今天要到一位「熟識的」外國要人辦公室，領取丈夫公司新事業所需的許可文件，並交給在家等候的悠一，由他送文件到丈夫公司，這是此事辦理的步驟。那份許可文件，在夫人合情合理的「奔走」下，很快就已辦妥，只是不知道屆時夫人什麼時候返家，悠一才會在鏑木家等候。

來到鏑木家一看，夫人仍在家中。約定前去領取的時間是下午三點。還有一個小時的時間。

鏑木現在的住家，是在大火中倖存的前伯爵宅邸管家的房子。許多高等華族在東京都沒有傳統的宅邸。鏑木的父親在明治時代藉由電力事業大賺一筆，就此買下某大名在東京的宅邸，住進此地，創下了一個例外。戰後，信孝因要支付財產稅，只好賣掉這座宅邸。管家的屋子與宅邸的土地相連，信孝將管家趕出門外，要他去外頭租屋住，並在這間屋子與轉讓給別人的主屋之間立起一座全新的樹籬當障壁，而門就開在通往大路的蜿蜒小路旁。

主屋掛起旅館的招牌營業。有時得忍受絃歌之擾。以前信孝由家教老師牽著手，沉重的書包也交給家教去提，步履輕盈的從學校返回時穿過的那扇門，如今旅館的接送車載送出遠門回來的藝妓時會通過此地，繞過馬車迴車道，在設有入門臺階，顯得威儀十足的玄關處讓她們下車。信孝在書房屋柱刻上的塗鴉，已被磨平。他三十年前藏在前庭一塊岩石底下的寶島地圖，是以色鉛筆在薄木片上畫下的，後來他自己也忘了，如今肯定早已腐朽。

管家這棟房子有七間房，歐式玄關的樓上是八張榻榻米大的西式房間。那是信孝的書房兼充客房。從窗戶可以清楚望見主屋二樓背面的配膳房，但後來很快便充當客房使用，面朝信孝書房的窗戶也貼上阻擋視線的圍欄。

某天，他聽到他們為了改建成客房而拆毀配膳架的聲音。以前二樓的大客廳舉辦宴會時，那泛著黑光的配膳架可熱鬧了。金蒔繪的碗排得井然有序，打扮講究的女侍們忙進忙出。那配膳架被搗毀的聲響，是影子留在那泛著黑光的層板上，眾多宴席的熱鬧過往硬生生被剝除的聲音。沉澱心中的一部分記憶，猶如拔除根深蒂固的牙齒般，鮮血直流，發出硬被扯下的聲響。

沒感受到半點傷感的信孝，挪動椅子，雙腳擺在桌上，在心中替他們加油道「拆吧，盡量拆」。那宅邸的一切，深深折磨著青年時代的他。那充滿道德感的宅邸，總是在他愛男人的祕密上加諸難以承受的重石。他不知道有多少次祈求父母快死，希望宅邸能遭遇大火，但比起在空襲中燒毀，昔日父親一臉嚴肅坐鎮的這座客廳，現在成了酒醉的藝妓高歌流行曲的地方，如此褻瀆的變化，信孝更是喜歡。

……搬進管家的這棟房子後，夫妻倆將屋內改建成西式風格。在壁龕處設置書架，拆除日式隔門，改掛厚實的綢緞帷幕。主屋的西洋家具全搬進這裡，鋪在榻榻米上的地毯，上頭擺設洛可可風格的桌椅。就這樣，鏑木家看起來像是江戶時代的領事館，也像是外國人的藏嬌金屋。

悠一到來時，夫人下身穿著西褲，上身穿一件檸檬色毛衣，外頭披著一件開襟羊毛衫，坐在一樓起居室的火爐旁。手指擦著紅色指甲油，正在玩維也納製的撲克牌。皇后是D，傑克是B。

女傭告知悠一來訪。她手指發麻，撲克牌像抹了漿糊似的，很難洗開。這時候她無法站起身迎接悠一。悠一來的時候，她背對著悠一。青年繞了一圈來到她面前，她這才有勇氣抬眼看他。就這樣，悠一勢必得和她那看起來非出於本意，一臉睏樣，像是遭受什麼襲擊似的視線對上。青年向來都很想劈頭問她一句「妳是不是人不舒服」，但最後還是作罷。

「我約好三點去。還有一點時間。你吃過飯了嗎？」

夫人如此詢問，悠一回答說吃過了，沉默了半晌。外廊的玻璃門被風吹響，發出急躁的聲音。從屋內可以望見堆積在外的棧板，如同外廊上的陽光，感覺布滿了塵埃。

「真不想在這種日子外出。等回來後，非洗頭不可。」

夫人突然將手指插進悠一的黑髮內。

「瞧這塵埃！你抹太多髮臘了。」

這種像在責備的口吻，令悠一不知如何應對。她每次見到悠一，就只想著要逃離他，所以幾乎無法嘗到這種見面的喜悅。是什麼分隔著她和悠一，是什麼在阻礙她與悠一的結合，她實在百思不解。是貞潔嗎？別開玩笑了。是夫人的純潔嗎？講笑話也要懂得適可而止。還是說，是悠一的純潔？他已是有婦之夫……鏑木夫人左思右想，而她女人心的複雜結構也在一旁幫忙，但最後還是差那麼臨門一腳，沒能掌握住事態的殘酷真相。她之所以能這麼深愛悠一，毫不倦怠，未必是因為悠一的美，其實原因無他，就只是因為悠一不愛夫人。

短短一個星期就被鏑木夫人拋棄的男人，總會在精神或肉體的其中一方，或是兩方面都深愛著她。而她的各種對象，也同樣都具有這兩種可攻克的弱點。但面對悠一這種抽象的情人，夫人遍尋不著她熟悉的弱點，除了在黑暗中盲目探索外，別無他法。有時感覺捉住了，卻遠在彼方，有時覺得遙遠，卻又近在咫尺，夫人猶如是個找尋回聲、朝水中撈月的傻子。

有時也會因為一些小事，而有短暫的瞬間覺得悠一是愛她的，但在這種時候，她自己也明白，這種盈滿心中，難以說明白的幸福感，絕非她所追求的幸福。

就以洛陽飯店那晚發生的事來說好了，後來她聽悠一解釋，得知那是俊輔因嫉妒所使的小手段，但相較之下，原本她認為這是俊輔在背後指使，悠一與他串通演出這場鬧劇，這樣的想法反而還比較能忍受。這種害怕幸福的心，讓她變得只愛凶兆。每次和悠一見面，夫人都祈求他眼中浮現憎恨、輕蔑、低俗之色，但他的雙眸卻始終清澈透明，不顯半點汙濁，這令夫人深感絕望。

……滿含塵埃的風，吹向滿是岩石、蘇鐵、松樹的奇特庭院，再度讓玻璃門為之顫動。

夫人以熱切的眼神，緊盯著那卡啦作響的玻璃門。

「天空變成黃色的。」悠一說。

「早春的風真惹人厭。這樣不就什麼也分不清了嗎。」

夫人拉高音調說道。

女傭端來夫人事先為悠一作的點心。悠一就這樣把加了李子的溫熱布丁吃個精光，那孩子氣的模樣，令夫人備感欣慰。從自己掌中啄食的這隻年輕小鳥，那親暱的模樣、純潔堅硬的鳥喙啄向手掌，微痛的舒服感，如果悠一現在吃的是她大腿上的肉，那不知道有多好。

「很好吃。」

悠一道。他知道這種毫不掩飾的天真無邪有助於他展現媚態。他像在撒嬌似的，執起夫人的雙手，朝她獻上一吻，而這只能說是對點心的答謝。

夫人眼角皺起細紋，轉為可怕的表情。她很不自然地顫抖著身軀說道：

「不，別這樣，這樣我很難受，別這樣。」

以前夫人要是看到自己此刻那近乎兒戲的姿態，想必會朗聲發出她那慣有的冰冷大笑。不過是小小的一吻，竟然帶來如此充沛的情感養分，甚至應該說是可怕的毒素，夫人近乎出於本能的想要躲避，她做夢也沒想到會有這種情形發生。而面對這名素行不端，極力抵抗坐著接吻的女人所擺出的認真表情，她那冷靜的戀人，卻像是隔著玻璃觀看自己的女人即將溺斃在水槽裡，不斷露出滑稽的痛苦表情一般。

看自己的力量在眼前清楚展現這樣的確切證據，悠一原本就不排斥。她反倒還嫉妒女人感受到的這種陶醉的恐懼。這位納西瑟斯，見鏑木夫人不像她那幹練的丈夫一樣，讓他陶醉於自身的美，對此頗感不滿。

「妳把我當什麼。」悠一開始焦慮。「到底把我當什麼，為什麼不讓我陶醉。要一直讓我處在這種難看的孤獨中，不理不睬，到什麼時候？」

……夫人朝稍遠的椅子重新坐正，合上眼。檸檬色毛衣的胸部不斷起伏。玻璃門持續發出的聲響，傳向她那帶有細微皺紋的鬢角處。悠一覺得她彷彿一下子老了三四歲。

鏑木夫人就這樣佯裝置身夢中之態，不知該如何安排這短短一小時的幽會時光。應該要發生什麼事才對。這時應該要發生大地震、大爆炸，或是什麼罕見的大事，將他們兩人化為粉塵才對。否則夫人在這場痛苦的幽會中，會因為那無法挪動自己身軀的痛苦，而希望自己不如變成石頭算了。

悠一突然豎耳細聽。這頭年輕的野獸做出專注聆聽遠方聲響的表情。

「怎麼了？」

「你聽到什麼了嗎？」

夫人問。悠一沒回答。

「不，有一點聲響。感覺像聽到了，但不太確定。」

「真是的。每次你覺得無聊，就用這招是吧。」

「才沒有呢。啊，我聽到了。是消防車的警笛聲。這種天常發生火災。」

「真的呢。好像朝我們門前的馬路來了。會是哪兒失火呢？」

兩人茫然的望著天空，但庭院的樹籬外，只看得到老舊的主屋旅館二樓背面聳立眼前。警笛聲大作，步步近逼，那在風中一陣亂響的警笛聲，就像被強風擰扭在一起似的，糾纏在一塊，接著倏忽遠去。現場又只剩玻璃門的震動聲。

夫人起身換衣服，悠一無事可做，拿起火筷朝只感覺得到微微餘熱的火爐裡翻攪。傳出攪動骨頭般的聲響。煤炭燒盡，只留下堅硬的煤灰。

悠一打開玻璃門，把臉探向風中。

「這風果然舒暢。」他心想。「這風不讓人有閒暇的時間思考。」

夫人將西褲改換成裙子，出現他面前。在走廊的暗處，只有她的口紅顯得分外鮮豔。她看到悠一把臉探進風中，什麼也沒說。大致整理過周遭後，她單手拿著春季大衣，比了個簡單的手勢，就此出門，就像是和這名青年同居了一年的女人。她這副人妻的姿態虛而不實，讓悠一有種受嘲諷的感覺。他送夫人來到門口，朝外面馬路敞開的大門，到連往玄關的這條小徑上，還另外設有一座簡陋的小柵門。左右兩旁是等身高的樹籬。樹籬沾滿塵埃，綠意不顯半點力量。

鏑木夫人走過石板路的響亮腳步聲，來到小柵門對面後停了下來。悠一穿上玄關拖鞋，追向前去，但關上的小柵門擋住了他。他以為夫人是在開玩笑，用力推開。夫人直接將檸檬色毛衣的前胸抵向小柵門的竹子柵欄上，毫不在意衣服是否會破損，鼓足全力擋住門。從她的力量中感受到一股像惡意般的認真態度，所以青年往後抽身。向她問道：

「怎麼了？」

「沒關係。送到這兒就行了。你要是再繼續送下去，我就走不了了。」

她走向一旁，站在樹籬後，眼睛下方完全被遮擋。她沒戴帽子，頭髮隨風起伏，纏向樹籬修剪過的葉子。她白皙的手臂戴著像金色小蛇般的奢華手錶，手一揚，解開纏住的頭髮。

悠一隔著樹籬站在鏑木夫人面前。他個子比夫人高。雙手輕輕橫放在樹籬上，把臉埋在裡頭，看見了夫人。他的臉被樹籬遮住，只露出眉眼。風又吹過布滿塵埃的小徑。夫人的頭髮凌亂地覆向臉頰，悠一低下頭，避開這陣風。

夫人心想：「就連現在這樣想要目光交會的短暫片刻，也都有東西跑來打擾。」風停了。兩人窺探彼此的雙眼。鏑木夫人不清楚自己現在還想從悠一眼中看出何種感動。她心想，她愛的是一個她摸不透的東西，她愛的是黑暗。清澈的黑暗。而悠一也有他的想法，他所有的不可知，都與這瞬間些許的感動有緊密的關係；別人不斷從他身上看出他沒意識到的東西；這樣的事實會再次返回，豐富他自身的意識，這一切就像事不關己似的，他對此感到不安。

鏑木夫人終於笑了。這是為了將兩人拉開而露出的笑容，是努力擠出的笑容。

理應兩個小時就會返回的這場別離，悠一覺得好像在為一場決定性的別離排練。他想起中學時代常會為軍訓校閱或畢業典禮而進行預演。學生代表端著一只沒放畢業證書的空漆盒，畢恭畢敬的從校長席前倒退離去。

送走夫人後，他回到火爐旁，百無聊賴地翻閱美國的流行雜誌。

夫人離開不久，信孝打電話來。悠一告訴他夫人外出。信孝得知悠一的電話旁沒人在場，可以隨興的談天，馬上便轉為輕柔至極的聲音，向他問道：「之前在銀座和你走在一起的年輕人是誰啊？」如果當面談，悠一便會鬧脾氣，像這樣質問他是否在外偷腥，信孝總是在電話中談，這是他的習慣。

悠一回答道：

「就只是普通朋友。他叫我幫他挑西服布料，我就跟他去了。」

「普通朋友會小指勾著一起走嗎？」

「……你沒其他事了吧？我要掛電話了。」

「等等，阿悠，我跟你道歉。聽到你的聲音後，我實在忍不住。我這就開車過去找你，知道了嗎，你哪兒都別去，在那裡等我。」

「……」

「喂，怎麼不回答。」

「好，我在這裡等你，會長。」

三十分鐘後，信孝返家。

在車內，信孝腦中浮現過去這幾個月來和悠一有關的回憶，毫無半點粗鄙之處。不管再奢侈，再華美，悠一也不會感到驚訝，而且絕對看不到他為了刻意隱瞞心中驚訝所展現的窮酸虛榮。悠一什麼也不想要，信孝愈想給他一切，但悠一始終沒有流露半點感謝之色。帶他到公卿貴族的交誼場合中露臉，因這名俊美青年教養好，又毫無半點驕矜之姿，總能博得極高的讚譽。且悠一在精神上無比冷酷。這正是他不斷激起信孝幻想的原因。

信孝是如此善於掩飾自我，就連每天見面的夫人也無法抓住他的小辮子，他從這樣的成功中嘗到不走正道的喜悅，這令他少了一份謹慎之心。

……鏑木信孝直接穿著外套，大步走進悠一所在的夫人起居室。見主人始終都沒脫外套，女傭感到納悶，呆立在他身後。「妳站那兒是想看熱鬧是吧。」主人語帶挖苦地說道。

「您的外套……」女傭語帶躊躇地說。信孝粗魯脫下外套，扔向女傭手中，大聲下令道：

「妳到一邊去。如果有事，我會叫妳，妳可以走了。」

他戳了戳青年的手肘，帶他到帷幕後方親吻。每次只要一碰觸悠一飽滿的下唇，他就變得無比瘋狂。制服胸前的金鈕釦撞向信孝的領帶夾，發出齒牙交磨般的聲響。

「去二樓吧。」

信孝說。悠一從他的臂彎中鑽出，注視著他的臉，笑著道：

「你可真愛玩。」

五分鐘後，兩人來到二樓信孝的書房，把房門鎖上。

關於鏑木夫人提早回家這件事，並非出於偶然。為了早點趕回悠一身邊，她在路上找計程車，很快就攔下一輛。抵達對方的辦公室後，事情三兩下便辦妥。而且那名「熟識」的外國人說他剛好順路，就開車送夫人回家。那輛車開得飛快。在家門前下車後，她還邀對方進屋裡坐坐，但外國人有急事要辦，便開著車揚長而去。

因一時心血來潮（不過這並不是什麼新鮮事），夫人走進庭院，從外廊直接走進起居室。她想嚇唬人在起居室裡的悠一。

女傭前來迎接夫人，並告訴她伯爵和悠一正在二樓書房裡談事情。夫人想瞧瞧專注的討論正經事的悠一是什麼模樣。如果可以，她想趁悠一沒注意她在觀望的情況下，欣賞悠一熱中於某件事的姿態。

夫人因為愛得太深，而想抹除自己與對方的關聯，只想在自己不在場的地方，描繪相愛的幻影。當她現身時，她的幸福幻影便會瞬間崩毀，所以在她沒現身時，她期望能偷偷窺見那幻影確切的保有永恆的姿態。

夫人躡手躡腳走上樓，站在丈夫的書房門前。仔細一看，那插入式鎖頭，並未插進鎖孔中，而是插向了外頭。因此房門留有約一、兩寸的縫隙。夫人倚向房門，往室內窺望。

就這樣，夫人見到她理應不該看到的畫面。

信孝和悠一下樓時，鏑木夫人已不在。桌上擺著文件，為了不讓風吹跑，以菸灰缸當紙鎮，裡頭沾染口紅的菸，幾乎一口也沒抽就擰熄。女傭說夫人回家後過了一會兒就出門了。兩人等候她回來，但遲遲不見她歸來，於是他們上街玩樂。悠一忙到晚上十點才回家。

三天過去，鏑木夫人還是沒回家。

第十九章　夥伴

因為覺得尷尬，悠一一直都沒造訪鏑木家，但鏑木多次打電話來，所以某天晚上他終究還是去了。

幾天前，悠一和鏑木信孝走下樓，沒看到夫人，當時信孝還不以為意。但隔天仍不見夫人返家，他這才開始擔心。這不是單純的外出未歸。肯定是刻意鬧失蹤。而且她會失蹤，怎麼想都只有一個原因。

今晚悠一眼中的信孝，看起來就像換了個人似的。他面容憔悴，臉上爬滿過去看不到的鬍碴。總是紅光滿面的雙頰，現在失去了光澤，顯得鬆弛下垂。

「你說他還沒回家？」悠一坐向二樓書房的長椅扶手上，拿著香菸的一頭敲打著手背，如此說道。

「沒錯……我們被她瞧見了。」

這滑稽的凝重態度，與平時信孝的模樣太不搭調，所以悠一故意殘酷地表示同意。

「我也這麼認為。」

「沒錯吧。想來想去，也只有這個可能。」

其實事後悠一發現鎖頭沒插進鎖孔內，便直覺可能發生了這種事。極度的羞恥在經過這幾天的沉澱後，藉由一種解放感而得以稀釋。過沒多久，他認為自己沒道理同情夫人，也沒道理感到羞愧，開始熱中於這種英雄式的冷靜。

信孝在悠一眼中會顯得滑稽，就是這個緣故。他覺得信孝老想著「被撞見了」這件事，為此苦惱，才會顯得面容憔悴。

「你不報警尋人嗎？」

「這怎麼行。我又不是心裡沒底。」

悠一這時候發現信孝眼眶溼潤，大感吃驚。而且信孝還說道：

「希望她別做傻事才好……」

這句乍聽之下很不像他會說的感傷話語，一箭貫穿悠一的心。再也沒有比這句話更能清楚展現這對奇妙的夫妻在精神上的和睦了。這是因為夫人對悠一的戀情，迫使信孝感受到強烈的共鳴，這樣的內心應該能造就出親密的想像力。而同樣的一顆心，對於妻子精神上的不忠，應該也會以同樣的強度傷到自己。自己的妻子愛上丈夫所愛的人，這份意識讓信孝頭上戴了兩頂綠帽，而且因為妻子的戀情，更加激起他自己的戀情，令他嘗盡箇中的苦惱。而悠一此刻第一次親眼目睹信孝內心的傷。

「鏑木夫人對鏑木伯爵竟然這般重要。」悠一心想。這恐怕已超乎他的理解範圍。但藉由這樣的思考，此刻悠一第一次對信孝產生無比柔情。

伯爵是否已看到他所愛的人展現如此溫柔的眼神呢？

信孝低著頭。極其頹喪，自信盡失，穿著華麗家居服的一身肥肉深陷在椅子中，雙手托著低垂的臉頰。雖已年紀一大把，但仍舊豐沛的頭髮，在髮油的定型下，滿頭油光，與他那滿臉鬍碴、鬆弛的臉皮形成強烈對比，突顯他不潔的樣貌。他沒看見青年此時的眼神。但悠一卻望著他長滿多道橫紋的脖子。他突然想起第一次到公園去的那天晚上，在電車上看到同類醜陋的臉孔。

繼瞬間展現的溫柔之後，俊美青年重拾最適合他的殘酷冰冷眼神。那是純潔的少年在殺害蜥蜴時顯露的眼神。他心想：「對這個男人，我要變得以前更殘酷。我必須這麼做」。

伯爵連眼前這名冰冷情人的存在都給忘了，滿腦子想的都是下落不明的那位推心置腹的「夥伴」，長年一同生活的「共犯」，為此落淚。這股被人拋下的孤獨感，他和悠一都感受到了。就像兩名同坐一艘竹筏的漂流者，兩人久久都沒交談。

悠一吹了聲口哨。信孝的動作就像受主人叫喚的一條狗，猛然抬頭。他看到的不是食物，而是青年那帶著嘲諷的微笑。

悠一將桌上的干邑白蘭地倒進杯裡。端著酒杯來到窗邊。打開帷幕。主屋的旅館今晚有一場人數眾多的宴會。可以望見大廳的亮光灑滿旅館常綠的庭園樹木和辛夷花，微微傳來與這種館邸街不太相稱的絃歌歡唱。今晚無比暖和。風已止歇，晴空萬里。悠一感受到一股五體難以說明的自由。宛如身處於放浪旅行中的旅人，身心都變得清新暢快，就連呼吸也變得比平時順暢，這樣的自由令他想舉杯慶祝。

「無秩序萬歲！」

※

毫不在意夫人的失蹤，青年認為這是自己內心冰冷的緣故，但這種想法並不可靠。也許是某種直覺，讓他不會感到不安。

鏑木家和夫人的娘家烏丸家，都是公卿出身。十四世紀時，鏑木信伊隸屬北朝，烏丸忠親隸屬南朝。信伊就像一名魔術師，善使詭計謀略，忠親則是佯裝出一副熱情、單純、大而化之的氣度，老愛擺出政治家的派頭。這兩家代表了政治的陰陽兩面。前者是王朝時代忠實的政治延續者，而說難聽一點，則是藝術政治的信奉者。也就是說，在和歌也牽涉了政治性的那個時代，他將藝術愛好者作品中的所有缺陷、美學上的模糊不明、效果主義、不具熱情的算計、弱者的神祕主義、外表的欺瞞、詐欺、道德上的無感等等，全移往政治領域上。鏑木信孝這種不畏卑劣的精神、不怕卑鄙的勇氣，主要是來自祖先所賜。

相對於此，烏丸忠親那功利的理想主義，總是為自我矛盾所苦。他看出光靠不正視自己的熱情，就足以擁有實現自我的力量。而理想主義的政治學，用意不在欺瞞他人，而是將一切全賭在欺瞞自己。之後忠親自刎身亡。

現在，信孝的一位親戚，同時也是夫人的大伯母，一位身分不凡的高齡婦人，在京都鹿谷一座古老的尼姑庵裡擔任住持。這名老婦的家世大有來頭，就像是與鏑木家和烏丸家完全相反的特性所融合而成。小松家每一代的成員，都是沒政治色彩的高僧、文學日記的作者、律令典故方面的權威，也就是不管在哪個時代，都對新風俗堅守修正或批判立場的人。但如今小松家在這位年邁的住持過世後，應該就會斷了香火。

鏑木信孝看準夫人定是來這裡投靠，所以在失蹤後的第二天便打電話到這裡，這也是理所當然。在他請悠一過來的那一晚之前，打去的電報都沒回覆。不過兩、三天後有了回覆，上頭內容寫道：「夫人沒來這裡，但我心裡有底，一旦知道她的下落，會馬上打電報通知。」這番話根本就是在吊人胃口。

但同一時間，悠一也收到鏑木夫人寄來的厚厚一疊信，上頭寫的是那座尼姑庵的地址。他放在掌中估算這疊信的重量。那重量就像悄聲對他說「我好端端的在這裡喔」。

據信上所言，直視那可怕的場面，讓夫人頓失人生支柱。那令人不忍卒睹的場面，並不光只是以羞恥和恐怖令觀看者膽顫心驚。她看到的那一幕，象徵著她的人生已完全沒她可以介入的餘地。向來都習慣瀟灑處世，就連生命中可怕的深淵，她也都輕盈的安然橫渡，但她最後終於看清楚深淵。她雙腳怯縮，無法邁步。鏑木夫人想過要自殺。

她投靠離花期尚早的一處京都外郊，獨自一人散步，走了一大段路。一大片竹林裡，早春的和風徐來的景致，她煞是喜歡。

「怎麼會有這麼一大片沒用處又煩人的竹子呢。」她心想。「但這又是多麼使人寧靜啊。」可能這就是她那不幸的個性最人的展現，她覺得自己為了死，考慮了太多和死有關的事。當她產生這種感覺時，人就會逃過一死。之所以這麼說，是因為自殺不管再怎麼高尚，或是再怎麼低級，都是思考本身的自殺行為，沒想太多就自殺，這種情形根本不存在。

一旦沒死成，想法就會逆轉，她想尋死的原因，這次竟成了讓她活下去的唯一理由，現在，悠一那行為的醜陋，比他的美更強烈地吸引著夫人。這樣的結果，她現在甚至已能心平氣和的重新看待自己，在事發的那一刻，最能感受到被撞見的悠一與目睹那一幕的她分享著同樣的情感，亦即沒任何虛假的絕對羞恥心。

那種行為的醜陋，是悠一的弱點嗎？其實不然。無法想像鏑木夫人這樣的女人會愛上這種軟弱。那只是悠一對女人所擁有的權力，對她的感受性最極端的挑戰。就這樣，夫人沒發現，她一開始看作是自己情欲的東西，經過各種嚴峻的考驗，正隨著她的想法而改變外形。她展開奇怪的反省，認為自己的愛已不剩半點柔情。對她那鋼鐵般的感受性來說，悠一愈像怪物，愛他的理由也就愈多。

當悠一接著往下看時，他露出嘲諷的微笑。心想：「多純真啊。她把我看得過度美好的那段時間，自己也竭盡所能的表現出聖潔的姿態，而現在則是和我比誰骯髒。」

在這樣的長篇賣春自白中，夫人的熱情無比貼近母性光輝。因為想仿效悠一的罪行，她也一一揭露自己犯下的罪過。為了攀向悠一那高度的惡行，她也試著一一堆疊自己的惡行。她好比一位母親，為了證明自己與這名青年的血緣關係，以藉此庇護自己的兒子，自己主動想要頂罪般，自己暴露出這樣的不當行為，而且完全無視於這樣的自白對青年內心帶來的影響，就這點來看，幾乎已達到母性的自私程度。不知她是否理解，像這樣狠下心暴露自己的祕密，除了會讓自己得不到愛之外，且根本沒有其他讓對方愛上她的路可走。從那些婆婆虐待媳婦的行徑中，我們常看到婆婆面對已不愛她的兒子，卻想更進一步將自己塑造成一個不被愛的人物，可說是一種絕望的衝動。

鏑木夫人在戰前只是個很普通的貴婦，雖然略微花心，但遠比世人傳聞中的她更加潔身自愛。儘管之後丈夫認識杰基，暗中投入這個圈子，完全沒履行為人丈夫的職責，她也只是認為夫婦之間就是如此疏遠的關係。戰爭從倦怠中解救了他們。夫妻倆對於沒生孩子在一旁礙手礙腳，可說是有先見之明，對此頗感自豪。

與其對外公認自己妻子外遇，還不如主動唆使她這麼做，丈夫的這種行徑，從那之後變得愈來愈露骨，但是從不經意發生的兩、三件豔遇中，夫人並未感受到任何歡愉。也沒嘗到任何新鮮的感動。她認定自己是個淡泊一切的人，之後她便覺得丈夫那不像樣的關切實在叨絮煩人。而另一方面，丈夫也追根究柢地詢問她詳情，當他得知自己長年在妻子身上植入的無感，完全沒半點動搖時，他甚是開心。再也沒有比無感猶如磐石，更能證明她的貞潔了。

當時她身邊總是跟著輕浮的跟班。就像妓院裡有代表各種類型的女人一樣，這些跟班也分別代表了中年紳士、企業家風格的男人、藝術家風格的男人、青年階層（這句話透著滑稽）。他們身處戰爭中，不知道明天會怎樣，代表了這種無為的生活。

某個夏天，有通電報送到志賀高原的飯店，她一名青年跟班收到召集令。在青年出發的前一晚，夫人將自己未曾許給其他男人的身子，許給了他。並不是因為愛他。而是因為夫人知道，唯有在這種時候，那名青年需要的不是個別的女人，而是沒名沒姓的女人，普通的一般女人。如果是這種女人的角色，她有自信可以扮演好。這就是她和一般女人不同之處。

青年必須搭上早上第一班巴士啟程。於是兩人在東方發白時起床。男人見夫人正俐落的為他打包行李，大為吃驚。「從沒見過夫人展現這種人妻的姿態。」他心想。「是她和我的一夜溫存改變了她。所謂的征服，原來就是這種感覺啊。」

一早出征的當事人，對於他們的內心感受不可太過嚴肅看待。他們因感傷和悲愴而情緒亢奮，不管做什麼事看起來彷彿都別具意義，基於這樣的自信，感覺自己任何輕浮的舉止都可以被原諒。處在這種狀態下的年輕人，比中年男子更能得到徹底的滿足。

女服務生端來了咖啡。青年給了她一張大鈔當小費，行徑愚蠢可笑，夫人看得秀眉微蹙。

男子還說：

「太太，我忘了說，我想要一張妳的照片。」

「什麼照片？」

「妳的照片啊。」

「做什麼用？」

「帶到戰場去。」

鏑木夫人笑出聲來。一直笑個不停。她邊笑邊打開門。破曉時的晨霧旋繞飄進屋內。

這名菜鳥士兵立起睡衣衣領，打了個噴嚏。

「好冷啊，請把門關上。」

笑聲令他惱火，話中帶有命令的口吻，這下惹惱了鏑木夫人。「這樣就喊冷，成什麼氣候。軍隊裡可沒那麼好混呢。」夫人說。她像在趕人似的，要青年穿上衣服，催他去門口。別說照片了，青年站在突然大感不悅的夫人面前，惴惴不安地向她要求來個離別之吻，結果也慘遭拒絕。

「我可以寫信給妳嗎？」

離別時，青年對周遭送行的人有所顧忌，在她耳畔如此說道，這時她微微一笑，默不作聲。

——待巴士融進晨霧中後，夫人沿著將她鞋子沾溼的小路，往下來到丸池的小艇停靠處旁。一艘已腐朽的小艇有一半泡在水裡。在這種地方也看得到戰時的避暑盛地那失魂般的蕭瑟景象。因霧氣濃重，蘆葦看起來宛如蘆葦幽靈。丸池是一座小湖。在整片霧氣中，只有一小部分敏感地反射出晨光，感覺猶似漂蕩在空中的水面幻影。

「明明沒有愛意，卻又委身於對方」，夫人因為剛睡醒，凌亂的頭髮頻頻貼向她的兩鬢，她撥動著頭髮，心中暗忖。「男人可以輕鬆辦到，但為什麼女人就這麼困難呢。為什麼就只有娼妓才准懂這些事？」諷刺的是，她發現自己之所以突然覺得那名青年既可笑又惹人厭，是因為他給了女服務生一大筆小費。「因為我是自己獻身給他，所以才會留下這種虛榮心或精神的殘渣。」夫人重新思索此事。「如果他是用那錢買下我的身軀，我一定就能以更自在的心情為他送行。這樣才像前線基地的娼妓一樣，為了男人最後的需要，將自己的身心完全獻上，懷抱著堅信不疑的自在心情！」

她耳畔傳來一個細微的聲響。轉頭一看，發現晚上停在蘆葦的葉梢上休息的蚊子，此刻成群在她耳邊飛舞。這樣的高原竟然也有蚊子，她覺得很驚奇。不過牠們的身軀呈淡青色，模樣纖瘦，不像會吸人血。不久，這一早成群的蚊子悄悄消失在濃霧中。夫人這才發現自己白色的涼鞋有一半浸泡在水中。

……這時，人在湖畔的她，腦中閃過一個念頭，在戰爭時，這念頭一直如影隨行，緊纏著她的生活。彼此必須將單純的贈予看作是愛，這對贈予這種單純的行為來說，只能說是不可必避免的冒瀆，而每次反覆犯同樣的錯，她總會嘗到屈辱的滋味。戰爭是被褻瀆的贈予。戰爭是渾身鮮血的巨大感傷。愛的浪費，也就是口號的浪費，對於這樣的紛擾，她以發自內心的嘲笑來回報。不在意他人目光的華麗穿著、愈來愈糟的節操，而就在某天晚上，她在帝國飯店的走廊上和一名被視為危險分子的外國人接吻時，被人目睹，因而被憲兵隊帶去偵訊，最後甚至在報上刊出她的名字。而後，鏑木家的信箱，始終不乏匿名信。大部分是威脅信，罵伯爵夫人是賣國賊，當中某封信還懇求夫人自盡謝罪。

鏑木伯爵的罪過不大。他就只是遊手好閒。當杰基因間諜嫌疑而遭受偵訊時，他比夫人接受偵訊時更顯慌亂，不過最後好在沒受這起事件波及。他光是聽聞會遭遇空襲的消息，便帶著夫人逃往輕井澤避難。在那裡與昔日很崇拜他父親的長野管區防衛司令官交涉成功，對方一個月運送一次充足的軍糧給他。

戰爭結束時，伯爵心懷無限自由的夢想。道德的紊亂，就像早晨的空氣般，可以輕鬆呼吸得到！他陶醉於這樣的雜亂無序。但緊接著面對的經濟壓迫，卻看準他的弱點，奪走他的自由。

戰時，信孝明明沒任何相關資歷，大家卻拱他當水產加工業工會會長，他利用職務之便，設立一家小公司，以當時不受皮革產業限制的海鰻皮製作提袋販售。這就是東洋海產股份有限公司。海鰻也可以寫作「鱘」，是喉鰾類的魚。體形似鰻，身上沒長鱗片，體色為黃褐色，帶有橫紋。體長達五尺的這種怪魚，棲息於近海的岩礁間，當人們靠近時，牠會睜著一對慵懶的眼睛，張開有上下兩排利牙的大嘴。某日，在工會同事的帶領下，他前往海邊洞窟，查看有許多海鰻棲息的地點。他坐在隨波搖曳的小船上朝海裡注視良久。一隻盤踞在岩縫間的海鰻，張著大嘴，朝伯爵擺出威嚇的姿態。信孝很中意這種怪魚。

戰後馬上展開了限制，東洋海產的事業就此陷入瓶頸。他馬上更改章程，引進北海道的昆布、鯡魚、三陸地區的鮑魚等海產，並從中挑選中華料理會用到的食材，賣給日本華僑或是對中國走私的業者，改以此當作事業主力。另一方面，為了繳納財產稅，也只能無奈地賣掉鏑木家的主屋。但東洋海產仍面臨資金不足的問題。

這時，有位以前曾受過他父親關照的男子，姓野崎，主動說要出資，當作是報恩。他只說自己是頭山滿[30]底下的一名大陸浪人[31]，而當初信孝的父親留他在家中，當一名質樸的工讀書生。除此之外，他父親之前的出身和經歷一概不詳。有人說，中國爆發革命時，他召集了一批日本炮兵出身的浪人，投入革命軍，當起傭兵，炮彈每中一發就能領錢。也有人說，革命後，他用雙層構造的手提包裝鴉片，從哈爾濱走私到上海，讓手下四處兜售。

野崎自己當社長，讓信孝坐上會長的位子，不讓他經手公司的事業營運，不過每個月都會支付他十萬日圓的薪水。從這時起，東洋海產的實體變得來路不明、模糊不清。信孝向野崎學會炒美金的方法，也是在這時候。野崎為了暖氣公司和捆包公司，搶下駐日美軍相關的訂單，自己暗中收了不少回扣，有時還會在訂價上動手腳，獲取漁翁之利，為此，他一直很巧妙地活用東洋海產的組織以及信孝的名聲。

某天，有許多駐日美軍的家人要回國，野崎要為某家捆包公司搶訂單，但因為負責此事的上校反對，而沒能談成。野崎想借助鏑木夫婦的社交手腕。他們邀上校夫婦一起用餐，鏑木夫婦和野崎親自迎接。當天上校夫人因身體微恙而不克出席。

隔天，野崎聲稱有私事相談，來到鏑木家，極力說服夫人。夫人回答說：「等我和我先生商量後，再回覆您。」大為吃驚的野崎以常識做判斷，猜想是他失禮的要求，惹惱了夫人。但夫人始終面帶微笑。

「用不著回覆了。如果您覺得不方便，請直說。要是惹您生氣，我向您道歉。請別放在心上。」

「我說要和我先生商量，是因為我們家和別人一樣。我先生他一定只會回一聲『嗯』。」

「咦？」

30 日本二十世紀初的右翼政治領袖、軍火商，極端國家主義祕密團體黑龍會創辦人。

31 日本明治初期到第二次世界大戰結束期間，在中國大陸、歐亞大陸、西伯利亞、東南亞等地居住遊歷及進行活動的一群日本人。

「好了，這件事就包在我身上吧。不過……」夫人以制式化，而且微帶輕蔑的口吻說道。「我有個條件。如果我出馬，就此拿下訂單的話，你能拿到的折扣，有兩成要歸我。」

野崎雙目圓睜的望著她，覺得她很可靠。這名長期在外地討生活的人，以少了幾分味道的東京腔應道：

「成，沒問題。」

——當天晚上，夫人在信孝面前用朗讀讀本般的口吻，流暢的報告今天討論的事。鏑木眼皮半合的聆聽。接著他望了夫人一眼，嘴裡不知在嘀咕什麼。這種態度不明的閃躲姿態，惹火了夫人。見妻子一臉怒容，信孝這下反倒看得津津有味，對她說道：

「我沒阻攔妳，所以妳生氣是吧。」

「幹嘛現在才說這種話！」

夫人明白，信孝絕不會阻擋這項計畫。但她心裡是否有一部分在引頸期盼丈夫的阻止和憤怒呢？其實也沒有。她的怒意，就只是針對丈夫的感覺遲鈍。

不管丈夫阻擋與否，結果都一樣。她心意已決。不過，這時候夫人是懷抱著連她自己都感到吃驚的謙虛心情，想確認她沒和這位有名無實的丈夫分手，令人費解的聯繫，以及她自己心中那難以理解的精神牽絆。信孝面對妻子，已習慣這種怠惰的感受性，因而沒看出妻子如此高貴的表情。絕不相信悲慘，這正是其高貴的特質。

鏑木信孝感到畏懼。感覺妻子就像即將爆炸的火藥。他刻意站起身走向前，伸手搭在妻子肩上。

「是我不好。就照妳喜歡的去做。這樣就行了。」

從那之後，夫人對他滿是鄙夷。

兩天後，夫人搭上校的車，去了一趟箱根。就此簽下訂單。

也許是中了信孝無意識下的圈套，這股鄙夷感反而讓鏑木夫人成了丈夫的共犯。兩人總是聯手行動。他們抓住日後不會惹麻煩的肥羊，設下仙人跳。檜俊輔就是被害人之一。

與野崎的交易有關的駐日美軍要人，陸續成為鏑木夫人的情夫。人事時常會異動。而新面孔馬上轉眼又被收伏。野崎愈來愈尊敬夫人。

「……不過，自從見到你之後，」夫人寫道，「我的世界整個改觀。原本我以為自己的肌肉只有隨意肌，但我似乎也和普通人一樣，有不隨意肌。你是一面牆。對蠻狄的大軍而言，你是萬里長城。是絕不會愛上我的情人。所以我才會愛慕你，現在仍深愛著你。

「看我這麼說，你或許會回我，妳應該還有另一座萬里長城。也就是鏑木。看見那一幕時，我這才明白，過去我之所以沒能和鏑木分手，肯定就是這個緣故。但鏑木和你不同。鏑木一點都不美。

「和你邂逅後，我停止一切娼妓的行徑。鏑木和野崎是多麼努力的連哄帶騙，想要改變我的決心，這點你應該不難想像。但一直到幾天前，我始終都不照他們的話做。正因為有我才有鏑木。而鏑木的薪水，野崎開始給得不太情願了。鏑木向我苦苦央求。他保證這是最後一次，於是我最後還是讓步了，再一次當起了娼妓。如果說我是個迷信的人，你應該會笑我吧。而就在拿回我獲得的文件那天，碰巧看見了那一幕。

「我整理了手邊的一些珠寶，來到京都。我想先賣掉珠寶，暫時以此度日，找個正經的工作。幸好我大伯母跟我說，我可以在她那裡長住。

「要是少了我，鏑木當然職位不保。他這個人，光憑西式裁縫學校的少許收入，是沒辦法生活的。

「我有好幾晚都接連夢見你。真的好想見你。但或許還是暫時別見面比較好。

「我不是要你看完這封信後，為我做些什麼。也不會要求你今後去愛鏑木，或是要你拋棄鏑木，改為愛我。我盼你能擁有自由，你非自由不可。我怎麼會想要將你據為己有呢？這就像想將藍天據為己有一樣。我能說的就只有一句話，那就是我愛慕你。倘若哪天你到京都來，請務必要順道來一趟鹿谷。這座寺院位於冷泉院的皇陵北邊。」

悠一讀完信。那諷刺的冷笑已從他嘴角消失。雖然有點意外，但他確實深受感動。那是他下午三點回家時收到的信。看完信後，他又回頭看了幾個重要的地方。血氣湧上青年的臉頰，他的手不自主地顫抖起來。

青年最先有的反應（這其實很不幸），是對自己的率真感動。他的感動中沒半點刻意，這令他大為感動。他的心就像大病初癒的病人一樣，雀躍振奮。「我是率真的！」

他將那封信貼向自己火熱的美麗臉頰。因為那狂亂的發作而歡天喜地，比酒醉還要昏沉。不久，他開始覺得自己體內有個尚未被發現的情感正在萌芽。就像只剩最後一頁就能完成論文時，悠然抽著菸的哲學家，他刻意不那麼快發現這份情感，樂在其中。

桌上擺著他父親的遺物，一個由青銅獅子環抱的座鐘。他豎耳聆聽自己的心跳和那秒針的滴答聲互相嬉鬧。因為不幸的習慣使然，每當有某個感動降臨，他便會馬上轉頭看時鐘，這已成了他的習慣。他擔心這會一直延續下去，不過，不管再怎麼強烈的歡喜，總是持續不到五分鐘就消失，這反而令他感到安心。

他因恐懼而合眼。這時腦中浮現鏑木夫人的臉。那是無比清晰的素描畫。沒有任何模糊不明的線條。他心想，她的眼、鼻梁、嘴唇，每個部位都能如此清晰地想起。蜜月旅行時坐在車內，儘管康子就在他面前，悠一不也還是一樣無法畫出如此清晰的素描畫嗎？追憶的明確性，主要是欲望所喚起的力量。他覺得回憶中夫人的臉龐確實很美，他有生以來從沒見過這麼美的女人。

他圓睜著眼。庭院的晚照落向盛開的山茶樹上。多瓣的山茶花熠熠生輝。刻意不那麼早發現的這份情感，青年十分沉著地替它取了個名字。光這樣還不夠，他甚至低聲說出口。

「我愛她。這是確切的事。」

有種情感，一旦說出口便馬上成了謊言，但已習慣這種痛苦經驗的悠一，想給予新感情一份辛辣的考驗。

「我愛她。我已不覺得這是謊言。憑我的力量，已無法否定這份情感。我愛女人！」

他已不想再分析自己的感情，他心平氣和的將想像力和欲望混在一起，把追憶和希望一起攪和，他的喜悅就此變得狂亂。如今不管是分析癖、意識、固定觀念、宿命，還是斷念之心，他打算全都罵得一文不值，棄之如敝屣。如同各位所知，這些是我們通常稱之為現代病的各種症狀。

悠一就在這不合理的情感風暴下，突然想起俊輔的名字，這會是偶然嗎？

「對了，我要快點去見檜先生。我吐露戀情的對象，就屬那位老先生最適合了。為什麼呢？因為在我做出如此唐突的告白，與他分享心中喜悅的同時，也能對那位老先生陰沉的計謀展開嚴厲的復仇。」

他急忙到走廊上打電話。途中遇見從廚房走來的康子。

「你在急什麼？看你好像很高興的樣子。」康子問。

「說了妳也不懂。」

悠一展現出平時罕見的豁達冷峻，爽朗地回答道。他愛鏑木夫人，不愛康子，再也沒有比這更自然而又光明正大的情感了。

俊輔在家。他們約在雷東見面。

※

悠一雙手插在外套口袋裡，就像一名埋伏的無賴，一會兒踢石頭，一會兒蹬地，等候電車到來。朝那些從他身旁擦身而過，不守交通規則的腳踏車，投以歡悅的尖銳口哨。

都營電車那跟不上時代的速度和搖晃，正適合愛幻想的乘客。悠一一如平時，倚向窗邊。望著窗外天色漸暗的早春街景，沉溺於自己的夢想中。

他覺得自己的想像力呈陀螺的姿態，飛快地轉個不停。為了不使陀螺倒下，非得繼續轉動不可。但在旋轉中途開始變慢的陀螺，能出手幫忙讓它加快嗎？起初使它旋轉的力道，一旦耗盡，不就是它停止轉動的時刻嗎？而這就是唯一令他高興的原因，這讓他感到不安。

「就現在來看，我肯定是打從一開始就愛著鏑木夫人。」他心裡這麼想。「如果是這樣，為什麼在洛陽飯店時，我會那樣避著她呢？」這樣的反省，似乎有某個令他渾身發毛的東西。青年馬上主動責怪起這種恐懼和膽小，將他在洛陽飯店躲避夫人的行徑全怪罪到這種膽小上頭。

俊輔還沒到雷東來。

悠一從未抱持此引頸期盼的心情等候老作家的到來。他的手多次碰觸他放在衣內口袋的信。他覺得只要碰觸它，就能發揮護身符的效果，在俊輔到來之前，能保有他的熱情不會消退。

今晚推開雷東的門走進的俊輔，有一股威風凜凜的姿態，或許是悠一的引頸期盼讓他給人這種感覺吧。他穿著一件披肩大衣，一身日式服裝。這也與他近日的華麗打扮不太一樣。俊輔在來到悠一身旁的椅子前，不斷與四周桌位的少年們親切問候，悠一大感吃驚。這時店裡的少年，全都接受過俊輔的免費招待。

「嗨，好久不見了。」

俊輔充滿朝氣地朝他伸手。反倒悠一為之語塞。接著俊輔若無其事地說道：

「聽說鏑木夫人離家出走了？」

「您知道？」

「鏑木大為驚慌，跑來向我請教。他可能當我是協尋失物的占卜師吧。」

「鏑木先生他……」說到一半，悠一狡詐的莞爾一笑。那笑容看起來就像常盤算如何惡作劇的少年，背叛自己所熱中的事物，純潔又狡黠的微笑。「……他可有告訴你原因？」

「他什麼都瞞著我沒說。不過，大概是因為你和他的激情場面被夫人看見了吧？」

「猜得可真準。」悠一相當吃驚，如此說道。

「照我的棋譜，理應會有這種結果。」老作家因極為滿足，而咳得一副快死了的模樣，久久未停，令人覺得無趣。於是悠一幫他拍背，百般照料。

待停止咳嗽後，俊輔將他氣血上衝的臉龐和溼潤的雙眸面向悠一問道：

「然後呢？然後怎樣？」

青年不發一語，遞出厚厚一疊信。俊輔戴上眼鏡，俐落的數起信紙的張數。「十五張」，他語帶憤怒地說。接著他的披肩大衣底下，誇張地發出衣服摩擦的乾燥聲響，他重新坐好後，展信細讀。

雖然那是夫人寫的信，但悠一卻感覺像是自己的考卷答案呈給老師批閱似的。他失去自信，開始感到懷疑。希望這懲罰的時間能趕快過去。幸好，習慣看稿的俊輔，他的閱讀速度與年輕人相比毫不遜色。但悠一看得無比感動的地方，俊輔卻只是面無表情的看過，不曾稍停，悠一見狀，對於自己的感動是否正確，漸感不安。

「這信寫得好。」俊輔摘下眼鏡，一面把玩，一面說道。「女人確實沒有才能，不過，有時會因時間和場合的不同，而擁有取代才能的東西，這就是證據。那也就是執著。」

「我想向老師您請教的，不是批評。」

「我沒批評。這封信寫得這麼出色，我哪能批評呢。例如漂亮的禿頭、漂亮的盲腸炎、漂亮的練馬蘿蔔[32]，你會做這樣的批評嗎？」

「可是，我很感動。」青年如此哀訴。

「你說感動？這太教我驚訝了。寫賀年卡時，多少也會希望對方看了會感動。如果有哪個東西誤讓你覺得感動，那肯定是這封信，一種最低級的形式。」

「……不對。我已經明白了。明白我其實深愛著鏑木夫人。」

俊輔聞言，笑出聲來。笑聲之響亮，足以使店裡的人都轉頭看。笑聲源源不絕的湧上喉頭。喝水時嗆著，但又接著笑。笑聲就像麻糬一樣，想要取下，偏偏又往身上黏得更緊。

第二十章　妻子的災難，亦是丈夫的災難

俊輔的狂笑，既沒有嘲笑辱罵，也沒給人爽朗之感，更不帶絲毫感動的傾向。那是極端的狂笑。說起來，他的笑就像運動競賽或是器械體操。此刻，這可說是老作家唯一能做的行為。不同於咳嗽發作或神經痛，至少唯有此刻的狂笑，不是被迫做出的行為。

不管在一旁聽他笑的悠一是否會覺得自己被瞧扁了，檜俊輔仍透過這樣的狂笑不止，切身感覺到他與這世界有一種連帶感。

他大聲狂笑，一笑置之，世界首次出現在他面前。他最拿手的嫉妒和憎恨，就算借來悠一的身軀，也只是促成他創作的力量罷了。他的存在與世界產生某種關聯、他的雙眼能望見地球背面的藍天，這就是他的笑所擁有的力量。

以前俊輔到沓掛[33]旅行時，曾遇過淺間山火山爆發。深夜時分，旅館的玻璃窗細微的顫

32 練馬蘿蔔模樣細長，不同於傳統外型渾圓的白蘿蔔。
33 輕井澤町中輕井澤的舊稱。

動，工作疲累的他從淺眠中醒來。每隔三十秒就有一次小型的火山噴發。他起床遠眺火山口。倒也沒有什麼聲響。每當山頂微微發出隆隆聲響，接著就會有紅火噴飛。俊輔心想，這就像海浪襲來的海岸。舞上高空的岩漿輕柔的崩解，當中有一半再度落向火山口，有一半則是化為暗紅色的輕煙，飄向空中。那一帶看起來猶如夕陽晚照。

這沒有停歇的火山狂笑，就只有遠方的隆隆聲響，聲音細微。但俊輔覺得，有時突然造訪的情感，就像是那火山的狂笑所暗藏的比喻。

從他備受屈辱的青年時代起便多次激起這種情緒，那是在這樣的深夜，或是獨自旅行，想在破曉時分走下山嶺時，心中突然升起一股對這世界的憐憫之情。當時他會以藝術家的身分去感受自己，將這種情緒看作是「精神」所允許的一種特權，是精神相信自己深不可測而展開喜劇性的休息，就像吸進清新的空氣般，盡情品嘗這種情緒。如同登山者看到自己投影成的巨人身影而感到害怕一樣，他對於精神所允許的這種巨大情緒，展現率直的畏懼。

該怎麼稱呼這種情緒呢？俊輔沒替它命名，就只是笑。笑中確實欠缺敬意。就連對自己的敬意也沒有。

而當他透過笑與世界聯繫在一起時，那憐憫所帶來的連帶感，甚至讓他的心與幾乎被稱作人類之愛，一種最虛假的愛無比貼近。

——俊輔終於笑完了。他從懷中取出手帕拭淚。他老邁的下眼皮，因淚水沾溼，看起來像青苔般的皺紋，層層相疊。

「說什麼感動！說什麼愛！」他誇張地說道。「這是什麼跟什麼啊。感動這種事，就像一個長相別緻的老婆，很容易犯錯。所以才會常常激起那些低俗男人的花心。

「阿悠，你別生氣。我可沒說你是個低俗的男人。你只是不巧現在處於對感動充滿憧憬的狀態。你那純潔無瑕的心，剛好對感動抱持渴望。這是很單純的一種病。就像少年到了一定的年紀就會喜歡談戀愛一樣，你不過只是為感動而感動罷了。只要治好這種固定觀念，你的感動肯定也會煙消霧散。你應該早就知道，這世上除了肉欲外，再也沒有其他感動。不管何種思想、觀念，只要沒有肉欲就無法讓人感動。我們人明明是因思想的陰部而感動，卻又像重表面的紳士一樣，四處跟人說是因思想的帽子而感動。這樣還不如別再用「感動」這種模糊不明的語詞算了。

「我這樣好像有點壞心，不過我還是試著分析你的提出的證詞吧。你說自己第一次覺得感動。接著說你愛鏑木夫人。為什麼這兩件事會連在一起呢？也就是說，你心裡明白，沒伴隨肉欲的感動，什麼也不是。於是你急忙附上名為愛的附註。這麼一來，你就能用愛來代替肉欲了。這點你沒異議吧？鏑木夫人去了京都，只要是和肉欲的相關問題都可以放心了，所以你開始允許自己愛他，不是嗎？」

悠一已不像以前那樣，會輕易的屈服在這樣的說法下。他滿含深邃憂鬱的雙眸，仔細觀察俊輔情感的變動，解除他每一句話的包裝，細細思索。他已學會這套方法。

「不過，這又是為什麼呢？」青年打破沉默。「老師您在提到肉欲時，與世人在談理性時相比，顯得冷酷許多。比起老師您說的肉欲，我在看那封信時得到的感動，感覺更有血有肉。這世界上除了肉欲外，任何感動都是虛假嗎？如果是這樣，或許就連肉欲也是虛假吧？這難道說，朝某個對象投射的欲望所帶來的缺乏狀態才是真，而短暫的充實狀態全是虛幻？這我實在無法苟同。為了讓之後繼續有人朝自己的容器裡投入施捨，而在即將裝滿前，先將施捨物藏起來，這種像乞丐般的生存方式，在我看來無比低賤。我時常想要挺身而出。不管是為何種虛假的思想都無所謂。就算是漫無目的也行。高中時代，我常從事跳高、跳水的運動。投身空中，那感覺真的很棒。每一次都覺得自己停在半空中。不論是操場的草綠色，還是游泳池的碧綠，以前它們無時無刻都存在於我四周。而現在我周遭沒有任何綠色。不過，就算是為了虛假的思想也無妨。例如只是為了欺騙自己而加入義勇軍，最後立下功勛的男人，他這種行為一樣改變不了立下功勛的事實。」

「哎呀呀，看來你也變奢侈了。以前你不相信自己會感動，不知如何自處，受此所苦。

於是我教導你什麼是無感的幸福。現在你又想讓自己不幸是吧。就像你的美一樣，你的不幸應該也一樣完美吧？過去我沒說得太露骨，但能夠讓許多男女都墜入不幸深淵的你，擁有的力量並非只是你的美貌，這力量是源自於你本身過人的不幸天分。」

「你說的沒錯。」青年眼中的憂愁又加深了一層，如此說道。「老師您終於說出這句話了。您的訓示也因此變得平庸。您就只是教會我，除了望著自己的不幸來過日子外，再也沒有可以擺脫不幸的路可走。可是，老師您過去真的從來沒感動過嗎？」

「肉欲以外的感動確實沒有。」

青年聞言，露出半帶嘲諷的微笑問道：

「那麼……去年夏天在海邊，我第一次遇見您的時候也是嗎？」

俊輔為之愕然。

他想起夏天的豔陽。海水的碧藍、一道船行的波痕、襲向耳畔的海風……那帶給他無限感動的希臘風格幻影、伯羅奔尼撒派的青銅像幻像，一一浮現腦海。

那裡頭果真沒有任何肉欲，或是肉欲的預兆嗎？

俊輔的過往人生都過著與思想完全無關的生活，當時是他第一次抱持思想，但這樣的思想真的帶有肉欲嗎？截至今日，老作家也一直對此存疑。悠一這番話戳中俊輔的痛處。

雷東店內播放的音樂這時突然停下。店裡很空蕩，老闆外出去了。只有外頭來來去去的汽車喇叭聲喧鬧的傳進室內。街上已開始亮起霓虹燈，平凡的夜晚就此展開。

俊輔無意義的想起自己小說中的一幕場景：

「他獨自佇立，望著那棵杉樹。杉樹高可參天，樹齡也遙不可考。濃密的雲層一角裂開，一道宛如瀑布般的光束落下，照得杉樹金光燦然。陽光雖然讓它閃耀生輝，卻無法照進杉樹內部。只能空虛的行經杉樹周邊，落向那布滿青苔的泥土……從杉樹那拒絕陽光，卻又朝天際生長的意志中，他得到一種異樣的感受。彷彿肩負著特殊的使命，它要以原本的姿態，向上天傳達生命黑暗的意志。」

他同時想起剛才從鏑木夫人的信中讀到的一段話。

「你是一面牆。對蠻狄的大軍而言，你是萬里長城。是絕不會愛上我的情人。所以我才會愛慕你，現在仍深愛著你。」

……俊輔從悠一那微張的嘴脣中，看到像長城般的兩排皓齒。

「我從這名俊美青年身上感覺到了肉欲嗎？」他如此暗忖，感到背脊發涼。「否則我不會有這種喘不過氣來的感動。我似乎是在不知不覺間產生了欲望。不該有這種事啊。我竟然愛慕這名年輕人的肉體！」

老人微微搖頭。毋庸置疑，他的思想裡帶有肉欲。他的思想第一次得到了力量。俊輔忘了自己是死人之身，心生戀情。

俊輔的內心馬上變得謙虛起來。他眼中高傲的光芒消失。他縮起披肩大衣下的雙肩，就像收起翅膀一樣。再次定睛凝視著眼神飄渺的悠一，細看他那流線形的雙眉，從中嗅出年輕的氣味。「如果我是以肉欲來愛這名青年……」他在心中暗忖。「如果到了我這把年紀，還能有這種不該有的新發現，那麼，悠一以肉欲愛上鏑木夫人，也不是不可能的事。」於是他開口道：

「你說的有道理。也許你是真的深愛著鏑木夫人。聽你的口吻，連我也覺得是這樣沒錯。」

為什麼是以如此難過的心情說出這番話來，連俊輔自己也不知道。他就像剝下自己身上的皮似，很痛苦地說道。他感到嫉妒。

檜俊輔現在變得老實些了，足以當一名教育家。這也是為什麼他說出這番話來。通常老師們很了解年輕人的年輕，就算要講同樣的事，也會考慮過反效果之後才說。聽俊輔說得如此坦然，悠一竟然態度逆轉。他反而鼓起勇氣，不借助他人的協助，直視自己的內心。

「不，沒這回事。我果然還是不可能愛上鏑木夫人。沒錯。倒不如說，我是愛上深受夫人所愛的第二個我，一位美得不像凡人的俊美青年。那封信確實具有此等魔力，而且任何人要是收到那樣的信，都很難將信中的對象想成是自己。我絕不是納西瑟斯。」他傲慢地為自己辯解。

「如果我那麼自戀，或許會輕易地將那封信的對象看作是我自己，但正因為我不自戀，所以我愛上『阿悠』。」

這樣的反省結果，使得悠一對俊輔略微產生一股錯亂的親近感。因為在這瞬間，俊輔和悠一都愛上同一個對象。「你喜歡我，我也喜歡你，讓我們和睦相處吧」這是自私鬼的愛情公理，同時也是相親相愛的唯一案例。

「不，沒這回事。我愈來愈明白了。我根本就不愛鏑木夫人。」

悠一如此說道。俊輔臉上滿溢喜色。

戀愛這種事，潛伏期特別長，這方面和熱病很雷同，在潛伏期這段時間產生的各種不對勁的感覺，都要等到發病後，才能清楚得知那是徵兆。就結果來看，發病的男人會覺得世上一切問題都能用熱病這個病因來解釋。戰爭爆發。他邊喘息邊說「那是熱病啊」。哲學家們為了解決世上的痛苦而苦惱。他一邊受高燒折磨，一邊說：「那是熱病啊。」

檜俊輔發現自己想得到悠一後，那不時刺痛他內心的嫉妒、每天都以期待悠一打電話來當作生命意義的生活、那不可思議的受挫之苦、悠一久無音訊，令他決定到京都旅行的悲苦、那趟京都之旅的歡樂……他發現所有抒情感嘆的原因都在於此。但這個發現很不吉利。如果將它看作是戀情，試著對照俊輔這一生的經驗，那麼，他肯定會失敗跌跤，不會有半點希望。我必須等候機會，極力掩飾——這位極度缺乏自信的老人如此說服自己。

從緊緊束縛自己的固定觀念中掙脫的悠一，再次找上這位可以輕鬆吐露心事的俊輔。基於些許的良心歉疚，他說道：

「剛才老師您好像知道我和鏑木先生之間的事，我覺得很納悶。這件事我原本並不想向您透露。您是什麼時候知道的呢？又是如何得知？」

「在京都的飯店裡，鏑木到房裡來找菸盒的那時候起。」

「那時候就知道了？」

「這已經不重要了。這種事就算我問你也沒意思。倒是這封信，你要好好想個解決辦法。你一定得像我說的這麼想才行。就算說出上百萬個解釋的理由，最後那個女人沒為你自殺，都表示她對你沒半點敬意。這個罪過理該遭受報復。你絕不能回信。而且你要站在一般常見的第三者立場，讓這對夫妻同修舊好。」

「那鏑木先生呢？」

「你拿這封信給他看。」俊輔一臉不悅，很簡短地補上一句。「然後你跟他把話說清楚，和他斷絕關係。伯爵意志消沉，無處可去，應該會去京都吧。而鏑木夫人的痛苦就將就此完結。」

「我正好也在想這件事。」青年受到鼓舞，讓他有了作惡的勇氣，他開心地說道。「不過，不巧的是，鏑木先生現在為錢發愁，如果我拋下他不管……」

「你還在想這種事啊？」眼看悠一即將再度照著他的意思走，俊輔欣喜不已，氣勢十足的接著說道。「如果你看準鏑木的錢，就此變得自由，那還另當別論，但如果不是這樣，他現在有沒有錢，根本無關。反正，他應該是從這個月開始沒付你薪水了吧？」

「其實不久前，才好不容易拿到上個月薪水。」

「看吧。這樣還喜歡鏑木嗎？」

「別開玩笑了。」悠一的自尊心受損，近乎大喊地說道。「我只是和他上過床而已。」

這看不出心理真正想法的回答，頓時令俊輔內心一沉。俊輔將自己給這名青年的五十萬圓，與青年所展現的順從聯想在一起。在保有這層經濟關係的時候，也許悠一會很輕易的許身於他，俊輔害怕這樣的情形發生。而且悠一的個性成謎。

不僅如此，現在回想剛才擬定的陰謀，以及悠一對此產生的共鳴，令俊輔感到不安。這個陰謀有個不必要的部分。那就是俊輔第一次允許自己放縱私情……「我就像是個受嫉妒驅策的女人，卯足了全力。」這種讓自己更加不愉快的反省，他樂在其中。

這時，有名穿著講究的紳士走進雷東。

年約五旬，沒蓄鬍子，戴著無框眼鏡，鼻翼旁有顆黑痣。有張方方正正，帥氣又高傲的臉孔，就像德國人一樣。下巴時時緊收，目光冰冷至極。人中清楚的線條，給人更加冰冷的印象。彷彿整張臉的構造生來就不太會低頭。他的臉備齊了遠近法的特色，並以看起來很頑固的前額充當巍峨的背景。唯一的缺陷，就是他右半邊臉有輕微的顏面神經痛。他站在店內環視時，眼睛和臉頰浮現一道閃電般的痙攣。那短暫的瞬間過去後，那張臉又恢復成原本若無其事的神情。宛如那一瞬間從空中掠奪了某個東西一般。

他的目光與俊輔交會。接著他臉上蒙上略顯為難的暗影。已無法再假裝不知道了。他親切的微笑問候道：「嗨，老師。」臉上浮現只對他認識的人才展露的慈眉善目。

俊輔比向自己身旁的椅子，對方就此坐下。此人發現眼前的悠一後，儘管後來跟俊輔交談，目光卻怎麼也沒從悠一身上移開過。他那每隔數十秒就會有閃電劃過的眼和臉頰，令悠一頗感驚訝。俊輔發現後，向兩人介紹。

「這位是河田先生，河田汽車的社長，是我一位老朋友。這位是我姪子，南悠一。」

河田彌一郎，九州薩摩出身，父親是日本最早推動國產汽車事業的第一人，彌一郎是家中的長子。他原本是個不肖子，立志當一名小說家，還進入當時俊輔開課教導法國文學的K大學預備科就讀。俊輔看過他練習創作的原稿，不覺得他有什麼才氣。他本人也感到心灰意冷。他父親趁此機會，送他到美國普林斯頓大學攻讀經濟學。畢業後又送往德國，學習汽車工業。回日本時，彌一郎已脫胎換骨，成了一個腳踏實地的人。在戰後他父親接獲公職放逐令[34]之前，他一直都保持低調，後來發布放逐令，他立刻升任社長，在父親死後更是發揮更勝他父親的才幹。當時禁止製造大型轎車，所以馬上改為投入小型車的製造中，將著眼點放在對亞洲各國的出口上，這是他的點子。在橫須賀設立子公司，一手攬下吉普車的修理工作，獲取龐大利潤，也是他的點子。他擔任社長後，因為某個際遇，而得以與俊輔重溫舊情。俊輔那場盛大的六十大壽壽宴，發起人就是河田。

在雷東的那場奇遇，自然是一場無言的告白。兩人因此絕口不提這個不言自明的話題。河田邀俊輔一起用餐。他先提出邀約，然後取出記事本，將眼鏡抬至額頭上，從平日的預定行程中找尋空檔。那模樣就像是拿著厚厚一本大字典，在翻找忘了藏在哪一頁的押花。

他終於找到了。

「下星期五傍晚六點，只有這個時間了。原本決定好這天要舉行的會議已經延期。可否請老師您撥出時間來呢？

他這麼忙碌的男人，竟然會有這樣的空閒時間，讓轎車停在一百公尺遠的街角等候，偷偷到雷東來。俊輔一口答應。接著河田竟然提出意外的要求。

「就約在今井町一家名叫『黑羽』的鷹匠料理[35]，不知意下如何？當然，令姪也請一起來，不知是否方便？」

「嗯。」悠一態度不明地應道。

「那麼，我先訂三人的位子。之後我會再打電話聯絡。隨口說一句忘了，那可不行喔。」接著他匆匆低頭看錶。「那我告辭了，很遺憾沒能促膝長談，改天再敘。」

這位權貴神色從容地離去，但給他們兩人留下的印象，卻像是突然憑空消失。

俊輔沉默不語，一臉怫然。才一眨眼間的事，他覺得悠一就像在他面前遭到凌辱般。不待悠一開口問，他自己便說出河田的經歷，接著翻動披肩大衣，站起身。

「老師，您要去哪兒？」

34 二戰日本投降後，駐日盟軍總司令部發出的剝奪公職政策，要求將戰犯及軍國主義傾向者，從政府機構、企業、事業單位等的要職中驅逐。

35 古時候在狩獵場烹煮的野鳥料理，稱之為鷹匠料理。

俊輔想一個人獨處。但一個小時後，他預定要參加翰林院會員間的一場死氣沉沉的餐會。

「我有個宴會要參加，所以我才特地外出。下星期五五點前，你先到我家來。河田應該會派車來接我們。」

悠一發現俊輔從披肩大衣複雜的袖口伸出手，要和他握手。從黑色羅紗層層堆疊的袖口下伸出一隻青筋浮凸的蒼老手臂，滿是羞恥之色。如果悠一再壞心一點，要刻意裝沒看見他那宛如奴隸般卑屈可憐的手，根本輕而易舉。但他握住俊輔的手。老人的手微微戰慄。

「那就改天見了。」

「今天很謝謝您。」

「謝我？根本不用向我道謝。」

——俊輔離去後，青年打電話給信孝詢問他的狀況。

「什麼？你說她寫信給你？」信孝以高八度音說道。「不，就算你不到我家來，我也會去找你。你還沒吃晚餐吧？」他提到某家餐廳的名稱。

※

在等菜送上桌的這段時間，鏑木信孝一臉貪婪的閱讀妻子寫的信。儘管湯已送來，他仍未看完。當他看完時，已經涼透的那盤法式清湯，因膨脹而難以辨識的字母通心粉碎片，已沉向盤底。

這個一味想博取同情，偏偏又找不到對象，身處此等窘境的可憐男子，這時肯定會拋下他平時的風紳士風度，演出將一匙湯灑向膝蓋的蹩腳戲，悠一滿是好奇的盯著他瞧。但最後信孝沒灑出湯來，將它一飲而盡。

「真可憐……」信孝擱下湯匙，獨自嘀咕道。「……真可憐……再也沒有像她這麼可憐的女人了。」

在這種情況下，信孝那誇張的情感不管再怎麼細微，都會是惹悠一不悅的原因。因為不管再怎麼說，這都是對照悠一對鏑木夫人的一份道德上的關心所做出的情感。

信孝一再反覆說同樣的話。「可憐的女人……可憐的女人。」他搬出自己的妻子來，試著讓悠一把同情轉移到他身上。由於悠一始終一副事不關己的表情，信孝再也無法按捺，開口道：

「一切都是我不好。這不是任何人的罪過。」

「是嗎？」

「阿悠，你還是不是人？你對我冷淡沒關係，但怎麼連對我無辜的妻子也這樣呢。」

「我又沒罪過。」

伯爵仔細的將龍利魚的魚刺剔往盤子邊，什麼話也沒說。接著他以泫然欲泣的聲音說道：

「……你說的也是。我這個人完了。」

再待下去，悠一實在無法忍受。

這名經歷豐富的中年男同志，一點都不率真，看了令人傻眼。他此刻表現出的醜態，比率真的醜態還要難看十幾倍。他努力想讓自己的醜態顯得崇高。

悠一窺望四周桌位的熱鬧情景。有一對裝模作樣的年輕美國男女迎面而坐，一同用餐。兩人不太說話，也幾乎不笑。女子微微打了個噴嚏，急忙以餐巾紙摀著嘴，說了聲「Excuse me」。另一邊則是有一群像是剛參加完法會回來的日本親友，圍著一張大圓桌而坐。他們說著死者的壞話，朗聲大笑。一名身穿藍灰色喪服，手上戴滿戒指，年約五十，看起來像是遺孀的女人，聲音特別尖銳。

「我先生買給我的鑽戒，一共有七個。當中我偷偷賣掉四個，把鑽石換成玻璃球。而在戰時推行捐獻運動時，我騙他說我把那四個戒指捐出去了，留下真正的三個戒指。就是現在我手上的這些（她張開手，讓眾人看她手背）。我先生還直誇我，說我沒老實的全部申報，真聰明。」

「哈哈，就只有妳先生自己不知道。」

……只有悠一和信孝這桌感覺像是與世隔絕。他們兩人恍若身處孤島。花瓶、餐刀、湯匙這類的金屬，發出冷冷的銀光。悠一懷疑自己對信孝的憎恨，單純只因為他們是同類。

「可以幫我跑一趟京都嗎？」

信孝突然如此問道。

「為什麼？」

「還問呢，能把她帶回來的人，就只有你了。」

「你這是要利用我嗎？」

「竟然說利用。」波普那一本正經的嘴脣浮現一抹苦笑。「別說得這麼見外嘛，阿悠。」

「沒用的。因為就算我去，夫人也絕不會再回東京來的。」

「為什麼你能這樣斷言？」

「因為我很了解夫人。」

「那可真教人驚訝。我和她可是結髮二十年的夫妻呢。」

「我和夫人雖才認識半年。但我自認比會長更了解夫人。」

「你這是在我面前佯裝情敵嗎？」

「哼，或許吧。」

「難道你……」

「你放心。我討厭女人。倒是會長你自己，你現在才想擺出丈夫的樣子嗎？」

「阿悠！」他發出令人聽了渾身發毛的撒嬌聲。「我們別再吵了。算我求你吧。」

接著兩人不發一語的用餐。悠一有點失算。如果是出自一份佛心，像用斥責來幫患者打氣的外科醫生一樣，在開口說分手之前，先讓對方討厭他，以減輕其苦惱，那麼，他現在這樣的冷淡對待，肯定會造成反效果。如果真要那麼做，就算說謊也好，應該要向信孝撒嬌、和善待他，或是向他妥協才對。令波普著迷的，是悠一在精神方面的殘酷，悠一愈是展現出這樣的一面，波普的想像力愈會受到快意的刺激，他的執念也就愈深。

走出餐廳後，信孝悄悄勾住悠一的臂彎。因為感到輕蔑，悠一索性由他去。這時，一名擦身而過的年輕情侶也手勾著手。那名學生模樣的男子朝女生耳畔說的悄悄話，傳進悠一耳中。

「那兩個一定是同性戀。」

「真噁心。」

悠一的臉頰因羞恥和憤怒而漲紅。他甩開信孝的手，雙手插進外套口袋。信孝並不訝異。因為他早已習慣別人這樣的對待。

「那些傢伙！那些傢伙！」青年氣得咬牙切齒。「在休息一次只要三百五十日圓的賓館裡，大喇喇偷情的傢伙！如果順利的話，還會像蓋鼠窩一樣，共築愛巢的傢伙！瞇著朦朧睡眼，不斷生孩子的傢伙！星期天帶著孩子去百貨公司搶大特賣的傢伙！老盤算著一生能有一、兩次機會可以搞個小家子氣外遇的傢伙！一輩子都拿健全的家庭、健全的道德、良知、自我滿足來向人炫耀的傢伙！」

但勝利往往站在平庸的那一方。悠一心裡明白，他竭盡所能地輕蔑，終究還是不敵他們自然流洩出的輕蔑。

鏑木信孝為了慶祝妻子還活著，想邀悠一去夜店尋歡，但現在時間尚早。於是兩人跑到電影院打發時間。

電影播放的是美國西部片。在光禿禿的黃褐色山巒間，一名騎馬的男子遭一群騎馬的惡漢追逐。主角抄近路來到山頂，從岩石裂縫處突襲追趕的敵人。遭射擊的惡漢滾落斜坡。前方仙人掌林立的天空，悲劇的雲散發亮光。兩人皆不發一語，嘴巴微張，對於眼前的世界展開那毋庸置疑的行為，看得目瞪口呆。

走出電影院後，春天晚上十點的街道寒氣逼人。信孝攔了輛計程車，命司機開往日本橋。今晚在日本橋知名的文具店地下室，有間標榜會營業到早上四點的夜店，要舉辦開幕慶祝活動。

夜店經理身穿晚宴服，親自在櫃臺迎接客人，寒暄問候。來到這裡之後悠一發現，與經理是熟識的信孝，除了受邀外還受到了任憑暢飲的款待。今晚喝酒一律免費。

現場來了許多名人。鏑木信孝四處發送東洋海產的名片，這令悠一看得提心吊膽。場中有畫家，也有文人。他心想，俊輔說的宴會，該不會就是這裡吧，但當然沒看到俊輔人影。現場不斷演奏喧鬧的音樂，許多人扭腰熱舞。

為了開店而召集來的女性們，穿上新衣，顯得歡欣雀躍。她們這身晚禮服，與夜店內這種山中小屋風格的室內裝潢很不搭調。

「我們就通宵達旦地喝吧。」一名漂亮的女人，一邊和悠一跳舞，一邊說道。「你說你是那個人的祕書？等等，什麼嘛，會長有什麼了不起的。我可以讓你到我家住，睡到中午再起床。還會煎荷包蛋給你吃。你是大少爺，還是你想吃炒蛋？」

「我喜歡歐姆蛋。」

「歐姆蛋？噢，真可愛。」

喝醉的女子吻了悠一。

回到座位後，信孝早已備好兩杯琴費士[36]等候。並對他說：

「來，乾杯慶祝。」

「慶祝什麼？」

「慶祝鏑木夫人還健在啊。」

這別有含意的乾杯，女人們聽了，在好奇心的驅使下，一再追問。悠一望著和碎冰一同浮泛在酒杯裡的檸檬。那薄薄的切片，纏著一根像是女人的頭髮。他合上眼，將酒一飲而盡。感覺那像是鏑木夫人的頭髮。

鏑木信孝和悠一離開那裡時，已是深夜一點。信孝想攔輛計程車，但悠一不予理會，快步前行。愛他的人心想「他在鬧脾氣」。他心裡明白，到最後他們還是會一起同床。否則悠一不會跟著他來到這裡。妻子不在，就可以堂而皇之的帶他回家過夜了。

悠一頭也不回，一路快步朝日本橋的十字路口走去。信孝追了過來，痛苦地直喘氣。

「你要去哪兒？」

36 以蘇打水加琴酒、檸檬汁調成的雞尾酒。

「回家。」

「別說這種任性的話。」

「我有家庭。」

這時一輛車駛來，信孝攔住它，打開車門。他拉住悠一的手臂。臂力終究還是青年比較強。「你自己一個人回去總可以吧」，悠一甩開他的手，站在遠處說道。兩人互瞪了一會兒。信孝就此死心，當著暗自嘀咕的司機面前，再次關上車門。

「我們暫時先邊走邊談吧。走著走著，你就會酒醒的。」

「我也有話想跟你說。」

愛他的人一陣心神不寧。兩人發出響亮的腳步聲，走在夜深人靜的柏油路上。電車道上仍有來往的車潮。轉進巷弄後，市中心深夜緊繃的寂靜占有這塊領地。兩人不知不覺間走在N銀行的後方巷弄。這附近一路相連的圓球形路燈，亮晃晃地照耀著，銀行的建築匯聚成幽暗高大的稜線，聳立兩旁。除了值夜班的人之外，這街上的居民都已離去，此刻棲息此地的，就只有井然有序堆疊而成的石頭。窗戶暗淡的被關在鐵柵欄中。灰濛濛的夜空傳來一聲遠雷，閃電微微照亮隔壁銀行整排圓柱的側面。

「你要跟我說什麼？」

「我想和你分手。」

信孝沒答腔，所以寬敞的路面四周有一段時間就只聽得到腳步聲的回音。

「為什麼突然這麼說？」

「時候到了。」

「是你自己這麼想的嗎？」

「這是客觀考量後的結果。」

「客觀」一詞帶有的稚氣，令信孝笑出聲來。

「我可不想分手喔。」

「隨你便。反正我不會再見你。」

「……阿悠，自從和你交往後，原本是花花公子的我，從沒再花心過。我只為你一人而活。在寒冷的夜裡，你胸前冒出的蕁麻疹、你的聲音、在Gay Party共度一宿時，你黎明時的側臉、你髮蠟的氣味，要是今後沒有了這一切……」

「既然這樣，你就買同一牌的髮蠟，時常聞它不就得了嗎。」

年輕人在心裡如此嘀咕，對於信孝不斷和他肩抵著肩感到厭煩。

猛然回神，兩人前方橫亙著一條河。有好幾艘繫在一起的小艇，不斷發出沉悶的擠壓聲。可以望見前方的橋面上，汽車的車燈交錯投射出巨大的光影。

兩人折返，再度邁步而行。信孝情緒激昂，一直說個不停。他腳下被某個東西絆住，就此發出一聲清響，跌了一跤。是百貨公司春天大拍賣時，用來裝飾的人造櫻花枝椏，從屋簷掉落地面。那髒汙的紙櫻花，只發出紙屑的聲響。

「你真的要和我分手？你是認真的嗎？阿悠，我們之間的友情真的就到此為止嗎？」

「說什麼友情，太可笑了吧。如果是友情，就沒必要同床吧？如果今後只是當朋友的話，我可以和你交往。」

「……」

「喏，根本不單只是友情嘛。」

「……阿悠，算我求你，別拋下我孤零零一人……」他們走進昏暗的巷弄。「……你喜歡怎樣，我都能配合。我什麼都願意為你做。如果你要我在這裡親吻你的鞋子，我也會照做。」

「你就別再演戲了。」

「這不是演戲，是真心。不是演戲。」

或許就只有在這樣的大戲下，信孝這種男人才會說真心話。在櫥窗已拉下鐵葉門的點心店前面，他跪在柏油路上。抱住悠一的腳，吻起他的鞋。鞋油的氣味令他感到恍惚。連蒙上一層薄灰的鞋尖也照吻不誤。更進而解開外套鈕釦，想親吻年輕人的長褲，所以悠一蹲下身，使勁將宛如圓箍般緊緊嵌住他小腿的手甩開。

某種恐懼緊緊攫獲這名年輕人。他往前狂奔。信孝已不再追向前。

他站起身，拂去塵埃。抽出白手巾擦拭嘴脣。手巾上留有擦除鞋油的痕跡。信孝已恢復成平時的他。他以平時那裝模作樣，宛如上緊發條後才開始邁步的步伐，往前走去。

在某個街角，可以望見悠一攔下計程車的身影。車子啟動離去。鏑木伯爵想獨自一個人走到天亮。他心中叫喚的不是悠一，而是夫人的名字。她才是我的夥伴。不光是做壞事的夥伴，也是他災禍、絕望、悲嘆的夥伴。信孝打算獨自前往京都。

第二十一章　老邁的中太

這陣子春意漸濃。雖然常降雨，但放晴時相當暖和。有時乍暖還寒，但也只是下了約一個小時的小雪。

隨著河田款待俊輔和悠一享用鷹匠料理的日子一天一天接近，俊輔臉上愈常顯露不悅之色，令家中的女傭和工讀書生不知如何侍候。不光女傭和工讀書生。那名很崇拜俊輔，常被他請來作菜宴客的廚師，如果是平時，俊輔絕不會忘記在客人離去後親暱的誇讚他的廚藝，與他喝杯小酒，當作慰勞，但現在俊輔連聲問候也沒有，直接走上二樓，關在書房裡，這樣的對待令廚房大為驚訝。

鏑木來見他。他這次是為啟程前往京都而前來問候一聲，順便託他轉交東西給悠一。俊輔意興闌珊的敷衍幾句，便打發他走人。

俊輔不知道有幾次曾打電話給河田想要拒絕邀約。但他辦不到。為什麼辦不到，俊輔自己也不明白。

「我只是和他上過床而已。」

悠一這句話一直追逐著俊輔。

昨天晚上俊輔熬夜工作。深夜時分，極度疲累的他躺向書房角落的一張小床上。他弓起衰老的膝蓋想小睡一會兒，突然一陣劇痛襲來。他右膝的神經痛最近頻頻發作，必須服藥。止痛劑Pavinal，亦即瑪琲粉末。他以床頭櫃的水杯配水服下。疼痛消除後，反倒是雙眼清明，怎麼也睡不著。

他起身走向書桌前。將一度熄掉的煤氣爐再度點燃。書桌是一種奇怪的家具。小說家一旦面向書桌，便會被它奇怪的手臂擁住，緊緊束縛，然後就不容易脫身了。

檜俊輔最近就像花朵重新綻放般，多少重拾了一些創作衝動。他寫出兩、三部帶有鬼氣和山林寒氣的零星作品。這些都是太平記的時代重現，例如斬首示眾、火燒寺院、般若院的童子所做的神諭、大德志賀寺上人[37]對京極御息所[38]的愛戀等等，都是像阿拉伯式花紋般的故事。他還回到古代神樂歌的世界，描寫一名男子將少年的髮髻讓給別人，為此哀戚斷腸，仿效古希臘「愛奧尼亞式憂愁」，寫出名為《春日斷想》的長篇隨筆，與恩培多克勒

37《太平記》裡的人物，而三島由紀夫也曾寫過一篇短篇故事，名為「志賀寺上人之戀」。

38 藤原褒子的別稱，為宇多天皇的妃子。

（Empedocles）的《災禍牧場》很類似，獲得現實社會的反論式支持。

……俊輔擱筆。因為他遭受不愉快的妄想威脅。「為什麼我就這樣袖手旁觀呢？為什麼……」老作家獨自思忖。「都這把年紀了，還裝模作樣地扮演中太這種角色，未免也太怯懦了吧。為什麼不敢打電話去拒絕？現在細想，這都是因為當時悠一自己答應要去。不僅如此。鏑木和他已經分手……到頭來，我怕的是悠一不屬任何人所有……既然這樣，為什麼我會……不，我不行。我絕不能這麼做。連好好看鏡子都辦不到的我，絕對不行……而且，作品絕不屬於作者所有。」

雞鳴聲從四面八方傳來。那是爆裂般的聲音。那聲音宛如可以在拂曉前的黑暗中，看見公雞們口中的紅色。狗兒也四處猛吠。猶如個別遭到綑綁的盜賊們，一面對束縛自己的繩結氣得咬牙切齒，一面和同伴互相叫喚。

俊輔坐在凸窗用的長椅上吞雲吐霧。古陶器和美麗的陶俑蒐集，冷冷地包圍拂曉時分的窗戶。他望向漆黑的庭樹和紫色的天空。當他俯視草地時，發現女傭忘了收的藤椅斜躺在草地中央。早晨就從這老藤做成的黃褐色矩形之物中誕生。老作家備感疲憊。在朝霧中逐漸變得明亮的庭院躺椅，看起來像在嘲笑著他，浮泛在遠處的休息，也像是長期強迫拖延的死亡。香菸即將燒盡。他頂著寒意，打開窗戶，拋出手中的菸。菸到不了藤椅那兒。落向低矮的神代杉，停在它的葉子上。那小小一點的火花，發出黃杏色的光芒，持續了半晌。他下樓走進寢室睡覺。

傍晚時，悠一提早到俊輔家，冷不防地聽俊輔談到鏑木信孝幾天前來訪的事。

信孝已簽訂契約，把房子賣給主屋的旅館當別館使用，之後便匆匆啟程前往京都。讓悠一略感掃興的是，信孝沒提太多關於他的事，信孝說，因為公司營運不佳，他要到京都營林署上班。俊輔將信孝託他轉交的物品遞給青年。那是青年被信孝征服的那天早上，信孝從杰基手中得到的貓眼石戒指。

「好了。」俊輔站起身。因睡眠不足，為他帶來一股機械性的快活。「今晚我是陪客。主客不是我，而是你，上次看河田的眼神就明白了。不過，上次可真愉快。讓他懷疑我們是那種關係。」

「請繼續讓人誤會下去吧。」

「最近好像我成了人偶，而你是操偶師。」

「不過，鏑木夫婦不是就照您說的那樣，漂亮地解決了嗎？」

「那純粹只是湊巧。」

——河田派車前來迎接。兩人在「黑羽」的廂房等候，過了一會兒，河田到來。

河田一坐向坐墊，便展現出輕鬆自在的模樣。已不見上次那不自然的神色。當我們來到不同職業的人面前時，會想展現這種放鬆的態度。雖然俊輔以前是河田的老師，但河田在俊輔面前，已失去青年時代的文學感受性，取而代之的，是得到實務家的不解風情，他誇張地展現出這一面。而且對於法國古典文學，他故意表現出記錯的模樣，還把拉辛[39]的《費德爾》和《布里塔尼居斯》裡的故事攪在一塊，等候俊輔批評指教。

他聊到在巴黎的法蘭西喜劇院看過《費德爾》。比起法國古典戲劇中優雅的依包利特[40]，他更緬懷與古希臘傳說中那位討厭女人的威爾比俄斯（Hippolytus）氣質相近的年輕人清純之美。他之所以如此冗長地陳述自己的意見，應該是想展現出「本大爺才沒有什麼文學上的羞慚」這種想法。最後他轉身面向悠一說，趁著年輕，一定得出國旅行見見世面。是誰讓他變成這樣呢？河田頻頻以「令姪」來稱呼悠一，但他這是在利用前幾天從俊輔那裡取得的承諾。

這家店的料理，是在每個人面前擺上以鐵板橫架在炭火上的烤肉器具，客人以白色的圍裙掛在脖子上，自己動手烤肉。俊輔喝了幾杯雉酒，因微醺而臉紅，脖子上緊緊繫著那模樣奇怪的圍裙，顯得說不出的滑稽。他來回打量著悠一和河田的臉。明知會是這樣的結果，還是應邀和悠一一同前來，他搞不懂自己的心思。之前看醍醐寺那本草紙時，他不想將自己比擬成那名年邁的高僧，反倒想當中太這個媒介的角色，是這種心情的展現嗎？「美麗的事物總會令我怯懦，」俊輔暗忖。「不僅如此。有時還會讓我變得卑劣。這是為什麼呢？美會提高一個人的素質，這只是迷信嗎？」

河田開始談到悠一工作的事。悠一半開玩笑地說，如果是由丈人替他安排工作，那他在岳父岳母面前一輩子都將抬不起頭來。

「你說你有妻子？」河田悲痛地大喊。

「沒問題的，河田。」老作家不自主地說道。「放心吧，這位青年是是依包利特。」這句有點胡來的同義語，河田一聽馬上明白箇中含意。

「那就好。是依包利特就教人放心多了。關於你找工作的問題，雖然我力薄才疏，但還是希望能幫得上忙。」

這頓飯吃得愉快順利，就連俊輔也開朗起來。說來也奇怪，河田望著悠一的眼神，看得

39 Jean Racine，法國劇作家，與高乃依和莫里哀合稱十七世紀最偉大的三位法國劇作家。

40 Hippolyte，《費德爾》中的一位王子。

出滿含欲望，這卻令俊輔感到驕傲。

河田摒退女服務生。因為他想說出自己沒向任何人提及的過去，他在等候時機到來，向俊輔道出一切。他要說的是，過去他一直都單身，可說是煞費苦心。甚至在柏林時，還得特地演一齣戲瞞過眾人。

他即將歸國時，刻意在一名模樣低俗的娼妓身上砸錢，極力忍著和她同居。然後向父母寄信，請求同意他們結婚。老河田彌一郎想趁談生意之便，順便看看兒子的女人是何來歷，就此渡海來到德國。而在看過那個女人後，他大吃一驚。

兒子對他說，如果不讓我們在一起，我就尋短，從外衣的內側口袋裡露出手槍給父親看。女人是早晚會遇到的問題。老彌一郎向來行事俐落。他給德國這位純情的「泥中蓮花」一筆錢，向她曉以大義，然後拉著兒子一起搭秩父丸[41]返回日本。兒子在甲板上散步時，這位愛瞎操心的父親一直如影隨形。眼睛總盯著兒子長褲的腰帶看。他隨時做好準備，如果兒子想往海裡跳，可以一個箭步向前抓住他。

返回日本後，不管怎樣的婚事上門，兒子一概充耳不聞。他忘不了那名德國女子柯爾內利亞。桌上總是擺著柯爾內利亞的照片。在工作上，他成了冷酷勤奮的德國式實務家，而在生活上，則是佯裝成德國式的夢想家。他一直在假扮，始終維持單身。

河田將自己偽裝成他所瞧不起的人物，從中嘗盡快感。浪漫主義和愛夢想的毛病，是他在德國發現到最愚蠢的事情之一，但就像旅行者會一時心血來潮而採購一樣，他出於深謀遠慮，買了舞會用的柔軟紙帽和紙口罩。諾瓦利斯[42]流的感情貞潔、內心世界的優位性、因反動而造就出枯燥乏味的實際生活、超越常人的意志力，一直到這些事物已不適合他現在的年紀為止，他始終都輕鬆自在的扮演自己，在絕不擔心自己會擁有的思想下過生活。可能河田的顏面神經痛就是因為這樣不斷背叛自己內心才產生的吧。每次一提到婚事，他就會流露出一慣的悲傷神情。每個人都深信，他這時眼中正在追尋柯爾內利亞的幻影。

「我會看著這一帶。正好是門楣的高度。」他以持杯的手指向前方。「如何？我的眼神看起來很像在追憶過往吧？」

「你的眼鏡反光。很遺憾，這樣就看不見重要的眼神了。」

他這才摘下眼鏡，抬眼露出他說的眼神，俊輔和悠一朗聲大笑。

對柯爾內利亞的回憶可以說是雙重的。因為河田要先扮演回憶的角色，欺騙柯爾內利

41 日本郵船股份有限公司底下的客貨兩用船。
42 Novalis，德國浪漫主義詩人、作家、哲學家。著有詩歌《夜之讚歌》，《聖歌》，小說《海因里希・馮・奧弗特丁根》等。

亞，之後自己再成為柯爾內利亞的回憶，來欺騙旁人。為了製造和自己有關的傳說，柯爾內利亞是不可或缺的存在。他根本不愛那實際存在的女人，這個觀念在他心中投射出一種虛像，他終生與這種存在緊緊相繫，非得給它個理由才行。她成為河田那有可能存在的多樣性生命總稱，是陸續飛越他現實生活的否定力量的化身。現在就連河田自己也不相信她是個醜陋低俗的女人，只覺得她是個美豔不可方物的女人。因此，在他父親過世後，他馬上決定，將那些顯露出柯爾內利亞噁心模樣的照片全一把火給燒了。

……這故事令悠一深受感動。如果說感動不恰當的話，那該說是令他陶醉。柯爾內利亞確實存在！倘若加上多餘的注釋，青年想起那位因為不在場而變成絕世美女的鏑木夫人。

九點了。

河田彌一郎從胸前取下圍裙，以俐落的動作看了一下錶。俊輔微感戰慄。

不能認為這位老作家是對俗物感到自卑。就像前面提到的，他感覺到自己那深不可測的無力感是源自於悠一。

「那麼。」河田說。「今晚我要去鎌倉過夜。在鴻風園下榻。」

「這樣啊。」俊輔應道，沒再多說。

悠一感覺對方已擲出骰子。在追求女人時，那種拐彎抹角，持之以禮的做法，在男人之間則總是採用不同的方式。異性愛那種伴隨著無限曲折，偽善的快樂，在男同志之間不可能存在。如果河田想要悠一，今晚就要求悠一的肉體，這才是最符合禮儀的做法。不管怎樣，在這位納西瑟斯面前，根本沒半點誘惑力的中年男子和老男人，也會忘了所有社會的職責，只專注於他一人：他們完全不把他的精神當一回事，肉體才是最重要的。而這種情況下，某種與女人感官不同的，一種戰慄的肉體，將會從自己身上獨立出來，我們的第二肉體會加以讚嘆，而精神則會一面踩躪第一肉體，一面緊抓著讚嘆的肉體，想逐漸保持平衡，從中找出世所罕見的快樂。

「我這個人的個性向來有話直說，如果讓您覺得不舒服，還請見諒。悠一其實不是老師真正的姪兒對吧？」

「真正的姪兒？他的確不是我真正的姪兒。但就算有所謂真正的朋友，也不見得有所謂真正的姪兒呢。」這就是俊輔採取作家式的老實回答。

「我再請教一個問題，老師和悠一只是普通朋友嗎？還是……」

「你想問我們是不是情人是嗎？我說你啊，我已不是談戀愛的年紀了。」

兩人幾乎同時一手抓住折好的圍裙，望向不知名的方向，一面抽菸，一面朝盤腿坐在一旁的青年，那美麗的睫毛瞥了一眼。不知不覺間，悠一的姿態中已帶有一股放蕩不羈之美。

「聽您這麼說，我就放心了。」河田故意不看悠一如此說道，就像用粗大的深色筆尖粗魯地朝這句話旁邊畫線一樣，他臉頰浮現痙攣。「這樣的話，我們這場聚會就到這裡吧。今天聽您聊了很多，真的很愉快。希望今後至少能一個月一次，就我們三人這樣聚會。我會再找找看有沒有其他更好的地方。因為說到雷東會遇見的那些人，全都是些話不投機的傢伙，沒機會聊這麼多。柏林這圈子裡的酒吧，裡頭聚集的全是一流的貴族、企業家、詩人、小說家、演員呢。」這種排列方式很像他的作風。換言之，在他無意識的排列中，如實地呈現出他深信自己純粹只是在演戲的那種德國式教養。

幽暗的餐廳門前，有兩輛車停在不甚寬敞的坡道上。一輛是河田的凱迪拉克62，一輛是租來的汽車。

夜風仍舊冷冽，天空布滿烏雲。這一帶有不少在戰火後重建的房子，以鐵皮擋住破損處的石牆，另一邊連接的是全新的木板牆。在路燈迷濛照耀下的木板原木色澤，與其說鮮豔，不如說是妖豔。

俊輔費了好一番工夫才戴上手套。在這名板著臉孔戴上皮手套的老人面前，河田空著手悄悄碰觸悠一的手指，加以逗弄。再來得看這三人當中，誰會孤獨的獨坐一輛車。河田在打過招呼後，一副很理所當然的模樣，伸手搭在悠一肩上，領他走向自己的車。俊輔沒刻意追上前。他還抱著期待，靜靜等候。但悠一順著河田的催促，已一腳踩在凱迪拉克的踏板上，回過頭來以快活的聲音說道：

「老師，那我陪河田先生去了，不好意思，請您打電話跟內人說一聲。」

「就當作是今晚在老師家過夜吧。」河田說。

為他們送行的老闆娘說：

「真是辛苦您了。」

就這樣，俊輔獨自坐進那輛包租車。

這是短短數秒內發生的事。走到現在這一步的過程，其必然性清楚明瞭，但事情發生後，給人的印象卻只像是一起突發事件。悠一在想什麼？他是以什麼心情跟著河田走？俊輔什麼都不知道。也許悠一就只是出於孩子般的念頭，想坐車到鎌倉兜兜風。俊輔只明白一件事——悠一又被奪走了。

車子穿過舊市區裡沒落的商店街。從眼角餘光可以感覺到一長排的鈴蘭燈。老作家強烈地想念著那名俊美青年，他沉滯在美的事物中，他愈陷愈深，就此失去了行為，一切都還原成精神，還原成單純的影子、單純的比喻。他自己就是精神，亦即肉體的比喻。何時能從這個比喻中站起來呢？還是說，他應該甘於這樣的宿命？他應該貫徹自己的信念，以死人的姿態活在這世上嗎？

……不過話說回來，年邁的中太，他的心境幾乎已達到苦惱的地步。

第二十二章　誘惑者

回到家中，俊輔立刻寫信給悠一。以前他寫法文日記時的熱情再度復甦，詛咒滴向信紙的筆尖，憎恨就此迸發。當然，他的憎恨並非向俊美青年投射。俊輔重新將眼前的怒火轉嫁到他對女人陰部的無盡怨恨中。

不久，當他稍微冷靜後，他覺得這種叨絮不休的情緒性書信欠缺說服力。這封信不是情書，是指令。他重寫後放入信封內，讓信封三角形的尖端處沾有漿糊的部分，從他舔溼的嘴脣上滑過。堅硬的西洋紙劃破他的嘴脣。俊輔站在穿衣立鏡前，以手巾抵在嘴脣上低語道：

「悠一一定會照我說的話做。一定會照信上的說明去做。唯有這點是理所當然的。畢竟這封信中的指令，沒有干涉他的欲望。他「無欲」的這部分，還握在我手中。」

深夜時分，他在室內來回踱步。因為只要有片刻停下腳步，他便忍不住會想像悠一在鎌倉的旅館裡展露的姿態。他合上眼，蹲在三面鏡前。他閉眼不看的鏡子中，映照出悠一仰躺在白色的床單上，拿開枕頭，將他美麗而沉重的頭靠在榻榻米上，全身赤裸的幻影。月光灑落在他昂首露出的咽喉上，透著朦朧的白。老作家抬起那充血的雙眼望向鏡子。恩底彌翁[43]的睡姿已經消失。

※

悠一的春假結束了。學生生活的最後一年即將展開。他現在就讀舊學制的最後一年。大學池塘周邊鬱鬱蒼蒼的森林外側，是長滿草皮，高低起伏的山丘。草皮的綠意尚淺，但不管天氣晴朗，或者寒風依舊冷冽，午餐時間到處都可看到學生們群聚在草皮上。在戶外享用便當的季節已經到來。

他們慵懶而隨興地躺在草皮上，或是盤腿而坐，拔起一根青草，一邊嚼著那纖細的淡綠色草芯，一邊欣賞在運動場上認真跑步的運動員。運動員跳躍。剎那間，正午時分小小的影子，孤獨地被留在砂地上，大感困惑、羞愧、慌亂，看起來宛如對著主人留在半空中的肉體大聲叫喚著：「啊！你快點回來啊。請快點在我身上支配我。我都快羞愧死了。快點！快點！」……運動員再度跳回影子身上。他的腳跟和影子的腳跟緊緊相連。陽光普照，萬里無雲。

此時只有悠一一個人身穿西裝，從草地上微微坐起身。一名文學系裡熱中研究希臘語的學生正回答悠一的提問，並說出歐里庇得斯[44]所寫的《威耳比俄斯》故事梗概，悠一仔細聆聽。

「威爾比俄斯最後死得悲慘。他雖然保有童貞、純淨潔白、無辜、相信自己無罪，卻還是因詛咒而喪命。說到威爾比俄斯的野心，其實很微不足道，他的希望，其實任何人都能實現。」

這名戴著眼鏡，賣弄才學的年輕人，以希臘語背誦威爾比俄斯的臺詞。悠一詢問這句話的意思，他便翻譯出原義。

「……我想靠比賽打敗希臘人，成為第一。但在市場裡，則是想當第二，因為能和我善良的朋友一起長久的過著幸福的日子。這當中才有真正的幸福，且沒有危險，會給人更勝王位的喜悅……」

他的希望，任何人都能實現嗎？悠一並不認同。但他也沒更進一步思考這個問題。如果是俊輔，應該就會進一步思索吧。至少對威爾比俄斯而言，這渺小的希望未能實現。於是他的希望成了純潔人類欲望的象徵，變得光怪陸離。

43 Endymion，古希臘神話人物之一，因與月神相戀而受到宙斯懲處。在畫中的姿態與此時的悠一很相似。
44 Euripides，希臘三大悲劇大師之一。

悠一思索著俊輔寄來的信。這封信充滿魅力。就算是虛假的行動，那指令也還是行動的指令。不僅如此（這是以他對俊輔的信賴作為前提），他的行為附有很完美、帶有諷刺性，而且充滿冒犯的安全閥。至少所有計畫都不無聊。

「原來如此，我想起來了。」年輕人自言自語道。「記得我曾經對老師說過：『我時常想要挺身而出，不管是為何種虛假的思想都無所謂。就算是漫無目的也行。』所以老師才會想出這套計畫。檜老師這人也挺壞的。」他為之莞爾。剛好這時有幾名左翼派的學生三三兩兩的從山下走過，他們也和悠一一樣，受一時衝動所影響。

一點了。鐘樓的時鐘鳴響。學生們紛紛站起身。互相拂去沾在制服背後的泥土和枯草。悠一的西裝背後同樣也沾有春天輕細的塵土、微細的枯草，以及被扯下的青草。幫他拂去髒汙的朋友們，見他穿著這身剪裁講究的西裝，卻一點也沒把它當作重要服裝看待，再次對他深為感佩。

朋友們前往教室。與恭子有約的悠一與他們道別，獨自走向校門。

在電車站，青年從走下都營電車的四五名學生中，看到身穿學生制服的杰基，大吃一驚，甚至因此錯過他原本要搭乘的電車。

他們兩人握手。悠一望著杰基的臉，愣了半晌。看在旁人眼中，應該只會認為他們是悠哉的一對同屆學友。在明亮的正午陽光下，杰基至少掩蓋了二十歲的年齡差距。

杰基見悠一如此驚訝，馬上大笑起來，同時將悠一帶往路旁的行道樹下，一處雜亂的、貼滿五顏六色政治傳單的大學圍牆邊，簡短地說明自己變裝的原因。他獨具慧眼，一眼就能看出同種族的年輕人，但反而也因為這樣，而對這種半吊子的冒險感到厭膩。就算同樣是誘惑，他還是想完全瞞過對方，在佯裝是同輩友人的面具下，持續讓對方感到心安，為彼此留下相親相愛、毫無顧慮的美好餘味。所以杰基假扮成學生，專程從大磯來到這處年輕人的後宮來狩獵。

悠一對他的年輕模樣發出讚嘆，杰基流露滿足之色。接著他語帶責怪地問悠一為什麼都不到大磯來玩。他單手撐向行道樹，雙腳帥氣的交叉，露出漠不關心的眼神，手指輕敲圍牆上的傳單。這名老青年咕噥道：「哼，二十年前就這個樣子了。」

悠一見電車到來，便和杰基道別，坐上車。

※

恭子與悠一約見面的地點，是位於皇城內的國際網球俱樂部大樓。整個上午恭子都在打網球。她換好裝，用完餐，與球友們談天。待他們離去後，剩她獨自一人坐在陽臺的椅子上。

在運動後甜美的慵懶，以及無風的午後乾燥空氣下，混在汗味中的香水Black Satin的香味就像一股微微的掛念般，飄蕩在她那泛紅的臉頰四周。她心想，香水會不會抹太多了？接著她從藏青色布料的手提袋裡取出小鏡子來照。鏡子無法映出香水的氣味。但她就此感到滿意，把鏡子收好。

她沒穿春天的淡色外套，而是根據自己的時尚愛好，穿上海軍藍外套，她把外套攤在塗上白漆的椅子上，保護這位花心主人柔嫩的背部不受椅背粗大的條紋所傷。她的手提袋和鞋子同樣是藏青色，衣服和手套則是她喜愛的鮭魚紅。

穗高恭子現在可說一點都不愛悠一。她那輕浮的心，具有堅定的心所無法企及的彈力，她感情的輕浮，具有任何貞潔都望塵莫及的優美。在她內心深處，一度很誠實的自我欺瞞的衝動，突然燃起烈火，消失無蹤，連她自己也沒察覺，就這麼消逝。絕不能監視自己的內心，這是恭子加諸在自己身上的唯一義務，一個不可或缺，而且容易遵守的義務。

「已經一個半月沒見面了。」她心想。「就像昨天的事一樣。這段期間，我沒從想過他。」

……一個半月。恭子生活中都在做些什麼呢？跳了無數場的舞。看了無數場的電影。網球。無數次的購物。和丈夫一起出席外務省相關的派對。上美容院。開車兜風。針對外遇和戀愛展開許多沒用的討論。從家事中找出無數的想法和一時興起的念頭……

例如原本裝飾在樓梯間牆上的風景油畫，在一個半月內，先是移到門口牆壁上，接著又移往客廳，後來又改變心意，還是擺回原本的樓梯間牆上。她重新整理廚房，發現了五十三個空瓶，將它們賣給收破銅爛鐵的，正好拿這筆錢當零花，買了一個以庫拉索酒（Curaçao）空瓶加工做成的檯燈，後來很快就看膩，改為轉送朋友，朋友回贈她一瓶君度（Cointreau）。對了，還有原本養的一隻牧羊犬，因為犬瘟熱入侵腦部而死。口吐白沫，四肢顫抖，一聲不哼，就這麼面帶微笑的死去。恭子哭了整整三個小時，隔天早上就全忘了。

她的生活中滿是數不清的這種華麗而無用之物。她患有蒐集別針的怪癖，她從少女時代就如此，各種大大小小的別針塞滿畫有蒔繪的信盒。貧窮的女人稱之為生活熱情的東西，與恭子的熱情幾乎一樣，那推動著恭子的生活。不過如果那稱作認真的生活，那麼，也會有和「不認真」毫不衝突的認真。不知窮困為何的認真生活，或許會更難找出活路。

就像一隻飛進屋內，找不到窗戶離開，一直瘋狂四處亂竄的蝴蝶一樣，恭子也在自己的生活中四處亂竄，靜不下來。將偶然闖入的房子想作是自己的房子，這種事不管是再笨的蝴蝶也不可能這麼做。於是筋疲力竭的蝴蝶，一頭撞向畫有森林的風景畫，就此失神。

……就像這樣，恭子不時會遭遇失神狀態，那茫然的圓睜雙眼恍惚的模樣，沒人正視。她丈夫就只是心想「又開始了」。而她的朋友和堂姐妹也只是認為「她又談起那最長只能延續半天的戀情了」。

俱樂部的電話響起。是大門警衛來向他詢問，可否發通行證給一位姓南的人。不久，恭子從前方的大石牆外看到悠一走在松樹樹陰下的身影。

懷有適度自尊心的恭子，見青年沒遲到，來到她刻意安排的這種諸多不便的約會地點，心中大為滿足，已從中找到充分的藉口，原諒悠一的忘恩負義。但她刻意不從椅子上站起身，就只是以塗著濃豔指甲油的手指遮住她含笑的眼睛，朝悠一點頭致意。

「才一陣子不見，感覺你好像變了。」

之所以這麼說，有一半是為了正眼細瞧悠一，而以此當藉口。

「怎麼個變法？」

「這個嘛。變得有點像猛獸。」

悠一聽了後大笑，恭子從他大笑的口中看到肉食性動物的森森白牙。以前悠一看起來更神祕、更老實，而且似乎欠缺某種自信。而現在，他筆直的從松樹陰影下走向陽光，他頭髮散發光芒，看起來近乎金色。他在前方約二十步遠的地方停下，望向恭子，他收起那彈簧般的活力，年輕且充滿猜疑的雙眼炯炯生輝，看起來像朝她靠近的一隻孤獨的年輕獅子。

他給人一種鮮明的印象，就像是突然睜眼，在爽朗的風中飛奔而來一樣。他美麗的雙眸，凝望著恭子，不顯一絲怯退。他的視線無比溫柔，無禮又簡潔地訴說著他心中的欲望。

「才一陣子不見，他可進步不少呢。」恭子暗忖。「肯定是鏑木夫人一手調教。不過他後來和夫人鬧僵，辭去她丈夫的祕書工作，而夫人也跑到京都去了，所以換我坐收漁翁之利。」

石牆外隔著護城河，聽不見汽車的喇叭聲。能聽見的，就只有彈力十足的硬球不斷擊向球拍的聲響，以及嬌喊聲、吆喝聲、興奮的短促笑聲。不過就連這些聲音也蒸發到大氣中，像塗滿粉末般，化為慵懶的不透明聲響，不時傳入耳中。

「阿悠，你今天有空嗎？」

「有，我一整天都有空。」

「……找我有什麼事嗎？」

「沒事……就只是想見妳一面。」

「真會說好聽話。」

兩人討論後，想出看電影、用餐、跳舞，這類很平凡無奇的計畫，他們決定在那之前先散個步，雖然會繞遠路，但還是從平河門走出皇居外。這條路會從舊二之丸[45]下方的騎馬俱樂部旁通過，然後從馬廄後方過橋，爬上圖書館所在處的舊三之丸，抵達平河門。

邁步走之後，便感覺得到微風，恭子感覺臉頰微熱。一時間還擔心自己是不是病了，但其實是春天來了。

走在一旁的悠一那俊美的側臉，令恭子感到自豪。他的手肘不時會輕輕碰觸恭子的手肘。對方長得漂亮，就表示他們是一對漂亮的組合，這是最直接且客觀的根據。恭子之所以會喜歡這位俊美青年，也是這個緣故，因為她覺得這對自己的美貌來說，是安全的擔保。她那優雅的公主式深藏青色大衣，沒扣鈕釦，只要每走一步，正中央就會露出裡頭一道橘紅色的布料，讓人聯想到鮮豔的朱砂礦脈。

騎馬俱樂部的事務所和馬廄中間是一片平坦乾燥的廣場。當中有一處微微揚起塵埃，之後就像鞠躬彎腰般，就此崩塌消失。兩人的注意力被那宛如幻覺般的小旋風所吸引，想從那裡穿越，這時他們遇見一排喧鬧的人群，高舉著旗幟，從廣場上斜向走來。這群人全是鄉下的老年人。二次大戰的遺族們受邀到皇城參觀。

步伐很緩慢的一支隊伍。他們大多踩著木屐，穿著中規中矩的正裝禮服，搭配老舊的費多拉帽。而駝背的老太太們由於脖子往前伸，使得胸前的衣襟敞開，露出原本塞在胸前的手巾，幾乎都快掉出來了。明明已是春天，卻從衣領處露出絲棉的一角，那劣質絲綢的光澤突顯出被太陽曬黑的頸項上一道道的皺紋。只聽得到木屐或草履拖地而行的疲憊聲響，以及因為行走震動，上下排假牙相互撞擊的聲音。因為疲勞和虔誠的喜悅，這些巡禮者之間幾乎沒有交談。

與他們擦身而過時，悠一和恭子顯得不知所措。因為這群老年人全都望向他們兩人。就連原本低頭而行的人，也在察覺異樣的氣息後，抬眼看向他們，視線就此定住不動。沒有些許責備之色。而且眼神再露骨不過了。皺紋、眼屎、淚水、白斑，以及從髒汙血管中狡猾地凝睇著他們，宛如黑色石頭般的眾多眼瞳……悠一不自主地加快腳步，但恭子卻神色自若。恭子單純且正確地判斷眼前的現實。事實上，他們只是對恭子的美感到驚訝罷了。

巡禮者的隊伍一路蜿蜒，緩緩地朝宮內廳的方向走去。

……行經馬廄旁，走進濃密的林蔭道路。兩人手勾著手。眼前有一座土橋，架在緩升坡

45 包圍主城核心曲輪外側的城郭。

上，坡道周邊環繞著城牆。接近坡頂處，有一株櫻樹矗立在周遭的松林中。櫻花已開了七分。

單一匹馬的宮廷用馬車，一路奔下坡道而來，從兩人身旁疾馳而過。馬鬃隨風飄揚，十六瓣的金色菊花耀眼地從兩人面前掠過。兩人走上坡道。從舊三之丸的高臺，第一次環視石牆外的街景。

沒想到都市竟是這般新鮮地映入眼中。晶亮的汽車順暢地來去，這是何等活潑的生活景象啊！隔著護城河的錦町河岸，那高效率的午後榮景，氣象臺眾多的風向標轉動不停，它們展現無比可愛的認真模樣，豎耳聆聽一道又一道吹過高空的風，朝各種風展現媚態，毫不鬆懈地轉動著！

兩人走出平河門。因為還沒走過癮，所以又在護城河邊的步道走了一會兒。恭子就此從那無為的午後散步中，以及汽車的喇叭聲和卡車的地面震動聲中，充分感受到生活的實感。

……雖然這樣說有點奇怪，不過今天的悠一確實帶有「實感」。從今天的他身上可以看到，當一個人化身成自己想要的姿態時所擁有的自信。這種實感，亦即這種實質的賦予，對恭子來說尤為重要。因為過去這名俊美青年看起來就像是由感官性的片段所構成。例如他俊秀的眉、帶有深邃憂鬱的雙眸、高挺的鼻梁、稚嫩的脣，總令恭子看得賞心悅目，但在這些羅列眼前的片段中，卻又覺得欠缺某個主題。

「你怎麼看都不像是有家室的人呢。」

恭子睜著她那驚訝又無邪的雙眼，突然這樣說道。

「是啊，這是為什麼呢？連我也覺得自己總是孤零零一人。」

在這荒唐的回答下，兩人相視而笑。

恭子沒提到鏑木夫人的事，而悠一也刻意沒提之前和他們一起去橫濱的並木。這樣的禮讓，使他們兩人內心祥和，恭子暗自心想，悠一已被鏑木夫人拋棄，就像她被並木拋棄一樣，而這樣的想法，令她對青年的親近感大增。

但如同前面一再提到，恭子可說已完全不愛悠一了。像這樣見面，就只是感受到快意與愉悅。她為之飄飄然。就像隨風飄送的植物種子，此刻她無比輕盈的內心，正長出白色的冠毛，隨風飄飛。誘惑者未必會追求自己所愛的女人。不懂何謂精神的重量，在自己內心踮腳而站，情況愈現實，反而愈夢幻的這個女人，正是誘惑者最愛的獵物。

鏑木夫人和恭子在這方面可說是正好形成對比，但不管是再不合理的事，恭子也都不當一回事，不管再怎麼違背常理，她也都視而不見，總是相信對方深愛著她，無一刻稍忘。悠一溫柔體貼，絕不偷瞄其他女人，唯獨對恭子百看不厭，看到他這樣的態度，恭子感覺這是理所當然。這也就是幸福。

兩人用餐的地點，是數寄屋橋旁的M俱樂部。前不久才因為眾人聚賭，警方入內搜查的這座俱樂部，聚集了殖民勢力瓦解後的美國人和猶太人。透過二次大戰、占領地行政制度、韓戰，早已習慣從中牟利的這群人，身上帶有亞洲各國的幾個海港都市的怪異氣味，但他們連同刺在上臂和胸前的玫瑰、船錨、裸女、愛心、黑豹、英文字母等各種刺青，一起巧妙地隱藏在嶄新的西裝底下。他們那乍看頗為溫柔的藍眼珠底下，從事過鴉片交易的記憶散發著光芒，同時也殘存著某個港口裡滿是人聲叫喚，帆桅交錯的景象。釜山、木浦、大連、天津、青島、上海、基隆、廈門、香港、澳門、河內、海防、馬尼拉、新加坡……

回到祖國後，他們的經歷上應該會以黑墨水留下名為「東洋」的一行可疑汙點。把手探進神祕的汙泥中淘金的男人，那渺小又醜陋的光榮，是一輩也洗刷不掉的臭味。

這家夜店的裝飾完全採中國風，恭子對於自己沒穿旗袍來深感遺憾。日本客人就只有外國人帶來這裡的幾名新橋藝妓，其他客人全是歐美人。兩人的桌上擺著畫有綠色小龍的毛玻璃圓筒，裡頭點著紅色的三寸蠟燭。火焰在周遭的喧鬧下顯得出奇寧靜。

兩人吃吃喝喝，跳舞歡樂。兩人都還年輕，恭子沉醉於這種年輕的同感中，忘了自己的丈夫。雖然沒有特別的理由，但對她而言，忘記丈夫是輕而易舉的事。當她閉上眼，想將丈夫忘卻時，就算丈夫就在她面前，她一樣能夠辦到。就像可以隨意拆解手臂關節的雜技表演者一樣。

但悠一如此積極且開心地展現愛意，這還是第一次。他展現十足的男子氣概，想要貼近恭子，這是第一次見識。恭子向來遇到對方展現這種態度，反而會感到掃興，但現在的恭子認為，這只是她剛好處在飄飄然的狀態下，對方忠實地加以回應。「因為當我不再愛對方時，對方一定會展開熱切的追求。」她如此暗忖，不帶半點嫌棄之情。

恭子喝著胭脂色的黑刺李琴酒，這為她的舞步帶來一絲醉意的流暢，她倚在青年身上，覺得自己變得比羽毛還輕盈的身體不像是腳踩著地面跳舞。樓下的舞池三邊都圍著餐桌，在昏暗的光線下，面對垂下紅色帷幕的樂隊舞臺。樂手們演奏著時下流行的曲子〈Slow poke〉，以及〈藍色的探戈〉、〈禁忌〉（Tabu: A Story of the South Seas）……曾在舞蹈比賽中得過季軍的悠一，舞技精湛，他的胸膛無比誠實的支撐著恭子那小巧柔軟的人工假胸上。說到恭子，她隔著年輕人的肩膀，望見餐桌上的人們陰暗的臉孔，以及外圍微微鑲著光環的金髮。還看見毛玻璃上小小的綠、黃、紅、藍，各種顏色的小龍隨著不同桌上的燭火而搖曳。

「那時候，妳的旗袍上繡著一條大龍的圖案對吧。」悠一一邊跳舞，一邊說道。

這樣的默契，幾乎是在兩人的情感合而為一的親密狀態下才會產生。恭子想保留這小小的祕密，她沒告訴悠一，自己正好也在想龍的事，而是向他應道：

「是繡在白底的色丁布料上的一條龍。你記得可真清楚。當時我們接連跳了五支舞，還記得嗎？」

「嗯……我很喜歡妳當時的微笑。之後每次看到女人笑，拿來與妳相比，總覺得很失望。」

這句恭維深深觸動恭子的心弦。回想起少女時代，她那些口無遮攔的堂姐妹們，總是很殘酷地批評她那露出牙齦的笑姿。從那之後，她都會照鏡子，歷經十幾年的鑽研，她已不再露出牙齦。不管是再怎麼無意識的發笑，她的牙齦都很懂得分寸，不會忘記要藏好自己。如今恭子的笑容展現出像波紋般的輕鬆，她自己對此深具自信。

受誇獎的女人，在精神上會感受到一種近似賣淫的義務。因此，有紳士風度的悠一沒忘了模仿其他外國人的嬉鬧做法，嘴角露出微笑，輕觸女人的柔唇。

恭子雖然輕佻，但絕不隨便。跳舞、洋酒、這殖民地風情的俱樂部帶來的影響，還不足以讓恭子變得浪漫。不過，她變得有點過於溫柔，太具同情心，到容易落淚的地步。

她打從心底認為世上的男人個個都是可憐人。這是她個人如宗教般的信念。她從悠一心裡唯一發現的東西，就是他那「再普遍不過的年輕」。既然美這種東西原本就與獨創相去甚遠，這個俊美青年身上又會有什麼獨創之物呢！……悠一要是知道，必定會為那令她胸悶的憐憫而戰慄。對於男人心中的孤獨、男人心中的獸性飢渴、讓所有男人都帶有幾分悲劇性的那股欲望所帶來的束縛感，恭子想發揮紅十字的博愛精神，灑幾滴同情淚。

但這種誇張的情感，在回到座位後，也變得平靜許多。兩人沒什麼交談。顯得無事可做的悠一，就像要找藉口碰觸恭子的手臂般，目光緊盯著她那造型奇特的手錶，拜託恭子讓他看個仔細。那小小的錶盤在這樣的昏暗光線下，就算把臉湊近也很難看清楚。恭子將手錶摘下，遞給了他。悠一接著談到許多家瑞士鐘錶公司，他的博學令人吃驚。恭子問他現在幾點。比對這個手錶的時間後，悠一告訴她「九點五十分，妳的則是九點四十五分」，將手錶歸還。接下來要看表演還得再等兩個多小時才行。

「我們換個地方吧。」

「也好。」她再次望向手錶。丈夫今晚和人打麻將，不到半夜十二點是不會回家的。只要趕在那之前回家就行了。

恭子站起身，猛然一陣踉蹌，讓她就此明白自己醉了。悠一發現後，向前扶她胳臂。恭子感覺自己就像走在很深的砂地上。

在汽車裡，恭子變得心胸寬大，自己主動把嘴湊向悠一脣邊。青年做出回應，他的脣帶有一股不禮貌的力量，但又讓人感到暢快。

摟在他臂彎裡的那張臉，上方是窗外高處的廣告燈，紅光、黃光、綠光順著她的眼角流動，在那迅速的流動中，有一道光流始終靜止不動，年輕人發現那是淚，幾乎在此同時，恭子自己也因為鬢角的冰冷而發現淚水。接著，悠一嘴脣輕觸該處，吸吮她的淚。恭子在沒點亮室內燈的幽暗車內，露出她微泛白光的牙齒，多次以聽不清楚的聲音叫喚悠一的名字。這時她合上了眼。微動的嘴脣渴望悠一再次突然以他那不禮貌的力量將它堵住，而它最後也如願被堵住了。但這第二次的接吻，帶有一份了解透澈的溫柔。這有點違背恭子的期待，讓她有餘裕假裝「回過神來」。她坐起身，輕輕推開悠一的手。

恭子淺淺的坐在椅子上，以略微挺身的姿勢，攬鏡自照。她眼睛溼潤泛紅，頭髮零亂。

她一面整理面容，一面說道：

「你要是這麼做，不知道會有什麼後果。還是別這樣吧。」

她偷瞄那位以僵硬的後頸面向她的中年司機。因為她那和世人一樣的貞潔之心，從駕駛座那件老舊的藏青色西裝背後，看到了世人背對她的身影。

在築地一家外國人開的夜店裡，恭子就像口頭禪似的，一再反覆說道「我得趕快回去才行」。這裡不同於先前那家中國風的俱樂部，一律採美國風的新潮擺設。恭子雖然嘴巴那樣說，酒倒是喝了不少。

她沒完沒了地想了許多事，才剛想過，就又忘了自己剛才在想些什麼。她開朗地跳著舞，感覺就像鞋底裝上了溜冰鞋。她在悠一的臂彎裡痛苦地喘息。那喝醉的急促心跳，傳向了悠一胸膛。

她看到在場中跳舞的美國人夫婦和士兵。接著她忽然又把臉移開，正面望向悠一。一再問悠一，她是否喝醉了。一聽悠一說她沒醉，她大為放心。她心想，這樣的話，我就能走路回我位於赤坂的家了。

她回到座位，自認相當冷靜。這時，一股來路不明的恐懼向她襲來，她很不滿的望向悠一，怨悠一沒突然緊緊摟住她。看著看著，她感覺到有種擺脫羈絆的陰沉歡喜，從心底不斷升起。

我根本沒愛上這名俊美青年——她固執的心仍舊清醒。而且他對悠一是這般接納，從未對其他男人有這種感受。西部音樂剛猛的擊鼓聲，讓她感受到近乎昏迷的暢快虛脫。

幾乎可說是自然化身的這種接納感，讓她內心接近一種很普遍的狀態。原野接納夕陽的情感，以及眾多樹叢拖著長長的樹影，凹地和丘陵沉浸在各自的影子裡，即將被恍惚和薄暮包覆的情感，恭子已化身成這種情感。她清楚地感覺到，悠一那模糊的在背光中晃動，年輕、英姿煥發的頭部，可以沉浸在那宛如漲潮般向她身上擴散開來的影子中。她的內心往外溢流，直接以內心接觸外面的世界。她在醉意中受此侵襲，大感戰慄。

但她還是相信，自己今晚應該會回到丈夫身邊。

「這是生活！」她輕快地在內心如此叫喊。

「這就是生活！多棒的驚險和安心、多棒的冒險模仿、多棒的想像滿足啊！今晚與丈夫接吻時，會想到這名青年的脣，這是多麼安全，而又多麼不忠的快樂啊！到目前為止，我可以說停就停。這點我很確定。其他事姑且不論，在處事的明快上，我有信心。」

恭子喚住一名紅色制服上有一排金鈕釦的服務生，問他表演什麼候開始。服務生回答半夜十二點開始。

「在這裡同樣也看不到表演。到了十一點半，我就非回去不可了。還有四十分鐘。」

她再度催悠一跳舞。音樂結束，兩人回到座位。那位美國主持人以戴著閃亮的綠寶石戒指，長滿金毛的粗大手指，一把握住麥克風立桿，以英語致詞問候。外國客人有的大笑，有的拍手。

樂手們開始演奏快節奏的倫巴。燈光轉暗。光線照向舞臺後方的門上。這時，跳著倫巴的男女舞者，動作像貓一樣，從微開的門後滑身而出。

他們那身綢緞衣裳的四周，大片的縐褶翻飛，衣服上縫了無數個小小的圓形金屬鱗片，閃耀著綠色、金色、橘色等光芒。男女包覆在綢緞下，熠熠生輝的腰部，猶如穿梭草叢間的蜥蜴，從他們面前掠過。忽而靠近，忽而遠離。

恭子手肘撐向桌巾，看起來就像以塗滿指甲油的指甲刺向她跳動急促的太陽穴，靜靜望著眼前的表演。指甲帶來的疼痛，就像薄荷一樣爽快。

她突然低頭看錶。

「也差不多是時候了吧。」她猛然驚覺，把手錶貼向耳邊。「這是怎麼回事？表演怎麼提早一個小時開始？」

一股不安將她攫獲，見悠一左手擺在桌上，她急忙低頭望向他手上的錶。

「真奇怪，時間一樣。」

恭子又望向跳舞表演。一直緊盯著男舞者那宛如帶著嘲笑般的嘴角。她發現自己正努力思索某件事。但音樂和舞步節拍擾亂了她。她什麼也沒想，就此站起身。步履踉蹌，邊走邊扶著桌角，所以悠一也起身跟了過來。恭子叫住一名服務生，向他問道：

「現在幾點？」

「十二點十分。」

恭子把臉轉向悠一面前。

「你把我的錶調慢了對吧。」

悠一嘴角泛起搗蛋鬼的微笑。

「嗯。」

恭子沒生氣。

「現在走也不晚。我要回去了。」

青年轉為略顯正經的神情。

「妳非回去不可嗎？」

「嗯，我要回去了。」他們來到衣帽間。「啊——今天真的累了。又打網球，又走路，又跳舞的。」恭子托起腦後的頭髮，由悠一為她披上大衣。穿上後，她微微甩動頭髮。與衣服布料同顏色的瑪瑙耳飾劇烈晃動。

恭子振作了起來。在和悠一共乘的車上，她自己告訴司機她位於赤坂町的住處地址。車子行駛的過程中，她想起為了搶外國客人而守在俱樂部門外的那些流鶯，接著胡思亂想了起來。

「什麼嘛。那品味差到極點的綠色套裝。那頭棕色染髮。那塌鼻。不過，她們抽菸的模樣是真的很享受，一般正經的女人是做不到的。那菸抽起來似乎很香呢。」

車子已快到赤板。「請在前方左轉，對，直直走。」她說。

這時，原本一直沉默不語的悠一，突然從後方一把抱住她，把臉埋進她後頸，獻上一吻，恭子就此聞到之前多次在夢中聞過的髮蠟氣味。

「這種時候，要是能抽菸就好了。」她心想。「那姿態想必很優雅。」

恭子睜著雙眼，望著窗外的燈，多雲的夜空。突然間，她從自己內心看到一股異樣空白的力量，讓一切都變得索然無味。今天同樣什麼事也沒有，就這樣結束。之後就只會留下馬虎隨便、斷斷續續、多變不定的記憶，只記得自己想像力貧瘠，做什麼事也提不起勁。只有日常生活呈現出令人寒毛直豎的怪異姿態，就此留下……她的指尖碰觸年輕人那剛剃過髮的後頸。那粗糙的觸感和火熱的膚觸，就像在深夜的柏油路上燃燒熾烈的篝火，帶有令人驚豔之色。

恭子合上眼。車內的搖晃，讓她聯想到四處坑坑洞洞，路況其差無比的馬路，往前無限綿延的畫面。

她再次睜眼，輕聲朝悠一耳邊道出無比柔情的話語。

「已經沒關係了。我家早過了。」

青年眼中閃動歡喜之色。他馬上向司機交代道「去柳橋」。恭子聆聽車子大迴轉時發出的擠壓聲。說起來，這應該也可說是既悔恨又暢快的擠壓聲。

恭子一旦決定卸除這樣的矜持後，頓時大感疲憊。疲憊和醉意一同湧來，想要不讓眼睛合上，需付出不少努力。她枕在年輕人肩上，必須強迫自己覺得可愛，所以她想像自己像紅雀之類的小鳥閉眼睛的模樣，就此合上眼睛。

來到吉祥茶屋門口，她問道：

「你怎麼會知道這種地方？」

說完後，她雙腳發軟。她把臉藏在悠一背後，在女侍的帶領下走過走廊。那沒有終點，一再蜿蜒的長廊，來到一處意外的角落突然出現一道階梯，他們走上樓梯。隔著襪子傳來走廊的寒意，直達腦門。令她幾乎無法站立。她期盼來到房間後，可以輕鬆的坐下。

來到房間後，悠一對她說：

「這裡可以望見隅田川。對岸的建築是啤酒公司的倉庫。」

恭子刻意不看窗外的河景。她滿心只想著這一切能早點結束。

※

……穗高恭子在黑暗中醒來。

她什麼也看不見。窗邊立起了防雨門，沒有任何光線逸洩進屋。之所以會覺得寒氣逼人，是因為她敞開的前胸無比冰涼。她伸手摸索，將上過漿的浴衣前襟兜攏。她伸手一摸，發現自己浴衣底下什麼也沒穿。她不記得自己是什麼時候脫光了衣服，又是什麼時候穿上這件硬邦邦的浴衣。對了。這個房間是在可以望見河景的房間隔壁。她一定是比悠一早一步進入這裡，自己脫去身上的衣服。悠一當時人在隔門對面。接著隔壁房間的燈光全滅。悠一從昏暗的房間來到更暗的房間。恭子緊閉雙眼。接著一切就此美妙的展開，在夢中結束。一切都在毋庸置疑的完美中畫下句點。

房裡的燈光熄滅後，恭子雖然閉上雙眼，但悠一的面容仍舊存在於她的思念之中，所以現在她仍沒有勇氣碰觸現實世界中的悠一。他的影像是快樂的化身。眼前是青春與聰慧、年輕與熟練、愛與侮蔑、虔敬與瀆神，一種難以形容的融和。此刻恭子沒有一絲的後悔與內疚，儘管酒醒，也不足以妨礙她那清澄的歡愉……她終於提起勇氣，伸手探尋悠一的手。

恭子碰到他的手。那手好冰冷，骨頭浮凸，像樹皮一樣乾癟。靜脈了無生氣的隆起，還微微戰慄。恭子感到毛骨悚然，把手鬆開。

這時，對方在黑暗中突然咳了起來。那是無比黯淡的長咳。拖著渾濁的尾音，痛苦又揪結的咳嗽。宛如死亡般的咳嗽。

恭子碰觸那冰冷乾癟的手臂，差點發出尖叫。那感覺就像和屍骨共寢。

她坐起身，探尋理應在枕邊的燈光。她的手指空虛的從冰冷的榻榻米上滑過。座燈型的煤油燈放在離她枕邊有段距離的角落。她點亮燈後，發現自己的空枕旁躺著一名老人。

俊輔的咳嗽雖然拖著長長的尾音，但已經停止。他睜開眼睛，似乎覺得刺眼，開口說道：

「把燈熄了吧。很刺眼呢。」

——語畢，再次閉上眼，把臉轉向暗影處。

恭子完全猜不出是怎麼回事，就此站起身。她跨過老人頭頂，從零亂的箱子內找衣服。

在她穿好洋裝前，老人一直在裝睡，狡猾地保持沉默。

感覺到她準備離去後，老人才說道：

「要回去了嗎？」

女子不發一語，準備走出。

「等一下。」

俊輔起身，披上棉襖，制止了她。恭子仍舊準備默默離去。

「等一下。就算妳現在回去也沒用吧。」

「我要回去。你要是再攔我，我會放聲大叫。」

「不會有事的。妳沒有放聲大叫的勇氣。」

恭子以顫抖的聲音問：

「阿悠在哪裡？」

「他早回家了，現在應該是在他太太枕邊睡得正香甜吧。」

「你為什麼要做這種事？我做了什麼嗎？你和我有什麼怨仇嗎？你究竟是何居心？我做過什麼讓你埋怨的事嗎？」

俊輔沒回答，點亮可以望見河川的那個房間裡頭的燈。就像被燈光射穿，無法動彈般，恭子就此坐下。

「妳一點都不責怪悠一是吧。」

「因為我什麼都不知道。」

恭子伏身哭了起來。俊輔任憑她哭泣。這一切無法說明，俊輔自己也很清楚這點。事實上，恭子不該受這樣的屈辱。

待她平靜下來後，老作家這才開口。

「我從很久以前就喜歡妳。但以前妳拒絕我，還嘲笑我。如果是用一般的手段，是不會走到今天這一步的，這點妳也不能否認吧。」

「阿悠他是怎麼了？」

「他也用他自己獨特的方式想著妳。」

「是你們兩人合謀的吧。」

「哪兒的話。腳本是我寫的，悠一只是幫忙。」

「啊——真醜陋。」

「哪裡醜陋了。妳期望美的事物，而且得到了，而我也期望美的事物，並得到手，僅只如此，不是嗎?現在我們兩人的資格完全相同。妳如果說這是醜陋，那可就自相矛盾了。」

「我如果不是自盡，就是去告你。」

「了不起。妳能說出這樣的話來，表示這一晚妳進步不少。不過，妳應該更坦率一點。妳所想的恥辱和醜陋，全都是幻影。我們就只是看到了美麗的事物。我們彼此都看到了像彩虹般的事物，這是可以確定的事。」

「為什麼阿悠不在這兒？」

「悠一他不在這裡。一直到剛才為止都還在，但現在已經不在了。沒什麼好納悶的。這裡就只有我們兩人。」

恭子渾身戰慄。這種存在方式，遠超乎她的理解範疇。俊輔不予理會，接著往下說。

「事情辦完了，我們兩人留在這裡。就算是阿悠和妳同床，結果也差不了多少。」

「像你們這麼卑鄙的人，我真是有生以來第一次見識。」

「怎麼說你們呢。悠一是無辜的。今天一整天，我們三人就只是照著自己的願望行事。悠一以他的方式愛妳，妳用妳的方式愛他，我用我的方式愛妳。每個人除了用自己的方式去愛人之外，還會有其他方法嗎？」

「我真搞不懂阿悠的心思。他是個怪物。」

「妳也是怪物。因為妳愛怪物。不過，悠一沒有一絲惡意。」

「為什麼沒惡意的人可以做出這麼可怕的事來？」

「也就是說，他很清楚，妳沒任何罪過，卻得讓妳受這樣的苦。一個沒惡意的男人，與沒罪過的女人之間——彼此完全沒東西可以分享的兩人——如果你們之間有什麼連繫的話，那一定就是來自別處的惡意，從別的地方帶來的罪過。自古以來，不管任何故事都是這樣發生的。妳也知道的，我是位小說家。」他因為覺得很好笑，差點自己笑了起來，但他忍住了。「悠一和我才沒合謀呢。那是妳的幻影。我們之間沒任何關係。悠一和我……對了。」他終於露出微笑。「……單純只是朋友。妳要恨的話，就恨我一個人吧。」

「可是……」恭子一面哭，一面低調的扭動身軀。「我現在還沒有餘力去怨恨。我就只是覺得可怕。」

……從附近鐵橋上駛過的貨車，汽笛聲響徹夜空。單調的聲響一再反覆不停。不久，貨車已來到鐵橋的另一端，傳來遠處的一聲汽笛聲響，然後消失無聲。

其實真正如實見識到「醜陋」的人，不是恭子，反而是俊輔。因為在女人發出快樂呻吟的瞬間，他並未忘卻自己的醜陋。

不被愛的存在，侵犯了被愛的存在，檜俊輔多次體認到這可怕的瞬間。女人被征服，那是小說創造出的迷信。女人絕不會被征服。絕對不會！就像男人基於對女人的崇敬，而刻意加以凌辱的情況一樣，有時女人也會獻身給男人，以作為輕視的證明。鏑木夫人就不用說了，身為這三名人妻的任何一人，都不曾被他征服過。就連中了悠一的迷幻麻醉，而委身於他的恭子，也是如此。當中的原因只有一個。那就是俊輔很確定，絕不會有人愛他。

這些交往當真古怪。俊輔折磨著恭子。現在他以異常的力量支配著恭子。但就結果來看，這不過是個沒人愛的人所擺出的姿態。他那打從一開始就絕望的行為，根本沒半點溫柔，以及世人所說的「人性」可言。

恭子默不做聲。她端正地坐著，不發一語。這個輕佻的女人，過去從沒這麼長時間保持沉默。既然她學會了沉默，今後這應該會成為她自然的表情吧。俊輔也噤聲不語。有理由相信，在天明前，這兩人可以一直都不說話。只要天一亮，她應該就會用手提袋裡的小道具化妝，回到丈夫家中……但始終遲遲不見河面泛白，兩人都懷疑這個夜晚會持續到什麼時候。

第二十三章　日漸成熟的每一天

年輕的丈夫持續過著原因不明的匆忙生活，本以為是出門上學，卻深夜才返家，本以為他會待在家中，卻又突然外出，過著母親所說的「無賴漢」生活。而在這段時間裡，康子的生活過得平穩，幾乎可稱得上幸福。這樣的安泰是有原因的。因為她現在只對自己內部感興趣。

對於春天的到來，她也不太關心。外部的任何力量都影響不了她。小腳在她體內蹬踢的感覺、孕育這可愛暴力的感覺，全都從她體內開始，在她體內結束，一種不間斷的陶醉。說起來，她體內也正逐漸擁有「外部」，她將世界擁抱在自己體內。外面的世界純屬多餘！

她想像那發光的小腳踝、滿是潔淨且細微的皺紋，發光的小腳掌，從深邃的暗夜中伸出，一腳踢向黑暗的模樣，她覺得自己的存在正是那溫熱、充滿養分、滿是鮮血的黑暗本身。

逐漸被侵蝕的這種感覺、內部深深被侵犯的感覺、最強烈的強姦感、生病的感覺、死亡的感覺……不論是何種違背倫常的欲望還是感覺的放縱，都可以大大方方得到允許。康子不時會發出透明的笑聲，有時則是不發出聲音，露出彷彿來自遠方的獨自微笑。那就像盲人的微笑，是當有人豎耳聆聽只有自己才聽得見的遠方聲響時，臉上會露出的微笑。

才一天沒感覺到胎動，她就會擔心得不得了。怕會不會是胎兒死了。聽她說出這種孩子氣的擔憂，或是不論大小事都找婆婆商量，都令這位好脾氣的婆婆大為開心。

「因為悠一也是個不太會將情感表現在外的孩子。」她對媳婦流露慰藉之色，如此說道。「他一定是因為孩子即將出生，開心和不安兩種情緒攪在一起，才會四處喝酒。」

「不。」媳婦以很篤定的口吻應道。對這個自我滿足的靈魂來說，安慰是多餘的。「……比起這個，更重要的是現在還不知道這孩子是男是女，這最教人感到焦急。要是自己認定是男孩，而滿心以為會是個長得像阿悠的孩子，結果卻生出長得像我的女孩，那該怎麼辦？」

「哦？我倒希望是個女孩。男孩我實在受夠了。沒有什麼是比男孩更難養的了。」

就這樣，這對婆媳感情融洽，當康子對自己難看的體態感到難為情，不方便外出辦事時，婆婆就會欣然代為外出。但這位帶著女傭阿清同行，有腎臟病在身的老太太親自前往，常令對方看傻了眼。

這天，待在家中的康子到庭院做運動，主要是在後院那約有百坪大，由阿清悉心維護的花壇散步。她執起園藝剪。想剪朵花擺在客廳當裝飾。

花壇四周開滿了杜鵑花，而各種當季的花卉，例如三色堇、香碗豆、旱金蓮、鬼燈檠、金魚草，這些充滿抒情氣氛的鮮花也朵朵綻放。她思考著該剪哪一朵好。其實她對這些花並沒有多大興趣。只要可以隨意選擇，不管挑選哪一個都能馬上得到手，則不管那東西再美，也會不當一回事……她在原地佇立了半晌，手中的園藝剪不斷發出聲響。空虛地互相摩擦的園藝剪刀刃，因為微帶紅銹，產生一股黏在一起的抗力，傳向康子的手指，發出聲響。

她猛然回神，發現自己此時想的是悠一的事，所以她對自己的母愛感到懷疑。此刻封閉在她體內，不管再怎麼恣意胡為，再怎麼鬧翻天，在時候到來前，就是無法從她肚裡脫困的這個可愛的東西，不就是悠一嗎？康子擔心自己看了嬰兒後會感到失望，所以她甚至心想，不妨連續好幾年都挺著這個不自由的大肚子算了。

康子在無意識中剪下手邊淡紫色的鬼燈檠花莖。留在她手中的，是與長度如同手指的花莖相連的一朵花。她心想，我為什麼會剪得這麼短？。

純潔的心！純潔的心！她覺得這句話是如此空洞、醜陋，以此悲痛的描繪已經成年的自己。這種近乎復仇心的清純，到底算什麼？當她頂著清純的招牌，抬眼望著丈夫的雙眼時，總是等候丈夫露出因難為情而顯得忸怩的表情，那不就是我的快樂嗎？她不期待從丈夫那裡得到任何快樂，為此，她甚至隱藏自己內心的純潔，她很想把這看作是自己的「愛」。

但是那平靜的髮際線、俊美的雙眸、網羅了細膩線條的鼻子到嘴角的纖細、微帶貧血的膚色所呈現出的高雅、為了遮掩下半身的身形而特別訂作的寬鬆衣服，那古典的縐褶，搭配起來真是相得益彰。他的嘴唇因風吹而乾燥，所以她多次以舌頭來替他滋潤。因此他的嘴唇增添了不少豔麗。

從學校返家時，悠一走後門回來，剛好正準備從花壇的木門走進。他打開門，鈴噹發出響亮的聲響。在鈴噹作響前，他手按著木門，閃身進入庭院。躲在苦櫧樹下望著妻子。他會這麼做，是出於天真無邪的調皮心理。

「如果是從這裡的話，」年輕人語帶嘆息的在心中低語。「我就能真正的愛自己的妻子。距離讓我自由。當處在手搆不到的距離下，我就只是望著康子時，康子是多麼的美啊。她衣服的縐褶、她的秀髮、她的眼神，一切都顯得如此純潔。只要能保持這個距離的話！」

但這時，康子從苦櫧樹下看到那露在樹幹外的褐色皮革提包。她叫喚悠一的名字。就像是個即將溺斃的人在叫喊似的。悠一就此現身，於是她快步走向前。衣服下襬纏向花壇的竹子彎撓做成的低矮圍欄。她就此跌在容易打滑的泥土上。

悠一這時感到一股難以言喻的恐懼襲來，閉上眼睛，但接著他馬上跑到妻子身邊扶起她。就只有下襬被紅土沾汙，沒半點擦傷。

康子急促地喘息。

「妳沒事吧。」悠一焦急地問道，說完後他才感覺到，剛才康子跌倒的瞬間，他心中的恐懼與某種期待緊緊相連，為之毛骨悚然。

經他一問，康子這才臉色發白。在悠一扶起她之前，她的心思都在悠一身上，完全沒想到孩子的事。

悠一讓康子躺在床上，打電話給醫生。不久，和阿清一同返家的母親，看見醫生後竟然不顯一絲驚訝，她一面和悠一交談，一面說她自己當初懷孕時曾從樓梯上滑落兩、三階，但什麼事也沒有。悠一忍不住向母親問道：「媽，妳真的不擔心嗎？」母親瞇起眼睛說：「也難怪你會擔心。」悠一覺得自己那可怕的期待彷彿被母親看穿，就此怯縮。

「女人的身體啊……」母親的口吻就像在上課似的。「看起來很柔弱，但其實相當堅韌。如果只是稍微跌一跤，肚裡的胎兒會覺得像是坐上溜滑梯一樣，只會覺得有趣。脆弱的反而是男人。因為誰也沒料到，你爹竟然那麼脆弱，年紀輕輕就過世了。」

醫生吩咐道，應該是沒什麼狀況，不過還是要觀察後續的情形，說完離去後，悠一一直守在妻子身旁。河田打電話來。悠一假裝不在家。妻子眼中滿溢感謝之情，青年明白這與他的認真態度有關，不禁感到心滿意足。

隔天，胎兒又以他強勁的腿力，驕傲地踢著母親的肚子。一家人就此放心，康子也認為，那充滿驕傲的踢腿力道，肯定是個男孩，對此深信不疑。

悠一掩飾不了這種真正的喜悅，向河田道出這項小插曲。這名企業家聽了，那高傲的臉上清楚浮現嫉妒之色。

第二十四章　對話

兩個月過去。來到梅雨時節。俊輔因為要到鎌倉出席聚會，而來到東京車站的橫須賀線月臺上時，看到悠一雙手插在風衣口袋裡，一臉困惑地站著。

悠一面前有兩名穿著華麗的少年。身穿藍襯衫的少年抓著他的手臂，另一名身穿胭脂色襯衫的少年則是捲起衣袖，雙手盤胸，站在悠一面前。俊輔繞到悠一背後，躲在柱子後方偷聽三人的對話。

「阿悠，你要是不和這傢伙斷絕關係，那就在這裡殺了我吧。」

「這話一聽就知道你在打什麼主意，你就別說了吧。」藍襯衫少年在一旁說。「我和阿悠的關係，是怎麼切也切不斷的。哪像你，看在阿悠眼裡，就只是用來下酒的小點心。瞧你那張臉，簡直就是加了太多糖的廉價糕餅。」

「好，看我殺了你。」

悠一把手從藍襯衫少年手中抽回，像一名長者般，以沉穩的聲音說道：

「你們別再鬧了。待會兒我再慢慢聽你們說。在這種地方鬧，成何體統。」他轉頭面向藍襯衫少年，再補上一句。「你也是，老擺出一副像是我老婆的樣子，未免也太過火了。」

藍襯衫少年突然露出孤獨的凶惡眼神。

「喂，你跟我到外頭去。」

胭脂色襯衫的少年，露出一排漂亮的皓齒，加以嘲笑。

「傻瓜，這裡不就是外面嗎？大家都頭戴帽子，腳穿鞋子在路上走呢。」

眼看現場的氣氛非比尋常，老作家刻意繞到正面去，朝悠一走近。兩人很自然的目光交會，悠一像獲救似的面露微笑，朝他行了一禮。已很久沒見到他那充滿友情的迷人微笑。

俊輔穿著剪裁精緻的粗花呢服，胸前口袋裡插著一條帥氣的深褐色格子手帕。這位老紳士與悠一規規矩矩的展開一場像在演戲般的寒暄，兩名少年則是在一旁看得目瞪口呆。其中一人眼中含媚地說了一句「那麼悠一，改天再敘嘍」。另一人則是一句話也沒說，掉頭就走。兩人離開後，橫須賀線的蛋黃色車廂沿著步廊駛近，發出隆隆聲響。

「你的往來對象可真危險。」

俊輔走向電車，如此說道。

「可是老師，您不也和我有往來嗎？」

悠一如此回應。

「剛才好像還提到要殺人呢……」

「您聽到啦？那是他們的口頭禪。其實他們明明是膽小鬼，連打架都不會。而且那兩個人雖然互相齜牙裂嘴，彼此卻關係親密。」

「關係親密？」

「我不在的時候，他們兩人都是一起睡。」

……電車啟動，在二等車廂裡迎面而坐的兩人，沒問彼此欲往何方，就這樣默默望著車窗外。下著濛濛細雨的沿線風景，觸動悠一的心。

電車駛過那全身溼透，呈現不悅之色，大樓林立的灰色街道後，工廠街道那灰濛黝黑的風景取而代之。在溼地與荒蕪的狹小草地對面，有一家外部設有玻璃的工廠。有幾片玻璃破裂，空蕩蕩的漆黑屋內，可以看見許多顆燈泡，大白天就亮著燈……他們接著通過位於高臺的一間老舊的木造小學旁。呈ㄇ字形的校舍，空虛的窗戶面朝他們，在這個被雨淋得溼透，沒半個孩子的校園裡，就只有瀝青脫落的肋木架[46]佇立雨中。然後是無窮無盡的廣告看板，例如寶燒酒、獅王牌牙膏、合成樹脂、森永牛奶糖……

氣溫變熱，青年脫去大衣。他身上剛訂做好的西裝、白襯衫、領帶、領帶夾、手帕，還有手錶，都極盡奢華，呈現出不搶眼的色彩調和。不僅如此，他從衣內口袋取出的登喜路（Dunhill）牌新型打火機、菸盒，也都足以令人看了瞪大眼睛。俊輔心想，這全都是河田的個人嗜好。

「你和河田約在哪兒碰面？」老作家語帶調侃地問道。悠一原本正打算點菸，聽了之後突然把打火機移開，正眼望向老作家。那小小的藍色火焰，與其說是在燃燒，不如說像是驚險的從空中落下。

「你為什麼知道？」

「我是小說家啊。」

「真教人吃驚。我們約在鎌倉的鴻風園。」

「這樣啊。我也有一場聚會要參加，在鎌倉。」

兩人沉默了片刻。悠一感覺到窗外幽暗的視野中，出現一道鮮明的紅線，朝那裡望去。原來他們正從那重新塗上紅色底漆的鐵橋鋼筋旁通過。

俊輔突然說道。

---

46 可攀爬的梯子狀訓練器材，常用來矯正姿勢和運動訓練。

「你愛河田嗎？」

悠一聳了聳肩。「您這是在開玩笑吧。」

「為什麼要和你不愛的人約會呢？」

「老師，建議我和自己不愛的女人結婚的人，不就是您嗎？」

「但女人和男人不同。」

「哼，還不都一樣。兩邊都一樣好色，一樣無趣。」

「鴻風園……是一家奢華的旅館，不過……」

「不過什麼？」

「那從以前就一直是企業家帶新橋赤坂的藝妓去享樂的旅館呢。」

這話似乎傷了他，悠一轉為沉默。

俊輔並不明白，青年的平日生活無趣至極。這世上能讓這位納西瑟斯不會感到無聊的東西，就只有鏡子了。如果是鏡子的牢獄，應該就能終生囚禁這名美貌的囚犯。比他年長的河田至少懂得化身成鏡子的方法……

悠一開口道：

「從那之後，一直都沒機會和您見面。恭子情況如何？之前在電話裡得知，進行得很順利。呵呵……」他雖然面露微笑，但他沒發現這微笑是在模仿俊輔。「一切都很巧妙地解決了。康子、鏑木夫人、恭子……如何？老師，我對您始終都很忠心吧？」

「忠心的你，為什麼假裝不在家？」

——俊輔忍不住語帶埋怨地說道。若無其事地說出這樣的藉口，可說是已竭盡所能。

「這兩個月來，你就只有兩、三次接我電話不是嗎？而且每次說要見你，你總是推拖。」

「我以為您如果找我有事，會寫信告訴我。」

「我很少寫信。」

……電車過了兩、三站，孤獨的立在屋頂外被雨淋溼的月臺走道上，顯示站名的立牌、屋頂內走道的昏暗人潮、一張張空洞的臉龐和一把又一把雨傘……站在鐵路上抬眼望著車窗，藍色衣服完全濡溼的工人們……眼前這平凡無奇的景象，令兩人的沉默更顯沉重。

接著悠一像要從中抽身般，再度開口道：

「恭子後來怎樣？」

「恭子是嗎。她完全沒有得到自己想要東西的感覺……在黑暗中，我和你掉包，進入那個女人的寢室時，喝醉的她閉著眼睛叫我『阿悠』，當時我的確興起一股回春的激情。在那短暫的時光裡，我確實借用了你青春的形體……就只是這樣。恭子醒來後，一直到隔天早上，一句話都沒說。從那之後也沒任何音訊。就我看，那起事件發生後，她應該是過著放浪的生活吧。說起來還真是可憐。她其實也沒做什麼壞事，卻面臨這樣的遭遇。」

悠一完全沒感受到任何良心的譴責。理應從中產生悔恨的動機和目的，但他一點都不具備，就這樣展開了行動。他記憶中的行為是坦蕩的。既非復仇，也非欲望使然，沒半點惡意成分的行為，支配著不會反覆出現的一定時間，從很單純的這一點到達另一邊。

可能是悠一只有那個時候徹底扮演了俊輔作品中的角色，而得以不受任何倫理的限制。恭子絕不是遭到設計。因為她醒來時，躺在她身旁的老男人，與白天時一直陪在她身旁的那名俊美的分身，原本是同一個人。

對於自己創造的作品所引發的幻影和蠱惑，作者當然不必負責。悠一代表了作品的外在、形態、夢、帶來陶醉的酒所具有的無感冰冷，俊輔則代表了作品的內在、陰沉的算計、無形的欲望、製作這種行為的感官滿足，但投入同樣作業的同一個人，在女人眼中卻是呈現出兩個不同的人物，如此而已。

「像那次的回憶那樣完美而精妙，可說是絕無僅有了。」青年的視線移向細雨濛濛的窗外，暗自思忖。「我幾乎可說是離行為的意義無限遠，卻又很接近行為最單純的形態。我不動，而能將獵物逼上絕路。我不渴望對象，而對象會化身成我想要的形態。我不開槍，而可憐的獵物會被我的子彈射中而死亡……而那時候，我從白天到晚上，都無比坦蕩，不帶一絲陰沉，擺脫了過去苦惱著我的虛假倫理義務，只要想著趁今晚把女人搬到床上去，熱中於這單純的欲望就行了。」

「可是，那回憶對我來說，是醜陋的。」俊輔心想。「……在那個瞬間，我的內在美竟不能與悠一的外在美匹配！蘇格拉底在夏天的某個早晨，躺在伊利索斯河畔的懸鈴木下，與美少年斐德羅（Phaedrus）暢談，直到暑氣消散後，他向土地之神祈禱的話語，我一直認為那是世上最棒的訓示。」

我的潘神以及這土地上的諸神啊，請讓我的內在變得更美，並讓我外在所擁有的一切，能與我的內在和睦共處……

「希臘人擁有世所罕見的才能，就像大理石雕刻一樣，能以塑型的眼光來看待內在美。精神日後是如何被毒害，如何以不具情欲的愛來崇拜，如何以不具情欲的侮蔑來褻瀆！年輕貌美的阿爾西比亞德斯[47]，對蘇格拉底的內在產生情欲之愛，在愛的驅使下，為了激起這位長得像西勒努斯[48]般的醜男心中的情欲，以得到他的愛，阿爾西比亞德斯緊挨在他身邊，和他裹著同一件披風共眠。當我在《饗宴篇》[49]中讀到阿爾西比亞德斯那段美麗的話語時，令我大為驚嘆。」

……我如果不委身於您這樣的人物，將愧對眾位賢人。比起因為委身於您，而在無知的大眾面前感到羞愧，這樣更加令我羞愧……

他抬起眼。悠一並未看他。年輕人專注地望著一個極為渺小，微不足道的東西。在鐵路沿線有一戶小小的人家，在梅雨淋溼的後院，婦人蹲在地上，全神貫注的搧著火爐。可以看見那白色圓扇的急促動作以及小小的紅色爐門。悠一心想，生活是什麼？這就像是個沒必要解開的謎。

「鏑木夫人可有信給你？」

俊輔再度唐突的發問。

「一個星期一次，很長的書信。」悠一微微一笑。「而且總是夫妻倆的信放在同一個信封裡寄來。她丈夫一張信紙，多的時候兩張。兩人都寫得很露骨，直說愛我，看了教人傻眼。前不久夫人的信中有這麼一行字寫得很精采。她說：『因為你的回憶，讓我們夫妻倆感情變好了。』」

「世上竟然有這麼奇妙的夫妻。」

「世上夫妻全都很奇妙。」

悠一像個孩子似的，加上注解。「鏑木竟然能待在營林署工作，真虧他耐得住性子。」

「聽說夫人開始當起汽車業務員。日子過得還可以。」

「這樣啊。如果是她，應該能勝任愉快……對了，康子已即將臨盆了吧。」

「是啊。」

「你就要當爸爸了。這也很奇妙。」

悠一沒笑。他望向緊鄰運河的船行，那座大門緊閉的倉庫。望向被雨淋溼的碼頭，以及被繫著的兩、三艘船，那因濕潤而發著光的嶄新木頭色，和繪有白色屋號，生銹的倉庫大門，在這不會動的水岸邊，泛起茫然的期待表情。難道是有某個東西從遙遠的海域前來，攪亂倉庫投射在死水中的憂鬱倒影嗎？

---

47 是雅典傑出的政治家、演說家和將軍。
48 Silenus，酒神狄奧尼索斯的伴侶和導師。常以禿頭的老人形象出現。
49 Symposium，柏拉圖的一篇對話式作品。

「你害怕嗎？」

這語帶揶揄的口吻，重重撞向青年的自尊心。

「我才不怕呢。」

「你在害怕。」

「有什麼好怕的？」

「多著呢。要是你不怕，那麼，康子生產時，你不妨在一旁陪產，好確認你害怕的是什麼……不過你做不到。因為眾所周知，你是位愛妻人士。」

「老師，您到底想對我說什麼？」

「一年前，你照我說的話結婚，當時你一度克服恐懼，而它所結的果實，你現在勢必得摘下……你結婚時立下的誓言，那自我欺瞞的誓言，你可有遵守？你真的可以只讓康子受苦，而沒讓自己受苦嗎？你始終從自己身旁感受康子的痛苦，也從自己身旁看到自己的的痛苦，你該不會把兩者搞混，就此產生錯覺，以為這就是夫妻間的愛吧？」

「您明明什麼都知道。之前我曾經找您商量墮胎的事，您忘了嗎？」

「我怎麼可能忘了。我當時堅決反對。」

「沒錯……所以我決定照您說的去做。」

電車抵達大船。兩人望見車後面的山巒上，微微垂首的高大觀音像，頸項聳立於朦朧的蓊鬱樹林間，直接灰濛的天際。車站內空蕩無人。

發車後過沒多久，在離鎌倉只隔一站的短短時間內，俊輔就像要把心裡的話全部說個夠似的，很快地說道：

「你不會想要親眼清楚的確認自己的無辜嗎？你的不安、恐懼、痛苦，全都毫無來由，你不會想親眼確認嗎？……不過，看來你是不可能辦到的。如果你辦得到，你應該就會展開新的生活，但看來是不可能了。」

青年嗤之以鼻，流露反抗之色。「新的生活」是吧。接著悠一很仔細的單手捏起那燙得筆直的長褲線條，改換蹺起另一隻腳。

「您說親眼確認，要怎麼做？」

「只要康子生產時，你在一旁陪產就行了。」

「什麼嘛，跟個傻瓜似的。」

「你一定做不到。」

俊輔一箭射中俊美青年最嫌棄的地方。像在看著被箭射傷的獵物般，靜靜盯著他瞧。青年的嘴角泛起佯裝是嘲諷，但其實是不知所措的不悅苦笑。

對別人而言，快樂是羞恥，但他們這對夫妻的關卻是以嫌棄為羞恥，俊輔總是在看到悠一時，從中窺探這點，進而從中看出悠一一點都不愛康子，而暗自高興。但悠一早晚都得面對這樣的嫌棄。他的生活中，總是對嫌棄視而不見，沉溺在嫌棄中。過去難道他都佯裝出很享受的模樣，吃的全是他所嫌棄的一切？像康子、鏑木伯爵、鏑木夫人、恭子、河田。

如今俊輔又在推薦他享用這道口感絕佳的「嫌棄」，在俊輔那帶有訓示意味的親切中，始終暗藏著他無法實現的依戀。某個東西非結束不可。同時也必須有某個東西得就此重新開始。

也許悠一會從那樣的嫌棄中痊癒，俊輔也是。

「總之，我會照自己喜歡的方式去做，不會完全聽從您的指示。」

「無妨，這樣也行。」

電車朝鎌倉車站駛近。下車後，悠一朝河田所在的地方而去。一股痛楚的情感向俊輔襲來，但他的表現卻和內心背道而馳，就只是冷淡地低語道：

「不過……你一定辦不到的。」

第二十五章　轉換身分

當時俊輔說的話，一直在悠一心中縈繞不去。他想忘卻。但愈想忘卻，那句話愈是牢牢的阻擋在他面前。

梅雨天怎麼也不見放晴，康子的產期也一直推遲。比預產日晚了四天。不僅如此。懷孕過程一直都很健康的康子，到了懷孕後期，卻開始出現一些令人擔憂的徵兆。

血壓飆高到一百五十以上，雙腳略顯浮腫。

高血壓和浮腫往往是妊娠中毒症的前兆。六月三十日下午，開始最初的陣痛。到了七月一日深夜，每隔十五分鐘就痛一次，血壓達到一百九十，而且她還說自己頭痛欲裂，這令醫生很擔心是子癇[50]的徵兆。

常去就診的那位婦產科部長，幾天前讓康子到他自己的大學醫院住院，但陣痛明明都持續了兩天，卻始終不見分娩跡象。探究原因後發現，原來是康子的恥骨角度比一般人來得

50 指孕婦因為妊娠毒血症而產生的癲癇症狀。

小。因此決定在婦產科部長的陪同下，以產鉗助其分娩。

七月二日，在梅雨間的空檔，出現一天像為盛夏做引導般的晴天。一早，康子娘家的母親坐著轎車前來接悠一，因為悠一之前說要在分娩當天待在醫院等候。兩位親家母禮貌周到的互相寒暄，悠一的母親說，她也想去醫院陪產，無奈有病在身，怕去了反而添亂，所以才就此作罷。康子的母親是個體型福態，身體健康的中年婦人。坐上車後，她平時的毛病又犯了，毫不客氣地調侃起悠一來。

「在康子口中，你似乎是個理想的丈夫，這麼一來，我也算是有識人之明。要是我再年輕幾歲，不管你有沒有太太，我都不會就這麼放過你。一定常有人來勾引，讓你很傷腦筋吧。不過我要拜託你一件事，請你一定要巧妙瞞著別讓康子知道喔。要是你不善隱瞞，就表示不是真的愛她。不過話說回來，我絕對會守口如瓶的，所以你就實話跟我說吧。最近有沒有遇上什麼有趣的事啊？」

「沒用的。我才不會上這種當呢。」

這個女人就像一頭躺著曬太陽的母牛，如果向她吐露「實話」，不知道會有什麼反應，這個可怕的幻想突然浮現悠一心中，但當時岳母的手指突然伸向他面前，又突然返回觸摸她垂落於前額的頭髮，這個動作令他嚇了一跳。

「哎呀，我還以為是白髮呢。原來是頭髮發光啊。」

「怎麼可能。」

「所以剛才我也嚇了一跳。」

悠一望向戶外灼熱閃亮的陽光。今天上午，康子在這市街的一隅，至今仍受著陣痛之苦。這時，那明確的痛苦清晰的浮現悠一眼前，感覺彷彿能用手掌評估那苦痛的重量。

「不會有事吧？」女婿如此說道，但康子的母親就像對他的不安感到輕蔑般，隨口應了一句「不會有事的」。因為她很明白，對於這種完全屬於女人範疇的事，唯有展現出樂天的自負，才能讓這位沒經驗的年輕丈夫放心。

當車子在某個十字路口停下時，聽到一陣警笛聲。往外一看，在一片灰黑色的馬路上，直直地駛來一輛帶有童話般色彩，顯得無比亮眼的紅色消防車。車身幾乎呈現跳躍動作，車輪輕輕碰觸地面，發出隆隆聲響，彷彿飄浮在周遭的地面上。

當它從悠一和康子的母親搭乘的這輛車旁邊掠過時，兩人從駛離的車子後窗，找尋火災發生的地點。沒看到失火。

「真傻，竟然是這個時節失火。」

康子的母親說。在這種大太陽底下，就算附近起火，肯定也看不到火光。不過，確實某處發生了火災。

……悠一前去替感到難受的康子拭去額頭上的汗水，面對那即將到來的分娩時刻，他對趕到醫院來的自己感到不可思議。肯定是一種類似冒險的快樂在誘惑著他，讓他這麼做。不管待在哪裡，他都免不了會感受到康子所受的苦，所以一定是對康子的痛苦產生親近感，驅策這名年輕人趕赴妻子身邊。平時的悠一是那麼不愛回家，此刻卻像是「回到自己家」一樣，來到妻子枕邊。

病房裡很悶熱。通往陽臺的拉門敞開著，白色的帷幕擋住陽光，有時帷幕會因若有似無的風而鼓起。一直到昨天為止，都是下雨溼冷的天氣，所以這裡沒備電風扇，母親一走進病房，馬上便發現這件事，去外頭打電話要家裡送電風扇過來。護士因為有事而不在病房裡，裡頭只剩悠一和康子兩人。年輕的丈夫幫她擦拭額頭的汗水。康子深深吁了口氣，睜開眼睛，她原本滿是溼汗的手緊握著悠一的手，這時微微鬆開。

「現在又稍微好些，輕鬆多了。這會維持十分多鐘。」

她像現在才發現似的，環視四周。「怎麼會這麼熱！」

見康子變得輕鬆，悠一感到害怕。因為她輕鬆時的表情，帶有她平日生活的一面，這是悠一最害怕的。年輕的妻子拜託丈夫幫她拿小鏡子來，用手梳開她那因痛苦而零亂的頭髮。那張沒化妝，蒼白又浮腫的臉，帶有幾分醜陋，康子無法從中看出痛苦背後崇高的特性。「抱歉，讓你看到這麼邋遢的一面。」她以只有病人才顯得自然的柔弱神情說道。「我很快就又會變漂亮的。」

悠一的神情，像是個受痛苦擠壓的孩童，從上方俯視著康子。思索著該怎麼說明才好。他就是因為這樣的醜陋和痛苦，才得以待在妻子身邊，沉浸在帶有人性的情感中。當妻子處在美麗與祥和的狀態下時，彷彿愛她是很自然的一件事，這反而將他拉離人性的情感，只讓他想起他不愛的那些靈魂。這要如何才能說明呢？不過，悠一錯就錯在他完全不相信此刻自己的溫柔中摻雜了世上一般丈夫所具有的溫柔。

母親和護士一起走進。悠一把妻子交給她們兩人照顧，來到陽臺上。三樓陽臺可以俯瞰中庭，隔著中庭，許多扇病房的窗戶和樓梯間的一大片玻璃，一一映入眼中。可以望見護士的白衣走下樓梯。樓梯隔著玻璃，大膽的畫出斜斜的平行線。上午的陽光，以反向的角度斜斜的截去那道平行線。

悠一在耀眼的光線中嗅聞消毒水的氣味，接著想起俊輔說的話。你不會想要親眼確認自己的無辜嗎？「……那老人所說的話，總帶有一股吸引人的毒素……要我看著自己嫌棄的對象生下我的孩子。如果是我，是有辦法做到的，他早已看出這點。那殘酷又甜美的勸誘中，帶有一種暗自叫好的自信。」

他手撐著陽臺的鐵欄干。生銹的鐵，在太陽的照射下傳來溫熱的觸感，驀然讓他想起蜜月旅行時，他脫下領帶打向飯店陽臺欄干的那一幕。

悠一心中興起一股無以名狀的衝動。俊輔在他心中撩撥起那般鮮明的痛苦，而此時又一同喚起這份嫌棄的回憶，緊緊附身在青年身上。想加以反抗、報復，或者想委身於它，幾乎都是同樣的意思。想要看出嫌棄根源的這股熱情，帶有想探尋快樂泉源的肉欲，及感官下令探究的欲望，這些都是很難加以區分的欲望。想到這裡，悠一內心為之戰慄。

康子的病房房門開啟。

一身白衣的婦產科部長走在前面，兩名護士推著附車輪的躺臺來到病房。這時康子再度陣痛來襲。她就像在叫喚遠方的人似，高聲呼叫丈夫的名字。悠一跑過來握住她的手。

婦產科部長莞爾一笑說道：

「再忍耐一會兒就好了。再忍耐一會兒。」

他那一頭漂亮的白髮，光看一眼就讓人感到信賴。這白髮、這老道的經驗、這位光明正大的名醫展現的善意，都令悠一抱持敵意。對於懷孕，對於那不太尋常的難產，對於理應要出生的孩子，這一切的擔心和關心，都已從他身上消失。他滿腦子只想著要目睹那一幕。

萬般痛苦的康子被移往擔架床時，雙眼緊閉。她那柔美的手再次在空中探尋悠一的手。青年伸手回握後，康子褪色的脣湊向低著頭的悠一耳邊。

「你要是沒跟在我身邊，我提不起勇氣生下這個孩子。」

世上還有如此赤裸裸，令人動心的告白嗎？突然一種奇怪的想像向悠一襲來，彷彿妻子已完全看穿他心底的衝動，想出手幫他一把似的，那一瞬間的感動沒任何事可以比擬，從妻子這種無私的信賴中感受到愛的丈夫，臉上表現出旁人也看得出來的強烈感動。他抬眼望向婦產科部長的眼睛。

「她說什麼？」醫生問。

「內人要我一直陪在她身旁。」

醫生偷偷戳著這名純情又沒經驗的丈夫手臂，以雄渾有力的聲音在他耳畔低語。

「偶爾會有年輕太太說這種話，你可不能當真啊。你要是真這麼做，日後你和你太太一定會後悔的。」

「可是內人要是沒有我陪在身旁的話……」

「你太太的感受我明白，但光是即將成為母親，就已經能充分為孕婦帶來鼓舞。而身為丈夫的你要在一旁陪產，這實在太離譜了。首先，你有這個念頭，日後一定會後悔。」

「我絕不會後悔。」

「不過，每位丈夫都選擇逃避。像你這樣的人，我還真沒見過。」

「醫生，拜託您了。」

悠一演員的本能，使得此時的他扮演了因為太過擔心妻子而失去理智的年輕丈夫，任誰也說服不了的狂妄。醫生輕輕頷首。康子的母親在一旁偷聽兩人對話，大為驚訝。她急忙說道：「你這是什麼怪念頭啊。我可不同意。」

「勸你最好別這麼做。你一定會後悔的。而且留我一個人在等候室裡，也太過分了吧。」

康子仍舊緊抓著悠一的手不放。這時，她突然覺得悠一的手被一股強大的力量拉走，原來是有兩名護士開始在搬動擔架床，安排在病房裡的人打開房門，正準備引領他們前往走廊。

圍在康子床邊的隊伍坐上電梯，前往四樓。在走廊冰冷的反射地面上緩緩行進。每當擔架床的車輪因為撞到走廊的接縫處而為之一頓，緊閉眼睛的康子那白皙柔軟的下巴就會毫無抵抗的點一下。

分娩室的門往左右開啟。只有康子的母親獨自一人留在外面，房門就此關上。母親即將被關在門外時，她又說道：

「悠一，你真的會後悔的。要是中途覺得害怕，就趕緊出來吧。沒關係的。我會在走廊的椅子上等你。」

悠一回以笑臉，就像是個自己挺身走向危險的人所露出的笑臉，無比怪異。這名溫柔的年輕人，確定自己會面對恐懼。

擔架床靠向房內備好的病床。康子被搬動身子。病床的兩旁立著柱子，中間有一道低矮的簾幕，護士將它拉上。擋在產婦胸前的簾幕，可以避免她看到這些器具和手術刀殘酷的寒光。

悠一緊握康子的手，站在枕邊。因此，他可以同時看見康子的上半身，以及隔著低矮的簾幕，康子自己看不到的下半身。

窗戶面向南方，所以室內涼風徐徐。這位脫去外衣，只穿一件白襯衫的年輕丈夫，他的領帶因風翻動，緊貼著他的肩膀。於是他將領帶前端塞進胸前口袋裡。就像是個熱中於忙碌職務的人，動作無比敏捷。話雖如此，悠一卻什麼也不能做，只能握住妻子滿是溼汗的手掌。這個受苦的肉體，與只是在一旁凝望，一點也不痛苦的肉體之間，存在著不管什麼行為也連繫不在一起的距離。

「再忍耐一會兒。就快了。」

護理長又在康子耳畔說道。康子一直雙目緊閉。因為妻子沒看他，悠一感覺到自由。婦產科部長正在清洗雙手，他捲起白衣的衣袖，帶著兩名助手現身。醫生對悠一連看都不看一眼。他以手指向護理長下達指示。兩名護士取下康子那張病床的下半部分。接著朝上半部分底下裝上像角一樣往左右兩旁空中揚起的奇怪器具，康子的腳被敞開成這種形狀，加以固定。

胸前低矮的帷幕，是為了不讓產婦看到自己的下半身就這樣變成一個物質、一個客體，不讓她目睹那淒慘的模樣。但另一方面，康子上半身的痛苦，成了連下半身變成客體都不知道的痛苦，和下半身發生的事幾乎沒半點關聯，純粹是精神上的痛苦。緊握悠一的那隻手傳來的手勁，不是女人的力量，而是幾欲從康子自身脫殼而出，一股痛苦又倨傲的力量。

康子發出呻吟。在風停的空檔，瀰漫熱氣的室內，就像有無數的蒼蠅在振翅般，漂蕩著呻吟聲。她頻頻想挺起身子，但沒能如願，身體落向堅硬的床上，緊閉雙眼的臉龐急促的左右擺動。悠一想起去年秋天，和路上遇見的一名學生，大白天的跑到高樹町的旅館快活，在猶疑夢中時，聽到消防車的警笛聲。當時悠一腦中的念頭如下：

「為了讓我的罪惡變得純粹，而絕不會被火燒毀，我的無辜必須先穿過大火，不是嗎？對於康子那完全的無辜……以前我不是曾為了康子而祈求能重生嗎？那現在呢？」

他的目光停在窗外的風景上。在省線電車鐵軌對面的廣大公園森林，夏日熾熱猶如火燒。位在那裡的橢圓形運動場，看起來好似一座光亮的泳池。那裡一個人影也沒有。

康子的手再次用力拉住俊美青年的手，她的手勁就像是要喚起他的注意般，悠一不得不望向護士遞給醫生的手術刀所發出的銳利光芒。這時，康子的下半身已展現出嘴巴嘔吐般的動作，覆在上面的布，是類似帆布的麻布質料，而以導管導出的尿液以及塗滿整面的紅藥水，順著布面流下水滴。

以紅藥水塗得紅通通的裂開處罩著帆布，有人量的液體流出，甚至還發出聲響。在局部麻醉的注射下，手術展開，手術刀和剪刀將裂開處擴大，鮮血朝帆布噴濺流出時，康子那錯綜複雜的鮮紅內部，映照在沒有半點殘忍念頭的年輕丈夫眼中。悠一見妻子那宛如瓷器般，與他無緣的肉體，就此被剝開皮膚，清楚露出內部，他已無法再將這肉體當作物質看待，他對自己這樣的反應感到驚訝。

「我得繼續看下去。總之，得繼續看才行。」他一面噁心作嘔，一面在心中低語。「那宛如無數顆濡溼的寶石般發出紅光的組織、皮膚下浸泡在鮮血中的柔軟之物、彎彎曲曲的東西……外科醫生應該很快就會習慣這種東西，所以我或許也能成為一名外科醫生。對我的欲望來說，妻子的肉體明明就只是個瓷器，但同樣的肉體裡面，應該也不會有什麼不一樣吧。」

他正直的感覺，馬上便背叛了他的逞強。妻子的肉體外翻後，那可怕的部分，其實遠勝瓷器。比起對妻子的痛苦感到同情，他更基於人性的關心，更加深刻地朝那無言的鮮紅肉體投注目光，而望向那濡溼的切面，就像被迫持續望著他自己一樣。痛苦跳脫不出肉體的範疇。青年心想，那就是孤獨。但這裸露的鮮紅肉體本身，並非孤獨。因為那與悠一的肉體有著緊密的關聯，看到它的人，便會馬上想起這一點。

悠一看見醫生手中又接過一把潔淨、閃著銀光的殘忍器具。那像是一把拆去支點的大型剪刀。刀刃的部分呈一雙彎曲的大湯匙形狀，一端先是直直插進康子體內，另一端隨後也插入後，這才固定支點。原來這是一把鉗子。

年輕的丈夫在自己的手碰觸到的妻子肉體的遙遠一端，這個器具竟然如此粗魯的闖入，可以如實地感覺到那金屬手臂為了抓住某個東西，正展開探尋。他看見妻子咬著下唇，露出潔白的門牙。他承認，儘管身處這樣的痛苦中，那世所罕見，可愛又值得信賴的表情仍未從妻子臉上消失，但他並未刻意獻上一吻。因為青年就連如此溫柔的一吻，也都沒自信能在一時衝動下自然為之。

鉗子在血肉的泥濘中，探尋到嬰兒柔軟的頭部，一把夾住。兩名護士從左右按壓康子蒼白的腹部。

悠一一股腦地相信自己的無辜。倒不如說他一直這樣祈求還比較貼切。

但這時，妻子那張痛苦已達頂點的臉，以及過去一直是悠一嫌棄來源的那個部分，像著火般鮮紅的模樣，悠一、兩相比對，內心就此轉變。悠一那任由所有男女讚嘆，彷彿就只是為了讓人看才存在似的美貌，第一次重拾它的功能，現在它就只是為了看而存在。納西瑟斯忘了自己的臉。他的眼睛望向其他對象。凝視如此強烈的醜陋，與凝望他自己，兩者已變得一樣。

過去悠一的存在意識一律都是「被人看」。他感覺到自己的存在，以結果來看，就只是感覺到人們在看著他。現在沒人看他，而他確實存在的這種全新的存在意識，令這名年輕人陶醉。換言之，是他自己在看。

多麼透明、輕鬆的存在啊！對忘了自己臉蛋的納西瑟斯來說，甚至可以認為那張臉並不存在。因極度痛苦而忘我的妻子表情，如果有某個瞬間睜開眼睛望向丈夫的話，肯定可以輕易地從中看出和她處在同一個世界的一般人常見的表情。

悠一鬆開妻子的手。就像要觸摸全新的自己一樣，他用雙手碰觸自己滿是溼汗的額頭。他取出手帕拭汗。接著，他發現妻子的手仍緊握著他的手遺留在空中的殘影，於是他就像再度把手伸進鑄模內一樣，回握妻子的手。

……羊水滴落。圍繞在康子下半身展開的作業，就像船員們為了對抗暴風雨而展開的作業般，類似合力完成的肉體勞動。那就只是一般的力量，人力正準備拉出一個生命來。悠一從婦產科部長的白衣縐褶上，也看出用力的肌肉動作。

嬰兒從桎梏中解脫，就此滑出。那是呈現半死狀態的肉塊，白中泛紫。湧出某個低語似的聲音。接著，那團肉塊放聲大哭，顏色也隨著哭喊而逐漸泛起紅潮。

剪掉臍帶，由護士抱在手中的嬰兒，抱去給康子看。

「是千金喔。」

康子一時沒聽懂。

「是女孩。」

改這麼一說後，她才微微頷首。

在此之前，她一直睜著眼睛，不發一語。她不看丈夫，也不看遞向面前的嬰兒。就算看了，也沒露出微笑。這無感的表情，就像動物的表情，一般人很少會浮現這種表情。悠一體內的「男人」心想，相較之下，人類任何喜怒哀樂的表情，不過都像面具一樣。

第二十六章　酒醒的夏天到來

這名誕生的嬰兒取名為溪子，一家人高興不已。不過生下的是女兒，不符康子原本的期望。產後住院的這一星期裡，康子心中雖然很滿足，卻還是不時會陷入無意義的解謎問題中，思考為何生下的是女孩，而不是男孩呢。有時她會心想：『我想生男孩，難道錯了嗎？我以為自己虜獲了一個和丈夫長得如出一轍的漂亮嬰兒，為此暗自欣喜，這難道打從一開始就只是我自己空虛的錯覺嗎？』雖然現在還說不準，但感覺嬰兒的五官不太像母親，反倒與父親有幾分神似。溪子每天都會秤重。秤就擺在床邊，而產後狀況不錯的康子，將孩子每天增加的體重畫成圖表。一開始康子覺得自己所生的嬰兒是個還不成人形，透著幾分詭異可怕的小東西，但經歷過第一次餵奶時的刺痛感，以及餵奶伴隨而來的不道德快感，使她忍不住由衷愛起這個透著古怪，總是一臉不悅的小分身。而且周遭的人們、來探望的客人們，對於這個還不完全稱得上是人的小東西，都會刻意以待人的態度來對她，以她不可能聽得懂的話語逗她。

康子試著拿她一直到兩、三天前都還嘗到的可怕肉體痛苦，與悠一長期為她帶來的精神痛苦做比較。前者過去後，便能感受到祥和的心情，而後者則是持續更久、更難治癒，但反而會從中看出希望。

有個人比誰都更早發現悠一的改變，不是康子，而是悠一的母親。她那率真的靈魂，及她天生的單純，很快便看出兒子的改變。她一聽聞生產平安的消息，便留阿清在家看守，獨自叫車趕往醫院。打開病房門後，守在康子枕邊的悠一馬上跑來，一把抱住母親。

「真危險，我差點就跌倒了。」她一面掙扎，一面以拳頭捶打悠一胸口。

「你可別忘了我是病人啊。咦，你眼睛好紅啊。你哭了嗎？」

「是因為緊張，覺得累。生產這段時間，我一直陪在一旁。」

「一直陪在一旁？」

「沒錯。」康子的母親說。「不管我再怎麼勸，悠一就是不聽。康子也真是的，老抓著悠一的手不放。」

悠一的母親望著病床上的康子。康子虛弱的回以一笑，但未見臉紅。母親轉移視線，重新望向兒子。她的眼神說道：

「真是個奇怪的孩子。見過那麼可怕的畫面後，你和康子才第一次看起來像真正的夫妻，露出像是分享彼此快樂祕密的表情。」

而悠一最怕的就屬母親這種直覺了。但康子對此卻一點都不怕。她在痛苦結束後，對於要求悠一陪產一事，一點都不覺得羞愧，她對這樣的自己感到訝異。也許是康子隱約感覺得出來，唯有那麼做，才能讓悠一相信她所受的痛苦。

邁入七月後，除了有幾個科目需要補課外，悠一的暑假可說已經展開。白天幾乎都在醫院裡度過，至於晚上出外遊玩，已成了他每天的例行公事。沒和河田會面的晚上，他還是惡習不改，享受著俊輔所說的「危險交往」。

除了雷東外，這圈子裡還有幾家酒吧，悠一都是店裡的常客。某家酒吧店裡九成都是外國客。當中甚至有個客人是現役憲兵，老愛扮女裝。他在肩上纏著披肩，走起路來不時向男客們展現媚態。

在愛麗舍酒吧裡，幾名男娼向悠一點頭致意。他也點頭回禮，在心裡自嘲。「和這些柔弱的傢伙交往，也算危險的交往是吧！」

從溪子誕生的隔天起，又再度連續下起梅雨，而某家酒吧就位在小巷弄的泥濘路深處。許多客人都已喝醉，穿著濺滿泥巴的長褲進出。有時雨水甚至會淹進土間[51]的角落。立著靠

51 日式房屋入門處沒鋪木板的黃土地面。

在灰泥牆上的好幾把傘，滴落的水珠增加了積水的高度。

俊美青年面對簡便的菜餚、裝滿劣酒的酒壺、酒杯，不發一語。薄薄的酒杯杯緣撐起幾欲滿出的酒，那透明的淡黃液體微微顫動。悠一望著酒杯。這是不容任何幻影介入的一只酒杯。單純只是酒杯。除此之外，什麼也不是。

他有個奇怪的想法。他覺得自己過去彷彿從沒見過這東西。過去，這同樣的酒杯，位在悠一所描繪的幻影以及發生在悠一心中的所有事情所反映的距離上，這些反映都像屬性般緊緊相隨，可以清楚看見，但現在酒杯位在更遠的地方，單純作為一個物象而存在。

狹小的店內坐了四五名客人。現在不管悠一去這個圈子裡的哪家酒吧，如果沒嘗到冒險的滋味，他絕不會就此返家。比他年長的人接近他，向他灌迷湯。比他年輕的人向他獻媚。今晚也一樣，悠一身旁有位和他年紀相仿，看起來心情不錯的青年，頻頻替他倒酒。從他不時望向悠一側臉的眼神可以看出，他深愛悠一。

青年的眼神很迷人，他的微笑純潔。那又怎樣。他希望自己能得到悠一的愛，這並非不知道自己有多少斤兩的奢望。為了讓悠一知道他的價值，他不斷訴說有多少男人在追求他。雖然有點囉嗦，但這種自我介紹是gay的性癖，如果只是這種程度，根本不足以怪罪。他裝扮講究，體格也不差。指甲修剪得很乾淨，胸口露出的白色內衣線條，顯得無比潔淨……但這又怎樣。

悠一抬起昏暗的眼神望向貼在酒吧牆上的拳擊手照片。失去光輝的惡行，遠比失去光輝的美德還要無趣得多。惡行之所以會被稱作罪惡的原因，在於連短暫苟安於自我滿足也不允許，一直處在這反覆上演的無趣中。惡魔會覺得無趣，是因為惡行要求永遠的獨創性，對此感到厭膩。悠一明白一切的最後歸結。如果他向青年露出同意的微笑，兩人應該會很平靜的共飲，直到深夜。待酒吧關門時，兩人會匆匆離開這裡，假裝喝醉，站在旅館的大門口。在日本，兩個男人一同過夜並不會讓人起疑。兩人應該會住進一間可以就近聽到深夜貨車汽笛聲的二樓房間，把房門鎖上。代替寒暄的一陣熱吻、脫衣、背叛熄去的燈火，照亮窗戶毛玻璃的廣告燈、老舊的彈簧床墊發出嘎吱聲的雙人床、擁抱和猴急的接吻，汗乾後，赤裸的肌膚和最初的冰冷接觸、髮蠟和肉體的氣味、同樣滿是焦躁的肉體互相滿足的摸索、背叛男人虛榮心的輕聲叫喊、被髮油染溼的手……還有那令人同情，假裝滿足的模樣、大量蒸發的汗水、在枕邊探尋的香菸和火柴、彼此微微發光的溼潤眼白、像潰堤般說個沒完的話語、接下來將暫時失去欲望，成為普通男人的兩人，那孩子氣的嬉鬧、在深夜裡比腕力、模仿摔跤，以及其他各種蠢事……

「就算我和這名青年一同外出，」悠一凝視著酒杯思索。「我知道這樣不會帶來新的改變，對獨創性的要求依舊得不到滿足。男人之間的愛為什麼這麼虛幻呢？之所以這麼說，不就是因為事後單純以純潔的友愛告終的狀態，正是男色的本質嗎？情欲最後終究是彼此回歸單純同性個體的孤獨狀態，為了創造這樣的狀態，才被賦予的情欲嗎？這個種族正因為是男性，所以才相愛，雖然想這樣看待，但其實說來殘酷，就是因為相愛，他們才發現彼此是男人。在戀愛之前，這些人的意識中有個很模糊的東西。這欲望中有個比肉欲更近似形而上學的欲求之物。這到底是什麼呢？」

不管怎樣，他都從中感覺到了厭世之心。西鶴的男色故事中的戀人們，只能從出家或殉情中看出結局。

「你要回去了嗎？」

青年對正在結帳的悠一說道。

「是啊。」

「要從神田車站坐車嗎？」

「沒錯。」

「那我陪你一起走到車站吧。」

兩人穿過泥濘的巷弄，行經鐵橋下交錯的酒館街，緩步朝車站而去。現在是晚上十點。

小巷弄裡的人們酒酣耳熱，熱鬧無比。

原本停了的雨，再度降下，悶熱至極。悠一穿著一件白色POLO衫，青年穿著藏青色POLO衫，手裡提著公事包。因為路窄，兩人合撐一把傘。青年說他想喝杯冷飲。悠一表示贊成，就此走進車站前的一家小咖啡廳。

青年以愉悅的口吻說話。聊到自己的父母、可愛的妹妹，家裡做的生意是開在東中野的一家大鞋店，以及父親對他有多高的期望，和他自己存了一筆小錢……等等。悠一一面聆聽，一面瞧著青年那張帶有庶民風情的俊俏臉蛋。這樣的青年，正是為了平庸的幸福而生的男人。如果是為了支撐這樣的幸福，他的條件幾乎齊備了。除了唯一一項沒人知道，毫無罪過可言，極為祕密的缺點外！這瑕疵令他的一切瓦解。諷刺的是，他自己完全沒意識到，他那青春臉蛋是如此平庸。他就像被高級的思想給折騰得筋疲力竭般，因而獲得了一種形而上學的陰鬱。另一方面，如果他沒有瑕疵，等到他二十歲有了第一個女人時，肯定會像個四十歲的男人一樣，對自己感到滿足，一直到他命終之前，都會不斷回味這同樣的滿足。

電風扇在兩人頭上懶散的轉動著。冰咖啡裡的冰塊迅速融解。悠一的菸已抽完，向青年要了一根，他想像兩人要是相愛，一起生活，會有怎樣的結果，心裡暗自覺得好笑。兩個大男人，既不打掃，家事也都晾在一旁，除了相愛外，整天就只是兩個人相對抽著香菸，這就是生活……菸灰缸應該很快就會裝滿吧。

青年打了個哈欠。他那黑暗，散發亮澤的口腔大大的向外擴張，裡頭鑲著兩排整齊的齒列。

「抱歉，我並不是覺得無聊。不過，我一直想要金盆洗手，早點脫離這個圈子（悠一明白，他這話的意思不是說他不想再當gay了，而是想早點有固定的對象，過穩定的生活）。我身上帶著護身符。也讓你看看吧。」

他當自己仍穿著外衣，手伸向胸前口袋的位置。接著他才猛然想起，解釋說他沒穿外衣時，都是放在公事包裡帶著走。公事包放在青年的膝蓋旁，露出微微的毛邊，皮革有點鬆弛的側面。這位性急的青年急急忙忙地解開鎖扣，結果裡頭的東西紛紛從倒放的公事包裡掉落地上，發出聲響。青年急忙撿拾。悠一沒幫忙，就只是藉著日光燈的亮光細看青年撿拾的物品。有乳霜、化妝水、髮蠟、梳子、古龍水。還有其他乳霜瓶……全是考量到會在外過夜，為了早上梳妝之用，而隨身攜帶的物品。

明明不是演員，卻放在公事包裡隨身攜帶的這些化妝用品，那悲慘又難看的模樣，實在難以言喻。青年沒注意到悠一對他的印象，為了檢查瓶子有無破損，他將古龍水高高舉向燈火處，那骯髒的瓶子裡頭只剩三分之一的量，這印象更加令悠一厭惡難耐。

青年將掉落的東西全部收妥，放進公事包後。一臉納悶地望向完全無意幫忙的悠一。接著他才想起自己剛才為何想打開公事包，因為長時間低著頭，整個漲紅，紅達耳根的臉，又再度低了下去。他從公事包裡放小物品的袋子裡，取出一個小小的黃色物品，在悠一面前搖晃那繫在紅色絲線前端的東西。

悠一伸手接過。那是以黃線編織而成，還附上紅色草屐帶的小草鞋。

「這是護身符？」

「是啊，是我向人要來的。」

悠一毫不顧忌的低頭看錶，說他得回家了。就此步出店門。在神田車站的售票處，青年買的是到東中野的車票，悠一買到S站的車票。兩人搭同一個路線的電車。電車朝S站駛近，悠一準備下車，青年原本以為悠一買到S站的車票，是因為兩人要到同一個目的地，悠一覺得難為情，想加以掩飾，這時青年慌亂起來。他緊緊抓住悠一的手。悠一想起妻子受苦時的手，冷冷地將他甩開。青年的自尊心受創，他想將悠一如此無禮的對待，想作是在開玩笑，硬是擠出一絲笑容。

「你無論如何也要在這裡下車嗎？」

「嗯。」

「那麼，我也跟你走。」

閒散的深夜時分，他和悠一一同在S站下車。青年誇張的展現醉樣，叨絮不休的嚷著「我要跟你走」。悠一為之光火。他突然想到，他該去一個地方。

「你要離開我，到什麼地方去？」

「你不知道對吧？」悠一冷冷的應道。「其實我有妻子。」

「咦？」青年臉色發白，呆立原地。「這麼說來，你一直在嘲弄我嘍。」

他站著放聲大哭，一路走到長椅邊，坐向長椅，將公事包抱在胸前哭泣。目睹如此充滿喜劇效果的結局，悠一快步離開現場，走上樓梯，感覺對方沒追過來。他走出車站，幾乎在雨中跑了起來。寧靜的醫院建築逼近眼前。

「我一直想來這裡。」他深切的暗忖。「打從我看到那個男人公事包裡的東西掉落地面時，就突然很想到這裡來。」

原本這個時間，他應該獨自回到母親倚閭而望的家中。他不能在醫院過夜。但他覺得自己若不順道來醫院一趟，晚上會睡不著覺。

大門的值班人員還沒睡，正在下將棋。大老遠就能望見那朦朧的黃燈。櫃臺窗口露出一張昏暗的臉龐。幸好對方還記得悠一這張臉。他是妻子生產時在一旁陪產的丈夫，所以在醫院裡頗獲好評。悠一講了個不合理的藉口，說他有重要的東西忘在妻子的病房裡。值班人員說，她應該已經睡著了。但這位年輕的愛妻人士臉上的表情，打動了他的心。悠一走在點著昏黃燈光的樓梯上，一路上了三樓。腳步聲在深夜的樓梯裡特別響亮。

康子睡不著，但她聽到纏著紗布的門把轉動的聲響，還以為是自己在做夢。突然一陣恐懼來襲，她坐起身，馬上打開檯燈。有個人影站在燈光照不到的地方，是她的丈夫，她在因放心而鬆口氣之前，先是胸口感到一股難以言喻的歡欣心悸。悠一那穿著POLO衫，雄偉白亮的胸膛，逐漸靠近，來到康子面前。

夫妻倆輕鬆的聊了幾句話。康子基於天生的聰慧，不想刻意詢問丈夫為何深夜來訪。年輕丈夫將檯燈的亮光照向溪子的嬰兒床。那嬌小、潔淨、半透明的鼻孔，正一本正經的打呼著。悠一陶醉於自己平庸的情感。這種情感過去一直在他心裡沉睡，從情感投射的的方向找到如此安全又可靠的對象，甚至能讓他為之沉醉。悠一溫柔的向妻子告別。今晚，他已有充分的理由可以安眠。

※

就在康子出院，回到家中的隔天早上，悠一一起床，阿清便前來向他道歉。因為他打領帶時固定會使用的牆面鏡，阿清在打掃時不慎掉落摔破。這罕見的小事，令他為之莞爾。這大概就是這位俊美青年從鏡子那故事性的魔力中解放的證明。他想起去年夏天在K町的旅館裡，他的耳朵第一次中了俊輔的讚美之毒，當時那漆黑的梳妝臺，為他開啟了與鏡子暗中深交的開端。在那之前，悠一都遵從一般男性的慣習，禁止自己去感受自己的美。而今天早上，鏡子摔破後，他會再度重回這個禁忌嗎？

某天傍晚，在杰基家為一名即將回國的外國人舉辦歡送會。悠一這邊，杰基也同樣託人邀請他參加。悠一的出席是當天晚宴的重頭戲。他要是肯來，杰基在眾賓客面前也才有面子。悠一明白此事，幾經猶豫，最後還是決定應邀出席。

一切都和去年耶誕節的Gay party一樣。受邀的年輕人全都在雷東集合等候。他們全都穿上夏威夷衫，穿起來確實好看。和去年一樣，仍是阿英和綠洲阿君那批人，不過外國客人全換過一批，所以倒也新鮮。當中也有新面孔。有個叫小健的便是。小勝也是。前者的父親是淺草一家大鰻魚飯店的老闆。後者的父親則是銀行分店長，是位中規中矩出了名的人。

一行人互相抱怨那大雨欲來的悶熱，對著冷飲，隨口閒聊，等候外國人的車子前來迎接。阿君聊到一件趣事。他說新宿有家大型水果店的老闆，將戰後臨時搭建的小屋拆除，建了一棟雙層樓的建築，以社長的身分出席地鎮祭[52]。他一本正經地獻上榊木，接著，年輕俊美的董事也獻上榊木。外人並不知情，這場看起來平凡無奇的儀式，其實是在眾目睽睽下舉行的一場「祕密婚禮」。之前一直都只是談地下戀情的兩人，自從一個月前社長離婚，處理好一切後，便從地鎮祭這一晚展開兩人的同居生活。

穿著五顏六色的華麗夏威夷衫，整個露出臂膀的年輕人，各自以隨意的姿態坐在熟悉的店內椅子上。每個人腦後的頭髮都理得整整齊齊，頭髮皆散發濃郁的髮蠟香味，每雙鞋都像新買的一樣，擦拭晶亮。其中一人手肘抵向吧臺，口裡哼著流行爵士樂，將縫線綻開的老舊皮革杯覆在桌上，然後又掀開，在裡頭滾動兩、三顆刻有紅綠小點的黑色骰子，佯裝出一副成熟的慵懶模樣。

他們的未來才令人刮目相看！在孤獨的衝動追趕下，或是接受了無罪的誘惑，有少數幾名進入這個圈子的少年踏上順遂的道路，抽中了出國留學這個意想不到的好籤，但剩餘的大多數人，卻都因為浪擲青春，而很早就抽中變老變醜的壞籤，算是報應。對好奇的沉溺，以及不斷追求刺激的欲求，在一陣肆虐過後，在他們年輕的容貌上留下肉眼看不見的殘破痕跡。十七歲就喝過琴酒、嚐過向人要來的外國菸味道、保有天真無邪的假面，卻不知恐懼為

52 奠基儀式，建設前向土地的守護神祈求平安。

何的放蕩、絕不會留下悔恨果實的放蕩、成人們硬塞給他們的多餘零花、祕密的用途、明明沒工作卻已養成的消費欲望、想打扮自己的本能覺醒……這種開朗的墮落無影無形，不管是以何種形式，青春都能完全自我滿足；不過他們怎樣也無法擺脫肉體的純潔，因為失去純潔往往能感受到一種完成。他們沒得到完成感的青春，就始終得不到失去的感受。

「瘋狂阿君。」小勝說。

「瘋癲小勝。」阿君說。

「賣身阿英。」小健說。

「你這傻驢。」阿英說。

這種庶民式的鬥嘴，就像犬舍的玻璃狗籠內，小狗們在互相玩鬧。

天氣酷熱難當。電風扇吹出溫水般的熱風。大家已開始對今晚這趟遠行感到意興闌珊，但這時外國人開著車前來迎接，兩輛車都是收起篷頂的敞篷車，頓時炒熱眾人的情緒。這麼一來，在前往大磯的這兩個小時車程，就能一面吹拂滿含溼氣的夜風，一面聊天了。

※

「阿悠，你真的來了。」

杰基以充滿友情的動作與悠一相擁。這位直覺比女人還敏銳的男人，身上穿著一件圖案為帆船、鯊魚、椰子、大海的夏威夷衫，他帶悠一來到海風吹拂的大廳後，迅速朝他咬耳朵問道：

「阿悠，你最近怎麼了嗎？」

「我太太生了。」

「是你的種嗎？」

「是我的。」

「那很好啊。」

杰基大笑，與他互碰酒杯，為悠一的女兒乾杯。但是這玻璃間的微妙摩擦存在著某個要素，讓他們感覺到兩人居住的世界所存在的距離。

杰基依舊住在鏡子屋裡，那些供人看的人們所屬的領地。可能一直到死，他都會是那裡的居民吧。在那裡，就算他的孩子出生，還是能隔著鏡子，在鏡子後面和父親一起生活。所有和人有關的事件，對他來說，完全缺少一份重要性。

樂隊演奏著流行曲，男人們揮汗共舞。悠一從窗口俯瞰，大吃一驚。庭院的草地上處處都是樹叢或灌木。當中的每一個影子裡，都有一對相擁的人影。影子中可以望見香菸的點點火光。有時擦起火花的火柴，會照亮外國人鼻梁高挺的部分五官，就算遠望也看得很清楚。

悠一看到在庭院外圍的杜鵑花樹下，有個人穿著像船員般的橫條紋T恤，鬆開對方，站起身。他的對象身穿素色的黃襯衫。兩人站起身後輕輕一吻，然後以貓科動物般的靈巧動作，分別朝不同的方向奔去。

稍頃，穿橫條紋T恤的年輕人佯裝成一直待在原地的模樣，靠向其中一扇窗。悠一全瞧在眼裡。小巧精悍的臉蛋、沒有表情的眼神、像個任性小孩般的脣形，以及宛如梔子花般的黃臉。

杰基站起身，靠向他身旁，若無其事地問道：

「傑克，你去哪兒了？」

「利吉曼說他頭痛，叫我去下面的藥店幫他買藥。」

這是為了折磨對方，故意說出一看就知道在扯謊的謊言。這名青年的嘴脣和一口薄情的白牙，看起來就很像愛說謊，悠一從很早以前就聽說他是杰基的心上人，所以現在光是聽到他的花名，就知道他是誰。杰基聽完後，雙手握著放滿碎冰的威士忌酒杯，回到悠一身旁，朝他咬耳朵。

「那個騙子在庭院裡幹了些什麼，你剛才看到了嗎？」

「……」

「看到了對吧。那傢伙也不看場所，竟然臉不紅氣不喘的在我家庭院幹那種事。」

悠一從杰基的額頭看出他的苦惱。

「杰基，你可真寬容。」悠一說。

「愛的一方總是比較寬容，而被愛的一方則總是殘酷。阿悠，像我也是，對於迷戀我的男人，我可是比那傢伙還要殘酷呢。」就這樣，杰基媚態十足地吹噓起來，說他雖然都一把年紀了，但一些年長的外國人還是都搶著討他歡心。

「最會讓人變得殘酷的，就是明白有人愛你的這種意識。至於沒人愛的人，他們的殘酷根本就沒什麼。舉例來說吧，阿悠，像那些人道主義者，一定都是醜男。」

悠一差點就要對他的苦惱表示敬意了。但杰基卻搶先一步，自己對他的苦惱抹上虛榮的香粉，最後搞成了一個不上不下，模糊不明，奇形怪樣的東西。兩人在原地站了半晌，聊起了人在京都的鏑木伯爵近況。伯爵現在仍不時會到七條內濱一帶的這類酒吧露臉。

杰基的肖像和一對圖繪蠟燭擺在兩旁，爐架上浮現那橄欖色的模糊裸體。裸露的脖子鬆垮地繫著綠色領帶的這位巴克斯，嘴角呈現的表現，讓人聯想到某種安逸的不朽、快樂的不滅。他右手高舉的香檳酒杯從未乾涸。

那天晚上，悠一完全不顧杰基的想法，對眾多伸手向他邀約的外國客人視若無睹，和一名合他胃口的少年同床共枕。少年有雙渾圓的眼睛，沒長鬍子的圓潤雙頰像果肉般白皙。辦完事後，這位年輕丈夫想回家。當時已是半夜一點。有一名正好也得趁晚上趕回東京的外國人，主動提議要開車送悠一回去。悠一很感謝地答應了他的提議。

基於禮貌，他自行坐向這名外國人駕駛的身旁。他是名臉頰紅潤的中年德裔美國人。他溫柔有禮的對待悠一，和他談到自己的家鄉費城。他說明費城（Philadelphia）這個名稱的由來。這是沿襲古希臘小亞細亞的一個城市名稱，phil是希臘語philos，意思是「愛」。adelphia則是希臘語的adelphos，意思是「兄弟」。也就是說，他的故鄉是「兄弟之愛」的國家。深夜時分，他駕車在無人的馬路上疾馳，一隻手從方向盤上移開，握住悠一的手。

當那隻手再次回到方向盤上時，他猛然將方向盤轉向左方。車子轉進昏暗無人的小路。接著又右轉，來到因夜風吹拂而沙沙作響的林間小路上，就此停好車。外國人抓住悠一的手臂。那覆滿金毛的粗壯手臂，與年輕人那緊實滑順的手臂，互相拉扯了半晌，兩人同時凝視著彼此。這名大漢的臂力驚人，悠一不是對手。

在熄燈的車內，兩人糾纏在一起倒臥。不久，率先起身的是悠一。他想穿上剛被使勁脫下的白色內衣和淡藍色的夏威夷衫，正伸手長臂時，他裸露的肩膀再度被重新燃起熱情的男子以嘴脣的力量包覆。因為極度的歡愉，男子以習慣肉食的銳利犬齒嵌入那年輕又有光澤的肩膀肌肉中。悠一大叫一聲。一道鮮血流向他白皙的胸膛。

他翻身站起。但車頂低矮，而且他背靠的擋風玻璃斜傾，無法完全站直。他單手摀著傷口，因自身的軟弱無力和所受的屈辱而臉色發白，只能弓著身子站立，瞪視對手。

被瞪視的外國人，這才從欲望中回神。他馬上變得很卑屈，看到自己的行為留下的證據，他深感恐懼，全身顫抖，最後落下淚來，更蠢的是他朝掛在胸前的銀色十字架項鍊親吻，赤裸著身子，靠向方向盤祈禱。之後他叨絮不休的請求悠一原諒，像在發牢騷似的，說他平時的良知和教養，面對這樣的惡魔來襲，他有多無力。他的說明充滿獨善其身的滑稽。換言之，他想說的是，當他以可怕的臂力征服悠一時，悠一肉體的無力，會讓他精神上的無力變得正當化。

悠一建議他快點把襯衫穿上。外國人這才發現自己光著身子，就此穿上衣服。連發現自己全身赤裸，都得花這麼多時間，那麼，要發現自己的無力，應該也會花不少時間。拜此瘋狂的事件之賜，悠一回到家中已是早上。肩上的小小咬傷很快便已痊癒。但看了這傷痕，妒火中燒的河田一直不斷苦思，看怎樣才能在不惹悠一生氣的情況下，也在他身上留下這樣的傷痕。

※

悠一對於河田的難相處感到可怕。河田對於在社會上的矜持，與愛的屈辱歡愉，有明確的分隔，他這種做法，令這位在現實中還不太懂社會結構的年輕人大感困惑。河田甚至不排斥親吻他愛人的腳掌，但他卻不允許愛人碰觸他在社會上的矜持。這點，他與俊輔可說是形成強烈的對比。

俊輔不是青年的良師。他那沉痾難癒的自我嫌棄、對自己所獲得的一切加以鄙夷的做法，以及他主張「悔恨愈深，愈會認為此時是人生最棒的時刻」的教義，總是強迫悠一的青春接受眼前的滿足，奪走從青春產生變遷時的力量，宛如致力於讓人將人生這段急流似的時期，想成像死一樣靜止，像雕像一樣不會動的存在。否定是青年的本能。但認同絕非如此。自己所擁有的東西，為什麼俊輔要否定，而悠一卻非得認同不可呢？俊輔命名為「美」的青春，它那空虛又人工的特權，真的存在嗎？

俊輔奪走青春的理想主義，據為己有，卻將苦差事加諸在悠一以肉體形式存在的青春上。一般來說，對青年而言，那理想主義的相反呈現，他並不認為是什麼苦差事，因此，這位俊美青年只能無奈的借助鏡子的力量，被迫自己成為鏡子的囚犯，藉由犧牲其他的一切，而忠於感性所能掌握到的現實，這是他展現的態度。例如放縱自己的感覺、像風吹落葉般將我們吹得四處亂轉的感官力量，那飄蕩於相對性中的現實，展現出種種奇形怪狀的樣貌，若照俊輔的說法，只有人完全的形態和樣式的美，能夠取代倫理，來加以拯救、規範。而對於本身已具備完美形態的悠一來說，那是得借助鏡子才看得見之物、是青春否定的本能想直接以自殺的形式加以否定所做的嘗試、是如果不透過俊輔所謂的「生活中的藝術行為」這種不自然的介質，就難以相信其存在的某個東西。這是悠一本身肉體存在的意義。同時也像是一位詩人因文采所具有的意義。

此刻看在悠一眼中，河田在社會上的矜持固然滑稽，但似乎是一種不可或缺的裝飾。一度學會修飾邊幅的這名俊美青年，他知道對男人來說，什麼事的重要性如同寶石和皮草之於女人。在這一點上，河田那單純的虛榮心，遠比俊輔更能觸動悠一的心。這種虛榮心既愚昧又沒有意義，而當初將這種觀念灌輸進身為學生的悠一心中的，正是俊輔，但這位糊塗的老作家卻忽略了，正因為覺得虛榮心很愚昧，而更加突顯出青春潔癖的力量，這正好能成為精神的支柱。然而，鄙視精神的本能和特權，在一個人的精神中早已具備，教會悠一鄙視精神的俊輔卻有刻意加以忽視的傾向。

悠一年輕而又率真的心，明知愚昧，卻又愛上愚昧，他一直很輕鬆地處理這複雜的程序。之所以容易，是因為精神再複雜的機關，終究還是敵不過肉體單純的本能。就像女人渴望寶石一樣，青年同樣也萌生社會性的野心。不過他和女人不一樣的地方，在於他光就自己的認知，便已明白這世上所有的寶石都沒任何意義。

為了忍受認知的痛苦，以及認知向青春展開奇襲的可怕，悠一具有幸福的天賦。透過俊輔的引領，他體認到名聲、財富、地位的空虛、人們那沒救的愚昧和無知，尤其是女人的存在，根本毫無價值、生命的倦怠成就一切熱情的本質，這種種的認知讓他就此覺醒。他在少年期就已發現人生以及它的醜陋，而他肉欲的傾向，不管面對再怎麼樣的醜陋或是毫無價值之物，也都會當那是明擺的事，習慣忍受這一切，而拜此平靜的純潔之賜，他的認知免去受苦。他見識到生存的可怕，以及在生活的腳下展開的幽暗深淵，那令人眼花繚亂的感覺，都像是為了在康子生產時能在一旁當見證者，而展開健康的暖身運動，也像是比賽者在藍天之下開朗地展開肉體鍛鍊。

話說，悠一抱持的社會野心，和一般青年沒什麼兩樣，帶點自以為是，又有點孩子氣。他在理財方面有點才幹，前面已經提過。悠一受到河田的刺激，想成為一名企業人士。

悠一心想，經濟學是極富人性的一門學問。隨著它與人類的欲望是否有直接且緊密的關聯，它這套體系所擁有的活力也會產生強弱之分。過去在自由主義經濟開端的時期，它藉由與蓬勃發展的市民階級欲望，亦即追求利己之心緊密結合，發揮了自律的功能，但如今它之所以處在衰退期，是因為結構脫離欲望，變得機械化，連欲望也隨之衰弱。而新的經濟學體系，勢必得發現新的欲望不可。對於民眾欲望的重新發現，全體主義和共產主義都想各自以不同的形式取得，但前者連對市民階級衰弱的欲望，也試著想用類似人工興奮劑的哲學來加以點火，讓它再次復甦集結。納粹很了解衰弱。悠一從納粹那充滿人工的神話、隱藏的男色原理、由一批俊美青年聚集成的親衛隊以及一批美少年聚集成的希特勒青年團等組織中，看出和這種衰弱有關的淵博知識以及深深的知性同感。另一方面，共產主義則是著眼於遺留在衰弱的欲望底端，想接受整合的被動欲望，以及資本主義經濟結構的矛盾使其愈來愈激化，一股貧困下的全新強烈欲望。就這樣，對於經濟學一再探尋回溯各種原始欲望的這種傾向所產生的恐懼，在美國本能的帶來了無益處的精神分析學大流行。這種流行聊以自慰之處，在於他們深信，探尋欲望的源泉加以分析後，可消除欲望。

但身為經濟學系學生的悠一，多虧了他天生感官的異於常人，使得宿命論的氣味大量滲入他腦中這種籠統模糊的思考中。舊社會結構的各種矛盾以及從中衍生出的醜陋，看在他眼中，只像是生命的矛盾和醜陋的投影，反而不像是結構的醜陋投影形塑出生命的醜陋。比起社會的威力，他更加感受到生命的威力。因此，他傾向將自己相信是人性之惡的各個部分，與本能欲望看作是同樣的東西。這就是這名青年反論式的倫理性關心。

善和美德衰退，近代發明的許多市民的德性，全歸於瓦礫，在只有民主社會無力的偽善四處跋扈橫行的今日，諸惡該再次供給能量的好機會已到來。他相信自己親眼目睹的醜陋力量。試著將這樣的醜陋擺放在眾多民眾欲望旁。共產主義的新道德標準，在民主社會已死的市民道德旁看起來特別醒目，不過，革命那無數手段下的惡，除了貧困的憤怒所產生的復仇欲望外，他們只仰賴自己相信是正確的目的意識，在這一點上，還稱不上是最大之惡。真正的最大之惡，肯定只存在於漫無目的的欲望中，沒有理由的欲望中。因為以繁衍子孫為目的的愛、以分配利益為目的的利己之心、以共產主義為目的的勞動階級之革命熱情，在各種社會中都算是善。

悠一不愛女人。但女人生下悠一的孩子。當時他看到了非出於康子的意願，生命那漫無目的的醜陋欲望。民眾或許也是在不知不覺間，透過這樣的欲望而誕生。悠一的經濟學就此發現了新的欲望，他懷抱野心，想要自己化身成這種欲望。

悠一的人生觀中，沒有想要尋求解決的焦躁，和他的年輕顯得很不搭調。看到社會性的矛盾和醜陋後，他擁有奇怪的野心，想變成這樣的矛盾和醜陋。他將生命漫無目的的欲望和自己的本能攪在一起，夢想擁有企業家的各種天賦，成了俊輔最不屑一顧的平庸野心下的俘虜。以前習慣受人愛慕的「俊美的阿爾西比亞德斯」，也就此變成虛榮的英雄。悠一想要利用河田。

※

時序入夏。還沒滿月的嬰兒，整天睡飽哭，哭完就喝奶，什麼事也沒有。如此單調的日常生活，卻百看不膩。受孩子般的好奇心驅策的父親，因為想看看嬰兒緊握在手中，那像毛球般的小東西，悠一強行將她緊握的拳頭扳開，結果遭母親訓斥。

悠一的母親終於見到自己期盼已久的孫子，開心不已，突然變得精神百倍，而康子在分娩前遭遇的種種危險症狀，也在產後全都消失無蹤，所以一家人圍繞悠一展現的幸福，好得令人覺得可怕。

在康子出院的前一天，正好是為溪子命名的「七夜[53]」，娘家父母送衣服祝賀。那件在紅色縐縮上以金線縫上南家酢漿草家徽的祝賀衣，還附上桃紅色的衣帶，以及附有花紋刺繡的紅錦提袋。這是第一份賀禮。各方親朋好友都送來紅白綢緞。還有嬰兒用品組、特別刻上

53 孩子出生後的第七個晚上。會舉行命名等各種祝賀活動。

家徽的銀色小湯匙。這麼一來，溪子就真的能「含著銀湯匙」長大了。還有裝在玻璃盒內的京都人偶、御所人偶[54]、嬰兒服、幼兒用的毛毯。

某天，百貨公司送來一臺大型的嬰兒車，外觀為胭脂色，造型極為奢華，令悠一的母親大為驚訝。她說，會是誰送這樣的禮啊，沒見過這名字。悠一看到贈送者的名字，上面寫著河田彌一郎。

當悠一被母親叫喚，前往內門玄關，見到這項大禮時，一陣不愉快的記憶甦醒，向他襲來。因為去年診斷出康子懷孕後過沒多久，他們夫妻倆一同到父親的百貨公司時，康子在四樓賣場前駐足良久，一直盯著嬰兒車看，這和當時那輛嬰兒車一模一樣。

拜這個贈禮之賜，他非得在安全範圍內將自己和河田彌一郎的來往經過告訴母親和妻子。母親光聽到知河田是俊輔的學生，就接受了這項說法，她當作是悠一的個性好，深受名氣響亮的學長疼愛，顯得心滿意足。因此，當河田邀悠一在入夏的第一個週末到他位於葉山町一色海岸的別墅玩時，母親反而還大力建議他要赴約。母親吩咐他得和河田的夫人以及家人問好，並基於天生重人情義理的個性，讓兒子帶禮盒前去。

坐擁兩百坪草皮庭院的別墅，房子倒沒多大。悠一三點左右抵達時，見到在玻璃門敞開的外廊上，有位老先生坐在河田對面的椅子上，此人正是俊輔，悠一大為吃驚。他一面拭汗，一面笑盈盈的走過海風徐徐的迴廊，朝他們兩人走近。

河田在人們面前會極力壓抑情感，到有點怪異的程度。他說話時刻意不看悠一。不過，俊輔見悠一拿出點心禮盒，並說出母親交代的問候，開口調侃了幾句，三人這才轉為輕鬆的心情，恢復平時的姿態。

悠一看到桌上冷飲杯旁邊攤著一面黑白方格棋盤。是西洋棋。棋盤上有國王、皇后、主教、騎士、城堡、兵等棋子。

俊輔的西洋棋便是向河田學來的。河田問他是否要來一盤，悠一拒絕了。河田聽了之後提議道，那麼，就趁著風和日麗，趕緊準備出門吧。悠一來了之後，三人搭車前往逗子鐙摺的帆船港，俊輔之前也說好要搭河田的帆船。

河田想展現年輕，穿著一件時髦的素色黃襯衫。就連年邁的俊輔也是一身白襯衫搭蝴蝶領結。悠一脫下滿是溼汗的襯衫，換上一件蛋黃色的夏威夷衫。

三人前往帆船港。河田的海馬五號帆船名叫「依波里特號」。這名字，河田之前當然都

54 從江戶時代中期開始於京都製作的兒童造型人偶。

沒提過，算是他款待的一部分，這令俊輔興致盎然。那裡還有一艘美國人持有的帆船，名叫GOMENNASAI[55]號。也有名叫NOMO（喝吧）號的帆船。

雖然上午雲層頗厚，但午後豔陽高照，隔著大海望見的逗子海岸，有許多週末遊客。出現在悠一前後左右的，都是毋庸置疑的夏日樣貌。帆船港耀眼的水泥斜面，直接維持這樣的角度沒入水中，而始終浸在海水中的部分，有的被半石化的無數貝殼以及含有細微氣泡的溼滑苔蘚包覆。除了那搖晃著停泊在港內的眾多帆船船桅，將波紋的亮光擴散反映在船身上，連波浪都稱不上的細波外，再也沒有從外海通過低矮的防波堤，前來讓這座小港的水面變得喧鬧的波浪。悠一將身上的衣物全丟進帆船內，只穿一條泳褲，大腿泡進海裡，將依波里特號朝海裡推出。他在陸地上感覺不到的貼地海風，現在感覺到風順著海面，直接親近地吹向他的臉。帆船駛向港外。河田在悠一的幫忙下，將插在船身中央，沉甸甸的鍍鋅鐵錨放入水中。河田駕駛帆船的技術一流。但在操帆時，顏面神經痛使他的臉比平時更加歪斜，看了教人擔心他緊緊叼在嘴裡的菸斗不知會不會掉進海裡。結果菸斗沒掉，船一路西行，朝江之島前進。這時，西邊天空聳立著莊嚴的雲朵。數道光束穿透雲層，像古代戰爭畫裡的光芒一樣，光芒末端射向此方。俊輔那不和大自然親近，充滿想像力的雙眼，從滿是藏青色蜿蜒波浪的海面上，看到了死屍累累的幻像。

「悠一，你變了呢。」

俊輔如此說道。河田回答：

「不，要是他肯改變就好了。他還是老樣子沒變。只要像這樣待在海上，就能讓人感到心安……前一陣子（梅雨尚未結束那段時間），我們一起去帝國飯店用餐，在那邊的酒吧喝酒，然後有位外國人帶著一名美少年走進，那身裝扮和阿悠一模一樣。從領帶到西裝都是，事後我仔細看，發現連襪子也一樣。阿悠和那名美少年微微以眼神致意，但可以清楚看出，兩人都覺得尷尬……啊，阿悠，風向變了。請把繩索往那邊拉。對。對了，當時更尷尬的是我和那名不認識的外國人。自從我們目光交會後，就忍不住在意起對方來。當時阿悠的裝扮並不是我喜歡的那種，因為他堅持要買，不得已，我才替他訂作了這種美國風的西裝和領帶，但似乎就是從那時候起，阿悠和那名美少年約好，只要兩人一同出門，就會穿同樣的服裝。而在妙巧的偶然下，不巧在各自和身旁的男伴出外時遇見彼此。阿悠和美少年這樣就跟主動說出他們兩人的關係沒兩樣。美少年皮膚白淨、外型搶眼，他眼神的清純和微笑的柔媚，為他的美貌增添了幾分青春活力。您也知道的，我個性善妒，之後我一整晚都心情不

55 是日文「抱歉」的意思。

好。您評評理，因為這就如同我和那名外國人都當面遭到背叛……至於悠一，他知道自己愈是解釋，愈會讓人懷疑，所以像石頭一樣沉默。我一開始大為震怒，抱怨連連，但最後不得不認輸，反過來討好他。總是都同樣的過程，同樣的結果。有時會影響到我的工作，原本我應該要很明快地下判斷，要是態度模糊不明，別人不知道會怎麼看，想到就害怕。老師，您能體會嗎？像我這樣的企業家，底下有這麼大的機構、三座工廠、六千名股東，五千名員工，光卡車就有將近八千輛的年產能力，一個能影響這一切的人，要是在私生活上受某個女人的影響，或許還能受世人諒解。但要是讓人知道我受一名二十二、三歲的大學生支配，這滑稽的祕密想必會惹來世人的訕笑吧。我們不會以惡行為恥，而是以滑稽為恥。一位汽車公司的社長竟是位男同志，這是前所未聞的事，以現今來說，它滑稽的程度，就像一位百萬富翁卻有順手牽羊的怪癖，一位絕世美女卻成天放屁。一般人某種程度的滑稽，可以反過來加以利用，作為惹人疼愛的工具，可一旦滑稽超過某個限度，就不許別人嘲笑。德國克虜伯兵工廠的第三代社長，在大戰前為何自殺，老師您知道嗎？因為讓一切價值為之顛倒的愛，把他在社會上的矜持連根拔除，破壞了支撐他在社會上立足的平衡。」

這又臭又長的牢騷一旦從河田口中說出，就會變得像是一本正經的訓話或演說，俊輔連要找機會附和都沒辦法。而河田他道出這個具有毀滅性的故事時，帆船仍持續在河田的操控下，輕盈地取回原本的平衡，一路前進。

而另一方面，悠一則是打著赤膊躺在船頭，一直定睛望著帆船前進的方向，他知道他們看準彼此的談話一定會傳進他耳中，於是索性背對著那名中年的說故事者以及上了年紀的聆聽者。那散發光澤的背肌，感覺像是會反射陽光，那尚未被灼傷，宛如大理石般的年輕肉體，散發出夏日青草的芳香。

隨著江之島逐漸接近，河田背對著北邊鎌倉市街閃亮的遠景，駕著依波里特號往南而去。兩人的對話始終圍繞著悠一，卻又沒搭理悠一。

「總之，悠一他變了。」俊輔說。

「我不覺得他變了。您為什麼說他變了呢？」

「我也說不出為什麼。總之就是變了。變得連我看了都覺得可怕。」

「他現在已為人父，可他還是個孩子。就本質來說，沒任何改變。」

「這沒什麼好爭辯的。對於悠一，你比我更了解他。」俊輔很謹慎地帶來了駱駝毛做的護膝，保護自己膝蓋的神經痛不受海風侵襲，同時狡猾地轉移話題。「剛才你說人們的惡行與滑稽的關係，我對此也很感興趣。以前那些和惡行有關，極盡精細講究的教養，在現代，已經都從我們的教養中完全移除。惡行的形而上學已死，只剩下滑稽，淪為笑話。就是這麼回事。這種滑稽的病會打亂生活的平衡，但只要惡行夠崇高，就不會打亂生活的平衡。這道理不是很好笑嗎？崇高之物在現代顯得無力，唯有滑稽之物才具有野蠻的力量，這不就反映出膚淺的近代主義嗎？」

「我並沒要求人們以崇高的眼光來看待惡行。」

「你認為世上有既平庸，而又是最大公約數的惡行存在是吧。」俊輔轉為數十年前在講臺上教課的口吻。「古代的斯巴達少年們，為了訓練在戰場上的敏捷反應，若能成功的偷竊，不會受罰。一名少年偷走一隻狐狸，但他失風遭逮。他把狐狸藏在衣服裡，否認犯行。狐狸咬破少年的肚腸，但他還是否認到底，也沒發出痛苦的慘叫，就此一命嗚呼。這故事之所以被傳為佳話，或許有人會說是因為他的自我忍耐比偷竊具有更高的道德，這可補償一切。其實不然。他是因為穿幫，使得原本不凡的惡行淪為平庸的犯罪，他以此為恥，這才喪命。斯巴達人的道德也和古希臘一樣，沒有例外，都有強烈的審美性。巧妙的惡，比粗劣的善更美，所以符合道德。古代的道德單純而且強大，所以崇高向來都站在巧妙這一邊，而滑稽則一直都屬於粗劣那一邊。但在現代，道德脫離了美學。因為卑賤的市民原理，道德改站到平庸與最大公約數這邊。美成了誇張的樣式，變得古意盎然，不是崇高，就是滑稽。兩者在現代都同樣只有一個含意。對了，就像我剛才說的，不道德的假近代主義和假人文主義，散布出崇拜人性缺陷的邪教。近代藝術自唐吉訶德以來，不斷傾向滑稽崇拜。身為汽車公司社長的你喜好男色，這樣的滑稽，你大可視為是受人崇拜。也就是說，既然滑稽，表示它就是美。如果你的教養也無法與它相抗的話，就只會讓世人更加開心。你將會就此崩毀。這麼一來，才是真正值得尊敬的近代現象。」

「人性！人性！」河田自言自語道。「我們唯一的避難所，唯一辯解的根據就是它對吧。但如果不拿出人性來當證據，就掌握不了自己是人的線索，這樣不是本末倒置嗎？其實，既然身而為人，就要與世人一般的行徑一樣，會想援用人以外的事物，諸如神明、物質、科學的真理等等，這樣才更具有人性吧。我們主張自己是人，為自己的本能是出於人性做辯護，恐怕一切的滑稽就出自於這裡吧。但理應是聆聽者的世人，卻對人完全不感興趣。」

俊輔面露淺笑說道：

「我可是很感興趣喔。」

「老師您是特例。」

「沒錯。因為我是名為藝術家的猴子。」

船頭發出嘩啦水聲。轉頭一看，原來是悠一受夠了他們將他晾在一旁，展開這場無聊的對話，就此跳進海裡游起泳來。從平滑的波浪間，交替露出平滑的背肌和勻稱的手臂，閃耀著光輝。這位泳者並非漫無目標的游起泳來。在帆船右手邊約一百公尺遠的地方，是剛才在鐙搢就能看見以奇怪的形狀浮在海上的那島。那島是零散的岩石相連，這才勉強沒沉入海中，地形低矮橫長的島嶼。說到島上的樹木，就只有一株發育不良，形狀彎曲的松樹。而讓這座無人島的景緻更顯奇怪的，是在中央的岩石上，有一座巨大的鳥居穿出海平線，聳立眼前。那座尚未完工的鳥居，周圍有幾條粗大的繩索在支撐著。

鳥居在剛才雲層間穿透而出的光芒下，將那些粗大繩索連在一起，形成別有含意的剪影畫，巍然而立。沒看到工人的影子，理應位於鳥居對面的神社，看起來也像是還在建造中，無法窺見。因此，看不出這鳥居是朝向何方。鳥居本身看起來似乎也對這件事漠不關心。宛如沒有明確對象，只是一味模仿膜拜的形體般，靜靜佇立於海上。影子雖黑，但四周是在夕陽下照得波光粼粼的大海。

悠一抱住一塊岩石，爬上島去。在孩子般的好奇心驅使下，他有股想到鳥居那裡一探究竟的衝動。他一會兒在岩石後方，一會兒爬上岩石。來到鳥居前，他那像雕像般的美麗線條，以西邊天空的火紅為背景，畫下一幅裸體青年漂亮的剪影圖。他一手撐向鳥居，一手高高舉起，朝帆船上的兩人打信號。

為了等候悠一游回船上，河田將依波里特號駛近那島，來到不會撞上暗礁的近距離。

俊輔指著鳥居旁的年輕人身影問道：

「那就是滑稽吧。」

「不。」

「不然是什麼？」

「那傢伙很美。雖然可怕，但這是事實，無可奈何。」

「這樣的話，河田，滑稽在哪兒呢？」

河田那絕不低下的額頭，微微垂落，如此說道：

「我必須解救我自己的滑稽。」

聽聞此言，俊輔笑出聲來。那沒間斷的笑聲，似乎跨越大海，傳進悠一耳中。可以看見俊美青年順著岩石朝靠近依波里特號的海邊跑來。

一行人來到森戶海岸前，接下來沿著海岸返回鐙摺，將帆船停好後，搭車到逗子海岸的海濱飯店享用晚餐。那裡的飯店是避暑用的小型飯店，最近已解除政府接管，當初在接管時，帆船俱樂部裡的許多個人帆船也全都被接管，供在此投宿的美國人乘船遊覽之用。由於飯店已解除接管，它前面的海岸也從今年夏天起，撤除長期以來一直引來民怨的柵欄，供一般民眾使用。

抵達飯店時已是日暮。庭院的草地上擺了五六張圓桌和椅子，而貫穿圓桌中央而立，五顏六色的海灘傘，也早已合上，看起來就像柏木。海岸上的人潮還不少。R口香糖廣告塔的喇叭喧鬧的播放流行歌曲時，中間空檔會反覆播放走失兒童的廣播，不過裡頭總不忘加進廣告。

「走失兒童。走失兒童。一名年約三歲的男孩，頭戴海軍帽，上面寫著健二。若有人知道孩童是誰，請到R口香糖廣告塔下方來。」

用完餐後，三人圍坐在暮色輕掩的草地餐桌上。海岸的人潮突然全都消失，喇叭變得沉默，只有浪潮聲無比響亮。河田站起身。被留在原地的老人和青年之間，存在著這兩人常會沉陷其中，已習以為常的沉默。

隔了一會兒，俊輔開口。

「你變了。」

「是嗎？」

「確實變了。我很害怕。我有某種預感，你將不再是你，這天早晚會到來。因為你是鐳，是某種放射性物質。如今回想，我一直都很怕這種事發生……不過，你目前還保有幾分以前的你。或許該趁現在分手比較好。」

「分手」一詞，令青年啞然失笑。

「說什麼分手嘛，講得好像老師和我之間有過什麼似的。」

「確實有過『什麼』。你懷疑嗎？」

「我只聽得懂低級的詞語。」

「喏，聽你種說法，就知道你已不是過去的你。」

「那麼……我乾脆別說話好了。」

這若無其事的對話，老作家是在經歷多漫長的迷惘和堅定的決斷後才得以說出，悠一不會明白。俊輔在夕暮中長嘆一聲。

檜俊輔自己創造出深邃的迷惘。這迷妄懷抱著深淵，坐擁曠野。如果是青年，應該能提早從這種迷妄中醒來。但以俊輔的年紀，會懷疑是否有醒來的價值。清醒才是更深的迷惘，不是嗎？我們是要面朝什麼方向，為了什麼目的而醒來呢？既然人生是一種迷妄，從這種錯綜複雜的迷妄中，建立秩序，構築一個邏輯明確的人工迷妄，才是最不會輸也最聰明的覺醒吧？不想醒來的意志，不想痊癒的意志，現在正支撐著俊輔的健康。

他對悠一的愛就是這樣。他煩惱、受苦。與作品美的形成有關，眾人皆知的諷刺、為了畫出平靜的線條所耗費的靈魂苦惱和心慌意亂，最後終於在他描繪出的平靜線條上，看出自己苦惱和心慌意亂的真實告白，而這樣的諷刺也對此種情況產生影響。他執著於最初刻意畫出的平靜線條，藉此保有告白的權利和機會。如果愛會奪去這個告白的權利，那麼，對藝術家而言，不能告白的愛是不存在的。

悠一的改變，在俊輔敏感的眼中描繪出此種危險的預感。

「總之，這雖然是很痛苦的事……」俊輔那乾枯的聲音，在黑暗中說道。「……對我而言，是無法形容的痛苦，但是……悠一，我暫時不想再和你見面。之前你也總是顧左右而言他，不想和我見面。那是你不想和我見面。而這次是我自己不和你見面……不過，日後你要是有這個必要，無論如何都要和我見面的話，到時候我們再欣然相見吧。現在的你或許深信自己沒那個必要，不過……」

「是的。」

「或許你對此堅信不疑……」

俊輔的手碰觸悠一擺在椅子扶手上的手。明明是盛夏時節，但他的手卻無比冰冷。

「總之，在那之前，不再相見。」

「既然老師這麼說，那就照辦吧。」

海面上漁火閃爍，兩人又陷入尷尬而熟悉的深深沉默中，會許會有好一陣子連要感受這種沉默的機會也不可得吧。

服務生端著裝有啤酒和酒杯的銀盤，在黑暗中走來，他的白衣走在前頭，河田的黃色襯衫緊跟在後。俊輔佯裝若無其事。河田又接著重提剛才的話題，俊輔保持一位諷刺高手的開朗態度，與他應對。感覺河田那令人質疑的議論會沒完沒了，但過沒多久，愈來愈冷的寒氣將三人喚回屋內大廳。那天晚上，河田和悠一在飯店裡過夜，河田也請俊輔在他安排的房間住一晚，但俊輔回絕他好心的提議，不得已，河田只好命司機開車送俊輔回東京。在車上，膝蓋裹著駱駝毛護膝的這位老作家，開始感到陣陣疼痛。司機聽到他的呻吟大吃一驚，急忙停車。俊輔要他不必擔心，繼續開車。他從衣內口袋取出自備的嗎啡劑錠PAVINAL吞服。止痛劑那耗時的藥效，一併轉移了老作家精神上的疼痛，此刻他已經什麼也沒想，就此無意義的數起沿途的路燈。拿破崙在行軍時，也會在馬背上忍不住數起沿途住家的窗戶數目。俊輔此時那與英雄相去甚遠的心境，讓他想起這個奇妙的小故事。

第二十七章　間奏曲

渡邊稔十七歲。有一張膚色白淨、五官工整的圓臉，眉清目秀，笑起來總伴著酒窩，俊美無倫。他是某新制高中的二年級生。在二戰末期，三月十日的那場大空襲下，他位於下町的雜貨店老家瞬間化為烏有。父母、妹妹，還有房子，全都命喪火窟，只有他一人倖存，由家住世田谷的親戚收留。親戚家的一家之主，是厚生省的官員，生活過得並不富裕。儘管就只是多了稔一人吃飯，但要過日子也不容易。

稔十六歲那年秋天，為了打工，透過報上的廣告到神田的某家咖啡廳當服務生。一放學就到店裡，一直忙到晚上十點關門，工作長達五六個小時。每當月考前，一過晚上七點，老闆便會默許他先回家。店裡薪水還不錯，稔可說是找到了一件好差事。

不僅如此，店主相當中意稔。店主年約四十，是個身材精實、少言寡言、為人老實的男人。五六年前，他老婆跑了，他至今始終打著光棍，住在店內二樓。他名叫本多福次郎。某天，這名男子到稔的伯父位於世田谷的住家拜訪，說要收稔當養子。這提議就像及時雨，來得真是時候。他們馬上辦妥收養手續，稔就此改姓本多。

稔現在仍不時會幫忙店裡的工作。但那純粹是出於興趣。除了每天過著隨興的學生生活外，養父還不時會帶他出外用餐、上劇場、上電影院。福次郎喜歡舊派的戲劇，和稔一同外出時，會陪稔一起看他喜歡的熱鬧喜劇或是西部電影。稔還要養父買夏冬兩季少年穿的服裝，買溜冰鞋。這樣的生活對稔來說是未曾有的體驗，伯父家的孩子偶爾會來這裡找他玩，對他羨慕不已。

不久，稔的個性開始產生變化。

他的笑臉還是一樣美。他開始愛上孤獨。例如自己一個人去打柏青哥。該念書的時間，自己一個人站在柏青哥的機器前，一站就是三個小時。不太和學校的朋友往來。

他那還很柔軟的感受性，被刻印了難以忍受的厭惡和恐懼，與世間一般的少年學壞的情況相反，他對自己的將來畫下墮落的幻影，為此感到戰慄。他堅信自己總有一天會完蛋。每次看到晚上點亮微弱的燈火，坐在銀行角落的相命師，他就懼怕不已，擔心自己額頭上會浮現出霉運、犯罪、墮落的未來，所以他都快步從前面走過。

但稔深愛他自己開朗的笑臉，笑的時候，露出一口潔淨的白牙，這帶給他希望。他的眼睛同樣清純又漂亮，背叛所有汙濁。在街角某個意想不到的角度，鏡子映照出的背影，還有他那剃得乾乾淨淨，顯得很清爽的後頸，都透著清純之色，就像是名少年一樣。當時他心想，只要外表沒崩毀，就暫且可以安心，但這份安心也沒一直持續下去。

他學會喝酒，沉迷偵探小說，又學會抽菸，芳香的煙深深流進體內，感覺就像尚未成形的未知思念，要從胸中把什麼引誘出來似的。在他因為自我嫌棄而過得一團糟的日子，他祈求要是能再來場戰爭就好了，夢想著來一場襲捲整個大都市的烈火。覺得自己能在這場烈火中和父母及妹妹重逢。

他同時喜愛剎那的亢奮與絕望的星空。晚上他從這街走到那街，一路遊蕩，三個月就穿壞一雙鞋。

從學校返家，吃完晚飯，便換上無比華麗，像少年般的玩樂服裝。一直到半夜，店裡都看不到他的蹤影。養父頗為心痛，在他後頭跟蹤，發現他不管去哪兒都是獨自一人，也就不再嫉妒，鬆了口氣，同時也因為與他有段年齡差距，無法當他的好玩伴，心裡有分歉疚，所以沒責罵他，放任他去。

暑假的某天，天空濃雲密布，這種日子去海邊略嫌冷了點。稔穿著一件鮮紅底色，搭配白色椰子圖案的夏威夷衫，謊稱說要回世田谷老家看看。這件夏威夷衫的鮮紅，配上少年白皙的膚色相當好看。

他想去逛動物園。他搭地鐵，在上野站下車，來到西鄉隆盛的銅像下。這時，原本被浮雲遮蔽的太陽跑出來露臉，又高又長的花崗岩石階照得光輝奪日。

來到石階半途，他拿出火柴點菸，在強光下，幾乎看不見火柴的火光。他充分感受到孤獨的快活，飛也似的跑完剩下的石階。

這天，上野公園人潮不多。他買了一張門票，上頭印有獅子睡姿的彩色照片，就此穿過人潮稀落的動物園大門。稔不看行進路線的箭頭，信步往左方走去。在酷熱中飄來野獸的氣味，就像自己窩邊草的氣味一樣，有種濃烈的親近感。長頸鹿的柵欄就在眼前。從長頸鹿那像在冥想般的臉，順著頸部一直到背部，雲的陰影籠罩而下，遮住了陽光。長頸鹿一面用尾巴驅趕蒼蠅，一面行走，但牠每走一步，那又長又大的骨骼構造就像要散開似的。稔還看到了白熊，牠因炎熱而顯得慵懶，像發狂似的，在水池和水泥陸地間爬上爬下。

走過某個小徑，來到一處可以將不忍池盡收眼底的場所。

汽車閃亮的駛過池之端通，從西邊的東大鐘樓到南邊的銀座街道，那凹凸不平的地平線，到處都映照在夏日中，像火柴盒般大小的白色建築，如石英般閃耀。這與不忍池灰濛濛的水面、因洩氣而變成扭曲的球形、慵懶地飄浮於空中的上野某百貨公司的廣告氣球，以及百貨公司那陰沉的建築，形成對比。

這裡是東京，帶有都市感傷的展望。少年感到自己仔細走過的幾個街道，都完全隱身在這個展望中。多次夜裡的遊蕩，在這明亮的展望中被拭除得無影無蹤，而他自己夢想著要從那無法理解的恐懼得到的自由，也感覺不到蹤影。

從池之端七軒町沿著池子駛來的電車，令他腳下為之晃動。稔又折返回去看動物。

遠遠傳來動物的氣味。氣味最濃的就屬河馬住的小屋了。河馬大雄和座布子沉在濁水裡，就只有鼻孔露出水面。左右兩側是地板潮溼的柵欄，有兩隻老鼠趁屋主不在地面時，看準了飼料箱，從柵欄進出。

大象用鼻子捲起一捆一捆的草料往嘴裡送，還沒嚼完便又捲起下一捆。不時會因為捲太多，而抬起像杵臼的前腳，將多餘的分揮落。

企鵝們則像參加雞尾酒派對的人們一樣，各自站著面朝不同的方向，暫時抬起一邊的翅膀，甩動尾部。

麝香貓不在散落一地紅色雞脖子的地板上，而是在一尺高的臥床上，兩隻貓疊在一起，慵懶地望著遊客這邊。

看到獅子夫婦後大為滿足的稔，想就此打道回府。他含在嘴裡的冰棒已經融化。這時他發現附近還有一間他還沒看的動物館，朝它走近後，發現原來是小鳥館。做成變色龍圖案的窗戶，上頭的彩繪玻璃有些許破裂。

小鳥館裡就只有一名身穿純白色POLO衫的男子背對他站著。稔嚼著口香糖，仔細端詳白嘴比臉還大的犀鳥。這不到十坪大的空間內，盈滿粗獷、怪異的啼叫聲，感覺與泰山電影裡出現的叢林鳥叫聲一模一樣。當稔找尋那聲音的主人時，這才發現是鸚鵡。小鳥館裡最多的就屬鸚鵡和鷯哥。紅金剛鸚鵡身上羽毛的顏色特別顯眼好看。一群白鸚鵡一同轉身向後，其中一隻用牠的硬嘴，像是用鐵鎚敲打一樣，全神貫注地敲打著飼料盒背面。

稔來到九官鳥的籠子前。以骯髒的黃腳停在棲木上，渾身黑色羽毛，只有兩頰是黃色的九官鳥，張開牠暗紅色的嘴，不知說了些什麼，仔細一聽，原來是在說「早安」。

稔不禁嘴角輕揚。身旁那名穿著純白色POLO衫的青年也笑了，轉頭望向稔。稔的身高只到青年的眉際，所以青年的臉微微朝下。兩人四目交接，就此再也無法移開。彼此都因對方的美而錯愕。稔原本嚼著口香糖的嘴也就此停止動作。

「早安」，九官鳥再次說道。「早安」，青年模仿牠說道。稔笑了。

俊美青年從籠子移開目光，點了根菸，稔不甘示弱，從口袋裡掏出一包皺巴巴的外國菸，然後急忙吐掉嘴裡的口香糖，把菸叼進嘴裡。青年點燃第二根火柴，朝他點菸。

「你也抽菸嗎？」

青年語帶驚訝地問。

「是啊，不過在學校裡不能抽。」

「你念哪一所學校？」

「N學院。」

「我嘛……」俊美青年說出一所知名的私立大學校名。

「可以問你叫什麼名字嗎？」

「我叫稔。」

「我也告訴你我的名字吧。我叫悠一。」

兩人步出小鳥館。

「你穿鮮紅色的夏威夷衫很好看。」

青年如此說道，稔羞紅了臉。

他們聊了許多話題，悠一的年輕、爽朗的對話、美貌，深深吸引了稔。悠一還沒看過的動物籠，雖然稔已看過，但他還是替悠一帶路。十分鐘後，兩人已親如兄弟。

「這個人應該也是那個吧。」稔心想。「不過，這麼俊俏的人是那個，這多教人高興啊。他的聲音、笑容、舉止、全身的一切，甚至是氣味，我都喜歡。真想早點和他上床。如果是他，我可以讓他為所欲為，而我也會全力配合。他一定會覺得我的肚臍眼很可愛。」他把手伸進長褲口袋裡，將那因緊繃而感到疼痛的東西改個角度，讓它舒服一些。他發現口袋底端還剩一片口香糖，於是取出送進口中。

「看過貂了嗎？還是還沒看過？」

稔拉著悠一的手，往帶有小動物氣味的柵欄走去。他們之後一直都牽著手。

在對馬貂的柵欄前，掛著一個牌子，說明這種動物的習性，上頭寫道「清晨或夜間會在山茶樹林裡活動，吸食花蜜」。有三隻小黃貂，其中一隻叼著紅色的雞冠，小心提防地望著他們。他們兩人的目光與小動物的目光交會，他們的眼中就只有貂，但貂的目光卻不只光看人。不過悠一和稔都覺得，貂的眼睛比人們的眼睛更可愛。

因為太陽直射，他們的脖子備感炎熱。雖然太陽已西傾，但光線還是無比熾熱。稔望向背後。四周已不見人影。認識三十分鐘後，兩人很自然地接起吻來。「我現在無比幸福。」稔心想。這名少年只懂得感官的幸福。在這段時間裡，這世界空無一人，悄靜無聲。

獅子的一聲嘶吼，傳向四方。悠一睜開眼說道：

「哎呀，好像快下陣雨了。」

他們發現烏雲已占去半邊天空。太陽快速地被浮雲遮蔽。當他們抵達地鐵站時，第一顆黑色的雨滴落向柏油路面。他們坐上地鐵。稔擔心自己會就此被扔下，於是開口問悠一要去哪兒。他們在神宮前站下車。接著前往看起來已沒雨的其他大街，搭都營電車前往悠一從大學同學那裡得知的一家位於高樹町的旅館。

稔現在滿腦子都塞滿那天肉欲的回憶，他開始找藉口疏遠養父。福次郎身上沒半點可以讓這名少年抱持幻想的優點。他重視鄰里間的往來，每當街上有不幸的事發生，天生菩薩心腸的福次郎便會馬上包好奠儀趕往，不發一語的在牌位前久坐，儘管其他前來弔唁的客人覺得很不自在，他也都渾然未覺。而且他那沒半點迷人之處的清瘦身軀，給人一種不吉利的感覺。帳房的事他怎麼也不肯假他人之手，這位沉著張臉的大叔，終日坐鎮在咖啡廳的收銀櫃臺裡，就這處學生居多的市街來說，這絕不是聰明的經商之道，但每天晚上店內關門的一個小時裡，他總會很仔細的審核這天的營業額，看到他那副模樣，就連店裡的常客肯定也避而遠之。

一本正經又吝嗇的個性，與福次郎的菩薩心腸形成截然不同的一面。只要隔門沒關緊，或是左右的把手往中央靠，他便忍不住馬上起身調整。某天，福次郎鄉下的叔叔前來，晚餐時點了一份炸蝦丼飯吃。稔親眼目睹養父在回家的路上向這位叔叔討那頓飯錢，大吃一驚。

年輕的悠一肉體，遠非年近四十的福次郎所能比。不光如此。悠一對稔來說，是許多武打戲裡的主角，以及冒險小說裡的勇敢青年所合成的幻影。他從悠一身上描繪出自己想成為的人物綜合體。俊輔以悠一當素材，夢想著成就一部作品，但稔卻是以許多故事當素材，夢想著悠一的一切。

悠一以俐落的動作回過身來。少年眼裡看到的他，是一名年輕的冒險家對朝他襲來的危險做好防禦架勢。稔幻想自己是許多主角一定會帶在身邊的少年隨從，由衷對主人的膽識感到傾心，只想著要和主人共生死的純真隨從。因此，與其說這是戀情，不如說是感官的忠誠、幻想的獻身與自我犧牲的快樂，對少年而言，是極為自然的一種夢幻欲望的展現。某天夜裡，稔夢見悠一和他出現在戰場上的身影。悠一是位年輕貌美的士官，稔是位俊美的少年隨從。兩人同時胸膛中彈，就此相擁接吻而死。有時悠一則成為一名年輕船員，稔成為少年水手。兩人登陸一座熱帶島嶼時，惡毒的船長下令出帆，兩人就此留在島上，遭土著襲擊，土著躲在樹葉後，射來無數支毒箭，他們用巨大的貝殼盾牌抵擋。

就這樣，兩人共度的那一夜，成了神話般的一夜。他們的周遭，懷有巨大惡意的都市之夜形成漩渦，那些惡徒、仇敵、土著、刺客，極力祈求悲慘的命運降臨他們身上，為他們的死歡呼，那一雙雙眼睛，從漆黑的玻璃窗外窺探。稔在睡覺時沒能將手槍藏在枕頭下，對此深感遺憾。如果有惡徒藏在衣櫃裡，待他們入睡後，從衣櫃裡打開一道細縫，以手槍瞄準入睡的兩人，那該怎麼辦？悠一完全沒理會這種幻想，睡得香甜，怎麼看都覺得他膽識過人。

稔極力想要逃離的這種無法理解的恐懼，現在突然改變，成了光是住在裡面，便會讓人感到喜悅的恐懼，既甜美又充滿故事性。每次在報上看到走私鴉片或祕密組織的報導，便覺得是和他們有關的事件，而認真閱讀。

少年的這種傾向，也慢慢感染了悠一。悠一過去畏懼，現在也同樣畏懼的頑固社會偏見，對這位愛幻想的少年來說，反而只是鼓舞他幻想之物、傳奇的敵意、浪漫的危險、世俗大眾對正義和高貴的妨礙、土著那無來由的執拗偏見，悠一見了之後，內心得到慰藉。但想到少年這種靈感的泉源正是來自於他，他不禁對自己無形的力量感到驚訝。

「因為那些傢伙（這是少年對「社會」的唯一稱呼）一直鎖定我們。得小心才行。」稔像口頭禪似地說道。「那些傢伙希望我們全部死光。」

「怎麼說好呢。他們就只是漠不關心罷了。只會捏著鼻子，從我們身旁通過。」這位年長五歲的大哥，說出他現實的意見。但這樣的意見尚不足以令稔心服口服。

「啐，說到女人。」稔朝一旁路過的一群女學生吐了口唾沫。他把自己從別人那裡聽來，和性有關的罵人話語，全說了出來，故意讓她們聽見。「……女人這玩意算什麼。就只是在兩腿之間加裝了一個不乾淨的口袋罷了。口袋裡堆積的全是垃圾。」

自己有妻子的事，悠一當然瞞著沒說，笑著聽他辱罵。

之前稔都是獨自一人夜間散步，現在改為和悠一同行。幽暗的街角，到處都躲藏著看不見的暗殺者。暗殺者沒發出腳步聲，尾隨在兩人身後。將他們甩開，或是嘲笑他們、展開無罪的報復，是令稔感到愉悅的遊戲。

「阿悠，你看。」

稔預謀展開一場小小的犯罪，好讓他們被人追蹤一事可以感覺理所當然。他取出口裡嚼的口香糖。路旁停靠著一輛外國人的車子，車身無比晶亮，他把口香糖黏在車門把手上，黏完後，若無其事地催悠一快走。

某天晚上，悠一陪稔去銀座溫泉頂樓喝啤酒。少年喝得臉不紅氣不喘，又點了第二杯。屋頂的夜風涼爽快意，他們因流汗而緊黏在背上的襯衫，馬上因風吹起而像氣球一樣鼓脹。紅、黃、藍三色的燈籠，圍著昏暗的舞池地板搖曳，隨著吉他彈奏，有兩、三組男女陸續起身跳舞。悠一和稔忍不住也想跳舞了，但在這種地方，兩個男人要一起共舞實在有困難。一直看著別人歡樂，逐漸產生一種被逼得無路可退的感受，於是兩人離席，靠向屋頂陰暗角落的扶手。夏夜街道的燈光一路連往遠方，看得一清二楚。南方有個暗影聚落。原來是濱離宮公園的森林。當時悠一伸手環向稔的肩頭，心不在焉地望著那座森林。從森林中央竄起光芒。起初是呈圓形擴散開來的大型綠色煙火，伴隨著爆炸聲，接著陸續變換為黃色、油傘狀的淡紅色，然後崩散消失，歸於平靜。

「像那樣真好。」稔想起偵探小說裡的一幕，如此說道。「如果把人全都做成煙火打上空中爆掉，把世上的那些礙事者一個一個做成煙火殺掉的話，這世界就只剩我和你兩個人了。一定很棒。」

「這樣就不能生孩子了。」

「孩子這種東西才不需要呢。就算我們結婚生下孩子，等孩子長大後，一定會瞧不起我們，要不就是變成和我們一樣。」

最後這句話令悠一毛骨悚然。他覺得康子生的是女兒，當真是神明的保佑。青年溫柔地抓住稔的肩膀。

稔那少年的柔軟臉頰，還有那無邪的微笑背後，竟然隱藏著如此叛逆的靈魂，這往往會令悠一那原本就不安的內心從中得到慰藉，所以這樣的同感會先加深兩人在官能上的情誼，接著成為一股力量，培養友情最樸實的部分，以及別人聽起來最能接受的部分。少年強大的想像力，拖著青年的懷疑自行前進。結果連悠一也很投入這種孩子氣的幻想，某天晚上，他很認真地幻想著自己前往南美亞馬遜河上游的祕境探險，就這樣興奮得睡不著覺。

深夜時分，他們前往東京劇場對岸的小艇碼頭，想坐小艇。結果小艇都已繫在停船處，小艇碼頭的小屋已經熄燈，大門深鎖。不得已，兩人只好坐在停船處的木板上，雙腳在水面上踢著水花，抽起菸來。對岸的東京劇場已經散場。右邊那座橋對面的新橋演舞場同樣也散場了。水面上映照的亮光變少，沉積不動的幽暗水面，就只有暑氣仍未揮散。

稔往前探出額頭說：「你看，我都出汗疹了。」讓悠一看他額頭上幾顆微紅的汗疹。這名少年不論是記事本、襯衫、書、襪子，還是身上穿的新衣，都不忘讓自己的愛人欣賞。

稔突然笑了起來。悠一望向東京劇場前幽暗的河岸街道，那個引稔發笑的東西。一名身穿浴衣，騎著腳踏車的老人，一時沒抓穩龍頭，連車帶人跌倒在路上，撞到了腰部之類的部位，久久無法起身。

「誰叫他年紀都一大把了，還騎什麼腳踏車。真傻。要是跌進河裡，那才更絕呢。」

他那快活的笑容，伴隨著白皙而殘酷的齒列，在夜裡看起來格外漂亮，這時悠一不禁覺得，稔和他的相似度遠超乎他的想像。

「你有固定的朋友吧。竟然可以這麼常不在家，而且都不用交代一聲。」

「愛上一個人就會有這種弱點。而且對方還是我的養父。有法律依據。」

「法律依據」這句話出自這名少年口中，聽起來無比滑稽。稔接著說：

「阿悠，你也有固定的朋友吧？」

「嗯，不過是位老頭子。」

「我要宰了那位老頭子。」

「沒用的，因為就算你殺了他，他也不會死。」

「為什麼？如果是個年輕漂亮的gay，也難免會成為某人的俘虜吧。」

「這樣才方便啊。」

「他會幫你買衣服，給你零花對吧。還有，明明不喜歡，對方卻又投注愛意。」

說完後，少年朝河上吐了一大口白色的唾沫。

悠一抱住稔的腰，接著嘴脣湊向他臉頰，與他接吻。

「真討厭。」稔一點都不抗拒，一面接吻一面說道。「一和你接吻，就馬上勃起。這麼一來，就會不想回家了。」

過了一會兒，稔說道：「啊，是蟬叫聲。」都營電車的隆隆聲從橋上駛過後，一片寧靜，夜蟬急促的叫聲糾纏在一起，填補了此時的寧靜。這一帶沒有顯眼的樹叢。肯定是從某個公園誤闖進這裡。蟬低空飛過河面上，朝右方橋邊圍繞著許多火蛾的路燈飛去。

因為這個緣故，夜空不容分說地映入兩人眼中，那天晚上的星空美不勝收，與路燈的亮光相比毫不遜色。但悠一的鼻孔聞到河川的惡臭，兩人晃動著雙腳，鞋子幾乎都快貼近水面。悠一真的很喜歡這名少年，但還是忍不住心想：「我們談戀愛就像老鼠一樣。」

有一次悠一不經意地看著東京地圖，結果有了奇妙的發現，就此發出一聲驚呼。之前他和稔並排而坐凝視的那條河，與之前他和恭子從平河門內的高臺俯視的護城河，兩者的水是相通的。平河門前錦町河岸的河水，在吳服橋左轉，來到江戶橋附近，匯入支流，然後沿著木挽町從東京劇場前方流過。

本多福次郎開始對稔起了猜疑。在暑氣熾盛，難以入睡的晚上，一面在蚊帳裡閱讀講談雜誌，一面等候稔夜歸的這位不幸的養父，腦中滿是狂亂的念頭。凌晨一點，傳來木門開啟的聲音，接著傳來脫鞋聲。福次郎熄去枕邊的燈光。隔壁房間的燈光亮起，似乎是稔在脫衣。接著他花了很長一段時間，似乎是光著身子坐在窗邊吹菸。因為在燈光的照耀下，可以看見一縷淡淡的輕煙飄向格子窗。

光著身子的稔進入寢室的蚊帳裡，準備鑽進被窩。這時福次郎一躍而起，壓在稔身上。他手裡握著繩索，將稔雙手捆綁。長長的繩子還剩下一大截，他接著朝稔的胸部也繞上幾圈。這段時間，枕頭緊緊抵住稔的嘴巴，他叫不出聲來。福次郎一面捆綁，一面用額頭將枕頭抵在少年的嘴巴上。

好不容易綁好，稔以含糊的聲音在枕頭底下訴苦。

「好難受，我快死了。我不會大聲叫的，幫我把枕頭移開吧。」

為了不讓養子脫逃，福次郎跨坐在他身上，將枕頭移開，擺在少年臉頰邊，如果他一叫，就會馬上堵住他的嘴。他左手揪住少年的頭髮，折磨著他說道：

「好了，快從實招來，你跟哪個野男人快活去了？快，從實招來！」

稔被拉扯著頭髮，袒露的胸膛和手遭受繩索的摩擦，苦不堪言。但耳聞這種老套的責問話語，這位愛幻想的少年並未幻想著悠一趕來救他的可靠身影，而是想著這些年的世故教會他的現實招術。稔說：「你鬆開我頭髮，我就招。」福次郎手一鬆，他馬上全身癱軟裝死。福次郎這下慌了，用力搖晃少年的臉。稔接著說：「繩索緊勒我的心臟，好痛苦，你替我鬆綁，我就招。」福次郎點亮枕邊的燈。繩子就此解開。稔以嘴唇抵向手腕的痛處，低頭沉默不語。

膽小的福次郎那騎虎難下之勢，現在已衰退泰半。見識稔那守口如瓶的態度，這次他改採哭的攻勢，朝那光著身子盤腿而坐的少年低頭，哭著為自己的暴行道歉。少年那白皙的胸膛，斜向留下一道淡紅色的勒痕。這場戲劇性的拷問，最後理所當然是不了了之。

福次郎怕人知道他的素行，於是遲遲無法下定決心委託私家偵探調查。從隔天晚上起，他擱下店裡的工作，再度對自己的愛人展開跟蹤。他掌握不到稔的行蹤。於是他給店裡一名信得過的服務生一筆錢，拜託他跟蹤稔。這名有點小聰明的忠貞手下，查出和稔同行者的長相、年齡、穿著，以及他的綽號「阿悠」，得意洋洋地向福次郎報告。

福次郎已許久沒再出入這個圈子的酒吧，如今再度涉足。以前認識的朋友，現在仍改不掉個惡習，常在此出入，所以他帶一名舊友到其他寧靜的咖啡廳或酒吧，詢問「阿悠」的身分。

悠一自認只有一小部分人才知道他的真實身分，但其實這個沒其他話題好聊的小圈子，就愛揭人隱私，與悠一有關的私事早已傳開。

這圈子裡的中年男同志們，都很嫉妒悠一的美貌。就算是他們，也同樣深愛悠一，絕不吝惜自己的愛，但這名青年拒人於千里之外的冷漠態度，令他們心生嫉妒。而美貌比不過悠一的年輕人也是如此。福次郎不費吹灰之力就蒐集到許多資料。

他們話很多，像女人一樣充滿惡意。對於自己不知道的資料，他們發揮偏執的善意，為福次郎介紹手中握有其他新資料的人。福次郎與對方見面。而對方又介紹其他好管閒事又多話的男人。在短短的時間裡，福次郎已見過十名陌生男子。

要是知道此事，悠一想必會很錯愕。他和鏑木伯爵的關係就不必說了，但就連那麼重名聲的河田與他的關係，居然也一樣傳開來。從悠一的姻親關係，乃至於家中住址、電話號碼，福次郎全都毫無遺漏地查明。回到店內後，他多方思索各種膽小鬼才會做的卑鄙手段，準備展開行動。

第二十八章　青天霹靂

打從悠一的父親還在世的時候起，南家便沒有別墅。不管是避暑還是避寒，他父親都討厭被綁在同一處地方，所以忙碌的父親向來都留在東京，他們母子倆則是到輕井澤、箱根等地的飯店過暑假，週末父親才前來，這已成了慣例。他們在輕井澤有許多熟識，在那裡度過熱鬧的夏天。但從這個時候起，母親發現悠一喜好孤獨的個性。這漂亮的兒子與他的年紀還有健康的身軀很不相稱，比起整天忙著交際應酬的輕井澤，他更想去不會和熟人碰面的上高地[56]。

儘管後來戰事吃緊，南家還是不急著疏散逃難。因為這一家之主對這種事漠不關心。在開始空襲的幾個月前，一九四四年夏天，悠一的父親在東京的家中驟逝。死因是腦溢血。這位堅強的未亡人不理會周遭人苦勸，堅持要留在東京家中守護丈夫的牌位。可能是連燃燒彈也怕她那驚人的精神力量吧，他們的住家沒燒毀，就此迎接終戰的到來。

56 長野縣西部飛驒山脈南部梓川上游的名勝地。

如果有別墅的話，或許就能高價售出，助他們度過戰後的通膨。悠一父親的財產，除了現在這棟房子外，連同動產、有價證券、存款在內，在一九四四年共有兩百萬日圓。獨自扛下一家生計的母親，為了應急，將一些比較出色的寶石賤價賣給掮客，過著惴惴不安的日子，但後來有位父親昔日的部屬，熟悉此道，在他的協助下，以對他們有利的方式解決財產稅的問題，而存款也藉由有價證券的巧妙操作，成功度過貨幣非常措施下的難關，所以在家中經濟穩定後，才得以留下七十萬日圓的銀行存款，以及在這種忙亂的情況培育出悠一的理財才能。之後這位好心的協助者也和父親一樣病逝。悠一的母親放心地將家計交由家中的老女傭負責。後來悠一發現這位和善的女傭在會計方面沒半點才幹，完全跟不上時代，她的悠哉態度充滿危機，對此大為吃驚，此事前面也曾提過。

就這樣，南家始終沒機會去避暑。在輕井澤擁有別墅的康子父母，邀他們一起避暑，悠一的母親聽了相當高興，但她的主治醫師人在東京，她就算只離開這裡一天也會感到恐慌，最後恐懼輕易地戰勝了喜悅。她告訴這對年輕夫婦，你們兩個帶著孩子一塊兒去吧。這種犧牲自己的偉大提議，是在一臉落寞的神情下說出，所以體貼婆婆的康子說她不能留下有病在身的婆婆在家，以這種正中對方下懷的回答，惹得婆婆心花怒放。有客人來時，康子會拿出電風扇、涼毛巾，端出冷飲招待。這時婆婆誇讚媳婦孝順，令康子羞紅了臉，但之後她又擔心客人會將這樣的安排當作是這位婆婆私心的展現，於是她想出一個很不合理的說詞，對客人說，初出的嬰兒最好還是要讓她習慣東京炎熱的夏天。溪子常流汗，身上長滿汗疹，所以成天身上都撒滿痱子粉，活像是雪白的麥芽糖。

說到悠一，他討厭受岳父岳母關照，基於這桀驁不馴的想法，他不想接受避暑的邀請。一家之中，就屬康子比較有政治手腕，她將順從丈夫的意見，假裝成是對婆婆的一份孝心。

一家人平安無事的度過了夏天。溪子的存在讓他們忘了酷暑。不過，還不會笑的嬰兒，總是像動物一樣，擺出一本正經的表情。而滿月上神社參拜後，她開始會對各種顏色的風車動作或是轉動的聲音有反應。親友送的賀禮中，有個很出色的音樂盒，就此派上了用場。

這音樂盒是荷蘭製作，造型是一棟典雅的農家，前面是開滿鬱金香的前庭。打開正中央的門，會走出一個身穿荷蘭服飾，繫著白色圍裙，手持澆花壺的人偶，站在門框處。在房門打開時，音樂盒會傳出音樂，是一首陌生的鄉間歌曲，好像是荷蘭民謠。

康子喜歡在通風良好的二樓放音樂盒給溪子聽。夏天的午後，書念得不順，感到厭倦的丈夫，會加入這對母女的玩樂中。這時，就連順著庭樹從南到北吹過屋內的風，也讓人感到涼爽快意。

「聽得到嗎？你看，她豎起耳朵聽呢。」

康子如此說道。悠一靜靜望著嬰兒的表情出神。「這個嬰兒只有內部……」他心想。「幾乎還沒有任何外部可言。不過雖說是外部，但與她相關的，也只有肚子一餓，就抵向她嘴裡的母親乳頭、夜晚和白晝隱隱的光線變化、風車美麗的轉動、喀啦喀啦的轉動聲，與音樂盒單調柔和的音樂，這樣而已。若說到她的內部，又是怎麼樣呢！自有人類以來，女人的本能、歷史、遺傳全壓縮在裡頭，剩下的工作，就只有讓這傢伙像水中花一樣，在環境裡的水中擴大、開花……我要將她調教成女人中的女人、美女中的美女。」

按時間哺乳的科學式育兒法，近來已退流行，所以只要溪子生氣哭鬧，康子就會馬上餵奶，她敞開夏天的薄洋裝前胸，露出的乳房煞是好看，那白皙敏感的皮膚上，一道靜脈的青筋特別明顯。她露出的乳房總是像溫室裡熟透的果實般，上面冒著汗，在康子用沾過稀釋硼酸水的紗布消毒前，都得先用毛巾擦拭汗水。沒等到嬰兒湊上嘴脣，奶水已自行滲出，康子總是因奶水過剩而苦惱。

悠一望著她的乳房，望著窗外浮在空中的夏日雲朵。夏蟬不間斷的鳴唱，讓人聽到都忘了它的喧鬧。溪子喝完奶後，在蚊帳內睡著。悠一和康子相視而笑。

悠一突然有種被撞飛的感覺。莫非這就是幸福？還是說，他害怕的東西全都到來、達成、存在於他面前，看了之後，就只是無力的鬆了口氣？他一面感受衝擊，一面發愣。所有結果都出現眼前，這種外在是如此明確，卻又若無其事，這令他大為驚詫。

幾天後，母親突然病情惡化，平時像這種情形，她總會馬上派人去請醫生來，絕不拖延，但這次卻堅持不接受治療。這位話多的老寡婦，一整天下來幾乎都不說話，可見情況真的非比尋常。當天晚上，悠一在家用餐。見母親氣色不佳、強顏歡笑時那緊繃的神情、食欲不振的模樣，自然也就不好意思外出。

「你今晚為什麼不出門啊？」見兒子一直待在家裡磨蹭，母親刻意以開朗的語氣說道。「用不著擔心我的身體。我又不是生病。證據就是，我自己的身體我自己最清楚，而且我要是覺得哪裡怪，就會馬上請醫生來，用不著別人操心。」

儘管如此，這孝順的兒子還是不想出門，所以到了隔天早上，這位聰明的母親改變戰法。一早她便顯得春風滿面。

「也不知我昨天是怎麼了。」她毫不矜持的朗聲對阿清說道。「昨天那種情況，或許只是證明我的更年期還沒完全結束吧。」

昨晚她幾乎完全沒睡，但失眠帶來的亢奮狀態，以及經過一晚之後微微被喚醒的理性，讓她巧妙上演這齣戲。晚餐後，悠一放心的出門。接著，行事果斷的母親向她的心腹阿清下令：「去叫車。」她接著補上一句：「目的地等我上車後再說。」阿清開始準備陪同她外出，但她制止了阿清。

「妳不用陪我，我要自己一個人去。」

「可是老夫人……」

阿清大為吃驚。悠一的母親自從生病後，便很少獨自外出。

「我獨自外出有那麼稀奇嗎？妳可別誤把我當成皇太后。康子生產時，我也是獨自前往醫院，還不是什麼事也沒有。」

「可是我記得當時是因為沒人在家，而且老夫人您自己也和我約定好的，今後無論如何也絕不會獨自外出啊。」

聽聞主僕兩人的爭執，康子一臉擔心地來到婆婆房間。

「媽，我陪您去吧。如果是阿清陪您去，您覺得不方便的話……」

「不用，康子，用不著替我擔心。」她說這話的聲音，既激動又溫柔，就像在對親女兒說話一樣。「是為了妳已故的公公名下的財產，得和某個人見面。這種事，我不想跟悠一說，要是在我回來前，悠一早一步返家，請妳跟他說，我一位老朋友開車來接我。如果悠一一樣是在我回來後才返家，我一樣什麼也不會說，妳和阿清也請小心，別告訴他我外出的事。這點要請妳答應我。我自有我的做法。」

展開這不容分說的宣告後，她連忙坐上車出門，兩個小時後搭同一輛車返回。一臉疲憊，倒頭就睡。悠一則是深夜才返家。

「媽情況怎樣？」悠一問。

「好像還不錯。比平時早就寢，九點半就上床了。」對婆婆忠心耿耿的妻子如此回答。

隔天晚上悠一再度出門，母親馬上叫了輛車，準備外出。第二晚她沒喚任何人過來，一切都默默進行，阿清遞上銀色的觀世水[57]衣帶扣，惴惴不安地抬眼望著女主人一把將它拿走。但這位不幸的母親，雙眼因不祥的熱情而閃爍，眼前這名好脾氣而又無能為力的女傭，打從一開始就不在她的視線內。

她連兩晚都前往有樂町的雷東，她一直等候悠一在那裡現身，以作為唯一證據。前天收到的那封可怕的匿名信，建議收件人自己前往信中地圖指出的那家可疑的店家，親眼見證悠一本人在店裡現身，以證明告密不假。於是她決定自己獨自處理此事。向他們一家人襲來的這場不幸，不管根扎得有多深，都是該由他們母子共同解決的問題，不能拖累康子。

57　一種漩渦圖案。

另一方面，雷東接連兩晚都迎來這名奇怪的客人，對此大感驚訝。在江戶時代，男妓不僅接待男客，也接待寡婦，此乃常事，但現在早已忘了此一慣習。信中提到許多這家店裡的奇異慣習和黑話。老夫人費了好大一番工夫，這才得以打從一開始就成功佯裝成熟門熟路的客人。她不顯一絲驚訝之色，舉止落落大方。而前來向她問候的店主，也深受這位老婦人高雅的人品及灑脫的應對所吸引，忍不住對她放鬆了戒心。最重要的是，這名年近半百的女客出手闊綽。

「世上就是有這種古怪的客人。」雷帝對少年們說。「她都那把年紀了，很清楚俗世的一切，而且個性很容易讓人對她推心置腹，如果是她，其他客人應該也不會在意，可以自在的玩樂。」

雷東二樓一開始是一家安排女人服侍的酒吧，但後來雷帝改變經營方針，將女人解雇。現在只要入夜後，二樓就會有男人共舞，或是有扮女裝的少年半裸著身子跳舞，供人欣賞。

第一天晚上，始終不見悠一現身。第二天晚上，這位向來滴酒不沾的寡婦，決心要一直坐在這裡等，直到悠一現身為止，於是她大方的請陪在一旁的兩、三名少年吃喝。等了三四十分鐘，悠一還是沒現身。這時，一名少年突然說了一句話，她豎耳細聽。少年對朋友們說：

「怎麼回事？這兩、三天阿悠都沒來呢。」

「瞧你那擔心的樣子。」對話的少年出言調侃。

「我才沒擔心呢。阿悠和我早已沒關係了。」

「少口是心非了。」

老寡婦若無其事地問道：

「你們說的那位阿悠很有名對吧。長得很俊是嗎？」

「我有他的照片。分妳看吧。」開啟這個話題的少年說。

花了好一段時間他才取出照片。從他白色的服務生制服衣內口袋取出的，是一沾滿灰塵，略顯骯髒的一疊紙。有的是名片，有的是折得破破爛爛的紙片，有的是數張一圓鈔，有的是電影院節目表，雜亂的疊成一疊。少年朝檯燈的亮光蹲下身，一張一張細看。這位不幸的母親終究還是提不起勇氣和他一起逐一檢查，於是她閉上眼。

「希望照片裡的青年完全不像悠一，」她暗自祈禱。「這樣的話，就還能留下幾分猜疑的空間。能享受暫時的苟安。可以相信那封不吉利的書信上所寫的一切（如果沒證據的話）都是為了陷害人所寫的謊言。希望照片上是個完全不認識的陌生人。」

「找到了，找到了。」少年叫道。

老寡婦的老花眼移向檯燈的亮光，朝少年拿在手中的名片形照片望去。照片正面因為反射亮光而看不清楚。在某個角度下，可以清楚看見那身穿 POLO 衫，面露微笑的俊美青年臉龐。是悠一！

這可真是痛苦得幾欲令人停止呼吸的瞬間，母親頓時失去在這裡與兒子打照面的勇氣。她一臉茫然的將照片歸還少年。她已沒剩半點說笑的力氣。

樓梯傳來腳步聲。新的客人走上樓。原本在包廂的椅子上相擁而吻的男同志，一發現走上來的是名年輕女子，急忙鬆開彼此。女子認出悠一的母親，一本正經的朝她走近。「媽」，女子喚道。老寡婦面無血色，抬眼望向女子。是康子！

這對婆媳迅速展開的對話，內容著實可悲。「妳怎麼會來這兒？」婆婆說。媳婦沒答話。就只是催她快回家。

「可是……怎麼會在這種地方遇見妳呢……」

「媽，我們回去吧。我來接妳了。」

「妳為什麼知道我會來這兒？」

「這話待會兒再說。總之，您先回去吧。」

兩人匆匆付完帳，步出店外，在街角處坐上母親事先命司機在此等候的租車。康子剛才是搭計程車前來。

老寡婦倚身在座位上，閉上眼。車子向前駛離。坐得很淺的康子，在一旁護著婆婆。

「哎呀，您流了好多汗。」

康子如此說，以手巾擦拭婆婆的前額。老寡婦微微睜眼說道：

「我知道了。妳看過寄給我的那封信是吧。」

「我才沒做這種事呢。今天早上，我也收到厚厚一疊信。所以昨晚您去哪兒，我大致猜得出來。我心想，今晚大概一樣不能陪您一起去，所以我決定尾隨前來。」

「妳也收到同樣的信？」

老寡婦受盡苦惱折磨，發出一聲驚呼。然後她哭著說：「康子，真對不起。」這無來由的道歉和嗚咽，令康子大為動心，連她自己也哭了。兩個女人在坐車抵達家門前，一直都邊哭邊互相安慰，但始終沒談到要點。

回到家中後，悠一還沒返家。老寡婦想獨自解決此事的真正動機，與其說是出於不想拖累媳婦的這種堅定想法，還不如說，媳婦終究是外人，她沒臉面對媳婦，所以當這份羞恥連同淚水一起粉碎後，與她共享這唯一祕密的康子，同時也成了她無可替代的得力助手。兩人馬上屏退阿清，在離她很遠的房間裡對照她們收到的兩封信，而她們又過了一段時間，才對寄出這兩封卑鄙匿名信的人產生憎恨之心。

兩封信都是同樣的筆跡，內容也完全一樣。錯字頗多，行文極為拙劣。到處都看得出他在寫字時刻意扭曲自己字體的痕跡。

書信裡一一報告悠一的行徑，就像視此為義務才寫下一般。此人在信中提到：「悠一這個丈夫是個『不折不扣的假貨』，他『絕對不愛女人』。悠一不僅『欺瞞家庭，矇騙世人』，而且就算破壞他人幸福的結合，也絲毫不以為意。他雖是個男人，卻甘於當男人的玩物，以前他是鏑木伯爵的favourite，如今則是河田汽車社長的男寵。還不僅如此。這位俊美的天之驕子，不斷背叛這些愛人多年的關愛，還和數不清的年輕愛人往來，愛一個拋棄一個。人數多達上百人，只會更多，不會更少。再次提醒一句，他的這些年輕愛人全是男性。

「這當中，悠一特別以盜取他人之物為樂。有一名老翁因為男寵被他所奪，就此自殺。而寄出這封信的人，也是同樣的被害人。會寄出這樣的信，也是出於無奈，請多多體諒被害人的心。

「倘若您對這封信存疑，懷疑信中證詞的可信度，請在晚餐後去下述的店家一趟。悠一應該會常在店裡露面才對，您要是在那裡遇見悠一，就能應證我前面所言不假。」

信中大致如容如上，還附上指出雷東所在地的詳細地圖，並詳盡的羅列出拜訪雷東的客人該注意的事項，兩封內容都一樣。

「媽，您在店裡見到悠一了嗎？」康子問。

老寡婦一開始原本打算瞞著照片的事不說，但還是不自主的全盤托出。

「我沒見到他，但看到了照片。那裡有位很沒教養的服務生，珍藏著悠一的照片。」

說完後，她大感後悔，像在解釋似的補上一句。

「……不過，我還是沒親眼見到他。所以這封信的重重疑點，還是無法推翻。」

她雖然嘴巴上這麼說，但那急躁的眼神卻背叛了她所說的，就此道出真正的心底話——她一點都不覺得那封信可疑。

不過老寡婦猛然發現，雙膝併攏坐在她面前的康子，臉上竟不顯一絲慌亂。

「沒想到妳倒是挺冷靜的，真不可思議。妳明明是悠一的太太啊。」

康子擺出歉疚的姿態。因為她擔心自己冷靜的模樣，會令婆婆感到悲傷。婆婆又接著說：

「我認為這封信中的內容應該也不全然是信口胡謅。不過就算是真的，妳也能處之泰然嗎？」

面對這充滿矛盾的質問，康子做出非比尋常的回答。

「嗯。也不知道為什麼，我有這種感覺。」

老寡婦沉默良久。接著她垂眼道：

「應該是因為妳已不愛悠一了吧。最可悲的是，現在誰也沒資格責怪此事，反而必須將它看作是不幸中之大幸。」

「不」，康子以聽起來近乎喜悅的果斷口吻說道。「不是這樣的，媽。正好相反。這樣反而……」

老寡婦在年輕媳婦前顯得怯縮。

睡在寢室裡的溪子，哭聲透過葦門傳來，所以康子起身去餵奶。悠一的母親獨自留在這間八張榻榻米大的房間裡。蚊香的氣味令她漸感不安，她覺得這時要是悠一返家，身為母親的她反而會無處容身。之前前往雷東時，氣勢十足想見兒子一面的母親，現在則是深怕和兒子見面。她暗自祈禱，今晚悠一要是能找家骯髒的旅館過夜，不要回家，不知該有多好。

老寡婦的苦惱，是否是基於道德上的自我苛責，這點令人存疑。道德上的判斷會教人堅決的態度，道德上的苦惱會自然具有莊嚴的相貌，而現在她不理會這一切，她心中的迷惑，不過只是因為她所有的概念和世間的智慧全部都被推翻，連她天生的善良也就此消失不見，站在前頭的，只有嫌棄和恐懼。

她閉上眼，回想這兩天晚上目睹的地獄光景。除了那封文筆拙劣的信之外，那裡所存在的現象，她過去完全沒這方面的常識。那是無從形容的駭人、可怕、噁心、醜陋、令人毛骨悚然的不悅、令人作嘔的怪異感，會激起人各種感官厭惡的現象。而且店裡的人、客人，始終都保有人們平時的表情，以及過日常生活時的泰然神情，就此形成很不舒服的強烈對比。

「那些人視此為理所當然。」她感到怒火中燒。「那種顛覆世界的醜陋是怎麼回事！不管那些變態們是怎麼想，我才是正確的一方，不是我自己眼睛有問題。」

當她這麼想的時候，全身上下都是貞節烈女，她純潔的心靈從未如此展現過貞節烈女的姿態。每個人都堅信不疑，將生活的支柱擺在上頭的各種觀念，一旦遭受汙辱時，都會毅然站起身，放聲尖叫，這是不辯自明的道理，而世上正經的男人，十之八九都屬於這種貞節烈女的類型。

這是最令她感到慌亂的時刻，同時是她過去度過的數十年歲月，最能為她的自信帶來鼓舞的時刻。相較之下，判斷反而簡單。用可怕而又極為滑稽一句「變態性欲」，就可以清楚地解釋一切。但這種不該出自良家婦女之口，宛如毛毛蟲般令人鄙夷的話語，與自己的兒子竟然有直接的關聯，這位可憐的母親假裝忘了這件事。

老寡婦目睹男同志接吻，她感到噁心作嘔，把臉轉開。

「如果有教養，不可能做得出那種事來！」

「變態性欲」這句話的滑稽，與幾乎無從選擇，充滿滑稽的「教養」一詞，浮現她心頭，使得這位老寡婦長眠的自尊就此覺醒。

她受過的教養，是所謂良家婦女的最高水準。她父親屬於明治時代的新興階級，他熱愛「高雅」的程度，就像熱愛勳章一樣。在她娘家，一切都很高雅，連狗都顯得高雅。就連只有他們家人在自己家餐廳用餐，要請人幫忙拿遠處的醬料時，也會說一句「真是不好意思」。老寡婦成長的時代，未必算是個安穩的時代，但卻是偉大的時代。她出生後不久，便見識到甲午戰爭的勝利，十一歲那年又遇上日俄戰爭獲勝。在她十九歲那年嫁入南家之前，父母要保護這位感受性敏銳的少女，除了依靠他們生活的這個時代和社會下，穩定度極高而且極為「高雅」的道德力量外，其他什麼都不需要。

而在嫁入門後，整整十五年都沒懷胎，所以當時她在婆婆面前始終抬不起頭。直到悠一出生，這才鬆了口氣。這時，她所信奉的「高雅」，內容也隨之起了變化。因為悠一的父親從大學時代起，就喜歡在女人堆裡打滾，而婚後的這十五年來，也都過著豪放不羈的生活。

而悠一出生時，最令她感到安心的一件事，就是可以不用讓丈夫在外頭低俗的花田裡播下的種入籍南家。

她最先遇上的就是這樣的人生，不過她對丈夫無盡的敬愛之心，以及天生的自尊，很快便取得折衷，這讓她重新學會愛的態度，那就是以寬恕代替屈從，以包容力代替屈辱。這才是「高雅」的愛。她覺得這世上沒有什麼是她不能原諒的。除了「低俗」之外！

當偽善涉及品味方面的問題時，一些重要的大事會灑脫的避開，而另一方面，卻會對瑣碎的小事顯現出道德上的挑剔，不過老寡婦對雷東裡的氣氛懷有難以忍受的嫌棄感，這和她單純將此視為低俗的品味而採取的鄙夷態度，完全沒半點矛盾。換言之，正因為「低俗」，所以她無法原諒。

看了這樣的經過後，也難怪連她平時溫柔的心靈也無法對兒子寄予同情，不過老寡婦不禁感到訝異，像這種只會讓人感到嫌惡，既沒教養又低俗的事，為什麼會與她內心深處大受震撼的苦惱與淚水產生直接的連結呢？

康子餵完奶，哄溪子入睡後，回到婆婆身邊。

「我今晚還是別跟悠一見面得好。」婆婆說。「該說的話，明天我會跟他說。妳去睡吧。這時候想再多也沒用。」

她喚來阿清。老寡婦催她快點準備安排就寢。有種被什麼東西追著跑的感受。她相信自己只要躺上床，今晚就會在極度疲憊下，像醉漢因不勝酒力而嗜睡般，因苦惱而沉醉熟睡。

※

在夏天這段期間，南家會將用餐的地點換至比較涼爽的房間。隔天同樣一早就是酷熱的天氣，所以桌椅擺在朝外廊挺出的陽臺上，母親和悠一夫妻倆就座，以冰果汁、雞蛋、麵包充當早餐。在用餐時，悠一一如平時，注意力都放在他膝蓋上的報紙，今天早上也一樣，吐司的碎屑掉在報紙上，發出像冰霰落地的聲響。

用完餐後，阿清端來了茶，收走桌上的餐具。

當人們太專注於思索時，反而會做出笨拙的舉動，但老寡婦卻是以近乎粗魯的態度，將那兩封信遞向悠一面前，康子見狀，心中情緒翻湧，連忙低下頭。信被報紙阻擋，悠一沒瞧見。母親用拿在手中的那兩封信，戳向報紙背面。

「報紙別再看了。我們收到了這樣的信件。」

悠一隨手折好報紙，放在一旁的椅子上，望向母親遞出信封，微微顫抖的手，以及因太過緊張而泛起淺笑的臉龐。他看到收件者上寫著母親和妻子的名字，翻到信封背面，寄件者的記名處一片空白。取出厚厚一疊信紙攤開來看，接著又取出另一封信。母親以急躁的口吻說道：

「不管是寄給我的信，還是寄給康子的信，全都一樣。」

看完信後，悠一的手同樣顫抖。他看著信，頻頻以手帕擦拭血色盡失的額頭上冒出的汗水。

他幾乎都沒看。因為他很清楚告密的內容。現在更重要的是思考該怎麼圓場。

這名不幸的年輕人，嘴角泛起虛假的苦笑，鼓起勇氣，正面望向母親。

「這什麼啊，真無聊。怎麼會有這種無憑無據的卑鄙信件呢……我是因為遭人嫉妒，才會遇上這種事。」

「不，上頭所寫的低俗店家，我親自去過。結果親眼看到你的照片。」

悠一為之無言。儘管母親地說話語氣如此強硬，臉上表情無比慌亂，但她其實身處在離兒子的悲劇很遠的地方，而她的憤怒，其實就像在責怪兒子配戴的領帶品味太差一樣，只是悠一此時內心紛亂，沒能看出這點。性急的他從母親眼中看到了「社會」。

……康子靜靜地啜泣起來。

平時早已習慣不讓人看見她的眼淚，為愛屈從的她，此刻明明一點都不覺得悲傷，卻流下眼淚，她對這樣的自己感到訝異。而她向來不讓人看見的眼淚，原本是有所顧慮，怕會引來丈夫嫌棄，但她並未發現，此刻的淚水是因為明白可以為丈夫解危才自己流下。為了愛，她的生理經過一番訓練，甚至為了愛而發揮具有功利性的功能。

「媽，您就別說了。」

她以陰沉的聲音，很快的朝婆婆耳邊說完這句話後，起身離去。快步走過迴廊，前往溪子睡覺的房間。

悠一就這樣無法動彈，久久說不出話來。不管怎樣，他現在需要可以馬上著手的行動。他發出可怕的聲響，將不規則的疊放在桌上的十幾張信紙全部撕毀。然後將紙屑揉成一團，丟進碎白花圖案的浴衣衣袖裡。他等著看母親的下一步反應。但母親就只是手肘撐在桌上，以手指撐起她低垂的前額，一動也不動。

半晌過後，率先開口的是兒子。

「媽，妳不懂。如果妳認為信中所寫的都是真的，那也無妨。不過……」

老寡婦嘶吼道：

「那康子怎麼辦？」

「康子是嗎？我愛康子。」

「可是，你不是討厭女人嗎？因為你愛的是那些沒教養的男孩、有錢的老頭和中年男人。」

兒子對眼前這位一點都不溫柔的母親大感吃驚。其實母親的震怒，是衝著自己和兒子之間的血脈，也就是說，有一半是衝著她自己而來，她自行封印了溫柔的淚水。悠一陷入沉思。

「硬是催促我和康子結婚的人，不就是妳嗎？把一切都怪罪到我頭上，未免也太嚴苛了吧。」

對於病弱的母親，基於一分同情，悠一沒提出這樣的抗辯。他以斬釘截鐵的口吻說道：

「總之，我愛康子。只要能證明我也愛女人，這樣行了吧。」

母親根本沒好好聽他解釋，以近乎威嚇的胡言回應。

「……總之，我得趕快和河田先生見一面才行。」

「妳不能做這麼低俗的舉動。這樣河田先生會認為這是敲詐。」

兒子這句話起了不小的作用。可憐的母親叨念著莫名其妙的話語，起身離席，留下悠一獨自一人。

早上的餐桌只剩悠一一人。他面前有一塊殘留些許麵包屑的清潔桌布，以及滿是從樹陰間透射而下的陽光和蟬鳴聲的庭園。如果不是有紙屑讓右手的衣袖變得沉重，這會是個一片祥和的晴朗清晨。悠一點燃一根菸。將上過漿的浴衣衣袖往上捲，盤起雙臂。每次看到自己那像青年般的雙臂，他總會對自己那誇張的健康狀態深感自豪。就像有塊沉重的木板壓在胸前般，他感到喘不過氣來，心臟也跳得比平時更快更急。但這種胸悶感，分不清是否為歡喜的期待所帶來的胸悶，這份不安反而帶有一縷爽朗。他捨不得抽完手中這根菸。心想：

「至少我現在一點都不覺得無聊！」

悠一找尋妻子。康子人在二樓。因為音樂盒的音樂微微從二樓傳來。

在通風良好的二樓房間裡，溪子躺在蚊帳內，不過她愉悅的圓睜著雙眼，望向音樂盒的方向。康子以笑臉迎接悠一的到來，但是那不自然的微笑，丈夫看了很不中意。剛上二樓時，悠一敞開的心在看了她的微笑後，又再次合上。

經過漫長的沉默後，康子說：

「……那封信的事，我一點都不在意。」她笨拙地敷衍道。「我只覺得你很可憐。」

她以無比溫柔的口吻說出這句同情的話語，深深傷了年輕人的心。他希望妻子展現的，不是一臉認真的同情，而是率直的輕蔑，所以他受創的自尊心，完全違背他剛才爽快做出的證詞，甚至有可能無來由的對妻子展開復仇。

悠一需要協助。他腦中率先浮現的，是俊輔。然而，會有這樣的結果，俊輔也要負一部分責任，想到這點，憎恨將俊輔這名字刪除。他看到桌上擺著兩、三天前才看過的信，從京都寄來的。悠一心想，就請鏑木夫人來一趟吧，現在能幫我的，就只有夫人了。他馬上脫去浴衣，換裝準備出門打電報。

一來到戶外，行人稀少的路面反光嚴重。悠一是從後門走出。他看到門邊有個人影，正猶豫著要不要走進門內。對方一度走進門內，接著又走出。看樣子似乎是在等候屋內的家人外出。

當那名個頭嬌小的男子轉頭望向悠一時，悠一這才認出是稔，嚇了一跳。兩人奔向彼此，緊緊握住手。

「收到奇怪的信了吧。我後來才知道，那是我老爸寄的信。我覺得很對不起你，就此衝出家門。我老爸好像派了間諜跟蹤我。他已經把我們的事都調查清楚了。」

悠一不顯驚訝。

「我想也是這樣。」

「阿悠，我有話要跟你說。」

「這裡講不方便。附近有座小公園，我們去那兒談。」

悠一佯裝長輩的冷靜，執起少年的手肘，催促他快走。兩人很快地說出彼此遭遇的危難，加快腳步。

附近的N公園，原本是N公爵宅邸庭園的一部分。二十多年前，公爵家將廣大的土地分售時，留下環繞池子的庭園斜坡這個區塊，捐給地方上當公園。

池子裡覆滿盛開的睡蓮，美不勝收，除了兩、三名忙著捕蟬的孩子外，夏日的中午時分，公園裡不見人影。兩人坐向面朝池子的斜坡處松樹下。久未修整的斜坡處草地，散落一地的紙屑和橘子皮。報紙卡在池邊的灌木上。太陽下山後，小公園裡擠滿乘涼的人群。

「你想跟我說什麼？」悠一問。

「既然發生了這種事，我老爸那裡，我連一天都不想多待。我打算離家出走。阿悠，你要不要和我一起逃？」

「一起逃……」悠一為之躊躇。

「擔心錢的事嗎？如果是錢，你不用擔心。喏，我這裡多著呢。」

少年嘴巴微張，一臉認真，伸手摸索褲子後方口袋，解開鈕釦。取出用心包好的一疊紙鈔。

「你拿拿看。」他把錢放進悠一手中說道。「挺沉的吧？這裡有一萬日圓呢。」

「你打算拿這筆錢做什麼？」

「我撬開我老爸的金庫，把現金全搜刮來了。」

這一個月來，悠一和這名少年一起幻想著冒險，如今他看到那悲慘又寒磣的結局。他們與社會為敵，夢想著各種大膽的行為、探險、英雄式的做惡、明天即是死期的戰友之間悲傷的友情、明白會失敗收場的感傷政變，以及各種悲劇式的青春。正因為他們明白自己的美，所以了解他們只適合悲劇。他們相信充滿危險的光榮在等著他們，例如像祕密組織裡令人寒毛直豎的殘暴私刑、遭野豬虐殺的阿多尼斯[58]、壞人使詭計讓他們落入水位會隨時間經過而上升的地下水牢、洞窟王國那生死未卜的考驗儀式、地球的滅亡、犧牲生命以解救數百名戰

58 Adonis，希臘神話中掌管每年植物死而復生的一位非常俊美的神。最後被野豬所殺。

友性命，充滿故事性的機會。唯有這種破局，才是符合青春的唯一破局，若是錯過這種破局的機會，則青春非死不可。與青春之死的難以忍受相比，肉體的死又是如何呢？就像許多青春那樣（因為要活過青春，就是難以忍受的壯烈之死），他們的青春總是夢想著全新的毀滅。面對死亡的俊美青年，應該會莞爾以對。

……這種夢想的歸結，如今就出現在悠一面前，但這既無光榮的氣味，也沒有死亡的氣味，就只是市井小民生活中的一起小事件。一隻老鼠般骯髒的小事件，或許會刊登在報紙上，像一塊方糖般微不足道的報導。

「這個少年所夢想的，果然是像女人那樣的安穩，」悠一大感失望。「以他帶走的錢私奔，兩個人找個地方共同生活。啊，這小子要是有膽量殺了他老爸，我會在他面前下跪。」悠一對另一個自己，亦即擁有家庭的年輕丈夫，展開質問。他馬上決定自己該採取的態度。與那樣的悲慘結果相比，偽善再怎麼樣也比它強。

「這些錢可以寄放在我這兒嗎？」悠一將那疊鈔票收進衣內口袋。少年那兔子般的雙眼，浮泛著無邪的信賴，回答道：「可以啊。」

「我剛好要去郵局辦事。你要一起來嗎？」

「去哪兒都行。因為我的身體也交給阿悠你保管了。」

「真的嗎？」

悠一向他確認。

在郵局裡，悠一像個撒嬌的孩子般，向鏑木夫人發出「我有急事，請馬上前來」的電報，接著他攔了一輛計程車，和稔一起上車。稔心懷期待地問他要去哪兒。之前攔下計程車時，悠一事先低聲告訴計程車司機目的地，稔沒聽見，還以為接下來要去什麼豪華飯店過夜。

不久，少年見車子漸漸駛向神田，馬上慌了起來，就像從柵欄逃脫的羊兒，又被帶回柵欄前一樣。悠一對他說，一切包在我身上，我不會害你。少年聽悠一的口吻如此堅定，就像突然想到什麼似的，莞爾一笑。他心想，這位英雄現在肯定是想訴諸武力，為他展開復仇。

少年想像著養父醜陋的死狀，因開心而顫抖。悠一對稔有幻想，稔也在悠一身上展開幻想。悠一揮動小刀。冷冷地切斷養父的頸動脈。稔想像著那瞬間的殺人之美，悠一映照在稔眼中的側臉，像天神一樣完美。

車子抵達咖啡廳。悠一下車，稔也跟著下車。盛夏的正午時分，學生街上行人稀少，備顯落寞。兩人橫越馬路，在日正當中下，幾乎沒留下影子。稔得意洋洋的抬眼環視四周二、三樓的窗戶。從那些地方不經意的望向馬路的人們，一定想不到這兩名年輕人正準備前去殺人。要幹大事，向來都選在這種公開的時刻下進行。

店內客人稀少。兩人已習慣戶外的亮光，進門後感到一片漆黑。見他們兩人走進，坐在收銀臺椅子上的福次郎連忙站起身。

「你上哪兒去了！」

他就像要一把揪住稔似的，如此說道。

稔泰然自若的向福次郎介紹悠一。福次郎臉色轉為蒼白。

「我有些話想跟您說。」

「我們到裡面談吧。請往這兒走。」

福次郎請其他服務生顧收銀臺。

「你在這裡等著。」悠一要稔在門口等候。

悠一神情平靜的從衣內口袋取出那包鈔票遞出，福次郎為之一愣。

「聽說是稔從您家中的金庫帶走的。我收下這筆錢，現在原封不動的歸還。我想，稔他也是被逼急了，才會做出這種事來，請您別再責怪他。」

福次郎不發一語，滿腹狐疑的注視著這名俊美青年。這時福次郎心中的盤算著實荒唐。他採取那麼卑劣的手段傷害這名對手，現在卻只看了一眼，就愛上了他。頃刻間，福次郎馬上想出一個愚蠢的手段，他心想，眼下坦白一切，任憑對方責問，讓對方明白他這種世間少見的「好脾氣」，這樣才是最快的解決之道。首先要道歉。這方面的臺詞，一些傳統的說書或戲曲裡早已備齊。例如：「大哥，您真了不起，我認輸了，見識您寬大的心胸後，我對自己的心胸狹隘感到厭惡，您要揍要踹都行，儘管來，直到您氣消為止。」

在演出這場大戲前，福次郎得先處理好一件事。如果要收下這筆錢，得清點好數目。金庫裡的錢，他隨時都牢記不忘，帳目要對得上才行。但十萬日圓現金，一時之間數不清楚。於是他把椅子拉向桌邊，朝悠一微微點了個頭，解開紙包，全神貫注的數起了鈔票。

悠一望著這名生意人用手指數鈔票的熟練動作。那窮酸的手指動作，帶有一種悽慘的真摯，遠超越他們之間的戀情、告密、偷竊。數完鈔票後，福次郎雙手擺在桌上，再度向悠一行了一禮。

「都在這兒了吧？」

「是的，都在。」

福次郎錯失良機。因為這時悠一已站起身。他對福次郎連瞧也不瞧一眼，就此步向門口。稔全程目睹了英雄不該有的背叛行為。他背倚著牆壁，臉色蒼白的目送悠一離去。臨行時，悠一朝他點頭致意，他把臉別開，不想回禮。

悠一獨自大步走在盛夏的街道上。沒人隨後尾隨。微笑就像朝嘴角擠壓般，不斷湧出。青年不想笑，皺著眉頭行走。他心中滿是難以言喻的傲慢喜悅，慈善的歡悅會讓人變得傲慢，這樣的結果他已明白。而在討好內心方面，他明白，不管怎樣的惡行都遠不及偽善來得有效，當真愉快。拜這齣戲之賜，此刻這位年輕人的肩膀已變得輕鬆許多，感覺一早的沉重胸悶感已暫時消退。為了讓這股喜悅更加完美，他想來一場愚蠢又沒意義的購物，他來到一家小文具店，買了最便宜的賽璐璐削鉛筆器和鋼筆筆尖。

第二十九章　意外救兵

悠一的無為之舉已達完美境界，在身處危機的這段時間，他的平靜無人可比。從他的孤獨深處產生的這股平靜，騙過了他的家人，他們甚至開始心想，那兩封告密信也許是有人刻意捏造的也說不定，足見悠一有多冷靜。

他沒多言，就只是泰然度日。腳下踩著自己的毀滅，像走鋼索的表演者般，展開從容不迫的態度，慢條斯理的看著早報，在中午時午睡。才過不到一天，一家人便已失去解決問題的勇氣，只想著要避開那個話題。因為那不是個「高雅」的話題。

鏑木夫人回電報了。她說會搭晚上八點半的特快車「鳩」上東京。悠一前往東京車站迎接。

拎著一只小型的旅行手提包走下電車的夫人，一見到頭戴制服帽，捲起淡藍色襯衫衣袖的悠一，便馬上從他若無其事的微笑中，直覺這名青年有苦惱，速度之快，連悠一的母親也比不上。悠一這種隱忍心中苦惱的表情，也許就是夫人過去最引頸期盼見到的吧。她踩著高跟鞋，俐落的朝悠一走近。悠一也奔向她，低著頭，像要搶走夫人手提包似的，一把接過。

夫人呼吸急促。她還是和以前一樣，以熱情的目光筆直地投向悠一，青年就近感覺到她的視線。

「好久不見了。發生什麼事了？」

「待會兒再慢慢說。」

「不會有事的。你放心吧，因為我人都來了。」

事實上，夫人在說這句話時，眼中蘊含著毫無畏懼，所向無敵的力量。悠一過去曾輕易讓這女人拜倒自己腳下，現在則是完全倚靠她。夫人從俊美青年此時柔弱的微笑中，看出他所經歷的辛酸。夫人感覺出這辛酸不是她所賜，就此感到落寞，同時也產生一股非比尋常的勇氣。

「您在哪裡下榻？」悠一問。

「以前我們當住家的那棟主屋改建的旅館，我已事先打過電報了。」

兩人前往那間旅館後，大為吃驚。自認行事機靈的旅館老闆，事先為夫人準備好別館二樓的歐式房間，也就是當初悠一和鏑木伯爵雲雨時，被夫人撞見的那個房間。

旅館老闆前來問候。這位行事老派周到的男人，至今仍不忘以伯爵夫人的格局來款待。他很在意主客間奇怪的立場，就像是趁著夫人不在時占用了她的住家般，顯得戒慎戒懼，然後就像去到別人家似的，對自己旅館內的房間誇讚不絕。他貼著牆壁行走，活像一隻壁虎。

「因為家具都很高檔，所以我直接沿用。客人們也都說，這麼傳統、高格調的家具相當少見，所以頗獲好評。至於壁紙，真的很抱歉，我都更換過了，不過這個桃花心木屋柱的光澤無可挑剔，會讓人感到莫名的平靜……」

「不過，這裡原本是管家的住處呢。」

「是的，沒錯。在下明白。」

被分配到這個房間，鏑木夫人沒特地對此提出異議。待老闆離開後，她從椅子上站起，仔細環視這間因為床鋪包覆了白色蚊帳，而更顯窄小，充滿古風的房間。自從那次往這個房間窺望而離家後，已有半年沒再踏進這裡。以夫人的個性，並不會因為這樣的偶然而從中看出不吉利的巧合。而且房內的壁紙已全都「重新換過」。

「很熱對吧。你要不要去沖個澡？」

經她這麼一說，悠一就此打開門，通往那三張榻榻米大的細長形書庫。點亮燈。書庫裡的書已全部清空，整面純白的磁磚浮現眼前。書庫已變成大小適中的一間浴室。

就像旅人來到久未造訪的土地，一開始只會看出昔日記憶般，鏑木夫人發現悠一平靜的苦惱就像是她苦惱回憶的模寫，這占去她所有的注意力，所以沒察覺到他的改變。他看起來就像是陷在自己的苦惱中，無技可施的孩子。夫人不知道他正在望著自己的苦惱。

悠一前往浴室，聽到水聲。鏑木夫人耐不住炎熱，手繞到背後，解開排成一列的小鈕釦，鬆開前襟。她半露的香肩依舊細緻光亮。她討厭風扇，沒打開它。自己從手提袋裡取出印有銀箔的京扇。

「他的不幸，與我久別重逢感受到的幸福，是多殘酷的對比啊。」她如此暗忖。「他的感情和我的感情，就像櫻花和樹葉一樣，彼此總是無緣碰面。」

飛蛾撞向窗戶的紗網。夜裡的大隻飛蛾灑著鱗粉，那種沉悶的焦躁感，她懂。

「也只能這麼想了。至少現在是以我的幸福感來鼓舞他……」

鏑木夫人望向過去多次和丈夫一起同坐的那張洛可可風格的長椅，它還是老樣子沒變。沒錯，曾和丈夫一起坐過。但他們夫妻倆總是保持一定的距離，連衣服的下襬也沒碰觸……這時，她突然從長椅上看見丈夫與悠一以奇怪的姿勢相擁的幻影。她裸露的肩膀頓感寒意。

當時的偷窺，只是出於偶然，而且是沒半點猜疑的天真之舉。夫人當時想窺看的，是唯有透過自己不在場，才能確實且永遠存在的幸福形象，但不管是在什麼情況下，這種荒唐的願望或許都會引發不吉利的結果……而現在，鏑木夫人和悠一就在這個房間裡。她就在這裡，處在幸福可能存在過的場所。她代替幸福存在於此地……她那無比聰明的靈魂，對於自己那不切實際的幸福感，以及悠一絕不會愛上女人，這種種不言自明的現實，她很快便清醒過來。就像突然感到一陣寒意般，她把手繞往背後，將拆開的鈕釦全都扣上。因為她發現，不管展現任何媚態都是徒勞。如果是以前的她，只要背後有一顆鈕釦鬆開，她一定馬上就能注意到有哪個男人想幫她扣上，而在那個時代與她往來密切的男人們，要是有人目睹她此刻的拘謹，肯定會懷疑是自己眼花。

悠一以梳子梳著頭，走出浴室。他那濡溼，散發光芒的年輕面容，讓夫人想起之前在那家與恭子不期而遇的咖啡廳裡，悠一因驟雨而淋溼的臉龐。

為了擺脫回憶的束縛，她發出奇怪的聲音。

「好了，快說來聽吧。妳把我拉來東京，難道是想吊我胃口嗎？」

悠一大致說明他的情形，尋求夫人的幫助，而就她所了解，不管採取何種方式，現在當務之急就是要動搖那封信的可信度，所以夫人馬上果決地拿定主意，答應明天到南家拜訪，然後讓悠一返家。她也覺得此事有點意思。原本鏑木夫人的個性獨特之處，在於她天生的貴族性情與娼婦性情，兩者很自然地緊緊相連。

隔天上午十點，南家迎接一位意想不到的客人到來。他們引領客人來到二樓的客廳。悠一的母親出面接待。鏑木夫人說她想見康子。她還提到，希望悠一能迴避一下，而這位年輕丈夫就像是事先和客人說好似，一直都關在書房裡沒露面。

鏑木夫人變得略微豐滿的身軀，包裹在紫色的洋裝下，一副威風凜凜的樣貌。她始終滿面春風，氣度雍容，態度懇切，在她道出來意前，這位可憐的母親一直提心吊膽，怕又會聽到什麼新的醜聞，顯得意志消沉。

「真不好意思，我不太習慣吹電風扇……」

既然客人都這麼說了，只好拿來圓扇。客人慵懶地搧著圓扇，不時偷瞄康子。自從去年舞會碰面以來，今天是這兩個女人第一次迎面而坐。夫人心想，如果是在一般的情況，我會嫉妒這個女人應該也是很自然的事。但此刻夫人勇敢無畏的心，對眼前這位略顯憔悴的年輕美女，只覺得輕蔑。她開口道：

「是阿悠打電報請我來的。昨晚我已聽說那封奇怪信件的事。所以今天馬上趕來。聽說信中的內容也和鏑木有關……」

老寡婦沒出聲，就只是低垂著頭。康子之前一直別向一旁的雙眼，這時筆直的望向鏑木夫人。她以輕細卻堅決的聲音對婆婆說道：

「我還是迴避一下比較好。」

因為害怕自己一個人在場，婆婆打斷她的話。

「可是，人家鏑木夫人專程說要和我們兩人談談的。」

「是沒錯，可是，如果是那封信的事，我實在不想再聽了。」

「我也是和妳一樣的心情。但該聽的事如果不聽清楚，日後會後悔的。」

女人們用如此中規中矩的用語，委婉迂迴的從那個醜陋的字句旁邊繞過，這種姿態著實諷刺。

鏑木夫人第一次問道：

「康子妹妹，怎麼了嗎？」

康子感覺到夫人此刻正在和她較勁，看誰比較有勇氣。

「因為我現在一點都不在意那些信的事。」

……面對這強悍的回答，鏑木夫人緊咬嘴脣。「真有妳的，把我當敵人，向我下戰帖是吧。」想到這裡，她的溫柔瞬間乾涸。原本是要讓這位年輕而又思想偏狹的貞潔女子明白，夫人是站在她丈夫這邊，但現在夫人直接省略這個步驟。她同時也忘了自己扮演的角色分際，完全不避諱採取盛氣凌人的語氣。

「請妳務必要聽。因為我要說的是好消息。不過，不同的人聽了，或許會覺得是壞消息也說不定。」

「那就請您快說吧。光是等候的這段時間就教人覺得難受。」

悠一的母親在一旁催促道。康子沒離席。

「阿悠認為我是唯一的證人，能證明那封信是憑空捏造，所以才打電報給我。要向妳們坦白這件事，真的很難受。但比起那種滿口胡言，有辱名聲的書信，還不如我坦白說出一切，妳們也比較能安心。」鏑木夫人略顯口吃。接著她以驚人的熱情口吻說道：「我和阿悠一直都有肉體關係。」

可憐的母親與媳婦面面相覷。在這全新的衝擊下，她差點就此昏厥。她好不容易才回過神來，向夫人問道：

「……可是，最這也一直都維持這種關係嗎？您不是春天時搬到京都去了嗎？」

「因為鏑木工作失敗，而且他懷疑我和阿悠的關係，所以才硬把我帶去京都。但我還是常回東京。」

「和悠一……」母親話說到一半，不知該如何措辭才好，最後她想到「關係密切」這句含糊不明的用語，勉強用它來湊合。「……和悠一關係密切的，就只有您嗎？」

「這個嘛……」夫人望著康子回答道。「或許還有其他女人吧，不過，因為他還年輕，這也是沒辦法的事。」

悠一的母親滿面羞紅，惴惴不安地問道：

「您說的其他人，是指男人嗎？」

「哎呀。」鏑木夫人莞爾一笑。她貴族的靈魂就此抬頭，對於清楚說出低俗的話語感到痛快。

「……就我所知，光是為阿悠拿掉孩子的女人，就有兩個。」

鏑木夫人沒夾雜無謂的肢體動作，做出明確的告白，這率真的模樣效果十足。面對對方的妻子和母親，做出如此厚臉皮的告白，比起引聽者落淚的告白，這種符合此刻場景的率真更勝一籌。

另一方面，老寡婦心中的迷惑無比複雜，無從整理。她的貞潔觀念，已在那家「低俗」的店裡，遭受有生以來第一次的嚴重打擊，所以她因痛楚而麻痺的心，面對鏑木夫人引發的異常事態，這次倒只覺得很自然。

老寡婦先展開盤算。她極力想保持冷靜，所以最後她頑固的舊有觀念冒出頭來。

「她的懺悔不假。如果是男人，會怎麼做難說，但女人要不是自己真有這樣的情事，是不可能主動向別人招認的，這就是最有力的證據。再說了，如果是女人要出手救男人，不知道會做出什麼事來，所以就算是前伯爵夫人這樣的女人，也有可能來到男方的母親和妻子面前，做出這麼羞人的告白。」

她的判斷在邏輯上極為矛盾。因為老寡婦在提到「男人」或「女人」時，這種用語就已經以相互間的情事作為前提。

如果是以前的她，對於有夫之婦和有婦之夫間的這種情事，應該會遮眼不見，摀耳不聞吧，但現在她見自己差點就認同鏑木夫人的告白，覺得自己似乎道德觀出了問題，對此大為慌亂。不僅如此，她的內心一面倒，很希望自己能完全相信夫人的告白，將那兩封信當作是廢紙，就此解決問題。她對自己的心思感到恐懼，反而更加執著於想找出證據來證實信中的內容不假。

「可是我看到了照片。在那家光想起就覺得噁心的店裡，一名看起來很沒教養的服務生珍藏著悠一的照片！」

「這件事我也聽悠一提過了。悠一說，其實他學校裡有個朋友，有這方面的癖好，整天吵著要悠一的照片，所以才給了他兩、三張，可能就這樣流出吧。悠一也曾在半看熱鬧的念頭下，在那位朋友的帶領下去了那家店，結果有名男子一直苦苦追求，糾纏不休，悠一拒絕了對方，結果就此遭對方寫信報復。」

「哎呀，為什麼悠一完全沒跟身為母親的我解釋呢？」

「一定是因為他太怕您了。」

「我真是個失格的母親……對了，請容我冒昧問一句，鏑木先生和悠一之間的關係，也都是子虛烏有嘍？」

這提問早在預料之中。但鏑木夫人還是需要極力保持平靜。因為她親眼看過。她看到的不是照片。

夫人在忘我的情況下，心靈受創。她絕不是因為做偽證而感到羞愧，但自從撞見那一幕後，她在生活上構築的虛假熱情，以及促使她現在努力做偽證的熱情，要加以背叛是件痛苦的事。此刻的她看起來像英雄，但她卻不允許將自己看成是英雄。

「沒錯，這根本是完全無法想像的事。」

康子始終低著頭默然無語。她一句話也沒說，令鏑木夫人備感陰森。事實上，對這件事做出最真實反應的人是康子。現在不是確認夫人證詞真偽的時候。不過，這個外頭的女人和自己的丈夫之間保有如此緊密的關係，這又是怎麼回事？

看準婆婆和夫人談話告一段落的時機，康子努力找尋有什麼是會讓夫人答不出來的問題。

「有件事我一直覺得百思不解。阿悠的西裝愈來愈多……」

「如果是這件事的話……」鏑木夫人加以回應。「這沒什麼。是我幫他訂作的。因為我要帶西服店的人到家裡來也不成問題……我自己也有工作，我就喜歡為自己的心上人做點什麼。」

「哎呀，您在外工作是嗎？」

老寡婦瞪大眼睛。這個女人堪稱是浪費的化身，萬萬想不到她竟然會在外頭工作。鏑木夫人毫不隱瞞地說出一切。

「我去了京都後，便開始擔任進口車仲介商。最近我終於成為獨當一面的仲介商了。」

這是她唯一真實的告白。最近夫人已徹底學會以一百三十萬圓買進外國車，再以一百五十萬圓賣出的生意手法。

康子擔心嬰兒，就此離席，而之前在媳婦面前一直虛張聲勢的母親，頓時洩了氣。她不清楚眼前的女人是敵是友，她像在自言自語似地問道：

「我到底該怎麼辦才好？比起我，康子更加可憐……」

鏑木夫人冷冷地應道：

「我今天是下了很大的決心前來。因為我心想，比起讓妳們受那樣的書信嚇唬，還不如讓妳們知道真相，這樣對您和康子妹妹也好。我曾帶悠一出外旅行兩、三天。我和悠一都不是談正經的戀愛，所以康子妹妹大可不必擔心。」

夫人那思緒明快，旁若無人的態度，令老寡婦大感折服。鏑木夫人具有一種不可侵犯的氣質。老寡婦放棄了母親的特權。而且她從夫人身上，看出比她更具母性的某個東西，她這方面她的直覺正確無誤。她沒發現自己正向她道出無比滑稽的客套話。

「悠一就麻煩您多多關照了。」

康子把臉湊向溪子的睡臉。這幾天，她的祥和日子發出轟然巨響，就此完全崩塌，但她就像是地震時會本能的用肉身護住孩子的母親一般，她暗自祈禱這樣的毀滅瓦解，不要波及到溪子身上。康子已失去應有的位子。她受周遭湧來的波濤侵蝕，就像一座無人居住的孤島。有個比屈辱更複雜的巨大之物重重壓在她身上，她幾乎沒任何屈辱感。但那幾乎無法喘息的悶沉，將她在經歷密函事件後，基於絕不相信信中內容的決心，而一路堅定守護的平衡，重重地壓垮了。在聽到鏑木夫人說出那露骨的證詞時，康子內心深處確實起了改變，但她自己尚未注意到這項改變。

康子聽到婆婆和客人邊聊邊走下樓的聲音。她心想，難道是夫人要回去了，她打算起身前往送行。但夫人並沒離去。她聽到婆婆的聲音，隔著簾子看到夫人的背影，正由婆婆領著走過走廊，朝悠一書房的方向而去。康子心想：「那個人走在我家中，就像是自己家一樣。」

婆婆很快便獨自從悠一的書房走回，坐向康子身旁。她的臉此時已不顯蒼白，反倒還因為亢奮臉泛潮紅。

戶外因豔陽而陷入一片灼熱，而室內顯得昏暗。

隔了一會兒，婆婆說道：

「她究竟是為了什麼目的，而來對我們說那些話呢？不會是來鬧著玩的吧？」

「她好像很喜歡阿悠呢。」

「也只能這麼說了。」

這時，母親把將對媳婦的一分體貼暫擱一旁，就此產生一種放心和驕傲之情。當來到眼前這個階段，看是要相信那封信，還是要相信夫人的證詞時，她毫不猶豫的選擇後者。俊美的兒子受女人歡迎，若從她的道德觀來看，這是好事。換句話說，這為她帶來一股快感。

康子感覺就連對她好的婆婆，也和她活在不同的世界裡。但康子根據過去的經驗，馬上明白除了順其自然外，沒其他方法可以免除苦惱，她處在如此悲慘的情況下，像隻聰明的小動物般靜止不動。

「一切全完了。」

婆婆自暴自棄地說道。

「媽，還沒到那種地步。」

康子這番話，算是說得相當強硬，但婆婆認為這是對她的安慰，噙著淚水說出她的口頭禪。

「謝謝妳，康子。能有妳這樣的好媳婦，我真是好福氣啊。」

……鏑木夫人在悠一的書房裡與他獨處後，做出走進森林的人常有的動作，鼻孔用力深吸房內的空氣。她覺得這裡的空氣比任何森林裡的空氣都還清新芳香。

「這書房真棒。」

「是先父的書房。在家的時候，就只有關在這個房間裡，才能放鬆的呼吸。」

「我也是。」

夫人的附和相當自然，悠一懂她的感受。她像暴風般闖進別人家中，將禮節、體面、體恤、羞恥，全部拋卻，不論是對自己還是別人，都極盡殘酷之能事，為了悠一，使出超人般的力量，現在終於得以喘口氣。

窗戶完全敞開。桌上古樸的檯燈、墨水壺、堆疊的辭典、插著夏天花朵的慕尼黑酒杯等，這種種宛如陰沉銅版畫般的前景，後方是建造在大火遺跡上的眾多嶄新木造建築，反而給人一種荒涼之感，此種呈現強烈殘暑意象的街景就此陳列眼前。都營電車順著電車軌道的坡道而下。頭頂上方的浮雲飄過後，那一帶的軌道、還沒蓋房子的遺跡基石、垃圾場的玻璃碎片，頓時不約而同地散發耀眼光芒。

「已經沒事了。令堂和康子妹妹應該不會再專程去那家店調查你的事了。」

「應該是沒事了。」青年很篤定地說道。「對方大概不會再寄信來了，而且家母已提不起勇氣再去那家店，康子就算還有勇氣，也絕不會再去那家店。」

「你累了。最好找個地方好好休息。我沒事先和你商量，便跟令堂宣布說要帶你出外旅行兩、三天。」

悠一似乎很驚訝，莞爾一笑。

「今晚出發也行。火車票我可以透過管道取得……晚點我會打電話給你。就約在車站碰頭，可以吧？我想趁回京都時，順道去一趟志摩。我會先訂好飯店。」

夫人靜靜打量悠一的神情。

「……你大可不必擔心。知道一切的我，就算讓你為難，也不會有什麼好處。我們之間什麼事也不會發生，不是嗎？你儘管放一百二十個心吧。」

夫人再次確認悠一的意願，所以悠一回答他願意去。事實上，他也希望能從這次的破局帶來的沉重壓力中抽身，哪怕是兩、三天也好。實在找不到像夫人這麼體貼又安全的同伴了。青年的雙眼差點就要表現出感謝之情，夫人害怕看到這樣，急忙擺手。

「為了這麼點小事就對我感恩，未免也太不像你了。好吧。在旅行期間，只要你別把我當空氣看就好了。」

夫人離去。送她出門的母親，跟在獨自返回書房的悠一身後。她看著康子時，突然覺醒，明白自己該扮演的角色。

「聽說你要和那位夫人一起出門旅行是嗎？」

「是的。」

「你絕不能這麼做。這樣康子太可憐了。」

「這樣的話，為什麼康子自己不來阻攔我？」

「你真是個長不大的孩子。要是你明確地跟康子說你要出門旅行，康子不就失去妻子的立場了嗎？」

「我想暫時離開東京一陣子。」

「如果是這樣，可以和康子一起去。」

「和康子一起的話，就沒辦法好好休息了。」

可憐的母親發出尖銳的聲音。

「你好歹也要替寶寶想想吧。」

悠一垂眼望著地面，沉默不語。最後母親說道：

「至少也要替我想想。」

這份自私，讓悠一想起告密信事件發生時，不顯一絲溫柔的母親。這位孝子在沉默片刻後說道：

「我還是要去。為了這起怪事勞煩人家跑這麼一趟，現在如果不答應她的邀約，妳不覺得很對不起人家嗎？」

「你那根本就是男寵的想法。」

「沒錯。就像她說的，我是她的男寵。」

悠一意氣風發地對眼前離他無比遙遠的母親如此說道。

第三十章　英勇的戀情

夫人和悠一搭當晚十一點的夜班車出發。這個時間，暑氣已消退許多。展開旅程是一種很不可思議的情感。被拋在身後的土地就不用說了，就連一路在身後拖曳的時間，都會讓人被一種獲得自由的感覺緊緊攫獲。

悠一並不後悔。但說來奇怪，這是因為他愛康子。因為不知如何表現，而造成形體扭曲的這種愛，如果站在這種觀點來看，青年為了展開旅行所犯下的種種逾越之舉，也都能看作是對康子的餞別。而這段時間，他變得無比認真的內心動向，連對偽善也毫不畏懼。他想起自己對母親說過的話。「總之，我愛康子。只要能證明我也愛女人，這樣總行了吧。」照這樣來看，他不是為了拯救自己，而是為了拯救康子，才會勞煩鏑木夫人，他有充分的理由可以這麼看。

鏑木夫人不懂悠一這種全新的內心轉變。他就只是個俊美絕倫、充滿年輕魅力，而且絕不會愛上女人的青年。而拯救這名青年的不是別人，正是她。

待東京車站深夜的走廊往遠方退去後，夫人微微吁了口氣。只要她展現些許愛的動作，悠一肯定就會失去這難得的休息機會。在列車的震動下，兩人裸露的手臂不時會相互碰觸。每次她都會若無其事的把手移開。儘管只是微微地戰慄，但她還是怕悠一會從中發現自己對他的愛，而讓悠一感到無趣。

「鏑木先生最近怎樣？雖然我常收到他的信。」

「他現在仍是我的丈夫。雖說從以前就一直是這樣。」

「他還是老樣子嗎？」

「最近因為我知道了一切，所以他的神情看起來輕鬆許多。一起走在街上時，他常會輕戳我幾下，跟我說：『那孩子長得真俊。』他講的當然是男人。」

悠一沒答腔，夫人叫了聲「哎呀」，問道：

「不想聊這個話題？」

「嗯。」青年沒看她的臉。「我不想從妳口中聽到這類的話題。」

敏感的夫人看出這名任性的年輕人眼中暗藏著孩子氣的夢想。這是很重要的發現，這表示悠一仍想從夫人身上尋求某種「幻影」。我必須佯裝不知情才行。必須在他眼中呈現出不具危險性的戀人形象。夫人略感滿足的下定決心。

疲憊不已的兩人很快便睡著了。一早，他們在龜山改搭往鳥羽的電車，從鳥羽坐上志摩線後，不到一個小時，來到以一座短橋與日本本土相連的終點站——賢島。空氣清澈，在這未知的車站下車的兩位旅行者，聞到飛越英虞灣上眾多小島一路飄來的海風氣味。

抵達位於賢島山丘上的飯店後才得知，夫人只訂了一間房。她完全不抱任何期待。夫人對於自己那難修成正果的愛，不知該如何定位。如果稱之為愛，那當真是前所未聞的愛，不論哪齣戲，哪部小說，都不曾寫過這樣的範本。一切都必須由她自己決定，自己嘗試。如果和她深愛的男人共處一室，完全不期待會發生什麼事，就這樣度過一夜，則在此嚴峻的考驗下，她仍保有柔情的熱切愛意將會被賦予形體，鍛鍊成鋼。而被帶進房內的悠一，看到擺在一起的兩張床，一時間也感到迷惘，但他旋即為懷疑夫人居心的自己感到羞愧。

那天不太炎熱，是萬里晴空的爽朗天氣，平時飯店的主要客源是在此長住的客人。用完午餐後，兩人到志摩半島御座岬附近的白濱游泳。他們搭大型的馬達快艇，從飯店後方沿著英虞灣的內灣前往那座海灘。

夫人和悠一在泳衣外披上一件薄襯衫就離開飯店。自然的寧靜包覆他們兩人。這四周的景致，與其說是島嶼浮在水面上，不如說是有太多的島嶼靠在一起，海岸線極度蜿蜒，所以才會看起來像是大海潛入陸地各處，侵蝕著陸地。而此地風景異樣的寧靜，感覺猶如置身於在許多廣大丘陵露出水面的大洪水之中。不論東邊還是西邊，只要是呼叫聽得到之處，甚至是可以意外看到山峽的地方，都有波光粼粼的大海存在。

上午游完泳返回的客人特別多，所以同樣是下午搭馬達快艇前往白濱的人，除了悠一他們，就只有寥寥四、五個人。其中三人是帶孩子同行的年輕夫妻。另外兩人是美國來的中年夫婦。快艇行駛在海灣的平靜海面上，於浮泛在海上的珠珍筏中穿梭。這是將養殖用的母貝殼籠子垂吊在海中的竹筏。由於是晚夏時節，這一帶已看不到海女的身影。

兩人搬出折疊椅，放在船尾的甲板上，坐向椅子，悠一第一次見識夫人穿著清涼的身軀，相當感佩。她的肉體兼具優雅與豐潤。所有部分都包覆在強韌的曲線下，那雙美腿，是從小就不跪坐，習慣坐椅子的人才有的特性。當中尤屬她肩膀到手臂的線條最美。不顯一絲老態的皮膚，就像會反射陽光般，夫人並未刻意保護她那微微曬黑的肌膚不受陽光侵害。隨海風飄揚的秀髮，飄動的影子落向肩膀到手臂一帶，那圓潤的姿態，就像古羅馬的貴族女子在寬衣時裸露的手臂一樣。在擺脫必須抱持欲望才行的固定觀念，以及那作繭自縛的義務感後，悠一終於明白這肉體之美。只靠一件白色泳衣遮蔽胴體的鏑木夫人，脫去披在肩上的襯衫，望著在陽光下熠熠生輝，令人應接不暇的眾多島嶼。島嶼漂到她面前，復又漂遠。悠一暗自想像，在晚夏的豔陽下，那無數個珠珍筏垂吊在碧海中的貝殼籠，肯定有幾顆珍珠已開始成熟。

英虞灣的一個海灣，又向內擴展出多個海灣的枝葉。從其中一個枝葉駛出的快艇，在這片儘管一再蜿蜒，看起來卻依舊像是封閉在陸地內的海面上滑過。可以望見珠珍養殖業者們住家屋頂的周圍島嶼，島上的綠意起了像迷宮樹籬般的作用。

「那是文殊蘭。」一名船客叫道。

有一座島上可以望見冒著朵朵白花的村落。鏑木夫人隔著青年的肩膀，看見那已過了花期的文殊蘭。

她不曾愛過自然。只有體溫和脈搏、血和肉、人的氣味，才能吸引她。但眼前的明媚風光擄獲她豪邁的心。因為自然拒絕了她。

傍晚時分，從海水浴場返回的兩人，在晚餐前先去了一趟飯店裡面朝西邊的酒吧，喝了杯餐前酒。悠一點了杯馬丁尼。夫人吩咐酒保如何調酒，以苦艾酒、法國苦艾酒、義大利苦艾酒混合搖晃後，調製出公爵夫人雞尾酒。

照遍海灣的夕陽，那淒慘的顏色令他們兩人驚豔。端上桌的橘色和淡褐色的兩杯酒，經過光線穿透後，化為鮮紅。

窗戶明明已全都敞開，卻沒吹來半點微風。這是伊勢志摩地區出名的「向晚無風」。像毛織物般重重地垂落，燃燒熾盛的大氣，也都沒妨礙這位身心都很悠哉的年輕人健康的休息。游泳和沐浴後全身的快意、重獲新生的感覺、身旁這位知道一切，原諒一切的美女、適度的醉意……這個恩寵毫無瑕疵，甚至有可能讓身旁的人陷入不幸。

「這個人到底有沒有經驗？」望著青年那絲毫沒留下半點記憶中的醜陋，至今依舊清澈的眼瞳，夫人不禁產生這種想法。「這個人不管在哪個瞬間，哪個空間，永遠都保有天真無邪。」

鏑木夫人現在終於了解，那始終巧妙圍繞在悠一四周的恩寵。他陷在恩寵中的樣態，就像是個陷在棉花裡的人一樣。夫人心想，得保持輕鬆的心情才行。要不然又會和之前一樣，只是不幸的重石壓在身上的一場幽會罷了。

這次上東京，以及接著到志摩旅行時，夫人那放棄自我的堅定決心無比英勇。這並非是單純的壓抑，也不是自我克制。她就只是留在悠一所在的觀念中，相信悠一所看到的世界，她嚴禁自己的希望對這個世界造成絲毫的扭曲。汙辱自己的希望，與汙辱自己的絕望，在兩者的含意幾乎完全相同之前，她需要長時間經歷此種艱困的磨練。

不過，久違的兩人有許多話題可聊。夫人聊到不久前的祇園祭，悠一聊到檜俊輔老師和他同坐河田的帆船，坐得心驚膽戰。

「這次書信的事，檜先生知道嗎？」

「不知道，怎麼了嗎？」

「你不是什麼都會找他商量嗎？」

「我怎麼可能連這種事也跟他說呢。」對於自己還保有祕密沒說，悠一覺得很可惜，但還是接著道。「關於這件事，檜老師完全不知情。」

「我想也是。那位老先生極度喜愛女色。不過說來也真不可思議，女人老是從他身邊逃離。」

太陽已隱沒山頭，微微起風。儘管太陽下山，但水面依舊波光瀲灩，一路連向遠處的群山，可從中得知大海的存在。連接島嶼海岸的海面，留下深邃的暗影。橄欖色的海面，與映出餘暉，金光閃閃的海面形成強烈對比。兩人離開那裡，前往用餐。

地點偏僻的這家飯店，用完晚餐後便無事可做。兩人放唱片、翻閱攝影畫報。細看航空公司或其他飯店的介紹。明明無事可做，孩子卻一直醒著不睡，淪為奶媽的鏑木夫人只好負起陪伴的角色。

夫人發現，以前她想像成是勝利者倨傲的行徑，其實不過只是小孩子的一時心血來潮，對於這樣的發現，她既不感到排斥，也不覺得失望。因為夫人自己心裡明白，悠一能這樣獨自快樂的享受熬夜、他那沉著冷靜的態度、什麼事也不做時，那獨特的內心歡愉，全是基於他意識到夫人就在他身邊。

……悠一終於打了個哈欠，百般不願地說道：

「也該睡覺了。」

「我睏得眼睛都快合上了。」

——但理應想睡的夫人，走進寢室後卻變得很多話。幾乎管不住自己的嘴巴。他們躺向各自床鋪上的枕頭，即使熄去隔在兩人中間的床頭櫃檯燈，夫人仍舊滿心歡喜，狂熱地說個不停。話題總圍繞在天真無邪、不痛不癢的事情上。悠一在黑暗中的附和聲變得遙遠。接著轉為沉默。取而代之的，是沉穩的鼾聲。夫人也突然沉默。她聆聽青年那規律而純潔的鼾聲，整整聽了三十多分鐘，眼睛愈來愈明亮，無法入眠。他點亮檯燈。拿起擺在床頭櫃上的書。翻身時棉被發出的聲響，令她為之戰慄，急忙望向隔壁的床鋪。

其實在這之前，鏑木夫人一直在等候。他等累了，對等候感到絕望，自從經歷過那場怪異的偷窺後，他一面正視那不可能的等候，一面像指北針朝向北方一樣，持續等候。而悠一找到這世上唯一可以放心談天的女人，在無比信賴下，他愉悅而疲憊的身軀就此躺下，進入夢鄉。還翻了個身。他打著赤膊入睡，因當時天氣炎熱，撥開胸前的毛毯，枕邊的圓形燈照向他那深深留下睫毛暗影的美麗睡臉，以及靜靜呼息的寬闊胸膛，宛如古代金幣上的浮雕半身像一般。

鏑木夫人變成了自己的夢想。說得更正確一點，她從夢想的主體改換成夢想的對象。這種夢想的微妙變位，就像在夢中從這把椅子改坐到另一把椅子，此種細微且無意識的態度變化，令夫人對等待死心。就像蛇在涓流上架橋一樣，她讓自己穿著睡衣的身軀架向隔壁的睡鋪。她的手和手肘撐起她已快要彎曲的身軀，不住顫抖。她的嘴脣已來到沉睡的青年面前。鏑木夫人閉上眼。她的紅脣清楚地看著眼前的一切。

恩底彌翁睡得很沉。年輕人擋住照向他睡臉的亮光，不知道一個難以入眠的熾熱之夜正向他逼近。儘管女人的頭髮輕搔著他的臉頰，他一樣渾然未覺。他那美得難以形容的脣微張，露出一口皓齒，閃動著溼潤的光澤。

鏑木夫人看得雙目圓睜。嘴脣還無法觸及。她那放棄自我的英勇決心，就是在這時候覺醒。「如果與他接吻，最後他應該會振翅而飛，一去不回。要和這名俊美青年保有像永不停止的音樂般的關係，就不能動他一根寒毛。不論晝夜都要屏氣斂息，要小心翼翼，讓兩人之間保持原有的關係，就連一粒塵埃也不去動它。」她從女人不該有的姿勢回過神來，再度回到自己床上，把臉頰貼向火熱的枕頭，靜靜端詳那金色的圓形浮雕。她熄去燈光。浮雕的幻影仍浮現腦中。夫人轉頭面向牆壁，一直等到將近拂曉才入睡。

這場英勇的考驗奏效了。隔天，夫人神清氣爽地醒來。看到悠一清晨時的睡臉，她眼中帶有一股全新的堅定力量，同時具有精鍊的情感。夫人將滿是縐痕的白淨枕頭砸向悠一的臉，開他玩笑。

「快起床。今天是好天氣呢。這好日子都快被你糟蹋了。」

——這個晚夏的日子，天氣比前一天更加爽朗，造就了歡樂的旅行回憶。享受完早餐，兩人帶著飲料和便當，雇了一輛車，四處走馬看花，一路來到志摩半島的尾端，他們計畫下午要從昨天游泳的白濱搭船返回飯店。從飯店附近的鵜方村，一路穿過在燒灼的紅土上零星分布著小松樹、棕櫚、卷丹的原野，來到波切港。有巨大的松樹聳立的大王崎，視野絕佳，兩人一面享受海風吹拂，一面欣賞身穿白衣的海女，像白色的浪花浮出海面般，在海裡討生活的模樣、座落於北邊的海岬，活像立著一根白粉筆的安乘燈塔，以及老崎的海女升起的篝火，在海邊揚起的輕煙。

為他們當嚮導的老太太，以油亮的山茶花葉包起碎菸草，在一旁吞雲吐霧。與她的年紀相稱，沾滿菸油的手指，微微顫抖的指向遠處朦朧的國崎前端。據說昔日持統天皇曾帶領眾多女官，搭船來此玩樂，短短七天便建造了一座行宮。

——這些算不上舊，也稱不上新，且無多大益處的旅途知識一再堆積，讓人感到疲累。下午兩人回到飯店後，離悠一該出發的時刻只剩一個多小時。夫人還沒聯絡好今晚回京都的事項，所以她獨自留下，等明天早上再出發。當向晚無風開始時，青年步出飯店。夫人送他來到飯店下方的電車車站。電車到來，兩人握手。握完手，夫人突然往後抽身，前往車站外的柵欄處，就此目送他離去。她神情開朗，毫無感情的揮著手。這段時間，豔紅的夕陽照亮夫人單邊臉頰。

電車啟動。在滿是行商客和漁夫的乘客中，悠一就此落單。這時，他心中對這位擁有恬淡友情，舉止高貴的夫人滿是感謝之情，這份感謝不知何時變得無比高昂，甚至對鏑木感到嫉妒，嫉妒他有如此完美的女人當妻子。

第三十一章　精神以及金錢方面的各種問題

悠一回到東京後，遇上棘手的事態。才短短幾天不在家，母親的腎臟病轉為惡化。老寡婦不知該對誰抗議，如何抗議，為了責怪自己，她只能大病一場。在一切安泰的情況下，她突然感到天旋地轉，陷入短暫的昏迷。接著不斷流下淡淡的尿液，腎萎縮的症狀就此緊緊跟隨。

悠一早上七點返回家中時，一見到阿清前來開門時的臉色，馬上明白母親病重。一開門，一股淤積不散的生病氣味撲鼻而來。原本旅途中的快樂回憶，馬上在他心中凍結。康子還沒起床。因為她一直在看顧婆婆，忙到深夜，筋疲力竭。阿清前去幫悠一放洗澡水。無事可做的悠一，上二樓他們夫妻倆的寢室查看。

為了增加涼意，高處的窗戶整晚敞開，旭日從窗口射進，照亮蚊帳下襬。悠一的墊被已經鋪好。上頭工整的擺放著棉被。一旁的墊被上，康子緊挨著溪子睡。

這位年輕的丈夫掀起蚊帳入內，悄悄趴在自己的棉被上。嬰兒醒著。在母親裸露的臂彎裡，她乖巧的睜大眼睛，注視著父親。有一股揮之不散的奶味。

嬰兒突然露出微笑。就像微笑的點滴滴向她嘴邊一般。悠一以手指輕輕按向嬰兒的臉頰。溪子沒移開目光，仍舊保有笑容。康子似乎覺得難受，微微翻身，就此醒來。意外在近距離下看見丈夫的臉。康子完全沒笑。

在康子即將醒來的那數秒的時間裡，悠一的記憶飛快閃過。他想起自己多次凝視的妻子睡臉、他多次夢想著要完好無缺保有的那張睡臉，以及之前深夜造訪病房時，那洋溢著驚訝、歡喜、信賴的臉龐。他將妻子留在苦惱裡，自己出外旅行，如今返回家中，悠一並不期待能從醒來的妻子身上得到什麼。但他習慣得到原諒的內心充滿渴望，慣於相信的無辜，懷抱夢想。他此刻的情感，就像一種幾乎什麼也不求，但除了祈求外，便想不出其他做法的乞丐情感……康子完全醒來。她因覺得睏而變得沉重的睫毛圓睜。悠一從中看出從未見過的康子。那是另一個女人。

康子以充滿睏意、單調，卻又不顯一絲紊亂地口吻說話。你什麼時候回來的？吃過早飯了嗎？媽媽的情況很不妙呢。你聽阿清提過了嗎？康子以條列的方式說道。接著她說，我馬上就去準備早餐，你在樓下陽臺稍等。

康子梳理頭髮，迅速換裝。她抱著溪子下樓。在她準備早餐這段時間，並未把嬰兒交由丈夫照料，而是讓嬰兒躺在丈夫看報紙的陽臺前面的小房間。

早上天氣還不熱。悠一將自己心中的不安，全怪罪說是因為天氣太熱，坐夜車時幾乎整晚沒睡。

「我可以清楚感受出不幸的步伐準確的速度，以及正確的步調，就像時鐘一樣。」年輕人心裡如此暗忖，暗啐一聲。「呿，睡眠不足的早上，向來都這樣。這一切全是拜鏑木夫人所賜。」

……從極度的疲勞中醒來後，看到丈夫出現面前時，康子起了變化，而對此感到驚訝的人，反而是康子自己。

就算閉上眼，還是連細部都想像得到的自身苦惱的肖像畫，只要她睜開眼睛，隨時都會出現在眼前，這已成為康子生活的習慣。這幅肖像畫很美，近乎壯麗。但今天早上她醒來時看到的，卻不是那幅肖像畫。眼前是一名青年的臉龐，在照進蚊帳角落的晨光反照下，被賦予了輪廓，給人的印象就像雕像般，有種物質感。

康子打開咖啡罐，將開水注入白瓷製的咖啡濾杯裡。她手裡的動作俐落，不帶一絲感情，而她的手指也完全沒「因悲傷而顫抖」。

接著康子以一個鍍銀的大托盤裝著早餐，送到悠一面前。

這份早餐悠一吃得津津有味。庭園裡還滿是晨光，陽臺處塗著白瀝青的欄杆閃閃發亮，那是晚夏時節映入眼中的朝露。這對年輕夫婦不發一語地吃著早餐。溪子乖乖的入睡。生病的母親仍沉睡未醒。

「醫生說，媽最好今天就安排住院。我打算等你回來後，就著手準備。」

「好。」

年輕丈夫轉頭望向庭院，朝照得苦儲樹梢金光燦然的旭日眨了眨眼。在這種情況下，第三者的不幸，也就是他母親的病情惡化，這讓他們夫妻倆心靈相通，在這一刻，感覺康子的心確實已歸他所有的這份幻想，緊緊攫獲悠一的心，於是他展現出一般丈夫的媚態。

「只有我們倆共進早餐，感覺真不錯。」

「是啊。」

康子嫣然一笑。她的微笑帶有嚴峻的冷漠。悠一頓顯慌亂，因羞愧而臉紅。接著，這名不幸的青年展開讓人一眼就看出是在演戲的輕浮告白，同時，這或許也是他有生以來對女人說過的話當中，最純真、誠實的告白。他說的話如下。

「在旅行這段時間，我腦中想的只有妳。經歷過前一陣子發生的那些紛擾後，我這才清楚明白，我最喜歡的人果然只有妳。」

康子神色自若。她微微露出漫不在乎的笑容。悠一說的話就像不知名的國度所說的語言，康子就只從悠一的嘴看到他嘴脣的動作，就像隔著厚實的玻璃在說話一般。簡言之，他們之間已無法用語言溝通。

……儘管如此，康子還是一樣泰然自若，生活中也顯得沉著，她已做好心理準備，要留在悠一家中養育溪子，直到終老。從絕望中產生的這種貞潔性情，擁有任何不倫戀都無法企及的力量。

康子已捨棄絕望的世界，從中走出。之前她待在那個世界時，不管面對再明確的證據，她的愛也不會屈服。悠一冰冷的對待、冷漠的拒絕、他的深夜未歸、在外過夜、他的祕密、他完全不愛女人，面對這些明確的證據，告密信根本就微不足道。康子不為所動。因為她住在另一側的世界。

之所以會走出那個世界，也非出於康子的本意。應該說她是硬生生被拖出那個世界比較恰當。身為丈夫，顯得過分親切的悠一，刻意借助鏑木夫人的力量，將妻子從過去所居住的灼熱寧靜的愛情領域，一個不可能存在，透明又自在的領域，拖往另一個雜亂的相對愛情領域。康子被這個相對世界的明確證據所包圍。對她而言，那是以前就知道的事，同時也是她所熟悉的事。她被可怕又不可能的厚牆包圍。要待在其中只有一個方法。那就是什麼也不去感覺。什麼也不看，什麼也不聽。

在悠一出外旅行這段時間，康子在這個必須重新居住的世界裡，學會處世之道。她毅然成為一個連自己也不愛的女人。這位在精神上成為聾啞人士的妻子，乍看頗為堅強，胸前套上華麗的黃格子圖案圍裙，為丈夫準備早餐。她問悠一要不要再來杯咖啡。態度平和。

一陣鈴響。是人在病房的母親枕邊擺放的銀色鈴噹發出的聲響。

「媽好像醒了。」康子說。兩人前往病房，康子打開防雨門。「哦，你回來啦。」老寡婦如此說道，沒從枕頭上抬頭。悠一從母親的臉上看到死亡。浮腫的現象已來到她臉上。

※

這年的第兩百一十天[59]以及第兩百二十天，都沒有什麼大颱風來襲。當然也遇上幾次颱風，不過都只從東京外圍擦過，不至於引發嚴重的風災或水災。

河田彌一郎忙得不可開交。上午要趕去銀行。下午要開會。董事們要當面會談，討論如何才能打進競爭對手的銷售網。這段時間，還和電裝公司之類的下游發包公司交涉。還和來日本的法國汽車公司董事討論，如何以專利使用費以及回扣為條件展開技術合作。晚上則大多是招待銀行界相關人士到風月場所尋歡。不僅如此。根據勞動課長帶來的情報，公司方面瓦解工會的策略推動不力，工會見提出抗爭的時機成熟，就此趁勢坐大。

河田右臉的痙攣變得更加嚴重了。這位擁有剛毅外表的男人，抒情又感謝的唯一弱點，正威脅著他。他那絕不低頭，帶有德意志風格的高傲臉孔、高挺的鼻梁、鼻子下人中清楚的線條、無框眼鏡，河田隱藏在這些道具下的抒情內心在淌血、呻吟。晚上在就寢前，他會像在偷看情色書刊般，偷偷在床裡看賀德林[60]年輕時的詩集中的一頁，暗自吟誦。「Armes Herz, du wirst sie nie erfragen（可憐的心，你永遠不會問）」，這是名為〈致大自然〉的一首詩最後的一節，「Was wir liebten, ist ein Schatten nur（我們愛的只是陰影）。」「他是自由

59 日本的一種傳統說法，指稱從立春起算的第兩百一十天（約九月一日），大多是颱風或風強的日子，但事實未必如此。也有一說是指第兩百二十天。

60 Johann Christian Friedrich Hölderlin，德國浪漫派詩人。

的。」這位富裕的孤獨者在床上呻吟。「就只因為年輕貌美，他認為自己有向我吐口水的權利。」

令上了年紀的男同志之愛成為難以忍受之物的雙重嫉妒，持續讓河田難以單獨入眠。男人對偷腥的女人所懷的嫉妒，以及半老徐娘對妙齡美女所懷的嫉妒，在這雙重的錯綜關係下，再加上自己所愛的人又是同性，這奇怪的意識，將只要對象是女人，就連大臣宰相也甘於忍受的愛情屈辱，擴大成不可原諒之物。應該再也沒有比對男人所感受到的愛情屈辱，更能讓河田這樣的人物感到自尊心受損了。

河田想起年輕時在紐約華爾道夫酒店的酒吧，曾受過一名紳士作風的商人誘惑。另外也想起在柏林的某個晚宴上認識一名紳士，坐上他的 Hispano-Suiza[61] 前往郊外別墅。兩名身穿燕尾服的男子緊緊相擁，完全無懼其他車輛照進他們車內的車燈亮光。互相撫摸彼此帶有香水味，因上漿而硬邦邦的襯衫前胸。面對全球性恐慌的歐洲最後的繁榮。貴婦與黑人、大使和無賴漢、國王和美國的武打戲演員，全都一起同床共枕的時代……河田想起馬賽的少年水手們，他們像水鳥般，擁有白亮且高高隆起的胸膛。也想起在羅馬威尼托街（Via Veneto）的咖啡廳邂逅的美少年，以及阿爾及利亞的阿拉伯少年阿爾弗雷德・杰米爾・姆薩・薩魯薩爾。

但悠一遠遠凌駕這些記憶之上。有一天河田百忙之中撥出時間和悠一見面。河田提議去看電影。悠一卻說不想看。平時不會這麼做的悠一，突然一時心血來潮，走進路旁的一家撞球店。河田不打撞球。因此，當悠一在撞球臺旁閒晃的這三個小時的時間裡，這位忙碌的企業家坐在褪色的粉紅色窗簾下的椅子上，等候自己的愛人那刻意整人的一時興起結束，等到都不耐煩了。河田額頭青筋直冒，臉頰顫抖，內心吶喊道：「竟然讓我坐在撞球店裡的一張乾草外露的破椅子上枯等。從來沒人敢讓我樣空等！我就算讓客人等上一個星期，也毫不懼怕！」

世上的毀滅有許多不同種類。河田所預見的，是旁人看了會覺得很奢侈的毀滅。但是對河田來說，既然這就是他目前最嚴重的毀滅，為了加以避免，他會如此苦思焦慮也不無道理。已年過半百的河田，他期盼的幸福是藐視生活。這乍看是很廉價的幸福，而且是一般五十多歲的男人無意識下會做的事，但不想成為工作奴隸的的男同志，他們的生活帶有頑強的反抗意識，只要一有機會，這個感性的世界就會氾濫，看準機會淹沒男人工作的世界。他知道王爾德說過的那句名言，其實只是不認輸罷了。

61 西班牙豪華車廠的品牌。

「我把自己的天才用於生活，把才能用於藝術。」

王爾德只是不得不這麼做罷了。只要是有才能的男同志，都會認同自己內心男性化的一面，為此著迷，對此相當執著，但河田認為自己擁有的男性美德，是家中代代相傳，十九世紀特有的勤奮。多奇妙的作繭自縛啊！就像在昔日尚武的時代，愛女人被視為是一種娘娘腔的行徑一樣，對河田來說，與自己男性美德背道而馳的熱情，感覺也像是娘娘腔。武士與男同志最醜陋的惡行，就是娘娘腔。儘管含意各有不同，但是對武士和男同志來說，「男性」不是本能的存在，毋寧說是在倫理上努力得來的結果，而河田所懼怕的毀滅，正是他道德上的毀滅。河田是保守政黨的支持者，儘管這樣的政黨對於和河田敵對的既有秩序以及建立在異性愛上的家庭制度抱持擁護的立場，但河田支持它仍是合情合理。

他年輕時瞧不起的德國一元論、德國絕對主義，沒想到深深侵犯著上了年紀的河田，他那像是鄉下青年般的想法，動不動就會互相矛盾，不是藐視生活，就是自我毀滅，像這樣照自己的意思去思考。他隱約覺得，如果不停止愛悠一，便無法恢復自己的「男性」。

悠一的影子在他社會生活的每一個部分搖曳。就像有人不小心直視太陽後，視線所到之處都會看到太陽殘影般，河田從悠一不可能會來的社長室，那扇沒聲響的房門、電話鈴聲、從汽車車窗瞥見的街上行人年輕的側臉，都看到悠一的影子。那殘影不過只是虛像，打從他腦中一開始浮現要和悠一分手的念頭起，這份空虛感便愈來愈強烈。

其實河田已將他那宿命論的空虛，與這種內心的空虛混淆在一起。想分手的決心，有其選擇，比起害怕早晚有一天會從自己心中看出熱情的衰退，還不如用殘酷的手段馬上撲殺熱情。而在這士紳和名妓同處一室的晚宴中，連年輕的悠一也感覺到那股多數決原理的壓力，將理應備有強大抵抗力的河田高傲的心給徹底壓垮。他無比灑脫的閒著種種黃腔，全是宴會上的餘興表演，但多年來這種非出於本意的表演，如今令河田百般嫌棄自己。最近他那寡言的態度，還讓公司宴會的承辦人員提心吊膽。人們都想，既然這樣，社長乾脆別出面，這樣招待賓客反而更有效果，但河田仍舊很看重規矩，該出面的時候都會出席。

那是河田處在這樣的心理狀態時發生的事。某天夜裡，睽違了一段時日，悠一突然出現在河田家中，當時河田剛好在家，他想分手的決心被這突如其來的喜悅推翻，河田的眼睛始終盯著悠一的臉瞧，百看不厭。他的眼睛常會因瘋狂的想像力而清醒過來，但此刻卻為此沉醉。神祕的俊美青年。河田為眼前的神祕而陶醉。就悠一來說，今晚的來訪單純只是一時興起，不過，他也並非是個完全不懂自己有多少神祕性的人。

夜色尚早，河田帶著俊美青年出外喝酒。那是一家不會喧鬧，高格調的酒吧，在這種情況下，當然不是去那個圈子的酒吧，而是要到有女人的酒吧。

剛好有四、五名河田的熟識來到店裡喝酒。是知名藥廠的社長和董事們。社長松村眨眼微微一笑，舉起手朝坐吧臺的兩人致意。

松村這位年輕的第二代社長，才三十出頭，是出了名的帥氣小生，顯得自信十足，而且跟他們是同類。他總是四處展現他的惡行，以此自豪。只要是他能支配的人，他都會要他們改為崇信這種異端，即便無法辦到，也會要他們接受異端，這是松村的嗜好。松村那一板一眼的老祕書，基於工作關係，很努力想要相信同性愛是最高尚的愛，如今他已在不知不覺間對此深信不疑，並感嘆自己的卑賤，沒能擁有如此高尚的素質。

而立場特別尷尬的人是河田。處理這種問題特別謹慎的他，帶著俊美青年在此現身，而對方就這樣和公司同事一起邊喝酒，邊公然欣賞他們兩人。

過了一會兒，河田上洗手間時，松村若無其事地離席坐向河田的位子。當著在悠一左側的女服務生面前，假裝是在談公事，神情闊達地說道：

「南老弟，我想好好和你聊聊，明天晚上可以和我吃頓飯嗎？」

雖只是這樣一句話，但他凝視著悠一，像在下棋般，一字一句說得煞有其事。悠一不假思索的應了聲好。

「你會來對吧。那麼，明天傍晚五點，我在帝國飯店的酒吧等你。」

在喧鬧聲中，既快速又自然的完成了這件事，當河田回到座位時，松村早已回到原本的座位，談笑自若。

但河田敏銳的嗅覺，就像聞出急忙踩熄香菸的殘餘氣味般。要假裝沒發現真的很痛苦，如果這痛苦一直持續，他便會不得不板起臉孔，因而被對方察覺，到時候自己將無法忍受，而說出不悅的原因。河田很怕這種情形發生，於是他催悠一離開，向松村很禮貌地問候一聲，就此匆匆離開酒吧。河田走向座車，前往附近另一家酒吧，吩咐司機在此等候，兩人走向第二家酒吧。

悠一就是在那時候向他坦言一切。俊美青年雙手插在灰白色的法蘭絨長褲口袋裡，低著頭走在凹凸不平，難以行走的柏油路上，若無其事地說道。

「剛才松村先生要我在明天五點去帝國飯店的酒吧，想和我一起吃飯。沒辦法，我只好答應他了。真是麻煩。」他微微啐了一聲。「原本想馬上跟你說，但在酒吧裡不方便。」

河田聽聞此言，說不出的歡喜。這位高傲的企業家沉溺於謙虛的歡欣中，深有所感的向悠一謝謝。他說，從松村說完那番話後，一直到你向我坦言此事的這段時間的長短，對我來說是最大的問題，不過在酒吧的那段時間沒辦法說，所以你是在最短的時間裡向我坦白此事。河田這是符合理論的甜言蜜語，同時也是率真的告白。

在下一家酒吧裡，河田和悠一就像在談公事般，仔細擬定明天的計畫。松村和悠一之間沒任何工作上的關聯。不過松村已垂涎悠一許久。他的邀約帶有什麼含意，一看便知。

「我們現在正在合謀。」這難以相信的喜悅，河田不斷說服自己相信。「悠一和我正在合謀。我們的內心是多麼快速地在接近中啊。」

在女服務生面前有所忌憚，河田以宛如待在社長室時的平淡口吻指示道：

「這樣我就明白你的心情了。也明白你懶得打電話給松村拒絕的感受。就這麼辦吧（河田在公司裡都是說「就依此辦理」，他絕不會說「就這麼辦吧」）……松村也算是位大老闆，怠慢不得。更何況你也已經答應對方。你就到約定的地點赴約吧。接受對方的餐點招待。之後你跟松村說，因為讓您請這頓飯，接下來換我請您喝酒。松村應該會很放心地跟你走。而我剛好就出現在你們前去的酒吧裡，就這樣安排。但我會從七點開始在那裡等……選哪家酒吧好呢。如果是我常去的店，松村會有戒心，可能不會來。不過，如果是我從沒去過的酒吧，我又剛好出現在那兒，又顯得太不自然。得讓一切顯得很自然才行……有了，這一帶不是有家叫 Je l'aime 的酒吧，我們一起去過四、五次嗎。那裡正合適。如果松村起了戒心，顯得躊躇不前，你可以扯謊說你從沒和河田一起來過這家酒吧。這安排如何？這是個三方都不會受傷的好點子。」

悠一說著「就這麼做」，河田則是思考著明天一早要馬上將明天晚上工作上的應酬全部取消。當天晚上，兩人適時結束這場酒局，但接下來仍舊沒停止享樂，河田一時間懷疑起自己是否真的想和這名年輕人分手。

隔天傍晚五點，松村在帝國飯店的餐館內酒吧等悠一前來。他在各種感官的期待下，內心興奮不已，滿懷自戀和自信，雖然貴為社長，卻一直夢想著當人情夫的這個男人，輕輕搖晃以雙掌溫熱的干邑酒杯。當約定的時間過了五分鐘時，他細細感受這種等待的快樂。酒吧裡的客人幾乎都是外國人。他們不斷用英語交談，聽起來就像狗用喉嚨低聲吠叫。松村發現悠一遲到了五分鐘還是沒現身，接下來的五分鐘，他試著要像前面的五分鐘一樣好好品味，但接下來的五分鐘已經變質。就像掌中的金魚一樣跳動不停，是絲毫不容大意的五分鐘。他覺得悠一已來到門口，正猶豫該不該走進，四周都盈滿了悠一的存在感。五分鐘過後，這種感覺崩毀，改換成另一種新鮮的不存在感。「在五點十五分之前，就姑且再等等吧。」他這份努力有一種真切的感受，松村心中多次引發心理性的換氣作用。但這樣的反覆上演，在過了二十分後突然停滯，他被不安和絕望感擊潰，現在他改為忙著修正心中的高度期待，這正是造成他如此痛苦的原因。「再等一分鐘吧。」松村心想。他將希望全繫在那金色秒針通過十二點處的緩慢動作上。就這樣，松村打破慣例，白白等了四十五分鐘。

松村就此放棄離開後，過了約一個小時，河田匆匆結束工作，趕赴酒吧 Je l'aime。剛好河田也和松村一樣嘗到等人的苦惱，而且更加緩慢。不過這種刑罰的漫長比松村高出數倍，殘酷的程度也遠非松村所蒙受的所能比。河田在關店前一直都待在 Je l'aime 裡，但藉由想像力逐漸受到鼓舞的苦惱，隨著時間增長而更為加深加廣，不知該收尾，只是一味地增加。

第一個小時，河田在幻想上的寬容沒有邊界。河田心想：「他們用餐花了不少時間。應該是招待他到某家日本料理店的包廂吧。」他還想到可能是有藝妓侍候的包廂，不過在藝妓面前，就算是松村，在言行上應該也會懂得節制，所以這樣對河田大為有利。他原本極力克制自己，不去對他們的晚到產生猜疑，但這時他內心突然爆發，陸續對別的猜疑放火。「該不會是悠一騙我吧？不，這不可能。是他太年輕，無法抵抗松村的狡猾。他太純情，太純真了。他對我的迷戀也是毋庸置疑。不過，以他的力量，恐怕無法將松村帶來這裡。一定是松村已看穿我的計謀，沒就此上當。悠一和松村現在肯定在別的酒吧裡。悠一一定會看準機會逃到我這兒來。我再忍耐一下。」河田才剛這麼想，便感到後悔。

「為什麼我會在這種無聊的虛榮心作祟下，專程讓悠一掉入松村的陷阱裡呢？為什麼不讓他直截了當的拒絕邀請呢。悠一說他不想打電話拒絕，雖然這樣不太成熟，但我要是能自己打電話拒絕松村就好了。」

突然冒出一個幻想，將河田的內心撕裂。

「也許現在他們躺在某張床上，松村正緊摟著悠一！」

各種臆測所秉持的邏輯，漸漸變得細緻起來，而塑造出悠一「純情」形象的邏輯、塑造出悠一「卑劣已極」形象的邏輯，各自構成完整的體系。河田向酒吧吧臺上的電話求救。他打給松村。明明都已十一點多了，松村卻還沒返家。他打破禁忌打到悠一家。悠一不在家。河田得知悠一母親住院的電話號碼後，將常識和禮俗全拋諸腦後，他懇求醫院的電話接線生幫他查病房號碼，但悠一也不在醫院裡。

河田幾乎快瘋了。回家後怎麼也無法入睡，所以深夜兩點多，他又打電話到悠一家。悠一還沒回家。

河田睡不著。隔天早上，是初秋爽朗的豔陽天，一早九點他再度撥打電話，悠一在電話那頭接聽後，河田沒說半句責問的話語，就只是吩咐他十點半到公司的社長室來一趟。這是河田第一次叫悠一到公司來。在坐車前往公司的路上，車窗外的景色完全沒映入河田眼中，他內心反覆誦念著他苦思一夜後所做出的男性決定。「一旦決定的事，絕不妥協。不管發生什麼事，也絕不妥協。」

河田在固定的上班時間十點走進社長室。祕書向前問候。為了聽取昨晚代替他出席宴會的董事報告，他叫喚那位董事前來，結果對方尚未到公司。倒是另一位董事悠哉的到社長室來找他閒聊。河田彌一郎因心煩而閉上眼。明明一夜沒睡，卻不覺得頭痛，情緒高昂的腦袋反而無比清晰。

董事倚在窗邊，把玩著百葉窗底下的繩穗。以他平時的大嗓門說道：

「我因為宿醉，腦袋隱隱作疼。昨晚有個意想不到的人強拉著我陪他，一直喝到凌晨三點。兩點時我們離開新橋，然後大聲喧鬧，幾乎把神樂坂[62]的人都給吵醒了。你猜是誰？是松村製藥的松村呢。」河田一聽此言，大為錯愕。

「陪他那樣的年輕人玩樂，我的身體可頂不住。」

河田極力擺出興趣缺缺的模樣問道：

「與松村同行的，是怎樣的人？」

「就松村自己一個人。他老爸和我是熟識，所以他有時會當是拉自己老爸出門，硬拉我出門陪他。昨天我難得很早就回到家，正準備泡熱水澡時，他打電話來找我。」

河田差點發出喜悅之聲，但另一顆心頑固的拉住了他。這樣的好消息，還不足以補償他昨晚的苦惱。這樣還不夠。如果說是松村拜託和他熟識的董事來向他提出假報告，以充當不在場證明，這也不無可能。一旦決定好的事，絕不能妥協。

董事接下來又聊了些工作上的事，河田對答流暢，連他自己都覺得意外。接著祕書走進，說有客人來訪。河田皺著眉頭說，他有位親戚還是學生，來拜託他安排工作，但他在校成績不佳。董事自覺不便在場，主動離開，旋即換悠一走進。

在初秋早晨清爽的陽光下，俊美青年的臉上散發著年輕的光輝。沒半朵暗雲，也沒一絲暗影，每天早上都重獲新生的那張臉，令河田心頭為之悸動。前晚的疲憊、背叛、教人背負的苦惱，全都沒留下任何痕跡，他那不知報應為何的青春臉龐，就算昨晚殺了人，肯定也不為所動。他穿著一身藏青色的西裝外套，灰色的法蘭絨長褲，前方的燙線無比挺直，他毫無半點羞赧之色，走過容易滑倒的地板，朝河田的書桌走近。

河田主動用最拙劣的方式問及那件事。

「昨晚怎麼了？」

俊美青年露出男人味十足的一口皓齒，莞爾一笑。坐向椅子說道：

62 東京都新宿區東部的地名，知名的花街柳巷。

「因為事情變得很麻煩，我沒去松村先生那兒。所以也覺得沒必要到你那兒去。」

河田早已習慣這種語氣開朗，卻又充滿矛盾的解釋。

「為什麼沒必要到我這兒來？」

悠一再度微微一笑。接著像個大膽的學生般，將椅子搖得嘎吱作響。

「因為這一、兩天不是才見過面嗎？」

「我打了好幾通電話到你家。」

「我聽家人提到了。」

河田就像一個落敗者，被逼入絕境，使出蠻勇抵抗。他突然轉移話題，詢問悠一母親的病情，住院費有沒有問題。青年回答，沒什麼問題。

「我不問你昨晚在哪兒過夜。待會兒我送你一筆慰問金。聽好了，我會給你一筆你能接受的金額。如果你覺得夠了，就點個頭。還有……」河田以很制式化的口吻說道。「今後我想和你就此斷絕關係。我絕不會表現出一絲眷戀。我已不想再受到如此滑稽的對待，阻礙我的工作。明白了嗎？」

河田一面叮囑，一面取出支票簿，他一時間感到猶豫，不知該不該給青年幾分鐘的時間考慮，於是他悄悄朝青年瞄了一眼。之前一直低著頭的人，其實是河田。青年一直都抬眼瞧他。在這一剎那，河田一方面在等候悠一向他解釋、賠罪、哀求，一方面又感到害怕，但年輕人卻始終高傲的抬頭挺胸，不發一語。

沉默中傳來河田撕下支票的聲音。悠一一看，上頭寫著二十萬日圓。他沒說話，將支票推回。

河田撕碎支票。朝下一張寫下金額後撕下，遞向悠一面前。悠一又將它推回。如此滑稽又認真的遊戲，反覆了數回，金額來到四十萬日圓，這時悠一想起先前俊輔借他的五十萬日圓。河田的舉動只會惹來悠一的輕蔑，年輕人心中興起一股炫耀的念頭，他想將價碼拉高到極限後，拿起那張支票，當面撕碎，但是當五十萬日圓這個數字閃過腦中時，悠一猛然回神，等候下一個數字。

河田彌一郎那高傲的額頭不曾低下，他右臉冒出像閃電般的痙攣。他撕碎前一張支票，重新又寫下一張，滑向桌面。上頭寫著五十萬日圓。

青年手一伸，緩緩將它折起，放進胸前的衣內口袋。接著站起身，別無含意的微微一笑，同時低頭行禮。

「謝了……長期以來受您多方關照。那麼……再見了。」

河田連從椅子上站起的力氣都不剩，他好不容易才伸出手與悠一握手，說了聲再見。與他握手的悠一，當然感覺到河田的手嚴重顫抖。走出房外後，他完全沒湧現一絲憐憫之情，他認為這對最痛恨受別人憐憫的河田來說，是很幸運的一件事，而這份自然的情感，毋寧說是一種友情的流露。他喜歡坐電梯，所以沒走樓梯，按下大理石柱上的按鈕。

※

悠一到河田汽車公司上班的事，就此取消，他的社會野心最後形同畫餅。而另一方面，河田則是以五十萬日圓買回他以往「藐視生活」的權利。

悠一的野心原本就帶有幻想的性質，但是他幻想的挫敗，同時也對他回歸現實帶來阻礙。受傷的幻想與無傷的幻想相比，似乎更會與現實為敵。對自己的能力抱持幻想，與準確衡量自己的能力，這兩者之間的落差，他完全不可能做出加以弭平的行為。但已學會觀看的悠一，打從一開始就知道這是不可能的事。因為在這可嘆的現代社會裡，那樣的衡量是算在必備能力中的一種慣習。

悠一已學會觀看。但要不透過鏡子，直接身處在青春中觀看青春，極為困難。青年的否定最後歸於抽象，青年的肯定之所以傾向感官性，似乎是因為它很困難。

昨晚因為突然產生賭一把的念頭，他同時放松村和河田鴿子，在學校的朋友家徹夜飲酒作樂，度過很清淨的一晚。但這種「清淨」也同沒樣超出肉體的範疇。

悠一期望得到自己的定位。他一度衝破鏡子的柵欄，忘了自己的容貌，把它想作不存在，然後才開始找尋觀看者所在的位置。他原本夢想著要像鏡子所證明的，取代肉體牢牢占據的位置，而社會會賜他某個位置，如今他已從這種孩子氣的野心中解開放來。現在他想向青春尋求，將想自己的存在位置擺在自己所看不見的事物上，為這項困難的作業感到焦急。先前他的肉體對於這項作業一直都勝任愉快。

悠一感覺到俊輔的咒縛。得先趕快歸還俊輔的五十萬圓。一切都是從那兒開始。

數天後，在一個涼爽的秋夜，俊美青年沒先告知便來到俊輔家。老作家剛好從數週前便著手寫稿，檜俊輔自己為這篇自傳式的評論命名為《檜俊輔論》。他不知道悠一想拜訪他，正藉著桌燈，回頭細看未完成的原稿。上面有多處紅筆修改的痕跡。

第三十二章　檜俊輔的「檜俊輔論」

在無聊的天賦，或是天賦的無聊中，有些作家就是以炫耀自己的無聊，來作為排遣無聊的唯一方法。檜俊輔並非如此。虛榮心救他脫離這個陷阱。不過話說回來，如果說炫耀無聊也算是一種虛榮心提出的反論，那麼，能解救我們的，往往是不會陷入反論中的某種正統的膚淺。他的平衡都多虧了對這種膚淺的信仰。

從幼年時代起，藝術就像是他天生帶來的胎毒。除此之外，他的傳記便無任何值得一提的內容。他那出身兵庫縣的富豪之家，在日本銀行待了三十年，當上參事的父親，與在他十五歲那年逝世的母親，以及相關的家庭記憶、與他匹配的學歷、法語方面的優異成績、三次失敗的婚姻，只有最後這一項稍微能讓傳記作者感興趣。但他的作品始終都沒觸及這個祕密。

他翻開隨想的一頁，念出當中的一節：「我們走在幼年時他想不起在哪裡的一座森林，邂逅了眩目的亮光、歌聲、振翅聲。那是成群的蜻蜓。」但如此淒美的一節文字，卻是在作品的前後都看不到的描述。

檜俊輔創造了像是從死人口中取下金牙般的藝術。在他這座人工樂園裡，對實用目的不含半點嘲笑意味的價值，會被嚴格的摒除在外，除了像死人的女人、像化石般的花朵、金屬庭園、大理石床鋪外，什麼也沒有。檜俊輔很執著的描寫遭鄙視的所有人性價值。自明治以來的日本近代文學中，他所占有的席位帶有某種不祥之氣。

少年時期影響他最大的作家是泉鏡花，一九〇〇年所寫的《高野聖》，是那幾年間他認為最理想的藝術作品。書中有許多人類變身而成的動物，而故事則是由一名保有人形且充滿肉欲的美女，和一名僧人所構成。僧人好不容易逃離這名女人的魔爪，自己才勉強保有人形。這或許已向俊輔暗示這是他自己創作根源的主題。但過沒多久，他便捨棄了泉鏡花的情緒世界，和他的唯一摯友萱野二十一共同全面接受當時已慢慢傳入的歐洲世紀末文學的影響。

當時他的許多練習作品，現在就像是在仿效死後全集的編纂方式般，全收錄在最近的檜俊輔全集中。雖然文筆青澀簡樸，但當中有一篇短篇寓言故事「仙人修行」，是他十六歲那年寫的，在那幾乎無特別意識的創作中，涵蓋了他日後的所有主題，令人看了之後大為驚訝。故事中的「我」，是在仙人居住的洞窟裡服侍的一名童僕。童僕出生在這處山岳地帶，自幼便只以雲霞為食。因為可以任憑差遣，不必支付其工資，相當方便，所以仙人們雇用了「我」。仙人們向世人宣稱他們只以雲霞為食，但其實他們也和尋常人一樣，得吃菜啃肉才能過活。「我」總是被差遣去山腳的村莊採買多人分的羊肉和蔬菜，然後聲稱是買來充當「我們童僕」的食物（其實童僕只有「我」一人）。某個奸巧的村民拿染上羊瘟病死的羊肉賣我。仙人們吃了之後中毒，紛紛暴斃。而知道我買了有毒羊肉的善良村民們，因擔心我的安危而爬上山頂，但他們看到只吃雲霞，長生不老的仙人們全都一命嗚呼，而吃了有毒羊肉的童僕卻依舊完好，從此之後反而尊奉童僕為仙人。童僕向眾人宣布，既然我成了仙人，今後將只吃雲霞，從此獨自在山頂上過著閒適的生活。

這當中所說的，當然是與藝術和生活有關的諷刺。童僕明白藝術家的生活是一種騙術。在了解藝術之前，他先學會其生活的騙術。但童僕天生就懂得這種騙術的要訣，握有生活的祕鑰。換言之，他出於本能只吃雲霞，所以體現出「無意識的部分正是藝術家生活的最高騙術」這樣的命題，同時因為是無意識，所以才會受假仙人們使喚。因為仙人們的死，他藝術家的意識就此覺醒。童僕說：「今後我只吃雲霞。過去所吃的羊肉和蔬菜，今後不再吃了。因為我已成為仙人。」他以這種意識化、天賦的才能作為最高的騙術，加以利用，藉此從生活中金蟬脫殼，成為藝術家。

對檜俊輔而言，藝術是最容易走的道路。他從容易的自覺中，看出身為藝術家的那種痛苦的快樂。世人稱此種雕蟲小技為刻苦勤勉。

他的第一部長篇故事《魔宴》（一九一一年），是在文學史上占有孤獨位置的一部傑作。當時正是白樺派文學的全盛期，同年志賀直哉寫下《渾濁的頭》。檜俊輔與白樺派的異類萱野二十一交遊是個例外，他這一生始終都和白樺派沒有交集。

他以《魔宴》確立他寫小說的方法和名聲。

檜俊輔的容貌醜陋，成了他青春不可思議的天賦。他敵視的自然主義文學作家富本青村，以他為範本塑造了一名青年，在作品中登場，這樣的描寫幾乎完全呈現出檜俊輔青年時期的風貌。

「光是坐在這個男人面前，就會感受到一股寂寥，三重子試著思考這是怎麼一回事。『不管你說再多也沒用。』她一再冷淡地回覆，但男子每次都還是學不乖，反覆流露出寂寞的神情。模樣窮酸的嘴形、沒半點情趣可言的鼻子、薄薄地伏貼在兩側的耳朵、像蠟紙般暗紅的皮膚，當中就只有眼白散發炯炯精光，但他的眉毛稀疏，若有似無，活像是痲瘋病患。顯得既沒精氣，也沒半點年輕朝氣。這份寂寥肯定來自這名男子對自己醜陋的毫無自覺。三重子如此暗忖。（青村《鼠窩》）」

現實世界中的俊輔明白「自己的醜陋」。但仙人們敗給了生活，童僕可沒敗。與容貌有關的深刻屈辱感，成了他青春時代神祕的精神活力來源，而他就是從這種體驗中，領悟出從最表面的問題來展開深遠主題的方法。《魔宴》這個故事，描述這位冷若寒冰的女主角，因為眼睛下方的一顆小黑痣，而受盡坎坷命運擺弄，不過在這種情況下，黑痣猶如命運的象徵，其實正好相反。檜俊輔與象徵主義，根本風馬牛不相及。他在作品上的思想，就像這顆黑痣一樣，它本身毫無意義的外在性不斷受到保障，並導引出他那句有名的格言：「思想沒讓自己隱身在化身成形式的形式中，這樣就稱不上是藝術作品的思想」（譫語聚）。

對他而言，所謂的思想，就像黑痣一樣，是從偶發的原因中冒出，隨著外界的反應而變得必然化，是本身不具力量的某個東西。思想是過失，就像與生俱來的過失，它不可能先產生抽象的思想，然後才化為肉體，思想打從一開始就是肉體的某種誇張樣式。有大鼻子的男人，擁有大鼻子的思想；而耳朵會動的男人，不管再怎麼看，終究都還是擁有耳朵會動的獨創思想。他提到形式時，幾乎都可以改用肉體來代替，檜俊輔的志向，就是創作類似肉體存在的藝術作品，但說來諷刺，他的每一部作品都散發屍臭，猶如作工精緻的黃金棺材，給人極為人工的印象。

在《魔宴》中，當女主角獻身給她最愛的男人時，理應是熾烈如火的兩具肉體，卻發出「宛如瓷器碰撞的聲響」。

「華子感到納悶。接著她發現，是高安太用力壓過來，與她的牙齒摩擦，產生鬆動，沒想到他的牙齒竟然是陶瓷做的全口假牙。」

這是《魔宴》中，唯一看準滑稽效果所寫的部分。這帶有不太高尚的誇張效果，一種低俗的陰森，在前後的美文中間突然冒出頭來，不過這一節為年近半百的男子高安之死埋下伏筆，這樣的安排讓讀者感受到死亡這種突如其來的低俗恐懼。

透過多種時代的變化，檜俊輔變得頑固。這個沒有生存意願，卻活得好端端的男人，自身擁有燃燒不盡的活力，帶有凡事漠不關心的天賦。不過，堪稱是作家個人發展常規，從反抗到鄙夷，從鄙夷到寬容，從寬容到肯定的行進足跡，從他身上絲毫看不出。鄙夷和美是一輩子緊纏著他的宿疾。

在長篇小說《夢境》，檜俊輔達到最初的藝術完美境界。雖然書名聽來甜美，卻是一部殘酷的戀愛小說。像《更級日記》的女主角般，友雄在鄉村老家度過理想的少年時代，而他上東京後不久，因為一件意想不到的事，而遇上一場熾烈的肉欲之愛，但他的過度感性以及沒持久性的個性弱點，使他無法擺脫年長女子對他的肉體牽絆，這十幾年來，他一直在嫌棄和厭倦中受苦，最後他帶著那名猝逝的女人遺骨，歡喜地回到鄉間田園。不過全書五百頁中，有四百數十頁都用來描寫充滿無限倦怠和嫌棄的生活細節。對這位主角溫和的生活態度所做的緩慢描寫，以不斷出現的緊張牽引著讀者，這樣的不可思議，感覺像是一種方法論的祕密，潛藏在宛如很鄙視熱情的作者態度中。

以小說的情況來說，作者從未企圖對自己所鄙視的事物移入情感，這是幾乎無法想像的事。有這樣的企圖反而是有利的捷徑，正因為這樣，福樓拜（Gustave Flaubert）才會寫下不朽的郝麥[63]這號人物，阿達姆[64]才會寫下《Tribulat Bonhomet》。這只會讓人覺得，檜俊輔欠缺小說家所需的能力，另外，對自己和他人都沒偏見的客觀態度，一旦以現象當對象，則客觀性本身便會將現實改變成自由，化身為熱情，像這種神祕能力也是他所欠缺的。想將小說家再次丟進生活漩渦中，「客觀又熱情」的實驗科學家所具有的可怕熱情，從他身上也看不出來。

檜俊輔對自己的感情精挑細選，將自己覺得美好的事物歸納為藝術，將自己覺得不好的事物歸納為生活，留下篩選分類的痕跡。這當中，最好的含意是唯美，最差的含意是倫理，奇妙的藝術就此成立，但打從一開始，他便覺得自己只能放棄美和倫理之間困難的交配。與其說是支撐眾多作品的熱情，不如說是單純的物理性力量的泉源，它究竟是什麼呢？這純粹只是想要忍受身為藝術家的容易和無聊的一種禁欲的意志力量嗎？

《夢境》是自然主義文學的滑稽仿作，但自然主義與反自然主義的象徵主義，在日本是以相反的順序引進，在日本反自然主義開端的時代，檜俊輔和谷崎潤一郎、佐藤春夫、日夏耿之介、芥川龍之介等人一同擔任大正初期藝術至上主義的旗手。他一概不受象徵派影響，一味地基於個人喜好，從事馬拉美[65]的《希羅狄亞德》（*Hérodiade*），以及於斯曼[66]、羅登巴哈等人作品的翻譯工作，說到他從象徵派那裡得到的收穫，並非反自然主義的另一面，單純只有反浪漫主義的傾向。

但近代日本文學的浪漫主義，並非檜俊輔真正的敵人。這早在明治末期就已失敗。檜俊輔真正的敵人在他自己心中。再也沒人能像他這般切身感覺到浪漫主義者的危險了，他自己是被討伐的對象，同時也是討伐者。

這世上的脆弱之物、感傷之物、易推移變化之物、怠惰、放蕩、永遠的觀念、不成熟的自我意識、夢想、自以為是、極端的自恃和自卑的混合體、佯裝殉教者、牢騷、有時是「生」本身……對這些事物，他認同它們全是浪漫主義的暗影。浪漫主義是他所謂「惡」的

---

63 Monsieur Homais，福樓拜所寫的《包法利夫人》中的一位俗人，是位藥劑師。

64 Auguste Villiers de l’Isle-Adam，法國象徵主義的作家、詩人與劇作家。

65 Stéphane Mallarmé，十九世紀的法國詩人，文學評論家。

66 Joris-Karl Huysmans，法國頹廢派作家，藝術評論家，早期作品受到當時自然主義的影響，多傾向於個人和暴力。

同義語。檜俊輔將自己青春危機的病因，全歸咎在浪漫主義的病菌上。這裡發生了一個奇妙的錯誤。隨著俊輔脫離青春的「浪漫派」危機，在作品的世界裡以反浪漫主義者的身分存活下來，浪漫主義也同樣頑強的在他的生活裡存活下來。

藉著鄙夷生活來堅守生活，這種奇怪的信條讓藝術行為無限度的變成不會實踐的事。有可能透過藝術來解決的事，根本不存在。這是檜俊輔從不厭膩的信條。他沒有道德感，最後讓他對於藝術的美麗與生活上的醜陋，擁有同等的重量，就此落入一個可以選擇，且完全相對的存在中。藝術家的定位在哪裡？藝術家就像魔術師一樣，面對群眾，站在冰冷的騙術頂點。

青年時代因自覺相貌醜陋而為此所苦的俊輔，對於藝術家這種身分，總喜歡看作是遭精神的毒素侵害外貌的怪異殘疾人士，就像梅毒患者的病菌會侵害臉部一樣。他有位遠房親戚罹患小兒麻痺，儘管已長大成人，卻還是像狗一樣在家中爬行，不僅如此，他的下巴還莫名地發達，像鳥喙一樣向前突出，簡直就是個不幸的怪物，但是他為了謀生，做了許多頗獲好評的手工藝品，那異樣的纖細和美麗，每次看了都感到渾身發毛。

某天，在市中心一家氣派的店家，俊輔看到他的手工藝品擺在店頭當裝飾。那是以木雕的圓形木片串成的項鍊，以及附有音樂盒的精巧化妝盒。產品乾淨又華麗，擺在有漂亮的客人進出的店內，確實適得其所。雖然女客們會買它，但真正的買家，肯定是她們背後富裕的護花使者。許多小說家都是朝這個方向來透視人生，但俊輔卻是往反方向來透視。女人們所愛的華美事物、異樣纖細的美麗之物、自然無為的裝飾品、極盡人工之美的作品……這樣的東西一定帶有陰影。那不幸的工匠，在上面殘留了看不見的醜陋指紋。這些東西的製作者一定是患有小兒麻痺的怪物、看了會觸楣頭的性別倒錯者，或是類似的人。

「西洋封建時代的諸侯，個個既正直，又健全。他們知道自己在生活上的奢侈和華美，在某方面一定伴隨著極度的醜惡。為了在光天化日下出示其證明，供作慰藉，以成就人生的享樂，他們雇用奇奇怪怪的搞笑侏儒。就連那位知名的貝多芬，我也認為他是受宮廷眷顧的侏儒。」

俊輔如此寫道。他接著提及：

「……不過，醜陋的人是如何做出如此纖細美麗的藝術品呢？若要加以說明，可完全歸因於當事人內在的心靈之美。問題往往都在於『精神』，在於所謂無垢的靈魂。而且沒人自己親眼看過。」

俊輔認為，所謂精神的功能，就像是在傳播一種宗教，只知道崇拜自我的無力。蘇格拉底是將精神帶進古希臘的第一人。過去支配希臘的，是肉體與睿智的平衡，而不是打破平衡，著重自我表現的「精神」。就如同阿里斯托芬[67]以喜劇揶揄一樣，蘇格拉底引誘青年們從古希臘體育館來阿哥拉[68]，從為了上戰場而展開的肉體磨練，改為對愛智的論辯以及對無力的崇拜。青年們就此「肩寬變窄」。蘇格拉底被判死刑是理所當然。

檜俊輔在抱持鄙夷的漠不關心下，度過大正末期到昭和的這段社會變動與思想混亂的時期。他確信精神毫無力量可言。他在昭和十年所寫的短篇小說《手指》，號稱名作。故事大綱描寫一名在潮來這處水鄉澤國討生活的老船夫，他載運形形色色的船客，說他年邁的經歷給客人聽，有天他載著一名宛若菩薩般的美貌女客，帶著她到秋霧迷濛的水鄉遊覽，然後在某個水灣處做了一場巫山之夢。雖然風格很老套，但作者最後附上立意新奇的結尾，這位無法相信這是現實的老船夫，將女子開玩笑咬傷他的食指傷痕視為唯一證據，極力不讓傷勢痊癒，最後不得不切除那根化膿的手指，他還在聽故事的人面前出示他那從根部切斷的可怕食指，故事到這裡結束。

這簡潔又冷酷的文章，以及讓人聯想到上田秋成，充滿幻想的自然描寫，在日本的藝術界已達到名人的境界，但俊輔在這部作品中企圖營造的笑點，是同時代的文人喪失信奉文學現實的能力，最後甚至失去手指的滑稽。

戰時的俊輔一度想要重現中世文學的世界，尤其是受藤原定家的十體論、《愚祕抄》、

《三五記》的美學影響下的中世世界，但很快便遭遇戰時的審閱浪潮來襲，只能靠父親留下的財產過活，選擇沉默。持續投入不想公開發表的人獸相姦小說。之後還是在戰後發表，這是足以與十八世紀的薩德侯爵作品媲美的《輪迴》。

不過，戰時他曾經發表過一篇充滿高分貝吶喊的時事評論文。因為他再也無法忍受當時日本右派青年文學家所推動的日本浪漫派運動。

戰後，檜俊輔的創作能力開始衰退，偶爾也會發表一些片斷的創作，這些作品也都沒辜負名作的美品，但戰後第二年，五十歲的妻子與她年輕的愛人殉情後，他只會不時嘗試對自己的作品做些美化的注釋。

檜俊輔已不再想創作。他與幾位人稱文豪的老作家一起，深深關在自己一手構築的作品城堡中，就算死，也不讓人撼動其城郭的一瓦一石，想就此結束他堅固的一生。但在世人看不到的地方，這位作家的愚蠢行為，以及長期在生活內壓抑的浪漫衝動，都企圖暗中展開復仇。

67 Ἀριστοφάνης，古希臘喜劇作家，有「喜劇之父」之稱。

68 Ἀγορά，原意為市集，泛指古希臘以及古羅馬城市的經濟、社交、文化的中心。

襲向這位老作家的，是何種反論的青春呢！世上存在著不可思議的邂逅。俊輔不相信有靈感的存在，但這場邂逅的玄奇，令他內心大受震撼。俊輔青春時期所沒有的一切，那名青年全都擁有，就此從海浪中現身，而當檜俊輔看出這位俊美青年不愛女人時，他看到自己青春時的不幸鑄模，鑄造出驚人的塑像。俊輔將自己的青春寄託在這名以大理石的肉體構成的青年身上，而他生活上的畏懼也就此消失。他心想，很好，這次就發揮我老年人的智慧，活在那宛如銅牆鐵壁般的青春中吧。

悠一完全沒有精神性，這治癒了俊輔被精神徹底侵蝕，名為「藝術」的沉痾。悠一對女人的毫無欲望，治癒俊輔因這樣的欲望，而對充滿忌憚的生活產生的怯懦。俊輔想要創作出他一生都沒能實現的理想藝術作品。就像以肉體當素材來挑戰精神，以生活當素材挑戰藝術一樣，世上也有反論式的藝術作品……這個企圖成了一種沒化身成形式的思想母胎，是俊輔有生以來第一次擁有。

起初創作看起來進展順利。但僅管那是大理石，卻免不了風化，這有生命的素材時時刻刻都在改變。

「我想成為現實的存在。」

當悠一如此吶喊時，俊輔感受到最初的挫折預感。

說來諷刺，這挫折也在俊輔內心萌芽，這使得危險倍增。因為他開始愛上悠一。而更諷刺的是，世上沒有比這更自然的愛了。再也沒任何事物能像藝術家對素材的愛這般，讓肉欲與精神之愛完美結合，達到兩者如此容易交融的境界。素材的抵抗會使它的魅力倍增。俊輔被極力想逃走的素材附身。

這是檜俊輔第一次感覺到，製作行為的感官竟有如此偉大的力量。許多作家都是從這份自覺展開青年時代的創作，但他卻是反其道而行。或者該說，這位「文豪」是受到對悠一的愛和肉欲的折磨，這才成為小說家。那可怕的「客觀熱情」才第一次闖進俊輔的體驗中吧？

不久，俊輔離開化為現實存在的悠一，長達數月都沒和他所愛的青年見面，重回他孤獨的書房生活。不同於過去他多次嘗試過的逃避，這次是堅決的行為，因為他再也無法忍受默默看著自己寄託在「生命」中的素材一再改變，卻什麼也不做，於是他暫時與現實斷絕關係，那無處歸結的肉欲愈深，他愈會想要仰賴過去他一直很鄙視的「精神」。

其實檜俊輔過去從未如此深刻地體會過與現實斷絕關係的感受。現實也不曾以這樣的感官力量不斷地加深他意識上的斷絕感。她愛過的那些淫蕩的女人們所擁有的感官力量，一面拒絕他，一面輕鬆地出賣她們的現實，透過這種買賣，俊輔寫下許多冷若寒冰的作品。

俊輔的孤獨，直接成為深刻的創作行為。他打造出夢想的悠一。不受生命煩擾，不受生命侵蝕，堅如鐵壁的青春。能承受任何時刻侵蝕的青春。俊輔的身邊始終翻開著孟德斯鳩史論中的一頁。那是針對羅馬人的青春所寫的一頁。

「……看羅馬人的聖經可以得知，塔克文[69]想建造神殿時，他認為適合的土地上已有許多神像受人們祭祀。於是對照觀鳥占卜所得到的知識，試著詢問眾神是否願意將這處場地讓給朱比特（Iuppiter）的神像，結果除了瑪爾斯（Mars）、青春之神、特耳米努斯（Terminus）等神明外，其他諸神都贊成。三種宗教性的想法就此產生。其一，是瑪爾斯的子民一旦占領的土地，絕不讓出。其二，羅馬人的青春絕不被人征服。其三，羅馬人的特耳米努斯神絕不撤退。」

藝術第一次成為檜俊輔的實踐倫理。長存於他的生活中，充滿不祥之氣的浪漫主義，他以浪漫主義本身的武器加以擊退。走到這一步，堪稱是俊輔自身青春同義語的浪漫主義，已被封進大理石中。成了名為永遠的浪漫觀念下的犧牲者。

俊輔沒懷疑他對悠一的必要性。青春不該獨自一人生活。如同值得紀念的事件，就立刻需要歷史記載一樣，棲宿在寶貴而美麗的肉體中的青春，一旁必須要有記述者。同一個人絕對無法身兼行為與記述這兩件事。繼肉體之後萌芽的精神、繼行為之後萌芽的記憶、完全仰賴它的青春回憶錄，不管再怎麼美好，都只是徒勞。

青春的一滴，必須馬上結晶，化為不死的水晶才行。就像從沙漏上半部灑落的沙子，當它落盡時，就會在下半部構築出之前在上半部堆積成的同樣形狀。當過完青春歲月時，沙漏的每一滴都會化為結晶，而且得馬上刻出不死的雕像才行。

造物主的惡意，不會讓完美的精神與完美的肉體在同一個年齡相遇，總是讓不成熟的精神棲宿在芳香四溢的青春肉體上，不值得感嘆。因為青春與精神是對立的概念。不管精神再怎麼想活下去，終究也只是拙劣地在臨摹青春肉體的美妙輪廓罷了。

在青春時無意識地活著，是莫大的浪費，是不去想收穫為何的一段時期。生命的破壞力與生命的創造力，在無意識中取得平衡的最佳均衡。這樣的均衡，非塑造不可。

---

69 Lucius Tarquinius Superbus，羅馬王政時代第七任君主，後來被革命推翻。

第三十三章　大團圓

晚上拜訪俊輔的那天，悠一從早上起便什麼也不做。一個星期後，他就要到康子娘家的百貨公司參加新人招考。在岳父的安排下，職位早已內定。但還是得形式上參加招考。為了事先商量一些細節，必須跑岳父家一趟，順便向他問安。本應該早點前往，而這時母親病情惡化一事，正好能充當拖延的藉口。

今天悠一仍舊提不起勁前往拜會岳父。他的衣內口袋裡放著錢包，裡頭有那張五十萬圓的支票。悠一獨自前往銀座。

都營電車來到數寄屋橋站停下，沒有要繼續往前開的意思。仔細一看，人潮滿向車道上來，向尾張町的方向衝去。黑煙直冒，飄向清澈的秋日晴空。

悠一走下電車，混在人群中，往那個方向趕去。尾張町的十字路口，已擠滿了人。三輛鮮紅色的消防車就停在人群中，數道細長的水柱朝冒黑煙的地方噴去。

起火點是一家大酒店。從這邊望去，被前方的兩層樓建築擋住，偶爾會從濃煙中看到竄升的火舌一閃而過。如果是晚上，應該可以看見無數火粉的這場濃煙，呈現出毫無表情的黑。火勢已延燒到周遭的商店。前方的兩層樓建築，二樓已被大火波及，燒得只剩外牆。但外牆那蛋黃色油漆依舊色澤鮮豔、平靜，沒失去它平日的色彩。一名消防員爬上有一半都已被火包圍的屋頂，全力以消防鉤展開滅火破壞，群眾都為他的勇敢喝采。望著人類與自然力量以及死亡對抗的小小黑影，似乎為群眾的內心帶來了一種快樂。那是在偷窺某個沒意識到自己正受人注視，而展現出真誠姿態的人，所得到的快樂，以及與這種鄙俗的快樂類似的感受。

貼近火場的建築，四周架起改建用的鷹架。好幾個人站在鷹架上，提防火勢延燒。

這場大火倒是意外的平靜無聲。像爆裂聲、棟梁燒毀場落的聲音，一概沒聽到。低聲傳來一陣慵懶的轟爆聲，原來是報社的紅色單引擎飛機在頭頂盤旋。

悠一感覺到有股霧氣落向他臉頰，急忙後退。消防車從路旁的消防栓接水的老舊送水管，水從修補過的破洞噴出水花，像下雨般朝路面傾注。水花毫不留情地噴溼布莊的櫥窗，店裡的人擔心火勢會延燒到店裡，特地將手提金庫和生活用品都搬出店外，蹲坐在這些東西四周，從外頭不容易看見他們。

滅火的水柱不時中斷。眼看那沖天的水柱逐漸消退，氣勢開始減弱，但這段時間裡，因風向而傾斜的黑煙，卻始終不見有減弱之勢。

「預備隊來了！預備隊來了！」群眾喊道。

卡車撥開人群停下，一群頭戴白色鐵頭盔的隊員從車子後方下車。這單純只是前來指揮交通的一隊警察，卻對群眾引發如此的恐懼，當真可笑。也許群眾是感覺到自己具有足以讓預備隊趕來的騷擾本能。隊員還沒揮動警棒，原本滿至車道的人群，旋即像知道自己已敗北的革命群眾般，向後潰散退卻。

那盲目的力量非比尋常。每個人都失去意志，全部順著被動的力量傳播開來。往人行道推擠的壓力，將站在店面前的人們全擠向了櫥窗。

在店門前，有位年輕人站向昂貴的櫥窗玻璃前，張開雙臂朗聲喊道：

「小心玻璃！小心玻璃！」

群眾就像飛蛾般，眼中根本沒有玻璃的存在，所以他才這樣喚起眾人的注意。

悠一一面被推擠，一面聆聽那宛如煙火般的聲響。有兩、三個從孩子手中飛走的氣球，傳出被踩破的聲音。悠一也從眾人凌亂的腳下，看到一隻藍色的木製涼鞋，宛如漂流物般，忽而被擠向那頭，忽而又被擠向這頭。

悠一好不容易才擺脫群眾的支配，這時他發現自己站在意想不到的方位上。他重新繫好歪掉的領帶，邁步前行。他已不再望向火災的方向。但是那紛亂的異樣能量，已轉移到他體內，蘊釀出一種難以說明的快活。

由於無處可去，他在那一帶閒晃了半晌，然後走進電影院，那裡正在播放一齣他不太想看的電影。

※

俊輔將紅筆擱向一旁。

他肩膀無比僵硬。他站起身，捶打著肩膀，走向書房隔壁那七坪大的書庫。約莫一個月前，俊輔整理了一半以上的藏書。因為他和世上一般的老人相反，年紀愈大，愈覺得書籍無用。他只留下自己特別鍾愛的書，然後將空出的書架拆毀，鑿開長期擋住陽光的牆壁，裝設窗戶。過去只有一扇面北的窗戶，外頭連接荷花玉蘭的葉叢，如今又加開了兩扇明窗。擺在書房裡供小憩用的床，改移往書庫。在那裡，俊輔可以放鬆身軀，隨意翻閱擺在小桌上的眾多書籍。

走進書庫的俊輔，朝擺在上層的法國文學原文書層架找書。很快便找到他要的書。那是《少年的沉思》（*Musa Puerilis*）法文譯本，是採用日本紙的特製版。《少年的沉思》是哈德良[70]時代的羅馬詩人斯特拉托（Strato）所寫的詩集，他仿效寵愛安提諾烏斯[71]的哈德良皇帝復古的嗜好，詩中歌頌的全是美少年。

白皙肌膚固然好
蜜色肌膚亦出眾
亞麻髮色美無倫
黑髮同樣惑人心
褐色眼瞳討人愛
但我
尤愛炯亮黑眼瞳

擁有蜜色肌膚、黑髮、烏黑眼瞳，這正是那位知名的東方奴隸安提諾烏斯的故鄉小亞細亞的特產。西元二世紀的羅馬人夢想中的青春之美，正是這種亞洲風格。

俊輔還從書架中抽出濟慈72的《恩底彌翁》。目光搜尋那幾乎都已能默背的詩句。

「……就差一點了。」老作家在心中低語。

「幻影的素材已經什麼也不缺了，還差一點就能完成。金剛不壞之身的青春塑像即將完成。面對作品即將完成的這種雀躍之情，以及無來由的恐懼，我已許久不曾體會了。當完成的瞬間，那最棒的時刻到來時，不知道會出現什麼？」

俊輔斜斜的倚向床鋪，心不在焉地翻閱書頁。他豎耳凝聽。整個庭園裡滿是秋蟲的鳴唱。書架的角落裡擺放了上個月才完成的檜俊輔全集二十卷。那燙金的文字一字排開，發出單調而迷濛的亮光。二十卷，無聊的嘲笑一再反覆。老作家就像人們出於真心的疼愛而撫摸其貌不揚的小孩臉頰一樣，他不帶半點感動，以指腹撫過書背上的文字。

擺在床鋪四周的兩、三張小桌，有許多本書維持看到一半的模樣，白色的頁面如同已死的翅膀，就此攤開著。

有二條派歌人頓阿的歌集、翻至志賀寺上人那一頁的《太平記》、花山院退位那一章節的《大鏡》、英年早逝的足利義尚將軍的歌集，以及裝訂得古樸莊嚴的《古事記》和《日本書紀》。《古事記》和《日本書紀》的主題大多是年輕俊美的王子因為不合禮教的戀情或謀

70 羅馬帝國五賢帝之一，西元一一七年—一三八年在位。
71 Antinous，哈德良皇帝的男寵。安提諾烏斯死後被人神化，在東方的希臘和西方的拉丁地區被奉為神明崇拜。
72 John Keats，生於十八世紀末的倫敦，為傑出的英國詩人，也是浪漫派的主要成員。

反失敗，而在正值青春的年紀喪命或是自殺，如此一再反覆。輕皇子[73]便是如此。大津王子[74]亦是。古代有許多失敗受挫的青春，這都是俊輔的最愛。

……他聽到書房的房門聲。現在已是晚上十點。這麼晚了，不可能有訪客。肯定是女傭端茶來。俊輔沒回頭望向書房，便應了聲「進來」。走進的不是女傭。

「您在工作嗎？我突然來到您的房間，府上的人看到我嚇了一跳，卻沒攔我。」悠一說。

俊輔走出書庫，望著站在書房中央的悠一。這位俊美青年的現身實在太過突然，所以俊輔一時還以為他是從打開的眾多書本當中冒出。

兩人暌違多日，相互寒暄。俊輔帶悠一坐向安樂椅，自己則是到書庫的層架上拿洋酒。

悠一在書房的角落豎耳聆聽蟋蟀的叫聲。書房看起來還是跟以前一樣。包圍三邊窗戶的層架上，還是擺滿許多古陶器，位置完全沒變，古樸美觀的陶俑也仍在原位。完全看不到當季的花朵。黑色大理石的座鐘一樣陰沉地運行著。要是女傭忘了上發條，這位一概不搭理生活瑣事的老主人也絕不會碰，所以應該過沒幾天就會停擺吧。

悠一現在再次環視四周，心想，這間書房對他來說，有很不可思議的因緣。他在嘗過最初的快樂後，來到俊輔家，俊輔讓他看兒灌頂那篇文章，就是在這個房間。此外，他被生命的恐懼擊潰，前來找俊輔商量康子墮胎的事，也是在這個房間。現在他不受過度的歡愉和煩惱所拘束，抱持著沒任何感動的爽朗心情待在這裡。他很快就能償還俊輔那五十萬圓。屆時就能卸下重荷，不受他人支配，完全獲得自由，再也不需要造訪此地，能就此離開這個房間。

俊輔將白葡萄酒瓶和酒杯放在銀盤上，端到這位年輕客人面前。他自己則是坐向那擺著一排琉球染的靠枕，當凸窗用的長椅上，朝悠一的杯裡倒酒。他的手嚴重顫抖，酒灑了出來，所以年輕人不禁想起幾天前才見過的河田那隻手。

「這個老人因為我突然來訪，歡天喜地。」悠一心想。「沒必要一開頭就談錢的事。」老作家與青年乾杯。過去一直都無法正面仔細瞧年輕人的臉，此刻俊輔第一次望著他說道：

「如何？覺得現實怎樣？滿意嗎？」

悠一露出不置可否的微笑。他那年輕的脣，因最近學會了諷刺而顯得歪斜。

俊輔不等他回答，便接著道：

73 木梨輕皇子，為允恭天皇的第一皇子，因與同母的妹妹輕大娘皇女私通，最後兩人一同自盡。

74 天武天皇的皇子。天皇駕崩後，在他的好友川島皇子的告密下，被視為有謀反意圖而遭逮捕，自盡身亡。

「應該是發生了不少事吧。想必有不能跟我說的事、不愉快的事、驚訝的事、美好的事。但終究都是些不值一提的小事。一切全寫在你臉上。或許你的內在改變了。但你的外在，與我第一次見到你的時候相比，完全沒變。你的外在完全不受影響。現實無法在你臉上留下任何鑿痕。你有青春的天賦。這絕不是現實所能征服……」

「我和河田分手了。」年輕人說。

「那很好啊。他是個被自己一手創建的觀念論吞噬的男人。他想必很怕你對他造成的影響吧。」

「我對他的影響？」

「沒錯。你絕不會受現實影響，但你卻不斷對現實產生影響。你的影響，將那個男人的現實改變成他所害怕的觀念。」

拜這番訓示之賜，雖然悠一好不容易提到了河田的名字，卻還是錯失提到那五十萬圓的機會。

「這個老人是在對誰說呢？是對我嗎？」青年感到訝異。「如果是以前那個什麼都不懂的我，就會費盡心思想要理解他那古怪的理論。但現在我就像是受這個老人人工的熱情所啟發一樣，已興不起任何熱情，現在對我說這些有何用？」

悠一忍不住回頭望向房內昏暗的一隅。他覺得老作家像是對站在悠一背後的某人說話。

今晚萬籟俱靜。除了蟲鳴聲外，什麼都聽不見。從瓶口倒白葡萄酒的聲響，帶有珠圓玉潤的重量，聽得清清楚楚。玻璃杯閃閃發光。

「來，喝吧。」俊輔說。「秋夜在那，葡萄酒在此，這世上已什麼也不缺……蘇格拉底曾經一早在小河邊，一邊聽著蟬鳴，一邊對美少年斐德羅這麼說。蘇格拉底自問自答，藉由提問來得到真理，這是他發明的一套繞遠路的方法。但是從自然的肉體散發的絕對之美，絕對得不到答案。問答只在同樣的範疇內進行。精神與肉體絕對無法展開問答。

「精神只能提問。它絕對得不到回答，除了回音之外。

「我不挑選同時能提問和回答的對象。提問是我的命運……你就在那兒，一個美麗的自然。而我則是在這兒，一個醜陋的精神。這是永遠的圖表。不管是怎樣的數學，也無法更換彼此的項式。不過現在，我不打算故意卑屈自己的精神。精神也有它傑出之處。

「可是悠一，所謂的愛，至少就我的愛而言，並不像蘇格拉底的愛那樣懷抱希望。愛只會從絕望中誕生。精神對自然，對這種無法了解的事展開的精神運動，就是愛。

「那麼，又為何要提問呢？因為對精神來說，除了對某樣事物提問外，它沒有方法能證明自己。不提問的精神，其存在是危險的……」

俊輔就此停語，轉動身體，打開凸窗。透過用來防蟲的紗網，俯視庭院。微微傳來風聲。

「似乎起風了。挺大的風呢……覺得熱嗎？如果覺得熱，窗戶就這樣開著。」

悠一搖頭。老作家再度關上窗後，轉頭面向青年，接著往下說。

「……所以嘍，精神必須不斷地提出疑問，貯備疑問。精神的創造力就是創造疑問的力量。就這樣，創造精神的終極目標正是疑問，也就是創造自然。這是不可能的。但永遠朝不可能前進，這正是精神的方法。

「精神……可說是永無止境地蒐集零，想藉此達到一的衝動。

『為什麼你那麼美？』

「我若向你這樣提問。你答得出來嗎？精神原本就不期望有答案。」

俊輔一直注視著悠一。悠一想回望。但他身為觀看者的力量卻就此消失，像受到咒縛一般。

俊美青年無從抵抗，就這樣任憑他觀視。那是極為無禮的眼神。那會將對方化為石頭，奪走對方的意志，讓對方還原為自然。

「對了，這視線並非是向我投射。」悠一感到戰慄。「檜先生的視線確實是朝向我，但他看的不是我。這個房間裡肯定還有另一個悠一，而不是我。」

自然的化身、在完美方面完全不遜於古典時期雕像的悠一、那肉眼看不見的俊美青年雕像，悠一清楚地看見了。另一個俊美青年顯然就在這間書房裡。就像俊輔在《檜俊輔論》裡所寫的，有個沙漏下半部累積的沙子所堆積而成的雕像。它還原成不具有精神的大理石，成了金剛不壞之身，是不管再怎麼注視它，也不怯縮的青春雕像。

……白葡萄酒倒入酒杯裡的聲響，喚醒了悠一。剛才他雙目圓睜，沉浸在夢想中。

「喝吧。」俊輔把酒杯移向嘴邊，接著往下說。

「……聽好了，所謂的美，是無法到達的此岸。不是嗎？宗教總是將彼岸、來世，擺在遙遠的彼方。但所謂的距離，就人類的概念來說，終究是有可能到達的。科學與宗教不過只是距離的差距。位於六十八萬光年彼方的大星雲，還是有可能到達。宗教是到達的幻影，而科學是到達的技術。

「美則與之相反，它總是位於此岸。它在這個世界，在人們眼前，可以很確定地用手觸摸。我們的感官能加以品味，這是美的前提條件。感官很重要，它確認美的存在。但它絕不能到達美。因為藉由感官得到的感受，會搶先一步阻擋抵達。希臘人以雕刻來表現美，這是個聰明的方法。我是小說家。是從近代發明的眾多廢物當中，選擇最廢的工作來當職業的男人。如果要表現美，這是最拙劣低等的職業，你不覺得嗎？

「立於此岸，卻無法到達之物。我這麼說，你應該就能理解了吧。所謂的美，是在我們人底下的自然，是擺在人這個條件下的自然。位於人們心中，最強烈的限制人們，反抗人們的，就是美。而精神也拜美之賜，無法有片刻的安眠。」

悠一細細聆聽。他感覺那俊美青年的雕像同樣也在自己耳畔聆聽。這房裡已發生奇蹟。但奇蹟發生後，就只有日常的寧靜會占據這裡。

「悠一，這世上有所謂最棒的瞬間。」俊輔說。「那就是世上的精神與自然和解，精神與自然交合的瞬間。

「人們在活著的時候，絕對無法做出這樣的表現。活人或許能體會到那樣的瞬間，卻無法表現。那已超出人類的能力。你想說『人無法表現出超越常人能力的事物』是嗎？錯了，那是因為人無法真正表現人類的極致狀態。人無法表現變成人類的最棒瞬間。

「藝術家並非萬能，而表現同樣也非萬能。表現通常都被迫得二擇一。看是要表現，還是要行為。愛的行為也一樣，人們只能以行為來愛人。事後才加以表現。

「但真正重要的問題，是表現與行為的同時性是否有可能存在。關於這點，人們只知道一件事。那就是死。

「死是行為，但是像這樣一次性的極致行為，可說是獨一無二……對了，我說錯了。」

俊輔莞爾一笑。

「死不過是一種事實。行為的死，應該改說成是自殺才對。人們無法藉由自己的意志而誕生，但卻能憑藉意志而死。這是自古以來所有自殺哲學的根本命題。但在死這件事情上，自殺的行為和生命的全面性表現，兩者之間的同時性有可能存在，這點不容懷疑。勢必得等到死亡後，才會有最棒瞬間的表現。

「人們認為這可以反向證明。

「活著的人最棒的表現，終究還是只能排在最棒的瞬間後頭，是從生命的全面性姿態中扣除α。在這種表現中加上生命的α後，生命就此變得完美。因為人一面生存一面表現，而無法否定的生命則被摒除在表現之外，表現者只會裝死。

「對於α，人們是抱持著何種夢想呢？藝術家的夢想總是寄託在這上頭。大家都已發現，生命會稀釋表現，奪走表現的準確性。我們認為是藍色的天空，或許對死者而言是閃耀著綠光。

「真不可思議。活著的人們就這樣對表現感到絕望，而趕來解救他們的，正是美。教會他們要堅決的緊守生命不確定性的，也是美。

「說到這兒，你應該已經能明白，美受到感官性和生命所束縛，只教導人們信奉感官的準確性，在這一點上，美對人們而言，有其倫理性。」

檜俊輔說完後，平靜的面露微笑，補上一句。

「好了，我說完了。要是你睡著，我可就傷腦筋了。今晚你不趕時間吧？難得來這麼一趟。如果你酒已經喝膩的話……」

俊輔見悠一杯裡的酒還是滿的。

「……有了，我們來下西洋棋吧。你跟河田學過，應該會下吧？」

「嗯，是會一點。」

「我的老師也是河田……他當初該不會就是為了讓我和你兩人在這樣的秋夜裡對弈，才教我西洋棋吧。這棋盤……」

他指向那造型典雅的棋盤和黑白棋子。

「是我在古董店找到的。西洋棋現在或許是我唯一的娛樂。你不想下嗎？」

「不會。」

悠一沒拒絕。他已忘了自己今天前來，是為了歸還那五十萬圓。

「你下白子吧。」

俊輔將城堡、主教、國王、騎士等十六顆棋子擺在悠一面前。

西洋棋棋盤的左右兩側擺著喝到一半的白葡萄酒杯，亮光閃動。接著兩人沉默不語，就只有象牙製的棋子碰撞的細微聲響，在沉默中響起。

沉默後，書房裡另一個人的存在感變得尤為清楚。那肉眼看不見的雕像，正緊盯著棋子的動向瞧，悠一多次想轉頭望向他。

時間就此度過，難以估算究竟過了多久。分不清是漫長，還是短暫。俊輔命名為最棒瞬間之物，如果就此到來的話，肯定會在這種毫無察覺的時刻到來，然後不知不覺地離去。一盤廝殺下來，悠一獲勝。

「哎呀，甘拜下風。」老作家說。但他臉上滿溢喜悅之色，悠一第一次見識俊輔如此柔和的神情。

「……大概是我喝多了，所以才會輸。我想再下一盤雪恥。得先稍微醒醒酒才行……」

語畢，俊輔以裡頭漂浮著檸檬薄片的水壺倒出一杯水，端著杯子站起身。

「我離開一下。」

他前往書庫。過了一會兒，只見他躺在床上的雙腳。他在書庫以開朗的聲音朝悠一叫喚。

「只要小睡片刻，就能酒醒。請在二、三十分鐘後叫醒我。可以嗎？等我醒了，咱們馬上來一場雪恥戰。你等著我。」

「好。」

悠一如此應道。接著他改坐到凸窗的長椅上，悠哉的伸長雙腳，把玩著黑白棋子。

當悠一前去叫醒俊輔時，俊輔沒回答。他死了。枕邊的桌上有張字跡潦草的紙片，上頭壓著俊輔脫下的手錶。

「再見了，書桌右邊抽屜有我送你的禮物。」紙上如此寫著。

悠一馬上喚醒家裡的其他人，他們打電話請主治醫師粂村博士前來。但已回天乏術。醫生詢問過當時的情況後，說他雖然不清楚原因為何，但俊輔平日都服用Pavinal來當作右膝神經痛發作時的止痛藥，他剛才服下足以致死的藥量自殺。醫生詢問悠一，俊輔可有留下什麼遺書，他拿出剛才那張紙。他們試著打開書房書桌的右邊抽屜。兩人發現有一封所有遺產贈與的公證證書。裡頭提到將近一千萬圓的不動產、動產，以及其他所有財產，全部贈與南悠一。當中的兩位證人，是與俊輔素有交誼，並為他出版全集的出版社社長和出版部長，一個月前俊輔在他們兩人的陪伴下，前往霞關的公證人公所。

悠一想償還五十萬日圓債務的企圖就此泡湯。不僅如此，想到自己一輩子都會被俊輔用一千萬圓表現的愛所束縛，他不禁感到鬱悶起來，但在這種場合下，不適合展現這種情感。醫生打電話給警局，搜查主任帶著刑警和法醫前來驗屍。

為了製作檢察筆錄，警方向悠一問話，他全都回答得很乾脆明確，醫生也很好心地在一旁幫他說話，所以沒人懷疑他協助俊輔自殺。但警部補看到遺產贈與的公證證書後，一再追問他與死者間的關係。

「他是先父的朋友，當初我和內人結婚時，他代替先父對我多方關照。對我疼愛有加。」當他提出這唯一的偽證時，熱淚從他臉上滑落，搜查主任基於他的專業，對他那美麗無瑕的美做出冷靜的判斷，認定他在各方面都是無辜的。

消息靈通的記者趕來，以同樣的問題質問悠一。

「老師將所有遺產都贈與您，想必很疼愛您吧？」

這句沒特別含意的話語中，「愛」這個字深深刺痛悠一的心。年輕人露出一本正經的神情，沒回答。接著他想起自己還沒告訴家裡這件事，於是去打電話給康子。

此時已東方發白。悠一不覺一絲疲累，也沒半點睡意。他受不了一早便湧入此地弔唁的訪客以及新聞記者，他向粂村醫生知會一聲，外出散步。

這是個晴朗的早晨。走下坡道後，只見都營電車兩條閃著亮光的鐵軌，朝行人稀少，一路蜿蜒迂迴的市街大道延伸而去。幾乎每家店都還關著大門。

一千萬圓——年輕人一邊橫越電車軌道，一邊尋思。別鬧了，要是現在遭車撞，一切可就全泡湯了……剛取下櫥窗遮罩的花店裡，許多花澆得溼答答，無精打采地靠在一起。年輕人在心裡嘀咕著，有這一千萬圓，不知道可以買幾朵花。

無以名狀的自由，比起整晚的憂鬱，更加沉重地壓在他胸前，這股不安笨拙地加快了他的步履。把這份不安想作是因為熬夜造成的，會比較好吧。走著走著省線車站愈來愈近，只見上早班的人都往驗票口聚集。已有兩、三名擦鞋匠在車站前一字排開。「就先擦個鞋吧……」悠一心想。

——一九五三年六月二十七日——於強羅

解說

鏡子的囚徒——讀三島由紀夫《禁色》

孫梓評

我偏愛《假面的告白》甚於《禁色》。

當然這完全無損《禁色》的精采。實在，這話只洩漏了我無能獲贈大人的禮物，還活在少年妄想的房間。同樣是三島由紀夫寫作於二十代的小說作品，二十四歲出版的《假面的告白》看似薄薄一冊，卻濃縮液般還原了「這世上存在著某種會為人帶來陣陣刺痛的欲望」。那欲望是性意識的啟蒙中，與戀物癖結合的光合作用，從挑糞人緊身工作褲明顯的下半身線條，操練歸返的士兵身上揚出的汗味，童話中被殺害的王子的幻影，終於因聖塞巴斯提安畫像中，那殉教的青春肉身牽引出高潮噴發。

從此少年陶醉於自己的「惡習」——像Leo王唱的「全天下的男孩最愛的一根搖桿」，還沒能跨出房間的少年也不例外。無國界性幻想招來世界各地的希臘士兵，阿拉伯白人奴隸，蠻族王子，飯店服務員，流氓……欲望啟動的模式卻一樣：「我不懂愛的方法，所以誤殺了自己所愛的人。」性的歡愉和死亡之美綁連，一次次帶領少年重返有別於同儕的甜蜜羞恥。

《假面的告白》且揭開男同性戀啟蒙小說特有的一個主題：獲得他，還是成為他？書中少年迷戀班上倨傲的叛逆男孩近江，在一連串細膩描摹的肉體誘惑／互動後，主角被帶往的並非欲望的滿足，而是體悟到「我想變成近江的願望，其實就是我對近江的愛。」這神祕的技術或許等同於，一個人面對畫框修改自己的臉，直到畫框變成心願的鏡子；當畫框如願變為鏡子，其代價不外乎，那人將成為「鏡子的囚徒」。

出版於一九四九年的《假面的告白》與日本戰後文壇氣氛迴異，但要說此書與戰爭或日本戰敗毫無關係又顯然不對。「戰爭」像高明的壁紙那樣，被小說家張貼為整本小說的背景色，若非戰爭和隨時可能到臨的死亡，小說中的少年成年後，如何能被無同類的孤獨攫獲，或竟不願坦然接受自己的性傾向，殘忍使用了朋友的妹妹做為試紙，揣度著與女性戀愛或結婚的（不）可能，直到戰爭所可能「恩賜」的死，確定不會發生，隨之而來的是漫無終點的「恐怖的日常」，是繞了一個大圈，最終仍發現自己的情欲如此輕易被舞廳裡打赤膊的牡丹刺青男給點燃。

房門還沒有打開的時候，同性戀少年難以預知：有一天，三島由紀夫會走進銀座五丁目那間名喚「ブランスウィック」的同志酒吧，邂逅許多男孩，從而遭遇一個男色世界（少年同樣難以預知的或許還有，三島由紀夫拜見了川端康成，展開一輩子的「師徒」關係），在那「發現」的歷程中，小說家的野望溢出了「私小說」的容器，於是第三人稱登場了，人物鮮明立體了，小說詭計裝置且苦心安裝。雖是連載發表，結構仍堪稱嚴謹，方方面面都照顧到，完成《禁色》連載的三島，其時，不過二十八歲。

不滿足於僅將東京男色生活以紀錄片方式挪搬至小說中，《禁色》有著前代未聞的主題：年邁但頗具聲望的老醜作家檜俊輔透過高額金錢勸誘、與美青年南悠一訂立契約，執行一連串女性復仇計畫。這些女子在不同人生階段，都曾是檜俊輔愛不可得的傷口。然而，包裹在這悚然行動中的，又其實是南悠一藉其絕世美貌，優遊男人與少年之間，無論落魄貴族，實業家，或身世坎坷的未成年男孩，當然還包括二十、三十、四十代的美人，皆無一逃脫他的爽朗美色。

三島（或小說中的檜俊輔）巧心安排的種種連環圈套，以及，「感情不喜歡固定秩序」釀成的意外發展，該是昔日房間內陶醉於「惡習」的同性戀少年無法想像的大人味吧。更別說，《假面的告白》主角試過與女性親吻，確認性欲所在後，看似逃避實則負責地退了婚約；《禁色》裡南悠一卻是痛苦遲疑而竟答應檜俊輔的契約，使康子成了同妻。婚後康子迅速從少女畢業，和《禁色》開場時與檜俊輔之間那輕佻愛膩的模樣，判若兩人。

三島自承，寫作《禁色》，乃「試圖讓自己內在矛盾對立的兩個「我」進行對話。」「我」向「我」說話，那是照鏡的感覺嗎？有趣的是，鏡子——無論是王爾德《格雷的畫像》般的鏡子，或是納西瑟斯那水一樣的鏡子，鏡子的囚徒，被作者的潛意識壓服著，從《假面的告白》跟著移動到《禁色》來了。

檜俊輔說動南悠一與康子結婚的場景，篇名就叫做〈鏡子的契約〉。聆聽老人說辭時，「悠一老是感到，自己的臉不時會盯著自己看。」我們無法忽略《禁色》中的鏡像裝置。必然熟讀柏拉圖《饗宴篇》的三島，除了有意藉老作家與美青年，展現精神美與肉體美的對照，《饗宴篇》中的「愛者」與「愛人」，縱然氣味有異，在此書中也有了二十世紀版本的演繹。除此之外，南悠一與康子這樣一對假面夫婦的對照組，難道不就是鏑木夫婦？三島不無嘲諷地寫：「世人口中的那些愛妻人士當中，這類的人可不少。」

儘管不愛別的女人，與諸男子的故事可精采了：酒吧裡周旋，派對到天明，還可以輕快招惹少年邊逛動物園邊接吻，一邊讓癡心苦戀的大叔們滑稽坦露抒情弱點。苦主鏑木和河田如果碰面小酌，恐怕會引彼此為知己吧。若再幽微地加上檜俊輔，對鏡成三人，那才真是人間饗宴！同樣，鏑木夫人和恭子的對照，除了年紀和風情的差異，鏑木夫人拜其教養所賜，在愛裡百轉千迴（甚至「起死回生」，原本連載時已因洞穿丈夫祕密而自殺，硬是被作者救回），最終昇華對南悠一的肉欲為精神愛，得到「音樂不終的關係」，甚至得來南悠一對鏑木先生片刻的「嫉妒」。

房門已被打開，三島熟練鋪排人間關係，將戰後日本社會政治經濟狀況代入情節，人物闖蕩於愛欲的得與不得，儘管非常偶爾地，南悠一還遲疑著自己可能愛上異性，但真正留在「房間」裡的，無疑是很晚才登場的少年稔。思春期始終維持處男的悠一，婚後與康子性交，必須想像著鏡中虛構的少年，其後偶然邂逅為他打開男色世界的鑰匙：阿英，繼而來往無數肉身，卻始終沒有遇見愛情——直到稔。猶耽想著「兩人同時胸膛中彈，就此相擁接吻而死」的稔，顯然是從《假面的告白》借來的角色，誰也不知道，南悠一的思春期，是否生過一樣的熱病，只知道，當稔養父寫匿名信對南悠一家人告發「真相」，而稔決心捲款想與南悠一私奔，南悠一卻像個「大人」，好整以暇把稔和他偷來的錢，都帶回（其實貪戀著稔的）養父身邊——這亦是三島由紀夫給平岡公威的賜死吧。再過三年，他就會重新給自己一個身體；又過三年，他將會如南悠一般，得到一個妻子，組成一個家庭。

多重鏡子之間，最重要的，莫過於檜俊輔／南悠一這一組對照。除了使用懸疑情節推動小說，《禁色》也有諸多警語箴言，更別說藉著「檜俊輔／南悠一」難測的發展，三島藉此發表了他對「作者／作品」的藝術論觀點。

當作品試圖脫離作者，悠一從河田那兒，得到了高額支票，深夜造訪檜俊輔，打算做為贖金，將自己從鏡子中贖出來：「屆時就能卸下重荷，不受他人支配，完全獲得自由。」而將他囚於鏡子裡的檜俊輔，則是許久不曾體會「面對作品即將完成的這種雀躍之情」了。於是，端來白酒，擺上西洋棋，兩人在秋夜對弈。檜俊輔輸了。檜俊輔真的輸了嗎？他朝向「最高瞬間的表現」而去，那不是死，那是自死，他真正成為了自己的作品，一如最終章的篇名「大團圓」——那不是久別的南悠一終於來見檜俊輔，那是，彷彿對鏡的說話中，檜俊輔和屋子裡的「另一個悠一」終於團圓。

作者和作品的團圓。精神與自然的團圓。醜與美的團圓。

在「最高的瞬間」，對檜俊輔而言，鏡子消失了。

被獨自留下的南悠一，獲贈鉅額遺產，卻仍然只能是，鏡子的囚徒。

作者簡介：

孫梓評

一九七六年生。東吳大學中文系、東華大學創作與英語文學研究所畢業。現任職於《自由時報》副刊。著有散文集《知影》、詩集《善遞饅頭》、長篇小說《男身》等。

三島由紀夫文集

禁色

作　　者　三島由紀夫（みしまゆきお）
譯　　者　高詹燦
社　　長　陳蕙慧
總 編 輯　戴偉傑
責任編輯　鄭琬融
設　　計　謝佳穎
行銷企劃　陳雅雯、尹子麟、姚立儷、洪啟軒
電腦排版　極翔企業有限公司

集團社長　郭重興
發 行 人　曾大福
印　　務　黃禮賢、李孟儒
出　　版　木馬文化事業股份有限公司
發　　行　遠足文化事業股份有限公司
地　　址　231新北市新店區民權路108-3號8樓
電　　話　02-2218-1417
傳　　真　02-2218-0727
E-mail service@bookrep.com.tw
郵撥帳號　19588272　木馬文化事業股份有限公司
客服專線　0800221029
法律顧問　華陽國際專利商標事務所　蘇文生　律師
印　　刷　前進彩藝有限公司
初　　版　2020年2月
初版三刷　2023年4月
定　　價　新台幣480元

ISBN　978-986-359-640-0

國家圖書館出版品預行編目（CIP）資料

禁色 / 三島由紀夫作；高燦詹譯. -- 初版.
-- 新北市：木馬文化出版：遠足文化發行,
2020.02
　面；　公分. --（三島由紀夫文集）
ISBN 978-986-359-640-0（平裝）

861.57　　　　108000502